କଣ୍ଟା ଓ ଅନ୍ୟାନ୍ୟ ଗଳ୍ପ

କଣ୍ଟା ଓ ଅନ୍ୟାନ୍ୟ ଗଳ୍ପ

ଗୌରହରି ଦାସ

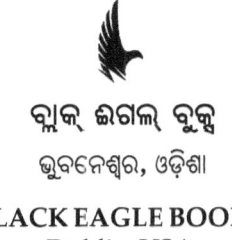

ବ୍ଲାକ୍ ଇଗଲ୍ ବୁକ୍ସ
ଭୁବନେଶ୍ୱର, ଓଡ଼ିଶା

BLACK EAGLE BOOKS
Dublin, USA

କଣ୍ଟା ଓ ଅନ୍ୟାନ୍ୟ ଗଳ୍ପ / ଗୌରହରି ଦାସ

ବ୍ଲାକ୍ ଈଗଲ୍ ବୁକ୍ସ : ଭୁବନେଶ୍ୱର, ଓଡ଼ିଶା • ଡବଲିନ୍, ଯୁକ୍ତରାଷ୍ଟ୍ର ଆମେରିକା

BLACK EAGLE BOOKS

USA address:
7464 Wisdom Lane
Dublin, OH 43016

India address:
E/312, Trident Galaxy, Kalinga Nagar,
Bhubaneswar-751003, Odisha, India

E-mail: info@blackeaglebooks.org
Website: www.blackeaglebooks.org

First Edition: 2009

First International Edition Published by
BLACK EAGLE BOOKS, 2022

KANTA O ANYANYA GALPA
by **Gourahari Das**

Copyright © **Gourahari Das**

Cover: **Ranjit Parija**
Interior Design: Ezy's Publication

ISBN- 978-1-64560-340-5 (Paperback)

Printed in the United States of America

ପ୍ରଥମ ସଂସ୍କରଣର

ନିଜକଥା

ସାଧାରଣ ମଣିଷଙ୍କର ସ୍ମୃତିଶକ୍ତି ଦୁର୍ବଳ - ଏମିତି କଥାଟିଏ ବିଭିନ୍ନ ମଞ୍ଚରୁ ଶୁଣିବାକୁ ମିଳେ। ଦାର୍ଶନିକମାନେ କହନ୍ତି, ଏହା ମଣିଷ ପାଇଁ ଆଶୀର୍ବାଦ। ମଣିଷ ଭୁଲିପାରୁ ନ ଥିଲେ ଅତୀତ ପାଖରେ ଅଟକି ରହନ୍ତା। ଅତୀତର ଅନୁଭବ ତାକୁ ଅହରହ ଅଥୟ କରନ୍ତା। ସେ ଆଉ ଆଗକୁ ଆଗେଇ ପାରନ୍ତା ନାହିଁ। କିନ୍ତୁ ସବୁ କଥା କଣ ସତରେ ଭୁଲି ହୋଇଯାଏ ? ନା। ପୁଣି ଜଣେ ମଣିଷ କାହାକୁ ଭୁଲିଯିବ ଓ କାହାକୁ ମନେରଖିବ ତା ଉପରେ ସେ ମଣିଷର କିଛି ନିୟନ୍ତ୍ରଣ ନ ଥାଏ। ଏହି କାରଣରୁ ଗତ ସପ୍ତାହରେ ପ୍ରତ୍ୟକ୍ଷ କରିଥିବା ଘଟଣା ହୁଏତ ଭୁଲି ହୋଇଯାଏ, ଅଥଚ କେଉଁ ଚାଳିଶ ପଇଁଚାଳିଶ ବର୍ଷ ତଳେ ଦେଖିଥିବା ଘଟଣା ମନ ଭିତରେ ସେମିତି ରହିଥାଏ। ଗତକାଲି ଭେଟିଥିବା ବ୍ୟକ୍ତିର ମୁହଁ ଆଖି ଆଗରୁ ହଜିଯାଏ ଅଥଚ କୋଉକାଳେ ଭେଟିଥିବା ଲୋକଟିର ମୁହଁ ବରାବର ମନେ ପଡ଼ିଯାଉଥାଏ। ଏସବୁ କଥା ଏଠାରେ କହିବାର କାରଣ ହେଲା, ଅନେକ ସମୟରେ ମୁଗ୍ଧ ପାଠକ କିମ୍ବା ସଂଶୟୀ ସମାଲୋଚକ ଲେଖକଲେଖିକାଙ୍କୁ ପଚାରନ୍ତି- ଆପଣଙ୍କୁ ଗପଟିଏ ସାରିବାକୁ କେତେ ସମୟ ଲାଗେ ? ଏହାର ଉତ୍ତରରେ ଅନ୍ୟମାନେ କଣ କହୁଥିବେ ମୁଁ ଜାଣିନାହିଁ, ମାତ୍ର ମୁଁ ଉତ୍ତରଶୂନ୍ୟ ହୋଇପଡ଼େ। ତାର କାରଣ ହେଲା, ଏ ସଂପର୍କରେ ନିର୍ଦ୍ଦିଷ୍ଟ ଉତ୍ତର କିଛି ମୋ ପାଖରେ ନ ଥାଏ। ସମୟେ ସମୟେ ଗୋଟିଏ ଗୋଟିଏ ଗପର ଚିତ୍ର ମନକୁ ଆସିବାର ଦିନକ ଭିତରେ ଲେଖି ହୋଇଯାଏ ତ ଆଉ ସମୟେ ସମୟେ ଗୋଟିଏ ଗପ ସାରିବାକୁ ବର୍ଷ ବର୍ଷ ଲାଗିଯାଏ। ମୋ ନିଜର ଅଭିଜ୍ଞତା ହେଉଛି, ସମୟେ ସମୟେ ମାସ ମାସ ଧରି ମୁଁ କିଛି ଲେଖିପାରି

ନାହିଁ ତ ସମୟେ ସମୟେ ମୁଁ ଗୋଟିଏ ଦିନରେ ଚାରି ଚାରିଟି ଗପ ଲେଖି ପାରିଛି। ଚାରିଟି ଗପ, ଗୋଟିଏ ଦିନରେ! କଥାଟି ପଢ଼ି ମୋର ପାଠକପାଠିକା ଭ୍ରୂକୁଞ୍ଚନ କରିବେଣି! ସେମାନଙ୍କର ସେହି ପ୍ରତିକ୍ରିୟା ଯଥାର୍ଥ। କାରଣ ଗୋଟିଏ ଦିନରେ ଚାରିଟି ଗପ ଲେଖିବା କଥା ଯାହା ମୁଁ କହୁଛି ତାହା କେତେକାଂଶରେ ଠିକ୍, ସଂପର୍ଣ୍ଣ ଭାବରେ ନୁହେଁ। ଗପଗୁଡ଼ିକର କାହାଣୀ ଓ ଚରିତ୍ର ଆଗରୁ ଆସି ମନ ଭିତରେ ବସା ବାନ୍ଧି ରହିଥାଆନ୍ତି। କାଗଜ ଉପରକୁ ଓହ୍ଲାଇ ଆସିବା ସେହି ପ୍ରକ୍ରିୟାର ଶେଷ ପର୍ଯ୍ୟାୟ।

'କଣ୍ଟା' ଗଳ୍ପଟିର ଚରିତ୍ର ନକୁଳ ନାୟକ ସେହିପରି ଏକ ଚରିତ୍ର। ଏ ଚରିତ୍ରଟି ଯେ ଏତେବର୍ଷ ଧରି ମୋ ମନ ଭିତରେ ବଞ୍ଚିରହିଥିଲା ସେକଥା ମୁଁ ଉପଲବ୍ଧି କରି ନ ଥିଲି। ଏ ଚରିତ୍ରଟିକୁ ମୁଁ ପ୍ରାୟ ଚାଳିଶ ବୟାଳିଶ ବର୍ଷ ତଳେ ମୋ ନିଜ ଗାଁରେ ଭେଟିଥିଲି। ଭଦ୍ରଲୋକଙ୍କୁ ସେ ଗାଁର ସମସ୍ତେ ଭୟ କରନ୍ତି। ମାମଲାବାଜ କହି ତାଙ୍କଠାରୁ ଦୂରେଇ ରହନ୍ତି। ଅଭିଭାବକମାନଙ୍କ ଆଲୋଚନାରୁ ଏକଥା ଶୁଣି ଶୁଣି ମୁଁ ମଧ୍ୟ ତାଙ୍କୁ ଭୟ କରୁଥିଲି – ଯଦିଓ ଭୟ କରିବାର କୌଣସି ଉପଯୁକ୍ତ ପ୍ରମାଣ ମୁଁ ତାଙ୍କ ଚେହେରାରେ ସେଦିନ ଖୋଜି ପାଉ ନ ଥିଲି। ଗାଁ ଛାଡ଼ି ସହରକୁ ଆସିଲି। ଗାଁର ଆଉ ଅନେକ କଥା ପରି ସେ ଚରିତ୍ର ମଧ୍ୟ ଭୁଲି ହୋଇଯାଇଥିବେ ବୋଲି ମୁଁ ଭାବିଥିଲି। ମାତ୍ର ଯେତେବେଳେ 'କଣ୍ଟା' ଗପ ଲେଖିବାକୁ ବସିଲି, ମୋର ମନେହେଲା ସେ ଭଦ୍ରଲୋକ ମୋ ଆଖି ସାମ୍ନାରେ ଆସି ବସିଛନ୍ତି।

'କଣ୍ଟା ଓ ଅନ୍ୟାନ୍ୟ ଗଳ୍ପ' ସଂକଳନରେ ସ୍ଥାନୀତ ଗଳ୍ପଗୁଡ଼ିକ ଭିନ୍ନ ଭିନ୍ନ କଥାବସ୍ତୁର କାହାଣୀ। କେତେକ ଗପ ଅଛି ଯାହାର ମୂଳ ଭିତ୍ତି ଓଡ଼ିଶାର କୁସଂସ୍କାର ଏବଂ ଅନ୍ଧବିଶ୍ୱାସ। ଆମେମାନେ ସମସ୍ତେ ନିଜ ନିଜ ଜୀବନରେ ଅନ୍ଧବିଶ୍ୱାସର ବେଦିରେ ବଳିପଡ଼ିଥିବା ନିରୀହ ମଣିଷଙ୍କୁ ଦେଖିଥିବା। ଜାତି, ଧର୍ମ ଓ ଅର୍ଥନୈତିକ ବୈଷମ୍ୟ ପରି ଏହି ଅନ୍ଧବିଶ୍ୱାସ ଓ କୁସଂସ୍କାର କିପରି ଭାରତୀୟ ସମାଜକୁ କ୍ଷତବିକ୍ଷତ କରୁଛି ତାହା ଆମ ସମସ୍ତଙ୍କର ଅଙ୍ଗେନିଭା କଥା। ମାତ୍ର ଏପର୍ଯ୍ୟନ୍ତ ଏହାକୁ ଅନୁନ୍ନତ, ନିରକ୍ଷର ଓ ଗରିବଙ୍କ ସମସ୍ୟା କହି ଆମେ ଏଡ଼ାଇ ଦେଇ ଆସିଛୁ। ମୋ ନିଜ ବିଚାରରେ 'ସୁଦାମ ଜେନା ଗଲା କୁଆଡ଼େ' ଏବଂ 'ଉସାମେଘ' ମୋର ଦିଇଟି ଅଲଗା ଧରଣର ଗଳ୍ପ। ପ୍ରତ୍ୟେକ ଲେଖକ ନୂଆ ନୂଆ ଗପ ଲେଖିବା ଭିତରେ ନିଜକୁ ଅତିକ୍ରମ କରିବାକୁ ଚେଷ୍ଟା କରୁଥାଏ। ସେ ଚାହୁଁ ବା ନ ଚାହୁଁ ତା ସମୟର ପ୍ରଭାବ ତାକୁ ପ୍ରଭାବିତ କରୁଥାଏ। ଆଲୋଚ୍ୟ ଏ ଗଳ୍ପ ଦୁଇଟି ଆମ ସାଂପ୍ରତିକ ସମୟର ଦିଇଟି ବିଶେଷ ପ୍ରଶ୍ନ ଉତ୍‌ଥାପନ କରିଛି।

ଏହି ଗଳ୍ପ ସଂକଳନଟି କିଛିଦିନ ଆଗରୁ ପ୍ରକାଶ ପାଇ ପାରିଥାଆନ୍ତା। ମାତ୍ର

ମୋର ନିସ୍ପୃହତା ପାଇଁ ଏହା ବିଳମ୍ବିତ ହୋଇଛି । ସମୟେ ସମୟେ ମନେ ହେଉଛି, ମୋର ଏ ଗଳ୍ପ ରଚନା, ଅନ୍ୟ ଗୁରୁତ୍ୱପୂର୍ଣ୍ଣ କର୍ମରେ ବ୍ୟସ୍ତ ମଣିଷମାନଙ୍କ ଜୀବନଚର୍ଯ୍ୟାରେ ଅଯଥା ହସ୍ତକ୍ଷେପ । ସାହିତ୍ୟକୁ ପଛରେ ଛାଡ଼ି ଆମ ସମାଜ ଯଥେଷ୍ଟ ଆଗକୁ ଚାଲିଗଲାଣି । ନୂଆ ପିଢ଼ିର ମଣିଷଙ୍କୁ କିଛି ନୂଆ ବାଗରେ କଥା ସବୁ କୁହାଯିବା ଉଚିତ । ମାତ୍ର ଏଇଠି ପହଞ୍ଚି ମୁଁ ନିରବ ହୋଇଯାଏ । କାରଣ କଥା କହିବାର ଏଇ ପୁରୁଣା ବାଗଟି ହିଁ ମୋର କିଛି ଜଣାଶୁଣା । ଅନ୍ୟ ବାଟରେ ତାହା କହିବା ମୋ ପକ୍ଷେ ସମ୍ଭବ ନୁହେଁ । ମଣିଷର ସାମର୍ଥ୍ୟର ଯେମିତି ସୀମା ନାହିଁ, ତାର ଅସାମର୍ଥ୍ୟର ମଧ୍ୟ ଶେଷ ନାହିଁ । ସେଇଠୁ ମନକୁ ମନ ପଚାରେ- ଏସବୁ ଲେଖିଲି କାହିଁକି, କାହା ପାଇଁ ? ବେଳେବେଳେ ଉତ୍ତର ପାଏ- ନିଜ ପାଇଁ ଲେଖିଛି ଏବଂ ଆଉ ବେଳେ ବେଳେ ଉତ୍ତର ପାଏ- ସେଇ ଲୋକଟି ପାଇଁ, ଯିଏ ମୋର ଅପରିଚିତ ହେଲେ ମଧ୍ୟ ମୋ ପରି ଭାବେ, ମୋ ପରି ଚିନ୍ତା କରେ ଏବଂ ମୋ ପରି ଏହିସବୁ ସମସ୍ୟାକୁ ନେଇ ବ୍ୟସ୍ତ ହୁଏ ।

୨୦୦୯ **- ଗୌରହରି ଦାସ**

ଭୁବନେଶ୍ୱର, ଭାରତ

ସ୍ୱତନ୍ତ୍ର ସଂସ୍କରଣ ଅବସରରେ

ନିଜକଥା

'କଣ୍ଢା ଓ ଅନ୍ୟାନ୍ୟ ଗଳ୍ପ'ର ପ୍ରଥମ ସଂସ୍କରଣ ୨୦୦୯ ମସିହାରେ 'ଭାରତ ଭାରତୀ' ଦ୍ୱାରା ପ୍ରକାଶ ପାଇଥିଲା । ତିନିବର୍ଷ ପରେ ବହିଟି ଭାରତ ସରକାରଙ୍କ ସାହିତ୍ୟ ଏକାଡେମୀ ଦ୍ୱାରା ୨୦୧୨ର ଏକାଡେମୀ ପୁରସ୍କାର ଲାଭ କରି ମୋତେ ଯଶ ଓ ପ୍ରଶଂସା ଆଣି ଦେଇଥିଲା । ଏହା ଭିତରେ ଆଲୋଚ୍ୟ ଗଳ୍ପ ସଂକଳନଟି ମୋର 'କଥା ସମଗ୍ର'ରେ 'ପଶ୍ଚିମା ପ୍ରକାଶନୀ' ପକ୍ଷରୁ ପ୍ରକାଶିତ ହୋଇଛି । ଏହାଛଡ଼ା ସଂକଳନଟି ହିନ୍ଦୀ, ଇଂରାଜୀ ଓ ତାମିଲ ଭାଷାରେ ଅନୂଦିତ ହୋଇ ପ୍ରକାଶ ପାଇଛି ଏବଂ ଆଗାମୀ ବର୍ଷମାନଙ୍କରେ ଏହାର ବଙ୍ଗଳା, ରାଜସ୍ଥାନୀ, ମଣିପୁରୀ, କନ୍ନଡ, ତେଲୁଗୁ ଅନୁବାଦ ପ୍ରକାଶ ପାଇବାକୁ ଯାଉଥିବା ଜଣାପଡ଼ିଛି । ଏହା ମୋ ପାଇଁ ଅତ୍ୟନ୍ତ ଆନନ୍ଦର ବିଷୟ । ଆପଣଙ୍କ ହାତରେ ଥିବା ସଂସ୍କରଣଟି ସେଇ ଗଳ୍ପ ସଂକଳନର ଆନ୍ତର୍ଜାତିକ ସଂସ୍କରଣ, ଯାହାକୁ ଯୁକ୍ତରାଷ୍ଟ୍ର ଆମେରିକାରେ ଅବସ୍ଥିତ 'ବ୍ଲାକ୍ ଇଗଲ ବୁକ୍ସ' ପ୍ରକାଶ କରିଛନ୍ତି ।

ବିଖ୍ୟାତ ଋଷୀୟ କବି ଯୋଶେଫ ଆଲେକଜାଣ୍ଡାର ବ୍ରଡସ୍କିଙ୍କୁ ତାଙ୍କର ସ୍ୱାଧୀନ ଚିନ୍ତାଧାରା ଏବଂ ମୁକ୍ତମତ ପ୍ରକାଶ ଲାଗି ତାଙ୍କ ଦେଶର ସରକାର ନିର୍ବାସିତ କରିଥିଲେ ଏବଂ ସେ ଆମେରିକା ଚାଲିଯାଇଥିଲେ । ୧୯୮୭ରେ ନୋବେଲ ପୁରସ୍କାର ପାଇଥିବା ଏଇ କବିଙ୍କର ଗୋଟିଏ ପ୍ରସିଦ୍ଧ ବାକ୍ୟ ହେଲା, "If mankind's negative potential expresses itself in murder, its positive potential manifests itself best in Art."

ଅର୍ଥାତ୍ "ମଣିଷ ସାମର୍ଥ୍ୟର ନିକୃଷ୍ଟ ଉଦାହରଣ ଯଦି ହତ୍ୟା ହୁଏ ତାହାହେଲେ ଉତ୍କୃଷ୍ଟ ଉଦାହରଣ ହେଉଛି କଳା।" କୌଣସି ମଣିଷ ଈର୍ଷା, ବିଦ୍ୱେଷ, ଘୃଣା ଓ ହିଂସାକୁ ନେଇ କେବେ ସ୍ମରଣୀୟ ରହି ପାରିବ ନାହିଁ। ସେ ଯାହା କରିଥିଲେ ସୁଦ୍ଧା ସମାଜ ଓ ଇତିହାସ ତାକୁ ଭୁଲିଯିବ। କିନ୍ତୁ ଦୟା, କ୍ଷମା, କରୁଣା ଓ ପ୍ରେମ ସବୁବେଳେ ଅବିସ୍ମରଣୀୟ ହୋଇ ରହିବ। ଈର୍ଷା ଓ କରୁଣାର ଲଢ଼େଇରେ ଦ୍ୱିତୀୟର ଜୟ ମଣିଷ ସଭ୍ୟତା ପାଇଁ ମଧ୍ୟ ହିତକର।

'କଣ୍ଟା ଓ ଅନ୍ୟାନ୍ୟ ଗଳ୍ପ'ର ଏହି ସ୍ୱତନ୍ତ୍ର ସଂସ୍କରଣ ପ୍ରକାଶ ଅବସରରେ ମୁଁ ମୋର ପ୍ରିୟ ପାଠକପାଠିକାଙ୍କୁ କୃତଜ୍ଞତା ଜଣାଉଛି, କାରଣ ସେଇମାନଙ୍କର ଆସ୍ଥା ଓ ବିଶ୍ୱାସ ମୋତେ ଏବଂ ମୋର ବହିକୁ ଏଭଳି ସ୍ଥାନରେ ଆଣି ପହଞ୍ଚାଇଛି।

ଭୁବନେଶ୍ୱର ୨୦୨୨, ଭାରତ **- ଗୌରହରି ଦାସ**

ସୂଚିପତ୍ର

କଣ୍ଢା ॥ ୧୩
ସତ ॥ ୨୬
ସୁଦାମ ଜେନା ଗଲା କୁଆଡ଼େ ॥ ୩୮
ଡାଆଣୀ ॥ ୫୧
ମାଆ ॥ ୬୩
କୁଆଡ଼େ ଯିବି ॥ ୭୩
ପୋଡ଼ାଭୂଇଁ ॥ ୮୬
କୋରାପୁଟ ॥ ୧୦୨
ବାରୁଦ ॥ ୧୧୫
କ୍ଷେତ ॥ ୧୨୫
ଗଣନା ॥ ୧୩୪
ପଦ୍ମତୋଳା ॥ ୧୪୫
ସମ୍ବର୍ଦ୍ଧନା ॥ ୧୫୭
ସଦ୍‌ଗତି ॥ ୧୭୦
କଥା ଦେଇଛି ॥ ୧୮୩
ଭସାମେଘ ॥ ୧୯୩

କଣ୍ଟା

ନକୁଳ ନାୟକ ତା ଟିପାଖାତା ଉପରୁ ମୁହଁ ଟେକି ଦେଖିଲା, ପୁଅ ବ୍ରଜକିଶୋର ଦୁଆରବନ୍ଧ ପାଖରେ ଠିଆହୋଇଛି। କଣ କହିବ କହିବ ବୋଲି ଭାବୁଛି, କହିପାରୁ ନାହିଁ। କାନ୍ଧରେ ପକେଇଥିବା ତଉଲିଆର କୋଣକୁ ଆଙ୍ଗୁଳିରେ ଗୁଡ଼େଇ ମୋଡ଼ୁଛି ଓ ବାରମ୍ବାର ଛେପ ଢୋକୁଛି।

ନକୁଳ ନାୟକ ଚିକ୍ରାର କଲା, "କଣ କହିବୁ କହୁନୁ? ମାଇଚିଆ, ଦିନରାତି ତ ସାନ ସାନ ପିଲାଙ୍କ ସାଙ୍ଗେ ଡାଳମାଙ୍କୁଡ଼ି ଖେଳୁଛୁ, ନ ହେଲେ ଗାଁଟୋକୀଙ୍କ ସାଙ୍ଗରେ ବୋହୂଚୋରି! ମୋଅରି କର୍ମରେ ଶେଷରେ ତୋ ପରି ଅକାଳକୁଷ୍ମାଣ୍ଡ ଥିଲା! କଣ କହିବାର ଅଛି କହ, ନ ହେଲେ ନିଜ ରାସ୍ତାରେ ଯା। ମୋର ଜରୁରି କାମ ଅଛି।"

: ଗୋ-ପାଳ ମାଷ୍ଟ୍ରେ...।

କଥାଟା ସାରିପାରିଲା ନାହିଁ ବ୍ରଜକିଶୋର। ନକୁଳ ନାୟକ ଆଉ ଥରେ ଖିଙ୍କାରି ଆସିଲା। ''ଓହୋ, ତୋ ପ୍ରାଣ ଉଛୁଳି ଉଠୁଛି ପରା? ଆହା ରେ ମୋର ଧର୍ମ ଯୁଝେଷ୍ଟି, ତୋତେ ତା ମାଇପ ଶିଖେଇକି ପଠେଇଛି କି ରେ? ଯାଉଛୁ ନା ମୋ ଆଖି ସାମ୍ନାରୁ, ଦେଖିବୁ ଏଇନେ! ଦିନରେ ତିନିବେଳା ତଣ୍ଟି ପର୍ଯ୍ୟନ୍ତ ଭୋଜନ ମିଳିଯାଉଛି ତ, ସେଇଥିଲାଗି ଧର୍ମାତ୍ମା ପାଲଟି ଯାଉଛୁ।''

ବ୍ରଜକିଶୋର ସେଠୁ ଚାଲିଯାଇଥିଲା। ତାର ସ୍ୱଭାବ ବଳଦ ପରି ନିରୀହ, ବାପା ନକୁଳ ନାୟକର ଝିଙ୍ଗାସ ଶୁଣି ସେ ଡରିଯାଇଥିଲା। ବଡ଼ ସାହସ କରି ଆସିଥିଲା ସେ, କାଳେ ବାପା ତା କଥା ଶୁଣିବ। କିନ୍ତୁ ସେ ଜାଣିଥିଲା, ସେଇଟା ଖୁବ୍ ଅସମ୍ଭବ କାମ। ଆଜି ପର୍ଯ୍ୟନ୍ତ କେବେ ତା ବାପା କୌଣସି କାମରେ ପଛକୁ ଫେରି ନାହିଁ। ସେ ଗୋଟେ ଏକମୁହାଁ ରାସ୍ତା। ବ୍ରଜକିଶୋର ମୁଣ୍ଡ ତଳକୁ କରି

ନୂଆପୋଖରୀ ମୁହାଁ ଗୋଟିଏ ଗୋଟିଏ ପାହୁଣ୍ଡ ପକେଇ ଚାଲିଲା। ସେଇଠି ତା ସାଙ୍ଗମାନେ ଖେଳୁଥିବେ।

ବାପାଠାରୁ ଗାଳି ଶୁଣିବା ବ୍ରଜକିଶୋର ପାଇଁ ନୂଆ ନୁହେଁ। ହେତୁ ହେବା ଦିନରୁ ସେ ବାପାଠାରୁ ପ୍ରତିଦିନ ଗାଳିମନ୍ଦ ଶୁଣିଆସିଛି। ବାପାର ସ୍ନେହ କଣ ସେ ଜାଣି ନାହିଁ। ଘର ଭିତରେ ମା-ପୁଅ ଦିହେଁ ଦିଇଟା ଅଦରକାରୀ ଜିନିଷ ପରି ଚଳପ୍ରଚଳ ହେଉଥାଆନ୍ତି। ଏମିତି ବାପାଠୁଁ ଅଧିକ ଆଦର ଆଶା କରିବା ମୂର୍ଖାମି। କିନ୍ତୁ ଆଜି କାହିଁକି ବ୍ରଜକିଶୋରକୁ ବାପାର ଗାଳି ଭାରି କଷ୍ଟ ଦେଉଥିଲା। ଭାବୁଥିଲା, କୁଆଡ଼େ ପଳେଇଯାଆନ୍ତା କି! ସୁରତ କି କଲିକତା, ହାଇଦ୍ରାବାଦ କି ବାଙ୍ଗାଲୋର। ରୋଜ ରୋଜ ଏସବୁ ଶୁଣିବା ଲାଗି ପଡ଼ନ୍ତା ନାହିଁ। ଇଏ କଣ ଜୀବନ!

ପର ମୁହୂର୍ତ୍ତରେ ନିଜର ହାତ ପାଦ ଯୋଡ଼ିକୁ ଚାହିଁ ସେ ନରମିଗଲା। ସେ ବାମନଟିଏ। କୁଆଡ଼େ ଯିବ? କିଏ ତାକୁ କାମରେ ଲଗେଇବ? ସମସ୍ତେ ତ ତାକୁ ଥଟ୍ଟା ଟାପରା କରନ୍ତି। ସମବୟସ୍କମାନେ ତାକୁ ଦୂର୍‌ଦୂର୍ କରନ୍ତି। ସେଥିପାଇଁ ସେ ତାଠୁଁ ବୟସରେ ସାନ ପୁଅଝିଅଙ୍କ ସାଙ୍ଗରେ ଖେଳେ। ଖେଳି ଖେଳି ଥକିଗଲେ ଘରକୁ ଫେରେ। ମା ଯାହା ବାଢ଼ିଦେଲା ତା ଖାଇଦେଇ ଫାଁ ଗାଳି ଶୋଇଯାଏ। ନିଦରେ ବେଳେବେଳେ ସେ ସ୍ୱପ୍ନ ଦେଖେ, ସେଇତକ ସମ୍ପୂର୍ଣ୍ଣ ଭାବେ ତାର।

ବ୍ରଜକିଶୋର ଏସବୁ ଭାବି ନୂଆପୋଖରୀ ଆଡ଼ିକୁ ଯାଉଥିବାବେଳେ ବାପ ନକୁଳ ନାୟକ ନିଜ ପିଣ୍ଡା ଉପର 'ସିରସ୍ତା'ରେ ବସି ପୁଅ କଥା ଚିନ୍ତା କରୁଥିଲା। ବାଇଶ ବର୍ଷର ଟୋକାଟା, ଦଶ ବାର ବର୍ଷର ପିଲାଟେ ପରି ଦିଶୁଛି। ବାଘ ଘରେ ମିରିଗ ଜନ୍ମ ହେଲା ଭଳି ଅସମ୍ଭବ କଥା। ସେଥିପାଇଁ ସେ ମନେ ମନେ ତା ସ୍ତ୍ରୀକୁ ଗାଳିଦିଏ। ଅନେକ ଦିନୁ ତାର ସନ୍ଦେହ, ବ୍ରଜକିଶୋରଟା ତା କ୍ଷେତର ଫଳ ନୁହେଁ। କିନ୍ତୁ ଆଜି ଆଉ ସେ ବିଷୟରେ ଗାଳିମନ୍ଦ କରି ଲାଭ ନାହିଁ। ବ୍ରଜକିଶୋରର ଜନ୍ମ ପରେ ସେ ଆଉ ଗୋଟେ ପିଲା ପାଇଁ କେତେ ଥର ଉଦ୍ୟମ ନ କରିଛି! ନା, ତା ସ୍ତ୍ରୀ ଆଉ ଫଳି ନାହିଁ। ବ୍ରଜକିଶୋର ପ୍ରଥମ ଓ ଶେଷ; ଡେଙ୍ଗା ହୃଷ୍ଟପୁଷ୍ଟ ଗଛର ଭୂତଖିଆ ଗୋଟମା, ବାମନଟାଏ!

ମନ୍ଦିର ଆଡୁ ସର୍ବେଶ୍ୱର ପ୍ରଧାନ ଆସୁଥିଲା। ନକୁଳ ନାୟକକୁ ଦେଖିଲାକ୍ଷଣି ଦୁଇ ହାତ ଯୋଡ଼ି ନମସ୍କାର କଲା। କହିଲା, "ଆଜି ବି ପୁଲିସ ଗୋପାଳ ମାଷ୍ଟ୍ରଙ୍କୁ ଛାଡ଼ି ନାହିଁ। ଶୁଣିଲି କୋର୍ଟ ଚାଲାଣ କରିଦେବେ।"

ବଉଦ ଉହାଡ଼ରୁ ବାହାରି ଆସିଥିବା ଜହ୍ନ ପରି ନକୁଳ ନାୟକର ମୁହଁ ଉଜ୍ଜ୍ୱଳି ଉଠିଲା। ସେ ପାଟିର ପାନପିକତକ ପିଚ୍‌କିନା ପିଣ୍ଡା ତଳକୁ ପକେଇଦେଇ କହିଲା, "ସତ କହୁଛୁ?'' ତାପରେ ଏଭଳି ଖୁସି ଖବର ଦେଇଥିବା ସର୍ବେଶ୍ୱର ଲାଗି କିଛି

ଗୋଟେ ସତ୍କାରର ପ୍ରୟୋଜନ ମଣି ସେ ତାକୁ କହିଲା, "ଆ, ପାନଖଣ୍ଡେ ନେ। ସାଦା ପାନ ବା ! ମୁଁ କଣ ଜାଣିନି ତୋର ଏସବୁ ଅମଲ ଟମଲ କିଛି ନାହିଁ।"

ସର୍ବେଶ୍ୱର ପ୍ରଧାନର ପାନ ଖାଇବା ଲାଗି ଆଗ୍ରହ ନ ଥିଲା; ମାତ୍ର ନକୁଳ ନାୟକର ପ୍ରସ୍ତାବକୁ ଆଡ଼େଇଦେବା ଲାଗି ମଧ୍ୟ ତାର ସାହସ ନ ଥିଲା। ସେ ପିଣ୍ଡା ତଳେ ଠିଆ ହେଲା। ନକୁଳ ନାୟକ ଗୋଟେ ପଲିଥିନ୍ ପୁଡ଼ିଆରୁ ଫାଳେ ପାନପତ୍ର ବାହାର କରି ତା ଉପରେ ଗୁଆ ଓ ଗୁଣ୍ଡି ଥୋଇଲା। ନିଜ ଫତେଇ ପକେଟ୍‌ରୁ କରାଟଟିଏ ବାହାର କଲା। ତା ଭିତରୁ ଲବଙ୍ଗଟିଏ ବାହାର କରି ତାକୁ ଦି ଖଣ୍ଡ କରି ଖଣ୍ଡେ ପାନରେ ପକେଇ ଖିଲି ମୋଡ଼ିଦେଲା। ସର୍ବେଶ୍ୱର ହାତକୁ ପାନଖଣ୍ଡିକ ବଢ଼େଇ ଦେଉ ଦେଉ କହିଲା, 'ଇଏ କଣ ସାମାନ୍ୟ କେସ୍ ହୋଇଛି ? ସରକାରୀ ଜଙ୍ଗଲରୁ ଗଛ କାଟିବା ଓ ବିରଳ ପ୍ରାଣୀ ମାରିବା କି ଜଘନ୍ୟ କାମ କହିଲୁ ?'

ସର୍ବେଶ୍ୱର କିଛି କହିଲା ନାହିଁ। ସେ କହିବାକୁ ଚାହୁଁଥିଲା ଯେ, ଏସବୁ ଅଭିଯୋଗ ସତ ନୁହେଁ। ମାତ୍ର ନକୁଳ ନାୟକ ଖଣ୍ଡେ ଧାରୁଆ ଛୁରି। ତା ଉପରେ ତମେ ପଡ଼ିଲେ ଖଣ୍ଡିଆ, ସିଏ ତମ ଉପରେ ପଡ଼ିଲେ ବି ଖଣ୍ଡିଆ। ପାନଖିଲଟି ନକୁଳ ନାୟକ ହାତରୁ ନେଇ ସେ ନିଜ ବାଟରେ ଚାଲିଗଲା।

ନକୁଳ ନାୟକ ଗଡ଼ ଜିଣିଥିବା ଆନନ୍ଦରେ ନିଜର ତେଲଚିକିଟା ତକିଆକୁ ଆଉଜି ବସିଲା। ନିଜ ଘରର ପିଣ୍ଡା ଉପରେ ଏଇ ଅରାକ ତାର ସିରସ୍ତା। ବସି ବସି କାନ୍ଥର ଗୋଟାଏ ଜାଗା କଳା ପଡ଼ିଗଲାଣି। କଚେରି କି ଫାଣ୍ଡିକି ନ ଯିବାତକ ସମୟ ସେ ଏଇଠି ବସେ। ସାମ୍ନାପଟେ ଗୋଟେ ବେଣାଚେର ହେଁସ ବାନ୍ଧିଦେଇଛି, ଖରା ପାଇଁ। ପାଖରେ ଗୋଟେ ଶାଗୁଆନ କାଠ ତିଆରି ଡେସ୍କ। ତା ଉପରେ ସେ ଲେଖାଲେଖି କରେ, ଭିତରେ ଜରୁରି କାଗଜ ରଖି ତାଲା ପକେଇଦେଇଥାଏ। ସେହି ଡେସ୍କ-ବାକ୍ସ ଭିତରେ କେତେ ଯେ କାଗଜପତ୍ର, ସୀମା ନାହିଁ। ତା ପାଖରେ ଗୋଟିଏ ବ୍ୟାଗ୍। ସେଇଟା ବି ଗୋଟେ ଚଳନ୍ତି ଅଫିସ୍। ତା ଭିତରେ ଭାରତ ସମ୍ବିଧାନର କ୍ଷୁଦ୍ର ସଂସ୍କରଣ, ପିଙ୍ଗଳ କୋଡ୍‌ର ଅନୁବାଦ, କେତେ ଫର୍ଦ୍ଦ ଶାଗୁଆ ରଙ୍ଗର ପଇସିକିଆ କାଗଜ, ନାଲି, ନେଳି ଓ କଳାରଙ୍ଗର ତିନିଟି କଲମ, ଦିଇଟା ପେନ୍‌ସିଲ୍, ଗୋଟେ ପେନ୍‌ସିଲ୍ ଗାର ଲିଭା ଓ ଆଉ ଗୋଟେ କଲମ ଗାର ଲିଭା ରବର, ପୁଳାଏ ଆଲ୍‌ପିନ୍, ଗୋଟେ କଳା ଷ୍ଟାମ୍ପ୍‌ପ୍ୟାଡ୍, କେତୋଟି ରେଭେନ୍ୟୁ ଷ୍ଟାମ୍ପ୍, ପୁଳାଏ ପୁରୁଣା କେସ୍‌ର ନକଲ, ଗୋଟେ ଠିକଣା ଲେଖା ପୁରୁଣା ଖାତା ଓ ଓକିଲମାନଙ୍କ ଟେଲିଫୋନ୍ ନମ୍ବର ଥିବା ଡାଏରି। ତା ଭିତରେ ଅସଂଖ୍ୟ ଚିରକୁଟି- କାଳେ ଖସି ପଳେଇବେ ବୋଲି ଗୋଟେ ରବର ସୂତୁଲି ବନ୍ଧା ଯାଇଥାଏ।

ନକୁଳ ନାୟକର ବୟସ ଷାଠିଏ। ଡେଙ୍ଗା ଓ ଦୁର୍ବଳିଆ ଚେହେରା, ଆଖିଯୋଡ଼ିକ କିନ୍ତୁ ଛଞ୍ଚାଣର ଆଖି ପରି ତୀବ୍ର। ମୁଣ୍ଡର ଉପର ଭାଗ ଚନ୍ଦା, ତିନିପଟକୁ କିଛି କିଛି ଧଳା ଓ କଷରା ମୁଣ୍ଡବାଳ, ନାକ ଉପରେ ମୋଟା ଫ୍ରେମ୍‌ର ଚଷମା। ପୋଷାକ କହିଲେ ଖଣ୍ଡେ ଫତେଇ, ସମୟେ ସମୟେ ତା ଉପରେ ଗୋଟେ ପୁରୁଣା ନେହରୁ ଜ୍ୟାକେଟ୍ ପଡ଼େ। ତା ସାଙ୍ଗକୁ ଚଉଡ଼ା କଳାଧଡ଼ିର ଧୋତି। ଶୀତଦିନେ କାନ୍ଧ ଉପରେ ସେ ଗୋଟେ ପୁରୁଣା ଶାଲ୍ ପକାଏ। ନିୟମିତ ପାନ ଖାଇବା ଅଭ୍ୟାସ ଯୋଗୁଁ ଦାନ୍ତଗୁଡ଼ିକ କଳା। ନକୁଳ ନାୟକର ଦେହସାରା ଲୋମ ଭର୍ତ୍ତି, କାନ ଭିତରୁ ବି ବୂଳ ଗୁଡ଼ାକ ଦିଶୁଥାଏ। ପାଦରେ ହଳେ ସ୍ୟାଣ୍ଡଲ୍। ସବୁଦିନ ସକାଳ ଆଠଟାରୁ ଘରୁ ବାହାରିଯାଏ, ଫେରୁ ଫେରୁ ଚାରିଟା। ନକୁଳ ନାୟକର ସରକାରୀ ଚାକିରି ନୁହେଁ, ମାତ୍ର ସବୁଦିନେ ବାହାରେ କାମ। ଯେଉଁଦିନ ଗାଁରେ ରହେ ସେଦିନ ଏଇ ସିରସ୍ତାରେ ବସି ନିଜ କାମ କରେ। ଗାଁ ଲୋକଙ୍କ ସାଙ୍ଗେ ତାର କଥାବାର୍ତ୍ତା କମ୍। ସେମାନେ ନକୁଳ ନାୟକ ପାଖକୁ ବେଶି ଆସନ୍ତି ନାହିଁ।

ନକୁଳ ନାୟକର ସ୍ୱଭାବ ସ୍ୱତନ୍ତ୍ର। ଅନ୍ୟର ଦୁଃଖ ଦେଖିଲେ ସେ ଖୁସି ହୁଏ। ପୁଣି ସେ ଲୋକଟା ଦୁଃଖୀ ହେବାର କାରଣ ଯଦି ସେ ନିଜେ ହୋଇଥାଏ, ତାହାହେଲେ ତାର ଖୁସିଟା ବେଶି ବଢ଼ିଯାଏ। ସେ କୁହେ, ଅନ୍ୟର ଭଲ କରିବା ଯେତିକି କଷ୍ଟ, ମନ୍ଦ କରିବା ତାଠାରୁ ଅଧିକ କଷ୍ଟ। ରାସ୍ତା ଉପରେ ନେଇ ପଥରଟିଏ ନ ପକେଇଲେ ସେ ରାସ୍ତାରେ ଆସୁଥିବା ଲୋକ ଝୁଣ୍ଟିବ ନାହିଁ। ଆଉ ପଥର ପକେଇବା ଲାଗି ପରିଶ୍ରମ କରିବାକୁ ପଡ଼େ, ମୁଣ୍ଡ ବି ଖଟେଇବାକୁ ପଡ଼େ।

ନକୁଳ ନାୟକର ପରିଚୟ କଣ? ତାର ଚାକିରି କଣ? ଏକଥା ଅବଶ୍ୟ ତାକୁ କେହି ପଚାରନ୍ତି ନାହିଁ। ବହୁବର୍ଷ ତଳେ ଥରେ ଏ ପ୍ରଶ୍ନଟି ଗୋଟେ ଲୋକ ପଚାରିଥିଲା। ତାପରେ ସେ ଯେଉଁ ଦଶା ଭୋଗିଥିଲା ତାହା ସେ ଭୁଲିଥିବ ନା ନକୁଳ ନାୟକ! ଲୋକଟା ଏବେ ବଞ୍ଚିଛି କି ମଲାଣି ନକୁଳ ନାୟକ ଜାଣେ ନାହିଁ। ସେତେବେଳେ ନକୁଳର ବୟସ ସତେଇଶ ବର୍ଷ। ପ୍ରତିଦିନ ଭଦ୍ରକ କଚେରି ସାମ୍ନାରେ ଟହଲ ମାରିବା ତାର କାମ। ବାପା ଘରୁ ତଡ଼ିଦେବା ପରେ ସେ ରେଳରେ ବସି କଟକ ପଳେଇଥିଲା। ପାଖରେ ପଇସା କଉଡ଼ି ନ ଥିଲା, କିନ୍ତୁ ଭଲ ପୋଷାକପତ୍ର ତିନି ହଳ ଥିଲା। ସେଇଠି ଆକସ୍ମିକ ଭାବେ ତାର ନିଜ ଜୀବନର ଲକ୍ଷ୍ୟ ସହ ଭେଟ ହୋଇଗଲା। ଜଣେ ଓକିଲବାବୁ ତାକୁ ସାକ୍ଷୀ ପଡ଼ିବାକୁ ଡାକିଲେ ଓ ଦଶଟି ଟଙ୍କା ଦେଲେ। ନକୁଳ ନାୟକ ନିଜର ପ୍ରଥମ ଉପାର୍ଜନରେ ଯେତିକି ଖୁସି ହେଲା, ତାର ଆକସ୍ମିକତାରେ ତାଠାରୁ ଅଧିକ ଖୁସି ହେଲା। ସେ ସେହିଦିନୁ ସେ ଓକିଲଙ୍କର ଶିଷ୍ୟ ହୋଇଗଲା।

ବିଭିନ୍ନ କେସ୍‌ରେ ମିଛ ସାକ୍ଷୀ ପଡ଼ିଲା, ବେଳେବେଳେ ସ୍ତ୍ରୀଲୋକଙ୍କ ନାଁରେ ବି ଟିପ, ଦସ୍ତଖତ ଦେଲା। ଧୀରେ ଧୀରେ ଗୋଟାଏ ନକଲି ଜମିପଟା ଯୋଗାଡ଼ କଲା ସେ। ସାକ୍ଷୀରୁ ଜାମିନଦାର ହେଲା। ମାତ୍ର ଦିନେ ତାର ଆଶଙ୍କା ହେଲା, ସିଏ ଧରା ପଡ଼ିଯିବ। କଟକର ମାୟା ତୁଟେଇ ଚାଲିଆସିଲା ଭଦ୍ରକ।

ଭଦ୍ରକ ଆସିବା ଆଗରୁ କିଛିଦିନ କଟକ ଡାକ୍ତରଖାନାରେ ସମାଜସେବା କରିଥିଲା ନକୁଳ ନାୟକ। ପ୍ରଥମ ଥର ନିଜ ଦେହର ରକ୍ତ ବିକି ଓ ତାପରେ ରୋଗୀମାନଙ୍କୁ ଡାକ୍ତରଙ୍କ ପାଖେ ପହଞ୍ଚେଇ କିଛି କିଛି ପଇସା ପାଉଥିଲା ସେ। ମାତ୍ର ସେ କାମଟା ତାକୁ ଉତ୍ସାହଜନକ ଲାଗୁ ନ ଥିଲା। ସମସ୍ତେ କେମିତି ଗୋଟାଏ ହୀନ ଦୃଷ୍ଟିରେ ଦେଖୁଥିଲେ। ତେଣୁ ସେ କୋର୍ଟ କଚେରି କାମକୁ ଜୀବିକା ଭାବରେ ଗ୍ରହଣ କରିନେଲା।

ସେଇ ଲୋକଟାର କଥା ପୁଣି ମନେପଡ଼ିଲା। ଦିନେ ନକୁଳ କଚେରି ପାଖରେ ଓକିଲ ନରେନ୍ଦ୍ରବାବୁଙ୍କୁ ଅପେକ୍ଷା କରୁଥିଲା। ସେତିକିବେଳେ ସେହି ଲୋକଟି ଆସି ପଚାରିଲା, 'ତୁମେ ତ ଏଠି ସବୁଦିନେ ବୁଲୁଛ ? ତୁମର କାମ କଣ ?'

କେମିତି ଛିଗୁଲେଇଲା ଭଳିଆ କଥା ଦି ପଦ ପଚାରିଥିଲା ଲୋକଟି। ନକୁଳ ନାୟକ ଦେହରେ ନିଆଁ ଲାଗିଯାଇଥିଲା। ସେ ତାକୁ କିଛି କହି ନଥିଲା। ଲୋକଟା ଯିବା ପରେ ତାର ନାଁ, ଗାଁ ଓ ବାପ ନାଁ ସଂଗ୍ରହ କରି ଥାନାରେ ଗୋଟେ ଏତଲା ଦେଇଥିଲା। ଲୋକଟା ତାକୁ ମୁନିଆ ମାରଣାସ୍ତ୍ର ଧରି ମାରିବାକୁ ଧାଇଁ ଆସିଲା - ଇଏ ଥିଲା ଅଭିଯୋଗ। ସପ୍ତାହେ ଯାଇ ନାହିଁ, ସେଇ ଲୋକଟି ଆସି ତା ପାଖରେ ହାଜର। ଚେହେରାରେ ଆଉ ସେ ଦମ୍ଭିଲା ଭାବ ନାହିଁ, ମୁହଁ ଶୁଖିଲା। ପଚାରିଥିଲା, 'ନକୁଳବାବୁ, ମୁଁ ଆପଣଙ୍କୁ କେତେବେଳେ ମାରିବା ପାଇଁ ଧାଇଁଗଲି ? ମୋ ପାଖରେ ମାରଣାସ୍ତ୍ର ଆସିଲା କେଉଁଠୁ ?'

ନକୁଳ କହିଥିଲା, ''ତୁମ ଛତାଟା କେଉଁଥିରେ ତିଆରି ? ତା ମୁଣ୍ଡଟା ମୁନିଆ ନା ନୁହେଁ ? ସେଥିରେ ଭୁସିଦେଲେ ଜଣେ ଲୋକର କ୍ଷତି ହେବ ନା ନାହିଁ ? ବାସ୍, ମୁଁ ତ ସେଇଆ ଲେଖିଛି। ବାକି, ସେଇଟା ମାରଣାସ୍ତ୍ର ହେବ ନା ନାହିଁ, ସେକଥା କଚେରିରେ ସ୍ଥିର ହେବ।"

ଲୋକଟି ନକୁଳକୁ ଟଙ୍କା ଦୁଇଶହ ହାତଗୁଞ୍ଜା ଦେଇ କେସ୍ ଉଠେଇ ନେବାକୁ କାକୁତି ମିନତି କରିଥିଲା। ଦୋଳସାହି ସ୍କୁଲର ଶିକ୍ଷକ ଥିଲା ଲୋକଟି। ନିଜ ନାଁରେ ପୁଲିସ କେସ୍ ରହିଲେ ତା ଚାକିରି ଉପରେ ବିପତ୍ତି ଆସିଥାନ୍ତା !

ଟଙ୍କାତକ ପକେଟ୍‌ରେ ରଖୁ ରଖୁ ନକୁଳ ନାୟକ ମନକୁ ମନ କହିଥିଲା, 'ଏ

ଦୁନିଆ ବିଚିତ୍ର । ଏଠି ତୁଳସୀ ପତ୍ରକୁ ଲୋକେ ଦଳିଚକଟି ଚାଲିଯିବେ, କିନ୍ତୁ ବିଛୁଆତିକୁ ଡରି ଦୂରେଇ ରହିବେ ।'

ସେଇଦିନୁ ନକୁଳ ନାୟକ ତା ଜୀବନର ଦ୍ୱିତୀୟ ଲକ୍ଷ୍ୟ ସ୍ଥିର କରିନେଲା । ଆଗରୁ ସାକ୍ଷୀ ଓ ଜାମିନ ପଡୁଥିଲା, ଏଣିକି ନିଜେ ମିଛ କେସ୍ କଲା ଓ କରେଇଲା । ଗୋଟେ ଦିଇଟା ଆଫିଡାଭିଟ୍ କାମ ତ ସବୁଦିନେ ମିଳିଯାଏ । ବହୁ ଓକିଲଙ୍କ ସହ ସମ୍ପର୍କ । ସାଧାରଣ ସତ୍ୟପାଠରେ ଦଶ, କୋଡ଼ିଏ ଟଙ୍କା ଓ ବଡ଼ ବଡ଼ - ଯେମିତି ଜମିକିଣା କି ନୂଆ ସଂସ୍ଥା ରେଜିଷ୍ଟ୍ରେସନ୍ - ସେଥିରେ ପଚାଶ ଟଙ୍କା ମିଳେ । ଜାମିନଦାର ହେଲେ ପାଁଶହ ଟଙ୍କା । ଜମି ଓ ଘରର ପଟା ପାଉତି ତା ବ୍ୟାଗ୍‌ରେ ଥାଏ । ଓକିଲ ଡାକିବା କ୍ଷଣି ସେ ଯାଇ ହାଜର ହୋଇଯାଏ । ଗଲା ତିରିଶ ବର୍ଷ ହେଲା ତାର ଏଇ କାମ ।

ଅନ୍ୟ ନାଁରେ ମାମଲା ଦାୟର କରିବା ବା କରେଇବା, ସରକାରୀ ଓ ବେସରକାରୀ କର୍ମଚାରୀଙ୍କ ନାମରେ ମିଛ ସତ ପିଟିସନ୍ ପକେଇବା ନକୁଳ ନାୟକର ମୁଖ୍ୟ କାମ । ସେଥିପାଇଁ ନିଜ ଅଞ୍ଚଳର ଅଧିକାଂଶ ଲୋକ ତାକୁ ମନେ ମନେ ଡରନ୍ତି, କିଛି କିଛି କପଟ-ସମ୍ମାନ ବି ଦିଅନ୍ତି । ସ୍କୁଲ ମାଷ୍ଟରଠାରୁ ନେଇ ୱାର୍ଡ ମେମ୍ବର, କଣ୍ଟ୍ରୋଲ ଡିଲରଠାରୁ ନେଇ ଗ୍ରାମସେବକ ସମସ୍ତଙ୍କର ନକୁଳ ନାୟକକୁ ଭୟ । ତା ସାଙ୍ଗରେ କେହି ଯୁକ୍ତିତର୍କ କରନ୍ତି ନାହିଁ । କେହି କେହି ତାକୁ ଦେଖିଲେ ବାଟଭାଙ୍ଗି ଚାଲିଯାଆନ୍ତି । ପାଟପୁର ଗାଁକୁ ବିକି ଆସୁଥିବା ମାଛଶୁଖୁଆ ବିକାଳିଙ୍କଠାରୁ ଆରମ୍ଭ କରି ନେତାମାନଙ୍କ ପର୍ଯ୍ୟନ୍ତ ସମସ୍ତେ ନକୁଳ ନାୟକକୁ ଚିହ୍ନନ୍ତି । କୌଣସି ନୂଆ ବୁଲାବିକାଳି ନକୁଳକୁ ଚିହ୍ନି ନ ପାରିଲେ, ସେ ତାକୁ ପଦେ କଥା ପଚାରେ- ''ନାଲିକୋଠା ଦେଖିବାକୁ ମନ ବଳିଲାଣି କିରେ ? ଥରେ ସେ ମାୟାରେ ପଡ଼ିଲେ ଜୀବନସାରା ଘିରିଘିରି ଘୂରୁଥିବୁ, ଯମ ବି ତୋ ସାକ୍ଷାତ ପାଇବ ନାହିଁ ।"

ତାପରେ ସେ ଲୋକ ନକୁଳ ନାୟକକୁ ଚିହ୍ନିଯାଏ ।

ନକୁଳ ନାୟକର ସବୁଥିରେ ଆଗ୍ରହ, କୋଉଥିରେ ନାହିଁ । ତା କାମ ଥିବା ପର୍ଯ୍ୟନ୍ତ ତାର ଆଗ୍ରହ, ତାପରେ ସେ ଅଚିହ୍ନା ପରଦେଶୀ । ରାଜନୀତି ସହ ତାର ଆଦୌ ସମ୍ପର୍କ ନାହିଁ । ଯେତେବେଳେ ଯିଏ କ୍ଷମତାରେ, ସେତେବେଳେ ସିଏ ତାଙ୍କର । କ୍ଷମତା ବଦଳିଗଲେ ସେ ବଦଳିଯାଏ । ପ୍ରତିପକ୍ଷ ଉପରୁ ମିଛ କେସ୍ ଉଠେଇନେଇ ପରବର୍ତ୍ତୀ ସୁଯୋଗକୁ ଅପେକ୍ଷା କରେ । ତାର ରଙ୍ଗବଦଳ ଦେଖି ନେତାମାନେ ଆଶ୍ଚର୍ଯ୍ୟ ହୁଅନ୍ତି । ନକୁଳ ନାୟକକୁ ଚା-ପାନ ଦେଇ କହନ୍ତି, "ତୁମଠାରୁ ଅନେକ କଥା ଶିଖିବାର ଅଛି ।"

ନକୁଳ ନାୟକ ଖୁସି ହୁଏ, ମାତ୍ର ପ୍ରଭାବିତ ହୁଏ ନାହିଁ। ସେ ଜାଣେ, ଏମାନେ ତାକୁ କେହି ଆଦର କରନ୍ତି ନାହିଁ। କିନ୍ତୁ ସେଥିପାଇଁ ସେ ହାଇଁପାଇଁ ହୁଏ ନାହିଁ। ପକେଟ୍‌ରେ ଟଙ୍କା ଅଛି ତ ସବୁ ଅଛି। ସିଏ ପାଟପୁର ଗାଁର ଡେଙ୍ଗା ତାଳଗଛ, ପାଖରେ କେହି ନ ଥାଉ, ସମସ୍ତେ ତାକୁ ଅନେଇ ଦେଖୁଥିବେ।

ଆଜି ସେ ପ୍ରକୃତରେ ଖୁସି ଥିଲା। ତାର କାରଣ ହେଲା ଗୋପାଳ ମାଷ୍ଟ୍ରର ଦରଖାସ୍ତ ଖାରଜ ହୋଇଯାଇଥିଲା। ଟୋକାଟା ଗାଁ ଲୋକଙ୍କୁ ମଡେଇ ତା ବିରୋଧରେ ରୀତିମତ ଗୋଟେ ଆନ୍ଦୋଳନ ଠିଆ କରଉଥିଲା। ଗାଁର ସବୁ ସମସ୍ୟାରେ ନାକ ଗଳଉଥିଲା। ତାକୁ କହୁଥିଲା 'କଣ୍ଟା'। ନକୁଳ ନାୟକ ରାଗରେ ଫୁଲି ଉଠିଲା। ଏବେ ସେ ଦେଖିବ, ଗୋପାଳ ମାଷ୍ଟର କେମିତି ଖଲାସ ହେବ।

ଗୋପାଳ ଗାଁ ସ୍କୁଲର ବିଜ୍ଞାନ ଶିକ୍ଷକ। ତା ପୁଅ ବ୍ରଜକିଶୋରଠୁଁ ପାଞ୍ଚବର୍ଷ ବଡ଼। ଗଲା ସପ୍ତାହରେ ସେ କେନ୍ଦ୍ରାପଡ଼ା ପାଖ ଭିତରକନିକା ଯାଇଥିଲା। ସାଙ୍ଗରେ ତାର ଜଣେ ବନ୍ଧୁ ଯାଇଥିଲା। ସେଇ କଥାକୁ ନେଇ ନକୁଳ ନାୟକ ଅଭିଯୋଗ ଦାଖଲ କରିଛି- ଗୋପାଳ ଓ ତାର ବନ୍ଧୁ ଭିତରକନିକାରେ ବିରଳ ପଶୁ ମାରି ଖାଇଛନ୍ତି ଏବଂ କଞ୍ଚାଗଛ ହାଣିଛନ୍ତି। ପ୍ରମାଣ ଯୋଗାଡ଼ କରିବାକୁ ଅନେକ କଷ୍ଟ ହୋଇଛି ତାକୁ। ବନ ବିଭାଗ କର୍ମଚାରୀଙ୍କୁ ପ୍ରଭାବିତ କରି କିଛି ମାଉଁସ ଓ କଟା ଡାଳ ଜବତ କରେଇଛି। ବନ୍ୟଜନ୍ତୁ ଆଇନର ଦଫା ନଅ, ଦଫା ଏକୋଇଶ ଓ ଓଡ଼ିଶା ବନ ସୁରକ୍ଷା ଆଇନର ସେକ୍ସନ୍ ସତେଇଶ ଲଗେଇବା କଣ ସହଜ ପାଠ! ଦିଇଟାଯାକ ଜାମିନ ବିହୀନ ମାମଲା।

ଗୋପାଳ ମାଷ୍ଟର ସ୍ତ୍ରୀର ପିଲାପିଲି ହେବ। ସେଇ ଯୋଗୁଁ ବ୍ରଜକିଶୋର ଆସି ଫେରାଦୀ ହେଉଥିଲା। ମାଇପ ଏପଟେ ଶୂଳକଷ୍ଟ ପାଇବାବେଳକୁ ସିଆଡ଼େ ଗେରସ୍ତଙ୍କୁ ପୁଲିସ ଧରିନେଲାଣି। ଘରେ ଏକୁଟିଆ ଗୋପାଳ ବୁଢ଼ୀମା। ନକୁଳର ସ୍ତ୍ରୀ କହୁଥିଲା, ଗୋପାଳ ମାଷ୍ଟର ସ୍ତ୍ରୀଟି ଦୁର୍ବଳିଆ, ପୁଣି ପେଟର ପିଲାଟି ଓଲଟି ପଡ଼ିଛି କି କଣ ଭାରି ଦହଗଞ୍ଜ ହେଉଛି। ନକୁଳ ଏକଥା ଶୁଣି କିଛି କହି ନ ଥଲା। ମୁହଁ ବୁଲେଇ ଘୁଙ୍ଗୁଡ଼ି ମାରି ଶୋଇଥିଲା। ସତକୁ ସତ ତାକୁ କାଲି ଭଲ ନିଦ ହୋଇଥିଲା।

ନକୁଳ ନାୟକର ମୁହେଁ ମୁହେଁ ଆଇନ। କେଉଁ ଅପରାଧ ଲାଗି କେଉଁ ଧାରା ଲାଗିବ ସେକଥା ପୁଲିସ କି ଓକିଲ ସ୍ଥିର କରିବା ଆଗରୁ ନକୁଳ କହିଦିଏ। ସିଏ କହେ, ଖାଲି ଅଭିଯୋଗ ଲେଖିଦେଲେ ହେବ ନାହିଁ, କେମିତି ଲେଖିଲେ ଟାଣ ଦଫା ଲାଗିବ ସେଇଟା ପ୍ରତି ଧ୍ୟାନ ଦେବାକୁ ପଡ଼ିବ। ସେ ଉଦାହରଣ ଦେଇ କହେ, "ଅମୁକ ଲୋକ ମୋତେ ମାରିବା ପାଇଁ ଧାଇଁ ଅ ସିଲା" ଅଭିଯୋଗରେ ଦମ୍ ନାହିଁ। 'ଜୀବନରୁ

ମାରିଦେବା ଲାଗି ଧାଇଁ ଆସିଲା’ ଲେଖିଦେଲେ ଦଫା ଶହେ ତିନି ଲାଗିବ, ସେ ଜାଗାରେ ଯଦି ଲେଖିବ ‘ମାରଣାସ୍ତ୍ରଟେ ଧରି ଜୀବନରୁ ମାରିଦେବାର ଧମକ ସହ ମାଡ଼ିଆସିଲା’, ତାହାହେଲେ ତିନିଶହ ଉଣେଇଶ କି କୋଡ଼ିଏ ଲାଗିବ। ଆଉ ଯଦି ଅଭିଯୋଗରେ ଲେଖାଯାଏ ଯେ, ‘ଘରର କବାଟ ଭାଙ୍ଗି, ଲୁହା ତିଆରି ମାରଣାସ୍ତ୍ର ଧରି ମୋ ଆଡ଼କୁ ଧାଇଁ ଆସିଲା ଏବଂ ମୋ ଛାତିରେ ଭୁସି ଜୀବନରୁ ମାରିଦେବ ବୋଲି ଉଦ୍ୟମ କଲା’ ତାହାହେଲେ ଚାରିଶହ ଛୟାଳିଶ ସାଙ୍ଗରେ ତିନିଶହ ଚାରି ଦଫା ଲାଗିବ।

ଭଦ୍ରକ କଚେରିରେ ନକୁଳ ନାୟକ ଓ କଚେରି ପଡ଼ିଆର ବୁଢ଼ା ବରଗଛ ଦି ଜଣ ଲୋକପ୍ରିୟତାରେ ପରସ୍ପରର ପ୍ରତିପକ୍ଷ। ସିଏ କଚେରି ହତାରେ ପହଞ୍ଚିଗଲେ ପରିବେଶଟା ଚଳଚଞ୍ଚଳ ହୋଇଯାଏ। ଆସାମୀଙ୍କୁ ନେଇ ଆସୁଥିବା ପୁଲିସଠାରୁ ଓକିଲ, ପେସ୍କାର, କୋର୍ଟ ପିଅନ ସମସ୍ତେ ତାର ଜଣାଶୁଣା। ସମସ୍ତଙ୍କ ପାଇଁ ସେ ଅଲଗା ଅଲଗା ମସଲା ଦେଇ ପାନ ଭାଙ୍ଗି ନେଇଥାଏ। ବରଗଛ ମୂଳେ ଗୋଟେ ବେଞ୍ଚ, ସେଇଟା ତାର ଆସ୍ଥାନ। ତାପରେ ସାକ୍ଷୀ, ଜାମିନ, ମୁଦାଲା, ମୁଦେଇ, ବାଦୀ, ପ୍ରତିବାଦୀ ସବୁ ଆସି ନକୁଳ ପାଖରେ ମୁହଁ ମାରନ୍ତି। ଭଦ୍ରକ କଚେରିର ସେ ଗୋଟେ ଚଳନ୍ତି ବିଶ୍ୱକୋଷ।

ଏ ସଂସାର ଭିତରେ ଦି ଜଣ ଲୋକଙ୍କ ଉପରେ ନକୁଳର ବେଶି କ୍ରୋଧ। ଗୋଟେ ତା ବାପା ଆଉ ଗୋଟେ ତା ପୁଅ। ବାପଟି ଖାଲି, ‘ପାଠ, ପାଠ’ କହି ମଲା, ପୁଅଟା ମାଇଚିଆ ବାମନ। ସେ ଘରଛାଡ଼ି ଚାଲିଯିବା ଦିନ ତା ବାପାକୁ ପଚାରିଥିଲା, “କେତେଟା ଲୋକ ପାଠପଢ଼ି ଏ ଦେଶରେ ଧନୀ ମହାଜନ ଆଉ ବଡ଼ନେତା ହେଲେଣି ? କିରାଣି ହେବାକୁ ଚାହୁଁଥିବା ଲୋକ ପାଠ ପଢ଼େ। ନ ହେଲେ ଅଷ୍ଟମ ନବମ ଶ୍ରେଣୀ ପାଠ କିଛି କମ୍ ନୁହେଁ। ମୁଁ ଚାଲିଲି।”

ଆଉ ପୁଅ ବ୍ରଜକିଶୋର। ଥରେ ଦି ଥର ତାକୁ ଆଦର କରି ଡାକିଥିବ, ମୋ ପାଖରେ ବସି କାମ ଶିଖ୍। ଏଥିରେ ଖଟ ମୁଣ୍ଡେଇବା ଦରକାର ନାହିଁ, ଖାଲି ମୁଣ୍ଡ ଖଟେଇବା କାମ। ଲୋକେ ବଳେବଳେ ତୋ ପାଖକୁ ଆସିବେ। ଦେଖୁନୁ ମୋତେ। ବିଛାର ଲାଞ୍ଜରେ ବିଷ, ସାପର ମୁଣ୍ଡରେ ବିଷ, ମାତ୍ର ତୋ ବାପ ନକୁଳ ନାୟକର ସର୍ବାଙ୍ଗରେ ବିଷ। ଯୋଉଠି ଛୁଇଁଲ ମଲ। ତାଠୁଁ ଦୂରକୁ ଗଲେ ବିପଦ, ପାଖରେ ରହିଲେ ବିପଦ। ମାତ୍ର ମାଇଚିଆ ଗେଟମ୍ ଟୋକାଟା କିଛି ଶୁଣେ ନାହିଁ। ସେ କୁଆଡୁ ଜାଣିବ, ଏଇଠି ପହଞ୍ଚିବା ପାଇଁ ନକୁଳ ନାୟକକୁ କେତେ ଲୋକଙ୍କ ହାତଗୋଡ଼ ଧରିବାକୁ ପଡ଼ିଛି, କେତେ ଲୋକଙ୍କୁ ବସାଦହି, ଅରୁଆ ଚାଉଳ, ଗୁଆଘିଅ ଓ କାଠିଆ

କଦଳୀ ଭେଟି ଦେବାକୁ ପଡ଼ିଛି ! ସବୁଯାକ ଯେ ସେ ନିଜ ଖର୍ଚ୍ଚରୁ ଦେଇଛି ତା ନୁହେଁ, ମାତ୍ର କାହାଠାରୁ ଆଦାୟ ହେବ, ସେ ମୁଣ୍ଡ ଖଟେଇଛି ନକୁଳ । ଏ କାରବାରରେ ଥାନାର କନେଷ୍ଟବଲଠାରୁ ନେଇ ଇନିସ୍‌ପେକ୍ଟର, କଚେରିର ପିଅନଠାରୁ ନେଇ ପେସ୍କାର ଓ ବାଦୀ-ପ୍ରତିବାଦୀ ଉଭୟ ପକ୍ଷ ଓକିଲଙ୍କ ସହ ସମ୍ପର୍କ ନ ରଖିଲେ ଚଳେ ନାହିଁ ।

ଓକିଲମାନଙ୍କ ସହ ନକୁଳ ନାୟକର ଅତି ଭଲ ସମ୍ପର୍କ । ଭଲ ହେବନି କାହିଁକି ? ଯେତେ ମାଲିମକଦ୍ଦମା, ସେତେ ଉପାର୍ଜନ । ଦେଶରେ ରୋଗୀ ବଢ଼ିଲେ ଡାକ୍ତରଙ୍କ ଉପାର୍ଜନ, ମାମଲା ବଢ଼ିଲେ ଓକିଲଙ୍କର । ରୋଗ ଭଲ ହୁଏ କିମ୍ବା ରୋଗୀ ମରେ, ମାତ୍ର ମାମଲା ତୁଟେ ନାହିଁ କି ମହକିଲ ମରେ ନାହିଁ । ମରୁ ମରୁ ଜିଏଁ, ଜିଉଁ ଜିଉଁ ମରେ । ଏଣେ ଷ୍ଟାମ୍ପ୍ ଭେଣ୍ଡରଠାରୁ ହାକିମଙ୍କ ପର୍ଯ୍ୟନ୍ତ ସମସ୍ତେ ତା ଅର୍ଥରେ ପ୍ରତିପାଳିତ ହୁଅନ୍ତି । ନକୁଳ ନାୟକ ଜାଣେ, ଏ ଦେଶରେ ମୋକଦ୍ଦମାଟିଏ ଆରମ୍ଭ କରିବା ଅର୍ଥ ନଡ଼ିଆଗଛର ଚାରା ପୋତିବା । ନଡ଼ିଆଗଛ ବଢ଼ି, ଫଳ ଧରି ମରିଯିବ ସୁଦ୍ଧା ମୋକଦ୍ଦମା ଛିଣ୍ଡିବ ନାହିଁ, ନାତି ପାଇଁ ରଖିଦେଇଯିବ । ଗୋଟେ ଅନ୍ଧାରି ସୁଡ଼ଙ୍ଗ ଏ କୋର୍ଟ କଚେରି କାରବାର । ସେଠି କିଭଳି ତତ୍ପରତାର ସହ ମୁଦାଲା ହାତରୁ ଟଙ୍କା ଯାଇ ପେସ୍କାର ପକେଟ୍‌ରେ ପଶେ, ତାହା ଅଭ୍ୟସ୍ତ ପକେଟ୍‌ମାର୍ ବି ଠଉରେଇ ପାରିବ ନାହିଁ । କୋଉଠି କାଗଜ ଟାଇପ୍ ହେବ, କୋଉଠି ସାକ୍ଷୀ ଯୋଗାଡ଼ ହେବ, କୋଉଠି ଷ୍ଟାମ୍ପ ବସିବ ସେସବୁ ଜାଣିବା ସହଜ ନୁହେଁ । କେବେ ବିଜୁଳି ପରି କ୍ଷିପ୍ର ଗତିରେ ତ କେତେବେଳେ ଗେଣ୍ଡା ପରି ମନ୍ଥର ଗତିରେ କାଗଜ ଚାଲେ । ସବୁଠି ପ୍ରୟୋଜନ ଟଙ୍କା । ଟଙ୍କା ପଚାଶ କି ଶହେ ଥୋଇଦେଲେ, ବନ୍ଧ ଭାଙ୍ଗି ବଢ଼ି ପାଣି ବୋହି ଚାଲିଲା ପରି କାଗଜ ଆଗକୁ ମାଡ଼ି ଚାଲେ ।

ସବୁ ମାମଲାରେ ନକୁଳ ନାୟକ ବାଦୀ ନୁହେଁ । ସେମିତି ହେଲେ ହାକିମ ସନ୍ଦେହ କରିବେ । ଅଧିକାଂଶ ମାମଲାର ସେ କେବଳ ପୃଷ୍ଠପୋଷକ । ହାଟକୁ ଯାଉଛି, ଦେଖିଲା ଗରିବ ପଡ଼ୋଶୀ ଆମ୍ବଗଛଟାକୁ ନେଇ ଈର୍ଷୁକ ଧନୀ ପଡ଼ୋଶୀ କଳିକଜିଆ କରୁଛି । ନକୁଳ ନାୟକ ଧନୀଲୋକକୁ ଡାକି ପରାମର୍ଶ ଦେବ, ଏତେ ପଟିତୁଣ୍ଡରେ କି ଲାଭ ! ଗୋଟାଏ କେସ୍ କରିଦେଲେ ଗଛ ସେମିତି ତା ଜାଗାରେ ରହିଲା, ତୁମେ ବି ତୁମ ଜାଗାରେ । ନକୁଳ ନାୟକ ସବୁବେଳେ ସ୍ୱଚ୍ଛଳ ସାଙ୍ଗରେ ରହେ, କେବେ କେମିତି ଗରିବ ପକ୍ଷରେ ଥିଲେ ବାଟ ମଝିରୁ ଦଳବଦଳ ନେତାଙ୍କ ପରି ପକ୍ଷ ବଦଳେଇ ବୁଝାମଣା କରାଇଦିଏ । ସେଥିରେ ତାର ଲାଭ ହୁଏ । କିନ୍ତୁ ତା ହସ୍ତକ୍ଷେପ ଯୋଗୁଁ ସମ୍ବନ୍ଧ ଭାଙ୍ଗିଗଲେ, ଭାଇ ଭାଇ ଭିନ୍ନେ ହୋଇଗଲେ କି ନିରୀହ ଲୋକ କାନ୍ଦି

ବୋବେଇଲେ ନକୁଳ ନାୟକ ପ୍ରଚୁର ଆନନ୍ଦ ପାଏ। ହସି ହସି ଗଡ଼ିଯାଏ। ପାନ, ବିଡ଼ି ସାଙ୍ଗକୁ ସେଦିନ ସଞ୍ଜ ବୁଢ଼େ ଦି ଚାରି ଚିଲମ ଗଞ୍ଜେଇ ଭିଡ଼ିଦିଏ। ମାମଲା ଯେତେ ଜଟିଳ ହୁଏ ନକୁଳ ସେତେ ଆନନ୍ଦ ପାଏ। କୁହେ, ଏମିତିକା କେସ୍‌ରେ ପଶିଲେ ମଜା। ସାପ-ନେଉଳ ଖେଳର ଉତ୍ତେଜନା ପରି ତାହା ନକୁଳ ନାୟକର ରକ୍ତରେ ଉତ୍ତେଜନା ଭରିଦିଏ।

ବୟସ୍କ ଶିକାରୀ ଅବସର ସମୟରେ ବସି କେଉଁ କେଉଁ ଜଙ୍ଗଲରୁ ବାଘ, ହାତୀ, ଗୟଳ ଓ ଭାଲୁ ଶିକାର କରିଥିଲା ତାର ହିସାବ ଗୁଣି ହେଲା ପରି ନକୁଳ ନାୟକ ଅବସର ସମୟରେ ନିଜର ସଫଳତାର ହିସାବ ନିକାଶ କରେ। ବାସୁଦେବ ପଟ୍ଟନାୟକର ପୁଅ ଦିନ ପନ୍ଦରଟାରେ ବିଦେଶକୁ ପାଠପଢ଼ି ଯାଇଥାଆନ୍ତା, ତାଆରି ଉଦ୍ୟମ ଯୋଗୁଁ ଜାଲ୍ ସାର୍ଟିଫିକେଟ୍ କେସ୍‌ରେ ପଡ଼ିଲା। ସେଥିରୁ ଅବଶ୍ୟ ସେ ମୁକୁଳିଗଲା, ମାତ୍ର ଆଉ ବିଦେଶ ଯାଇ ପାରିଲା ନାହିଁ। ବୀରକିଶୋର ମଙ୍ଗରାଜଙ୍କ ଝିଆରୀ ବାହାଘର ଭାଙ୍ଗିଲା ନକୁଳ ନାୟକର ଉଦ୍ୟମ ଯୋଗୁଁ। ସବୁଠୁ ଭଲ କେସ୍ ଥିଲା ରାଇପୁର ନିରଞ୍ଜନ ମହାନ୍ତିର ଦର୍ପଦଳନ। ଏମିତି ଗୋଟେ ଜାତୀୟ ପତାକା ଅବମାନନା କେସ୍‌ରେ ତାକୁ ନକୁଳ ନାୟକ ଛନ୍ଦି ଦେଇଥିଲା ଯେ ସେଥିରୁ ମୁକୁଳିବାକୁ ଚାରିବର୍ଷ ଲାଗିଗଲା। ତାର ସରପଞ୍ଚ ପଦବିଟା ବି ସେଇଥିରେ ଚାଲିଗଲା। ଏସବୁ ଭାବିଲେ ନକୁଳ ନାୟକର ମନ ତୃପ୍ତିରେ ଭରିଯାଏ।

ନକୁଳ ନାୟକ ଜାଣେ, ସିଭିଲ୍ କେସ୍‌ରେ ସିନା ଲୋକ ଖର୍ଚ୍ଚାନ୍ତ ହୁଏ, ମାତ୍ର ଫଉଜଦାରିରେ ବେଶି ଅପମାନ ମିଳେ। ସେ ଲୋକ ଜାଣି ଅସ୍ତ୍ର ଖଞ୍ଜେ। ଏଥିରେ ତାର ଯୋଜନା ଆଦୌ ବିଫଳ ହୁଏ ନାହିଁ। କେତେ କେତେ ଲୋକଙ୍କୁ ସେ ଘରୁ ନେଇ ହାଟରେ ବସେଇ ଦେଇଛି ସେକଥା କେବଳ ସିଏ ଜାଣେ।

ଦଶରଥ ମହାକୁଡ଼ଙ୍କ ଘରେ ଯୌତୁକ ନିର୍ଯାତନା କେସ୍ ପୂରେଇବା ନକୁଳ ନାୟକର ଆଉ ଗୋଟେ ସଫଳତା। ଖୁବ୍ ଆଦର୍ଶବାଦୀ ପରିବାର ଦଶରଥଙ୍କର। ଦୁଇ ପୁଅଯାକ ଭଲ ଭଲ ଜାଗାରେ ବାହା ହୋଇଥିଲେ। ସାମାନ୍ୟ କଳିକଜିଆକୁ ନେଇ ସାନ ବୋହୂ ବାପଘରକୁ ଚାଲିଯାଇଥିଲା। ଦିଇଟା ଦିନରେ କଳି ତୁଟିଥାଆନ୍ତା। ମାତ୍ର ନକୁଳ ନାୟକ ଇନ୍ଦୁପୁର ଯାଇ ଦଶରଥ ମହାକୁଡ଼ଙ୍କ ସମୁଦୁଣୀଙ୍କୁ ଭେଟିଥିଲା। ତାଙ୍କ ଜ୍ୱାଇଁ କିପରି ଆଉଗୋଟେ ଝିଅକୁ ବାହାହେବ ବୋଲି ଜାଣି ଜାଣି ଝିଅ ଉପରେ ଅତ୍ୟାଚାର କରୁଛି ତାର ଗୋଟେ ଦୀର୍ଘ ବିବରଣୀ ଦେଇଥିଲା। ତା ପରଦିନ ଯୌତୁକ ନିର୍ଯାତନା କେସ୍ ଦାୟର ହେଲା। ଆଦର୍ଶ ମଣିଷ ଦଶରଥଙ୍କ ଘରେ ଯେଉଁଦିନ ପୁଲିସ ପଶିଲା ସେଦିନ ତାଙ୍କୁ ପ୍ରଥମ ହୃଦ୍‌ଘାତ ହେଲା। ବାଷଠି ବର୍ଷରେ ଦଶରଥ ଓ ତାଙ୍କ

ପତ୍ନୀ ପୁଲିସ ଥାନାକୁ ଟଣା ହୋଇ ଗଲେ। ଥାନାରୁ ଫେରିବା ପରେ ଦ୍ୱିତୀୟ ଆଘାତ ଓ ସେଇଥିରେ ଦଶରଥ ମହାକୁଡ଼ ଚାଲିଗଲେ। ଏ ଖବର ପାଇ ସାନବୋହୂ ଧାଇଁ ଆସିଲା; ମାତ୍ର ସେତେବେଳକୁ ବରଫ ପରି ଶୀତଳ ଦଶରଥଙ୍କ ସାନପୁଅ ନିଆଁ ପରି ତାତି ଯାଇଥିଲା। ନିଜ ସ୍ତ୍ରୀକୁ ଆଉ କ୍ଷମା କରିବା ମାନସିକତାରେ ସେ ନ ଥିଲା। ସମସ୍ତଙ୍କ ଆଗରେ ସେ ସ୍ତ୍ରୀ ଉପରକୁ ହାତ ଉଠେଇଦେଲା ଓ କେସ୍ ପୁଣି ଜଟିଳ ହେଲା। ଆଉ ସେ ଦୁଇ ଘରର ସମ୍ପର୍କ ଯୋଡ଼ିହେଲା ନାହିଁ।

ନକୁଳ ନାୟକର ଘର ଆଗଦେଇ କେହି ଜଣେ ଧାଇଁ ଧାଇଁ ଗଲା। ବୋଧହୁଏ କାହାର ଗୋରୁ ପଘା ଛିଣ୍ଡେଇ ପଡ଼ିଶା ବାଡ଼ିରେ ପଶିଥିଲା କି କଣ! ନକୁଳ ନାୟକ ପାଟି କଲା, 'ଆରେ କାହା ଗୋରୁ ପଶିଲା ?'

ରାସ୍ତା ଉପରେ କେହି ନ ଥିଲେ। କେବଳ କିଛି ଲୋକ ଗୋପାଳ ମାଷ୍ଟ୍ର ଘରମୁହାଁ ଧାଇଁଥିଲେ। ଛାଇନେଉଟା ବେଳ। ଆଉ ଟିକକରେ ପିଲାମାନେ ସ୍କୁଲରୁ ଫେରିବେ, ଗୋରୁ ଫେରିବେ ପଡ଼ିଆରୁ। ଖରାଦିନ ବୋଲି ଚାରିଆଡ଼ ତତଲା ଅନୁଭବ ହେଉଛି। ଗୋଟାଏ ଡାମରାକାଉ ନକୁଳ ନାୟକ ଅଗଣାରେ ଥିବା ସଜନାଗଛ ଡାଳରେ ବସି କା କା ରାବିଚାଲିଥାଏ।

ନକୁଳ ନାୟକ ଆଉ ଖିଲେ ପାନ କଳରେ ଗୁଞ୍ଜି ପିଣ୍ଡା ଉପରୁ ଓହ୍ଲାଇଲା। ଅଣ୍ଠାଟି କାଲିଠୁଁ ଧରିଛି। ଚାଲିବାବେଳକୁ କଷ୍ଟ ହେଉଛି। ତା ବାପାର ଏହି ବେମାର ଥିଲା। ଆଜି କାହିଁକି ରହି ରହି ତା ବାପା କଥା ମନେପଡୁଥିଲା କେଜାଣି! ବାପା ନା ଚୋପା - ନକୁଳ ଭାବିଲା। ସେଇ ସକାଳୁ ବ୍ରଜକିଶୋର ବି କୁଆଡ଼େ ଯାଇଛି, ଫେରି ନାହିଁ। ମାଇଚିଆଟା, କୁଆଡ଼େ ଡାଳମାଙ୍କୁଡ଼ି ଖେଳୁଥିବ, ନ ହେଲେ ବୋହୂଚୋରି।

ଗୋପାଳ ମାଷ୍ଟରର ଦୁର୍ଦ୍ଦଶା କଥା ଆଉ ଥରେ ନକୁଳର ମନେ ପଡ଼ିଲା। ଚମଛଡ଼ା କାଳିଆ ଓଠ ଉପରେ ଜିଭଟା ବୁଲେଇ ଆଣିଲା ସେ, କଳାନାଗ ଜିଭ ବୁଲେଇବା ପରି। ଏଥର ଗୋପାଳ କୁଆଡ଼େ ଯିବ ? ବୁଲି ବୁଲି ଆସି ତା ଗୋଡ଼ତଳେ ପଡ଼ିବ। ତାକୁ ତାରିଲେ ତାରିବ ନକୁଳ ନାୟକ, ମାରିଲେ ମାରିବ ନକୁଳ ନାୟକ। ଏ କେସ୍‌ରୁ ତାକୁ ଆଉ କେହି ମୁକୁଳେଇ ପାରିବେ ନାହିଁ। ନକୁଳ ନାୟକ ଆହୁରି ସାକ୍ଷୀ ପ୍ରମାଣ ଯୋଗାଡ଼ କରେଇବା ବନ୍ଦୋବସ୍ତ ବି କରିଛି। ଓକିଲ ଫାଗୁଣିବାବୁ କହିଛନ୍ତି, "ନକୁଳ, ଏକ୍ ସାକ୍ଷୀ ସାକ୍ଷ ନୁହେଁ, ଏକ୍ ଆଖି ଆଖି ନୁହେଁ।"

ଆଉ ଟିକକରେ ଛାଇ ଲେଉଟି ଆସିବ। ଖରାଦିନ ଉପରଓଳି, ମାଟିରୁ ଗରମ ବାମ୍ଫ ବାହାରୁଛି। ନକୁଳ ନାୟକର ୯ ସମୟଟା ପୋଖରୀପାଣି ଯିବା ସମୟ। ଘର

ପଛପଟେ ସୁନାନଈ। ସେ ଓଠରେ ଖଣ୍ଡେ ବିଡ଼ି ଲଗେଇଲା ଓ ତା ସ୍ତ୍ରୀକୁ ଡାକ ପକେଇଲା, "ମୋ ଲୋଟାଟା ଦେଲୁ, ମୁଁ ପୋଖରୀପାଣି ଆସେ।"

ସେତିକିବେଳେ ଗୋଟେ ମଟର ସାଇକେଲ୍ ତା ଘର ସାମ୍ନାରେ ଅଟକିଲା। ସାଙ୍ଗରେ ମଧୁପୁର ଫାଣ୍ଡିର ଏସ୍.ଆଇ ଓ ଜଣେ କନେଷ୍ଟବଲ। ଏମାନେ ନକୁଳ ନାୟକର ଖୁବ୍ ପରିଚିତ ଲୋକ। ସବୁଦିନେ ତାଙ୍କ ସାଙ୍ଗରେ ଉଠାବସା, ଚା ଓ ପାନ ଦିଆନିଆ। ସେମାନଙ୍କୁ ଦେଖି କୁଣିଆ ଦେଖିଲା ପରି ନକୁଳ ନାୟକର ମୁହଁ ଉଜ୍ଜ୍ୱଳି ଉଠିଲା। ସେ ଡାକ ପକେଇଲା, "ଲୋଟା ଥାଉ, ଆଗେ ଚା ତିନି କପ୍ ପଠାଅ।" ତାପରେ ସବ୍‌ଇନିସ୍‌ପେକ୍ଟର ସ୍ୱାଇଁବାବୁଙ୍କୁ ନମସ୍କାର କରି ସେ କହିଲା, "ଏତେ କଷ୍ଟ କଲ କାହିଁକି? ମୋତେ ଖବର ଦେଇଥିଲେ ମୁଁ ପହଞ୍ଚି ନ ଥାନ୍ତି!" ତାପରେ ସ୍ୱର ଟିକିଏ ନରମେଇ ପଚାରିଲା, "ଆଉ କିଛି ପାର୍ଟି ପାଇଗଲ କି? ଚାଲୁନ, ମୁଁ ସାକ୍ଷୀ ପଡ଼ିଯିବି।"

ସ୍ୱାଇଁବାବୁ ଉତ୍ସାହିତ ହେଲା ନାହିଁ। କେବଳ ଗମ୍ଭୀର ସ୍ୱରରେ ପଚାରିଲା, "ତୁମେ ଏ କଣ କଲ ନକୁଳ?"

: ଆଁ, କଣ କଲି? କାହା କଥା ପଚାରୁଛ? - ନକୁଳ ନାୟକ ଆଶ୍ଚର୍ଯ୍ୟ ସ୍ୱରରେ ପଚାରିଲା।

: ମୁଁ ତୁମ ନାଁରେ ଗିରଫ ୱାରେଣ୍ଟ ଧରିକି ଆସିଛି। ଆଇପିସିର ଶହେକୋଡ଼ିଏ (ଖ) ଧାରା ତୁମ ନାଁରେ ଲାଗିଛି। ଜାମା ପିନ୍ଧିକି ଆସ। ଥାନାକୁ ଯିବ।

ତାଳଗଛ ଉପରୁ ଖସିପଡ଼ିଲା ନକୁଳ ନାୟକ। ଛାନିଆରେ ପୋଖରୀପାଣି ଯିବା ବନ୍ଦ ହୋଇଗଲା। ଜୀବନରେ କେତେ ଶହ ଲୋକଙ୍କୁ ସିଏ ଥାନା, କଚେରି ଓ ଜେଲ୍‌କୁ ପଠେଇଥିବ; କିନ୍ତୁ କୌଣସି ଦିନ ନିଜେ ଗିରଫ ହୋଇ ନାହିଁ। ଆଜି ଇଏ କି କଥା ଶୁଣୁଛି? ପୁଣି ଦଫା ୧୨୦ (ଖ) ଅର୍ଥ ଦେଶଦ୍ରୋହ ଅପରାଧ। ସେ ତା କାନଯୋଡ଼ିକୁ ବିଶ୍ୱାସ କରିପାରିଲା ନାହିଁ। ଆବାକାବା ହୋଇ ସେ ଦି ଜଣଙ୍କୁ ଚାହିଁଲା ଓ ବିକଳ ହୋଇପଡ଼ିଲା। କହିଲା, 'ଇଏ ତ ସମ୍ପୂର୍ଣ୍ଣ ମିଛ କଥା। କେଉଁ ହାରାମଜାଦା ମୋ ନାଁରେ ଏ ମିଛ କେସ୍ ଦେଲା? ସେ ଗୋପାଳ ମାଷ୍ଟରଟା କିଛି ଲୋକଙ୍କୁ ଜୁଟେଇ ମୋ ନାଁରେ ଅଭିଯୋଗ ଦେଇଥିବ। ତମେମାନେ ତ ମୋତେ ଜାଣିଛ।'

ସ୍ୱାଇଁବାବୁର ଡେରି ହୋଇଯାଉଥିଲା। ସେ କହିଲା, "ସାକ୍ଷୀ ପ୍ରମାଣ ମିଳିଗଲେ ମିଛ ଅଭିଯୋଗ ସୁଦ୍ଧା ସତ ହୁଏ ବୋଲି କଣ ତୁମକୁ ବୁଝେଇବାକୁ ପଡ଼ିବ? ଚାଲ, ଡେରି ହେଉଛି। ଇନିସ୍‌ପେକ୍ଟରଙ୍କ ନିର୍ଦ୍ଦେଶ, ତୁମକୁ ସାଙ୍ଗରେ ଧରିକି ଯିବି।" ତାପରେ

ସେ କନେଷ୍ଟବଲଙ୍କୁ ନିର୍ଦ୍ଦେଶ ଦେଲେ, "କଣ କରିବା, ନକୁଳ ଆମର ପରିଚିତ ଲୋକ। ମାତ୍ର ଏ ଦେଶଦ୍ରୋହ ଅପରାଧ। ପକା, ହାତକଡ଼ା ପକା।"

ନକୁଳ ନାୟକର ମୁଣ୍ଡ ଘୂରିଗଲା। ପାଟି ଆଫା ଆଫା ହୋଇଗଲା। ଆଖିରୁ ଜୁଳୁଜୁଳିଆ ପୋକ ବାହାରିପଡ଼ିଲା। ସିଏ ମଟର ସାଇକେଲ୍ ପଛରେ ବସିବା ଆଗରୁ ପଚାରିଲା, "କିନ୍ତୁ ମୋ ନାଁରେ ଏଫ୍‌ଆଇଆର୍ କିଏ ଦେଲା ସ୍ୱାଇଁବାବୁ ?" ତା ସ୍ୱର ଭାରି କରୁଣ ଶୁଭୁଥିଲା।

: ବ୍ରଜକିଶୋର ନାୟକ ଓ ଅନ୍ୟମାନେ। ତମେ ଚାନ୍ଦିପୁର କ୍ଷେପଣାସ୍ତ୍ର ଘାଟୀର ନକ୍ସା ଯୋଗାଡ଼ କରି କେନ୍ଦ୍ରାପଡ଼ା ବାଂଲାଦେଶୀଙ୍କ ଜରିଆରେ ବିଦେଶକୁ ପଠଉଥିଲ। ଆଉ କିଏ ହୋଇଥିଲେ ଅବା ଆମେ ଅବିଶ୍ୱାସ କରିଥାଆନ୍ତୁ। ତୁମ ନିଜ ପୁଅ ଯେତେବେଳେ ଅଭିଯୋଗ ଦେଇଛି ସେତେବେଳେ ଅବିଶ୍ୱାସ କରିବାର କଣ ଅଛି ? ତୁମେ ଏ କାମରେ କାହିଁକି ମୁଣ୍ଡ ପୂରଉଥିଲ ?"

ନକୁଳ ନାୟକର ମୁଣ୍ଡ ଘୂରିଗଲା। ଯେଉଁ ପୁଅକୁ ବାମନ, ଗେଟମା, ଅପଦାର୍ଥ କହି ସେ କୋଉ ପାସଙ୍ଗରେ ପକଉ ନ ଥିଲା ସେଇ ପୁଅ ଏତେବଡ଼ ସାହସ କରିପାରିଲା କେମିତି ?

ରାସ୍ତା ଦି କଡ଼େ ଗାଁ ଗୋଟାକର ଲୋକ। ଏ ଘଟଣା ସେମାନଙ୍କ ପାଇଁ ଯେମିତି ରାତିରେ ସୂର୍ଯ୍ୟ ଉଇଁବା ଭଳି ଆଚମ୍ବିତ କଥା। ନକୁଳ ନାୟକ ହାତରେ ହାତକଡ଼ି ! ସମସ୍ତେ ପରସ୍ପରର ମୁହଁକୁ ଚାହିଁ କଣ କଣ କହୁଥାଆନ୍ତି। ନକୁଳକୁ ଲାଗୁଥାଏ, ତାଙ୍କ ଭିତରୁ ଜଣେ କହୁଛି, କଣ୍ଟାକୁ ଏମିତି କଣ୍ଟାରେ କଢ଼ାଯାଏ।

ନୂଆ ପୋଖରୀ ଆଡ଼ିରେ ଚାରି ପାଞ୍ଚଜଣ ଲୋକ ଗାତଟେ ଖୋଳୁଥାଆନ୍ତି ସେଇଠୁ ଟିକିଏ ଛାଡ଼ି ଗୋପାଳ ମାଷ୍ଟରର ଘର। ସେପଟୁ ଗୋଟେ ଚାପା କାନ୍ଦଣା ଓ ତା ସାଙ୍ଗରେ ଗୋଟେ ବୁଢ଼ୀର ବାହୁନା ଶୁଭୁଥାଏ। ନକୁଳ ଜାଣିପାରିଲା, ଗୋପାଳର ମଲା ପିଲାଟାକୁ ପୋତିବା ଲାଗି ସେଇମାନେ ଗାତ ଖୋଳୁଥିଲେ।

ତାର ଏବେ ଆନନ୍ଦରେ ଡେଇଁବା କଥା। ହାତଟେକି ନାଚିବା କଥା। କିନ୍ତୁ ତା ହାତରେ ବେଡ଼ି ପଡ଼ିଥିଲା। ସେ ବିଷ ହରେଇଥିବା ନାଗଟିଏ ପରି କେବଳ ଭିତରେ ଭିତରେ କୁହୁଳୁଥିଲା।

■

ସତ

ନିଜର କଦାକାର ଚେହେରାଠାରୁ ଆଉ ଅଧିକ କୁତ୍ସିତ ଦୃଶ୍ୟ କିଛି ଏ ପୃଥିବୀରେ ଥାଇପାରେ, ସେକଥା ମାଳତୀର ଗର୍ଭବତୀ ଚେହେରା ଦେଖିବା ପରେ ହରିଶଙ୍କରଙ୍କର ଧାରଣା ହେଲା। ସେ ମାଳତୀ ଆଡ଼କୁ ଥରୁଟିଏ ଚାହିଁଦେଇ ଆଖି ଫେରେଇନେଲେ। ଚିତ୍କାର କଲା ପରି କହିଲେ, "ଏଠୁ ବାହାରି ଯା, ଆଉଥରେ ଏ ଜାଗାକୁ ତୁ ଆସିବୁ ନାହିଁ।"

ଅନେକ ଦିନ ହେଲା ବଡ଼ ପାଟିରେ କାହାକୁ କିଛି କହି ନଥିଲେ ହରିଶଙ୍କର। ଏ ପ୍ରକାର ଚିତ୍କାର ସହ ତାଙ୍କ କାନଯୋଡ଼ିକ ବି ଅପରିଚିତ ଥିଲା। ସେ ଜୋର୍ ଜୋର୍‌ରେ ନିଃଶ୍ୱାସ ନେଲେ ଓ ପୁଣିଥରେ ତେଲଚିକିଟା କାନ୍ଥକୁ ଆଉଜିପଡ଼ିଲେ। ସେତେବେଳେ ତାଙ୍କୁ ଅନ୍ୟ କିଛି ଶବ୍ଦ ଶୁଭୁ ନ ଥିଲା କି ଦୃଶ୍ୟ ଦିଶୁ ନ ଥିଲା। ଆଖି ଆଗରେ ଖାଲି ମାଳତୀ ଚେହେରାର ସେଇ ଅଶ୍ଳୀଳ ଦୃଶ୍ୟ।

କେତେ ସମୟ ପରେ କୋଳାହଳ ଶବ୍ଦ ଶୁଣି ସେ ସେଆଡ଼କୁ କାନ ଡେରିଲେ। ଦୁଆରଟା ମେଲା ପଡ଼ିଛି। ଚାରିଆଡ଼ ଶୂନ୍‌ଶାନ୍, କେହି କୋଉଠି ନାହିଁ। ନା ମଣିଷ ନା ଚଢ଼େଇ ନା ବୁଲା କୁକୁର। ସରପଞ୍ଚ ରମେଶ କାନୁନ୍‌ଗୋ ବୋଧହୁଏ ପୁଣିଥରେ ନିର୍ବାଚନ ଜିଣିଗଲା। କୋଳାହଳ ଭିତରୁ ତାଙ୍କରି ନାଁଟି ସ୍ପଷ୍ଟ ଶୁଣାଯାଉଥିଲା।

ପୁଣିଥରେ ମାଳତୀର ଚେହେରା ହରିଶଙ୍କରଙ୍କ ଆଖି ଆଗରେ ଦିଶିଲା। ସନ୍ତାନସମ୍ଭବା ମାଆର ଚେହେରା ହରିଶଙ୍କରଙ୍କୁ ଖରାପ ଦିଶେ ନାହିଁ। କିନ୍ତୁ ମାଳତୀ ପାପଗର୍ଭା। ତାକୁ ସେ ଝିଅ ଦୃଷ୍ଟିରେ ଦେଖନ୍ତି, ତାର ପ୍ରତ୍ୟେକ କଥାକୁ ସେ ବିଶ୍ୱାସ କରନ୍ତି। ସେ କହିଥିଲେ ତାକୁ ସେ ନିଜର ସାଧ୍ୟମତେ ସାହାଯ୍ୟ କରିଥାଆନ୍ତେ। ସେ ବାହାହୋଇ ଯାଇଥାଆନ୍ତା। ମାତ୍ର ତା ପରି ଭଲ ଝିଅଟିଏ ଏଭଳି ଗୋଟେ ପାପ କରିବ, ସେକଥା ହରିଶଙ୍କର କୌଣସି ଦିନ ଭାବି ନ ଥିଲେ।

ଗତକାଲି ସନ୍ଧ୍ୟାବେଳେ ସେ ଛୋଟେଇ ଛୋଟେଇ ଯାଇ ଝରକା ପାଖରେ ଠିଆ ହୋଇଥିଲେ। ତାଙ୍କୁ ଶୁଣେଇଲା ପରି ପଡ଼ୋଶୀ ବୃନ୍ଦାବନ ଦାସ ମାଳତୀ ସମ୍ପର୍କରେ କଦର୍ଯ୍ୟ କଥା ଗୁଡ଼ାଏ କହୁଥିଲା। ତା ସାଙ୍ଗରେ କାନୁନ୍‌ଗୋର ପ୍ରଶଂସା। ଭୋଟ୍ ଦିନ କାନୁନ୍‌ଗୋ ମଧୁପୁର ଗାଁର ପ୍ରତି ଘର ପିଛା କିଲୋଟାଏ ସାଗୁଆତି ଓ ତା ସାଂଗରେ ଶହେଟି ଲେଖାଏଁ ଟଙ୍କା ପଠେଇଥିଲା। ସାରା ଗାଁ ସେଦିନ ମାଉଁସ ତରକାରି ବାସ୍ନାରେ ମହମହ ବାସୁଥିଲା। ଏକଥା ଶୁଣି ହରିଶଙ୍କର ଭାବିଲେ, ଆହାଃ, ଗଣତନ୍ତ୍ରର କି ବାସ୍ନା ! ବିଧାୟକ କି ସାଂସଦ ନିର୍ବାଚନରେ କୋଟି କୋଟି ଟଙ୍କା କାରବାର ହେଉଥିବା ଖବର ସେ ଶୁଣିଛନ୍ତି। ମାତ୍ର ଗୋଟେ ସରପଞ୍ଚ ପଦବି ପାଇଁ ଗ୍ରାମ ପଞ୍ଚାୟତ ସାରା ସମସ୍ତଙ୍କୁ ମାଉଁସ ଓ ତେଲ ମସଲା ଖର୍ଚ୍ଚ ଦେବା କଥାଟି ତାଙ୍କୁ ଆଶ୍ଚର୍ଯ୍ୟ ଲାଗୁଥିଲା।

ସେତିକିବେଳେ ସେ ଶୁଣିଲେ, କାନୁନ୍‌ଗୋର ଦୃଢ଼ ମତ, ଏ ଗାଁରେ ବାରମ୍ବାର ଅଘଟଣ ଘଟୁଥିବାର ଅସଲ କାରଣ କିଛି ଲୋକଙ୍କ ପାପାଚାର, ଯାହାଙ୍କ ଭିତରେ କୁଷ୍ଠରୋଗୀ ହରିଶଙ୍କର ଜଣେ। ସେଇମାନଙ୍କ ଭ୍ରଷ୍ଟାଚାର ଯୋଗୁଁ ମଧୁପୁରରେ ଦି ବର୍ଷ ହେଲା ଅନାବୃଷ୍ଟି। ନିର୍ବାଚନ କାମରେ ବ୍ୟସ୍ତ ଥିବାରୁ କାନୁନ୍‌ଗୋ ନିଜ ଗାଁ କଥା ପ୍ରତି ଦୃଷ୍ଟି ଦେଇପାରି ନ ଥିଲେ, ଏବେ ଦୃଷ୍ଟି ଦେବେ। ପାପୀମାନଙ୍କୁ ଏ ଗାଁରୁ ନ ନିକାଲିଲେ ଗାଁକୁ ଶାନ୍ତି ଫେରିବ ନାହିଁ।

ସେତିକିବେଳେ ଦ୍ୱିତୀୟ ଲୋକଟିର ସ୍ୱର ଚିହ୍ନିପାରିଲେ ହରିଶଙ୍କର। ଘୃଣାରେ ମୁହଁଟା ଆହୁରି ସଂକୁଚିତ ହେଇଗଲା। ସେ ଥିଲା ଗତବର୍ଷ ମିଛ ସତ କହି ପାଟପୁର ଗାଁର ଗୋଟେ ହରିଜନ ସ୍ତ୍ରୀଲୋକକୁ ପିଟି ପିଟି ମାରିଦେଇଥିବା ତାଙ୍କରି ଗାଁର ଭଣ୍ଡ ତାନ୍ତ୍ରିକ ଯଦୁନାଥ। ମନ ହେଉଥିଲା, ପାଖରେ ପଡ଼ିଥିବା ଭଙ୍ଗା ଇଟାଟାକୁ ସେ ଯଦୁନାଥର ମୁଣ୍ଡକୁ ଲକ୍ଷ୍ୟ କରି ଫିଙ୍ଗନ୍ତେ ଏବଂ ସେଇଥିରେ ସେ ଠକ ମରିଯାଆନ୍ତା। କିନ୍ତୁ ନିଜ ହାତ ପାପୁଲିକୁ ଅନେଇ ସେ ସଚେତନ ହୋଇଗଲେ। କୋଉ ଜନ୍ମର କି ପାପର ପ୍ରାୟଶ୍ଚିତ୍ତ ଭୋଗୁଛନ୍ତି ସେ ଦଶବର୍ଷ ହେଲା, ଈଶ୍ୱର ଜାଣନ୍ତି। ଏ ଆଙ୍ଗୁଳିରେ ଇଟା ଉଠେଇବା ତ ଦୂରର କଥା, ଟେକାଟିଏ ସୁଦ୍ଧା ସେ ଉଠେଇ ପାରିବେ ନାହିଁ।

ଭଣ୍ଡ ତାନ୍ତ୍ରିକ ଟୋକାଟି ଫୁସ୍ ଫୁସ୍ କରି କଣ କହୁଥିଲା, ସେକଥା ହରିଶଙ୍କରଙ୍କୁ ଶୁଭୁ ନଥିଲା। ବୃନ୍ଦାବନ ଦାସର ପାଟିରୁ ତାଙ୍କ ଉଦ୍ଦେଶ୍ୟରେ ଘୃଣାମିଶା 'କୁଷ୍ଠରୋଗୀ' ପଦଟା ଶୁଣିଲା ପରେ ହରିଶଙ୍କର ତେଲୁଣିପୋକଟେ ପରି ସାଙ୍କୁଡ଼ି ଯାଇଥିଲେ। ସେ କୁଷ୍ଠରୋଗୀ, ଅସୁନ୍ଦର, ଅଲୋଡ଼ା - ଏସବୁ ଜାଣନ୍ତି। ସେଥିପାଇଁ ନିଜକୁ ନିଜେ ବହୁବାର ଅଭିଶାପ ଦିଅନ୍ତି। ତା ସତ୍ତ୍ୱେ ବେଳେବେଳେ ନିଜ ପ୍ରତି ମାୟା ହୁଏ। ଅନ୍ୟ କାହା ପାଟିରୁ ଘୃଣାମିଶା 'କୁଷ୍ଠରୋଗୀ' ପଦଟା ଶୁଣିଲେ ତାଙ୍କ ଭିତରଟା ବିକଳ

ହୋଇପଡ଼େ। ସେ ନିଜ ଦୁର୍ଭାଗ୍ୟ ପାଖରୁ ଦୃଷ୍ଟି ଆଡ଼େଇ ପାଟପୁର ଗାଁର ସେଇ ସ୍ତ୍ରୀ ଲୋକଟିର ଦୁର୍ଭାଗ୍ୟ କଥା ଚିନ୍ତା କଲେ। ନିଃସନ୍ତାନ ସ୍ତ୍ରୀ ଲୋକଟି କିଛିଦିନ ଜ୍ୱରରେ ପଡ଼ିଥିଲା। ତାକୁ ତାର ଘରଲୋକେ ଡାକ୍ତରଖାନା ନେଇଥିଲେ। ସେଠୁ ଔଷଧପତ୍ର ଖାଇ ଫେରିଥିଲା ସତ, ମାତ୍ର ଜ୍ୱର ଭଲ ହୋଇ ନ ଥିଲା। ଏଇ ଯଦୁନାଥ ପାଟପୁର ମଶାଣି ପାଖରେ ଖଣ୍ଡିଏ ମନ୍ଦିର ତୋଳିଛି। ଲୋକଙ୍କର ଦୃଢ଼ ବିଶ୍ୱାସ, ସିଏ ଜଣେ ସିଦ୍ଧ ତାନ୍ତ୍ରିକ। ସ୍ତ୍ରୀ ଲୋକଟିକୁ ଡାଆଣୀ ଲାଗିଛି ଓ ସେ ତାକୁ ଭଲ କରିଦେବ କହି ଯଦୁନାଥ ପୂଜାପାଠ କରିଥିଲା। ମ୍ୟାଲେରିଆ ରୋଗିଣୀଟିକୁ ସଞ୍ଜ ପହରେ ଗାଧୋଇ ଦେଇ ପୂଜା ଆରମ୍ଭ କରିଥିଲା ଯଦୁନାଥ। ସେଥିରେ ଡାଆଣୀ ନ ଛାଡ଼ିବାରୁ ତାକୁ ଗୋଟେ ବାଡ଼ିରେ ବାଡ଼ାପିଟା କରିଥିଲା। ଥଣ୍ଡାଜ୍ୱର ଓ ଯଦୁନାଥର ପିଟାମରାରେ ରୋଗିଣୀଟି ମରିଯାଇଥିଲା।

ଏ ଖବର ଗଲାବର୍ଷ ସାରା ପାଟପୁରର ମୁଖ୍ୟ ଖବର ଥିଲା। ହରିଶଙ୍କର ଶୁଣିଥିଲେ, ଯଦୁନାଥ ପୁଲିସର ଗିରଫଦାରିକୁ ଏଡ଼େଇବା ପାଇଁ କୁଆଡ଼େ ପଳେଇ ଯାଇଥିଲା। ମାତ୍ର ବେଶ ବଦଳେଇ ବର୍ଷେକାଳ ସେଇ ଯଦୁନାଥ ସରପଞ୍ଚ କାନୁନ୍‌ଗୋର ଶରଣରେ ଆଶ୍ରା ନେଇଥିବା କଥା କାଲି ସେ ଜାଣିଲେ।

ହରିଶଙ୍କର କୁଷ୍ଠରୋଗୀ। ତାଙ୍କ ଦେହସାରା ଏମ୍ ଲେପ୍ରି ଜୀବାଣୁ ଭର୍ତ୍ତି। ସେମାନେ ତାଙ୍କ ଦେହ ଭିତର ଓ ଉପର କୋରି ତାଙ୍କୁ ଅଧା ମାଦଳ କରିସାରିଛନ୍ତି। ତାଙ୍କର ଯେଉଁ କୁଷ୍ଠ, ସେ ସଂସ୍ପର୍ଶରେ ଆସିଲେ ସୁସ୍ଥ ମଣିଷ ଅବଶ୍ୟ ସାଙ୍ଗେ ସାଙ୍ଗେ ରୋଗୀ ହୋଇଯିବ ନାହିଁ, ତେବେ ବି ଦଶବର୍ଷ ହେଲା ହରିଶଙ୍କର ନିଜ ଗାଁରେ ନିଜେ ପରଦେଶୀ। ଗାଁ ମୁଣ୍ଡ ବାଉଁଶବାଡ଼ି ତଳ ଏଇ ଦୂରଛଡ଼ା ଟାଇଲି ଛପର ବଖୁରିକିଆ ପଲାଟି ତାଙ୍କର ଘର। ତାଙ୍କୁ କେହି କିଛି କହିବା ଆଗରୁ ସେ ଏଠିକି ଉଠିଆସିଥିଲେ। ଗାଁ ଭିତର କୋଠାଘର, ବଡ଼ ପୋଖରୀ, ଫଳଫୁଲ ବଗିଚା ସବୁ ସେଇଠି ରହିଲା। ତାଙ୍କୁ କୁଷ୍ଠରୋଗ ହୋଇଛି ବୋଲି ଜଣାପଡ଼ିବା କ୍ଷଣି ତାଙ୍କ ପ୍ରତି ସାରା ଗାଁଟିର ଦୃଷ୍ଟିଭଙ୍ଗୀ ବଦଳି ଯାଇଥିଲା। ଡାକ୍ତର ଦେଖେଇ କଟକରୁ ଫେରିବାର ଦି ଘଣ୍ଟା ପରେ ବାହାଘର ଭାଙ୍ଗିଦେଲେ ସାମନ୍ତରାପୁରର ବନ୍ଧୁଘର। ଭାଇ ଭାଉଜ ଦୂରଛଡ଼ା ଦେଲେ। ଅଥଚ ତାର ସପ୍ତାହକ ଆଗରୁ ସେ ତାଙ୍କ ନୂଆ ଶୋଇବାଘର ପାଇଁ କଲିକତାରୁ ବଡ଼ ଆଇନାଟିଏ ମଗେଇଥାଆନ୍ତି। ସେଇଥିରେ ନବପରିଣୀତା ପତ୍ନୀ ସହ ନିଜର ଚେହେରା ଦେଖିଥାଆନ୍ତେ ପ୍ରଥମ ଥର। ମାତ୍ର ତାହା ହେଲା ନାହିଁ। ପ୍ରଚଣ୍ଡ କ୍ରୋଧ ଏବଂ ଆକ୍ରୋଶରେ ଆଇନାଟାକୁ ସେଦିନ ପିଟିପିଟି ଭାଙ୍ଗି ଦେଇଥିଲେ ହରିଶଙ୍କର। ତାଙ୍କର ମନେ ହୋଇଥିଲା, ସେ ଆଇନାରେ ନିଜର ସୁନ୍ଦର ଚେହେରା ବଦଳରେ ଗୋଟେ

କୁଷ୍ଠରୋଗୀର ଚିତ୍ର ଜଳଜଳ ତାଙ୍କୁ ଦିଶୁଥିଲା। ସେ ଲୋକଟା ମୁହଁର ଚର୍ମ ଆବରଣ ମୋଟା ବହଳିଆ, ଆଖିର ଉପର ତାଲୁକା ଉଚ୍ଚାଳିଆ, ନାକର ମଝି ଚେପ୍ଟା ଓ ମୋଟାଳିଆ, ଓଠରେ ଫୁଲା, ଦୁଇ କାନର ଧାର ବି ମୋଟା ଏବଂ ଛୋଟବଡ଼ ଫଳକେରେ ଭରପୂର, ସାରା ମୁହଁରେ ବରକୋଳି ଭଳି ଫୁଲକାମାନ ଓହଳିଛି – ଠିକ୍ ଦେଖିବାକୁ ଗୋଟେ ରୋଗିଣା ସିଂହର ମୁହଁ ପରି। ସେ ଭୟରେ ଦେହର ଅନ୍ୟ ଅଂଶଗୁଡ଼ିକୁ ଚାହାଁନ୍ତି। ସେଇଠି ବି ସେ ପ୍ରକାର ବୀଭତ୍ସ ରୂପ। ହାତର ଆଙ୍ଗୁଠି ଗୁଡ଼ାକ ମୁଣ୍ଡା ହୋଇ ମୂଳଗଣ୍ଠି ପର୍ଯ୍ୟନ୍ତ ଖାଇ ଖାଇ ଆସିଛି। ଆଙ୍ଗୁଠି ନାହିଁ କହିଲେ ଚଳେ। ପାତିମାଙ୍କଡ଼ର ପାପୁଲି ପରି ହାତର ପାପୁଲି। ଯେତିକିଟି ଆଙ୍ଗୁଳି ଅଛି ସେଗୁଡ଼ାକ ସତେ କି କାହାକୁ ରାମ୍ପି ପକେଇବା ପାଇଁ ବଙ୍କା। ସେ ଆଙ୍ଗୁଠିରେ ପଇସାଟିଏ ଉଠେଇ ହେବ ନାହିଁ କି ଜାମାର ବେତାମ ଲଗେଇ ହେବ ନାହିଁ। ଭାତଗୁଣ୍ଡାଏ ବି ନେଇହେବ ନାହିଁ ପାଟିକୁ। ଆଞ୍ଜୁଳାରେ ପାଣି ଧରିବା ତ ସ୍ୱପ୍ନ। ସେ ନିଜର ଗୋଡ଼କୁ ଚାହାଁନ୍ତି। ତା ଅବସ୍ଥା ତଦ୍ରୂପ। ଥିଲା ନ ଥିଲା ପରି ଗୋଡ଼ରେ ଆଙ୍ଗୁଠି ସବୁ। ପାଦତଳ ଆହୁରି ଭୟଙ୍କର, ବଙ୍କାଟଙ୍କା, ଘା ଘଉଡ଼। ସେ ଚିତ୍କାର କରି ନିଜ ଶୋଇବା ଘରର ସବୁ ଆସବାବପତ୍ର, ରେଡିଓ, କଲମଦାନି, ଚଉକି, କାନ୍ଥର ପେଣ୍ଟିଂ ଓ ବହିପତ୍ର ଚିରି ଭାଙ୍ଗି ଫୋପାଡ଼ି ଦେଇଥିଲେ। ନିଜର ମୁଣ୍ଡକୁ କାନ୍ଥରେ ବାଡ଼େଇ ଅଚେତ ହୋଇଯାଇଥିଲେ ସେଦିନ।

ସେ ଦଶବର୍ଷ ତଳର କଥା।

ଡାକ୍ତର ଉମାଚରଣ ଜେନାଙ୍କ ଔଷଧ ଖାଇ ସେ ଆଜି ପର୍ଯ୍ୟନ୍ତ ବଞ୍ଚି ରହିଛନ୍ତି। ଆଇନାରେ ଦେଖିଥିବା ଛବି ପରି ସେ ବିକଳାଙ୍ଗ ହୋଇ ନାହାନ୍ତି। ମାତ୍ର ସେଇଦିନୁ ଆଇନା ତ ଦୂରର କଥା ପାଣିକୁ ସୁଦ୍ଧା ଚାହିଁନାହାନ୍ତି ସେ, କାଳେ ସେଇଠି ତାଙ୍କର ଭୟଙ୍କର ରୂପ ଦିଶି ତାଙ୍କୁ ଡରେଇବ। ଯେତେବେଳେ ମନ ଭିତରେ ଟିକିଏ ଆତ୍ମବିଶ୍ୱାସ ସୃଷ୍ଟି ହୋଇଛି ଓ ଧୀର ପାଦରେ ଗାଁର ଏଇ ଦୂରଛଡ଼ା ପଲା ଭିତରୁ ଘରମୁହାଁ ରାସ୍ତାରେ ସେ ପାଦ ପକେଇଛନ୍ତି ଭୀରୁ ଭଙ୍ଗୀରେ, ସେତେବେଳେ ତାଙ୍କୁ ଭେଟିଥିବା ପ୍ରଥମ ଲୋକଟିଠାରୁ 'କୁଷ୍ଠରୋଗୀଟା ଇଆଡ଼େ କୁଆଡ଼େ ଆଇଲାଣି' ପରି ବାକ୍ୟ ଶୁଣି ସେ ପଛକୁ ଫେରି ଆସିଛନ୍ତି। ଗାଁ ଲୋକଙ୍କ ଚାହିଟାପରା ତାଙ୍କୁ ମେଞ୍ଚାଏ ମଇଳା ପରି ଅସ୍ପୃଶ୍ୟ କରିଦେଇଛି। ସେମାନଙ୍କ ଆଲୋଚନାରେ ପୃଥିବୀର କୁତ୍ସିତତମ ପ୍ରାଣୀ ହରିଶଙ୍କର।

ମାଳତୀ ଚାଲିଯାଇଛି। ସବୁଆଡ଼ ଶୂନ୍‌ଶାନ୍। ଗଲା ପାଞ୍ଚବର୍ଷ ହେଲା ଏଇ ମାଳତୀ ଥିଲା ତାଙ୍କର ଏକମାତ୍ର ଅବଲମ୍ବନ। ସେଇ ଆସି ତାଙ୍କ ପାଇଁ ଦିନରେ ଦି

ବେଳା ଗଣ୍ଡେ ଭାତ ଫୁଟେଇ ଦେଇଯାଏ, କଳସୀରେ ପାଣି ରଖିଦିଏ ଓ ଘରବାଡ଼ି ସଫା କରିଦିଏ। ତାଙ୍କ ନିଃସଙ୍ଗ, ବ୍ୟାଧିଗ୍ରସ୍ତ ଜୀବନରେ ସେଇ ସାହା ଭରସା। ମାଳତୀକୁ ଏକୋଇଶ କି ବାଇଶ ବର୍ଷ ହେବ। ପ୍ରଥମେ ପ୍ରଥମେ ବାପଛେଉଣ୍ଡ ହରିଜନ ଝିଅଟି ତାଙ୍କ ପାଖକୁ ଆସିବା ଲାଗି ଭୟ କରୁଥିଲା। ତାର ମା ବହୁତ ବୁଝେଇବା ପରେ ଯାଇ ସେ ପାଖକୁ ଆସିଥିଲା। ଆର୍ଥିକ ଅଭାବ ହିଁ ମା-ଝିଅ ଦୁହିଁଙ୍କୁ ଏଠିକି ଆସିବାଲାଗି ସେଦିନ ବାଧ୍ୟ କରିଥିଲା। ହରିଶଙ୍କର କହିଥିଲେ, 'ମୋତେ କୁଷ୍ଠରୋଗ ହେଇଛି ସତ, କିନ୍ତୁ ଏ ରୋଗ ଦୁରାରୋଗ୍ୟ ନୁହେଁ। ପୁଣି ମୋର ଯେଉଁ ଟିଟି କୁଷ୍ଠରୋଗ ସେଇଟା ସଂକ୍ରାମକ ନୁହେଁ। ତମର କିଛି ହେବ ନାହିଁ। ମୁଁ ଛଉଛଉଆ ଦିଶୁଛି ସିନା, ଦେଖିବ, ଧୀରେ ଧୀରେ ଭଲ ହେଇଯିବି। ଏଇ ଦେଖୁନ, ଦେଖ, ମୁଁ କେତେ ଦାମୀ ଔଷଧ ଖାଉଛି - ଡିଡିଏସ୍, କ୍ଲୋଫା ଜିମିନ୍, ରିଫାମ୍ପିସିନ୍ କେତେ ଔଷଧ ଖାଉଛି ଦେଖ !'

ବିଚାରପତିଙ୍କ ସାମ୍ନାରେ ନିଜର ନିରପରାଧ ଚରିତ୍ରର ପ୍ରମାଣ ପାଇଁ ବିକଳ ହେଉଥିବା ଆସାମୀ ପରି ହରିଶଙ୍କର ନିରକ୍ଷରା ମାଳତୀ ଆଗରେ ସେଦିନ ବିକଳ ହୋଇଥିଲେ। ଜଣେ କେହି ସାହାଯ୍ୟ ନ କଲେ ସେ ବଞ୍ଚିବେ କିପରି ? ସିଏ ତ ଭୁବନେଶ୍ୱର କି କଟକ ଯାଇ କୁଷ୍ଠରୋଗୀଙ୍କ ବସ୍ତିରେ ରହିପାରିବେ ନାହିଁ। ପୁଣି ଡାକ୍ତର ଯାହା କହିଲେ ବି ସେ ନିଜେ ଅନୁଭବ କରୁଥିଲେ ଯେ ତାଙ୍କୁ ଘେରିଥିବା ରୋଗଟି ଭୟଙ୍କର। ତାହା ତାଙ୍କର ଘ୍ରାଣେନ୍ଦ୍ରିୟକୁ ଦୁର୍ବଳ କରିଦେଇଛି। ସେ ଗନ୍ଧ ବାସନା ଆଗପରି ଜାଣି ପାରୁ ନାହାନ୍ତି। ତାଙ୍କର ଆୟୁଷ ଅଧିକ ନୁହେଁ; କିନ୍ତୁ ଯେତିକି ଦିନ ଅଛନ୍ତି, ଚଳିବା ପାଇଁ ଆଉ ଜଣକର ସାହାଯ୍ୟ ଦରକାର।

ମାଳତୀ ତା ପରଦିନ ସକାଳୁ ଆସି, ମଇଳାଗଦାଠାରୁ ଦୂରରେ ରହିବା ପରି, ହରିଶଙ୍କରଙ୍କଠାରୁ ଯଥେଷ୍ଟ ଦୂରରେ ରହି କାମଧନ୍ଦା କରିଥିଲା। ହରିଶଙ୍କର ମାଳତୀ ମାଆକୁ ଡାକି ଆଗତୁରା ପାଞ୍ଚଶହ ଟଙ୍କା ଦେଇଥିଲେ। କହିଥିଲେ, 'ଏ ବଗିଚାରେ ଢେର୍ ପନିପରିବା ଓ ଫୁଲଫଳ ଫଳିଛି, ତୁ ସେଥିରୁ ଯାହା ଦରକାର ନେଇ ଯା। ଏତେ ବଡ଼ ବାଡ଼ି, ନିଜେ ଟିକେ ଯତ୍ନ ନେଲେ ନିଜେ ଖାଇବୁ।'

ମାଳତୀର ବୁଢ଼ୀ ମା ଦୂରଛଡ଼ା ହୋଇ ହରିଶଙ୍କରଙ୍କୁ ମୁଣ୍ଡିଆଟିଏ ମାରିଥିଲା। ସୂର୍ଯ୍ୟକୁ ସାକ୍ଷୀ ରଖି କହିଥିଲା, 'ଆପଣଙ୍କ ପରି ଧର୍ମ ଅବତାରଙ୍କୁ କାହିଁକି ଦଇବ ବିଧାତା ଏ କଷ୍ଟ ଦେଲା ?'

ହରିଶଙ୍କର କିଛି କହି ନଥିଲେ। ଏ ପ୍ରଶ୍ନର କୌଣସି ଉତ୍ତର ତାଙ୍କୁ ଜଣା ନ ଥିଲା।

ସେଇଦିନୁ ମାଳତୀ ତାଙ୍କର ଘରକାମ କରିଆସୁଛି। ତାଛଡ଼ା ଆଉ କେହି ତାଙ୍କର ଏ ଘରକୁ ଆସନ୍ତି ନାହିଁ। ଏକ ଏକର ପରିମିତ ଜମିର ଗୋଟିଏ କୋଣକୁ ଟାଇଲ୍ ଛପର ଘର। ଘରଠାରୁ ଫାଟକ ଯାଏ ସରୁ ରାସ୍ତା। ଚାରିପଟେ କଣ୍ଟା ବାଡ଼। ମଝିରେ ପୋଖରୀ। ପୋଖରୀର ପଶ୍ଚିମ ପଟେ ନଡ଼ିଆ, ଆମ୍ବ ଓ ଜାମୁକୋଳି ଗଛ। ପୋଖରୀ ପାଖରେ ପନିପରିବା ବଗିଚା ଓ ସେପଟକୁ ଟଗର, ମନ୍ଦାର, କନିଅର ପରି ଫୁଲଗଛ। ଏ ଜାଗାଟିରେ ଗୋଟେ ମନ୍ଦିର ତୋଳେଇବା ଲାଗି ହରିଶଙ୍କରଙ୍କ ଜେଜେ ସ୍ଥିର କରିଥିଲେ। ସେ ଅସମୟରେ ଚାଲିଗଲେ, ମନ୍ଦିର ହୋଇପାରିଲା ନାହିଁ। ହରିଶଙ୍କରଙ୍କ ବାପା କିନ୍ତୁ ଏତେବଡ଼ ଜମିର ଲୋଭ ଛାଡ଼ିପାରିଲେ ନାହିଁ। ସେ ତାକୁ ମନ୍ଦିର ବଦଳରେ ପନିପରିବା ବଗିଚାରେ ପରିଣତ କଲେ। ସେତେବେଳେ ଗାଁ ଲୋକେ ତାଙ୍କ ବାପାଙ୍କୁ ଖୁବ୍ ନିନ୍ଦା କରିଥିଲେ। ମାତ୍ର ହରିଶଙ୍କରଙ୍କ ବାପା ପ୍ରତିପତ୍ତିଶାଳୀ ଥିବାରୁ ଗାଁ ଲୋକଙ୍କ ଏ କଥାକୁ ଗୁରୁତ୍ୱ ଦେଇ ନଥିଲେ। ସରପଞ୍ଚ କାନୁନ୍‌ଗୋ କହନ୍ତି, ଦେବ ସମ୍ପତ୍ତି ଅପହରଣ କରିବା ପାପର ଫଳ ହେଉଛି ହରିଶଙ୍କରର ବଡ଼ରୋଗ।

ଏବେ ଏଠି ମନ୍ଦିର ନାହିଁ, ବାଡ଼ିବଗିଚା ଥାଇ ନ ଥିବା ପରି। କୁଷ୍ଠରୋଗୀ ବଗିଚାର ଫୁଲ ବୋଲି ବାଟଚଲା ଚଗଲା ପିଲାଏ ସୁଦ୍ଧା ଏ ଗଛରୁ ଫୁଲ ଛିଣ୍ଡାନ୍ତି ନାହିଁ। କେହି କେବେ ଆସି ତାଙ୍କ ବାଡ଼ିର ପିଜୁଳି କି ଜାମୁକୋଳି ତୋଳେ ନାହିଁ। ହରିଶଙ୍କରଙ୍କର ଧାରଣା ହୁଏ, ଏ ଗଛଗୁଡ଼ିକ ଡାଳରେ ଚଢ଼େଇ କି ପ୍ରଜାପତିଟିଏ ସୁଦ୍ଧା ବସୁ ନ ଥିବେ! ହୁଏତ ପୋକଜୋକ ବି ଆସୁ ନ ଥିବେ ତାଙ୍କର ଏ ପୋଖରୀ ପାଖକୁ!

କେତେ ଅଲୋଡ଼ା ଏ ଜୀବନ!

ହରିଶଙ୍କର କାନ୍ଥକୁ ଆଉଜି ବସିଥିଲେ। ସପ୍ତାହେ ହେଲା ଦେହରୁ ଜ୍ୱର ଛାଡୁ ନାହିଁ। ଖୁବ୍ କଷ୍ଟ ହେଉଛି। ପ୍ରାଣ ଛାଡ଼ିଗଲା ପରି ଲାଗୁଛି। ଭାବିଥିଲେ, ମାଳତୀକୁ କହିଥାଆନ୍ତେ, କ୍ଷୀର ଗିଲାସେ ଉଷୁମ କରିଦେଇଥାଆନ୍ତା। ମାତ୍ର ଗାଁଲୋକଙ୍କଠାରୁ ବାରକଥା ଶୁଣି ସେ ରାଗିଯାଇଥିଲେ। ସେଇ ରାଗରେ ଏଣୁତେଣୁ କହି ତାକୁ ବିଦା କରିଦେଇଛନ୍ତି। ସିଏ ଏବେ ଆସିବ ନାହିଁ। ଆଦୌ ଆସିବ କି ନାହିଁ କିଏ ଜାଣେ!

ବୃନ୍ଦାବନ ଦାସ ତାଙ୍କର ପାଖ ପଡ଼ିଶା। ପାଖ କଣ, ହରିଶଙ୍କର ଘର ଓ ବୃନ୍ଦାବନ ଦାସଙ୍କ ଘର ଭିତରେ ଅଧକିଲୋମିଟରରୁ ଅଧିକ ଲମ୍ବା ଅନାବାଦୀ ଗୋଚର ପଡ଼ିଆ। ତା ସତ୍ତ୍ୱେ ବୃନ୍ଦାବନ ସବୁବେଳେ ଖଟରଖାଟର ହୁଏ। ହରିଶଙ୍କର ଏ ଗାଁ ଛାଡ଼ି ଚାଲିଯାଆନ୍ତୁ, ଏଇ ବୃନ୍ଦାବନ ଦାସର ଦାବି। କାରଣ ସେ ଗାଁରେ ରହିବା ଯୋଗୁଁ କୁଷ୍ଠରୋଗୀ ଜୀବାଣୁ ଗାଁ ଭିତରେ ଚଳପ୍ରଚଳ ହେଉଛନ୍ତି। ଅବଶ୍ୟ ଏ ଦାବି କେବଳ

ବୃନ୍ଦାବନର ନୁହେଁ। ତାଙ୍କ ପଛରେ ମଧୁପୁର ଗାଁର ଅନ୍ୟ ଲୋକଙ୍କର ସମର୍ଥନ ଅଛି। ତେବେ ଯେତେଥର ହରିଶଙ୍କରଙ୍କ ଗାଁ ଛାଡ଼ିବା ପ୍ରସଙ୍ଗ ଉଠିଛି, ସେତେଥର ସେ ଡାକ୍ତର ପ୍ରେସକ୍ରିପ୍‌ସନ୍ ଓ ତାଙ୍କ କୁଷ୍ଠ ସଂକ୍ରାମକ ନୁହେଁ ବୋଲି ଯୁକ୍ତି ଦେଖାଇ ସେ ଦାବିକୁ କାଟି ଦେଇଛନ୍ତି। ସେ ଏଇଗାଁରେ ଜନ୍ମ ହୋଇଛନ୍ତି, ଏଇ ଗାଁରେ ମରିବେ। ଏହା ତାଙ୍କ ଜନ୍ମମାଟି। ଶହ ଶହ ବର୍ଷ ଧରି ତାଙ୍କ ପରିବାର ଏ ଗାଁରେ ରହି ଆସିଛନ୍ତି। ତାଙ୍କ ଜେଜେ ଏ ଗାଁର ଜମିଦାର ଥିଲେ। ଗାଁର ଅଧିକାଂଶ ଅନୁଷ୍ଠାନ - ସ୍କୁଲ ଓ ଭାଗବତ ଘର ତାଙ୍କ ପରିବାରର ଜମିରେ ତିଆରି ହୋଇଛି। ଯାହାକୁ କୁଷ୍ଠରୋଗ ହେଲା, ସେ ଗାଁ ଛାଡ଼ିବ; ଏଭଳି ନିୟମ ସେ ମାନିବେ ନାହିଁ। ସେ ତାଙ୍କର ନିଛାଟିଆ ଜାଗାରେ ଆସି ଏକଲା ରହିଛନ୍ତି। ଗାଁ ଲୋକ କେହି ବେଶି ହଇରାଣ କଲେ ସିଏ ପୁଲିସରେ ଏତଲା ଦେବେ।

ହରିଶଙ୍କର ସ୍ୱଚ୍ଛଳ ଓ ଉଚ୍ଚଶିକ୍ଷିତ। ସେ ଓକିଲାତି ପାଠ ପଢ଼ିଥିଲେ। ଏକଥା ଗାଁଲୋକେ ଜାଣନ୍ତି। ତେଣୁ ସେମାନେ ଅଧିକ କିଛି କହିପାରନ୍ତି ନାହିଁ। ତାଙ୍କଠାରୁ ନିରାପଦ ଦୂରରେ ରହନ୍ତି। ମାତ୍ର ବୃନ୍ଦାବନ ଓ ସରପଞ୍ଚ କାନୁନ୍‌ଗୋ ଆଉ ଗୋଟେ କାରଣରୁ ହରିଶଙ୍କରଙ୍କୁ ଗାଁରୁ ତଡ଼ିବା ଲାଗି ଚାହାନ୍ତି। କୌଣସି ଉପାୟରେ ହରିଶଙ୍କର ଗାଁ ଛାଡ଼ି ପଳେଇଲେ ତାଙ୍କର ବେୱାରିସ ସମ୍ପତ୍ତିତକ ଦଖଲ କରିବା ପାଇଁ ସେ ଦୁହେଁ ସାଙ୍ଗେ ସାଙ୍ଗେ ଝାମ୍ପି ପଡ଼ନ୍ତେ।

॥ ଦୁଇ ॥

ମାଳତୀ ହାତଯୋଡ଼ି ମନାକଲା, ଏମିତି ମିଛ କଥା ସେ କଦାପି କହିବ ନାହିଁ। ତାର ପଛକେ ଯାହା ହୋଇଯିବାର ହୋଇଯାଉ।

ସରପଞ୍ଚ କାନୁନ୍‌ଗୋ ବୁଝେଇଲେ, "ଚିନ୍ତା କରି ଦେଖ୍, ଏଥିରେ ତୋର ସବୁଆଡୁ ଲାଭ। ତା ଜମିବାଡ଼ି ତୁ ପାଇବୁ। ଆମେ ବି କିଛି ଟଙ୍କା ପଇସା ସାହାଯ୍ୟ କରିବୁ। ତା ସାଙ୍ଗକୁ ତୋର ଏ ପାପଟା ତା ମୁଣ୍ଡରେ ଯିବ। ତୁ ରକ୍ଷା ପାଇଯିବୁ।"

ମାଳତୀ କହିଲା, "ବାବୁ, ତୁମ ଛଡ଼ା କେହି ମୋ ପାଖକୁ ଆସି ନାହିଁ।"

କାନୁନ୍‌ଗୋ ମୁହଁ ଛିଞ୍ଚାଡ଼ିଦେଲେ, "ଚୁପ୍ କର। ସେକଥା ତୁ ଜାଣିଛୁ ଆଉ ମୁଁ ଜାଣିଛି। ଗାଁ ଲୋକେ ଜାଣନ୍ତି ନାହିଁ। ମୁଁ ଯଦି କହିବି ତୋ ପାଖକୁ ଅନେକ ଟୋକା ଆସୁଥିଲେ, ତୁ କଣ କରିବୁ? ଛାଡ଼୍, ମୁଁ ହେଲି ଜନତାର ସେବକ। ସେଥିପାଇଁ ମୋତେ ମୋର ଭାବମୂର୍ତ୍ତି ଠିକ୍ ରଖିବାକୁ ପଡ଼ିବ। ତୁ ମୋ କଥା ମାନିଯା, ସେଥିରେ

ତୋର ମୋର ଉଭୟଙ୍କର ଭଲ ହେବ। ନ ହେଲେ ତୋତେ ଖରାପ ଝିଅ ପ୍ରମାଣିତ କରିବାକୁ ମୋତେ ପାଞ୍ଚ ମିନିଟ୍‌ରୁ ଅଧିକ ସମୟ ଲାଗିବ ନାହିଁ।"

ମାଳତୀ ଗୋଟେ ଅସ୍ତବ୍ୟସ୍ତ ଚଢ଼େଇ ପରି ବିକଳ ଦିଶୁଥିଲା। ଗୋଟେ ନିର୍ଦ୍ଦୋଷ ଲୋକ ଉପରେ ଦୋଷ ଲଦିବା ପରି ପାପ ସେ କେମିତି କରିପାରିବ? ତାହାଠୁ ଭଲ କନିଅର ମଞ୍ଜି ଖାଇ କି ମହାଦେବ ପୋଖରୀକୁ ଡେଇଁପଡ଼ି ଜୀବନ ହାରିଦେବ। ତାର ଏ ଦୁନିଆରେ କେହି ନାହିଁ। ବାପା ଥାଇ ନ ଥିଲା, ମା ମରିଗଲାଣି। ଏତେବର୍ଷ ହେଲା ହରିଶଙ୍କର ତାକୁ ଆହାର ଦେଇ ବଞ୍ଚେଇ ଆସିଛନ୍ତି, ବଞ୍ଚିବା ଲାଗି ସାହସ ଦେଇଛନ୍ତି। ସେଇ ଦେବତା ପରି ମଣିଷ ମୁଣ୍ଡରେ ସେ ଏଡ଼େ ବଡ଼ ଅପବାଦ ଲଦିଦେବ?

ସରପଞ୍ଚର ଚେହେରାଟା ତାକୁ ଯମର ଚେହେରା ପରି ଭୟଙ୍କର ଦିଶୁଥିଲା।

ପାଞ୍ଚ ମାସ ତଳେ ହରିଶଙ୍କରଙ୍କ ଘରୁ ଫେରିବାବେଳକୁ କାନୁନ୍‌ଗୋ ତା ଝୁମ୍ପୁଡ଼ି ଭିତରେ ଆସି ଆଗରୁ ଲୁଚି ବସିଥିଲା। ମାଳତୀ ଧୁଆପୋଛା ହେଇ କପ୍ଡାଟା ବଦଳେଇଲାବେଳକୁ କାନୁନ୍‌ଗୋ ତାକୁ ମାଡ଼ି ବସିଥିଲା। ତା ଆଖି ଦିଇଟା କଂଟାସ ପରି କଟମଟ ଦିଶୁଥିଲା। ପକେଟ୍‌ରୁ ପାଞ୍ଚ ଶହ ଟଙ୍କାର ନୋଟ୍‌ଟେ ବାହାର କରି ମାଳତୀ ଆଖି ଆଗରେ ଏପଟ ସେପଟ କରି ହଲେଇଥିଲା ଓ କହିଥିଲା, 'ମୋ କଥା ମାନିଯା। ନ ହେଲେ ତୋର ସର୍ବନାଶ କରିଦେବି।'

ସେଇ ସଞ୍ଜ ପରେ ଆଉ ଦୁଇଥର କାନୁନ୍‌ଗୋ ତା ପାଖକୁ ଆସିଥିଲା। କହିଥିଲା, ତାକୁ ପଞ୍ଚାୟତ ଅଫିସ୍‌ରେ ପିଅନ ଚାକିରି କରେଇ ଦେବ। ତା ଘରକୁ ହପ୍ତାକୁ ହପ୍ତା ମାଗଣା ଚାଉଳ ଓ କିରାସିନି ଦେବ। ମାଳତୀର ସମ୍ପୂର୍ଣ୍ଣ ଦାୟିତ୍ୱ ତାର। ତାକୁ ଖାଲି ସିନ୍ଦୂର ଟୋପା କି ଶଙ୍ଖାଚୁଡ଼ି ସିନା ଦେଇପାରିବ ନାହିଁ, ନ ହେଲେ ମାଳତୀ ତାର ଦ୍ୱିତୀୟ ସ୍ତ୍ରୀ। ତାର ପୂରିଲା ପୂରିଲା ରୂପ, ଉଚ୍ଚା ଛାତି, ଅଣ୍ଟାତଳ ଯାଏ ଲମ୍ବିଥିବା କଳା ବାଳ ଓ ମିଠା ଶାବନା ଚେହେରା ଏ ଗାଁରେ କାହାରି ନାହିଁ!

ମାଳତୀ ଖୁସି ହେଇଥିଲା। ଲୋକଟା କ୍ରମେ ତାକୁ ଭଲ ଲାଗିଥିଲା। କିନ୍ତୁ ଯେଉଁଦିନ ସେ ନିଜେ ଅନୁଭବ କଲା ଯେ ତାର ଦି ମାସ ରତୁ ଗଡ଼ିଗଲାଣି ଓ ପେଟରେ ଛୁଆଟେ ବଢୁଛି ସେଇଦିନ ତାର ହୋସ୍ ଆସିଲା। କିନ୍ତୁ ତା କଥା ଶୁଣି କାନୁନ୍‌ଗୋ କହିଲା, "ଶେଷକୁ ସେଇ ପାପ ତୁ କଲୁ!"

ପେଟଟା ବହୁତ କଷ୍ଟ ଦେଉଛି। ମାଳତୀ କଣ କରିବ ଚିନ୍ତା କରି ପାରୁ ନଥିଲା। କାହା ପାଖକୁ ଯିବ, କିଏ ଆସି ତାକୁ ତାର ଏ ଅବେଳାରେ ସାହାଯ୍ୟ କରିବ ସେ ଜାଣି ପାରୁ ନଥିଲା। ନାୟକ ଘର ଝିଅଟି 'ଆଶା' କର୍ମୀ। ତା ପାଖକୁ ଚାଲିଗଲେ ସିଏ

ହୁଏତ ତାକୁ ସାହାଯ୍ୟ କରନ୍ତା । କିନ୍ତୁ ସରପଞ୍ଚ କାନୁନ୍‌ଗୋ ସମସ୍ତଙ୍କୁ ମତେଇ ଦେଇଛି । ସେ କଣ ଏବେଳେ ତାକୁ ସାହାଯ୍ୟ କରିବ ? ତା ପାଟିରୁ ତ ମାଉଁସ ଝୋଳର ସୁଆଦ ଯାଇ ନ ଥିବ ।

ମାଳତୀ ତା ପଲା ଭିତରେ ବସି ହରିଶଙ୍କରଙ୍କ କଥା ଭାବୁଥିଲା ।

ଦାଣ୍ଡପଟରୁ ପାଟି ଶୁଭିଲା, "ଏ ମାଳତୀ, ହରିଶଙ୍କର ଘରକୁ ଆ । ଗାଁ ଲୋକେ ସମସ୍ତେ ସେଠି ଏକାଠି ହୋଇଛନ୍ତି । ନିଶାପ ହେବ ।"

ଲୋକଟି ଖବର ଦେବା ସାଙ୍ଗରେ ତା ଧଡ଼ାକବାଟକୁ ଧକ୍କାଟିଏ ଦେଇ ଚାଲିଗଲା । ନିଶାପ ବସିବ ହରିଶଙ୍କରଙ୍କ ଘରେ । ସେଠିକି ତ କେହି ଯାଆନ୍ତି ନାହିଁ । ଆଜି ଯିବେ କେମିତି – ମାଳତୀ ଭାବିଲା ।

ମାଳତୀ ଦେହମୁଣ୍ଡ ଘୋଡ଼େଇଘାଡ଼େଇ ହୋଇ ଗଲା । ତାକୁ ଭାରି ଲାଜ ମାଡୁଥିଲା ।

ସଞ୍ଜ ଅନ୍ଧାର । ହରିଶଙ୍କରଙ୍କ ପିଣ୍ଡାରେ ଗୋଟିଏ ଲଣ୍ଠନ ଜଳୁଛି । ସିଏ ତ ଆସି ନାହିଁ, ବାବୁ ନିଶ୍ଚୟ କଷ୍ଟେମଷ୍ଟେ ଯାଇ ନିଜେ ଲଣ୍ଠନଟା ଜଳେଇଥିବେ । ଏତେ ଦୟାବନ୍ତ, ଏତେ ଭଲ ମଣିଷଟାକୁ ଦଇବ କାହିଁକି ଏମିତି କଷ୍ଟ ଦେଲା – ମାଳତୀ ମନକୁ ମନ ପଚାରିଲା ।

ସରପଞ୍ଚ କାନୁନ୍‌ଗୋ ତା ମୁହଁରେ ଗୋଟେ ପଟି ବାନ୍ଧିଥାଏ । ତା ପଛକୁ ଠିଆ ହୋଇଥିବା ଅନ୍ୟମାନେ ସେମିତି ଗୋଟେ ଗୋଟେ ପଟି ବାନ୍ଧିଥାଆନ୍ତି । କୁଷ୍ଠରୋଗୀର ଜୀବାଣୁକୁ ଡର ।

ବୃନ୍ଦାବନ ଦାସ କହିଲା, "ଦେଖ ହରିଶଙ୍କର । ତମେ ମୋଠାରୁ ବୟସରେ ସାନ । ମାତ୍ର ତମ ପାପ ଯୋଗୁଁ ତମେ ମରିବା ମରିବା ହେଲଣି । ହେଇ ସେ ଝିଅ ଆସିଲାଣି । ସତ ମାନିଯାଅ । ନ ହେଲେ ତୁମ ପିଣ୍ଡରୁ ପ୍ରାଣ ଛାଡ଼ିବ ନାହିଁ । ତାଛଡ଼ା କଥାଟା ତ ଆଉ ଲୁଚି ରହିନାହିଁ । ତମ ତୁଣ୍ଡରେ ତମେ ସତଟା ମାନିଯାଅ ।"

ହରିଶଙ୍କର ତଳକୁ ମୁହଁ କରିଥିଲେ । ଅନେକ ଦେଖିଲେ, ଗାଁ ଲୋକଙ୍କ ଭିଡ଼ ଭିତରେ ମୁହଁ ତଳକୁ କରି ମାଳତୀ ଠିଆ ହୋଇଛି । ବାପ ମା ଛେଉଣ୍ଡ ଝିଅଟିଏ, କାହାର ପିଲାକୁ ପେଟରେ ଧରିଛି କିଏ ଜାଣେ ? ତାର ଏ ଅସଜ ଅବସ୍ଥାରେ ତାକୁ ଘୋଷାରି ଘୋଷାରି ଆଣିଛି କାନୁନ୍‌ଗୋ । ମହାଭାରତର ଦୁଃଶାସନକୁ ବି ବଳିଗଲା ଏ ଲୋକଟା । କିନ୍ତୁ କେହି ପ୍ରତିବାଦ କରୁ ନାହାନ୍ତି ।

କାନୁନ୍‌ଗୋ ମାଳତୀକୁ ଜେରା କଲା, 'ଏ ବଦ୍‌ମାସ ଟୋକୀ, ସାମ୍ନାକୁ ଆ ।' ତାପରେ ହରିଶଙ୍କରକୁ ଅନେଇ କହିଲା, 'ତମର ଏ ସୁଆଙ୍ଗ ଦେଖିବାଲାଗି ଆମେ

ଏଠିକୁ ଆସିନାହୁଁ। ଏ ଜାଗାଟାରେ ତୁମର କୁଷ୍ଠରୋଗ ଜୀବାଣୁ ଭଣଭଣ। ତମରି ପାଇଁ ଆମେ ସମସ୍ତେ ଶେଷକୁ ବଡ଼ରୋଗ ଭୋଗିବୁ। ସତ ମାନିଯାଅ।'

ହରିଶଙ୍କର କହିଲେ, 'ମୁଁ ଟିକେ ମାଳତୀ ସାଙ୍ଗେ ପଦୁଟେ କଥା ହେବି।'

: ହୁଅ, ହୁଅ। - କାନୁନ୍‌ଗୋ କହିଲେ। ତାପରେ ତାଙ୍କ ଲୋକମାନଙ୍କୁ ଦୂରକୁ ଘୁଞ୍ଚେଇଆଣି ମାଳତୀକୁ କହିଲେ, 'ଯାଲୋ, ପାଖକୁ ଯା। କିନ୍ତୁ ବେଶି ପାଖକୁ ଯିବୁ ନାହିଁ, ହେଁ, ହେଁ।' - ସେ ଅଶ୍ଳୀଳ ହସ ହସିଲା।

ମାଳତୀ କିଛି ନ କହି ଭିତରକୁ ଗଲା। ହରିଶଙ୍କରଙ୍କ କନାଗୁଡ଼ା ପାଦକୁ ଧରି ସେ କାନ୍ଦି ପକେଇଲା।

: ଚୁପ୍ କର ବୋକୀ। ମୋ ପାଖରେ ସମୟ ନାହିଁ। ତୁ ଏ ପୁଟୁଳାଟା ନେଇ ତୁରନ୍ତ ଅଣ୍ଟାରେ ଗୁଞ୍ଜିଦେ। ମୁଁ ସବୁ ଜାଣିଲିଣି। କାଲିଠୁ ତୁ ଆସି ଏଇଠି ରହିବୁ। କଥା ଦେ।

ମାଳତୀ ପଚାରିଲା, "ଏଥିରେ କଣ ଅଛି? 'ସମୟ ନାହିଁ' ବୋଲି କାହିଁକି କହୁଛ?"

ହରିଶଙ୍କର କିଛି କହିଲେ ନାହିଁ। ମାଳତୀକୁ ସ୍ନେହ ଦୃଷ୍ଟିରେ ଅନେଇଲେ। କହିଲେ, ''ମୋର ଏ ଜୀବନ ଥାଇ କେତେ, ନ ଥାଇ କେତେ? କିନ୍ତୁ ମୋ ପାଇଁ ତୁ ଅପମାନ ପାଇବୁ। ଲୋକେ କହିବେ, ଶେଷକୁ ଗୋଟେ କୁଷ୍ଠରୋଗୀ ସାଙ୍ଗରେ...।''

ମାଳତୀ କିଛି କହିଲା ନାହିଁ। ସେ କାନ୍ଦି ପକେଇଲା।

ସରପଞ୍ଚ କାନୁନ୍‌ଗୋ ଡାକ ପକେଇଲେ, ''ତୁମ ଲୀଳା ସରିଲା? ଆମେ ସମସ୍ତେ ଏଠି ଅପେକ୍ଷା କରିଛୁ ଯେ।''

ମାଳତୀ ବାହାରି ଆସିଲା। ତାଙ୍କ ପଛେ ପଛେ ହରିଶଙ୍କର। ପିଣ୍ଡା ଉପର ଖୁଣ୍ଟଟାକୁ ଆଉଜି ସେ ଟିକିଏ ନିଃଶ୍ୱାସ ନେଲେ। ତାପରେ ମୁହଁ ତଳକୁ କରି କହିଲେ, ''ହଁ। ମାଳତୀର ପାପଗର୍ଭ ପାଇଁ ମୁଁ ଦାୟୀ।''

କାନୁନ୍‌ଗୋ ମୁହଁରେ ଚରମ ପ୍ରଶାନ୍ତି। ସରପଞ୍ଚ ନିର୍ବାଚନ ଜିଣିବା ଖବର ସୁଦ୍ଧା ତାକୁ ଏତେ ଆନନ୍ଦ ଦେଇ ନ ଥିଲା। ସେ ହରିଶଙ୍କରଙ୍କୁ ପିଠି କରି କହୁଥିଲା, ''ମୁଁ କହୁ ନ ଥିଲି, ଲୋକଟା ଘୋର ପାପରେ ବୁଡ଼ିକି ରହିଛି। ଏ ବିଚାରୀ ଝିଅଟା ତ ଏବେ ଭାସିଗଲା ନା? ହେଉ, ପଞ୍ଚାୟତ ତାକୁ କିଛି ସାହାଯ୍ୟ କରିବ। ଚାଲ ଯିବା।"

: ନା।

ହରିଶଙ୍କରଙ୍କ ପାଟି ଶୁଣି କାନୁନ୍‌ଗୋ ବୁଲିପଡ଼ିଲା। ବୃନ୍ଦାବନ ଓ ଅନ୍ୟମାନେ ମଧ୍ୟ ଫେରିପଡ଼ିଲେ। ହରିଶଙ୍କର କହୁଥିଲେ, 'ମାଳତୀର ଦଶା ପାଇଁ ମୁଁ ଦାୟୀ। ତେଣୁ ମୋ ଅନ୍ତେ ମାଳତୀ ଆସି ଏଠି ରହିବ। ଏଇଠି ରହି ସେ ଆମ ଛୁଆକୁ ପୋଷିବ।'

: ଭଲ, ଭଲ। ଜୀବନରେ ଗୋଟାଏ ଭଲ କାମ କଲ ହରିଶଙ୍କର। – ଦି ତିନି ଜଣ ସମସ୍ୱରରେ କହିଉଠିଲେ।

ମାତ୍ର କାନୁନ୍‌ଗୋ ନିରବ ଥିଲା। ଘଟଣାର ଏମିତିକା ନାଟକୀୟ ମୋଡ଼ ତାଙ୍କ ଯୋଜନାରେ ନ ଥିଲା। ଛୋଟ ଜାତିର ଝିଅ ମାଳତୀ ଏ ପୋଖରୀ ଓ ଘରବାଡ଼ି ସବୁର ମାଲିକ ହେବ? ସିଏ ତାହାହେଲେ ଏତେ ଯୋଜନା କରୁଥିଲା କାହିଁକି? କିନ୍ତୁ ହୋ-ହଲ୍ଲା ଭିତରେ କିଛି ଓଲଟା କଥା କହିବାକୁ ସେ ସାହସ କରିପାରିଲା ନାହିଁ।

ସମାବେଶଟି ଦୂର ହୋଇଗଲା।

ହରିଶଙ୍କରଙ୍କ ଘର ଅଗଣାରେ ପୁଣି ସେଇ ପରିଚିତ ନିର୍ଜନ ଅନ୍ଧାର। ଲଣ୍ଠନର ମଳିଛିଆ ଆଲୁଅରେ ଗଛର ଛାଇଗୁଡ଼ାକ ଅଶରୀରୀ ମୂର୍ତ୍ତି ପରି ଦିଶୁଥାଏ। ହରିଶଙ୍କର ତାଙ୍କ ପିଠି ପଛପଟ ବାକ୍ସଟି ଖୋଲିଲେ। ସେଥିରୁ ଗୋଟେ ଡବା ଖୋଲି ପୁଳାଏ ବଟିକା ବାହାର କଲେ ଓ ପାଟିରେ ପୂରେଇଦେଲେ।

ରାତି ନଅଟା ପାଖାପାଖି। ମାଳତୀ ତା ଘରେ ପହଞ୍ଚି କବାଟ ଆଉଜେଇ ଦେଲା। ଅଣ୍ଟାତଳୁ ହରିଶଙ୍କର ଦେଇଥିବା ପୁଟୁଳାଟି ବାହାର କରି ଖୋଲିଲା। ତା ଭିତରେ ସେ ଯାହା ଦେଖିଲା, ସେଥିରେ ତାର ଆଖି ଖୋଷି ହୋଇଗଲା। ଅଧକିଲୋ ଓଜନର ସୁନାଗହଣା ଓ ଚାରିବିଡ଼ା ବଡ଼ ବଡ଼ ନୋଟ୍। ଭୟ, ଆନନ୍ଦ ଓ ଆଶଙ୍କାରେ ତା ଛାତି ଧଡ଼ପଡ଼ ହେଲା। ସିଏ ନିଜ ଆଖିକୁ ବିଶ୍ୱାସ କରିପାରୁ ନ ଥିଲା।

କିଏ ଗୋଟାଏ ପୁଣି ଧଡ଼ା ଖଡ଼ଖଡ଼ କଲାଣି। ମାଳତୀ ସୁନା ଓ ଟଙ୍କା ପୁଟୁଳାଟି ଗୋଟେ ମଳିଛିଆ ଲୁଗାରେ ଗୁଡ଼େଇ ଘର କୋଣରେ ରଖିଦେଲା ଓ ବଡ଼ ପାଟିରେ ପଚାରିଲା, 'କିଏ?'

: କବାଟ ଖୋଲ୍।

ଇଏ ସରପଞ୍ଚ କାନୁନ୍‌ଗୋର ପାଟି।

ମାଳତୀ ଦରମେଲା କବାଟ ଫାଙ୍କରୁ ପଚାରିଲା, ''ଏତେ ରାତିରେ? ପୁଣି କାହିଁକି?''

: ଆଲୋ, ଆଜି ମନଟା ଭାରି ଉଶ୍ୱାସ ଲାଗୁଛି। ଟିକେ ସଙ୍ଗସୁଖ ଦିଅନ୍ତୁ ନାହିଁ?

ମାଳତୀର ମନ ବିଶେଇଗଲା। ଛିଃ, ଏମିତିକା ମଣିଷ ପୁଣି ଥାଆନ୍ତି ଏ ଦୁନିଆରେ!

କାନୁନ୍‌ଗୋ କହିଲା, "ବଢ଼ିଆ ବୁଦ୍ଧିଟେ ଦେଲି ବୋଲି ସିନା ତୁ ସଫା

ହେଇଗଲୁ । ରାଜି ହେଉ ନ ଥିଲୁ କାହିଁକି ? ସେ କୁଷ୍ଠରୋଗୀଟା ବି ଉଦ୍ଧାର ପାଇଗଲା ।" ତାପରେ ହସି ହସି କହିଲା, "ନ ହେଲେ ତା ପ୍ରାଣ ଯାଇଥାନ୍ତା କି ? ଶୁଣ୍, ଏଣିକି ତୋ ଦାୟିତ୍ୱ ମୋର । ତୁ ତ ମୋ ରାଣୀ ।"

ମାଳତୀକୁ କିଛି ଶୁଭୁ ନ ଥିଲା । ତା ବାବୁ ମରିଗଲେ ? କେମିତି ? ସଂଜବେଳେ ତ କଥା କହୁଥିଲେ । ଏତେ ଶୀଘ୍ର କେମିତି ମରିଗଲେ ? ସେ ତାଙ୍କୁ ଭେଟିବା ଲାଗି ବାହାରି ପଡ଼ିଲା ।

ପଛପଟୁ କାନୁନ୍‌ଗୋ ତା ହାତଧରି ଅଟକଉଥିଲା ।

ମାଳତୀ ରାଗ ଓ ଘୃଣାରେ କାନୁନ୍‌ଗୋ ମୁହଁ ଉପରକୁ ଛେପ ଲଣ୍ଡାଏ ପକେଇ କହିଲା, "ମୋ ବାବୁଙ୍କ ଦେହରେ ଖାଲି କୁଷ୍ଠରୋଗ ଥିଲା । ତୋ ଆତ୍ମା ପୁରୁଷ କୁଷ୍ଠରୋଗୀ ।"

କାନୁନ୍‌ଗୋ ମାଳତୀର ହାତ ଛାଡ଼ିଦେଲା । ଡାହାଣ ହାତ ପାପୁଲିରେ ମାଳତୀର ଛେପତକ ପୋଛିହେଲା ।

ଅନ୍ଧାର ରାସ୍ତାରେ ମାଳତୀ ଧାଇଁଥିଲା । ତା ଘରର କବାଟ ମୁକୁଳା ଅଛି, କିନ୍ତୁ ମାଳତୀର ସେ ଆଡ଼କୁ ଧ୍ୟାନ ନାହିଁ । ସତେ କି ଘରେ ଥିବା ସୁନା ଓ ଟଙ୍କାଠାରୁ ଆହୁରି ମୂଲ୍ୟବାନ ଦରବ ତାର ହଜିଯାଇଥିଲା !

■

ସୁଦାମ ଜେନା ଗଲା କୁଆଡ଼େ

ସବୁବେଳେ ଗଛଟେ ପରି ସ୍ଥିର ଦିଶୁଥିବା ସୁଦାମ ଜେନା ଏଇ ଦେଢ଼ମାସ ହେଲା ଚଢ଼େଇ ପରି ଚଞ୍ଚଳ ଦିଶୁଥିଲା। ତାକୁ ଲକ୍ଷ୍ୟ କରୁଥିବା "ଗରୁଡ଼ ଟେଲିଭିଜନ୍ କମ୍ପାନି"ର ଡ୍ରାଇଭର ଓ ପିଅନମାନେ ଟିପ୍ପଣୀ ଦେଉଥିଲେ, "ଏସବୁ ଡଲାରର ମହିମା। ବୁଢ଼ା ସୁଦାମ ଜେନା ଦିହରେ ସତେ କି ନୂଆ କେନା କେନେଇଛି। ସିଏ ଆଜିକାଲି ଆଉ ଚାଲୁ ନାହିଁ, ଦଉଡୁଛି।"

ଏମିତି ଟିପ୍ପଣୀ ଶୁଣିଲେ ସୁଦାମ ଲାଜରେ ହସିଦିଏ। ତାର ସେ ହସଟା ଥୁଣ୍ଟାଗଛ ଗଣ୍ଡିରେ ମେଞ୍ଚାଏ ସିନ୍ଦୂର ବୋଳିଦେଲା ପରି ଅଦ୍ଭୁତ ଦିଶେ। ଅନ୍ୟମାନେ ତାକୁ ବୁଢ଼ା ବୋଲି କହୁଥିଲେ ବି ତା ବୟସ ଯେ ପଚାଶ ଛୁଇଁନି, ସେକଥା ସେ ଜାଣେ। ଆରବର୍ଷ ଦୋଳପୂନେଇଁ ଦି ଦିନ ଥାଇ ତାକୁ ପଚାଶ ପଶିବ। ସେ କହେ ସଂସାର ଜ୍ୱାଳା ତାକୁ ଏମିତି ଅକାଳରେ ବୁଢ଼ା କରିଦେଲା।

ସୁଦାମ ଜେନାର ଘର ଜଟଣୀ ଷ୍ଟେସନ୍‌ଠାରୁ ଛଅ ମାଇଲ୍ ଦୂର ରଙ୍ଗବଲ୍ଲଭ ଗାଁରେ। ସକାଳ ପାଞ୍ଚଟାରୁ ସେ ବିଛଣା ଛାଡ଼େ। ନିଜ କାମଦାମ ସାରି ଗାଁ ସଡ଼କ ଓ ପୋଖରୀ ହୁଡ଼ାରୁ ଜାଳକାଠ ଦି ଚାରିଖଣ୍ଡ ଯୋଗାଡ଼ କରେ। ସେତକ ତା ସ୍ତ୍ରୀ ପାଖରେ ଫୋପାଡ଼ି ଦେଇ ପୁଣି ପୋଖରୀକୁ ଦଉଡ଼େ। ଦଳ ଭର୍ତ୍ତି ପୋଖରୀର ପାଣିକୁ ଦୂରକୁ ଘଉଡ଼େଇଲା ପରି ଆଡ଼େଇ ଦିଏ ଓ ଦି ବୁଡ଼ ମାରି ଘରକୁ ଆସେ। ତା ସ୍ତ୍ରୀ ତାକୁ ଗୋଟେ ଟିଣ କଂସାରେ ଅଧକଂସା ଚୁଡ଼ା ବାଢ଼ିଦିଏ। ଟିକିଏ ଆଗରୁ ବତୁରା ଚୁଡ଼ା ଦେହରେ ଟିପେ ଲୁଣ ଓ ଚାମୁଚେ ଚିନି ପକେଇ ଜୋର୍‌ରେ ଚକଟି ଦିଏ ସୁଦାମ। ଡାହାଣ ହାତରେ ଚୁଡ଼ା ଓ ବାଁ ହାତରେ ଗୋଟେ ଓଲି ପିଆଜ। ସମୟେ ସମୟେ କଞ୍ଚାଲଙ୍କାଟେ ବି ତାର ଲୋଡ଼ା ପଡ଼େ। ସେତେବେଳକୁ ତାର ପୁଅ ଦିଇଟି ତଥାପି ଶୋଇଥାଆନ୍ତି। ବଡ଼ଟି ଦି ବର୍ଷ ତଳୁ ମାଟ୍ରିକ୍ ଫେଲ୍, ସାନଟି ଏଥର ମାଟ୍ରିକ୍ ପରୀକ୍ଷା

ଦେବ। ତାଙ୍କ ପଛକୁ ଝିଅ ଯୋଡ଼ିଏ। ସେମାନେ ପୁଅଙ୍କ ଅପେକ୍ଷା ସଅଳ ଉଠନ୍ତି। ଜଣେ ମାଆକୁ ପାଣି ଆଣିଦିଏ। ଆଉ ଜଣେ ଛେଳି ଜଗିବାକୁ ଯାଏ। ତରବରରେ ସୁଦାମ ଖାଇବା ସାରିବା ବେଳକୁ ତା ସ୍ତ୍ରୀ କହେ, 'ରୁହ, ଲାଉ ସନ୍ତୁଳାଟା ସାରିଦିଏ, ଟିକେ ଖାଇଦେଇ ଯିବ।'

ସୁଦାମ ମୁହଁ ହାତ ଧୋଉ ଧୋଉ କହେ, 'ଥାଉ, ପିଲାଏ ଖାଇବେ।' ତାପରେ ସ୍ତ୍ରୀକୁ କିମ୍ବା ନିଜକୁ ବୁଝେଇବା ପାଇଁ କେଜାଣି ଯୋଡ଼େ- 'ଆମ ଅଫିସ୍‌ରେ ଆଜି 'ଫିଷ୍ଟ୍' ଅଛି ପରା।'

ସୁଦାମ ମିଛ କହେ। ତା ସ୍ତ୍ରୀ ବି ଏକଥା ଜାଣେ। ଦିହେଁ ଦିହିଁଙ୍କ ମୁହଁକୁ ଚାହାଁନ୍ତି। କେହି କିଛି କହନ୍ତି ନାହିଁ। ଅଫିସ୍‌ରେ କୌଣସି ଭୋଜି ଥିଲେ, ସୁଦାମ ଜେନା ସେଥିରୁ କିଛି ବଳେଇ ଘରକୁ ଆଣେ। ସେଗୁଡ଼ା ସମସ୍ତଙ୍କୁ କୁଲାଏ ନାହିଁ। ଖାଲି ଭୋଗ ଖାଇବା ପରି ସମସ୍ତେ ଟିକିଏ ଟିକିଏ ପାଟିରେ ମାରନ୍ତି।

ସୁଦାମ ଜେନା ଚଟାପଟ୍ ତାର ନେଳିଆ ଜାମା ପ୍ୟାଣ୍ଟ୍ ପିନ୍ଧି ପକାଏ। ଏଇଟା ତା କମ୍ପାନି ପୋଷାକ। ପିନ୍ଧିଲାବେଳେ ଅନୁଭବ କରେ ଜାମାଟା ମଇଳା ହେଇ ଝାଳୁଆ ଗନ୍ଧଉଛି। ଆଉ କେଉଁ ବିଭାଗ ହୋଇଥିଲେ ଚିନ୍ତା ନାହିଁ। ତାର ଡ୍ୟୁଟି କମ୍ପାନିର ଏମ୍‌ଡିଙ୍କ ଦପ୍ତରରେ। ସିଏ ଇଂଲଣ୍ଡ ଫେରନ୍ତା ଟୋକାଲୋକ। ଝାଳଗନ୍ଧ, ମଇଳା ପୋଷାକ, ପାନଖିଆ ଦାନ୍ତ କି ବିଡ଼ି ଗନ୍ଧ ଜାଣିଲେ ନିଆଁ ହୋଇଯାଆନ୍ତି। ସୁଦାମ କୁନ୍ଥୁକୁନ୍ଥୁ ହେଲା। କିନ୍ତୁ ପୋଷାକ କହିଲେ ଏଇ ହଳକ। ମନକୁ ମନ କହିଲା, ହଁ, ଆଜି ଦିନଟା ସେ ଚଳେଇ ଦେବ। ଏମ୍‌ଡିଙ୍କର ଦିଲ୍ଲୀ ଯିବାର ଥିଲା। ଯାଇଥିଲେ ଭଲ, ନ ଯାଇଥିଲେ ଚିନ୍ତା ନାହିଁ। ଆଜି ଦିନଟା ବୁଦ୍ଧି ବାହାର କରି ତାଙ୍କ ପାଖାପାଖି ହେବ ନାହିଁ। ରାତିକୁ ଫେରିଲେ ଭଲକି ସାବୁନ ଲଗେଇ ସଫା କରିଦେବ।

ସୁଦାମ ଜଟଣୀ ଷ୍ଟେସନ୍‌ମୁହାଁ ସାଇକେଲ୍ ଚଲଉଥିଲା। ଡେରି ହେଲେ ଟ୍ରେନ୍ ଛାଡ଼ିଦେବ। ଡିଏମ୍‌ୟୁ ଛାଡ଼ିଦେଲେ ଅଫିସ୍‌ରେ ପହଞ୍ଚିବା ବେଳକୁ ଡେରି। ସୁଦାମ ସବୁଦିନ ଡିଏମ୍‌ୟୁରେ ଆସେ। ଟିଟିଇଙ୍କୁ ଖୋସାମତ କରି ସମୟେ ସମୟେ ରିଜର୍ଭ ଡବାରେ ପଶିଯାଏ। କେହି ଟାଣଆଖିରେ ଅନେଇଲେ ସୁଦାମ ଦାନ୍ତ ଦି ଭାଡ଼ି ଦେଖେଇ ନେହୁରା ହୁଏ। ଟିଟିଇ କହନ୍ତି, 'ତୁମ ଭଳି ଲୋକଙ୍କ ଯୋଗୁଁ ଏ ଦେଶରେ କିଛି ହୋଇପାରୁ ନାହିଁ।' ସୁଦାମ ତାଙ୍କୁ ସମର୍ଥନ କଲା ପରି ପୁଣି କିସ୍ତିଏ ହସ ହସେ।

ଭିଡ଼ ଭିତରେ ସୁଦାମ ନିଜ ପାଦଯୋଡ଼ିକ ଲାଗି ଜାଗାଟେ କରିନିଏ। ଛଅ ମାଇଲ୍ ସାଇକେଲ୍ ଚଲା ଯୋଗୁଁ ତା ବେକ, କାଖ ଓ ଛାତିରେ ଝାଳ ସାଲୁବାଲୁ ହେଉଥାଏ। ସେ ପୁଣି ମାଲିକଙ୍କ କଥା ଭାବେ। ତା ଦେହର ଝାଳଗନ୍ଧ

ତାକୁ ସେତେବେଳେ ନଳାକଡ଼ର ଘୁଷୁରି ପରି ଗନ୍ଧାଏ। ସେ ଆହୁରି ସଙ୍କୁଚିତ ହୋଇଯାଏ।

ଭୁବନେଶ୍ୱର ରେଳଷ୍ଟେସନ୍‌ରୁ ପଟିଆ। ସୁଦାମ ଅଟୋଷ୍ଟାଣ୍ଡ୍‌କୁ ଦଉଡ଼େ। ଷ୍ଟେସନ୍‌ରୁ ବାଣୀବିହାର ସେୟାର ଅଟୋରିକ୍ସାରେ। ସେଠୁ ଚାଲି ଚାଲି ଜୟଦେବ ବିହାର ଛକ। ଜୟଦେବ ବିହାର ପାଖରୁ ପଟିଆ ଟାଉନ୍‌ବସ୍‌ରେ। ସୁଦାମ ଅଫିସ୍‌ରେ ପହଞ୍ଚିଲାବେଳକୁ ସାଢ଼େ ଦଶଟା ହୋଇଯାଏ। ମାଲିକଙ୍କ ପିଏ ସୁନୀତା ମାଡାମ୍, ସୁଦାମର ଦଣ୍ଡବତର ଜବାବ ନ ଦେଇ କାନ୍ଥ ଘଣ୍ଟାକୁ ଇସାରା କରନ୍ତି, 'ପୁଣି ଡେରି!'

ସୁଦାମ ଜେନା ତରବରରେ ଦ୍ୱିପହର ଖିଆ ଲାଗି ଆଣିଥିବା ପଖାଳ, ପିଆଜ କଞ୍ଚାଲଙ୍କା ଥିବା ତାର ଟିଫିନ୍ ବ୍ୟାଗ୍‌କୁ ଶିଡ଼ି ପାଖ ଜୋତାଷ୍ଟାଣ୍ଡ୍ ପାଖରେ ରଖୁ ରଖୁ କହେ, "ମାଡାମ୍, ଟାଉନ୍ ବସ୍...।"

ସୁନୀତା ମାଡାମ୍‌ଙ୍କର ସୁଦାମ ଜେନାର କଥା ଶୁଣିବାକୁ ଇଚ୍ଛା ନ ଥାଏ। କଫି କପେ ପାଇଁ ତାଙ୍କ ଜିଭ ବ୍ୟସ୍ତ ହେଉଥାଏ। ମ୍ୟାନେଜିଂ ଡାଇରେକ୍ଟର ଅଫିସକୁ ନ ଆସିଥିବା ସମୟତକ ତାଙ୍କ ପାଇଁ ସବୁଠୁ ସୁନ୍ଦର ମୁହୂର୍ତ୍ତ। ସେଇ ସମୟତକ ସିଏ ଏ ଦପ୍ତରର କର୍ତ୍ତ୍ରୀ। ଡ୍ରାଇଭର, ପିଅନ, କିରାଣି ସମସ୍ତେ ତାଙ୍କ ଅଧୀନରେ। ସୁଦାମ ଫ୍ଲାସ୍କଟା ଧରି କଫି ଆଣିବା ଲାଗି କ୍ୟାଣ୍ଟିନ୍‌କୁ ଦଉଡ଼େ।

ସୁଦାମ ଗୋଟେ ବାଉଁଶଗଛ। ବାଉଁଶଗଛ ଯେମିତି ପବନ ବୋହିବା ମାତ୍ରେ ନୋଇଁପଡ଼େ, ସୁଦାମ ସେମିତି ତା ସାମ୍ନାରେ କାହାକୁ ଦେଖିଲାକ୍ଷଣି, ଅଣ୍ଟାଭାଙ୍ଗି ନମସ୍କାରଟିଏ କରେ। ଏଇଟା ତାର ସ୍ୱଭାବ। ଯେମିତି କିଛି ଲୋକ ରାସ୍ତା ଉପରେ ବିଲେଇ ଦେଖିଲେ ଚଟ୍‌କରି ଗାଡ଼ିର ବ୍ରେକ୍ କଷିଦିଅନ୍ତି ସେମିତି ସାମ୍ନାରେ ପ୍ୟାଣ୍ଟ ସାର୍ଟ ପିନ୍ଧାବାଲା ଦେଖିବାକ୍ଷଣି ସୁଦାମ ଅଟକି ଅଣ୍ଟା ବଙ୍କେଇ ନମସ୍କାର କରେ। ତାର ଏ ଢଙ୍ଗ ଦେଖି କିଛି ଲୋକ ହସନ୍ତି। ମାତ୍ର ସୁଦାମ ଅପ୍ରସ୍ତୁତ ହୁଏ ନାହିଁ। ତାର ବିଶ୍ୱାସ ଏ ବଡ଼ ବଡ଼ ଲୋକଙ୍କ ଭିତରୁ କେହି ଜଣେ ଚାହିଁଲେ ତା ଭାଗ୍ୟ ବଦଳିଯିବ। ଦି ବର୍ଷ ତଳେ ସୁଦାମ ଜେନା ଜଟଣୀ ରେଳ ଷ୍ଟେସନ୍‌ରେ ବାଦାମ, ଚନାଚୁର ବିକୁଥିଲା। ସେଥିରେ ତାର ଲାଭତକ ଗରାଖଙ୍କ ଚାଖଣାରେ ଚାଲି ଯାଉଥିଲା। ସୁରବାବୁ ଦୟାକରି ତାକୁ ଆଣି ଏହି ଟିଭି ସଂସ୍ଥା 'ଗରୁଡ଼ ଟେଲିଭିଜନ୍'ରେ ରଖେଇ ଦେଇଛନ୍ତି।

ସେ ସୁନୀତା ମାଡାମ୍‌ଙ୍କୁ କପେ କଫି ଦେଲା ଓ ତାଙ୍କ ଟେବୁଲ୍ ଝାଡ଼ିଝୁଡ଼ି ସଫା କରିଦେଲା। ସୁନୀତା ଅଫିସ୍‌ରେ ପହଞ୍ଚିବାକ୍ଷଣି ତାଙ୍କ ଚିହ୍ନା ପରିଚୟଙ୍କୁ ଆଠ ଦଶଟା ଟେଲିଫୋନ୍ କରନ୍ତି। କପେ କଫି ପିଅନ୍ତି ଓ ବାଥରୁମ୍ ଯାଇ ଲୁଗାପଟା ସଜାଡ଼ି ନିଅନ୍ତି। ଆଜି ଏମ୍‌ଡି ତଥା କମ୍ପାନିର ମାଲିକ ଦିଲ୍ଲୀ ଯାଇଛନ୍ତି। ଅଫିସ୍‌ରେ

ଭିଡ଼ ଟିକିଏ କମ୍ ରହିବ। ସୁଦାମ ଶିଡ଼ି ପାଖକୁ ଯାଇ ତା ପକେଟ୍‌ରୁ ଜରି ପୁଡ଼ିଆଟିଏ ବାହାର କଲା। ତା ଭିତରେ ଅନେକ ଦିନର ପୁରୁଣା କାଗଜପତ୍ର ଅଛି। କେତେଟା ଫୋନ୍ ନମ୍ବର ଓ ଠିକଣା ଲେଖା କାଗଜ ମଧ୍ୟ ଅଛି। ସେଇ ପୁରୁଣା, ଲୋଚାକୋଚା ଓ ମଳିଛିଆ ଚଉଭାଙ୍ଗ କାଗଜ ଖୋଳରୁ ସେ ଦଶଟଙ୍କା ପରି ଦିଶୁଥିବା ଗୋଟେ ନୋଟ୍ ବାହାର କଲା। ଏଇଟା ତାକୁ ମାଇକେଲ୍ ସାହେବ ଦେଇଛନ୍ତି। ଠିକ୍ ଟଙ୍କା ପରି ଦିଶୁଛି, କିନ୍ତୁ ଟଙ୍କା ନୁହେଁ। ସିଏ ପ୍ରଥମେ ଏହାକୁ ନୂଆ ଛପା ହୋଇଥିବା ଦଶଟଙ୍କା ବୋଲି ଭାବିଥିଲା; ମାତ୍ର କ୍ୟାଣ୍ଟିନ୍‌ରେ ଖାଉଥିବା ଶତପଥୀ ସାର୍ କହିବାରୁ ସେ ଜାଣିଲା, ଇଏ ଦଶଟଙ୍କା ନୁହେଁ, ଦଶ ଡଲାର୍। ଟଙ୍କା ପରି ଦିଶୁଥିଲେ ବି ଏଇ ଟଙ୍କାଠାରୁ ଦାମୀ, ଯାର ମୂଲ୍ୟ ଚାରିଶହ ଟଙ୍କାରୁ ବେଶି। ସୁଦାମ ଏକଥା ଶୁଣି ତା କାନକୁ ବିଶ୍ୱାସ କରିପାରି ନ ଥିଲା। କିନ୍ତୁ ସମସ୍ତେ ଏକା କଥା କହିବାରୁ ସେ ବିଶ୍ୱାସ କଲା।

ମାଇକେଲ୍ ସାହେବ ତାକୁ ପ୍ରଥମ ଦେଖାରେ ଏତେଗୁଡ଼ାଏ ଟଙ୍କା କାହିଁକି ଦେଲେ ? ଯେତେ ଯେତେଥର ସୁଦାମ ଏକଥା ଭାବେ ସେତେ ସେତେ ଥର ତାର ସେଦିନ କଥା ମନେପଡ଼େ। ସେ ଶୁଣିଥିଲା, ତାଙ୍କ ଟେଲିଭିଜନ୍ କମ୍ପାନିରେ ବାହାର ଦେଶର ଲୋକେ ଧନ ଖଟେଇବେ। ଆଜିକାଲି ଧଡ଼ା-ମୁକୁଳା ବଣିଜ ବ୍ୟବସ୍ଥା। ଆଗ ପରି ଏତେ କାଇଦା କଟକଣା ନାହିଁ। ବାହାର ଦେଶରୁ ସେଓ ଆସୁଛି, ଚିନି ଆସୁଛି, ସାର ଆସୁଛି, ଯନ୍ତପାତି ଆସୁଛି, ଡଲାର ଆସିବ। ପ୍ରଥମେ ଯେଉଁଦିନ ସୁଦାମ ଏକଥା ଶୁଣିଲା, ସେଦିନ ସେ ତା ନିଜ କାନକୁ ବିଶ୍ୱାସ କରିପାରିଲା ନାହିଁ। କମ୍ପାନି ତ ତା ମାଲିକଙ୍କର, ତାଙ୍କ ପରିବାର ଲୋକ ଟଙ୍କା ଖଟେଇ କମ୍ପାନି ଗଢ଼ିଛନ୍ତି। ଅଭାବ ପଡ଼ିଲେ ବ୍ୟାଙ୍କରୁ ଋଣ ଆସେ। କେତେ କୋଟି ଟଙ୍କା ଋଣ ଆସିଛି ସେ ଜାଣେନି, ମାତ୍ର ତାଙ୍କ ଆକାଉଣ୍ଟ୍ସ ବିଭାଗର ମଲ୍ଲିକ ବାବୁ ଜାଣନ୍ତି। ତାହାହେଲେ ଫରେନ୍‌ବାଲାଏ ଆସି ଏଠି କାହିଁକି ଟଙ୍କା ଖଟେଇବେ ? ସେ ଜାଣିପାରୁ ନ ଥିଲା। ପ୍ରଥମେ ମାଲିକଙ୍କ ଡ୍ରାଇଭର ସୁଲେମାନ୍‌କୁ ପଚାରିଲା। ତାର ସୁଦାମ ଉପରେ ସବୁବେଳେ ରାଗ। ପ୍ରତି ମାସ କମ୍ପାନି ମିଟିଙ୍ଗ୍ ସମୟରେ ଭୋଜି ହୁଏ। ସୁଲେମାନ ଆସି ଆଗେ ପ୍ଲେଟ୍ ଉଠେଇବ। ସୁଦାମ କହେ, "ବାବୁମାନେ ଖାଇସାରନ୍ତୁ, ତୁମେ ଖାଇବ।" ସୁଲେମାନ ତା କଥା ଶୁଣିବ କଣ, ଓଲଟି ତାକୁ ନାଲି ଆଖି ଦେଖାଏ। କୁହେ, "ରହ ଆଜି ତୋ ନାଁରେ ସାର୍‌ଙ୍କୁ କହୁଛି। ମୁଁ ଆଗରୁ ନ ଖାଇଲେ, ସାର୍‌ଙ୍କୁ ନେବି କେମିତି ? ସେ ତ ଖାଇ ସାରୁ ସାରୁ ବ୍ୟାଙ୍କ୍ ଯିବେ।" ସୁଦାମ ନିଜ ଭୁଲ୍ ବୁଝିପାରେ। ରାଗିବା ବଦଳରେ ସୁଲେମାନର ହାତ ଓଠ ଧରେ। ସତକଥା, ସୁଲେମାନ ମାଲିକଙ୍କ ପାଖଲୋକ। ତାଙ୍କୁ ଗାଡ଼ିରେ ନେଇକି ଯିବାବେଳେ ଯଦି ତା ନାଁରେ ଏଣୁତେଣୁ ଦି ପଦ କହିଦିଏ ତାହାହେଲେ ତାର ଚାକିରି ଚାଲିଯିବ।

ସେଇ ସୁଲେମାନ କହିଲା, 'ଫରେନ୍ ଟଙ୍କା ଖଟାଯିବ ଆମ ଟିଭି କମ୍ପାନିରେ। ତାଙ୍କ ଭିତରୁ ଜଣେ ଆସି ଡାଇରେକ୍ଟର ହେବେ। ଆମ ମାଲିକ ଆଗ ପରି ରହିବେ, ମାତ୍ର ସେମାନଙ୍କୁ ପଚାରି ବଡ଼ ବଡ଼ ଖର୍ଚ୍ଚ କରିବେ।'

ସୁଦାମ ତଥାପି ବୁଝିପାରିଲା ନାହିଁ। ଫରେନ୍‌ବାଲାଏ ଏଠିକି କାହିଁକି ଆସିବେ ? ଦେଶ ପରା ସ୍ୱାଧୀନ ହେଲାଣି। ତାଛଡ଼ା, ଆସିବେ ଯଦି ଦିଲ୍ଲୀ, ବମ୍ବେ ନ ଯାଇ ଏ ଭୁବନେଶ୍ୱରକୁ ଆସିବା କି ଦରକାର ? ସେ ବୁଝି ପାରି ନ ଥିଲା। ଏ ଘଟଣାର କିଛିଦିନ ପରେ ମାଇକେଲ୍ ସାହେବ ଆସିଲେ। ତାଙ୍କ ସାଙ୍ଗରେ ଥିଲେ ଆଉ ଜଣେ ଲଣ୍ଡା ଲୋକ। ମାଇକେଲ୍ ସାହେବ ବି ଲଣ୍ଡା। ସେମାନେ ମୁଣ୍ଡରେ ଚୁଟି ରଖନ୍ତି ନାହିଁ। ଟିକିଏ ବଢ଼ିଲାକ୍ଷଣି କାଟିଦିଅନ୍ତି। ଲମ୍ବା ଚଉଡ଼ା ଚେହେରା। ଦି ଜଣ ଦି ଭାଇ ପରି ଦିଶୁଥାନ୍ତି। ମାତ୍ର ସାନ ବାବୁଟିର ଘର ଏଇ ଭାରତରେ। ମାଇକେଲ୍ ସାହେବଙ୍କ ଘର ଆମେରିକାରେ।

କମ୍ପାନିର ସମ୍ମିଳନୀ ହଲ୍‌ରେ ଗୁରୁତ୍ୱପୂର୍ଣ୍ଣ ବୈଠକ ହେଲା। ବାବୁମାନେ ନିଜ ନିଜ କମ୍ପ୍ୟୁଟରରେ ଛବି ଦେଖେଇଲେ। ତା ଏମ୍‌ଡି କହିଲେ, 'ଏ କମ୍ପାନି ସାରା ଓଡ଼ିଶାର ତେରଟି କମ୍ପାନି ଭିତରୁ ଶ୍ରେଷ୍ଠ ଟିଭି କମ୍ପାନି।' ମାଇକେଲ୍ ସାହେବଙ୍କ ସାଙ୍ଗ କହିଲେ, "ଭାରତରେ ଟେଲିଭିଜନ୍ ବ୍ୟବସାୟ ହୁ ହୁ ହୋଇ ବଢୁଛି। ଆହୁରି ବଢ଼ିବ। ଖବରକାଗଜ ବ୍ୟବସାୟ କମିପାରେ, ଟେଲିଭିଜନ୍ ବ୍ୟବସାୟ ବଢ଼ିଚାଲିବ। ଲୋକେ ଟେଲିଭିଜନ୍‌ରେ ସିରିଏଲ୍ ଦେଖିବେ, ଖବର ଜାଣିବେ, ନାଚଗୀତ ଓ ଖେଳ ଦେଖିବେ, ଟେଲିଭିଜନ୍‌ରୁ ପ୍ରବଚନ ଶୁଣିବେ, ରାଶିଫଳ ଓ ବାସ୍ତୁଶାସ୍ତ୍ର ଚର୍ଚ୍ଚା ଶୁଣିବେ। ସକାଳୁ ଅଧରାତି ଓ ପୁଣି ସକାଳ ପର୍ଯ୍ୟନ୍ତ ଓଡ଼ିଶା ଲୋକଙ୍କ ଯେତେ ଚାହିଦା ସବୁ ଗରୁଡ଼ ଟେଲିଭିଜନ ପୂରଣ କରିବ।' ମାଇକେଲ୍ ସାହେବ କହିଲେ, 'ଷ୍ଟକ୍ ଏକ୍ସଚେଞ୍ଜ୍ ଆପଣଙ୍କ କମ୍ପାନିର ମୂଲ୍ୟ ସ୍ଥିର କରିଛି ଶହେ ମିଲିୟନ୍ ଡଲାର। ଆପଣ ସେଥିରୁ ପଚିଶ ଭାଗ ସେୟାରରେ ଫରେନ୍ ଇନ୍‌ଭେଷ୍ଟମେଣ୍ଟ କରନ୍ତୁ। ଏଠିକା ବ୍ୟାଙ୍କ୍ ଋଣ ଶୁଝିସାରିବା ପରେ ବି ଆପଣଙ୍କ ପାଖରେ ଭଲ ପୁଞ୍ଜି ରହିବ। ତାକୁ ଟେଲିଭିଜନ୍‌ରେ ଖଟେଇ ଆହୁରି ଲାଭ କରିବେ। ବିଦେଶରୁ ନୂଆ ଯନ୍ତ୍ରପାତି ମଗେଇବେ। ସାରା ଭାରତରେ ଆପଣଙ୍କ ଟିଭି ଚ୍ୟାନେଲ୍ ପ୍ରସିଦ୍ଧ ହୋଇଯିବ। ଆପଣଙ୍କର 'ବିଗ୍ ମନି' ଦରକାର।'

ସୁଦାମ ଜେନା ଚା-ପାଣି ଦେବାଲାଗି ସେ ହଲ୍‌କୁ ପଶେ। ସୁନୀତା ମାଡାମ୍ ଖାଇବା ପିଇବା ଖବର ସବୁ ବୁଝନ୍ତି। ସିଏ ଖାଲି କବାଟ ଠେଲି ହଲ୍ ଭିତରକୁ ପଶେ ଓ ଟେବୁଲ୍ ଉପରେ ଚା କି କଫି କପ୍ ରଖିଦେଇ ଫେରିଆସେ। ସେଇ ସେତିକି ସମୟ ଭିତରେ ହଲ୍‌ର ଶୀତଳ-ଥଣ୍ଡା ପବନ ଓ ଗରମ ଗରମ ଆଲୋଚନା କିଛି କିଛି

ଶୁଣେ। ତା କମ୍ପାନି ଏତେ ବଡ଼ ସଂସ୍ଥା। ତା ମୂଲ୍ୟ ମାତ୍ର ଶହେ ମିଲିୟନ୍ ଡଲାର ଶୁଣି ସେଦିନ ସେ ଚିନ୍ତାରେ ପଡ଼ିଯାଇଥିଲା। କିନ୍ତୁ ପରେ ହିସାବ ବିଭାଗର ଦାଶ ସାର୍ ବୁଝେଇଲେ, ଶହେ ମିଲିୟନ୍ ଡଲାର ମାନେ ପାଖାପାଖି ଚାରିଶହ କୋଟି ଟଙ୍କା। ସେତେବେଳେ ସୁଦାମର ଆଖି ଖୋଷି ହୋଇଯାଇଥିଲା ଓ ମନ ଖୁସି ହୋଇଥିଲା। ବାପ୍‌ରେ, ଏତେ ଟଙ୍କା ! ସେ ମାଇକେଲ୍ ସାହେବଙ୍କୁ କୋକାକୋଲା ଦେଇ ଆସିଥିଲା। କାନ କୁଣ୍ଡେଇ କୁଣ୍ଡେଇ ଯାଇ କହିଲା, “ପି ଦିଜିଏ। ଥଣ୍ଡା ହୋଏଗା।”

ସେଦିନ ତା କଥା ଶୁଣି ସମସ୍ତେ ହସିଥିଲେ। ସୁଦାମ ଜେନା ନିଜର ଭୁଲ୍ ବୁଝି ପାରିଥିଲା। ଅଧିକାଂଶ ସମୟରେ ସେ ତା ମାଲିକଙ୍କୁ କଫି ଦିଏ। ଟେଲିଫୋନ୍ କି କମ୍ପ୍ୟୁଟର ସାଙ୍ଗରେ ବ୍ୟସ୍ତ ରହି ମାଲିକ କଫି ପିଇବା କଥା ଭୁଲିଗଲେ, ସୁଦାମ ଜେନା କହେ, “ପି ଦିଅନ୍ତୁ, ଥଣ୍ଡା ହେଇଯିବ।” ଏଇଟା ତାର ଅଭ୍ୟାସରେ ପଡ଼ିଯାଇଥିଲା।

ସେ ଜାଣି ପାରି ନ ଥିଲା ଯେ ସେଦିନ ଗରମ କଫି ନୁହେଁ, ଥଣ୍ଡା କୋକାକୋଲା ଦିଆ ଯାଇଥିଲା।

ଦ୍ୱିପହର ଲଞ୍ଚ୍‌ରେ ସମସ୍ତଙ୍କ ପାଇଁ ବିରିଆନି ଆସିଥିଲା। ବଡ଼ ହୋଟେଲ୍‌ରୁ ସୁଆଦିଆ ବିରିଆନି ଅଣାଯାଇଥିଲା। ମାଇକେଲ୍ ସାହେବ ଓ ତାଙ୍କ ସାଙ୍ଗ ଖାଇପିଇ ଖୁସି ହୋଇଗଲେ କମ୍ପାନିକୁ ଶୀଘ୍ର ଆସିବ ଫରେନ୍ ଡଲାର। ସେଥିପାଇଁ ତା ମାଲିକ ଦିନରାତି ଚିନ୍ତିତ। ଶୀଘ୍ର ଶୀଘ୍ର ଡଲାର ନ ଆସିଲେ ନୂଆ ଷ୍ଟୁଡିଓର କାମ ଅଟକିଯିବ। ଫରେନ୍‌ରୁ ଯନ୍ତ୍ରପାତି ଆସି ପାରିବ ନାହିଁ। ସୁଦାମ ଜେନା ଏକଥା ଭାବି ଖୁବ୍ ବ୍ୟସ୍ତ ହୋଇ ପଡୁଥିଲା।

: କି ବାସ୍ନା ବିରିଆନିର ! କେମିତିକା ସରୁ ସରୁ ଚାଉଳ, ତା ଭିତରେ ବଡ଼ ବଡ଼ ଖଣ୍ଡ ନରମ ମଟନ୍। ପ୍ଲେଟ୍‌ରେ ବାଢ଼ିବାକ୍ଷଣି ଖଣ୍ଡମଣ୍ଡଳ ବାସ୍ନାରେ କମ୍ପି ଯାଇଥିଲା। ସୁଦାମର ମନ ହେଉଥିଲା ଏଥିରୁ ଆଠ ଦଶ ପ୍ଲେଟ୍ ନେଇ ଶିଡ଼ିତଳେ ବସିପଡ଼ନ୍ତା ଓ ଗାଉଁଗାଉଁ କରି ଗିଳିପକାନ୍ତା। କିନ୍ତୁ ଚାରିଆଡ଼େ ଲୋକ ହାଉଯାଉ। ପୁଣି ଏସବୁ ବଡ଼ ବଡ଼ ସାର୍‌ଙ୍କ ପାଇଁ ଆସିଛି। ତା ଭଳି ପିଅନ ପାଇଁ ନୁହେଁ। ଖାଉଥିବାବେଳେ ଧରା ପଡ଼ିଗଲେ ଗାଳି ଶୁଣିବ, ଚାକିରି ଯିବ। ସେ ବଡ଼ କଷ୍ଟରେ ନିଜ ଲୋଭ ସମ୍ଭାଳିଥିଲା। ଏଥିରୁ ଯଦି କିଛି ବଳିବ, ତାକୁ ପ୍ରଥମେ ଅଫିସର୍ ଆକାଉଣ୍ଟ୍ସ ସେକ୍ସନ୍ କିରାଣି ଖାଇବେ। ସବାଶେଷକୁ ତା ପାଳି ପଡ଼ିବ। କିନ୍ତୁ ସେତେବେଳକୁ କଣ ମାଉଁସ ଥିବ ?

ସେଦିନ ତାର ପଖାଳ-ତେନ୍ତୁଳି, ଚୁଡ଼ା-ପିଆଜ, ରୁଟି କି ଲାଉ ସନ୍ତୁଳା ଥିବା ଟିଣ ଟିଫିନ୍ କ୍ୟାରିୟରଟା ଏ ଚକମକ ବିରିଆନି ପ୍ଲେଟ୍ ପାଖରେ ସେତିକି ବିକଳିଆ

ଦିଶୁଥିଲା, ଯେମିତି ସିଏ ନିଜେ ଦିଶେ ତା ମାଲିକଙ୍କ ଆଗରେ। ତାଙ୍କର ମର୍ସିଡିଜ୍ ଗାଡ଼ି, ଚାରିମହଲା କୋଠାଘର, ତା ଭିତରେ ପ୍ରକାଣ୍ଡ କାଚଲଗା ଥଣ୍ଡା ଅଫିସ୍, ଘର ଆଗରେ ଟିକେ ଟିକେ ଚୁଟି ଉଠିଥିବା ପରି କଅଁଳିଆ ଶାଗୁଆ ଲନ୍ ଓ ଫୁଲ ବଗିଚା। ତାଙ୍କ ଘର, ଅଫିସ୍ ଏପରିକି ଗାଡ଼ି ଭିତରେ ଅତରର ମହମହ ବାସ୍ନା। ସୁଦାମର ଧତଡ଼ା ସାଇକେଲ୍, ଝୁମ୍ପୁଡ଼ି ଚାଳଘର, ଠାକରାଗାଲି ଚେହେରା ଓ ଝାଳଗନ୍ଧୁଆ ଦେହ ସବୁ ଅସୁନ୍ଦର। ସୁଲେମାନ କହେ, ଦୁନିଆର ସବୁ ଖୁଦାକୀ ମେହରବାନି। ମଲ୍ଲିକବାବୁ କହନ୍ତି, ପୂର୍ବଜନ୍ମର ଫଳ।

ସୁଦାମ ଜେନା ମାଇକେଲ୍ ସାହାବଙ୍କୁ ନେଇ ବିରିଆନି ପ୍ଲେଟ୍ ଦେଇଥିଲା। ତାର ଚିନ୍ତା, କେତେ ସମୟ ଭିଡିଓ ଚିତ୍ର ଦେଖି ଓ ବକର ବକର ହୋଇ ସାହାବ ଥକିପଡ଼ିବେଣି। ଭୋକରେ ତାଙ୍କ ପେଟ ଜଳିବଣି। ଏତେ ବଡ଼ ଡେଙ୍ଗା ଚଉଡ଼ା ଚେହେରା, ପେଟ ବି ବଡ଼ ହେଇଥିବ। ଭଲକରି ନ ଖାଇଲେ କାମ କରିବେ କେମିତି ! ସେ ଗୋଟେ ଟ୍ରେ'ରେ ତିନିଟା ଉଛୁଳୁମୁଛୁଳୁ ବିରିଆନି ପ୍ଲେଟ୍ ଧରିଥିଲା। ଗୋଟେ ମାଇକେଲ୍ ସାହେବଙ୍କ ପାଇଁ, ଗୋଟେ ତାଙ୍କ ଲଣ୍ଡାମୁଣ୍ଡିଆ ସାଙ୍ଗ ପାଇଁ ଓ ଆରଟି ତା ମାଲିକଙ୍କ ପାଇଁ। ଆଗତୁରା ପ୍ଲେଟ୍ ତିନିଟା ବାଢ଼ିକି ନେଇ ନ ଗଲେ ପଛକୁ ଭଲ ମାଉଁସ ରହିବ ନାହିଁ। ସମସ୍ତେ ଖାଇପିଇ ସଫା କରିଦେବେ। ତା ମାଲିକ ଅଫିସ୍ ପାଇଁ ଦିନରାତି ଖଟୁଛନ୍ତି। ଆଜି ବମ୍ବେ, କାଲି ଦିଲ୍ଲୀ ତ ପଅରିଦିନ କଲିକତା ଘୂରୁଛନ୍ତି। ସବୁବେଳେ କାଲ୍କୁଲେଟର ମେସିନ୍ ଧରି ହିସାବ କରୁଛନ୍ତି। ରହିଲା କେତେ, ଗଲା କେତେ। ହିସାବ ବିଭାଗ ବାଲାଙ୍କ ଉପରେ ସବୁବେଳେ ବିରକ୍ତ। ରଜା ପରି ଚେହେରା ତାଙ୍କର, ହେଲେ କେତେବେଳେ ମୁହଁରେ ଟିକେ ଖୁସି ନାହିଁ। ସବୁ ଏଇ ଅଫିସ୍‌ବାଲାଙ୍କ ହେଲା ଯୋଗୁଁ। ସେଥିପାଇଁ ମାଲିକଙ୍କ ଉପରେ ତାର ଖୁବ୍ ମାୟା। ବରାବର ତାର ମନ ହୁଏ, ଟିକିଏ ଯାଇ ତାଙ୍କୁ ତାଙ୍କ ସୁଖଦୁଃଖ ପଚାରନ୍ତା, ପାଦ ଦିଇଟା ଘଷିଦିଅନ୍ତା କି ମୁଣ୍ଡଟା ଚିପିଦିଅନ୍ତା। ବେଳେବେଳେ ସାହସ କରି ତାଙ୍କ ଥଣ୍ଡା ରୁମ୍‌କୁ ପଶିଯାଇ କାନ୍ଥ କଡ଼ରେ ଠିଆ ହୁଏ। ମାତ୍ର ମାଲିକ ତାକୁ ଅନେଇବାକ୍ଷଣି ତାର ଦେହ ହାତ ଥରେ। ତରବରରେ କେମିତି ସେଠୁ ପଳେଇ ଆସିବ ସେ କଥା ଭାବି ତା ମୁଣ୍ଡ ଝାଇଁଝାଇଁ ହୋଇଯାଏ। ସେ କାନମୁଣ୍ଡ ଆଉଁଶି ଫେରିଆସେ।

: ଇଡିୟଟ୍! – ମାଲିକ ଚିତ୍କାର କରିଉଠିଲେ।

ସୁଦାମ ଜେନା ଚମକି ପଡ଼ିଥିଲା। ତା ହାତର ବିରିଆନି ପ୍ଲେଟ୍ ହଲିଗଲା। କିନ୍ତୁ ସେ ବୁଝିପାରିଲାନି, ମାଲିକ ହଠାତ୍ ରାଗିଲେ କାହିଁକି? ତାର ଭୁଲ୍ ରହିଲା କେଉଁଠି !

ମାଲିକ ବି ସଚେତନ ହୋଇଗଲେ। ବାହାର ଲୋକ ଅଛନ୍ତି। କଣ ଭାବିବେ ? ସେ ଜାମା ବଦଳେଇବା ପରି ଚଟ୍ କରି ମୁହଁର ରଙ୍ଗ ବଦଳେଇ ଦେଲେ। ଆଖି ଇସାରାରେ ବିରିଆନି ପ୍ଲେଟ୍‌ଗୁଡ଼ିକୁ ଦେଖେଇଦେଲେ। ସୁଦାମ ଜେନା ବୁଝିଗଲା- ମାଇକେଲ୍ ସାହେବଙ୍କୁ ଆଉ ଦି ଖଣ୍ଡ ମଟନ୍ ଦେବା ପାଇଁ ସାର୍ କହୁଛନ୍ତି। ସେ ଧାଇଁଯାଇ ଗୋଟେ ସାନ ପ୍ଲେଟ୍‌ରେ ଚାରିଖଣ୍ଡ ମଟନ୍ ଆଣି ତାଙ୍କ ପ୍ଲେଟ୍‌ରେ ଥୋଇଦେଲା ଦେଉଳ ଉପରେ ମୁଣ୍ଡି ମାରିବା ପରି ଓ ପାଖରେ ଛିଡ଼ା ହୋଇ କାନ କୁଣ୍ଡେଇଲା। ହସି ହସି ଖଣ୍ଡେ ମଟନ୍ ମାଲିକଙ୍କ ପ୍ଲେଟ୍‌ରେ ସୁଦ୍ଧା ବାଢ଼ିଦେଲା। ସେତେବେଳେ ମାଇକେଲ୍ ସାହେବ ତା କମ୍ପାନିର ଅତିଥି ନୁହେଁ ବରଂ ତା ନିଜ ଘରର କୁଣିଆ ପରି ଲାଗୁଥିଲେ। ଆହା, କେତେ ଦୂର ଦେଶର ଲୋକ। ଚାକିରି ପାଇଁ ଘରଦ୍ୱାର ଛାଡ଼ି ଦେଶ ବିଦେଶ ବୁଲୁଛନ୍ତି ପରା ! ଏଥର ସେ ତା ମାଲିକଙ୍କ ମୁହଁକୁ ଅନେଇଲା। ସେ ଜାଣିଥିଲା ତା ମାଲିକ ତା ବୁଦ୍ଧିକୁ ପ୍ରଶଂସା କରୁଥିବେ। ତାଙ୍କ ମୁହଁରେ ଚିରୁଡ଼ାଏ ହସ ଦେଖିବା ପାଇଁ ସେ ଡହଳ ବିକଳ ହେଉଥିଲା। ଭାବୁଥିଲା ପେଟ ନ ପୂରିଲେ କି ପାଠ, କି କାମ ! ସେ ସେଇମିତି ହସି ହସି ମାଲିକଙ୍କୁ ପଚାରିଲା, "ଆଉ ଟିକିଏ କଚମ୍ବର ଆଣିଦେବି ?"

କଠୋର ଚାହାଣିରେ ତା ମାଲିକ ସୁଦାମକୁ ଅନେଇଲେ ଓ ଦାନ୍ତ କଡ଼ମଡ଼ କରି ଧୀର ଗଳାରେ କହିଲେ, "ଗେଟ୍ ଆଉଟ୍ ରାସ୍କେଲ୍।"

ସୁନୀତା ମାଡାମ୍ ମାଲିକଙ୍କ ଠାରୁ ବୁଝିପାରନ୍ତି। ସେ ସାଙ୍ଗେ ସାଙ୍ଗେ ସେଠିକି ଧାଇଁ ଆସିଲେ। ସୁଦାମକୁ ସରୁ ଧକ୍କାଟେ ଦେଇ ହଲ୍‌ରୁ ବିଦା କରିଦେଲେ ଓ ଧାଇଁଯାଇ ଗୋଟେ ବଡ଼ ପ୍ଲେଟ୍ ନେଇ ଆସିଥିଲେ। ତିନିଙ୍କ ପ୍ଲେଟ୍‌ରୁ ଅଧା ଅଧା ବିରିଆନି ବାହାର କରି ସେଇ ପ୍ଲେଟ୍‌ରେ ରଖିଥିଲେ ଓ ହସି ହସି ଦୁଃଖ ପ୍ରକାଶ କରିଥିଲେ।

ସୁଦାମକୁ କାନ୍ଦ ମାଡ଼ିଥିଲା। ସେ ବୁଝିପାରି ନ ଥିଲା ତାର ଭୁଲ୍ ରହିଲା କେଉଁଠି ? ବାହାରକୁ ଆସିବା ପରେ ତାକୁ ଆକାଉଣ୍ଟ୍ସ ବିଭାଗର ମନୋଜବାବୁ କହିଲେ, "ହଇବେ ଓଲୁ, ତୁ କଣ ଜାଣିନୁ ସାରଙ୍କର ଡାଇବେଟିସ୍ ଓ ହାଇ ବ୍ଲଡ୍‌ପ୍ରେସର। ସେ କଣ ତୋ ଭଳିଆ ପେଟ ବିକଳିଆ ହୋଇଛନ୍ତି ଯେ ତୁ ତାଙ୍କୁ ବିଲେଇ ଡେଇଁ ନ ପାରିଲା ଭଳିଆ ବିରିଆନି ବାଢ଼ିଦେଲୁ। ଡାକ୍ତର ତାଙ୍କ ପାଇଁ ପରା ଚିଠା ଥୋଇଛନ୍ତି, ସେ କଣ କଣ ଖାଇବେ ଆଉ କଣ କଣ ନ ଖାଇବେ। ତାଙ୍କ ପରି ଲୋକ କଣ ଏତେ ମଟନ୍ ଖାଆନ୍ତି ! ବୁଦ୍‌ବକ୍। ତାଛଡ଼ା ଅତିଥିମାନଙ୍କୁ କଣ ଏତେ ଏତେ ଦିଆଯାଏ ? ଏଭଳି ଆଲୋଚନା ବେଳେ ଲଞ୍ଚ୍ ଗୋଟାଏ କେବଳ ରୀତି। ତୁ ନ ବୁଝି ନ ଶୁଝି ପଖାଳକଂସା ପରିକା ନେଇ ବାଢ଼ିଦେଲୁ। କି ବୁଦ୍ଧି !"

ସୁଦାମ ତଥାପି ବୁଝିପାରିଲା ନାହିଁ। ମାଉଁସ ଭାତ ଟିକିଏ ପାଇଁ ତା ପିଲାଏ କେତେ ବିକଳ ହୁଅନ୍ତି। କେଉଁ ଯୁଗ ହେଲାଣି, ତା ଘରକୁ ମାଉଁସ ଟିକିଏ ପଶି ନାହିଁ। ଆଉ ଏ ସୁଆଦିଆ ବିରିଆନି! ଏସବୁ ଯେତେ ଖାଇଲେ ତ ପେଟ ପୂରିବ ନାହିଁ କି ମନ ବୁଝିବ ନାହିଁ। ଅଥଚ ଏସବୁ ଖାଇବା ଲାଗି ସୁଦ୍ଧା ବାବୁମାନଙ୍କର ଭୋକ ନାହିଁ? ସେମାନଙ୍କର ସେ କି ଭୋକ!

ମାଲିକଙ୍କ ଗାଳି ଓ ସୁନୀତା ମାଡାମ୍‌ଙ୍କ ଧକ୍କା ପରେ ସୁଦାମ ଜେନା ପଳେଇ ଆସି କବାଟ ଏପଟେ ଟୁଲ୍ ଉପରେ ବସି ରହିଥିଲା। ମିଟିଂ ଜାଗାକୁ ଯିବାଲାଗି ତାର ଟୋପାଏ ସୁଦ୍ଧା ସାହସ ଆଉ ନ ଥିଲା। ସେ ଜାଣିପାରିଥିଲା, ମାଲିକ ରାଗି ଯାଇଛନ୍ତି। ମାଇକେଲ୍ ସାହେବ ଥିଲେ ବୋଲି ମନଭରି ତାକୁ ଗାଳିଦେଇ ପାରି ନାହାନ୍ତି। ସେ ଯିବା ପରେ ତା ଉପରେ ପୁଣି ପରସ୍ତେ ଗାଳି ହେବ।

ମିଟିଂ ସରିଥିଲା।

ମାଇକେଲ୍ ସାହେବ ହସି ହସି ତା ମାଲିକଙ୍କ ସହ ହ୍ୟାଣ୍ଡସେକ୍ କରୁଥିଲେ। ଦିହିଁଙ୍କ ଭିତରେ ଡାଏରି ପରି ଦିଇଟା ଫାଇଲ୍ ଅଦଳବଦଳ ହେଲା। କାଚ କବାଟ ଏପଟରୁ ସୁଦାମ ସବୁ ଦେଖି ପାରୁଥିଲା। ସେମାନେ ଭିତରୁ ବାହାରୁଥିବା ଦେଖି, ସୁଦାମ ଛାରପୋକଟେ ଖଟ ସନ୍ଧିରେ ଲୁଚିଗଲା ପରି ଶିଡ଼ି କୋଣରେ ଲୁଚିଯାଇଥିଲା। ମାତ୍ର ମାଇକେଲ୍ ସାହେବଙ୍କ ଦୃଷ୍ଟି ଖୁବ୍ ତେଜ। ସେ ଚିହ୍ନା ପରିଚିତ ସଙ୍ଗାତ ପରି ତା ହାତ ଧରି ତାଙ୍କ ପାଖକୁ ଭିଡ଼ିନେଲେ ଓ ତା ଡାହାଣ ପାପୁଲିକୁ ନିଜ ହାତରେ ମୁଠେଇ ଧରି ଚାରି ପାଞ୍ଚଥର ଜୋର୍‌ଜୋର୍‌ରେ ହଲେଇଥିଲେ। ତାପରେ ଠୋ ଠୋ ଇଂରାଜୀରେ ତିନି ଚାରି ପଦ ତାକୁ କହିଲେ, ଯାହାର ଗୋଟେ ଅକ୍ଷର ବି ସୁଦାମ ଜେନା ବୁଝି ପାରି ନ ଥିଲା। ସେଇଠୁ ହସି ହସି ମାଇକେଲ୍ ସାହେବ ତାଙ୍କ କୋଟ୍ ପକେଟ୍ ପର୍ସରୁ ଏଇ ଡଲାର ନୋଟ୍ ବାହାର କରି, ସୁଦାମ ମନା କରୁ କରୁ, ତା ଜାମାର ଛାତି ପକେଟ୍‌ରେ ଗୁଞ୍ଜି ଦେଇଥିଲେ। ଭୟ ଓ ଲାଜରେ ସୁଦାମ ସଢ଼ିଯାଇଥିଲା। ସେ ଟିକିଏ ଉପରକୁ ମୁହଁ ଟେକି ତା ମାଲିକଙ୍କ ମୁହଁକୁ ଚାହୁଁଥିଲା। ସାରା ପୃଥିବୀ ଭିତରେ ସେଇ ଗୋଟିକ ମୁହଁ ତା ପାଇଁ ଗୁରୁତ୍ୱପୂର୍ଣ୍ଣ। ସବୁରି ମୁହଁ ଯାହା ଯେମିତି ଦିଶୁଛି ଦିଶୁ, ତା ମାଲିକ ମୁହଁରେ ହସ ଫୁଟୁ। ମାତ୍ର ମାଲିକଙ୍କ ଗୋରା ମୁହଁ ରଢ଼ନିଆଁ ପରି ଜଳୁଥିଲା।

ସୁଦାମ ଛୋଟ ତଉଲିଆରେ ଟେବୁଲ୍ ଓ ଚଉକି ଝାଡ଼ିସାରି ସୁନୀତା ମାଡାମ୍‌ଙ୍କୁ ପଚାରିଲା, "ଆପଣେ ସାର୍‌ଙ୍କୁ ସେଦିନ ବୁଝେଇଦେଲେ ବୋଲି ସିନା। ନ ହେଲେ...।"

ସୁନୀତା ମାଡାମ୍ ଏଭଳି ଗୋଟେ ମଳିଛିଆ ଲୋକ ସହ କଥାବାର୍ତ୍ତା ହେବାକୁ

ଆଦୌ ଚାହୁଁ ନ ଥଲେ। ସେ କହିଲେ, "ତୁ ଯା, ଆକାଉଣ୍ଟ୍ ସେକ୍ସନ୍‌ରୁ ଆଜିର ରିପୋର୍ଟଟା ନେଇଆ।"

ସୁଦାମ ଜେନା କାନମୁଣ୍ଡା ଆଉଁଶି ଦୂରକୁ ଘୁଞ୍ଚିଗଲା। ତା ମନ ଭିତରେ ଚିନ୍ତା- ମାଲିକଙ୍କ ମିଜାଜ କିମିତି ଥଣ୍ଡା ରହନ୍ତା। ସେ ମନେ ମନେ ଡାକିଲା, 'ହେ ଲିଙ୍ଗରାଜ ମହାପ୍ରଭୁ, ସାର୍‌ଙ୍କ ଦିଲ୍ଲୀ କାମଟା ସୁରୁଖୁରୁରେ ହୋଇଯାଉ।'

॥ ଦୁଇ ॥

ଗତ ବୈଠକର ଦି ମାସ ପରେ 'ଗରୁଡ଼ ଟେଲିଭିଜନ୍'ରେ ବିଦେଶୀ ପୁଞ୍ଜି ବିନିଯୋଗ ପ୍ରସ୍ତାବ ଚୂଡ଼ାନ୍ତ ହୋଇଗଲା। ଆମେରିକାର 'ଫେଥ୍‌ଫୁଲ୍ ଫାଇନାନ୍‌ସ' ଓଡ଼ିଶାର 'ଗରୁଡ଼ ଟେଲିଭିଜନ୍' କମ୍ପାନିର ପଚିଶ ଭାଗ ଅଂଶଧନ କିଣିନେଲା ଓ ତା ବଦଳରେ କମ୍ପାନିକୁ ଶହେ ପଚିଶ କୋଟି ଟଙ୍କା ମିଳିଲା। ଗୋଟିଏ ସର୍ତ୍ତ ରହିଲା, 'ଫେଥ୍‌ଫୁଲ୍ ଫାଇନାନ୍‌ସ' କମ୍ପାନିର ଜଣେ ପ୍ରତିନିଧି ଏଠା ଟେଲିଭିଜନ୍ କମ୍ପାନିର ନିର୍ଦ୍ଦେଶକ ପରିଷଦର ସଦସ୍ୟ ରହିବେ। କମ୍ପାନି କୌଣସି ବଡ଼ ଖର୍ଚ୍ଚ କରିବା ଆଗରୁ ସେ ପ୍ରତିନିଧିଙ୍କ ମତାମତ ଲୋଡ଼ିବ।

ଦି ମାସ ଭିତରେ ଟେଲିଭିଜନ୍ କମ୍ପାନି ଦପ୍ତରର ଚେହେରା ବଦଳିଗଲା। ଅଧା ତିଆରି ପଡ଼ିଥିବା ତିନି ମହଲା ପ୍ରକାଣ୍ଡ ଅଫିସ୍ କାମ ଶେଷ ହୋଇଗଲା ପରେ ତାହା ଗୋଟେ ଛୋଟ ରାଜ୍ୟର ସଚିବାଳୟ ପରି ଦିଶିଲା। ସାମ୍ନାରେ ଥିବା ଅପନ୍ତରା ଜାଗାରେ ପ୍ରକାଣ୍ଡ ଲନ୍ ଓ ବଗିଚା ତିଆରି ହେଲା। କମ୍ପାନିର ଏମ୍‌ଡି ନିଶିକାନ୍ତ ମର୍ଦ୍ଦରାଜଙ୍କର ଚମତ୍କାର ବୁଦ୍ଧି। ବିଦେଶୀ ଋଣ ମିଳିବା ପରେ ସେ ଏଠାକାର ବ୍ୟାଙ୍କ୍‌ର ଋଣସବୁ ଶୁଝିଦେଲେ। ଏଠିକା କରଜର ସୁଧହାର ବେଶି ଥିଲା। ତାଙ୍କ କମ୍ପାନିର ମୁଖ୍ୟ କାର୍ଯ୍ୟାଳୟ ଭିତରଟାକୁ ବିବିସି କମ୍ପାନି ଦପ୍ତର ପରି ସେ ସଜାଇଦେଲେ। ସେ ଦପ୍ତରରେ ଚଳପ୍ରଚଳ ହେବାଲାଗି ନୂଆ ନିୟମକାନୁନ ସ୍ଥିର ହେଲା। ସମସ୍ତଙ୍କ ପାଇଁ ନୂଆ ପୋଷାକ, ନୂଆ ଜୋତା, ନୂଆ କମ୍ପ୍ୟୁଟର, ନୂଆ କ୍ୟାମେରା, ନୂଆ ଗାଡ଼ି ଓ ନୂଆ ଦରମା ପ୍ୟାକେଜ୍। ନିଜେ ଏମ୍‌ଡି ଜଣ ଜଣକୁ ଡାକି ବୁଝେଇ କହିଲେ, 'ପଛକଥା ଭୁଲିଯାଅ, ଆଗକୁ ଅନାଅ। ଆଗରେ ତୁମର ଉଜ୍ଜ୍ୱଳ ଭବିଷ୍ୟତ। ତୁମ କାମ ଏଇଆ, ତୁମେ ପାଇବ ଏଇଆ। ସେ ଖୋଲଖୋଲି କହିଲେ, "ଜର୍ମାନର କୌଣସି କର୍ମଚାରୀ ତା ସହକର୍ମୀ କେତେ ଦରମା ପାଏ ସେ କଥା ଜାଣେ ନାହିଁ କି ପଚାରେ ନାହିଁ। ସେ ଦେଶରେ ଦରମାପତ୍ର କଥା ଖୋଲାଖୋଲି ଆଲୋଚନା ହୁଏ ନାହିଁ। ଭାରତର ସରକାର

ଓ ଟ୍ରେଡ୍ ୟୁନିୟନ୍ ମିଶି ସବୁ ନଷ୍ଟ କରିଛନ୍ତି। ଫଳରେ ଧୂଆମୂଳା, ଅଧୁଆ ମୂଳା ଏଠି ସବୁ ସମାନ। କିନ୍ତୁ ତାଙ୍କ 'ଗରୁଡ଼ ଟେଲିଭିଜନ୍' କମ୍ପାନିରେ ସେ କଥା ଆଉ ଚଳିବ ନାହିଁ। ଯେଉଁଗୁଡ଼ାକ ଅଦରକାରୀ, ତାଙ୍କ ବୋଝ ଏ କମ୍ପାନି ଆଉ ବୋହି ଭାରାକ୍ରାନ୍ତ ହେବ ନାହିଁ।" ଏ ଆଲୋଚନା ପରେ, ଅଗଷ୍ଟ ପନ୍ଦର ତାରିଖ ପୂର୍ବଦିନ କିଛି ପୁରୁଣା କର୍ମଚାରୀଙ୍କ ତାଲିକା ବାହାରିଲା। ସେମାନେ ସ୍ୱେଚ୍ଛାମୂଳକ ଅବସର ନେବା ପାଇଁ ମନସ୍ଥିର କରି କମ୍ପାନିକୁ ଜଣେଇ ଦେଇଥିବା ପର୍ସନେଲ ବିଭାଗ କହିଲା। କମ୍ପାନି ତାଙ୍କର ସେବା କାଳ ଓ ନିଷ୍ଠାକୁ ବିଚାରକୁ ନେଇ ଅଲଗା ଅଲଗା କ୍ଷତିପୂରଣ ପ୍ୟାକେଜ୍ ପ୍ରସ୍ତୁତ କରିଥିଲା। ତାକୁ କୁହାଯାଉଥିଲା 'ଗୋଲ୍ଡେନ୍ ହାଣ୍ଡସେକ୍।' ଏହା ପଛରେ କୁଆଡ଼େ ମାଇକେଲ୍ ସାହେବଙ୍କ ପ୍ରସ୍ତାବ ଗୁରୁତ୍ୱପୂର୍ଣ୍ଣ ଥିଲା। ସେ କହୁଥିଲେ, 'ଡେଡ୍ ଉଡ୍' ଓ 'ନନ୍ ପର୍ଫର୍ମିଂ' ବା ସଂକ୍ଷେପରେ 'ଏନ୍‌ପିଏ'ମାନଙ୍କୁ ନେଇ କମ୍ପାନି ଆକାଶକୁ ଛୁଇଁ ପାରିବ ନାହିଁ।

ଆଜି ସେପ୍ଟେମ୍ବର ପାଞ୍ଚ ତାରିଖ। ପୁଞ୍ଜି ଲଗାଣ ପରେ ମାଇକେଲ୍ ସାହେବ ପ୍ରଥମ ଗସ୍ତରେ ଆସିବେ। ତାଙ୍କର ସେହି ପ୍ରଥମ ଗସ୍ତ ପରଠାରୁ ସେ ଆମେରିକାରୁ ଥାଇ ବରାବର ଏମ୍‌ଡିଙ୍କ ସହ ଟେଲିଫୋନ୍‌ରେ କଥାବାର୍ତ୍ତା ହେଉଥିଲେ। ମାତ୍ର ଶେଷ ପର୍ଯ୍ୟାୟ ଅଂଶଧନ ଦେବା ପରେ ସେ ଆଉଥରେ ଦେଖିବାକୁ ଚାହାନ୍ତି, ତାଙ୍କ ପ୍ରସ୍ତାବଗୁଡ଼ିକୁ ଠିକଣା ଢଙ୍ଗରେ କାର୍ଯ୍ୟକାରୀ କରାଯାଉଛି କି ନାହିଁ।

'ଗରୁଡ଼ ଟେଲିଭିଜନ୍'ର ନୂଆ ଅଫିସ୍‌ର ଚେହେରା ସହିତ ଅଫିସରମାନଙ୍କ ଚରିତ୍ର ମଧ୍ୟ ବଦଳି ଯାଇଥିଲା। ଆଗପରି କେହି ବଡ଼ ପାଟିରେ କଥାବାର୍ତ୍ତା କରୁ ନ ଥିଲେ। ଘନଘନ ଚନାଚୁର, ବାଦାମଖିଆ, ଚା-କଫି ପିଆ କି ଥଟ୍ଟା ପରିହାସ ଏବେ ଆଉ ଦେଖିବାକୁ ମିଳୁ ନ ଥିଲା। ସମ୍ପୂର୍ଣ୍ଣ ଏୟାରକଣ୍ଡିସନ୍‌ଡ ଦପ୍ତର ଭିତରେ ଏକ୍‌ଜିକ୍ୟୁଟିଭ୍‌ମାନେ ବେକରେ ଟାଇ ଭିଡ଼ି କାମ କରୁଥିଲେ ଓ ସମସ୍ତେ ସ୍ମାର୍ଟ ଦିଶୁଥିଲେ। ମିଟିଂ ବା ସେମିନାର୍‌ରେ କାଗଜ କଲମର ବ୍ୟବହାର ନିଷିଦ୍ଧ ହୋଇଯାଇଥିଲା। ସମସ୍ତେ କମ୍ପ୍ୟୁଟର ଓ ଏଲ୍‌ସିଡି ଜରିଆରେ ନିଜ ନିଜ ମତ ରଖୁଥିଲେ।

ମାଇକେଲ୍ ସାହେବ ଆସିଲେ। ତାଙ୍କୁ କମ୍ପାନିର ମାଲିକ ଓ ଜେନେରାଲ୍ ମ୍ୟାନେଜରମାନେ ସାଙ୍ଗରେ ନେଇ ତଳୁ ଉପର ଯାଏ ପୂରା ଅଫିସ୍ ବୁଲେଇ ଦେଖେଇଲେ। ତାପରେ ନୂଆ ସମ୍ମିଳନୀ କକ୍ଷରେ ବୈଠକଟିଏ ଡକାଗଲା। ସମସ୍ତଙ୍କ ମୁହଁରେ ଆଙ୍କିଦେଲା ପରି ମାପଚୁପ ହସ। ଟିକିଏ ବେଶି ନାହିଁ, ଟିକିଏ କମ୍ ନାହିଁ। ମାଇକେଲ୍ ସାହେବ ସେମାନଙ୍କ ପାଇଁ ସ୍ୱର୍ଗର ଦେବଦୂତ - ଏହିପରି ଦୃଷ୍ଟିରେ ସେମାନେ ତାଙ୍କୁ ଅନଉଥିଲେ।

ମାଇକେଲ୍ ସାହେବ ସମସ୍ତଙ୍କୁ ଚାହିଁ କଢ଼ଫୁଟା ହସରେ ମୁରୁକି ହସିଲେ। ତାପରେ ଇଂରାଜୀରେ କହିଲେ, ତାଙ୍କ ପାଇଁ ଏହା ଗୋଟେ ଅଭୁଲା ଦିନ। ସେ ଇଣ୍ଡିଆର 'ଗାରୁଡ୍ ଟେଲିଭିଜନ୍'କୁ କିଛି ସାହାଯ୍ୟ କରିପାରିଛନ୍ତି। ସେଥିପାଇଁ ସେ କେତେ ଖୁସି ତାହା ଶବ୍ଦରେ କହିପାରିବେ ନାହିଁ। ତାଙ୍କୁ ଏ ସୁଯୋଗ ଦେଇଥିବାରୁ ସେ ସେୟାର ହୋଲ୍ଡରମାନଙ୍କ ପକ୍ଷରୁ ଏମ୍.ଡି ନିଶିକାନ୍ତ ମର୍ଦ୍ଦରାଜଙ୍କୁ ଅଭିନନ୍ଦନ ଜଣାଇବାକୁ ଚାହାନ୍ତି।

ତାପରେ ସେ କହିଲେ, "ମୋ ବାପା ଜର୍ମାନର ଲୋକ ଓ ମୋ ମା ଭାରତର। ସେମାନେ ଆମେରିକାରେ ଯାଇ ବସବାସ କଲେ। ମୁଁ ସାତବର୍ଷର ହୋଇଥିଲି, ମୋ ମାଆଙ୍କୁ ଗୋଟେ ଆକ୍ସିଡେଣ୍ଟ୍‌ରେ ହରେଇଲି। ସେ ମୋତେ ବହୁତ ଭଲପାଉଥିଲେ।" ମାଇକେଲ୍ ସାହେବ ଭାବପ୍ରବଣ ହୋଇଉଠିଲେ। ତାଙ୍କର ସାତଫୁଟିଆ ଚେହେରା, କବାଟ ପରି ଚଉଡ଼ା ଛାତି ଓ ଚିକ୍‌ଚିକ୍ କରୁଥିବା ସୁନାରଙ୍ଗ ଫ୍ରେମ୍‌ର ଚଷମା ସେପଟେ ଦି ଟୋପା କାକର ପରି ଲୁହ ଦିଶୁଥିଲା। ହଲ୍ ସାରା ସମସ୍ତେ ନିରବ। ଏତେ ନିରବ ଯେ, କାଗଜ ଖଣ୍ଡେ ଖସିପଡ଼ିଲେ ଘଣ୍ଟା ପିଟିଲା ପରି ଶବ୍ଦ ହେବ। ସତେ କି ସମସ୍ତେ କାନ୍ଦି ପକେଇବେ। ମାଇକେଲ୍ ସାହେବ କହିଲେ, "ମୁଁ ଏଇଠିକୁ ଆସି ମୋ ମାଆଙ୍କୁ ପାଇଲି। ତାହା ହିଁ ବିଶେଷ କାରଣ, ଯେଉଁଥିପାଇଁ ମୁଁ ନିଜେ ଆଉଥରେ ଏଠିକୁ ଆସିବାକୁ ସ୍ଥିର କଲି।" ମାଇକେଲ୍ ସାହେବ ପୁଣି ଟିକିଏ ନିରବ ରହିଲେ ଓ ମ୍ୟାନେଜିଂ ଡାଇରେକ୍ଟରଙ୍କୁ କହିଲେ, "ଆପଣ ମୋ ମାଆକୁ ଦେଖିବାକୁ ଚାହାନ୍ତି? ଦୟାକରି ତାଙ୍କୁ ଡାକନ୍ତୁ। ପ୍ଲିଜ୍ ୱେଲକମ୍ ମିଷ୍ଟର ସୁଦାମ ଜାନା।"

ସମସ୍ତେ ପରସ୍ପରର ମୁହଁକୁ ଚାହିଁଲେ। ସୁଦାମ ଜାନା ମାନେ ଦରବୁଢ଼ା ପିଅନ ସୁଦାମ ଜେନା? ସେ କିପରି ମାଇକେଲ୍ ସାହେବଙ୍କର ମା ହେଲା? କି ଆଶ୍ଚର୍ଯ୍ୟ! ଏ ଗୋରା ସାହେବ ସେଇ ମଳିଛିଆ ଲୋକଟାକୁ ଏତେ ଗୁରୁତ୍ୱ ଦେଉଛି କାହିଁକି? କି ରହସ୍ୟ ଅଛି ଏହା ଭିତରେ?

'ଗରୁଡ଼ ଟେଲିଭିଜନ୍'ର ଏମ୍.ଡି କିନ୍ତୁ ନିରବରେ ମୁହଁ ତଳକୁ କରି ବସିଥିଲେ। ଭିତରେ ଭିତରେ ସେ ଟିକିଏ ଅପ୍ରସ୍ତୁତ ବୋଧ କରୁଥିଲେ। ଅନ୍ୟମାନେ ମଧ୍ୟ ସମସ୍ତେ ନିରବରେ ବସିଥିଲେ। ମାଇକେଲ୍ ସାହେବ କହୁଥିଲେ, ଗତଥର ସୁଦାମା ଜାନା ଯେମିତି ଶ୍ରଦ୍ଧାର ସହ ତାଙ୍କୁ ଖାଇବା ପରଷୁଥିଲେ, ତାଙ୍କ ମାଆଙ୍କ ପରେ, ଏମିତି ଶ୍ରଦ୍ଧା ସେ କାହାରି ଚେହେରାରେ ଦେଖି ନାହାନ୍ତି, ଏପରିକି ତାଙ୍କ ପତ୍ନୀ କିମ୍ବା ସେକ୍ରେଟେରୀଙ୍କ ପାଖରେ ବି ନୁହେଁ। "ହି ଇଜ୍ ସଚ୍ ଏ ନୋବଲ୍ ସୋଲ୍!"

ସେ ସୁଦାମ ଜେନାଙ୍କୁ ଭେଟିବାଲାଗି ପ୍ରକୃତରେ ବ୍ୟସ୍ତ ହେଉଥିଲେ।

ମାତ୍ର 'ଗରୁଡ଼ ଟେଲିଭିଜନ୍' କମ୍ପାନିର ଏମ୍‌ଡି କିମ୍ବା ଅନ୍ୟ କେହି ତାଙ୍କୁ କହିବାକୁ ସାହସ ଜୁଟାଇ ପାରୁ ନ ଥିଲେ ଯେ କମ୍ପାନିର ନବକଳେବର ପରେ ପରେ ଯେଉଁ କେତେକ 'ଡେଡ୍ ଉଡ୍'ଙ୍କୁ ହଟେଇ ଦିଆଯାଇଛି, ତାର ସବା ପ୍ରଥମ ତାଲିକାରେ ସୁଦାମ ଜେନାର ନାଁ ଥିଲା। ତାର ଚେହେରା ସୁନ୍ଦର ନ ଥିଲା କି ସେ ସ୍ମାର୍ଟ ନ ଥିଲା। ସେ ଭଲ ଭାବେ ଇଂରାଜି କହିପାରୁ ନ ଥିଲା କି ପରିବର୍ତ୍ତନ ସହ ତାଳ ମିଳେଇ ପାରୁ ନ ଥିଲା। ସବୁଠାରୁ ବଡ଼ ଅପରାଧ ହେଲା, ସେ ମାଇକେଲ୍ ସାହେବଙ୍କ ଲଞ୍ଚ୍ ପାର୍ଟିରେ ଠିକଣା ଭାବରେ ବିରିଆନି ପରଷି ନ ପାରି ମ୍ୟାନେଜିଂ ଡାଇରେକ୍ଟରଙ୍କୁ ଅସ୍ୱସ୍ତିକର ପରିସ୍ଥିତିରେ ପକେଇଥିଲା।

ମାଇକେଲ୍ ସାହେବ ଅପେକ୍ଷା କରି କରି ବ୍ୟସ୍ତ ହୋଇପଡୁଥିଲେ। ତାଙ୍କ ମୁହଁର ଉତ୍ସାହ ଧୀରେ ଧୀରେ ଫିକା ପଡ଼ିଆସୁଥିଲା।

■

ଡାଆଣୀ

ରାତି ପାହିବାକୁ ଆଉରି ବାକି ଥିଲା ।

ଆକାଶର ନେଳି ଓ ଗଛପତ୍ରର ଶାଗୁଆ ରଙ୍ଗ ମଝିରେ ତଥାପି ଲାଗି ରହିଥିଲା କିଛି ମେଘୁଆ ଅନ୍ଧାର । ଭୋର୍‌ର ପକ୍ଷୀମାନେ ନିଜ ନିଜ ଭାଷାରେ ଡକାହକା ହୋଇ ଖାଦ୍ୟ ସନ୍ଧାନରେ ବାହାରି ଯାଉଥିଲେ ଶ୍ରମିକଙ୍କ ପରି । ସେମାନଙ୍କ ଚିଁ ଚାଁ ଶବ୍ଦରେ ଇନ୍ଦୁପୁରର ଗାଁ ଟିକିଏ ଚଞ୍ଚଳ ହେଉଥିଲା । ପଶ୍ଚିମ ଆକାଶରେ ଝୁଲି ରହିଥିଲା ମଳାଜହ୍ନ ।

ସେଇ ଝାପ୍‌ସା ଅନ୍ଧାର ଭିତରେ ଇନ୍ଦୁପୁର ମାର୍କଣ୍ଡ ନାୟକ ଘର ଆଗରେ ଯୋଚ୍ଚ ହେଉଥିଲା ଗୋଟେ ଶଗଡ଼ । ସେଇ ଶଗଡ଼ ଯିବ ଏଠୁ ସତର ମାଇଲ୍ ଦୂର ଗୋପଗାଡ଼ିଆ । ଏତେ ସକାଳୁ ସକାଳୁ କାମରେ ଲାଗିବା ପାଇଁ ବଳଦ ଯୋଡ଼ିକ ଆପତ୍ତି କରୁଥିଲେ । ଶଗଡ଼ିଆ ସେମାନଙ୍କୁ ଭିଡ଼ି ଭିଡ଼ି ଆଣି ପ୍ରଥମେ ପାଖ ନିମ୍ବଗଛ ଦେହରେ ବାନ୍ଧିଦେଲା । ଦି ବିଡ଼ା ଘାସ ନେଇ ଦେଲା ସେମାନଙ୍କୁ ଖାଇବାକୁ । ପିଠି ଆଉଁଶି କହିଲା, "ଖାଇଦିଅ । ଦିନସାରା ଶଗଡ଼ ଭିଡ଼ିବାକୁ ପଡ଼ିବ ।"

ଏତିକିବେଳେ ଘର ଭିତରୁ ଚ୍ଚପା ଗଳାରେ କାହାର ଦଇନି ଶୁଣାଗଲା । ବଡ଼ କରୁଣ, ବଡ଼ ଉଦାସ ସେ ସ୍ୱର । ଲାଗୁଥିଲା ଯେମିତି ସେ ଏଇ ଏକା କଥା କହି କହି ଥକି ପଡ଼ିଛି । ଆଉ ଏଣିକି ତା କଥା ଯେ ଶୁଣାଯିବ ନାହିଁ, ସେକଥା ସେ ଭଲ ରକମ ଜାଣିସାରିଥିବା ସତ୍ତ୍ୱେ ଶେଷଥର ଲାଗି ବୁଡ଼ିଗଲା ଲୋକ କୁଟାଖିଅକୁ ଆଶ୍ରା କଲା ପରି ପୁଣି ସେଇ କଥା ଦୋହରଉଛି ।

: ମୁଁ ଡାଆଣୀ ନୁହେଁ, ମୋତେ ବାହାର କରିଦିଅ ନାହିଁ... ।

ଏଥର ସେଇପରି ଚ୍ଚପା ସ୍ୱରଟିଏ ଶୁଭିଲା । ଦମ୍ଭିଲା ପୁରୁଷ ସ୍ୱର- କ୍ରୁଦ୍ଧ ଏବଂ ବେଖାତିର । "ଚୁପ୍‌ଚ୍ଚପ୍ ଯିବୁ ନା ତୋତେ ଏଇଠି ମାରି ପୋତିଦେବି ।"

ସେ ବାକ୍ୟଟିର ଆତଙ୍କରେ ବଳଦ ଯୋଡ଼ାକ ଯେମିତି ଶଙ୍କିଗଲେ । ସ୍ଥିର

ହୋଇଗଲା ପବନ, ବନ୍ଦ ହୋଇଗଲା ଚଢ଼େଇଙ୍କ କାକଳି। ଏମିତି ଦମ୍ଭ ଥିଲା ସେ କଥାରେ। ସ୍ତ୍ରୀଲୋକର ସ୍ୱର ତୁନି ପଡ଼ିଗଲା, ଘଡ଼ଘଡ଼ି ଶବ୍ଦରେ ସାନ ପିଲାର ଦରୋଟି ତୁନି ପଡ଼ିଲା ପରି।

ଏଥର କିଛି ଚୁଡ଼ି ରୁଣୁଝୁଣୁ ଶବ୍ଦ। ସ୍ତ୍ରୀଲୋକଟି ଓଢ଼ଣା ଦେଇ ମୁଣ୍ଡ ନୁଆଁଇ ନୁଆଁଇ ଘର ଭିତରୁ ବାହାରି ଆସିଲା। ଧୀରେ ମୁଣ୍ଡ ଉଠେଇ ପଛକୁ ଚାହିଁଲା। ପଛରେ ତାର ଚାଳଛପର ଘରକରଣା, ଏଇ କାନ୍ଥରେ ମାର୍ଗଶିର ଗୁରୁବାରରେ ଦେଇଥିଲା ଝୋଟିଚିତା, ମଥାନକୁ ବଢ଼େଇଥିଲା ଜହ୍ନି ଓ କଖାରୁ ଡଙ୍କ। ଦି ବର୍ଷର ସଂସାର ଭିତରେ ସଭିଙ୍କୁ ଦେଇଥିଲା ସ୍ନେହ, ଆଦର, ତା ସାଧ୍ୟମତେ। ଗୁହାଳର ଗାଈ ବାଛୁରୀ, ବାଡ଼ିର ଗଛଲଟା, ଘରର ଶାଶୂ ଶ୍ୱଶୁର, ଯା-ନଣନ୍ଦ ଓ କୁକୁଡ଼ାଭାଡ଼ିର ପୋଷା କୁକୁଡ଼ା।

କୁକୁଡ଼ା ଭାଡ଼ି। କୁକୁଡ଼ା ଅଣ୍ଡା।

ସେକଥା ମନେପଡ଼ି ବୋହୂର ଆଖିରୁ ତତଲା ଲୁହ ଦି ଟୋପା ଗଡ଼ିପଡ଼ିଲା। ସେ ଆଉ ତାକୁ ତା ଲୁଗା କାନିରେ ପୋଛିନେଲା ନାହିଁ। ଥାଉ, ଲୁହ ପୋଛିବାକୁ ତ ସାରାଜୀବନ ଅଛି। ଏବେ ଆଉଥରେ ଆଖି ପୂରେଇ ସେ ତା ସଂସାରକୁ ଦେଖିନେବ ଶେଷଥର ପାଇଁ। ଆଉ ତ ଏଠିକି ଆସିବ ନାହିଁ ସେ, ତାର ଅପୂର୍ଣ୍ଣ ଇଚ୍ଛା ଖାଲି ଯାହା ଏଇ ଘରଟାର ଚାରିପଟେ ବୋହୁଥିବା ପବନ ସାଙ୍ଗରେ ଓହଳି ରହିଥିବ।

ଶଗଡ଼ିଆ ଚଞ୍ଚଳ ହେଲା।

ପୁରୁଷ ଲୋକଟି ବଡ଼ ବଡ଼ ପାହୁଣ୍ଡ ପକେଇ ଶଗଡ଼ିଆ ପାଖକୁ ଆସିଲା। ଖୋଷଣିରୁ ବାହାର କରି ଟଙ୍କା କିଛି ଦେଲା ତାକୁ ଓ କହିଲା, "ତା ଘରେ ପହଞ୍ଚାଇ ଦେଇ ଯିବୁ। ବାଟରେ କୋଉଠି ରହିବୁ ନାହିଁ। ସଞ୍ଜ ଅନ୍ଧାର ହେଇଗଲେ ତୁ ଅଡୁଆରେ ପଡ଼ିବୁ। ରାତିରେ ଡାଆଣୀର ଦି ଗୁଣା ବଳ। ଜାଣିଛୁ ତ ?"

ଶଗଡ଼ିଆ ଆତଙ୍କ ମିଶା ସ୍ୱରରେ କହିଲା, 'ଜାଣିଛି ବାବୁ।'

ଏଥର ସେ ଲୋକଟି ଦୂରକୁ ଘୁଞ୍ଚିଯାଇ ନିମ୍ବଗଛ ପାଖରେ ଠିଆହେଲା।

ପଛେ ପଛେ ଆସୁଥିବା ସ୍ତ୍ରୀଲୋକଟି ଘରର ବୁଢ଼ା ଲୋକଟିଙ୍କୁ ଭୂଇଁରେ ଆଣ୍ଠୁମାଡ଼ି ପ୍ରଣାମ କଲା। ସେ ତା ଶ୍ୱଶୁର ମାର୍କଣ୍ଡ ନାୟକ। ତାପରେ ରାସ୍ତାକୁ ପିଠି କରି, ଗୋଟାଏ ଲୁଙ୍ଗି ଓ ଗଞ୍ଜି ପିନ୍ଧି ଛିଡ଼ା ହୋଇଥିବା ତାର ସ୍ୱାମୀ ମନୋଜକୁ ବି ପ୍ରଣାମ କଲା ସେଇ ମୁଦ୍ରାରେ। ମୁହୂର୍ତ୍ତକ ପାଇଁ ମନୋଜ ଚଞ୍ଚଳ ହୋଇପଡ଼ିଲା। କିନ୍ତୁ କିଛି କହିଲା ନାହିଁ। ରାଗ, ଘୃଣା ଏବଂ ଭୟରେ ସେ ଥରୁଥିଲା। ସ୍ତ୍ରୀଲୋକଟି ପାଖରୁ ଯେତେ ଶୀଘ୍ର ମୁକ୍ତି ମିଳିବ ସେତେ ଭଲ, ଏମିତି ମୁଦ୍ରାରେ ସେ ଦି ପାଦ ହଟିଗଲା।

ଏଥର ଆଉ ଅଟକି ରହିବା ପାଇଁ କିଛି କାରଣ ନ ଥିଲା ସ୍ତ୍ରୀଲୋକଟିର। ସେ

ମାର୍କଣ୍ଡ ନାୟକର ବୋହୂ, ମନୋଜର ସ୍ତ୍ରୀ- ଏଇ ପରିଚୟ ନେଇ ସେ ଏ ଗାଁକୁ ଆସିଥିଲା ଦି ବର୍ଷ ତଳେ। ଏବେ ତାକୁ ବିଦା କରି ଦିଆଯାଉଛି ତା ବାପଘର ଗାଁକୁ। ସିଏ ଡାଆଣୀଟା, ଏଠି ତାର ସ୍ଥାନ ନାହିଁ।

ମାର୍କଣ୍ଡ ନାୟକ ପୁଅକୁ କହିଲେ, "ତା ଜିନିଷପତ୍ର ବୁଜୁଳାଟା ଆଣି ଶଗଡ଼ ଉପରେ ଥୋଇ ଦେ। କିଏ ଜାଣେ, ସେଗୁଡ଼ାକର କି ମହିମା ଥିବ!"

ଶଗଡ଼ ଉପରେ ବୁଜୁଳାଟି ଥୁଆଗଲା। ନାୟକ ଘରର ବୋହୂ ପୂର୍ଣ୍ଣିମା, ଡାଆଣୀର ଅପବାଦକୁ ସାଙ୍ଗରେ ଧରି ଶଗଡ଼ ଭିତରେ ଯାଇ ବସିଲା। ଶଗଡ଼ିଆ ବଳଦଙ୍କୁ ଆଡ଼େଇଲା, "ଟି-ଟି, ଚାଲ, ଚାଲ। ନ ହେଲେ ଟାଣ ଖରାରେ କଷ୍ଟ ପାଇବ।"

ଶଗଡ଼ର ଚକ ଆଗକୁ ଗଡ଼ିଲା। ପୂର୍ଣ୍ଣିମା ଭୋ ଭୋ କାନ୍ଦି ତା ଲୁଗାପଟା ବୁଜୁଳା ଉପରେ ଲୋଟି ପଡ଼ିଲା।

ତାକୁ ପ୍ରବୋଧିବା ପାଇଁ ଥିଲା ଶଗଡ଼ ଭିତରେ ଶଗଡ଼େ ଶୂନ୍ୟତା।

॥ ଦୁଇ ॥

ଦି ବର୍ଷ ତଳର ଗୋଟେ ଆଷାଢ଼ ସକାଳେ ପୂର୍ଣ୍ଣିମା ଇନ୍ଦୁପୁରକୁ ଆସିଥିଲା ବୋହୂ ହୋଇ। ମାର୍କଣ୍ଡ ନାୟକଙ୍କର ଦି ପୁଅ - ବଡ଼ ପୁଅ ସରୋଜ ମିଲିଟାରିରେ, ସାନ ମନୋଜ ଏଇ ଗାଁ ସ୍କୁଲର ମାଷ୍ଟର। ମଫସଲ ଗାଁର ଚାଷବାସ ସହିତ ସ୍କୁଲ ଚାକିରିକୁ ନେଇ ମନୋଜ ଖୁସି ଥିଲା। ପୂର୍ଣ୍ଣିମା ଆସିବା ପରେ ସତକୁ ସତ ନାୟକ ପରିବାର ଆକାଶ ଆନନ୍ଦର ପୂର୍ଣ୍ଣିମା ଆଲୁଅରେ ଉଜ୍ଜ୍ୱଳି ଉଠିଥିଲା।

ପୂର୍ଣ୍ଣିମାର ସବୁଠୁ ବଡ଼ ଗୁଣ ଥିଲା ସ୍ନେହ ଆଦରପୂର୍ଣ୍ଣ ମଧୁର ବ୍ୟବହାର। ବଡ଼ ଯାଆଙ୍କ ସାନପୁଅଟି ପ୍ରଥମ ଦିନରୁ ଗୋଟାପଣେ ପୂର୍ଣ୍ଣିମାର ହୋଇଯାଇଥିଲା। ଶାଶୂ ଶ୍ୱଶୁର, ଦେଢ଼ଶୁର ଓ ନିଜେ ମନୋଜ ସମସ୍ତେ ପୂର୍ଣ୍ଣିମାକୁ ଆଦର କରୁଥିଲେ। ମା ଛେଉଣ୍ଡ ପୂର୍ଣ୍ଣିମା ଶାଶୂଘରେ ଏତେ ସ୍ନେହ ପାଇବ ବୋଲି କେବେ ଭାବି ନ ଥିଲା।

କିନ୍ତୁ ତିନି ଚାରି ମାସ ମାତ୍ର ବିତିଥିଲା ଏମିତି ଭଲରେ ଭଲରେ। ତାପରେ ଚିତ୍ର ବଦଳିବାକୁ ଲାଗିଥିଲା। ଦିନେ ପୂର୍ଣ୍ଣିମା ଘରର କଅଁଳା ବାଛୁରୀଟାକୁ ଆଉଁଶି ଦେଇ ତା ମା ସାଙ୍ଗରେ ପଡ଼ିଆକୁ ପଠେଇ ଦେବାର ଦି ଘଣ୍ଟା ପରେ ଖବର ପାଇଲା, ବାଛୁରିଟା ମରିଯାଇଛି। ପୂର୍ଣ୍ଣିମାର ସନ୍ଦେହ ହେଲା, ବାଛୁରୀକୁ ସାପ କାମୁଡ଼ି ଦେଇଥିବ! କିନ୍ତୁ ତା କଥା ମନୋଜ ଶୁଣିଲା ନାହିଁ। ଘରଲୋକେ ବାଛୁରୀଟାକୁ ନେଇ ବଣିଆସାହି ପଦା କିଆବୁଦା ତଳେ ଫୋପାଡ଼ି ଦେଇ ଆସିଲେ। ଘରକୁ ଫେରି କହିଲେ, 'କୋଉ

ଡାଆଣୀର ନଜର ପଡ଼ିଗଲା ଆମ ବାଛୁରୀ ଉପରେ। ନ ହେଲେ ଏତେ ଡଉଲ ଡାଉଲ ବାଛୁରୀଟା ଆଖିପିଛୁଳାକେ କଣ ମରିଯାଇଥାଆନ୍ତା ! ସେଦିନ ଦିଇଟି ବିକଳ ଶବ୍ଦ ସାଙ୍ଗେ ପୂର୍ଣ୍ଣିମାର ପରିଚୟ ହେଲା। ଗୋଟାଏ ଡାଆଣୀ, ଆରଟି ନେତଗାଈର ବିକଳ କାନ୍ଦଣା। ଛୁଆକୁ ହରେଇ ନେତଗାଈ ଏମିତି ବିକଳ ହମ୍ବାରଡ଼ି ରଡୁଥିଲା ଯେ ତାହା ପୂର୍ଣ୍ଣିମାର ଛାତି ଭିତରଟାକୁ କୋରି ଦେଉଥିଲା। ଛୁଆ ପାଇବାର ସୁଖଠୁଁ, ଛୁଆ ହରେଇବାର ଦୁଃଖ କେତେ ଶହ ଗୁଣ ବେଶି, ସେକଥା ପଶୁଟି ତାକୁ ବତେଇ ଦେଇଥିଲା ସେଦିନ।

ଧୀରେ ଧୀରେ ଏ କଥାଟି ତାଙ୍କ ଘର ଅଗଣାରୁ ଯାଇ ଗାଁ ସାରା ଖେଳିଯାଇଥିଲା। ଯେଉଁଦିନ ତାହା ଓଲଟ ବାଟରେ ଆସି ପୂର୍ଣ୍ଣିମା କାନରେ ପଡ଼ିଥିଲା ସେଦିନ ସେ ତା ସ୍ୱାମୀର ଆଖିକୁ ଚାହୁଁ ଚାହିଁ ସିଧା ସିଧା ପଚାରିଥିଲା, "ଇଏ ମୁଁ କଣ ଶୁଣୁଛି ?"

କିଛି ନ ଜାଣିଲା ପରି ମନୋଜ ଜବାବ ଦେଇଥିଲା, "କାହିଁ, ମୁଁ ତ କିଛି ଶୁଣି ନାହିଁ।" ତାପରେ ସେ ପୂର୍ଣ୍ଣିମାକୁ ଆଉ କିଛି ନ କହି ମୁହଁ ବୁଲେଇ ଶୋଇବାର ଉପକ୍ରମ କରିଥିଲା।

ସେଇ ପ୍ରଥମ ଥର ପାଇଁ ପୂର୍ଣ୍ଣିମାକୁ ଲାଗିଥିଲା ମନୋଜ ବି ତାକୁ ସନ୍ଦେହ କରୁଛି।

ସେଇ ରାତି ଦିହିଙ୍କ ଭିତରର ସଂପର୍କକୁ ବଦଳେଇଦେଲା। ଦିହିଙ୍କ ଭିତରେ ପରସ୍ପର ପ୍ରତି ସନ୍ଦେହର ପାଚେରି ଠିଆ କରାଇଲା। ମନୋଜ ଭାବିଥିଲା, ପୂର୍ଣ୍ଣିମା ତାଙ୍କ ଘର ପାଇଁ ଅଶୁଭ। ପୂର୍ଣ୍ଣିମା ଭାବିଥିଲା, ମନୋଜ ଗୋଟେ ସନ୍ଦେହୀ ଓ ଦୁର୍ବଳ ପୁରୁଷ। ତାର ସୁଆଗିଆ କଥାଗୁଡ଼ା ଥିଲା ତୁଚ୍ଛା ଛଳନା।

ପରେ ପରେ ଏମିତି କିଛି ଚାପା କାନ୍ଦଣାର ରାତି ବିତିଯାଇଥିଲା କ୍ରମାଗତ ଭାବେ। ସେଇ ସବୁ ରାତିର ଗୋଟିଏ ଗୋଟିଏ ଘଣ୍ଟା ଗୋଟିଏ ଗୋଟିଏ ଯୁଗ ପରି ଲାଗୁଥିଲା। କେହି କାହାରି ସହ କଥା ହୁଅନ୍ତି ନାହିଁ, କେହି କାହାକୁ ଛୁଅନ୍ତି ନାହିଁ।

ପୂର୍ଣ୍ଣିମା ବ୍ୟସ୍ତ ହୋଇପଡ଼େ। ମନୋଜର ହାତଛୁଆଁ ପାଇଁ ଅଧୀର ହୋଇଉଠେ। ତାର ଦେହହାତ କଣ୍ଟିହୁଏ। ଅସହ୍ୟ ଉତ୍ତାପରେ ତାର ସର୍ବାଙ୍ଗ ଶରୀର ଜଳିଗଲା ପରି ମନେହୁଏ। ମାତ୍ର ମନୋଜ ଟୋପାଏ ବି ପାଣି ଛିଞ୍ଚେ ନାହିଁ ତାର ସେ ନିଆଁ ଉପରେ। ବେଳେବେଳେ ତାକୁ ଅପମାନ ଦେବା ପରି ମନୋଜ ସେଠୁ ଉଠି ଅନ୍ଧାରକୁ ପଳାଏ ଏବଂ ନିରବରେ ତାକୁ କହିଦିଏ, ପୂର୍ଣ୍ଣିମା ପାଖରେ ତାର କିଛି ପ୍ରୟୋଜନ ନାହିଁ।

ତାପରେ କୁକୁଡ଼ାପଲାରୁ ଡିମ୍ବ ଚୋରି ରହସ୍ୟ।

ନିଜେ ପୂର୍ଣ୍ଣିମା ବି ଏ ଘଟଣା ଦେଖି ଆଶ୍ଚର୍ଯ୍ୟ ହୋଇଥିଲା। କୁକୁଡ଼ାଟି ଅଣ୍ଡା ଦେଉଛି, କିନ୍ତୁ ଅଣ୍ଡା ଦେବାର କେଇଟି ମୁହୂର୍ତ୍ତ ପରେ ସେ ଅଣ୍ଡା ଉଭାନ୍ ହୋଇଯାଉଛି। କିଏ କୁଆଡୁ ଆସି କେମିତି ଅଣ୍ଡାଟି ଉଠେଇ ନେଇ ପଳଉଛି ସେକଥା କହି ଜାଣିପାରୁ ନାହାନ୍ତି।

ପ୍ରଥମେ ଚୁପା ସ୍ୱରରେ ଓ ପରେ ବଡ଼ପାଟିରେ ସମସ୍ତେ ସମସ୍ତଙ୍କୁ ପଚାରିଲେ। କିଏ ନେଉଛି ଅଣ୍ଡା ? କେମିତି ନେଉଛି ? କାହିଁକି ନେଉଛି ? ଶାଶୂ ପଚାରିଲେ ଶ୍ୱଶୁରଙ୍କୁ, ଶ୍ୱଶୁର ପୁଅକୁ, ପୁଅ ତା ଭାଉଜଙ୍କୁ ଏବଂ ସବାଶେଷରେ ସମସ୍ତେ ମିଶି ପୂର୍ଣ୍ଣିମାକୁ।

ଆଠମାସ ପରେ ପ୍ରଥମ ଥର ତା ମୁହଁ ଦେଖିବା ପରି ଯାଆ କହିଲେ, ପୂର୍ଣ୍ଣିମାର ଦି କଳଦାନ୍ତ ବେହେଡ଼ା। ଏମିତିକା ବେହେଡ଼ାଦାନ୍ତୀ ସ୍ତ୍ରୀଲୋକଙ୍କ ଭିତରେ ଡାଆଣୀ ଦୋଷ ଥାଏ। ସେଇ ଅଣ୍ଡା ଚୋରେଇ କଞ୍ଚା ଖାଇଦେଉଥିବ !

ତାପରେ ଡାଆଣୀଙ୍କ ସ୍ୱଭାବ ନେଇ ଚର୍ଚ୍ଚା। କେତେ ପ୍ରକାର ଡାଆଣୀ ଅଛନ୍ତି, ସେମାନେ କେମିତି ମଣିଷର ରକ୍ତ ଶୋଷି ନିଅନ୍ତି, ଦିନରେ ପ୍ରକାରେ ତ ରାତିରେ ଆଉ ପ୍ରକାରେ ବ୍ୟବହାର ଦେଖାନ୍ତି, ତାଙ୍କ ଦେହ କେମିତି ଗନ୍ଧାଏ, ଅମାବାସ୍ୟା ଦିନ କେମିତି ସେମାନଙ୍କ ଆଖି ଲାଲ୍ ଲାଲ୍ ମନ୍ଦାର ପରି ହୋଇଯାଏ ଓ କଳଦାନ୍ତ ଦିଇଟା ଲମ୍ବିଆସେ - ଏମିତି ଅନେକ ପ୍ରକାର ଆଲୋଚନା। ଦ୍ୱନ୍ଦ୍ୱ ଓ ଉତ୍ତେଜନା ଭିତରେ ଘରଟାଯାକର ଲୋକ ସନ୍ତୁଳି ହେଉଥିଲେ। ଶାଶୂ ଓ ଶ୍ୱଶୁର ପୂର୍ଣ୍ଣିମା ପାଖରେ କୌଣସି ପ୍ରକାର ଖୁଣ ନ ଦେଖିଲେ ବି ପରିସ୍ଥିତିରେ ପଡ଼ି ସାନବୋହୂକୁ ସନ୍ଦେହ କରୁଥିଲେ। ଆଗ ପରି ବଡ଼ଯାଆ ତାଙ୍କ ପୁଅକୁ ପୂର୍ଣ୍ଣିମା କୋଳରେ ଦେଉ ନ ଥିଲେ। ନିଜ ନିଜ ଭିତରେ କଥା ହେଉଥିଲେ, ବୋହୂଟା କଞ୍ଚା ଅଣ୍ଡା ଗିଳି କି ସୁଆଦ ପାଉଛି ? ଅଣ୍ଡା ଖାଇବାର ମନ ଥିଲେ, ଘରେ ଆଣି ସିଝେଇ କି ପିଠା କରି ଖାଉ ନାହିଁ !

ଶାଶୂ ବଡ଼ବୋହୂ କଥାରେ ହଁ ମାରୁଥିଲେ। ଆଗ ପରି ସେ ଆଉ ନିଜ ଗୋଡ଼ ହାତ ଆଉଁଶି ଦେବାଲାଗି ପୂର୍ଣ୍ଣିମାକୁ ଡାକୁ ନ ଥିଲେ। ପୂର୍ଣ୍ଣିମା ସମସ୍ତଙ୍କଠାରୁ ଦୂରକୁ ଚାଲି ଯାଉଥିଲା।

ପୁଣି କିଛି ମାସ ବିତିଗଲା।

କୁକୁଡ଼ା ଅଣ୍ଡା ଦେବା ବନ୍ଦ କରିଥିଲା; ତା ସାଙ୍ଗରେ ଅଣ୍ଡା ଚୋରି ବିବାଦ।

ନୂଆ ପ୍ରସଙ୍ଗ ଯୋଡ଼ାହେଲା, ଦେଢ଼ବର୍ଷ ହୋଇଗଲାଣି, ପୂର୍ଣ୍ଣିମା ଫଳୁନାହିଁ କାହିଁକି ?

ପୋଖରୀ ହୁଡ଼ାରେ ଉତ୍ତର: ଡାଆଣୀ ତ, ନିଜ ଗର୍ଭର ଛୁଆ ଖାଇ ଦେଉଥିବ।

ପୂର୍ଣ୍ଣିମା ଯେଉଁଦିନ ଏକଥା ଶୁଣିଲା, ଅପମାନ ଓ ଅଭିମାନରେ କଟା କଦଳୀ

ଗଛ ପରି ତଳେ କରଡ଼ି ପଡ଼ିଲା। କିନ୍ତୁ ତାକୁ ତଳୁ ଉଠେଇଦେବା ଲାଗି କେହି ଆସିଲେ ନାହିଁ। ନିଜେ ନିଜେ ଝାଡ଼ିଝୁଡ଼ି ହୋଇ ଉଠିଲା ସିଏ। ଅନେଇ ଦେଖିଲା, ପିଣ୍ଡା ଉପରେ ବସି ଶାଶୂ, ଶ୍ୱଶୁର ଓ ତା ବର ତିନିହେଁ ତାକୁ ଅନେଇଛନ୍ତି। ସେ ସବୁତକ ସାହସ ଗୋଟେଇ ସେମାନଙ୍କ ପାଖକୁ ଗଲା ଓ ବଡ଼ ଯାଆଙ୍କୁ ପଚାରିଲା, "ଖାଲି କଣ ସ୍ୱାମୀ ସ୍ତ୍ରୀ ଗୋଟାଏ ଘରେ ଶୋଇଗଲେ ଛୁଆ ଜନ୍ମ ହୁଏ ଅପା ?"

ତା ପ୍ରଶ୍ନ ଶୁଣି ତାର ଯାଆ ଡରିଗଲେ। ସେ ନିଜ ପୁଅକୁ କୋଳରେ ଗୋଟେଇ ନିଜ ଘରକୁ ପଶି ଯାଉ ଯାଉ ଚିତ୍କାର କଲେ, "ଇଏ ତ ସତକୁ ସତ ଅଲାଜୁକୀ ଡାଆଣୀ। ମୋ ପୁଅକୁ ଖାଇଯିବ ଇଏ।"

ପୂର୍ଣ୍ଣିମା ହସିଲା। ପ୍ରଥମେ ଧୀରେ ଧୀରେ, ତାପରେ ଜୋର୍‌ରେ। ହସି ହସି ଥକିଯିବା ପରେ ସେ କାନ୍ଦିଲା। ନିଜର ଚୁଟି ଝିଙ୍କି, ଲୁଗାପଡ଼ା ଚିରିଓଟାରି ଓ ଦରନଙ୍ଗଳା ହୋଇ। ସେ ଜାଣିସାରିଥିଲା ଯେ ଡାଆଣୀ ପରିଚୟରୁ ଆଉ ତାର ମୁକ୍ତି ନାହିଁ।

ଗୁଣିଆ ଆସି ଝଡ଼ାଫୁଙ୍କା କରି ଗଲା।

ମନ୍ତୁରା ପାଣି ଛିଞ୍ଚିଦେଲା ଘର ଚାରିପଟେ। ହୁସିଆର କରାଗଲା, ''କେହି ଡାଆଣୀ ପାଖକୁ ଯିବ ନାହିଁ। ଅମାବାସ୍ୟା, ମଙ୍ଗଳବାର କି ଶନିବାର ତ ଆଦୌ ନୁହେଁ।'' ଦକ୍ଷିଣା ନେଇ ଯିବା ବେଳକୁ ମାର୍କଣ୍ଡ ନାୟକଙ୍କ କାନ ପାଖେ ପାଖେ କହିଗଲା, ''ପାରିବ ତ ତାକୁ ବିଦା କରିଦିଅ। ଏମିତିକା ଯୁଆନ ଡାଆଣୀ କେତେବେଳେ କଣ କରିବ, କହିହେବ ନାହିଁ। କେତେ ମନ୍ତ୍ରଯନ୍ତ୍ର କରିବ ?"

ଏ ଘଟଣାର ଚାରିଦିନ ଯାଇ ନାହିଁ, ଇନ୍ଦୁପୁର ପରିଡ଼ା ଘରର କୋଡ଼ଛୁଆଟେ ପିଣ୍ଡାରୁ ଖସିପଡ଼ି ମରିଗଲା। ତାର ପନ୍ଦର ଦିନ ଯାଇନି, କିଏ ବିଷ ପକେଇ ମାରିଦେଲା ମହାଦେବ ପୋଖରୀର ମାଛତକ। ପଡ଼ିଶାଘରର କୁକୁଡ଼ା ଦେଉଥିବା ଅଣ୍ଡା ଚୋରିହେଲା ଗଲା ଆଷାଢ଼ ମାସରେ। ପୂର୍ଣ୍ଣିମା ବିରୋଧରେ ଅଭିଯୋଗର ଲମ୍ବା ତାଲିକା ବଢ଼ି ଚାଲୁଥିଲା। ଗାଁ ଲୋକଙ୍କ କଥା ଶୁଣି ଶୁଣି ନାୟକ ଘରର ଲୋକମାନଙ୍କ ଜୀବନ କଷ୍ଟକର ହେଉଥିଲା। ସବୁ ମାସରେ ପୂଜାପାଠ, ଗୁଣିଆ-ବାଆଜି, ଡେଉଁରିଆ-ତାବିଜ, ସିନ୍ଦୂର ଓ କଳାଲୁଗା। ପୂର୍ଣ୍ଣିମାକୁ ଘରର ବାସନକୁସନ ଛୁଇଁବାକୁ ମନା କରାଯାଇଥିଲା। ସେ ଗୋଟିଏ ଅନ୍ଧାରି ବଖରା ଭିତରେ ନଜରବନ୍ଦୀ ହୋଇ ବସୁଥିଲା ଓ ଦିନରେ ଦି ବେଳା, ଯାହା ମିଳୁଥିଲା ଖାଉଥିଲା। କିଛିଦିନ ଦାଣ୍ଡ ଆଡ଼କୁ ଫିଟିଥିବା ଝରକା ବାଟେ ଅନେଇ ସେ ସମୟ ବିତଉଥିଲା। ମାତ୍ର ବାଟଗଲା ଲୋକମାନେ ତା ଆଖିକୁ ଡରିଲେ ଓ ମାର୍କଣ୍ଡ ନାୟକଙ୍କୁ ଅନୁନୟ ବିନୟ କଲେ। ମାର୍କଣ୍ଡ ନାୟକ ଶେଷକୁ ପଟା ବାଡ଼େଇ ସେ ଝରକା ବନ୍ଦ କରିଦେଲେ।

ଅନ୍ଧାର ଓ ପୂର୍ଣ୍ଣିମା। କି ବିଚିତ୍ର ସଂଯୋଗ - ପୂର୍ଣ୍ଣିମା ମନକୁ ମନ କହେ। ସେଇ ଘର ଭିତରେ ସେ ହସେ, କାନ୍ଦେ, ବାଡ଼େଇ କଚାଡ଼ି ହୁଏ। ଫାଁ ଗାଳି ଶୋଇଯାଏ। ନିଜ ବେଶପୋଷାକର କୌଣସି ଯତ୍ନ ନିଏ ନାହିଁ। କାହିଁକି ବା ନେବ? କାହା ପାଇଁ ନେବ? ଯାହା ପାଇଁ ଏତେ ଆଦରରେ ନିଜକୁ ସଜଉଥିଲା, ସିଏ ତ ଦିନକ ଲାଗି ତା ଆଡ଼େ ଅନାଏ ନାହିଁ। ନିଜ ପାଇଁ ନିଜେ ସାଜି ହେବାରେ କି ଗୌରବ?

ମୁହଁ ଅନ୍ଧାର ହେଲାପରେ ସେ ବାଡ଼ିପଟ ବାଟ ଦେଇ ପୋଖରୀ ତୁଠକୁ ଯାଏ। ନିତ୍ୟକର୍ମ ସାରି ଗାଧୋଇପାଧୋଇ ଘରକୁ ଫେରେ। ଗାଁ ଲୋକଙ୍କ ତାଗିଦା, ପୂର୍ଣ୍ଣିମାର ନଜର ଯେମିତି କୌଣସି ଛୁଆ ଉପରେ ନ ପଡ଼େ।

ପୂର୍ଣ୍ଣିମାକୁ କେହି ଦେଖନ୍ତି ନାହିଁ, ପୂର୍ଣ୍ଣିମା କାହାକୁ ଦେଖେ ନାହିଁ। ଏମିତି ବିତେ ଦିନ, ଏମିତି ବିତେ ରାତି। କିନ୍ତୁ ଗଲା ପାଞ୍ଚତାରିଖ ଦିନ, କେଉଁଠୁ କେମିତି ଖବର ପାଇ ପୂର୍ଣ୍ଣିମାର ଦାଦାପୁଅ ଭାଇ ତାକୁ ଦେଖିବା ପାଇଁ ଆସିଥିଲେ। ପୂର୍ଣ୍ଣିମାର ବେଶଭୂଷା ଓ ସେ ରହୁଥିବା ଘରଟାର ବ୍ୟବସ୍ଥା ଦେଖି ସେ ଏତେ ଡରିଯାଇଥିଲେ ଯେ ଚା କପେ ପିଇବାକୁ ସୁଦ୍ଧା ସାହସ ବାନ୍ଧି ପାରି ନ ଥିଲେ। ମନୋଜଙ୍କୁ ସଫା ସଫା କହିଥିଲେ, "ତୁମେମାନେ ମୋ ଭଉଣୀକୁ ଏଠୁ ମୁକୁଳେଇବ ନା ମୁଁ ଯାଇ ଥାନାରେ ଖବର ଦେବି?"

: ପୂର୍ଣ୍ଣିମାକୁ ମୁକୁଳେଇଦେବୁ - କହିଥିଲା ମନୋଜ।

: ଅମାବାସ୍ୟା ତିଥିଟା ଯାଉ, ମୁଁ ଯାଇ ତାକୁ ତୁମ ଘରେ ଛାଡ଼ି ଆସିବି।

ଭାଇ ପଳେଇଥିଲା। ଆସିଥିଲା ଲୁହାଚେନ୍ ଓ ତତଲା ଚେଙ୍କ।

ପୂର୍ଣ୍ଣିମାକୁ ପିଟିପିଟି ଲହୁଲୁହାଣ କରିଦେଇଥିଲା ମନୋଜ। "କେଉଁ ଫିକରରେ ତୁ କାହିଁକି ତୋ ଗାଁକୁ ଖବର ପଠେଇଲୁ ଓ ସେମାନେ କାହିଁକି ଜାଣିଲେ?" ରାତିସାରା ପିଟିପିଟି ସକାଳକୁ ନିଜେ ଥକିଗଲାରୁ ମନୋଜ ଚୁପ୍ ରହିଥିଲା। ମାର୍କଣ୍ଡ ନାୟକ ମାଡ଼କୁ ସମର୍ଥନ କରୁଥିଲେ ବି ଡରୁଥିଲେ, କାଳେ ପୁଅ ହାତରେ ବୋହୂଟା ମରିଯିବ ଓ ପୁଲିସ କେସ୍ ଆରମ୍ଭ ହୋଇଯିବ। ସେ ଖୁବ୍ ଡରୁଆ ଲୋକ ଥିଲେ ଏବଂ ସେଇ ହେତୁ ଭାବୁଥିଲେ, ଡାଆଣୀ ବୋହୂଟା ନିଜେ ନିଜେ ଚାଲିଗଲେ କି ମରିଗଲେ ବରଂ ଭଲ ହୁଅନ୍ତା।

ପୂର୍ଣ୍ଣିମା ଆଖିରେ ଆଉ ଲୁହ ନ ଥିଲା। ସେଇଠି ପଡ଼ି ପଡ଼ି ସେ କେବଳ ନିଜର କର୍ମକୁ ନିନ୍ଦିଥିଲା। ମନୋଜ ସାଙ୍ଗେ ତାର ପ୍ରଥମ ପରିଚୟର ମୁହୂର୍ତ୍ତକୁ ଅଭିଶାପ ଦେଉଥିଲା। ଅଭିଶାପ ଦେଉଥିଲା ତାର ସୁନ୍ଦର ରୂପକୁ, ଯାହା ପାଇଁ ଶାଶୂଘର ଯୌତୁକ ଦାବି କରି

ନ ଥିଲେ। ରାଜି ହୋଇଥିଲା, ସିଏ ଚୁପ୍‌ଚାପ୍ ଏ ଘରୁ ଚାଲିଯିବ। କାହାକୁ କିଛି କହିବ ନାହିଁ। ମଲା ପର୍ଯ୍ୟନ୍ତ କହିବ ନାହିଁ ଯେ ତାକୁ ତା ବର ବାହାର କରିଦେଇଛି। ଟଙ୍କାଟାଏ ବି ଭରଣପୋଷଣ ଦାବି କରିବ ନାହିଁ ସିଏ। ପଚାରିଲେ କହିବ, ସେ ନିଜ ଇଚ୍ଛାରେ ଆସି ବାପଘର ଗାଁରେ ରହିଛି। ପୁଣି ମନହେଲେ ଶାଶୂଘରକୁ ଯିବ। ତା ଉପରେ କିଛି ବାଧା ନାହିଁ, ବନ୍ଧନ ନାହିଁ।

ତାକୁ ତା ବାପଘରକୁ ବିଦା କରିଦେବାଲାଗି ତା ବର ଏତେ ଆତୁର ଥିଲା ଯେ ସେଇଦିନ ପଠେଇବାକୁ ସେ ଚାହିଁଥିଲା। ମାତ୍ର ଶାଶୂ ମନା କରିଥିଲେ। "ପିଟିପିଟି ତ ତା ଦେହହାତ ଫଟେଇଦେଇଛୁ। ଏମିତି ଅବସ୍ଥାରେ ଯିଏ ଦେଖିବ ସିଏ ଜାଣିପକେଇବ। ଆଗେ ତା ଦାଗତକ ଲିଭୁ, ତାପରେ ଯୁଆଡ଼େ ଯିବ।" ଏତେ ଘୃଣା ଭିତରେ ବି ତା ଶାଶୂ ତା ପାଖକୁ ଆସି ତାକୁ ଆଉଁଶି ଦେଇଥିଲେ। କହିଥିଲେ, 'ଏତେ ସୁନ୍ଦର ଚେହେରା ଭିତରେ ଦଇବ ବିଧାତା ତୋତେ କାହିଁକି ଏ ଅବିଗୁଣ ଦେଲା ଲୋ ?'

ପୂର୍ଣ୍ଣିମା କିଛି ଉତ୍ତର ଦେଇ ନ ଥିଲା। କିଛି ଉତ୍ତର ଦେବାର ଆଗ୍ରହ ତାର କୋଉକାଳୁ ମରିଯାଇଥିଲା।

ତାର ଦି ଦିନ ପରେ ପୁଣି ତାଙ୍କ ଘରର କୁକୁଡ଼ା ଅଣ୍ଡା ଦେଇଥିଲା ଓ ସେ ଅଣ୍ଡା ଉଭାନ ହୋଇଯାଇଥିଲା।

ଶାଶୂଘର ଲୋକେ ଆଉ ଧୈର୍ଯ୍ୟ ଧରି ପାରି ନ ଥିଲେ। ଡାଆଣୀଟା ବିଦାୟ ନ ନେଲେ ସବୁ ସରିଯିବ। ଆଜି ଅଣ୍ଡା ପାଉଛି ବୋଲି ଖାଇକି ଶାନ୍ତ ପଡୁଛି। ଅଣ୍ଡା ନ ମିଳିଲେ ମଣିଷ ରକ୍ତ ଖାଇବ।

ସିଦ୍ଧାନ୍ତ ନିଆଗଲା, କାଲି ଭୋର୍‌ରୁ ଭୋର୍‌ରୁ ପୂର୍ଣ୍ଣିମାକୁ ପଠେଇ ଦିଆଯିବ ତା ବାପଘର ଗାଁ ଗୋପଗାଡ଼ିଆ – ସବୁଦିନ ଲାଗି।

॥ ତିନି ॥

ଶଗଡ଼ିଆ ପୂର୍ଣ୍ଣିମାକୁ ଛାଡ଼ି ଫେରି ଆସିଲାଣି।

ଏବେ ମାର୍କଣ୍ଡ ନାୟକ ଘରେ ସମସ୍ତେ ଆଶ୍ୱସ୍ତ। ମନୋଜ ତା ଘରର ବନ୍ଦ ଝରକାଟିର ପଟା ଖୋଲୁଥିଲା। ମା କହିଛି, ଘରଟା ଯାକ ଲିପାପୋଛା ହେବ। ସଂକ୍ରାନ୍ତି ଦିନ ବଡ଼ ହୋମଟାଏ ସରିବା ପରେ ସମସ୍ତେ ନିଶ୍ଚିନ୍ତ ହେବେ।

ଦିପହରର ଖରା ଚଇଁ ଚଇଁ ଲାଗୁଛି। ବାଡ଼ିପଟ ପଲାଘରୁ କୁକୁଡ଼ାର କୁହ୍ଲାଣ

ଶୁଭୁଛି। ଅଣ୍ଡା ଦେବା ବେଳ ହେଲାଣି। ମନୋଜର ମା ଡାକିଲେ, "ମନୁ, କୁକୁଡ଼ା ଅଣ୍ଡା ଦେବ ବୋଧହୁଏ। ତୁ ଯାଇ ନେଇ ଆସିବୁ।"

: ହଉ, କହିଦେଇ ନିଜ କାମରେ ଲାଗିଗଲା ମନୋଜ। ଅଣ୍ଡା କଥାରୁ ତାର ତା ସ୍ତ୍ରୀ କଥା ମନେ ପଡ଼ିଲା। ଭୟରେ ତା ଦେହ ଥରିଗଲା ଟିକିଏ। ଦିନେ ନୁହେଁ କି ଦି ଦିନ ନୁହେଁ ଦି ବର୍ଷ କାଳ କେମିତି ଯେ ଗୋଟିଏ ଘରେ ସେ ଡାଆଣୀ ସାଙ୍ଗରେ ବିତେଇଲା, ସେକଥା ଚିନ୍ତା କରି ସେ ଆଶ୍ଚର୍ଯ୍ୟ ହେଉଥିଲା। ଡର ଯୋଗୁଁ ସେ ଅନେକ ରାତି ଭଲରେ ଶୋଇପାରୁ ନ ଥିଲା। ତାର ଡର ରହୁଥିଲା, କାଳେ କୌଣସି ଦିନ ପୂର୍ଣ୍ଣିମା ତା ଛାତି ଉପରେ ଚଢ଼ିବସିବ ଓ ଦାନ୍ତ ଲଗେଇ ତା ରକ୍ତତକ ଶୋଷିନେବ।

ଏହି କଥା ତାକୁ ଗାଁର ଅଧିକାଂଶ ଲୋକ ପଚାରୁଥିଲେ। ସେ ସେମାନଙ୍କ ପ୍ରଶ୍ନର ଜବାବ ଦେଇ ପାରୁ ନ ଥିଲା। ଦେବଗଡ଼ କଲେଜ ଅଧ୍ୟାପକ ଜଣେ ସେଦିନ ପଚାରୁଥିଲେ, ପୂର୍ଣ୍ଣିମା ରାତିରେ ଗୋଡ଼ ଉପରକୁ ଓ ହାତ ତଳକୁ କରି ଚାଲେ ନା ନାହିଁ? ସେ କଣ ପୋଖରୀ ହୁଡ଼ା ତଳେ ମଇଳା ଖାଏ? ଅମାବାସ୍ୟା ଦିନ ତାର ଦୁଇଦାନ୍ତ କଳ ବାହାରକୁ ଫୁଟି ଦିଶେ କି? ମାତ୍ର ଏସବୁ ପ୍ରଶ୍ନର ଉତ୍ତର ମନୋଜ ଜାଣି ନ ଥିଲା। ଏଣୁତେଣୁ ମିଛସତ କହି ସେ କୌଣସି ଉପାୟରେ ସେଠୁ ଖସି ପଳେଇ ଆସୁଥିଲା।

ନିଜର ଚଉଡ଼ା ଛାତି ଓ ଦି ହାତକୁ ଅନେଇଲା ମନୋଜ। ପରିଡ଼ା ସାହିର ଫୁଲ ବାହା ହୋଇ ନାହିଁ। ଏବେ ବି ତାର ମନୋଜଠେଇଁ ମନ। ବୋଉ ବି କେତେଥର ତା କଥା ବୁଲେଇ ବଙ୍କେଇ ପଚାରିଲାଣି। ସେଇ ଫୁଲ କଥା ମନେ ପଡ଼ିଲାରୁ ମନୋଜ ଓଠକୁ ପୁରୁଣା ଦିନର ହସଟା ଫେରିଆସିଲା।

ସେ ଅଣ୍ଟାରୁ ଗାମୁଛାଟା ଖୋଲି ଝାଳ ପୋଛିଲା ଓ କୁକୁଡ଼ା ପଳା ପାଖକୁ ଗଲା। ପଳା ପାଖରେ ଯାହା ଦେଖିଲା ତହିଁରେ ଆଶ୍ଚର୍ଯ୍ୟ ହେଲା। ଯେଉଁଠି ଅଣ୍ଡାଟା ରହିବା କଥା ସେଠି ନ ଥିଲା। ମନୋଜ ଭାବିଲା, ପୂର୍ଣ୍ଣିମା ତ ଏଠି ନାହିଁ! ପଳା ଭିତରୁ କୁକୁଡ଼ା ଅଣ୍ଡା ପୁଣି ନେଲା କିଏ?

ଘରର ସମସ୍ତେ ଏହି କଥାଟି ପରସ୍ପରକୁ ପଚାରିହେଲେ। ତାହାହେଲେ କଣ ସେମାନଙ୍କ ଭିତରୁ ଆଉ କାହାର କାମ ଏସବୁ?

ମନୋଜର ମୁଣ୍ଡ ଘୂରେଇ ଦେଲା।

ତା ପରଦିନ ସେଇକଥା, ତୃତୀୟ ଦିନ ବି ଏକା କଥା।

ମାର୍କଣ୍ଡ ନାୟକ ବୁଦ୍ଧିମାନ ଲୋକ। ଉପାୟ କହିଲେ, "ପଳା ଚାରିପଟେ ବହଳ ପାଉଁଶ କୁଢ଼େଇ ଦିଅ। ବିଲେଇ, କୁକୁର କି ମଣିଷ ଯିଏ ଆସିବ, ତା ପାଦଚିହ୍ନ ପଡ଼ିବ।"

ପରଦିନ ସକାଳୁ କୁକୁଡ଼ା ପଲାର ଚାରିପଟେ ପାଉଁଶ ବିଛାଗଲା। ମନୋଜ ଧୀରେ କୁକୁଡ଼ା ଘରର ଧଡ଼ାକବାଟକୁ ଆଉଜେଇ ନେଇ ଦୂରଛଡ଼ା ହୋଇ ଲୁଚି ରହିଲା।

କୁକୁଡ଼ା ଅଣ୍ଡା ଦେଇସାରିବା ପରେ କିଛି ସମୟ ଛାଡ଼ି ମନୋଜ ଆସିଲା ପଲା ପାଖକୁ। ପାଉଁଶ ଉପରେ ବଙ୍କାତେଢ଼ା ହୋଇ ପଡ଼ିଛି ଅଣ୍ଡା ଚୋରର ପାଦଚିହ୍ନ, ଗୋଟେ ସାପର ଚିହ୍ନ।

ମନୋଜ ଆଉଥରେ ଆଶ୍ଚର୍ଯ୍ୟ ହେଲା। ବାପାକୁ ଡାକିଲା, ମାଆକୁ ବି। ସେଇ ଚିହ୍ନଟାକୁ ଅନୁସରଣ କରି କରି ସେମାନେ ଘର ପଛପଟ ଗାତ ପାଖରେ ପହଞ୍ଚିଲେ। ଭିତରେ ଗୋଟାଏ ଦୂନ୍ଦୁସାପ। ଲମ୍ବ ପାଞ୍ଚ ଛଅ ଫୁଟ, ମୁଣ୍ଡଟା ଲମ୍ବା। ପାଟି ଭିତରେ ଅଧାଗିଳା କୁକୁଡ଼ା ଅଣ୍ଡା।

ମନୋଜର ମୁଣ୍ଡ ବୁଲେଇ ଦେଲା। ମନେ ପଡ଼ିଲା ପୂର୍ଣ୍ଣିମାର କଥା। ଖାଲି ଅଣ୍ଡାଚୋରି କଥାଟା ଛାଡ଼ିଦେଲେ ଅନ୍ୟ କୌଣସି ଘଟଣାରେ ପୂର୍ଣ୍ଣିମାର ସିଧାସଳଖ ସଂପର୍କ ଥିବା କଥା ସେ ମନେ ପକେଇ ପାରୁ ନ ଥିଲା। ମନ୍ଦିର ପୋଖରୀରୁ ମାଛ ମରିବା, ପଡ଼ିଶାଘର ଛୁଆ ମରିବା, ବାଛୁରୀର ଅକାଳ ମୃତ୍ୟୁ - ଏସବୁ ଘଟଣାରେ କଣ ପୂର୍ଣ୍ଣିମାର କିଛି ଦୋଷ ଥିଲା ?

ସିଏ କ୍ଷୋଭ ଏବଂ ଦୁଃଖରେ ସାପଗାତଟାକୁ ଖୋଳି ଚାଲିଲା ଏବଂ ଗାତ ଭିତରୁ ସାପଟାକୁ ଘୋଷାଡ଼ି ତାକୁ ପିଟି ପିଟି ଦରମଲା କରିଦେଲା। ସଂପୂର୍ଣ୍ଣ ମାରିଦେଇଥାଆନ୍ତା ସାପଟାକୁ, ମାତ୍ର ତାକୁ ସେଇ ଅବସ୍ଥାରେ ନେଇ ସେ ପୂର୍ଣ୍ଣିମାକୁ ଦେଖେଇବାକୁ ଚାହୁଁଥିଲା।

ଇନ୍ଦୁପୁରରୁ ଗୋପଗାଡ଼ିଆ ସତର ମାଇଲ୍ କଚ୍ଚା ରାସ୍ତା। ମନୋଜ ସାଇକେଲ୍‌ଟା ବାହାର କରି ପବନ ବେଗରେ ଛୁଟେଇଦେଲା। କ୍ୟାରିୟରରେ ଗୋଟେ ଅଖାମୁଣା ଓ ତା ଭିତରେ ଦରମଲା ସାପ।

ବାଟସାରା ପୂର୍ଣ୍ଣିମାର ମୁହଁ ତା ଆଖିରେ ନାଚୁଥିଲା। ଦି ବର୍ଷ ତଳର ସେଇ ପ୍ରଥମ ପ୍ରଥମ ରାତିଗୁଡ଼ିକର କଥା। ରୋଷେଇବାସ କାମ ସାରି ପୂର୍ଣ୍ଣିମା ତା କୋଠରିକୁ ଆସେ। ଲଣ୍ଠନ ଆଲୁଅ କମେଇ ଦେଇ ଲୁଗା ବଦଳାଏ। ଅସନା ଓ ନିତିପିନ୍ଧା ଶାଢ଼ି ବଦଳରେ ପିନ୍ଧେ ଗୋଟେ ଲାଲ୍ ଟୁକ୍‌ଟୁକ୍ ଶାଢ଼ି। ତାପରେ ସିଧା ଆସି ମନୋଜର ଗଳାରେ ଓହଳି ପଡ଼େ। ତା ଅଣ୍ଟା ପାଖରେ କୁତୁକୁତୁ କରି ତାକୁ ଅଥୟ କରିପକାଏ। ମନୋଜ ଆଉ ଥୟ ଧରିପାରେ ନାହିଁ। ପୂର୍ଣ୍ଣିମାର ହଳଦୀମଖା ଦେହର ଗନ୍ଧ ତାକୁ ଉତ୍ତେଜିତ କରିପକାଏ। ସେ ଦରଲିଭା ଲଣ୍ଠନଟାକୁ ସଂପୂର୍ଣ୍ଣ ଲିଭେଇ ପୂର୍ଣ୍ଣିମାକୁ ଭିଡ଼ି ଧରେ।

ମନୋଜର ଆଖିପତା ଅନୁତାପର ଲୁହରେ ଜକେଇ ଆସୁଥିଲା ।

ଗୋପଗାଡ଼ିଆ ଗାଁ ବାମପଟେ ପଦ୍ମାବତୀ ନଈ । ନଈ କୂଳରେ ଗାଁ ମଶାଣି । ସେଇ ମଶାଣିରେ ଜଳୁଥିଲା କାହାର ଚିତା । ଅଭ୍ୟାସବଶତଃ ମନୋଜ ସାଇକେଲ୍‌ରୁ ଓହ୍ଲେଇପଡ଼ି ପରଲୋକଗତ ଆତ୍ମାକୁ ମୁଣ୍ଡିଆଟିଏ ମାରିଲା ।

ସିଏ ସାଇକେଲ୍ ଉପରେ ବସିବାକୁ ଯାଉଥିଲା, କିଏ ଜଣେ ପଛରୁ ଡାକିଲା, 'ମନୋଜ ନା କିଏ ?'

ଇଏ ପୂର୍ଣ୍ଣିମାର ବଡ଼ବାପ ପୁଅ ଭାଇର ସ୍ୱର । ଚିହ୍ନିଲା ମନୋଜ । ତାଙ୍କ ସାହିର କେହି ଚାଲିଗଲା ପରା !

ସେ ସାଇକେଲ୍‌ଟାକୁ ଢିରାଦେଇ ଭଦ୍ରଲୋକଙ୍କ ପାଖକୁ ଗଲା । ଭଦ୍ରଲୋକ ତାକୁ ଦେଖୁ ଦେଖୁ ତା କାନ୍ଧ ଉପରେ ଅଜାଡ଼ି ପଡ଼ିଲେ । କୋହମିଶା ସ୍ୱରରେ କହିଲେ, 'କେତେବେଳେ ଖବର ପାଇଲ ? ଦେଖ, ଅଭାଗିନୀଟା ତୁମକୁ ଝୁରି ଝୁରି ଆଖି ବୁଜିଦେଲା । ଚାଲିଗଲା ବିଚାରୀ ।'

ମନୋଜ ଚମକି ପଡ଼ିଲା । ମରିଗଲା କିଏ ? ପୂର୍ଣ୍ଣିମା ?

: ଦେଖୁନ, କେମିତି ନାଲିଶାଢ଼ି ଓ ନାଲିଶଙ୍ଖା ପିନ୍ଧି ଶୋଇଛି ସେ । ତୁମ ଘରୁ ଆସିବା ଦିନୁ ଭାତ ଖାଉ ନ ଥିଲା କି ପାଣି ପିଉ ନ ଥିଲା । ବାହାଘର ବେଳର ନାଲିଶାଢ଼ି ଖଣ୍ଡକ ପିନ୍ଧି କେବଳ ଦିନରାତି କାନ୍ଦୁଥିଲା । ଶେଷକୁ ଆଖି ବୁଜିଦେଲା ।

ମନୋଜ ଆଉ କିଛି ଶୁଣି ପାରୁ ନ ଥିଲା । ତା ଆଖିକୁ କିଛି ଦିଶୁ ନ ଥିଲା । ଏମିତି ଗୋଟେ ଖବର ଶୁଣିବ ବୋଲି ସେ କଦାପି ଚିନ୍ତା କରି ନ ଥିଲା ।

ପାଗଳ ପରି ଧାଇଁଯାଇ ସେ ସାଇକେଲ୍ କ୍ୟାରିୟରରୁ ଦରମଲା ସାପଟାକୁ ବାହାର କରି ଆଣିଲା ଓ ପୂର୍ଣ୍ଣିମାର ଚିତା ଭିତରକୁ ଫିଙ୍ଗିଦେଇ କହିଲା, ''ମର୍, ତୋ ପାଇଁ ସେ ମଲା । ତୁ ମର୍ ।''

ତାପରେ ଏକମୁହାଁ ହୋଇ ସେ ସାଇକେଲ୍ ଛୁଟେଇ ଦେଲା ଇନ୍ଦୁପୁର ।

ମନୋଜ ଇନ୍ଦୁପୁରରେ ପହଞ୍ଚିବା ଆଗରୁ ପୂର୍ଣ୍ଣିମାର ମରିବା ଖବର ପ୍ରଚାର ହୋଇ ସାରିଥିଲା । "ଏଠି ସାପ ମରୁ ମରୁ ସେଠି ପୂର୍ଣ୍ଣିମା ବି ମରିଗଲା । ଡାଆଣୀର କଣ ଗୋଟାଏ ରୂପ ! ତାଆରି ଭେକ ନେଇ ସାପଟା ଏଠି ଥିଲା ନା ? - ସମସ୍ତଙ୍କୁ ବୁଝେଇଲା ପରି କହୁଥିଲେ ମନୋଜର ଭାଉଜ । ପଡ଼ିଶାଘରର କେତେଜଣ ସ୍ତ୍ରୀଲୋକ ଆଖି ବଡ଼ ବଡ଼ କରି ପୂର୍ଣ୍ଣିମାର ମଲା ଖବର ଶୁଣୁଥିଲେ । ସେମାନଙ୍କ ପଛରେ ମନୋଜର ମା ମୁଣ୍ଡରେ ହାତ ଭରାଦେଇ ବସି ରହିଥିଲେ ।

ମନୋଜ ସାଇକେଲ୍‌ଟାକୁ ତଳେ କଚାଡ଼ି ଦେଇ ଅଗଣାକୁ ଧାଇଁଗଲା । ଆଖି

ବଡ଼ ବଡ଼ କରି ତା ଭାଉଜ ଆଡ଼କୁ ମାଡ଼ିଗଲା । ଚିତ୍କାର କରି କହିଲା, 'ଖବରଦାର, ମୋ ସ୍ତ୍ରୀକୁ ଯିଏ ଡାଆଣୀ ବୋଲି କହିଛି । ତାକୁ ମୁଁ ପିଟି ପିଟି ଦୁନ୍ଦୁସାପ ପରି ଜୀବନରେ ମାରିଦେବି । ଯାଉଛ ନା ଏଠୁ !"

ସ୍ତ୍ରୀଲୋକମାନେ ଡରିଗଲେ । ସେମାନେ ମନୋଜର ଏ ରୁଦ୍ରମୂର୍ତ୍ତି ଆଗରୁ କେବେ ଦେଖି ନ ଥିଲେ !

■

ମାଆ

ଏଇ ଦିଇଟା ମୁହୂର୍ତ୍ତ ବିକଳ କରିଦିଏ ସୁଲୋଚନାଙ୍କୁ। ଗୋଟିଏ ପୁଅକୁ ଦେଖିଯିବା ପାଇଁ ଡଙ୍ଗାରେ ବସିବାବେଳେ ଓ ଆରଟି ପୁଅ ପାଖରୁ ଫେରିବାବେଳେ। ପ୍ରଥମ ମୁହୂର୍ତ୍ତଟି ଉଚ୍ଛନ୍ନ କରିପକାଏ, ଆର ମୁହୂର୍ତ୍ତଟି ତାଙ୍କୁ ଅବଶ କରିଦିଏ। ଗୋଟିଏ ମୁହୂର୍ତ୍ତ ପାଇଁ ସେ ମନେ ମନେ ଭାବନ୍ତି, ଏ ସମୟ ନ ସରନ୍ତା କି ଏବଂ ଆର ମୁହୂର୍ତ୍ତଟି ପାଇଁ – ଏ ସମୟ ଜୀବନରେ ଆଉ ନ ଆସନ୍ତା ହେଲେ !

ନୂଆନଈ ଛାତି ଉପରକୁ କାଶତଣ୍ଡୀର ଚଅଁର ଝୁଲି ପଡ଼ିଥିଲା। ମଝିରେ କିଛି ଦୂର ଖାଲି କିଆବଣ। କଣ୍ଟା କଣ୍ଟା କିଆବୁଦା ଭିତରେ ଗୋଟିଏ ବି ଫୁଲ ନାହିଁ। ସୁଲୋଚନା ଓଢ଼ଣା ଫାଙ୍କରୁ ଚାହୁଁଥିଲେ, କେତେବେଳେ ନୂଆଗାଁ ଆସିବ। ଖଣ୍ଡ ଖଣ୍ଡ ମେଘ ଅଶିଣର ଆକାଶରେ। ଲେଉଟାଣି ମେଘ ଉପରେ ଭରସା ନାହିଁ, କେତେବେଳେ ବର୍ଷିଯିବ ଅସରା ଅସରା ହୋଇ।

ନାଉରିଆ ରଘୁ କହିଲା, "ମା, ମୁଁ ଏଇଠି ବସିଛି। ତୁମେ ଯାଇ ପୁଅଙ୍କୁ ଦେଖି ଆସ। ତରତର ହେବା ଦରକାର ନାହିଁ ମା। ମାସକରେ ତ ଦିନଟାଏ !"

ସୁଲୋଚନା ଡଙ୍ଗାରୁ ଓହ୍ଲେଇଲେ। ନୂଆନଈ ପାଣି ଟିକିଏ ଚହଲିଗଲା। ହାଲୁକା ରଙ୍ଗର ସୂତା ଶାଢ଼ି ତଳୁ ତାଙ୍କର ପାଦଯୋଡ଼ିକ ଯାହା ଦିଶୁଥିଲା। ସାରା ଦେହଟା ଢାଙ୍କି ରହିଥିଲା ଶାଢ଼ି ତଳେ। ମୁଣ୍ଡରେ ଲମ୍ବା ଓଢ଼ଣା। ସେ ଓଢ଼ଣା ଆଖି ଆଗରୁ ଲୁଚେଇ ଦିଏ ସାରା ପୃଥିବୀ, ଗଛପତ୍ର, ନଈନାଳ, ଆକାଶ ଓ ପାହାଡ଼। କିନ୍ତୁ ଆଖି ଭିତରେ ଖୁନ୍ଦି ରହିଛି ସତେଇଶ ବର୍ଷର ଅପେକ୍ଷା। ସେ ଅପେକ୍ଷା ଗାନ୍ଧାରୀ ଆଖିର ଅପେକ୍ଷା ପରି। ସୁଲୋଚନାଙ୍କୁ ଓଢ଼ଣା କାଢ଼ିବା ମନା। ସେ ଓଢ଼ଣା କାଢ଼ିଲେ ନିଆଁ ଲାଗିଯିବ, ପୋଡ଼ିଯିବ ସଂସାର।

ଓଢ଼ଣାଢଙ୍କା ସୁଲୋଚନାଙ୍କର ମାସର ଗୋଟିଏ ଦିନ ଖୁସିର ଦିନ। ସେଦିନ

ସକାଳୁ ସକାଳୁ ସେ ନୂଆନଈ ସେପାରିର ବାପଘର ଗାଁ କନକପୁରରୁ ଆସନ୍ତି। ଡଙ୍ଗାଟି ତାଙ୍କୁ ବସେଇ ଏପଟ ନୂଆଗାଁ ଘାଟକୁ ଆଣେ। ସୁଲୋଚନା ଡଙ୍ଗାରୁ ଓହ୍ଲେଇ ନଈକୂଳର ସେଇ ବରଗଛଟି ମୂଳେ ଛିଡ଼ା ହୁଅନ୍ତି। ଖବର ପଠାନ୍ତି କାହା ହାତରେ, ପୁଅକୁ ଦେଖିବେ। କିଛି ସମୟ ବରଗଛ ତଳର ଶାଗୁଆ ଏକଲାପଣ, ପବନ, ଖରା ଓ ସ୍ମୃତି ସାଙ୍ଗରେ ମିଶି ଅପେକ୍ଷା କରନ୍ତି - ପୁଅ ଆସିବ। ଗୋଟିଏ ଗୋଟିଏ ମୁହୂର୍ତ୍ତ ଗୋଟିଏ ଗୋଟିଏ ଯୁଗ ପରି ଲାଗେ। ଛାତି ଭିତର ଉଠପଡ଼ ହୁଏ। ମନ ହୁଏ ଏଥର ପୁଅ ଆସିଲେ ଧାଇଁଯାଇ ତାକୁ କୋଳରେ ଜଡ଼େଇ ଧରିବେ। ତା ଗାଲରେ ବୋକ ଦେବେ, ତା ଅଡୁଆ ବାଳ ସଜାଡ଼ିଦେବେ। ତା ଗୋଡ଼ହାତ ଆଉଁଶିଦେବେ। ତାକୁ କୋଳରେ ଧରି ନେଇଯିବେ କନକପୁର। ସେଇ ତାଙ୍କର ଏକୋଇର ବଳା ବିଶିକେସନ, ତାଙ୍କର ହୃଦୟ, ତାଙ୍କର ଜୀବନ। ତେଣିକି ଯାହା ହେବାର ହେଉ ପଛକେ। ସେ ତାକୁ ଛାଡ଼ିବେ ନାହିଁ।

ପୁଅ ଆସେ। ପାଦତଳ ଘାସପତ୍ରର ଶବ୍ଦରୁ ସେ ଶୁଣନ୍ତି ପୁଅ ଆସିବାର ଶବ୍ଦ। ବରଗଛଠାରୁ ଟିକିଏ ଦୂରରେ ପୁଅ ଛିଡ଼ାହୁଏ। ସୁଲୋଚନା ପଥର ମୂର୍ତ୍ତିଟେ ପାଲଟି ଯାଆନ୍ତି। ଓଢ଼ଣା ଫାଙ୍କରୁ କେବଳ ଦେଖନ୍ତି ପୁଅର ପାଦଯୋଡ଼ିକ - କେବେ ଧୂଳି ଗୋଳାଗୋଳି, କେବେ ସଫା, କେବେ ପାଦରେ ଥାଏ ଚପଲ, କେବେ ଜୋତା। ତାପରେ ପାଦଠୁ ଆଖି ଉଠେଇ ଆଣ୍ଠୁ ପର୍ଯ୍ୟନ୍ତ ଚାହାଁନ୍ତି। ସେଇଠୁ ଓହ୍ଲେଇ ଆଣନ୍ତି ଦୃଷ୍ଟି। ଆଉ ଉପରକୁ ଚାହାଁନ୍ତି ନାହିଁ। ଫେରେଇ ଆଣନ୍ତି ନଜର। ପୁଅ ଫେରିଯାଏ। ପଛରେ ରଖି ଦେଇଯାଏ ଅସରନ୍ତି ଦୀର୍ଘଶ୍ୱାସ।

ପଛରୁ ସୁଲୋଚନାଙ୍କର ବଡ଼ ପାଟିରେ ଡାକିବାକୁ ମନ ହୁଏ, "ମୁନା! ଶୁଣ୍, ଫେରିଆ, ଆ ମୋ କୋଳକୁ।" କିନ୍ତୁ ପାଟିରୁ ଶବ୍ଦ ବାହାରେ ନାହିଁ। ପାଟିର କଥା ପାଟିରେ ରହିଯାଏ। ସୁଲୋଚନା ନିଜ ହାତପାପୁଲିରେ ଆଖିଯୋଡ଼ିକ ଢାଙ୍କି କାନ୍ଦି ଉଠନ୍ତି। ବରଗଛ ମୂଳେ ବସି ବାହୁନନ୍ତି। ଗଛଟା ଦେହରେ ମୁଣ୍ଡ ପିଟନ୍ତି। ନିଜ କର୍ମକୁ ନିନ୍ଦନ୍ତି ଓ ଫେରିଆସିବା ଲାଗି ଉଠନ୍ତି। ପୁଅ ସାଙ୍ଗେ ଦେଖା ସରିଛି। ଆଉ ବସି ରହି ଲାଭ ନାହିଁ। ଏଠି ଏମିତି ଯୁଗଟିଏ ବସିଲେ ବି କେହି ପଚାରିବାକୁ ଆସିବେ ନାହିଁ। କେହି କହିବେ ନାହିଁ, "ନଈକୂଳଟାରେ କାହିଁକି ବସିଛ ସୁଲୋଚନା, ଘରକୁ ଆସୁନ।"

ଘର! ନଈକୂଳରୁ ଦିଶୁଥାଏ ସୁଲୋଚନାଙ୍କ ଶାଶୂଘର। ଆଗେ ନଡ଼ିଆ, ଚକୁଣ୍ଡା ଓ କଇଁଆ ଗଛ ଉହାଡ଼ରେ ଲୁଚି ଯାଉଥିଲା ଚାଳଛପର ଘରଟା। ଏବେ ବଡ଼ ବଡ଼ ଗଛ ହଟିଗଲାଣି। ମୁଣ୍ଡଟେକି ଅନେଇଲେ ଘରର ମଥାନ ଦିଶିଯାଏ। କିନ୍ତୁ ସେଠିକି

ସୁଲୋଚନା ଯାଇପାରିବେ ନାହିଁ। ତାଙ୍କୁ ସେ ଘର ବାରଣ, ସେ ରାସ୍ତା ମନା, ସେ ବାଟ ଆକଟ।

ତାଙ୍କୁ ତେଇଶ ବର୍ଷ ହେଇଥିଲା, ସେ ନୂଆଗାଁକୁ ବାହାହୋଇ ଆସିବା ବେଳେ। ତିନିଟି ଡଙ୍ଗାରେ ବୋଝେଇ କରି ଆଣିଥିଲେ ଯାନିଯୌତୁକ ଓ ଘରକରଣାର ସ୍ୱପ୍ନ। ସେଦିନ ନୂଆନଈ କୂଳେ କୂଳେ ଅସଂଖ୍ୟ କିଆଫୁଲ ଫୁଟି ଚହଟେଇ ଦେଉଥିଲେ ବାସନାରେ। ସେଇ ବାସନାକୁ ଚନ୍ଦନର ବାସ୍ନା କରି ସୁଲୋଚନା ଗୋଳେଇ ଦେଇଥିଲେ ନିଜର ମିଠା ସ୍ୱପ୍ନ ସାଂଗରେ। କିନ୍ତୁ ସେସବୁ ଖାଲି ସ୍ୱପ୍ନ ହୋଇ ରହିଗଲା, ସତ ହେଲା ନାହିଁ। ଗଙ୍ଗଶିଉଳି ଲାଖି ରହିଥିଲା ଡେମ୍ଫରେ, ସୁଲୋଚନାଙ୍କ ଘରକରଣା ଝଡ଼ିପଡ଼ିଲା।

ପାଦରେ ବାବୁଲା କଣ୍ଟାଟିଏ ଗଳିଗଲା ପରା !

'ଉଃ' ବୋଲି କହି ସୁଲୋଚନା ବସିପଡ଼ିଲେ ହିଡ଼ ଉପରେ। ନଈକୂଳଟାରେ ଧାଡ଼ିଧାଡ଼ି ବାବୁଲା ଗଛ। ତା କଣ୍ଟା ଗୋଡ଼ରେ ପଶିଗଲେ ବିରୁଡ଼ି କାମୁଡ଼ା ପରି ବିନ୍ଧିଉଠେ। ସୁଲୋଚନା ଅନ୍ୟମନସ୍କତା ଭିତରୁ ଲେଉଟି ଆସିଲେ। ପାଦରୁ କଣ୍ଟାଟା କାଢ଼ି ଦୂରକୁ ଛାଟିଦେଲେ। ରାସ୍ତା ସଫା ଦିଶିବ ବୋଲି ଓଢ଼ଣାଟି ସାମାନ୍ୟ ଟେକିଦେବାକୁ ମନ ହେଉଥିଲା। ପୁଣି କଣ ଭାବି ସେମିତି ରଖିଲେ।

ପୁଅ ଆସିବ।

ଅନିଷା କରି ରହିଲେ ସୁଲୋଚନା।

ସେଇସବୁ ଦିନମାନଙ୍କର କଥା ମନେପଡୁଥିଲା। ଯେତେବେଳେ ତାଙ୍କ ପୁଅ ସାନ ଥିଲା। ପୁଅ ଜନ୍ମ ହେବାର ମାସକ ପରେ ତାଙ୍କୁ ଶାଶୂଘରୁ ଚାଲି ଆସିବାକୁ ପଡ଼ିଲା। ସେଇ ମାସକ ଭିତରେ ବି କୋଉଠି ଭଲକରି ପୁଅକୁ ଦେଖିଥିଲେ ସିଏ ! ଦେଖିଥିଲେ ଖାଲି ତାର ନରମ ନରମ ପାଦ ଓ ଗୋଲାପି ହାତ ପାପୁଲି ଯୋଡ଼ିକ। କିନ୍ତୁ ପୁଅର ମୁହଁ ଦେଖିବାକୁ ସୁଯୋଗ ପାଇ ନ ଥିଲେ ସୁଲୋଚନା। ସିଏ ପୁଅକୁ ଜନ୍ମଦେଇ ଅସାଢ଼ ହୋଇ ପଡ଼ିଥିବାବେଳେ ହିଁ ତଉଲିଆ ଗୁଡ଼େଇ ତାଙ୍କ ପୁଅକୁ ତାଙ୍କଠାରୁ ଅଲଗା କରି ନିଆଯାଇଥିଲା। ସେ ଖାଲି କାନରେ ଶୁଣିଥିଲେ ତାର କୁଆଁ କୁଆଁ। ତାର ରାହାଧରି କାନ୍ଦିବାର ଶବ୍ଦ। ଚେତା ଫେରିବା ପରେ ପୁଅକୁ ଛୁଇଁବା ଲାଗି, ତାକୁ ଥରେ ଅଉଁଶିଦେବା ଲାଗି ତାଙ୍କ ମାଆ ମନ ଡହଳବିକଳ ହୋଇଥିଲା। କିନ୍ତୁ ସେ ଅବକାଶ ତାଙ୍କୁ ମିଳି ନ ଥିଲା। ଏ ଘରେ ଥାଇ ଆରଘରେ କାନ୍ଦୁଥିବା ପୁଅର ଶବ୍ଦ ସେ କେବଳ ଶୁଣିଥିଲେ, କିନ୍ତୁ ଯାଇ ପାରି ନ ଥିଲେ ସେତିକି। ପୁଅକୁ ଶୁଣେଇ ପାରି ନ ଥିଲେ ସେ ଶିଖିଥିବା ଅସୁମାରି ଗୀତ-ଗପ।

ତାଙ୍କ ଦୃଷ୍ଟି ପଡ଼ିଲେ ପୁଅ ମରିଯିବ ! କାରଣ ସେ ଅଶୁଭ, ସେ ଅଲକ୍ଷଣୀ। ତାଙ୍କ ସିଧା ଦୃଷ୍ଟି ଯେଉଁଠି ପଡ଼ିବ, ସେଠି ନିଆଁ ଲାଗିଯିବ। ଲୁଗାପଟା ପୋଡ଼ିଯିବ, ଚାଳଛପର ଜଳିଯିବ। ଜିଅନ୍ତା ମଣିଷ ପୋଡ଼ିଯିବ !

ନା, ଘର ଏମିତି ଥାଉ, ସଂସାର ଏମିତି ଥାଉ, ପୁଅ ଥାଉ ଭଲରେ ଭଲରେ। ସିଏ କାହାକୁ ସିଧାସଳଖ ଅନେଇବେ ନାହିଁ, ସବୁବେଳେ ତଳକୁ ଅନେଇ ବାଟ ଚାଲିବେ। ତାଙ୍କ ନଜର କାହା ଉପରେ ପଡ଼ିବ ନାହିଁ। କାହାରି ଅନିଷ୍ଟ କରିବେ ନାହିଁ ସେ କୌଣସି ଦିନ।

ରାତି ଅଧରେ ଆରପଟ ଘରେ ପୁଅ କାନ୍ଦିଉଠିଲେ ଏପଟେ ତାଙ୍କ ନିଦ ଭାଙ୍ଗିଯାଏ। ସୁଲୋଚନା ମେଞ୍ଚାଏ କାଦୁଅ ପାଲଟି ଯାଆନ୍ତି। ଛାତିଟା ଓଜନିଆ ହୋଇଯାଏ ପଥର ପରି। ନିଦରୁ ଉଠି ସେ ବିକଳରେ କାନ୍ଦନ୍ତି, ନିଜ ମୁଣ୍ଡକୁ ପିଟନ୍ତି କାନ୍ଥରେ। କିନ୍ତୁ କିଛି କରିପାରନ୍ତି ନାହିଁ।

ମାସକ ପରେ ତାଙ୍କୁ କହିଦିଆଗଲା, ସେ ନୂଆଗାଁ ଛାଡ଼ି ଚାଲିଯାଆନ୍ତୁ। ନ ହେଲେ କୌଣସି ଦିନ ଯଦି ତାଙ୍କର କି ପୁଅର ଭୁଲ୍ ଯୋଗୁଁ ଦିହିଁଙ୍କ ଚାରି ଆଖି ମିଶିଯାଏ, ତାହାହେଲେ ପୁଅ ମରିଯିବ। ପୁଅର ଜୀବନ ଓ ନିଜର ସୁଖ ଭିତରୁ ଗୋଟିଏକୁ ବାଛିବାକୁ ପଡ଼ିବ ସୁଲୋଚନାଙ୍କୁ। କେବଳ ଗୋଟିଏ।

ସୁଲୋଚନା ଗୋଟିକକୁ ବାଛିଲେ। ପୁଅର ଜୀବନ।

ସୁଲୋଚନା ଚାଲିଗଲେ କନକପୁର। ବାପା ବଞ୍ଚିଥିଲେ। ଛାତିକୁ ପଥର କରି ସେ ସହିଗଲେ ଏ ଧକ୍କା। ଦୁନିଆ ଯାହା କହୁଛି କହୁ, ତାଙ୍କ ଝିଅ ଅଲକ୍ଷଣୀ ନୁହେଁ, ଅଶୁଭ ନୁହେଁ। ସିଏ ସୁଲକ୍ଷଣୀ, ସେ ଶୁଭ। କିନ୍ତୁ ବାପାଙ୍କ କଥା କେହି ଶୁଣି ନ ଥିଲେ। ସାହିପଡ଼ିଶାରେ ଚର୍ଚ୍ଚା ହୋଇଗଲା, ଅଲକ୍ଷଣୀ ବୋଲି ସୁଲୋଚନାଙ୍କୁ ତା ଶାଶୂଘର ତଡ଼ିଦେଲେ। ଇଏ ବି ସେମିତି, ମାସକର ପୁଅକୁ ଛାଡ଼ି ପଳେଇ ଆସିଲା।

ତାପରଠୁ ବାପଘର ଗାଁ ମୁଣ୍ଡର ଗୋଟେ ଦି ବଖରା ଘର ହୋଇଗଲା ସୁଲୋଚନାଙ୍କର ସଂସାର। ସେଇ ଘରଟାକୁ ତାଙ୍କ ନାଁରେ କବଲା କରିଦେଇଥିଲେ ବାପା। ଭାଇ ଭାଉଜମାନେ ଆପତ୍ତି ଉଠେଇଥିଲେ, ତାଙ୍କ ଘର ଭିତରେ ଅଶୁଭ ସ୍ତ୍ରୀ ଲୋକଟିଏ ରହିଲେ ସମସ୍ତଙ୍କର ଅନିଷ୍ଟ ହେବ। ତେଣୁ ବାପା ଭାବିଚିନ୍ତି ନିଷ୍ପତ୍ତି ନିଅନ୍ତୁ। ବାପା ଏଇ ନିଷ୍ପତ୍ତି ନେଇଥିଲେ।

ସୁଲୋଚନାଙ୍କର ଆଖି ଜକେଇ ଆସେ। ଝିଅଟେ ତାହାହେଲେ କେଉଁଠିକି ଯିବ ? ସେ ବାପଘରର ନୁହେଁ, ସେ ଶାଶୂଘରର ନୁହେଁ। ମନେ ମନେ ତାଙ୍କ ଉପରେ ସବାର ହୋଇଥିବା ଅପଦେବତାକୁ ଭର୍ତ୍ସନା କରନ୍ତି, ନିଜର ଭାଗ୍ୟକୁ ନିନ୍ଦନ୍ତି, ବିଷ

ଖାଇ କି ନଈକୁ ଡେଇଁପଡ଼ି ଜୀବନ ହାରିଦେବେ ବୋଲି ଭାବନ୍ତି। କିନ୍ତୁ ସେତେବେଳେ ଏମିତି କିଛି କରିପାରି ନ ଥିଲେ, କାରଣ ପୁଅ ଥିଲା ପେଟରେ। ଏବେ ସେ ମରିବାକୁ ଚାହାନ୍ତି ନାହିଁ, କାରଣ ପୁଅ ଅଛି ଏ ମାଟିରେ। ଯୋଉଠି ଥାଉ, ଯେମିତି ଥାଉ, ଭଲରେ ଥାଉ। ପୁଅ ତାଙ୍କ ପାଖକୁ ନ ଆସୁ ପଛକେ, ସିଏ ତ ମାସରେ ଥରେ ପୁଅ ପାଖକୁ ଯାଇ ପାରୁଛନ୍ତି। ଦେଖି ଆସୁଛନ୍ତି ପୁଅକୁ।

ଏଇ ଗୋଟିଏ ସର୍ତ୍ତ ଥିଲା ତାଙ୍କର, ଶାଶୂଘରୁ ଆସିବାବେଳେ।

ବାପା ଚାଲିଗଲେଣି। ମାଆ ବି। ଗାଁମୁଣ୍ଡ ଦି ବଖୁରିକିଆ ଘରେ ସିଏ ଏବଂ ବିଧବା ପାରଅପା। ଦିଇଟି ଦୁଃଖୀ ମଣିଷଙ୍କ ଅସଜଡ଼ା ପରିବାର।

ଯେଉଁଦିନ ଶାଶୂଘରୁ ବିଦାୟ ନେଇ ସୁଲୋଚନା ଆସିଥିଲେ ସେଇଦିନର ସ୍ମୃତିକୁ ଚେଷ୍ଟା କରି ସୁଦ୍ଧା ସେ ଭୁଲି ପାରନ୍ତି ନାହିଁ। ବହୁତ ସାହସ ସଞ୍ଚି, ଧୀର ସ୍ୱରରେ ନିଜ ବରଙ୍କୁ କହିଥିଲେ, ପ୍ରତି ମାସରେ ଥରୁଟେ ସେ ଆସି ପୁଅକୁ ଦେଖିଯିବେ।

: ହଉ। ଗୋଟାଏ ସଂକ୍ଷିପ୍ତ ଶବ୍ଦ ସେଦିନ ତାଙ୍କ ଅଧ୍ୟାପକ ବର କହିଥିଲେ। ପଛକୁ ସେଥିରେ ଆଉ ଦୁଇଟି ଶବ୍ଦ ଯୋଡ଼ିଥିଲେ, 'ଏବେ ବାହାର।'

ସୁଲୋଚନା ନୂଆଗାଁରୁ ବାହାରି ଆସିଥିଲେ। ତାପରଠାରୁ ପ୍ରତି ମାସରେ ଥରେ ପୁଅ ସାଂଗେ ଦେଖାଚାହାଁ। ପ୍ରଥମେ ତାକୁ ତା ଜେଜେମା କୋଳରେ ଧରି ନଈକୂଳକୁ ନେଉଥିଲେ। ନଈକୂଳିଆ ପବନ ଯୋଗୁଁ କି ତାଙ୍କ ନଜର ପଡ଼ିବା ଯୋଗୁଁ ଚଦରରେ ଢାଙ୍କି ଦେଉଥିଲେ ପୁଅର ଦେହମୁଣ୍ଡ। କେବଳ ତାର ପାଦଯୋଡ଼ିକ ଦେଖି ସୁଲୋଚନା ଫେରୁଥିଲେ। ଘରକୁ ଫେରି କଳ୍ପନାରେ ଆଙ୍କୁଥିଲେ ପୁଅର ସଂପୂର୍ଣ୍ଣ ଚେହେରା। କେମିତି ଦିଶୁଥିବ ତାର ଆଖିଯୋଡ଼ିକ, ତାର ନାକ, ତାର ଓଠ, ତାର କପାଳ। କେମିତି ହସୁଥିବ, କାନ୍ଦୁଥିବ, ଶୋଉଥିବ, ଉଠୁଥିବ, ବସୁଥିବ, ଗୁରୁଣ୍ଡୁଥିବ, ଠିଆ ହେଉଥିବ, ଚାଲୁଥିବ ଏବଂ ଦଉଡୁଥିବ ତାଙ୍କ ପୁଅ।

କଳ୍ପନା, କେବଳ କଳ୍ପନାରେ ସଂପୂର୍ଣ୍ଣ ପୁଅକୁ ଦେଖୁଥିଲେ ସୁଲୋଚନା।

ସତ ଥିଲା ପୁଅର ପାଦଯୋଡ଼ିକ ଦେଖିବା।

ପ୍ରଥମେ ପୁଅ ଅନ୍ୟର କୋଳରେ ଅସୁଥିଲା। ତାପରେ ନିଜେ ଛିଡ଼ାହେଲା ଘାସ ପଡ଼ିଆରେ। ସେଦିନ ସାତଜନ୍ମର ସୁଖ ସୁଲୋଚନାଙ୍କୁ ମିଳିଯାଇଥିଲା। ତାଙ୍କ ପୁଅ ଯେ ନିଜ ପାଦରେ ଠିଆ ହୋଇଥିଲା!

ତାପରେ କେତେ ବର୍ଷା, କେତେ ବସନ୍ତ, କେତେ ବୈଶାଖ, କେତେ ଶ୍ରାବଣ। ତାଙ୍କ ଅଧ୍ୟାପକ ବର ବାହାହେଲେ ନିଜ ଗାଁର ସହପାଠିନୀ ସୁଲତାଙ୍କୁ। ଗୋଟିଏ କଲେଜର ଦିହେଁ। ତାଙ୍କ ବର ସାହିତ୍ୟ ପଢ଼ାନ୍ତି, ସୁଲତା ପଢ଼ାନ୍ତି ବିଜ୍ଞାନ। ସୁଲୋଚନା

ବାହାଘର କଥା ଶୁଣିଲେ, କୌଣସି ପ୍ରତିବାଦ କଲେ ନାହିଁ। ସିଏ ଜାଣନ୍ତି ସେ ସୁଲତାଙ୍କ ପରି ନୁହନ୍ତି। ସେ ବେଶି ପାଠ ପଢ଼ି ନାହାନ୍ତି। ତାଙ୍କ ଗାଁ କନକପୁରରେ ମାଇନର ସ୍କୁଲ ଥିଲା, ସେ ସେଇଠି ପାଠ ଶେଷ କରିଥିଲେ। ତାପରେ ଦି ତିନିବର୍ଷ ଘରେ ବସି ପଢ଼ିଥିଲେ, କିନ୍ତୁ ମାଟ୍ରିକ୍ ପରୀକ୍ଷା ଦେଇ ପାରିଲେ ନାହିଁ। ନଈ ପାରି ହୋଇ ପରୀକ୍ଷା ଦେବା ଲାଗି ବୋଉ ମନା କଲା। ତାପରେ ସେ ରୋଷେଇ, ସିଲେଇ, ପିଠାପଣା ତିଆରି ଶିଖିଥିଲେ।

ଏଇ ପୁଅ ଆସୁଛି। ଏଥର ସେ ଆଉ କୁନି ପୁଅ ନୁହେଁ। ପନ୍ଦର ଦିନ ତଳେ ତାର ବାହାଘର ସରିଛି। ବୋହୂ ଆଣିଛି ସହରରୁ।

ବରଗଛ ମୂଳେ ତଳକୁ ଅନେଇ ଠିଆ ହୋଇଥିଲେ ସୁଲୋଚନା। ସାମ୍ନା ଅଶ୍ୱତ୍ଥ ଗଛମୂଳେ ପୁଅ। ସୁଲୋଚନା ନିଃଶ୍ୱାସରେ ବାରିପାରୁଥିଲେ ତାଙ୍କ ପୁଅ ଦେହର ବାସ୍ନା। ତା ପାଦକୁ ସେ ଚାହିଁଲେ। କେତେ ଭଲ ଦିଶୁଥିଲା ତାଙ୍କ ପୁଅର ଅଳତାଲଗା ପାଦ ଯୋଡ଼ିକ! ଭାବିଦେଇ ନିଜ ଜିଭକୁ କାମୁଡ଼ି ପକେଇଲେ ସୁଲୋଚନା। ସେ ମା ନା ଡାଆଣୀ? ନିଜ ପୁଅକୁ ନିଜେ ସୁନ୍ଦର ବୋଲି କହୁଛନ୍ତି। ସହଜେ ତ ସେ ଅଲକ୍ଷଣୀ, ପୁଅର ଯଦି କିଛି କ୍ଷତି ହୁଏ ତାହାହେଲେ ତାଙ୍କର ଚରିଦଉଡ଼ି ଛିଣ୍ଡିଯିବ।

ସେ ଚଟ୍‌କରି ମୁହଁ ବୁଲେଇନେଲେ। ଏବେ ଫେରିବାର ସମୟ। ରଘୁ ଡଙ୍ଗା ଭିଡ଼ି ଅପେକ୍ଷା କରୁଥିବ।

: ବୋଉ? – କିଏ ଜଣେ ଡାକୁଥିଲା ସୁଲୋଚନାଙ୍କୁ।

ସୁଲୋଚନା ଚମକି ପଡ଼ିଲେ। କିଏ ଡାକିଲା ତାଙ୍କୁ? ଇଏ ତ ପୁଅର ସ୍ୱର ନୁହେଁ! ଗୋଟେ ଝିଅର ସ୍ୱର ଇଏ। ସେ ଓଢ଼ଣାଢଙ୍କା ମୁହଁଟି ଟିକିଏ ଘୂରେଇ ଠିଆ ହୋଇଗଲେ।

ଜରିମଡ଼ା ନାଲି ଶାଢ଼ିଟିଏ ପିନ୍ଧିଥିବା ଝିଅଟିଏ ସେଇ ପଡ଼ିଆ ଉପରେ ମୁଣ୍ଡ ଛୁଆଁଇ ତାଙ୍କୁ ଜୁହାର ହେଉଥିଲା। ସେ ତାଙ୍କର ବୋହୂ। ସୁଲୋଚନା ଚମକି ପଡ଼ିଲେ। କଣ କରିବେ, ସ୍ଥିର କରିପାରିଲେ ନାହିଁ। ଗଳାରୁ ହାରଟି କାଢ଼ିଲେ ଓ କଅଁଳ ବରପତ୍ରଟେ ଛିଣ୍ଡେଇ ତା ଉପରେ ଥୋଇଦେଲେ। ସେମିତି ତଳକୁ ମୁହଁ ପୋତି ଆଶୀର୍ବାଦ କଲେ, "ତୋ ଶଙ୍ଖାକାଚ ବଜ୍ର ହୋଇଥାଉ ମା।"

ଆଖିରୁ ତାଙ୍କର ଦି ଧାର ଲୁହ ଗଡ଼ିଆସୁଥିଲା। ସୁଲୋଚନା ତାକୁ ପାପୁଲିରେ ପୋଛି ବୁଲିପଡ଼ିଲେ।

: ନା, ବୋଉ। ତୁମକୁ ଥରୁଟେ ଯିବାକୁ ପଡ଼ିବ ଆମ ସାଂଗରେ। ଥରୁଟେ ମୁଁ ତୁମକୁ ବାଢ଼ିଦେବି ମୋ ହାତରନ୍ଧା। ତାପରେ ପଛେ ଫେରିଆସିବ।

କୋଉଠି ଗୋଟେ ଚଡ଼ଚଡ଼ି ପଡ଼ିଲା କି ନୂଆନଈ ସେପଟରେ ? ସୁଲୋଚନା ନିଜ କାନକୁ ବିଶ୍ୱାସ କରିପାରୁ ନ ଥିଲେ। କଣ କହୁଛି ଏ ଝିଅଖଣ୍ଡକ ? କାହିଁକି ଜାଣି ଜାଣି ଡାକି ଆଣୁଛି ନିଜର ଅମଙ୍ଗଳ !

ସେ କହିଲେ, "ମୁଁ ଯାଇପାରିବି ନାହିଁ ବୋହୂ।"

: କାହିଁକି ନୁହେଁ ? – ବଡ଼ ପାଟିରେ କହିଲା ସୁଲୋଚନାଙ୍କର ପୁଅ।

ବୋହୂ ଯୋଡ଼ିଲା, 'ତୁମକୁ ମୋ ରାଣ ବୋଉ, ଯେମିତି ହେଲେ ତୁମକୁ ଆମ ସାଂଗେ ଘରକୁ ଯିବାକୁ ପଡ଼ିବ। ଗୋଟିଏ ରାତିର କଥା। ସକାଳେ ପଛେ ଫେରି ଆସିବ।'

ସୁଲୋଚନା ହଠାତ୍ କିଛି କହିପାରିଲେ ନାହିଁ। କେବଳ ଉତ୍ତର ଦେଲେ, "ଆର ମାସରେ।"

॥ ଦୁଇ ॥

ନୂଆଗାଁରେ ନିଆଁ ଲାଗିଯାଇଥିଲା। ସତକୁ ସତ ନିଆଁ। ଯେମିତି ନିଆଁ ଲାଗିଥିଲା ପ୍ରାୟ ପଚିଶ ବର୍ଷ ତଳେ। ସୁଲୋଚନା ଗାଁକୁ ଆସିବାର ଛଅଘଣ୍ଟା ପରେ ପ୍ରଥମେ ନିଆଁ ଲାଗିଲା ମନ୍ମଥଙ୍କ ଗୁହାଳ ଘର ଚାଳରେ। ତାପରେ ବାଡ଼ିପଟ ଢିଙ୍କିଶାଳ ଚାଳରେ। ସଞ୍ଜବେଳେ ବାଡ଼ିପଟେ ଶୁଖୁଥିବା ଓଦା ଲୁଗାରେ ବି ନିଆଁ ଲାଗିଗଲା।

ତା ସାଙ୍ଗରେ ଘର ଭିତରେ ଅସନ୍ତୋଷର ନିଆଁ।

କାହିଁକି ମନ୍ମଥ ଓ ମିତା ସୁଲୋଚନାଙ୍କୁ ଏଠିକି ଡାକିକି ଆଣିଲେ ? ମନ୍ମଥ ପିଲାଦିନୁ ସବୁକଥା ଜାଣେ। ତଥାପି ଏ ଭୁଲ୍ କଲା କାହିଁକି ? ଖାଲି କଣ ପାଠ ପଢ଼ିଦେଲେ ସବୁ ହେଲା ? ମଣିଷର ଜ୍ଞାନ କେତେ କଥା ବା ଜାଣେ ? – ଏଇ କଥାଟିକୁ ତାର ବାପା, ସୁଲୋଚନାଙ୍କ ଅଧ୍ୟାପକ ସ୍ୱାମୀ ବାରମ୍ବାର କହୁଥିଲେ।

ମାତ୍ର ମିତା ଏଥିରେ ଆଦୌ ବିଚଳିତ ହେଉ ନ ଥିଲା। ସେ ଜାଣି ଜଣି ପ୍ରଚାର କରିଦେଇଥିଲା ଯେ, ବୋଉ ଏବେଠାରୁ ଏଇ ଘରେ ରହିବେ। ତାଙ୍କର ଦେହପା ଖବର ବୁଝିବାକୁ କନକପୁରରେ କେହି ନାହିଁ। ଘରଲୋକ ଯଦି ରାଜି ନ ହେବେ ସେ ଓ ମନ୍ମଥ ତାଙ୍କ ବୋଉକୁ ନେଇ ସେମାନଙ୍କ ଚାକିରି ଜାଗାକୁ ପଳେଇବେ।

ସୁଲୋଚନା କିଛି କହୁ ନ ଥିଲେ। ଖରାବେଳେ ତାଙ୍କ ସ୍ୱାମୀ ତାଙ୍କ ପାଖକୁ ଥରୁଟେ ଆସିଥିଲେ। ପଚିଶ ବର୍ଷ ପରେ ଦେଖାଚାହାଁ, ପ୍ରଥମ ସମ୍ବୋଧନ – "ପୁଣି ନିଆଁ ଲଗେଇବାକୁ ଚାଲିଆସିଲ ?"

ସେ ଥରଥର ଗଳାରେ ଅପରାଧୀଟେ ପରି କହି ଆସୁଥିଲେ, "ଗଲାଥର ବୋହୂ ଖୁବ୍ ଜିଦ୍ କରିଥିଲା।" କିନ୍ତୁ ସେତେବେଳକୁ ପଚାରିବା ଲୋକ ସାମ୍ନାରୁ ଚାଲି ଯାଇଥିଲେ। ସେ ଖୁଣ୍ଟକୁ ଧରି ତଳେ ବସିପଡ଼ିଥିଲେ। ଏଇ ତାଙ୍କର ସ୍ୱାମୀ, ଯିଏ ବାହାବେଦି ଉପରେ ଶପଥ କରିଥିଲେ ଅଗ୍ନିକୁ ସାକ୍ଷୀ ରଖି, ତାଙ୍କର ଶହେ ଦୋଷ କ୍ଷମା କରିଦେବେ।

କାହାକୁ କହିବେ ସୁଲୋଚନା ? ସେ ଅଶୁଭ ମୁହୂର୍ତ୍ତରେ ଜନ୍ମ ହୋଇଛନ୍ତି। ଅଲକ୍ଷଣୀ ନାରୀ ସେ। ସ୍ୱାମୀ ସୋହାଗ ତାଙ୍କ କପାଳରେ ନାହିଁ।

ସେ ଆବାକାବା ହୋଇ ଚାରିଆଡ଼କୁ ଅନଉଥିଲେ। ତାଙ୍କ ଅନୁପସ୍ଥିତି ଯୋଗୁଁ କାହିଁ କେଉଁଠି କିଛି ଅଟକି ଯାଇ ନାହିଁ ତ ! ସୁଲତା ଠିକ୍ ଭାବେ ଚଳେଇଛନ୍ତି ତାଙ୍କ ସଂସାର। ତାର ଝିଅଟିଏ, ସେ ପଢୁଛି ହାଇସ୍କୁଲରେ। ଘରର ମାଟି ଚଟାଣ ପକ୍କା ହେଇଗଲାଣି। ଆଉ କିଛିଦିନ ପରେ ତା ଶାଶୂଘର ଲୋକ ପକ୍କାଘର କରିଦେବେ। ସମସ୍ତେ ସୁଖରେ ଅଛନ୍ତି।

ମୁହଁସଞ୍ଜ ହୋଇଗଲାଣି। ସେ ନଈଆଡ଼କୁ ଗୋଡ଼ ବଢ଼ଉଥିଲେ। ପୁଅବୋହୂ କହିଥିଲେ ବୋଲି ଆସି ବୁଲିଗଲେ। ବୋହୂ ମୁହଁ ଚାହିଁଲେ, ତା ହାତପରଶା ଖାଇଲେ। ଶାଶୂ ଶ୍ୱଶୁରଙ୍କୁ ଜୁହାର ହେଲେ। ବରକୁ ଦେଖିଲେ, ସଉତୁଣୀଙ୍କୁ ବି ଦେଖିଲେ। ଆଉ ଏଠି କାମ କଣ ?

ପଛରୁ ବୋହୂ ଡାକୁଥିଲା, "ସିଆଡ଼େ କୁଆଡ଼େ ଯାଉଛ ବୋଉ ?"

ଏ ଝିଅ ଖଣ୍ଡକ ପୁଲିସ ନା ଓକିଲ ? ତାଙ୍କୁ ପାଦେ ପାଦେ ନଜର ରଖିଛି।

ସେ ମିଛ କହିଲେ, ''ଏମିତି ବୁଲୁଥିଲି। ଚାଲୁନୁ ଚାଲ୍।''

ସେ ଫେରି ଆସିଲେ।

ରାତିରେ ସମସ୍ତେ ଖିଆପିଆ ସାରିଲେ। ସୁଲତା ଗୁହାଳ ପଟକୁ ଯାଇ କିଛି ଗୋଟାଏ କାମ କରୁଥିଲେ। ବୋହୂ ମିତାର ପାଟି ଶୁଭିଲା, "ଏଠି କଣ ହେଉଛି ?"

ସୁଲୋଚନା ଚମକି ପଡ଼ିଲେ। ସୁଲତା ସେମିତି ଗୋବର ବଲବଲ ହାତରେ ଧାଇଁ ଧାଇଁ ନିଜ ଶୋଇବା ଘର ଭିତରେ ପଶିଗଲେ। ପଛେ ପଛେ ବୋହୂ ମିତା। ଦି ଜଣ ଘର ଭିତରକୁ ପଶିଗଲା ପରେ କବାଟ ବନ୍ଦ ହୋଇଗଲା। ସୁଲୋଚନା କିଛି ବୁଝିପାରିଲେ ନାହିଁ। ମନଟା ଆଉଟୁପାଉଟୁ ହେଲା। ସୁଲତା ପାଠପଢୁଆ ବୋହୂ, ସିଏ ତ ଗାଈଗୋରୁ ଖବର ବୁଝେ ନାହିଁ। ରାତି ଅନ୍ଧାରରେ ଗୁହାଳଟାରେ କଣ କରୁଥିଲା ? ପୁଣି ପନ୍ଦର ଦିନ ତଳେ ଆସିଥିବା ମିତା କଥାରେ ସେ ଡରିଯାଇ ଦଉଡ଼ି ପଳେଇଲା କାହିଁକି ?

ସୁଲୋଚନା ଥଳକୂଳ ପାଉ ନ ଥିଲେ। କାହାକୁ ବା ପଚାରିବେ? ତାଙ୍କୁ ତ ଏଠି ସବୁକଥା ବାରଣ।

ରାତି କେତେ ହେଲାଣି ଜାଣି ହେଉ ନାହିଁ।

ସୁଲୋଚନାଙ୍କ କବାଟ ଖଡ଼୍‌ଖଡ଼୍ ହେଲା।

କିଏ ଡାକୁଛି ବୋଲି ଭାବି କବାଟ ଖୋଲିଲାବେଳକୁ ଦୁଆର ବନ୍ଧରେ ଛିଡ଼ା ହୋଇଛି ମିତା। ଉତ୍ତେଜନାରେ ସେ ଗୋଟାପଣ ଥରୁଛି।

: କଣ ହେଲା? ଏତେ ରାତିରେ?

: ତାଙ୍କ ନାଟକ ଧରାପଡ଼ି ଯାଇଛି। ତୁମକୁ ଏଠୁ ବାହାର କରିବା ପାଇଁ ସେ ଅନେକ ଥର ଏଇ ନାଟକ କରିଥିଲେ। କାଳେ ତୁମେ ପୁଣି ଫେରିଆସିବ, ଏଇ ଡରରେ ଆଜି ବି ସେଇଆ କରିବାକୁ ଯାଉଥିଲେ। ମୁଁ ଧରିଛି।

ସୁଲୋଚନା କିଛି ବୁଝି ପାରୁ ନ ଥିଲେ।

ମିତା କହିଲା, 'ସେ ବିଜ୍ଞାନ ଲେକ୍‌ଚରର ନା, ପାଠ ପଢ଼ିଛନ୍ତି। କଞ୍ଚା ଗୋବର ଭିତରେ ଫସ୍‌ଫରସ୍ ରଖି ଚାଳକୁ ଛାଟିଦିଅନ୍ତି। ଖରା ପବନ ବାଜିଲେ ଦିପହର ବେଳକୁ ସେଇଥିରୁ ଛାଏଁ ନିଆଁ ବାହାରି ଚାଳ ପୋଡ଼ିଦିଏ। ଦୋଷ ଲଦାଯାଏ ତୁମ ମୁଣ୍ଡ ଉପରେ। ସେମିତି ଓଦା ଲୁଗା ଉପରକୁ ନିଜେ ବ୍ୟାଟେରି ପାଣି, ଯେଉଁଟାକି ଏସିଡ୍ ନେଇ ଛାଟି ଦିଅନ୍ତି। ଲୁଗାଟା ଆଗେ ପୋଡ଼ି ଚିରିଯାଏ, ଦୋଷ ହୁଏ ତୁମର। ନିରକ୍ଷର ଗାଁରେ ନାଟକ ପାଇଁ ତାଙ୍କଠାରୁ ଆଉ କେହି ଯୋଗ୍ୟ ଲୋକ ଆସନ୍ତେ କୁଆଡୁ?

ସୁଲୋଚନାଙ୍କ ପାଦ ଦିଇଟା ଯେମିତି ମାଟି ଭିତରେ ପଶିଯାଉଥିଲା। ସେ ଗୋଟାପଣେ ଥରୁଥିଲେ। ଗୋଟିଏ ଝିଅ କାହିଁକି ତାଙ୍କର ଜୀବନ ନଷ୍ଟ କରିଦେଲା ଅକାରଣରେ? କି ଅପରାଧ ସେ କରିଥିଲେ ତାର?

: କିନ୍ତୁ କାହିଁକି ଲୋ ମିତା? – ସେ ପଚାରିଲେ।

: ପଚାରିଲି। ଉତ୍ତର ଦେଲେ, ସ୍ତ୍ରୀ ଲୋକ ସବୁ ସହିପାରିବ। ସେ ଭଲପାଉଥିବା ପୁରୁଷ ଆଉ ଗୋଟେ ନାରୀକୁ ଭଲପାଇବା କିନ୍ତୁ ସହିପାରିବ ନାହିଁ।

: କିନ୍ତୁ?

: ମୁଁ ମଧ୍ୟ ସେକଥା ନ ପଚାରି ଛାଡ଼ି ନାହିଁ। କହିଲି, "ବାପା ଓ ତୁମେ ଗୋଟିଏ ଗାଁର। ଭଲପାଉଥିଲ ଯଦି ସିଧା ସିଧା କହିଲ ନାହିଁ। ଆଉ ଗୋଟିଏ ନାରୀର ଜୀବନ ନଷ୍ଟ କଲ କାହିଁକି?"

ଲଥ୍‌କରି ଖଟ ଉପରେ ବସିପଡ଼ିଲେ ସୁଲୋଚନା। ମିତା ଧାଇଁ ଆସି ସୁଲୋଚନାଙ୍କ ମୁହଁ ଉପରେ ପଡ଼ିଥିବା ଓଢ଼ଣାଟି ଉଠେଇ ଦେଇ ଚିତ୍କାର କଲା– ଏତେ ସୁନ୍ଦର ମୁହଁ!

ସୁଲୋଚନା ମିତା ମୁହଁରେ ହାତ ଦେଇ ବନ୍ଦ କରିଦେଲେ। କହିଲେ, "ମୋ ମୁଣ୍ଡ ଛୁଇଁ କହ, ଏକଥା ଆମ ତିନିଜଣଙ୍କ ଛଡ଼ା ଆଉ କେହି ଜାଣିବେ ନାହିଁ। ମୁନା ବି ନୁହେଁ। ରାଣ ଖା। ମିତା ଶାଶୂଙ୍କ ମୁଣ୍ଡ ଛୁଇଁଲା। ଧୀର ପାଦରେ ଫେରିଗଲା ନିଜ ଘରକୁ। ତା ପଛେ ପଛେ ସୁଲୋଚନା। ତାଙ୍କ ପୁଅ ତା ଖଟ ଉପରେ ଶୋଇଥିଲା। ସୁଲୋଚନା ଯାଇ ପୁଅ ପାଖରେ ଛିଡ଼ାହେଲେ। ଅନେକ ସମୟ ଅନେଇ ରହିଲେ ପୁଅର ମୁହଁକୁ। ତାପରେ ଯେମିତି ଯାଇଥିଲେ ସେମିତି ଫେରି ଆସୁ ଆସୁ ମିତାକୁ କହିଲେ, "ଭିତରପଟୁ କବାଟ ବନ୍ଦ କରି ଦେ।"

ସୁଲୋଚନା ଆକାଶକୁ ଅନେଇଲେ। ଶୁକ୍ଳପକ୍ଷର ଜହ୍ନକୁ କେଇ ଖଣ୍ଡ ମେଘ ଢାଙ୍କିବାକୁ ଉଦ୍ୟମ କରୁଛନ୍ତି। ବହୁ କଷ୍ଟରେ ତା ଭିତରୁ ଖସି ଆସୁଛି ଜହ୍ନ। ସେତିକି ସମୟରେ ଗାଁ ନଈପଠା ଉଜ୍ଜ୍ୱଳି ଉଠୁଛି।

ସେ ଆଗକୁ ପାଦ ବଢ଼େଇଲେ।

ଚଉରିଆଡ଼ ନିରବ, ନିସ୍ତବ୍ଧ। କାଶତଣ୍ଡୀ ଫୁଲର ଚଅଁର ଲମ୍ବିଛି କାହିଁ କେତେ ଦୂର। ପବନରେ କେଶବାସ ଉଡ଼ିଯାଉଥିଲା ପରିଚିତ ନୂଆନଈ ସାମ୍ନାରେ। ସେ ନିଜର ଲୁଗାପଟାକୁ ସଂଯତ ଭାବରେ ସେପ୍‌ଟିପିନ୍‌ରେ ଛନ୍ଦିଦେଲେ ଓ ସବୁଥର ଯେଉଁ ବରଗଛ ପାଖରେ ଛିଡ଼ା ହୁଅନ୍ତି ସେଇଠି ଯାଇ ଠିଆହେଲେ। ଆଉଥରେ ଫେରି ଚହିଁଲେ ନୂଆଗାଁକୁ, ନୂଆଗାଁର ସେଇ ଘରକୁ ଯେଉଁ ଘର ଭିତରେ ଲୁଚି ରହିଥିବା ଗୋଟେ ମିଛ ତାଙ୍କ ଜୀବନକୁ ପୋଡ଼ିଜାଳି ପାଉଁଶ କରିଦେଲା।

ଏବଂ ଡେଇଁ ପଡ଼ିଲେ ନୂଆନଈର ଅତଳ ପାଣିକୁ।

■

କୁଆଡ଼େ ଯିବି

: ଗଲା, ଗଲା। ଏ ସତ୍ୟାନାଶିଆ ଅଦିନିଆ ମେଘଟା ମୋର ସବୁ ସାରିଦେଲା। ଲୁଗାପଟା ଦି ଖଣ୍ଡ ରଖିଥିଲି ଓଦା ହେଇଗଲା। ଖରାର ତ ଦେଖା ନାହିଁ, ଯାକୁ ଏବେ କଣ କରିବିଲୋ ମା? ଆଲୋ, ମୋ ପାନଡବାଟା ଏଠୁ କିଏ ନେଲା? ଏଇ ତକିଆ ତଳେ ତ ରଖିଥିଲି। କି ଚୋରଣୀପଲ ଏଠି ରହୁଛନ୍ତି କେଜାଣି? ଟିକିଏ ବୁଲିପଡ଼ିଲେ କାନି କାଟିନେବେ।

ଯଶୋଦା ମହାକୁଡ଼ ତା ପାନଡବାଟି ଖୋଜୁଥାଏ ଓ ଅନବରତ କିଛି ନା କିଛି କହିଚାଲିଥାଏ। ଝରକା କଡ଼ରେ ତା ବିଛଣା। ଅଦିନିଆ ବର୍ଷାଛିଟା ପଡ଼ି ତା ବିଛଣାର ମୁଣ୍ଡପଟ ଟିକେ ତିନ୍ତି ଯାଇଥିଲା। ସେ ଝରକା କବାଟ ଆଉଜେଇ ଦେବାକୁ ଗଲା। କାନ୍ଥ କଡ଼ରେ ପୁଣି ଗୋଟେ ଓସ୍ତଗଛ କେନା ମେଲେଇ ଥିଲା। ତାକୁ ଦେଖି ପୁରୁଣା କଥାର ଖିଅ ଛାଡ଼ି କହିଲା, "ହେଇ ଦେଖ! ପନ୍ଦର ଦିନ ତଳେ ଗୋଟେ ଗଛ ଉପାଡ଼ିଥିଲି। ଫେର୍ ଗୋଟାଏ ଉଠିଲାଣି। ଏଗୁଡ଼ା କଣ କାହା ଆଖିକୁ ଦିଶୁନି!"

ପାଖ ବିଛଣାଗୁଡ଼ିକର ରୋଗିଣୀମାନେ ବୁଢ଼ୀ ଯଶୋଦା ମହାକୁଡ଼ର ଏଇ ବକର ବକର ସ୍ୱଭାବ ସାଙ୍ଗେ ପରିଚିତ। ତେଣୁ ସେ ତାଙ୍କୁ ଚୋରଣୀ ବୋଲି କହିଲେ କି ଆଉ କଣ କହିଲେ କେହି କୌଣସି ପ୍ରତିକ୍ରିୟା ଦେଖଉ ନ ଥାନ୍ତି। ବିଛଣା ନ ପାଇ ତଳ ଚଟାଣରେ ମଝି ବୟସର ସ୍ତ୍ରୀଲୋକଟିଏ ଗଡୁଥାଏ। ତାର ପେଟ ବେମାର। ଗତକାଲି ଆଡ୍‌ମିସନ୍ ନେଇଛି। ଡାକ୍ତର ଆସିଲେ ତା କଥା ବୁଝିବେ। ସିଏ ଯଶୋଦା ଉପରେ ଚିଡ଼ିଉଠି କହିଲା, "ଏ ବୁଢ଼ୀ! କାହିଁକି ଚବର ଚବର ହେଉଛୁ? - ଇଲୋ, ମୋ ବୋଉଲୋ। ମୋ ପେଟ କଣ ହେଇଯାଉଛି। ମୁଁ ଆଉ ବଞ୍ଚିବି ନାହିଁ ଲୋ ବୋଉ।"

ଯଶୋଦା ଥରେ ଝରକା ଆଡ଼କୁ ଓ ଆଉ ଥରେ ତଳେ ଛାଟିପିଟି ହେଉଥିବା ସ୍ତ୍ରୀଲୋକଟି ଆଡ଼କୁ ଅନେଇ ତୁନି ପଡ଼ିଗଲା। କେହି ତା କଥାର ଜବାବ ଦିଅନ୍ତି ନାହିଁ। ଗାଳି ପଦେ ଦଉ ପଛେ ଇଏ ତ ଜବାବ ଦେଲା ! ସେ ନିଜ ବିଛଣାରୁ ତଳକୁ ଓହ୍ଲେଇ ଯାଇ ଧୀର ଗଳାରେ ସ୍ତ୍ରୀ ଲୋକଟିକୁ କହିଲା, "ଆଲୋ, ତୋର କଣ କେହି ନାହାନ୍ତି କି ? ଏତେ ଅବସ୍ଥା ପର୍ଯ୍ୟନ୍ତ କାହିଁକି ଏଠିକି ଆସି ନ ଥିଲୁ ?''

ରୋଗିଣୀଟି କିଛି ଉତ୍ତର ଦେଲା ନାହିଁ। ପେଟକୁ ଚପି ଏପଟ ସେପଟ ଗଡୁଥାଏ ଓ 'ବୋଉଲୋ, ମରିଗଲି ଲୋ' ବୋଲି ପାଟି କରୁଥାଏ। ଯଶୋଦା ଯାଇ ତାକୁ ଟିକେ ଆଉଁଶିଦେଲା। ତା ସାଂଗେ ଦି ପଦ ଦୁଃଖସୁଖ ହେବାକୁ ତା ମନ କହୁଥିଲା। କିନ୍ତୁ ସେତିକିବେଳେ ନର୍ସଟି ୱାର୍ଡ ଭିତରକୁ ଆସୁଥିଲା। କାଳେ ସେ ତା ଖଟିଆରେ ନାହିଁ ବୋଲି ନର୍ସ ଦେଖି ପକେଇବ, ସେଥିପାଇଁ ଯଶୋଦା ତରବରରେ ଖଟିଆକୁ ଫେରିଆସିଲା।

ନର୍ସଟି ଅନ୍ୟ ରୋଗୀଙ୍କ ରିପୋର୍ଟ ଦେଖିସାରି ଯଶୋଦାର ବିଛଣା ପାଖ ଦେଇ ଯାଉଥିଲା। ଟିକିଏ ଅଟକି କହିଲା, "ଆଜି ତମ ଲାଗି ପ୍ରସେସନ୍ ଆସୁଛି ମାଉସୀ। ତମକୁ ଏ ଖଟିଆ ଛାଡ଼ିବାକୁ ପଡ଼ିବ।" ଯଶୋଦା ମୁହଁ ତଳକୁ କରି ବସିଥାଏ। ଯେମିତି ସେ କିଛି ଶୁଣିନାହିଁ। ନର୍ସଟି ଆଉ ଟିକିଏ ବଡ଼ ପାଟିରେ କହିଲା, "ଅନ୍ୟ ପେସେଣ୍ଟ୍‌ମାନେ ଆସି ତଳେ ଶୋଉଛନ୍ତି। ଅଥଚ ଛଅମାସ ହୋଇଗଲାଣି ତମେ ବେଡ୍ ଛାଡୁନାହଁ ? ଡାକ୍ତର ତ କହିସାରିଲେଣି, ତମେ ସୁସ୍ଥ ! ତଥାପି ତୁମେ ଶୁଣୁନ କାହିଁକି ?"

ଯଶୋଦା ନିରୁତ୍ତର। ତାର ମୁହଁ ମାଟି ତିଆରି ମୂର୍ତ୍ତି ପରି ନିରବ। ସେ ଖାଲି ନର୍ସଟିର ପାଦଯୋଡ଼ିକୁ ଅନଉଥାଏ। କେତେ ଶୀଘ୍ର ସେ ଯୋଡ଼ିକ ତା ଆଗରୁ ଘୁଞ୍ଚିଯିବ ଓ ତାର ଚିନ୍ତା ଯିବ। ସେ ପାଦଯୋଡ଼ିକ ଘୁଞ୍ଚିଗଲା। ନର୍ସ ଜାଣିଛି, ତାର କୌଣସି କଥା ଏ ବୁଢ଼ୀ ଉପରେ ପ୍ରଭାବ ପକେଇବ ନାହିଁ। ଯେଉଁଠି ସିଡିଏମ୍‌ଓ ନିଜେ କହି କହି ଥକିଗଲେଣି ସେଠି ତା କଥା ବେଶି ଫରକ ପକେଇବ ବୋଲି ତାର ବିଶ୍ୱାସ ନ ଥିଲା। ତଳେ ଶୋଇଥିବା ରୋଗିଣୀମାନଙ୍କ ତରଫରୁ ସେ ତା କର୍ତ୍ତବ୍ୟ ପାଳନ କରୁଥିଲା କେବଳ।

ଯଶୋଦା ବୁଢ଼ୀ ଏଇ ଜିଲ୍ଲା ଡାକ୍ତରଖାନାରେ ଛଅମାସ ହେଲା ରହିଛି। ସେ ଆସିବାଦିନ ୱାର୍ଡର ଦଶ ନମ୍ବର ବିଛଣାଟି ଖାଲି ଥିଲା। ସବୁବେଳେ ତ ଭିଡ଼ ରହେ। କିନ୍ତୁ ସେଦିନ ଦି ଘଣ୍ଟା ଆଗରୁ ରୋଗୀଟେ ଡିସ୍‌ଚର୍ଜ ହୋଇଯାଇଥାଏ। ଯଶୋଦାର ଦୁର୍ଦ୍ଦଶା ଦେଖି ଡାକ୍ତର ତାକୁ ସେଦିନ ଏଠି ରଖେଇ ଦେଇଥିଲେ। ତାପରଠାରୁ ସିଏ

ଆଉ କୁଆଡ଼କୁ ଯିବାଲାଗି ମନ କରୁ ନାହିଁ। ଏହା ଭିତରେ ଜିଲ୍ଲା ଡାକ୍ତରଖାନା ଫିମେଲ୍ ୱାର୍ଡର ସବୁ ରୋଗିଣୀ ବଦଳି ଗଲେଣି। ଗୋଟିଏ ଗୋଟିଏ ବିଛଣାରୁ ଚାଳିଶ ପଚାଶ ରୋଗିଣୀ, କିଏ ଦିନେ ତ କିଏ ସପ୍ତାହେ ରହି ଡିସ୍‌ଚାର୍ଜ ହୋଇଗଲେଣି। କେବଳ ଯଶୋଦା ମହାକୁଡ଼ ଏହି ୱାର୍ଡରେ ସ୍ଥିର ଖୁଣ୍ଟଟିଏ ପରି ଅଚଳ ରହିଛି। ଯିବା କଥା କହିଲେ ଖଟିଆକୁ ଜାବୋଡ଼ି ଧରୁଛି। ଏଣୁତେଣୁ ଭାଷାରେ ଗାଳିମନ୍ଦ କରୁଛି। କେହି ବେଶି ଜିଦ୍ କଲେ କହୁଛି, “ମୋତେ ଜେଲ୍‌କୁ ପଠାଅ। ନ ହେଲେ ଏଇଠି ରଖ।”

ଡାକ୍ତର ପଟ୍ଟନାୟକ କହନ୍ତି, ଆସିବା ଦିନ ଯଶୋଦାର ଦେହହାତ ଘା-ଘଉଡ଼ରେ ଭର୍ତ୍ତି ଥିଲା। ସିଏ ଗୋଟେ ଦରମଲା ଜନ୍ତୁ ପରି ଦିଶୁଥିଲା। ସେତେବେଳେ ଡାକ୍ତର ଭାବିଥିଲେ, ଖୁବ୍ ବେଶି ହେଲେ ବୁଢ଼ୀ ସାତ ଆଠଟା ଦିନ ତିଷ୍ଠିବ, ତାପରେ ମରିଯିବ। କିନ୍ତୁ ଧୀରେ ଧୀରେ ତା ଦେହ ଭଲ ହେବାକୁ ଲାଗିଲା। ଏବେ ସେ ସମ୍ପୂର୍ଣ୍ଣ ସୁସ୍ଥ। ତାର ରକ୍ତଚାପ ଓ ହୃତ୍‌ସ୍ପନ୍ଦନ ଠିକ୍ ଅଛି। ରୋଗ ଭିତରେ ବାର୍ଦ୍ଧକ୍ୟ ଓ ମସ୍ତିଷ୍କ ବେମାରି ରହିଛି। ବୁଢ଼ୀ କିଛି ପୁରୁଣା କଥା ମନେ ପକେଇ ପାରୁନି। ତେବେ ସେ ଚିକିତ୍ସା ପାଇଁ ଦୀର୍ଘ ସମୟ ଓ ଅଧିକ ଖର୍ଚ୍ଚ ଦରକାର। ଜିଲ୍ଲା ଡାକ୍ତରଖାନାରେ ସେ ସୁବିଧା ନାହିଁ। ସେଇ କାରଣରୁ ବୁଢ଼ୀର ଘର କୋଉଠି, ତାର ଆଉ କିଏ କିଏ ଅଛନ୍ତି, ଏ ଡାକ୍ତରଖାନାକୁ କେମିତି ଆସିଲା ଇତ୍ୟାଦି ସେ ପଚାରିଥିଲେ। ମାତ୍ର ବୁଢ଼ୀ ତାର ଠିକଣା ଜବାବ ଦେଇପାରିଲା ନାହିଁ। ବାଁ ହାତରେ ଚିତାକୁଟା ହେଇ ନାଁଟି ଲେଖା ଥିଲା, ସେଇଥିରୁ ଡାକ୍ତର ନାଁ ପଢ଼ି ରେଜିଷ୍ଟରରେ ଲେଖିଛନ୍ତି ଯଶୋଦା ମହାକୁଡ଼। ବୟସ ପଚସ୍ତରି, ଆନୁମାନିକ। ଦେହର ରଙ୍ଗ ଗୋରା, ବାଳଯାକ ପାଚି ଝୋଟ ପରି ଧଳା, ଦୁର୍ବଳ ସ୍ୱାସ୍ଥ୍ୟ। ଶରୀରର ଚମ ଲୋଚାକୋଚା ହୋଇ ଆସିଲାଣି। ଆଖିକୁ ଭଲ ଭାବେ ଦିଶେ ନାହିଁ। କପାଳରେ କି ସୀମନ୍ତରେ କିଛି ଲଗଉ ନ ଥିବାରୁ ସମସ୍ତେ ବୁଢ଼ୀକୁ ବିଧବା ବୋଲି ଅନୁମାନ କରନ୍ତି। ଆଜି ପର୍ଯ୍ୟନ୍ତ ତା ଘରଲୋକ କେହି ତାକୁ ଖୋଜି ଆସି ନାହାନ୍ତି। ତାର ସ୍ୱାମୀ, ପୁଅଝିଅ, ନାତି-ନାତୁଣୀ କି ସାହିପଡ଼ିଶା କେହି କେମିତି ଯଶୋଦାକୁ ଖୋଜୁ ନାହାନ୍ତି ସେକଥା ଭାବି ଡାକ୍ତର, ନର୍ସ, ବେହେରା, ରୋଗୀ ଓ ରୋଗିଣୀ ସମସ୍ତେ ଆଶ୍ଚର୍ଯ୍ୟ ହୁଅନ୍ତି। ଏଣେ ଯଶୋଦା ବି ତା ଘରର ଠିକଣା କହିପାରୁ ନାହିଁ।

ତେବେ ଏଇଟା ଡାକ୍ତରଖାନା, ଅନାଥାଶ୍ରମ ନୁହେଁ। ଏଠିକି ରୋଗୀ ଆସନ୍ତି। ଦିନେ, ଦି ଦିନ ନ ହେଲେ ଖୁବ୍ ବେଶିରେ ଦଶ ପନ୍ଦର ଦିନ ରହି ଡିସ୍‌ଚାର୍ଜ ହୁଅନ୍ତି। ଏଇଟି ଜିଲ୍ଲାର ମୁଖ୍ୟ ଡାକ୍ତରଖାନା ହୋଇଥିବାରୁ ଏହା ଉପରେ ସବୁ ରୋଗୀଙ୍କ

ଭରସା । ଏଠି ମାତ୍ର ଶହେଟି ଶଯ୍ୟା । ସେଥିରୁ ମହିଳାଙ୍କ ପାଇଁ ଥିବା ପଚାଶଟି ଶଯ୍ୟା ସବୁବେଳେ ଭର୍ତ୍ତି । ରୋଗୀମାନେ ଅଧାଦିନ ଆସି ତଳେ ଶୁଅନ୍ତି । କିଏ ବାରନ୍ଦାରେ ଶୁଏ । ସେଇଠି ନୋଇଁପଡ଼ି ଡାକ୍ତର ରୋଗୀ ଦେଖନ୍ତି, ନର୍ସ ହାତରେ ଟେକିଧରି ସାଲାଇନ୍ ଦେଇଥାଏ । ଜଣେ ଜଣେ ରୋଗୀ ସାଙ୍ଗରେ ଦି ତିନିଜଣ ସଂପର୍କୀୟ ଆସିବାରୁ ଡାକ୍ତରଖାନାଟି ହାଟ ପରି ଦିଶେ । ମହିଳା ରୋଗୀଙ୍କ ପାଖରେ କୋଳଛୁଆଙ୍କ ସଂଖ୍ୟା ପୁଣି ବେଶି । ମା ବେମାର ପଡ଼ିଲେ ଛୁଆକୁ ସମ୍ଭାଳିବା ଲାଗି କେହି ନାହିଁ । ତେଣୁ ସିଏ ବି ଡାକ୍ତରଖାନାରେ । ଛୁଆଙ୍କ କାନ୍ଦବୋବାଳି ସାଙ୍ଗକୁ ମାଆମାନଙ୍କ କୁହ୍ନାଣ ଓ ଚିତ୍କାରରେ ୱାର୍ଡଟି ଫାଟିପଡ଼େ । ଜଣେ ରୋଗୀ ନ ଯାଉଣୁ ତା ବିଛଣାକୁ ଆଉ ପାଞ୍ଚଜଣ ଲୋଭିଲା ଆଖିରେ ଅନେଇଥାଆନ୍ତି । ବିଛଣାଟି ମିଳିଗଲେ ସତେ ବା ରୋଗ ଛାଏଁ ଛାଏଁ ଉଭେଇଯିବ । ସେଭଳି ପରିସ୍ଥିତିରେ ଯଶୋଦା ଛଅମାସ ହେଲା ଗୋଟିଏ ଖଟିଆ ଆବୋରି ବସିଛି । ଆସିଲାବେଳେ ତା ସାଙ୍ଗରେ କିଛି ଜିନିଷପାତି ନ ଥିଲା । ଏହା ଭିତରେ ମାଗିଯାଚି ଗୋଟେ ଛୋଟ ସଂସାର ତିଆରି ସାରିଲାଣି । ଗୋଟେ ଟିଣବେଲା, ପ୍ଲାଷ୍ଟିକ୍ ମଗ୍, ଚାରିଟି ପାଣି ବୋତଲ, ଖଣ୍ଡେ କମ୍ବଳ, ସାତଟି ପାନମସଲା ଡବା, ନଅଟି ପଲିଥିନ୍ ମୁଣା, ଗୋଟେ ମହମବତି, ଦିଆଶିଲି, ହର୍ଲିକ୍ସ ବୋତଲ, ଖଣ୍ଡେ ଫଳକଟା ଛୁରୀ, ଗୋଟେ ସତରଞ୍ଜି, ପୁରୁଣା ମଶାରି ଏବଂ ତିନିଖଣ୍ଡ ଶାଢ଼ି । ଏଥିରୁ ଖଣ୍ଡିଏ ଗୋଟେ ସ୍ୱେଚ୍ଛାସେବୀ ସଂସ୍ଥା ତାକୁ ଦେଇଛି । ଜଣେ ବଡ଼ଲୋକଙ୍କର ଜନ୍ମଦିନ ଯୋଗୁଁ ଏ ସଂସ୍ଥା ଡାକ୍ତରଖାନାରେ ଲୁଗା ବାଣ୍ଟିଥିଲେ । ନ ହେଲେ ଆଉସବୁ, ୱାର୍ଡରୁ ଡିସ୍‌ଚାର୍ଜ ହୋଇ ଚାଲିଯାଇଥିବା ରୋଗୀମାନଙ୍କ ହାତଟେକା । ଡାକ୍ତରଖାନାକୁ ଆସିଲାବେଳେ ସେମାନେ ଯେତିକି ଜିନିଷ ଆଣିଥାଆନ୍ତି, ଗଲାବେଳକୁ ତା ସଂଖ୍ୟା ବଢ଼ିଯାଇଥାଏ । ତେଣୁ ଘରକୁ ଫେରିଲା ସମୟରେ ଅଲୋଡ଼ା ବୋତଲ, ମଗ୍, ପଲିଥିନ୍ ଜରି, ଛିଣ୍ଡା ତକିଆ ଓ ଚାଦର ନିଜ ସାଙ୍ଗରେ ନେବାକୁ ଚାହାନ୍ତି ନାହିଁ । କେତେକ ତ ଭାବନ୍ତି ଏଠୁ ବିଛଣାପତ୍ର ଫେରେଇକି ନେବା ଅର୍ଥ ସାଙ୍ଗରେ ରୋଗ ଜୀବାଣୁ ନେଇକି ଯିବା । ଯଶୋଦାର ଦୁଃଖ ଦେଖି, 'ମଲାଗୋରୁ ବ୍ରାହ୍ମଣକୁ ଦାନ' ନୀତିରେ ସେମାନେ ସେଗୁଡ଼ା ତାକୁ ଦେଇ ଯାଆନ୍ତି, 'ନିଅ ମାଉସୀ, ତମ କାମରେ ଆସିବ ।"

କାମରେ ଆସେ ।

ସକାଳୁ ରାତି ପର୍ଯ୍ୟନ୍ତ, ଡାକ୍ତରଖାନା ୱାର୍ଡର ସମୟତକ ବିତେଇବାଲାଗି ଏଇ ପୁରୁଣା ଓ ଅଲୋଡ଼ା ଜିନିଷପାତି ଗୁଡ଼ାକ ଯଶୋଦା ମହାକୁଡ଼ର ଢେର୍ କାମରେ ଆସେ । ସେ ବଡ଼ି ସକାଳୁ ଗାଧୁଆପାଧୁଆ କାମ ସାରି ଦି ମୁଠା ଚୁଡ଼ା ପାଟିରେ ପକେଇଦିଏ । ତାପରେ ଏଇ ଜିନିଷଗୁଡ଼ିକୁ ନେଇ ତାର ଘରକରଣା ଆରମ୍ଭ କରିଦିଏ । କାହା ଲାଗି

ଅଦରକାରୀ ହେଲେ ସୁଦ୍ଧା ତା ପାଇଁ ଏସବୁ ଖୁବ୍ ଦରକାରୀ। ସରକାରୀ ଡାକ୍ତରଖାନାରେ ସକାଳେ କେବେ ପାଉଁରୁଟି ତ କେବେ ବିସ୍କୁଟ୍, ଦ୍ୱିପହରେ ଭାତ ଡାଲି ତରକାରି ଓ ରାତିରେ ରୁଟି ସନ୍ତୁଳା ଏମିତି ତିନିଓଳି ଖାଇବାକୁ ମିଳେ। ଯଶୋଦା ପାଖରେ ସବୁବେଳେ କିଛି ଚୁଡ଼ା ଥାଏ। ମଝିରେ ଭୋକ ଲାଗିଲେ ସେଥିରୁ ମୁଠାଏ ମୁଠାଏ ପାଟିରେ ଭର୍ତ୍ତି କରି ଚୋବେଇବା ତାର ଅଭ୍ୟାସ। ତା ପାଟିରେ ଅଧାରୁ ଅଧିକ ଦାନ୍ତ ନାହିଁ। ଯଶୋଦା ତେଣୁ ଚୁଡ଼ାଗୁଡ଼ାକୁ ଆଗେ ପାଟିରେ ଚପି ଓଦା କରିଦିଏ। ତାପରେ ତାକୁ ପ୍ରଥମେ ଛାମୁଦାନ୍ତ ଓ ଶେଷକୁ କଳ ମାଡ଼ିରେ ଚୋବାଏ। ଯଶୋଦାକୁ କଞ୍ଚା ଚୁଡ଼ା ମିଠା ଲାଗେ।

ଡାକ୍ତର ସୁକାନ୍ତ ଦାସ ଜିଲ୍ଲା ହସ୍‌ପିଟାଲର ମୁଖ୍ୟ। ସେ ଯଶୋଦାକୁ ନେଇ ଖୁବ୍ ଚିନ୍ତିତ। ଅଦ୍ଭୁତ ଜିଦ୍‌ଖୋର ବୁଢ଼ୀ। ଖଟିଆ ଛାଡ଼ି କୁଆଡ଼େ ଯାଉ ନାହିଁ। ସେଇ ଖଟିଆ ଖଣ୍ଡିକ ତାର ପୃଥିବୀ। ଖଟିଆ ଉପରେ ବୁଢ଼ୀ ଓ ଖଟିଆ ତଳେ ତାର ଘରକରଣା। ତିନିମାସ ତଳେ ଥରେ ସେ ନର୍ସ ଓ ବେହେରାଙ୍କୁ ଲଗେଇ ବୁଢ଼ୀକୁ ଜବରଦସ୍ତି ବାହାର କରିବାକୁ ବାହାରିଥିଲେ, ଏଇଠିକାର ଗୋଟେ ଛୋଟିଆ କାଗଜ କିଛି ନ ବୁଝି ନ ଶୁଝି ଲେଖିଦେଲା, 'ରୋଗିଣୀ ଉପରେ ଡାକ୍ତରଖାନା ଷ୍ଟାଫଙ୍କ ଅମାନୁଷିକ ଅତ୍ୟାଚାର।' ତିନି ଚାରିଶହ ଛପା ହେଉଥିବା ସେଇ କାଗଜର ସମ୍ପାଦକଟି ବରାବର ଫିଜିସିଆନ୍ ସାମ୍ପଲ ଔଷଧ ନେବା ପାଇଁ ଡାକ୍ତରଖାନାକୁ ଆସେ। ସାଙ୍ଗରେ ନିଜ କାଗଜରୁ ପାଞ୍ଚସାତଟି ମଟରସାଇକେଲ୍ ଡିକିରେ ସେ ରଖିଥାଏ। ସେଦିନ ସେ ଆସିବାବେଳକୁ ଯଶୋଦା ପାଟି କରି ଚିତ୍କାର କରୁଥାଏ। ସତେ କି କିଏ ତାକୁ ପିଟି ପକଉଥିଲା। ଡାକ୍ତର ଦାସ ପାଖରେ ଛିଡ଼ାହୋଇ ବୁଝଉ ବୁଝଉ 'ଗୋନାସିକା ଟାଇମ୍‌ସ'ର ସେହି ସଂପାଦକ ତା ମୋବାଇଲ୍ ଫୋନ୍‌ରେ ଫଟୋଟେ ଉଠେଇ ନେଇ ସାରିଲାଣି। ଖବରଟା ଆଦୌ ନ ଛାପିବା ଲାଗି ଡାକ୍ତର ଦାସ ପାଞ୍ଚଶହ ଟଙ୍କାର ଖର୍ଚ୍ଚ କରିଥିଲେ। କିନ୍ତୁ ଫଟୋ ସିନା ବାହାରିଲା ନାହିଁ, ଖବରଟା ଛପା ହୋଇଗଲା।

ଆଜି ଏସ୍.ପି. ଓ କଲେକ୍ଟର ଦିହେଁ ଆସୁଛନ୍ତି। ଡାକ୍ତର ଦାସ ଦିହିଁଙ୍କୁ ଅନୁରୋଧ କରିଥିଲେ, ମନ୍ତ୍ରୀଙ୍କ ପ୍ରୋଗ୍ରାମ୍ ସାରି ଫେରିବା ବେଳକୁ ତାଙ୍କ ହସ୍‌ପିଟାଲ ଟିକେ ଘୂରିଯିବେ। ଓଡ଼ିଶାର ସବୁଠାରୁ ବଡ଼ ତିନିଟି କାଗଜର ସ୍ଥାନୀୟ ସାମ୍ବାଦିକଙ୍କୁ ବି ସେ ଖବର ଦେଇଛନ୍ତି। ସମସ୍ତଙ୍କ ଆଗରେ ସେ ଯଶୋଦାର ଜୁଲୁମ୍ ଜଣେଇଦେବେ ଓ ସେମାନଙ୍କ ଉପସ୍ଥିତିରେ ତାକୁ ପୁଲିସ ନେଇ ବାହାରେ ଛାଡ଼ିଦେବ। ତାହାହେଲେ ଆଉ କେହି ଡାକ୍ତରଖାନାକୁ ସମାଲୋଚନା କରିବାର ଅବକାଶ ପାଇବେ ନାହିଁ। କେହି ଅଭିଯୋଗ କରିବେ ନାହିଁ ଯେ ଯଶୋଦା ମହାକୁଡ଼ର ମାନବିକ ଅଧିକାର ଲଂଘନ

ହୋଇଛି। ଏତେ ସବୁ ବ୍ୟବସ୍ଥା ସତ୍ତ୍ୱେ ଡାକ୍ତର ସୁକାନ୍ତ ଦାସ ନିଜ ଉଦ୍ୟମର ସଫଳତା ନେଇ ନିଶ୍ଚିନ୍ତ ହୋଇପାରୁ ନ ଥିଲେ। ଯଶୋଦା ମହାକୁଡ଼ ସାଂଗେ ପ୍ରଥମ ଉଚ୍ଚବାଚ ଅଭିଜ୍ଞତା ତାଙ୍କୁ ଏପରି ଚିନ୍ତିତ କରୁଥିଲା। ତାଙ୍କର ମନେ ହେଉଥିଲା, ବୁଢ଼ୀଟି ଯେତିକି ସରଳ ଦିଶୁଛି ସେତିକି ସରଳ ନୁହେଁ। ତାର ଆଖିଯୋଡ଼ାକୁ ବେଶି ସମୟ ଚାହିଁଲେ ଜଣେ ନିସ୍ତେଜ ହୋଇଗଲା ପରି ଅନୁଭବ କରିବ। ବୁଢ଼ୀ ସେଇ ଆଖିଯୋଡ଼ାକରେ ତା ସାମ୍ନାର ଲୋକଟିର ଭିତର ବାହାର ଯେମିତି ପଢ଼ିପକାଏ। ନ ହେଲେ ତାଙ୍କୁ ଦେଖୁ ଦେଖୁ କାହିଁକି ସେଦିନ ଡାକିଲା, "ବୁନା କିରେ? କୋଉଦିନ ଆସିଲୁ?"

ଡାକ୍ତର ସୁକାନ୍ତ ପ୍ରଥମେ ଭାବିଲେ, ଯଶୋଦା ମହାକୁଡ଼ ଆଉ କାହାକୁ କହୁଛି। ସେ ଏପଟ ସେପଟ ଅନେଇଥିଲେ। କିନ୍ତୁ ବୁଢ଼ୀ ତାଙ୍କୁ ହିଁ କହୁଥିଲା। ତାର ପେଜୁଆ ଆଖିଯୋଡ଼ାକ ତାଙ୍କରି ପାଖରେ ସ୍ଥିର ହୋଇଯାଇଥିଲା। ସେ ବୁଢ଼ୀ କଥାର ଉତ୍ତର ନ ଦେଇ ନିଜ ଅଫିସ୍ କୋଠରିକୁ ଚାଲିଆସିଥିଲେ।

ପିଅନ ଆସି କହିଲା, "କଲେକ୍ଟର ଓ ଏସ୍.ପି. ଆସିଲେଣି। ସାମ୍ବାଦିକମାନେ ଆଗରୁ ଆସିଛନ୍ତି। ମୁଁ ସେମାନଙ୍କୁ କଫି ଓ ଜଳଖିଆ ଦେଇସାରିଲିଣି।"

: ଭଲ କରିଛୁ। ସେମାନେ ଯେତେ ଖାଇଲେ ବି ଅସନ୍ତୁଷ୍ଟ। ଗଲାବେଳକୁ ଔଷଧ ପୁଳାଏ କି ଡାଏରି, କ୍ୟାଲେଣ୍ଡର ମାଗିବେ। ହଉ, ସେକଥା ବୁଝିବା। ତୁମେ ଯାଇ ସେ ୱାର୍ଡର ନର୍ସଙ୍କୁ ଡାକ। ମୁଁ ସାର୍‌ମାନଙ୍କ କଥା ବୁଝେ।

କଲେକ୍ଟର ଓ ଏସ୍.ପି. ଉଭୟେ ପ୍ରମୋଟି ଅଫିସର। ଦିହେଁ ଅଭିଜ୍ଞ। ସେମାନେ ଡାକ୍ତର ଦାସଙ୍କ କଥା ଶୁଣି ହସିଲେ। କହିଲେ, "ଆପଣ ଆଗରୁ କହିଲେ ନାହିଁ କାହିଁକି? ଗୋଟାଏ ବୁଢ଼ୀ ଆପଣଙ୍କୁ ଏମିତି ହଲାପଟା କରୁଛି? କି ବିଚିତ୍ର କଥା!"

ଡାକ୍ତର ଦାସ କିଛି କହିଲେ ନାହିଁ। ଏ ଅଫିସର ଦିହେଁ କେମିତି ବା ବୁଝିବେ, ଗଲା ଛଅମାସ ହେଲା ସେ କି ଦୁଶ୍ଚିନ୍ତାରେ ଅଛନ୍ତି।

ଏସ୍.ପି. କହିଲେ, "ଗୋଟେ କାମ କରିବା। ବୁଢ଼ୀଟାକୁ ଏମିତି ରାସ୍ତା ଉପରେ ପକେଇଦେଲେ ସେଇଟା ଗୋଟେ ଇସ୍ୟୁ ହୋଇଯିବ। ଗୋଟେ ଏନ୍‌ଜିଓବାଲାଙ୍କୁ ଡକାନ୍ତୁ। ଆମେ ବୁଢ଼ୀକୁ ଏଠୁ କୁହାବୋଲା କରି ନେଇଯିବା ଓ ଏନ୍‌ଜିଓବାଲାଙ୍କ ଅନାଥାଶ୍ରମରେ ରଖେଇଦେବା। ସପ୍ତାହେ ପନ୍ଦର ଦିନ ପାଇଁ ସେ ସଂସ୍ଥା ବୁଢ଼ୀ କଥା ବୁଝିବ। ତାପରେ ଖାଇବା ପିଇବା ବନ୍ଦ କଲେ ବୁଢ଼ୀ ବଳେ ନିଜ ରାସ୍ତାରେ ପଳେଇବ। ଏଠି ଦିନରେ ତିନିବେଳା ଖାଇବାକୁ ମିଳୁଛି ତ, ସେଇ ସମସ୍ୟା।"

ଡାକ୍ତର ଦାସ କହିଲେ, "ଦୂରର କୌଣସି ଏନ୍‌ଜିଓଙ୍କୁ ଡକେଇଲେ ଭଲ ହେବ। ନ ହେଲେ ଏ ବୁଢ଼ୀ ବାଟ ପଚାରି ପଚାରି ଏଇଠିକି ପଳେଇ ଆସିବ।"

କଲେକ୍ଟର ଶୀଘ୍ର ଚାଲିଯିବା ଲାଗି ବ୍ୟସ୍ତ ହେଉଥିଲେ। ତାଙ୍କ ସାମ୍ନାରେ ଡାକ୍ତର ଦାସ ଏସ୍.ପି.ଙ୍କୁ ଅଧିକ ଗୁରୁତ୍ୱ ଦେଉଥିବାରୁ ସେ ଟିକେ କ୍ଷୁବ୍ଧ ହେଉଥିଲେ। ଏଇ ଏସ୍.ପି.ଙ୍କ ଘରେ ଦି ଦି ଥର ଭିଜିଲାନ୍ସ ଚଢ଼ାଉ ହୋଇଛି। ଅଥଚ ସେ ଏଠା ସିଡିଏମ୍‌ଓଙ୍କ ମୁଖ୍ୟ ପରାମର୍ଶଦାତା। ମାତ୍ର କଲେକ୍ଟର କିଛି କହିଲେ ନାହିଁ। କାରଣ ସିଡିଏମ୍‌ଓଟି ଖୋସାମତିଆ ଲୋକ। ତାଙ୍କ ଘରୁ ଫୋନ୍ ଆସିବାକ୍ଷଣି ଡାକ୍ତରଖାନାର ସବୁ କାମ ଛାଡ଼ି ସେଠି ଯାଇ ହାଜର ହୁଅନ୍ତି। ତେଣୁ ମନର ଭାବ ଲୁଚାଇ ସେ କହିଲେ, "ଡକ୍ଟର ଦାସ, ଯାହା କହୁଛନ୍ତି, ଶୀଘ୍ର କରନ୍ତୁ। ମୋତେ ଭୁବନେଶ୍ୱର ଯିବାକୁ ପଡ଼ିବ।"

ସେମାନେ ୱାର୍ଡକୁ ବାହାରିଲେ।

ତାଙ୍କ ପଛେ ପଛେ ସାମ୍ବାଦିକ ଓ କ୍ୟାମେରାମ୍ୟାନ୍।

କଲେକ୍ଟର ଡକ୍ଟର ଦାସଙ୍କୁ ଡାକି କହିଲେ, "ଏ ପ୍ରେସ୍‌ବାଲାଙ୍କୁ ଅଟକାନ୍ତୁ। ଏମାନେ ଦି ଧାରିଆ ଛୁରୀ। ଆମେ ଆଗେ କଥାବାର୍ତ୍ତା କରିବା, ପରେ ସେମାନେ ଯିବେ।"

ଡକ୍ଟର ଦାସ ପ୍ରେସ୍‌ବାଲାଙ୍କୁ କିପରି ଅଟକେଇବେ ଜାଣିପାରୁ ନ ଥିଲେ। ସେ ଡାକ୍ତରଖାନା ଫାଟକ ସେପଟର ରାସ୍ତାକୁ ଚାହିଁଥିଲେ। ସେଠି ଆମ୍ବଗଛ ମୂଳେ ଗୋଟାଏ ଠେଲାଗାଡ଼ି ଗରମ ବରା, ପକୁଡ଼ି ଛାଣୁଥିଲା। ତେଲଭାଜିର ବାସ୍ନା ଡାକ୍ତରଖାନା ହତାରେ ଖେଳି ବୁଲୁଥିଲା।

ଉପରଓଳି ଚାରିଟା। ଆଉ ଟିକିଏ ପରେ ନଭେମ୍ବରର ଶୀତ ଏଇ ପାହାଡ଼ିଆ ଜାଗାଟାରେ ଥଣ୍ଡା ପକେଇଦେବ। କଲେକ୍ଟର ଠେଲାଗାଡ଼ି ଦିଗକୁ ଅନେଇ କହିଲେ, 'ଡକ୍ଟର ଦାସ ! ଆପଣ ଠିକ୍ ଭାବୁଛନ୍ତି !'

ଏସ୍.ପି.ଙ୍କ ପଛେ ପଛେ ଦିଇଟି କନେଷ୍ଟବଲ ଚାଲିଥାଆନ୍ତି। ଡକ୍ଟର ଦାସ ବୁଲପଡ଼ି ପ୍ରେସ୍‌ବାଲାଙ୍କୁ କହିଲେ, 'ଆପଣଙ୍କ ପାଇଁ ବଢ଼ିଆ ପକୋଡ଼ି ମଗେଇଛି। ଆପଣ ଖାଆନ୍ତୁ। ମୁଁ ସେ ବୁଢ଼ୀ ସାଙ୍ଗେ କଥାବାର୍ତ୍ତା କଲା ପରେ ଆପଣଙ୍କୁ ଡକେଇବି। ୱାର୍ଡଟାରେ ଅନ୍ୟ ରୋଗୀ ଅଛନ୍ତି। ସେମାନେ ଅଯଥାରେ ବିରକ୍ତ ହେବା ଉଚିତ ନୁହେଁ।'

ପ୍ରେସ୍‌ବାଲା ଅଟକିଗଲେ। ଜଣେ ଦି ଜଣ ଆପତ୍ତି କଲେ, 'ଆମେ ପକୋଡ଼ି ଖାଇବୁ ନାହିଁ।' ଏସ୍.ପି. ହସି ହସି କହିଲେ, "ରାତିରେ ତ ସର୍କିଟ୍ ହାଉସ୍‌ରେ ମିନିଷ୍ଟରଙ୍କ ଡିନର ଅଛି।"

ଆଗେ ଆଗେ କଲେକ୍ଟର, ଏସ୍.ପି., ସିଡିଏମ୍‌ଓ ଏବଂ ତାଙ୍କ ପଛେ ପଛେ

କଲେକ୍ଟରଙ୍କ ସହକାରୀ, ଏସ୍.ପି.ଙ୍କ ପିଏସ୍ଓ, ଡାକ୍ତରାଣୀ ସୁଲତା ମହାନ୍ତି, ନର୍ସ ରମା ଓ ବେହେରା ମୁକୁନ୍ଦ ଗୋଛାୟତ। ସମସ୍ତେ ଯାଇ ଯଶୋଦା ମହାକୁଡ଼ର ଖଟିଆ ପାଖରେ ଠିଆ ହୋଇଗଲେ।

ଯଶୋଦା ଏ ଖବର ଆଗରୁ ଜାଣିଥିଲା। ତାକୁ ଆଜି ସମସ୍ତେ ମିଳିମିଶି ଏଠୁ ତଡ଼ିଦେବେ। ତେଣୁ ସେ ଖଟକୁ ବିକଳରେ ଜାବୋଡ଼ି ଶୋଇଥିଲା। ଗୋଡ଼ରୁ ମୁଣ୍ଡଯାଏ ଗୋଟେ ଛିଣ୍ଡା କମ୍ବଳ ଘୋଡ଼ି ହୋଇଥିଲା। ମନେ ମନେ ଠାକୁରଙ୍କୁ ଡାକୁଥିଲା, "ତାକୁ କିଛି ଗୋଟେ ବଡ଼ ବେମାରି ହୋଇଯାଆନ୍ତା କି? ଡାକ୍ତରମାନେ ତାକୁ ଆଉ ଏଠୁ ତଡ଼ନ୍ତେ ନାହିଁ।"

ଏସ୍.ପି. ପୁଲିସ ଠାଣିରେ ଡାକିଲେ, "ଏ ବୁଢ଼ୀ! ଉଠ୍।"

ଯଶୋଦା ଉଠିଲା ନାହିଁ। କିଛି ସମୟ ସେମିତି ବିତିଗଲା।

ନର୍ସଟି ଯାଇ ଯଶୋଦା ମୁହଁ ଉପରୁ କମ୍ବଳ କାଢ଼ିଦେଲା। ଯଶୋଦା ଡରିଯାଇଥିବା ଛୁଆଟେ ପରି ଗୋଡ଼ହାତ ଜାକିଦେଲା।

ନର୍ସ କହିଲା, "ଉଠ, ତୁମକୁ ନେବାପାଇଁ ପରା ସମସ୍ତେ ଆସିଛନ୍ତି।"

ଯଶୋଦା ତଥାପି ଖଟିଆ ଉପରୁ ଉଠିଲା ନାହିଁ। ଗଲା ଛଅ ମାସ ଭିତରେ ଏମିତି ତ ଗୋଟିଏ ଦିନ ଯାଇନି, ଯେଉଁଦିନ ତାକୁ ଏଠୁ ଉଠିଯିବା ପାଇଁ କୁହାଯାଇ ନାହିଁ। ଆଜି ଆଉ ନୂଆ କଥା କଣ? ସେ ସେଇମିତି ଶୋଇ ରହିଥାଏ।

ଏସ୍.ପି. କହିଲେ, "ବଡ଼ ଜବରଦସ୍ତିଆ ବୁଢ଼ୀ ତ!" ତାପରେ ସିଏ ସିଡିଏମ୍ଓଙ୍କ ଆଡ଼କୁ ବୁଲିପଡ଼ି କହିଲେ, "ଆପଣଙ୍କୁ ଇଏ ନିଶ୍ଚେ ହଇରାଣରେ ପକଉଥିବ!"

ଏଥର ଟିକେ ନରମ ଗଳାରେ ଡାକିଲେ, "ଏଇ ମାଉସୀ। ଚାଲ, ଯିବା।"

ମାଉସୀ ସମ୍ବୋଧନ ଶୁଣି ଯଶୋଦା ଏସ୍.ପି.ଙ୍କ ଆଡ଼କୁ ଅନେଇଲା। ତା ମୁହଁ ଉପରେ ଝାମ୍ପୁରା ବାଳ ଗୁଡ଼ାକ ଝୋଟବିଡ଼ା ପରି ଢାଙ୍କି ହୋଇଥିଲା। ଏସ୍.ପି. ସାହେବଙ୍କ ଆଖିକୁ ସିଧା ଅନେଇ ସେ ପଚାରିଲା, 'ତୋ ଘରକୁ ଯିବି?'

ଏସ୍.ପି. ଟିକିଏ ପଛକୁ ହଟିଆସିଲେ। ତାଙ୍କୁ ଲାଗିଲା, ବୁଢ଼ୀର ଏଇ ସାଧାରଣ ପ୍ରଶ୍ନଟିର ଉତ୍ତର ତାଙ୍କ ପାଖେ ନାହିଁ। ସେ କହିଲେ, "କାହିଁକି, ତୋର କଣ କେହି ନାହାନ୍ତି?"

ବୁଢ଼ୀ ଜବାବ ଦେଲା, "ତମେ ତ ସବୁ ଅଛ। ମୋତେ ଏଇଠି ରଖ। ନ ହେଲେ ଜେଲ୍‌କୁ ନେଇଯାଅ। ସେମାନେ ମୋତେ ଖାଇବାକୁ ଦେବେ। ନ ହେଲେ ତୁ ମୋତେ ତୋ ସାଙ୍ଗରେ ଘରକୁ ନେଇ ଯା।"

ଏସ୍.ପି. ପୁଣି ଚମକିଲେ। ତାଙ୍କ ସାଙ୍ଗରେ କୁଆଡ଼େ ଯିବ ଏ ପାଗଳୀ ବୁଢ଼ୀ? ତାଙ୍କ ନିଜ ଘରକଥା ତ ଅସମ୍ଭାଳ।

ଯଶୋଦା ଆଉଥରେ ଏସ୍.ପି.ଙ୍କୁ ଅନେଇଲା। ପାଖକୁ ଡାକିଲା ହାତଠାରି। କହିଲା, "ମୋ ପାଖରେ ଟିକିଏ ବସୁନୁ ?"

ଏସ୍.ପି.ଙ୍କୁ ଲାଗିଲା, ତାଙ୍କୁ କିଏ ଜଣେ ବୁଢ଼ୀ ଦୂରରୁ ଡାକୁଛି। ତା ପାଖରେ ସେ ଟିକିଏ ବସନ୍ତେ। ବୃନ୍ଦାବନର ଗୋଟେ ଚଉତରା ଉପରେ ସେ ଏବେ ବି ବସିଛି। ତା ମୁହଁଟା ସେ ସାଙ୍ଗେ ସାଙ୍ଗେ ଚିହ୍ନି ପାରିଲେ। ବୁଲିପଡ଼ି ପଛକୁ ଚାହିଁଲେ। କେହି ତାଙ୍କ ମୁହଁର ଭାବାନ୍ତର ଜାଣିଯାଉ ନାହିଁ ତ ? ସେ ବୁଢ଼ୀ ଲୋକଟି ଖାଲି କହୁଛି, 'ମୋ ପାଖରେ ଆଉ ଟିକିଏ ବସ୍। ଯିବୁ ତ, ଏତେ ବ୍ୟସ୍ତ କାହିଁକି ?'

ଅଥଚ ପୁଅର ଗାଡ଼ି ବେଳ ହୋଇଯାଉଛି।

ସେ ମିଛଟାରେ ମାଆକୁ କହିଲେ, "ତୁ ଏଇ ମାତାଜୀମାନଙ୍କ ମେଳରେ ବସିଥା। ବର୍ତ୍ତମାନ ସଞ୍ଜ ଆଳତି ହେବ। ବୃନ୍ଦାବନରେ ଆଳତି ଦେଖିବୁ ବୋଲି ପରା କହୁଥିଲୁ ? ତୋ ଆଚାଚିରେ ଦରକାର ମୁତାବକ ଟଙ୍କା ଅଛି। ଲାବଣ୍ୟମଠର ବୃନ୍ଦାବତୀ ମାତାଙ୍କୁ କହିଛି, ସେ ତୋର ସବୁ ଯତ୍ନ ନେବେ। ମୁଁ ହୋଟେଲ୍ ଯାଉଛି। ସକାଳେ ଆସିବି।"

ବୁଢ଼ୀଟି ତା ପୁଅର ମୁହଁକୁ ଆଉଁଶି ଦେଉଛି। ଚାରିପଟେ ଲୋକ ଭିଡ଼। କିନ୍ତୁ ଲାଜସରମ ଛାଡ଼ି ବୁଢ଼ୀଟି ଚାଳିଶ ବର୍ଷର ଲୋକଟାକୁ ଗେଲ କରିପକଉଛି ଚାରି ବର୍ଷର ଛୁଆକୁ ଗେଲ କଲା ପରି।

ପୁଲିସ ଅଫିସର ପୁଅ ମାଆକୁ ମିଛ କହି ଫେରି ଆସୁଛନ୍ତି। ସକାଳେ ଯେତେବେଳେ ମାଆକୁ ଭେଟିବେ ବୋଲି କହୁଥିଲେ, ସେତେବେଳକୁ ତାଙ୍କ ଗାଡ଼ି ଦିଲ୍ଲୀରେ ଆସି ପହଞ୍ଚି ସାରିଲାଣି। ମା କଥା ଭାବି ଚୁପ୍‌ଚାପ୍ ବସିବାରୁ ପତ୍ନୀ କହୁଛନ୍ତି, "କାହିଁକି ଗୋଟେ ନାକକାନ୍ଦୁରାଙ୍କ ପରି ସୁଁ ସୁଁ ହେଉଛ ? ମୋତେ ଏସବୁ ଭଲ ଲାଗେ ନାହିଁ। ଯାଉନ ତମ ବୋଉ ପାଖେ ସେଇ ବୃନ୍ଦାବନରେ ବାବାଜି ହେଇ ରହିବ। କଣ ଦେଖି ବାପା ତମ ହାତରେ ମୋତେ ଛନ୍ଦିଦେଲେ କେଜାଣି ? ଦେଖିବ, ତୁମେ ଜୀବନସାରା ସେଇ ଓ.ପି.ଏସ୍.ଟେ ହେଇ ରହିଥିବ।"

ଏସ୍.ପି. ଚମକି ଉଠିପଡ଼ିଲେ। ତାଙ୍କ ପାଟିରୁ ଗୋଟିଏ ଶବ୍ଦ ବାହାରି ଆସୁଥିଲା, 'ବୋଉ !' କିନ୍ତୁ କହିପାରିଲେ ନାହିଁ। ତାଙ୍କ ବୋଉ ସାତ ବର୍ଷ ତଳୁ ବୃନ୍ଦାବନରେ ପାଉଁଶ ହୋଇଗଲାଣି।

ସେ ମୋବାଇଲ୍ ଫୋନ୍ ପକେଟ୍‌ରୁ ବାହାର କଲେ। ମିଛଟାରେ "ଜରୁରି କଲ୍" କହି ଉଠି ପଡ଼ିଲେ। ସିଡିଏମ୍‌ଓଙ୍କୁ ଟିକେ ଦୂରକୁ ଡାକି କହିଲେ, "ମୁଁ ଘଣ୍ଟାଏ ଛାଡ଼ି ଆସୁଛି। କଲେକ୍ଟର ତ ଅଛନ୍ତି।"

ସିଡିଏମ୍‌ଓ ଆଶ୍ଚର୍ଯ୍ୟ ହେଲେ।

ଯଶୋଦା ପଚାରିଲା, "ମୋତେ ସାଙ୍ଗରେ ନେବୁନି ବାପା ?"

ଏସ୍.ପି. ଉତ୍ତର ଦେଲେ ନାହିଁ। ବଡ଼ ବଡ଼ ପାହୁଣ୍ଡ ପକେଇ ୱାର୍ଡ ଭିତରୁ ବାହାରିଗଲେ। ତାଙ୍କ ପଛେ ପଛେ ତାଙ୍କ ପିଏସ୍‌ଓ। ଏସ୍.ପି.ଙ୍କ ଚାଲିଯିବାରେ ସବୁଠାରୁ ବେଶି ଖୁସି ହେଲେ କଲେକ୍ଟର। ସେ ଭାବନ୍ତି, ହାତରେ ପୁଲିସଫୋର୍ସ ଥିବାରୁ ସମସ୍ୟା ସମାଧାନର ସବୁ ଗୌରବ ଏସ୍.ପି. ନେଇଯାଆନ୍ତି। ଏଠି ବି ସେଇଆ ହେବାକୁ ଯାଉଥିଲା।

କଲେକ୍ଟର ବୁଢ଼ୀ ଖଟିଆ ଆଡ଼କୁ ଆଗେଇ ଯାଇ ଆଦରବୋଳା ସ୍ୱରରେ ଡାକିଲେ, 'ମାଉସୀ। ଆସ ଯିବା !'

ଯଶୋଦା ଉତ୍ସାହିତ ହେଲା ପରି କହିଲା, 'ତୋ ସାଙ୍ଗରେ ଯିବି ମାଧବ ସାଆରେ ?'

ଜିଲ୍ଲାପାଳ ଚମକି ପଡ଼ିଲେ। ତାଙ୍କ ଡାକ ନାଁ ଏ ବୁଢ଼ୀ କେମିତି ଜାଣିଲା ?

ଯଶୋଦା ଆଉ କଣ କହୁଥିଲା।

କଲେକ୍ଟର ମାଧବ ଚନ୍ଦ୍ର ଦାସମହାପାତ୍ର ବୁଢ଼ୀର ମୁହଁକୁ ନିରିଖେଇ ଅନେଇଲେ। ଏଇପରି ଗୋଟେ ଚମ ଲୋଚକୋଚ ବୁଢ଼ୀକୁ ନିକଟରେ କେଉଁଠି ଦେଖିଲା ପରି ତାଙ୍କର ମନେ ହେଉଥିଲା। ତାଙ୍କ ପୁଅ ଜନ୍ମବେଳେ ସେ ବାଲେଶ୍ୱରରେ ଥିଲେ। ସେତେବେଳେ ତାଙ୍କ ଘରକାମ କରିବା ଲାଗି ପାଖ ଗାଁରୁ ଗୋଟେ ବୁଢ଼ୀକୁ ଆଣିଥିଲା ଚାନ୍ଦବାଲି ତହସିଲଦାର। ସେ ବୁଢ଼ୀଟି ତାଙ୍କ ଘରେ ପାଞ୍ଚ ବର୍ଷ କାଳ ଥିଲା। ତାଙ୍କ ପୁଅର ଗୁହମୂତରେ ଘାଣ୍ଟି ହୋଇଥିଲା। ତାକୁ ଧରି ସେ ରାତିରେ ଶୋଉଥିଲା। ସେଇ ବୁଢ଼ୀକୁ ଖୁସି କରିବା ପାଇଁ ସେ ଓ ତାଙ୍କ ପତ୍ନୀ ଦିହେଁ ତାକୁ 'ମାଉସୀ' ଡାକୁଥିଲେ। ମାଉସୀ ବିନା ତାଙ୍କ ଘରର କୌଣସି କାମ ଆଗକୁ ଆଗଉ ନ ଥିଲା। ସବୁବେଳେ କହୁଥିଲେ, "ତୁମର ଆଉ କୁଆଡ଼େ ଯିବା ଦରକାର ନାହିଁ। ତୁମେ ସବୁଦିନେ ଆମ ସାଙ୍ଗରେ ରହିବ।"

ମାଉସୀ ଏ କଥା ପଦକ ଶୁଣି ଭାରି ଖୁସି ହେଉଥିଲା। କାହିଁକିନା, ତା ପୁଅବୋହୂ ତାକୁ ଦିନରେ ତିନିଚାରି ଥର 'ଘରୁ ବାହାରି ଯା' ବୋଲି କହୁଥିଲେ।

ବାଲେଶ୍ୱର ପରେ ତାଙ୍କର ବଦଳି ହେଲା ସୁନ୍ଦରଗଡ଼। ସେତେବେଳକୁ ପୁଅ ବଡ଼ ହୋଇ ଯାଇଥିଲା। ବୁଢ଼ୀ ଆହୁରି ବେମାରିଆ ହୋଇ ଯାଇଥିଲା। ତାର ବରାବର ପେଟ ବେମାର ବାହାରୁଥିଲା। ହାତ ଥରୁଥିଲା ଓ ଜିନିଷପତ୍ର ପକେଇ ଦେଉଥିଲେ। ବୁଢ଼ୀ ରହିଥିଲା ତାଙ୍କର ସେବା କରିବା ପାଇଁ। ତା ସେବା ପୁଣି କରିବ କିଏ ? ତେଣୁ ସେ ତାକୁ ବିଦା କରିଦେଇଥିଲା। ଏହା ଭିତରେ ଅନେକ ବର୍ଷ ବିତିଗଲାଣି। ସେ

ଆଉ ବୁଢ଼ୀଟାର ଖବର ରଖି ନାହାନ୍ତି। କିନ୍ତୁ ଏଇ ଆଠ ନଅମାସ ତଳେ ଗୋଟେ ବୁଢ଼ୀର ଫଟୋ ସେ ଦେଖିଥିଲେ ଖବରକାଗଜରେ। ତା ଚେହେରା ତାଙ୍କର ସେ 'ମାଉସୀ' ଚେହେରା ପରି ଦିଶୁଥିଲା। ବୁଢ଼ୀଟିକୁ ତା ପୁଅ ଟେକି ଟେକି ଆଣି ଗାଁ ମୁଣ୍ଡ ମଶାଣିରେ ପକେଇ ଦେଇଯାଇଥିଲା। ତାର କାରଣ ଥିଲା, ବୁଢ଼ୀଟା ମାସେ ପାଖାପାଖି ମଲା ମଲା ହେଉଥିଲେ ବି ମରୁ ନ ଥିଲା। ଘରଟା ଭିତରେ ହଗିମୁତି ସତ୍ୟାନାଶ କରୁଥିଲା। ରାତିସାରା କାଶୁଥିଲା ଓ ଅନ୍ୟମାନଙ୍କୁ ଶାନ୍ତିରେ ଶୁଆଇ ଦେଉ ନ ଥିଲା। ସେଦିନ କଲେକ୍ଟର ଖବରକାଗଜର ଫଟୋଟା ତାଙ୍କ ସ୍ତ୍ରୀକୁ ଦେଖାଇଥିଲେ। ଭାବିଥିଲେ, ସେଠା ବିଡିଓ କି ତହସିଲଦାରଙ୍କୁ ବୁଢ଼ୀ ବିଷୟରେ ପଦେ ପଚାରିବେ। ମାତ୍ର ତାହା ଅନ୍ୟ ଜିଲ୍ଲାର ସମସ୍ୟା ଭାବି ଭୁଲି ଯାଇଥିଲେ।

ଯଶୋଦା ପଚାରୁଥିଲା, "ଆପଣ ବି ମୋ କଥା ଭୁଲିଗଲେ ସାଆରେ?"

ଜିଲ୍ଲାପାଳ ପ୍ରକୃତିସ୍ଥ ହେଲେ। ଚିନ୍ତା କଲେ, ଏଇ କଣ ସେ ବୁଢ଼ୀ? ନା, ଇଏ ସିଏ ନୁହେଁ। ତା ନାଁ ଯଶୋଦା ନ ଥିଲା। କିନ୍ତୁ ବୁଢ଼ୀଟାର ମୁହଁ ସେ ମାଉସୀ ସହ ମିଶିଲା ମିଶିଲା ପରି ଲାଗୁଛି। ଯଦି ତାହା ହୋଇଥାଏ ତାହାହେଲେ ସେ ଅଯଥାରେ ଅସ୍ୱସ୍ତିକର ଅବସ୍ଥାରେ ପଡ଼ିବେ। ତାଙ୍କ ଗୁମର ପଦାରେ ପଡ଼ିଯିବ।

ରୋଗୀଙ୍କ କଥା ବୁଝିବା ସିଡିଏମ୍‌ଓଙ୍କ କାମ। ସେ ବୁଝନ୍ତୁ- କଲେକ୍ଟର ଭାବିଲେ। ସେ ବଡ଼ ପାଟିରେ ସିଡିଏମ୍‌ଓଙ୍କୁ କହିଲେ, "ଏସ୍.ପି. କୁଆଡ଼େ ଗଲେ? ମୁଁ ତ କହିଥିଲି, ମୋର ଭୁବନେଶ୍ୱର ଯିବାର ଅଛି। ଆପଣ ବ୍ୟସ୍ତ ହୁଅନ୍ତୁ ନାହିଁ। ମୁଁ କାଲି ଏ ଇସ୍ୟୁଟା ହାତକୁ ନେବି। ମୋର ଭୁବନେଶ୍ୱର ଯିବା ଡେରି ହେଇଯାଉଛି।"

ସିଡିଏମ୍‌ଓ ଟିକିଏ ବ୍ୟସ୍ତ ହେଲେ। ଏସ୍.ପି. ଚାଲିଗଲେଣି। ଏବେ କଲେକ୍ଟର ପଳେଇବେ। ପ୍ରେସ୍‌ବାଲାଙ୍କୁ ସେ କଣ କହିବେ? ସେ କହିଲେ, 'ସାର୍, ଆଉ ପାଞ୍ଚ ମିନିଟ୍ ଅପେକ୍ଷା କରନ୍ତୁ। ଏନ୍‌ଜିଓବାଲା ଆସି ପହଞ୍ଚୁଛି।'

ତାପରେ ସେ ତାଙ୍କ ହେଡ୍‌କ୍ଲର୍କଙ୍କୁ ଡକାଇ କହିଲେ, 'ସୁରେନ୍ଦ୍ର, ଏବେ ତୁମ ଦାୟିତ୍ୱ। ଯେମିତି ହେଉ ଆଜି ସେ ବୁଢ଼ୀକୁ ବିଦା କର। ତୁମ କଥା ମୁଁ ବୁଝିବି।'

ସୁରେନ୍ଦ୍ର ସିଡିଏମ୍‌ଓଙ୍କର ଖୁବ୍ ବିଶ୍ୱସ୍ତ। ତାଙ୍କର ଦରମା ଯେତେ ଉପୁରି ତାର ଦଶଗୁଣା। ଖଟିଆ ଆଲଟମେଣ୍ଟଠାରୁ ଅବୈଧ ଗର୍ଭପାତ, ଜିନିଷପତ୍ର କିଣାଠାରୁ ମଡ଼ା ବିକ୍ରି ପର୍ଯ୍ୟନ୍ତ ସବୁର ଚାବି ସୁରେନ୍ଦ୍ରଙ୍କ ପାଖରେ। ତାଙ୍କର ଏ ସହରରେ ଗୋଟେ ଓ ଗାଁରେ ଆଉ ଗୋଟେ କୋଠାଘର। ସମସ୍ୟା ହେଲା, ସ୍ତ୍ରୀ ସାଙ୍ଗେ ତାଙ୍କର ଚାରିବର୍ଷ ହେଲା କେସ୍ ଚାଲିଛି। ସେଥିପାଇଁ କିଛି ଟଙ୍କା ଓକିଲ ନେଇ ଯାଉଛି। ସେ ସିଡିଏମ୍‌ଓଙ୍କୁ କହିଲେ, "ସାର୍ ଆପଣ ଚାଲନ୍ତୁ। ମୁଁ ଯା କଥା ବୁଝୁଛି।"

ସମସ୍ତେ ଚାଲିଗଲେ । ଘଟଣାର ଏ ପ୍ରକାର ଅଣନାଟକୀୟ ପରିଣତି ସମସ୍ତଙ୍କୁ ନିରାଶ କରିଥିଲା । କିଛି ଗୋଟାଏ ଉତ୍ତେଜନା ସେମାନେ ପାଇବେ, ଏଇ ଆଶା ଥିଲା । ମାତ୍ର ପ୍ରଥମେ ଏସ୍.ପି. ଓ ପରେ କଲେକ୍ଟର ପଳେଇ ଯିବା ପରେ ଘଟଣାଟି ଥଣ୍ଡା ପଡ଼ିଯାଇଥିଲା ।

ସୁରେନ୍ଦ୍ରଙ୍କର ବୟସ ଅଠାବନ । ଆଉ ଛଅମାସ ପରେ ସେ ଅବସର ନେବେ । କାଳେ ସରକାର, ଅବସର ବୟସ ଷାଠିଏକୁ ବଢ଼େଇଦେବେ ଏଇ ଆଶାକୁ ଧରି ସେ ଚାଲିଛନ୍ତି । ଦିଇଟା ବର୍ଷ ଅଧିକା ଚାକିରି ଅର୍ଥ, ଉପୁରି ତିନି ଲକ୍ଷ ଟଙ୍କା ।

ସମସ୍ତେ ଗଲାପରେ ସୁରେନ୍ଦ୍ର ବୁଢ଼ୀକୁ ଡାକିଲେ, "ଏଇ, ଚାଲ୍ ମୋ ସାଙ୍ଗରେ ।"

ଯଶୋଦା ଝରକା ବାଟେ ଅନେଇଲା । ସଂଜ ମାଡ଼ି ଆସିଲାଣି । ସୁରେନ୍ଦ୍ରଙ୍କର ଆଖିକୁ ସିଧା ଅନେଇ କହିଲା, "ତୁ ମୋ ତଣ୍ଟି ଚିପି ଦେବୁନି ତ ? ଯେମିତି ତା ତଣ୍ଟି ଚିପିଥିଲୁ ?" ସୁରେନ୍ଦ୍ର ଚମକି ପଡ଼ିଲେ । ସ୍ତ୍ରୀକୁ ଜୀବନରେ ମାରିଦେବା ଲାଗି ସୁରେନ୍ଦ୍ର ସବୁ କୌଶଳ ସ୍ଥିର କରିଥିଲେ । କିନ୍ତୁ 'ମାଇକିନା'ଟା ଖସି ପଳେଇଗଲା । ସେଇ ରାତିଟାରେ ଦଉଡ଼ି ଦଉଡ଼ି ଯାଇ ଥାନାରେ ପହଞ୍ଚିଗଲା । ତାପରେ କେସ୍ ହେଲା । ସେଇ କେଶ୍‌ରେ ସୁରେନ୍ଦ୍ର ସାତଦିନ ହାଜତକୁ ଯାଇଥିଲେ । ବେଶ୍ କିଛି ପଇସା ଖର୍ଚ୍ଚ ହେଲା । ମାତ୍ର ତାପରେ ଆଉ ଚିନ୍ତା ନାହିଁ । ଜଂଜାଳ ଯାଇଛି, ପୁଅଝିଅ ଦିଇଟି ବି ତା ସାଙ୍ଗରେ ଯାଇଛନ୍ତି । ଛଅମାସ ନିଲମ୍ବିତ ହୋଇ ବସିବା ପରେ ସେ ଚାକିରିକୁ ଫେରିଛନ୍ତି । କିନ୍ତୁ ସିଏ ନିଜ ସ୍ତ୍ରୀର ତୋଟି ଚିପି ମାରିବାକୁ ଚାହୁଁଥିବା କଥା ଏ ବୁଢ଼ୀ ଜାଣିଲା କେମିତି ?

ତାଙ୍କର ମନେ ପଡ଼ିଲା, ଜଣେ ଜଣେ ସିଦ୍ଧ ବୁଢ଼ୀ ଥାଆନ୍ତି । ଯେଉଁ ଝିଅମାନେ ଜନ୍ମ ହେଲାବେଳେ ବାଁ ଗୋଡ଼ ଆଗେ ମାଟିରେ ପକେଇ ଜନ୍ମ ହୋଇଥାଆନ୍ତି ସେମାନେ କୁଆଡ଼େ ସିଦ୍ଧ ହୁଅନ୍ତି । ସେଭଳି ସିଦ୍ଧ ଯାହା ଦେହରେ ହାତ ବୁଲେଇ ଦେବେ, ସିଏ ରୋଗରୁ ଭଲ ହେଇଯିବ । ମଣିଷର ଦି ଆଖି ମଝିର କପାଳକୁ ଚାହିଁ ସେମାନେ ତାର ଭୂତ ଭବିଷ୍ୟତ କହିଦିଅନ୍ତି । ଏ ବୁଢ଼ୀଟା ସେଇଆ ନୁହେଁ ତ ? ସୁରେନ୍ଦ୍ରଙ୍କୁ ଭୟ ଲାଗିଲା । ଚାକିରିକୁ ଫେରିଥିଲେ ସୁଦ୍ଧା କେସ୍‌ଟି ହାଇକୋର୍ଟରେ ଅଛି । କାଳେ, କଣ ହୋଇଯିବ, ସେ ଚିନ୍ତା ତାଙ୍କୁ ଘାରୁଥିଲା ।

ଯଶୋଦା ଡାକିଲା, "ଘରଟା ଭିତରେ ତୁ ଏବେ ଏକଲା ମଣିଷ । ସବୁ ଜିତିଛୁ, ସବୁ ପାଇଛୁ । କିନ୍ତୁ ଗୋଟେ ମାଇପିର ମନ ଜିଣି ପାରିଲୁ ନାହିଁ । ଇଏ ଜିଣିବା କି ଜିଣିବା ?"

ସୁରେନ୍ଦ୍ର ଖରାବେଳେ ଚିଲମେ ଗଂଜେଇ ଭିଡ଼ିଥିଲେ । ବୁଢ଼ୀ କଥା ଶୁଣି

ସେ ଗଂଜେଇ ନିଶା ଛାଡ଼ିଗଲା । ତା କଥାଗୁଡ଼ିକ ତାଙ୍କ ଦେହରେ କଣ୍ଟା ପରି ଗଳି ଯାଉଥିଲା ।

ସୁରେନ୍ଦ୍ର କେନ୍ଦ୍ରାପଡ଼ାର ଗୋଟେ ଗାଁର ଝୁମ୍ପୁଡ଼ି ଘରୁ ଆସିଥିଲେ । ଏବେ କିନ୍ତୁ ତାଙ୍କର ଦି ଦିଇଟା କୋଠାଘର । କିନ୍ତୁ ସେ ଘର ଭିତରେ 'ଘର' କାହିଁ ? ନା ସ୍ତ୍ରୀ ଅଛି, ନା ପୁଅ ନା ଝିଅ ? ମାଇକିନାଟା ଗଲାବେଳେ ପିଲା ଦିହିଁଙ୍କର ଫଟୋଗୁଡ଼ା ବି ନେଇଯାଇଛି । ଏବେ ସେ ଘରର କାନ୍ଥ ଉପରେ ଖାଲି ସୁରେନ୍ଦ୍ରଙ୍କର ନିଶୁଆ ଫଟୋଟେ ଝୁଲୁଛି, ଯେମିତି ଥାନା ଭିତରେ ଆସାମୀର ଫଟୋ ।

ସେ ଚଢ଼ାଗଳାରେ କହିଲେ, "ଏ ବୁଢ଼ୀ, କଣ ବିଡ଼ବିଡ଼ ହେଉଛୁ, ଆଁ ?" କିନ୍ତୁ ଭିତରେ ସୁରେନ୍ଦ୍ରଙ୍କୁ ଭୟ ଲାଗୁଥିଲା ।

ବୁଢ଼ୀ ଯଶୋଦା ଏତିକିବେଳେ ତକିଆତଳୁ ଗୋଟେ ସିନ୍ଦୂର ଡବା ବାହାର କଲା । ତା ଭିତରୁ ସିନ୍ଦୂରଗୁଡ଼ାକ କାଢ଼ି ମୁହଁରେ ବୋଳି ହେଇ ସୁରେନ୍ଦ୍ରକୁ ଅନେଇଲା । ସେ ଏବେ ଗୋଟେ ସିନ୍ଦୂରବୋଳା ଠାକୁରାଣୀ ପରି ଦିଶୁଥିଲା । ବଡ଼ ପାଟିରେ କହିଲା, "ଯାଉଛୁ ନା ଏଠୁ ? ଏ ମାଇପି ୱାର୍ଡରେ ତୋର କି କାମ ?'' ତାପରେ ଯଶୋଦା ତା ଅଣ୍ଟାତଳ, ଛାତି ଓ ପେଟକୁ ଦେଖେଇ କହିଲା, "ନମକହାରାମ ପୁରୁଷପଲ, ତମର ମାଇପିଙ୍କ ଏଇ ଜାଗାରେ ସବୁ କାମ । ସେତକ କାମ ସରିଗଲେ କୁଆଡ଼େ ଯାଇ ମରରେ ଗାତପଶା ? କୁଆଡ଼େ ଯାଅ ? କୁଆଡ଼େ ?"

ଯଶୋଦା ପାଗଳୀ ପରି ଛାତି ବାଡ଼େଇ ଚିତ୍କାର କରୁଥିଲା । ତା ଖଟତଳୁ ଛିଣ୍ଡା ଜରି, ପୁରୁଣା ଡବା, ଟିଣ ବେଲା ଓ କାଗଜଠୁଙ୍ଗାକୁ ୱାର୍ଡସାରା ଫିଙ୍ଗାଫୋପାଡ଼ା କରି ସେ ତା ମନକୁ ଯାହା ଆସୁଥିଲା ତାହା କହୁଥିଲା ।

ତା ପାଟି ଶୁଣି ଭୟରେ ସୁରେନ୍ଦ୍ର କେତେବେଳୁ ସେଠୁ ପଳେଇ ଯାଇଥିଲେ । ୱାର୍ଡର ଅନ୍ୟ ରୋଗୀ ଓ ତାଙ୍କ ସଂପର୍କୀୟମାନେ ଏସବୁ ଦେଖି କାଠ ହେଉଥିଲେ । ଯଶୋଦା ପାଖକୁ ନର୍ସ ଦି ଜଣ ଅସ୍ତବ୍ୟସ୍ତ ହୋଇ ଦଉଡ଼ି ଆସିଲେ । ପାଖ ୱାର୍ଡର ଡାକ୍ତର ବି । ସେମାନେ ବୁଢ଼ୀକୁ ଧରିନେଇ ତା ଅଣ୍ଟାରେ ଗୋଟେ ନିଦ ଇଂଜେକ୍ସନ ଫୋଡ଼ିଦେଲେ ।

ଧୀରେ ଧୀରେ ଯଶୋଦା ନିସ୍ତେଜ ହୋଇ ଆସିଲା । ନର୍ସଟିଏ ତାକୁ ତା ଖଟ ଉପରେ ଶୁଆଇଦେଲା । ତା ମୁଣ୍ଡ ଆଉଁଶିଦେଇ ତା ଦେହରେ କମ୍ବଳ ଘୋଡ଼େଇଦେଲା ।

ଯଶୋଦା ଆଖିପତା ବନ୍ଦ କରୁ କରୁ ବିଳିବିଳଉଥାଏ, "କୁଆଡ଼େ ଯିବି ? କୁଆଡ଼େ ଯିବି ?"

■

ପୋଡ଼ାଭୂଇଁ

ଶନିବାର ସକାଳ।

ଜୟନ୍ତୀର ଘର ସାମ୍ନା ଶାଗୁଆ ଘାସ ଉପରେ ଦିଇଟି ସାଧବବୋହୂ ଆଗପଛ ହୋଇ ଚାଲିଥିଲେ। ସେମାନଙ୍କୁ ଦେଖି ଜୟନ୍ତୀର ମନେ ହେଉଥିଲା, ପୃଥିବୀରେ କୌଣସି ଚିନ୍ତା କି ଦକ ଯେମିତି ଏ ନାଲି ରେଶମି ପୋକ ଯୋଡ଼ିକଙ୍କର ନାହିଁ। ସେ ତା ସାନ ଭଉଣୀ ଦମୟନ୍ତୀକୁ ଡାକିଲା, 'ଏ ଦମି, ଆ, ଆ, ସାଧବବୋହୂ ଦେଖିବୁ।"

ଦମୟନ୍ତୀ, ଯିଏ କି ଅଣ୍ଡାଜ୍ୱରର ବାହାନା କରି ସ୍କୁଲ ଯାଇ ନ ଥିଲା, ସେ ଏତେଶୀଘ୍ର ବାପାଙ୍କ ଆଖିରେ ଧରାପଡ଼ିବାକୁ ଚାହୁଁ ନ ଥିଲା। ବାପା ଅଫିସ୍ ଯାଇ ନାହାନ୍ତି। ସେ ଯାଇସାରନ୍ତୁ, ତାପରେ ପଛକେ ସେ ଚାଦରଟାକୁ ଫିଙ୍ଗିଦେଇ ବଡ଼ଭଉଣୀ ସାଙ୍ଗରେ ଖେଳିବ। ବଡ଼ଭଉଣୀ ଇଞ୍ଜିନିୟରିଂ ପଢୁଛି। ସବୁ ପରୀକ୍ଷାରେ ସେ ଫାଷ୍ଟ ଡିଭିଜନ୍‌ରେ ପାଶ୍ କରେ। ତାକୁ ବାପା କିଛି କହନ୍ତି ନାହିଁ। ସିଏ ବି ଫୁଲେଇ। ଦମୟନ୍ତୀ ମୁହଁ ମୋଡ଼ିଦେଲା। କହିଲା, "ତୁ ଦେଖ୍। ମୁଁ ମୋ ପ୍ରଜାପତିର ନାଚ ଦେଖୁଛି।" କହିସାରିଲା ପରେ ସେ ଭାବିଲା ଅପା ପାଖକୁ ଯାଇଥିଲେ ଭଲ ହେଇଥାଆନ୍ତା। ଅପା ଯୋଗୁଁ ସିନା ସେ ଛୁଟିଟା ପାଇଛି।

ଗତ ତିନିଦିନ କାଳ ଝଡ଼ିବର୍ଷା ଲାଗି ରହିଥିଲା। ଚାରିଆଡ଼ ଚପର ଚପର ଓ କାଦୁଆ ଓଦାଳିଆ। ଘରର ଟେବୁଲ୍, ଚଉକି ଓ ବିଛଣାପତ୍ର ସୁଦ୍ଧା କେମିତି ଓଦାଳିଆ ଲାଗୁଥିଲା। ଆଜି ସକାଳୁ କାଚ ପରି ଚିକିମିକି ଖରା ବିଛାଡ଼ି ପଡ଼ିଛି। ବାଡ଼ିପଟ ବଗିଚାରେ ଗୋଟେ ସୁନେଲି ରଙ୍ଗର ପ୍ରଜାପତି ଭେଣ୍ଡିଗଛର ଫୁଲ ଉପରେ ଉଡ଼ିବୁଲୁଥାଏ। ତାକୁ ଲକ୍ଷ୍ୟ କରୁଥାଏ ଦମୟନ୍ତୀ। ସିଏ ଏଥର ମାଟ୍ରିକ୍ ପରୀକ୍ଷା ଦେବ। କାଲି ବର୍ଷା ଯୋଗୁଁ ସ୍କୁଲ ଯାଇ ନ ଥିଲା। ଆଜି ଜ୍ୱର ଯୋଗୁଁ। ଅବଶ୍ୟ 'ଜ୍ୱର'ଟା ତା ନିଜର ଆବିଷ୍କାର। ଅପା ପାଖେ ଦମୟନ୍ତୀ ସତ କହିଥିଲା, ଦିନ ବାରଟାବେଳେ ତାର

ପ୍ରିୟ ସିନେମାଟି ଟିଭିରେ ଦେବ। ଶନିବାରରେ ଅଧାଦିନ ସ୍କୁଲ୍, ବେଶି କିଛି ପଢ଼ାପଢ଼ି ହେବ ନାହିଁ। 'ତୁ ଟିକେ ବାପାଙ୍କୁ କହିଦେ।'

ଜୟନ୍ତୀ ସାନଭଉଣୀର 'ଷଡ଼୍‌ଯନ୍ତ୍ର'ରେ ସାମିଲ୍ ହୋଇଥିଲା। ବାପା ଖବରକାଗଜ ପଢୁଥିଲାବେଳେ ସେ ଦମୟନ୍ତୀର କପାଳରେ ହାତ ବୁଲେଇ କହିଥିଲା, 'ଆରେ! ତୋ ଦେହ କାହିଁକି ଟିକେ ଉଷୁମ ଲାଗୁଛି।'

ବାପା ସାନଝିଅକୁ ବେଶି ଆଦର କରନ୍ତି। ସେ ଉଠି ଆସୁଥିଲେ ନିଜେ ହାତମାରି ଦମୟନ୍ତୀର ଜ୍ୱର ଦେଖିଥାନ୍ତେ। ସେମିତି ହୋଇଥିଲେ ଦି ଭଉଣୀ ଧରା ପଡ଼ିଥାଆନ୍ତେ। ଜୟନ୍ତୀ ବୁଦ୍ଧି ଖଟେଇ ଦମୟନ୍ତୀକୁ ଘର ଭିତରକୁ ନେଇଗଲା। "ଏଠି ପଙ୍ଖା ପବନରେ ବସ୍‌ନା। ଚାଲ୍, ମୁଁ ତୋତେ ସାଲ୍ ଘୋଡ଼େଇ ଦିଏ।"

ଅତି ଆଜ୍ଞାଧୀନ ଛାତ୍ରୀ ପରି ଦମୟନ୍ତୀ କହିଲା, 'ଆଜି ସ୍କୁଲ୍ ଅଛି!'

ଖବରକାଗଜ ପଢୁ ପଢୁ ବାପା କହିଥିଲେ, "ଆଜି ତ ଶନିବାର। ତୁ ନ ଯା। ଦିଇଟା ବଟିକା ଖାଇଦେଲେ ସୋମବାରକୁ ପୂରା ଭଲ ହୋଇଯିବୁ।"

ଦି ଭଉଣୀ ଆଖିରେ ଆଖିରେ ପରସ୍ପରକୁ ପ୍ରଶଂସା କରିଥିଲେ। ଦମୟନ୍ତୀ କୃତଜ୍ଞତା ଜଣାଇବା ମୁଦ୍ରାରେ କହିଥିଲା, ହେଉ, ମୋ ଉପରେ ତୋର ଗୋଟିଏ ଉପକାର ରହିଲା। ମୁଁ ଶୁଝେଇଦେବି।

ସାନ ଝିଅ କ୍ୱାର୍ଟର୍ସ ପଛ ପରିବା ବଗିଚାରେ ପ୍ରଜାପତି ଓ ବଡ଼ଝିଅ ଘର ଆଗ ଘାସ ଉପରେ ସାଧବବୋହୂ ଦେଖୁଥିବାବେଳେ ବାପା ସନ୍ତୋଷ ମେଲାଘରେ ବସି ପଡ଼ୋଶୀ ନାରାୟଣବାବୁ ଏବଂ କଳିଙ୍ଗନଗର ନାଗରିକ କମିଟି ସେକ୍ରେଟାରୀ ଦୁର୍ଗାଚରଣବାବୁଙ୍କ ସଙ୍ଗେ କଲୋନିଟିର କେତେକ ସମସ୍ୟା ନେଇ ଆଲୋଚନା କରୁଥିଲେ। ସନ୍ତୋଷ କଅଁର ଜିଲ୍ଲା ହାଇସ୍କୁଲର ଇଂରାଜୀ ଶିକ୍ଷକ। ଏଇ କଲୋନିର ବେଶିଭାଗ ଲୋକ ସରକାରୀ ଚାକିରିରୁ ଅବସର ନେଇଥିବା କର୍ମଚାରୀ। ତାଙ୍କ ସାଙ୍ଗରେ କିଛି ପ୍ରଫେସର, ଡାକ୍ତର, ଇଞ୍ଜିନିୟର ବି ଅଛନ୍ତି। କଲୋନିଟି ଜିଲ୍ଲା ସଦର ମହକୁମାଠାରୁ ମାତ୍ର ସାତ କିଲୋମିଟର ଦୂର।

ଦୁର୍ଗାଚରଣ କହୁଥିଲେ, "ମଣିଷ ନିଜର ଉପକାର ପାଇଁ ମଠ ମନ୍ଦିର ଓ ଉପାସନା ପୀଠ ଗଢ଼ିଥିଲା। ଧର୍ମ ପ୍ରଚାର କରିଥିଲା। ଏବେ ଦେଖ ସେଇ ଧର୍ମଲାଗି ମଣିଷ ମଣିଷର ଶତ୍ରୁ।"

ସକାଳର ଖବରକାଗଜ ଦରମେଲା ହୋଇ ପଡ଼ିଥିଲା। ସେଥିରେ ରାଜଧାନୀରେ ବୋମା ବିସ୍ଫୋରଣ, ବିହାରରେ ବନ୍ୟା ଏବଂ ଝାଡ଼ଖଣ୍ଡରେ ମାଓବାଦୀଙ୍କ ଆକ୍ରମଣ ସାଙ୍ଗକୁ କନ୍ଧମାଳରେ ହିନ୍ଦୁ-ଖ୍ରୀଷ୍ଟିୟାନଙ୍କ ଦଙ୍ଗା ଖବର ସବୁ ପ୍ରଥମ ପୃଷ୍ଠାରେ

ବାହାରିଥିଲା। ଭିତର ପୃଷ୍ଠାରେ ଟିକିଏ ସାନ ଅକ୍ଷରରେ ଜମ୍ମୁ-କାଶ୍ମୀରରେ ଅମରନାଥ ଯାତ୍ରୀଙ୍କ ପ୍ରସଙ୍ଗ ନେଇ ଗଣ୍ଡଗୋଳ ଖବର। ଦୁର୍ଗାଚରଣବାବୁ ଚା କପ୍‌ରେ ଆଉ ଗୋଟେ ଢୋକ ଲଗେଇ ନାରାୟଣବାବୁଙ୍କୁ ପଚାରିଲେ, 'ଆପଣଙ୍କ ମତ କଣ ?'

ସନ୍ତୋଷ ଆଗତୁରା କହିଲେ, 'ଭଗବାନ ତ ମଣିଷର ଭୟରୁ ସୃଷ୍ଟି। ସିଏ ମଣିଷକୁ ରକ୍ଷା କରିବେ କେମିତି ?'

: ଭଲ କଥାଟିଏ କହିଲେ ତ ! ରୁହନ୍ତୁ, ରୁହନ୍ତୁ, ମୁଁ ଭାବେ। କଣ କହିଲେ, ମଣିଷର ଭୟରୁ ଭଗବାନଙ୍କ ସୃଷ୍ଟି ? ଦୁର୍ଗାଚରଣବାବୁ ପୁନରାବୃତ୍ତି କଲେ।

: ଆଉ କଣ ? ମଣିଷ ତା କଳ୍ପନାରୁ ବ୍ରହ୍ମା, ବିଷ୍ଣୁ, ହନୁମାନ, ଦୁର୍ଗା, କାଳୀ, ଲକ୍ଷ୍ମୀ ଏସବୁ ତିଆରି କରିଛି। ଆମର 'ଧରଣୀପେନୁ' ବି କଳ୍ପନା।

ନାରାୟଣବାବୁ କହିଲେ, ''ଆପଣ ଖୁବ୍ ଯୁକ୍ତିବାଦୀ ସନ୍ତୋଷବାବୁ। ମୋର ଈର୍ଷା ହେଉଛି। ଆପଣ କେତେବେଳେ ଏତେ କଥା ଚିନ୍ତା କରନ୍ତି ?''

ସନ୍ତୋଷ କହିଲେ, "ଏ କଣ ମୋ ନିଜର ଚିନ୍ତା ? ବହିପଢ଼ା କଥାଗୁଡ଼ାକ। ମୋତେ ଅଯଥାରେ ପ୍ରଶଂସା କରନ୍ତୁ ନାହିଁ।''

: ହେଉ, ବହି ପଢୁଛନ୍ତି, ଚିତ୍ର ଆଙ୍କୁଛନ୍ତି, ଗୀତ ଗାଉଛନ୍ତି। ଆପଣ ତ ଥ୍ରୀ ଇନ୍ ୱାନ୍।

: ଫୋର୍ କୁହନ୍ତୁ। ସନ୍ତୋଷବାବୁ ଭଲ ବଂଶୀ ବି ବଜାନ୍ତି। - ନାରାୟଣବାବୁ କହିଲେ।

: ଆରେ ହଁ। ଗଲା ହୋଲି ସଞ୍ଜରେ ଆପଣ ତ କଲୋନିର କୃଷ୍ଣ ପାଲଟି ଯାଇଥିଲେ। ସମସ୍ତେ ଖାଲି ଆପଣଙ୍କୁ ଅନଉଥିଲେ। କି ସୁନ୍ଦର ରାଗଟେ ବଜଉଥିଲେ ମ ?

ସନ୍ତୋଷ ହସି ହସି କହିଲେ, "ସେଇଟା ରାଗ ବାହାର୍। ଛାଡ଼ନ୍ତୁ ସେ କଥା। କାମ କଥା କୁହନ୍ତୁ।"

ଦୁର୍ଗାଚରଣ କହିଲେ, "ହଁ, ଆପଣ ଚିଠିଟେ ତିଆରି କରିଦିଅନ୍ତୁ। ଆମେମାନେ ସେଥିରେ ଦସ୍ତଖତ କରିଦେବୁ। ମୁଁ ତ ଆପଣଙ୍କୁ କହିଥିଲି, ସବୁ କଥା ସେଥିରେ ଲେଖିବେ। କଲୋନିଟେ ଗଢ଼ି ଘର ବିକିଦେଲେ ସିନା, ହାଉସିଂ ବୋର୍ଡ ଆମକୁ କୌଣସି ସୁବିଧା ଯୋଗାଇଦେଇ ନାହାନ୍ତି। ନା ପୋଷ୍ଟ ଅଫିସ୍, ଡାକ୍ତରଖାନା ନା ବସ୍‌ଷ୍ଟାଣ୍ଡ୍। କି ହଇରାଣ ନ ହେଉଛୁ ଆମେ।''

ନାରାୟଣ ଏହାକୁ ସମର୍ଥନ କଲେ। ସେ କିଛିବର୍ଷ ତଳେ ବିବେକାନନ୍ଦଙ୍କ ଚିକାଗୋ ଭାଷଣର ଶତବାର୍ଷିକୀ ଉତ୍ସବରେ ଯୋଗଦେବାକୁ କୋଲ୍‌କାତା ଯାଇଥିଲେ। ତାଙ୍କ ପରି

ବାହାର ରାଜ୍ୟର ପ୍ରତିନିଧିମାନଙ୍କୁ ସହରଠାରୁ ଷାଠିଏ କିଲୋମିଟର ଦୂର ଗୋଟେ ନବନିର୍ମିତ କଲୋନିରେ ରଖାଯାଇଥିଲା। ଘର କିଣିଥିବା ଲୋକ କେହି ଆସି ନ ଥାନ୍ତି, ଅଥଚ କଲୋନିରେ ସମସ୍ତ ସୁବିଧା ଯୋଗାଇ ଦିଆ ସରିଥାଏ। ପାର୍କ, ପୋଷ୍ଟ ଅଫିସ୍, ଖେଳପଡ଼ିଆ ସବୁକିଛି। ଓଡ଼ିଶାରେ ସବୁ ଓଲଟା। ଏଠି କଲୋନି ଗଢ଼ା ସରିବାର ଦଶ ପନ୍ଦର ବର୍ଷ ପରେ ମଧ୍ୟ ସର୍ବନିମ୍ନ ସୁବିଧା ମିଳେ ନାହିଁ।

ସନ୍ତୋଷ ପରିସ୍ଥିତିକୁ ହାଲୁକା କରିବା ପାଇଁ କହିଲେ, "ଅସୁବିଧା ଅଛି ବୋଲି ଆମର ଏକତା ଅଛି।"

ତିନିହେଁ ହସିଲେ।

ସନ୍ତୋଷ କହିଲେ, "ମୁଁ ଦରଖାସ୍ତ ଲେଖିଦେବି। କାଲି ସଞ୍ଜବେଳେ ସମସ୍ତେ ଦସ୍ତଖତ କରିଦେବା। ଏବେ ଆମେ ଉଠିବା?"

: ହଁ, ହଁ। - ନାରାୟଣବାବୁ ଅଧିକ ବ୍ୟସ୍ତ ହେଲେ। ସିଏ ତାଙ୍କ ଝିଅକୁ ସ୍କୁଲରେ ଛାଡ଼ି ଅଫିସ୍ ଯିବେ।

ଫେରିବାବେଳେ ଦୁର୍ଗାଚରଣ କହିଲେ, "ସନ୍ତୋଷ କଅଁର ଲୋକଟି କେତେ ଗୁଣର ଦେଖିଲେ? ଲୋକଟାର ଟିକିଏ ଗର୍ବ ନାହିଁ। ଜାଣିବ, ଫଳନ୍ତି ଗଛଟେ। ଅଥଚ କଥା କହିଲେ ଫୁଲ ପରି ମହକୁଛି। ଆଦିବାସୀ କୁଳରେ ଏପରି ଲୋକ ପୁଣି ଥାଆନ୍ତି?

ନାରାୟଣବାବୁ ମୁଣ୍ଡ ହଲେଇଲେ। କହିଲେ, 'ବିଚରାର ଗୋଟିଏ ଦୁଃଖ, ଅସମୟରେ ସ୍ତ୍ରୀଟି ଚାଲିଗଲା। ଚାହିଁଥିଲେ ହୁଏତ ସେ ଆଉ ଗୋଟେ ବାହାହୋଇ ପାରିଥାଆନ୍ତା। ମାତ୍ର ଝିଅ ଦିଇଟିଙ୍କ ପାଇଁ ବାହା ହେଲା ନାହିଁ। ଝିଅଯୋଡ଼ିକ ତାର ଦୁଇ ଆଖି। ନ ହେଲେ ଚାଳିଶ ବୟାଳିଶ ଗୋଟେ କି ବୟସ?'

ସେମାନେ ସନ୍ତୋଷ କଅଁରଙ୍କର ପ୍ରଶଂସା କରୁଥିଲେ। ଏ କଲୋନିରେ ସାତବର୍ଷ ହେଲା ସମସ୍ତେ ଏକାଠି ରହୁଛନ୍ତି। ଭୋଜିଭାତ, ସଂକୀର୍ତ୍ତନ, ହୋଲି ଏବଂ ପୂଜାପର୍ବାଣି ସବୁଥିରେ ସନ୍ତୋଷ ଆଗରେ ରହନ୍ତି। କୌଣସି ଗୋଟିଏ କାମ କହିଲେ ସେ ପଛଘୁଞ୍ଚା ଦିଅନ୍ତି ନାହିଁ। ସ୍ତ୍ରୀ ଚାଲିଯିବା ପରେ କେତୋଟି ବର୍ଷ ଉଦାସ ରହୁଥିଲେ। ମାତ୍ର ପତ୍ର ଝଡ଼ିଯାଇଥିବା ଡାଳର କୋଳକୁ ପୁଣି ନୂଆପତ୍ର ଲେଉଟି ଆସିବା ପରି ପୁରୁଣା ଉତ୍ସାହ ଫେରି ଆସିଥିଲା ସନ୍ତୋଷଙ୍କ ପାଖକୁ। ଦିନେ ସେ ଚିନ୍ତା କଲେ, ଯାହା ନାହିଁ ତା ପାଇଁ ଝୁରିହେବା ଅପେକ୍ଷା, ଯାହା ଅଛି ତାକୁ ହିଁ ଉପଭୋଗ କରିବା ଭଲ। ଏହା ପରଠାରୁ ସେ ସ୍ତ୍ରୀଙ୍କ କଥା ଭାବି ନାହାନ୍ତି।

ବଡ଼ଝିଅ ଜୟନ୍ତୀ ଭଲ ପଢୁଛି। ତାର କମ୍ପ୍ୟୁଟର ଇଞ୍ଜିନିୟର ହେବାକୁ ଇଚ୍ଛା। ସାନଟି ଗେହ୍ଲା ଓ ଅଳସୁଆ। କମ୍ ପରିଶ୍ରମରେ ଅଧିକ ଫଳ ପାଇବା ତାର ଲକ୍ଷ୍ୟ। ତା

କଥା ଚିନ୍ତା କରି ସନ୍ତୋଷ ହସନ୍ତି। ତାର ଇଚ୍ଛା ସେ ଫ୍ୟାସନ୍ ଡିଜାଇନ୍‌ରେ ଯିବ, ନ ହେଲେ ଗୀତ ଗାଇବ। ସନ୍ତୋଷ ବୁଝାନ୍ତି, ଭାରତରେ ଗୀତ ଗାଇ କି ନାଚ ନାଚି କ୍ୟାରିୟର ଗଢ଼ିବା ଯେମିତି କଷ୍ଟ, ଓଡ଼ିଶାରେ ଫେସନ ଡିଜାଇନିଂ କରି ପ୍ରତିଷ୍ଠା ପାଇବା ସେମିତି କଷ୍ଟ। ଦମୟନ୍ତୀ ବରଂ ବଡ଼ଭଉଣୀ ପରି ଇଞ୍ଜିନିୟରିଂ କିମ୍ବା ଏମ୍‌ବିଏ ପଢ଼ିବା ପାଇଁ ଲକ୍ଷ୍ୟ ରଖିବା ଦରକାର।

ପଡ଼ୋଶୀମାନେ ଯିବା ପରେ ସନ୍ତୋଷ ଗାଧୋଇବା ଲାଗି ଉଠିଗଲେ। ଗଲାବେଳେ ବଡ଼କୁ କହିଲେ, 'ଜୟନ୍ତୀ, ମୋ ଖାଇବା ବାଢ଼ିଦେ। ଆଉ ଦମିକୁ ଗୋଟେ ସିନାରେଷ୍ଟ ବଟିକା ଦେ।'

ଜୟନ୍ତୀ ସେତେବେଳେ ରାସ୍ତା ସେପଟ ଘରର ବାଲ୍‌କୋନି ଉପରୁ ଫଟୋ ଉଠଉଥିବା ମନୋଜ ଆଡ଼େ ଚାହିଁଥିଲା। ମନୋଜ ତାରି ସାଙ୍ଗ। ଉଭୟେ ସେଣ୍ଟ୍ରାଲ୍ ସ୍କୁଲ୍‌ରେ ପଢୁଥିଲେ। ଏବେ ସେ ଭୁବନେଶ୍ୱରରେ ଯାଇ ଇଞ୍ଜିନିୟରିଂ ପଢୁଚି। ଛୁଟିରେ ଘରକୁ ଆସିଛି। ଜୟନ୍ତୀର ଧାରଣା ହେଲା - ମନୋଜ ଫଟୋ ଉଠେଇବା ଅପେକ୍ଷା ତା ନୂଆ କ୍ୟାମେରାଟିକୁ ଦେଖେଇବା ପାଇଁ ଏପଟ ସେପଟ ହେଉଥିଲା।

ଜୟନ୍ତୀ ହସିଦେଲା। ଆଗକୁ ଝୁଙ୍କି ପଡ଼ିଥିବା ଚୁଟିଗୁଡ଼ାକୁ ଏକାଠି କରି ପଛକୁ ଠେଲିଦେଲା। ତାର କଳା ଓ ଘଞ୍ଚ ବାଳ କେରାକ ଖୁବ୍ ଲମ୍ବା। ବାପାଙ୍କ ପାଇଁ ଖାଇବା ବାଢ଼ିଦେବା ଲାଗି ଭିତରକୁ ଯିବା ଆଗରୁ ମନୋଜକୁ ଶୁଣେଇ ଶୁଣେଇ କହିଲା, 'ଏପଟ ସେପଟ ହେଲେ କଣ ସାଧାରଣ କ୍ୟାମେରା ଭିଡିଓ କ୍ୟାମେରା ହେଇଯାଏ ନା କଣ ?'

ମନୋଜ ରାଗିଗଲା। ପାଠରେ ଟିକେ ଆଗୁଆ ବୋଲି ଜୟନ୍ତୀ ତାକୁ ଗୁରୁତ୍ୱ ଦିଏ ନାହିଁ; ମାତ୍ର କିଛି କହିପାରିଲା ନାହିଁ। ସେ ଅନେଇଲା ବେଳକୁ ଜୟନ୍ତୀ ବୁଲିପଡ଼ି ତାକୁ ହିଁ ଚାହିଁଥିଲା। ସିଏ ଲାଜେଇଗଲା। ଜୟନ୍ତୀର ଗୋଲାପୀ ଫ୍ରକ୍‌ର ରଙ୍ଗ ସକାଳ ତା ଦେହରେ ଆଞ୍ଜୁଳାଏ ରଙ୍ଗ ଲେସିଦେଲା।

॥ ଦୁଇ ॥

ସନ୍ତୋଷ କଅଁରଙ୍କ ଘର ଫୁଲବାଣୀ ତୁମୁଡ଼ିବନ୍ଧରେ। ଏବେ ଦି ହଜାର ଆଠରେ ଯେଉଁଠି ପାଣ-କନ୍ଧ ବିବାଦ ନେଇ ନିଆଁ ଜଳୁଛି, ସେଇଠି। କନ୍ଧମାଳର ନାଁ ସନ୍ତୋଷ ଜନ୍ମ ହେଲାବେଳକୁ ଫୁଲବାଣୀ ଥିଲା। ଉଣେଇଶ ଶହ ନବେ ମସିହାରେ ଓଡ଼ିଶାର ତେରଟି ଜିଲ୍ଲା ବଢ଼ି ତିରିଶ ହେଲେ। ବୌଦ-ଫୁଲବାଣୀ ଭାଗ ଭାଗ ହେଇ ବୌଦ୍ଧ ଓ କନ୍ଧମାଳ ଏମିତି ଦିଇଟି ଜିଲ୍ଲା ହୋଇଗଲା।

ସନ୍ତୋଷଙ୍କ ପିଲାଦିନ ଫୁଲବାଣୀର ନିଘଞ୍ଚ ଜଙ୍ଗଲ ଭିତରେ ବିତିଛି - ଯେଉଁଠି ଦିନ ଦିପହର ରାସ୍ତା ଉପରେ ସୁଦ୍ଧା ଅନ୍ଧାର ଓ ନିର୍ଜନତା ପରସ୍ପରକୁ ଭେଟନ୍ତି। ବାପା କହୁଥିଲେ, କେଉଁ 'ପେନୁ'ର ଅଭିଶାପ ଯୋଗୁଁ କେଜାଣି ଏଠି ପ୍ରତି ବାରବର୍ଷରେ ଥରେ ପାଣ-କନ୍ଧ ବିବାଦ ଲାଗେ। ଠେଙ୍ଗା-ବାଡ଼ି ବାହାରେ। ଏ ବିବାଦ ଗୋଟିଏ ଗାଁରୁ ଆଉ ଗୋଟିଏ, ସେ ଗାଁରୁ ଦୂରଛଡ଼ା ଆଉ ଗୋଟିଏ ଗାଁ ଏମିତି ସବୁଆଡ଼େ ବ୍ୟାପିଯାଏ। ମୁଣ୍ଡ ଫାଟେ, ରକ୍ତ ବହେ। ପୁଲିସ ଜିପ୍ ଗାଁ ଗାଁରେ ପଇନ୍ତରା ମାରେ।

ନିଜେ ସନ୍ତୋଷ ବି ଥରେ ଦେଖିଛନ୍ତି ଏ ଅବସ୍ଥା। ତାଙ୍କ ବିଚାରରେ ଯେଉଁ ଚର୍ଚ୍ଚ ଓ ମନ୍ଦିରମାନ ଜିଲ୍ଲାସାରା ତିଆରି ହେଇଛି, ସେଇସବୁ ଉପାସନା ପୀଠରୁ ଷଡ଼ଯନ୍ତ୍ରର ସୂତ୍ର ବାହାରେ। ଯେଉଁଠି ଦିନ ଆଲୁଅରେ ପ୍ରେମ, ସ୍ନେହ ଓ କରୁଣା ବିଷୟରେ ପ୍ରବଚନ ଦିଆଯାଏ, ସେଇଠୁ ରାତି ଅନ୍ଧାରରେ ଅନ୍ୟ ଧର୍ମର ମଣିଷଙ୍କୁ ନିଜ ଧର୍ମକୁ ଭିଡ଼ିଓଟାରି ଆଣିବା ଲାଗି କିମ୍ବା ତାହା ସମ୍ଭବ ନ ହେଲେ ତାକୁ ଜୀବନରୁ ମାରିଦେବା ଲାଗି 'ପ୍ରେରଣା' ମିଳେ।

ସନ୍ତୋଷଙ୍କ ବାପା ରୋଡ୍ ଟ୍ରାନ୍ସପୋର୍ଟ କମ୍ପାନିରେ ଡ୍ରାଇଭର ଥିଲେ। ସେ ପିଲାଦିନେ ସନ୍ତୋଷଙ୍କୁ କହୁଥିଲେ, କନ୍ଧମାଳ ଜିଲ୍ଲାରେ ପ୍ରଥମେ କେବଳ କନ୍ଧ ରହୁଥିଲେ। ସେମାନେ ଆଦିବାସୀ, ତାଙ୍କ ଭାଷା କୁଇ ଭାଷା। ପରେ ପାଖ ଗଞ୍ଜାମ ଓ ନୟାଗଡ଼ ଅଞ୍ଚଳରୁ ପାଣମାନେ ଆସିଲେ। ସେମାନେ ଗାଈ ଓ ଛେଳି ଚରେଇ କୁଟୁମ୍ବ ପୋଷିଲେ। ସେତେବେଳେ ଏ ଜିଲ୍ଲାର ବହୁତ ଲୋକ ମ୍ୟାଲେରିଆ, ଝାଡ଼ାବାନ୍ତି ଓ ମସ୍ତିଷ୍କ ଜ୍ୱରରେ ପଡୁଥିଲେ। ସରକାରଙ୍କ ଡାକ୍ତର କି ଔଷଧ ଏଠି ପହଞ୍ଚୁ ନ ଥିଲା। ଖ୍ରୀଷ୍ଟିଆନ ମିସ୍‌ନାରୀମାନେ ଆସି ଔଷଧପତ୍ର ଦେଲେ। ଲୋକେ ତାଙ୍କୁ ଆଦର କଲେ। ଧୀରେ ଧୀରେ ମିସ୍‌ନାରୀମାନେ ବାହାରୁ ଆସିଥିବା ପାଣମାନଙ୍କୁ ତାଙ୍କ ଧର୍ମକୁ ନେଇଗଲେ। ପାଣମାନେ ବି ଖୁସିରେ ଗଲେ। ସେମାନେ ହିନ୍ଦୁଧର୍ମରେ ଥିଲେ ବି ସେମାନଙ୍କୁ ସମ୍ମାନ ମିଳୁ ନ ଥିଲା। ସବର୍ଣ୍ଣମାନେ ତାଙ୍କୁ ପାଖ ପୂରାଉ ନ ଥିଲେ। ସେମାନେ ଖ୍ରୀଷ୍ଟିଆନ ହେବା ପରେ, କିଛି ସରଳ ଆଦିବାସୀଙ୍କୁ ମଦ ପିଆଇ, ମିଠାକଥା କହି ଖ୍ରୀଷ୍ଟିଆନ୍ ଧର୍ମକୁ ନେଇଗଲେ।

ଫୁଲବାଣୀ ପାହାଡ଼, ଜଙ୍ଗଲ ଓ ଝରଣା କୂଳରେ ଏମିତି କେତେ କେତେ ଘଟଣା ଘଟିଚାଲିଲା। କାଳିଆ, ଝୁମ୍ପୁରା, ଅସନା ଲେଙ୍ଗୁଟିପିନ୍ଧା ମଣିଷମାନେ ଏ ଧର୍ମରୁ ସେ ଧର୍ମ ଓ ସେ ଧର୍ମରୁ ଏ ଧର୍ମକୁ ଡେଉଁଥିବାବେଳେ ସରକାର କି ବାହାର ଜିଲ୍ଲାର ଲୋକ ପାଟି ଫିଟଉ ନ ଥିଲେ। କିନ୍ତୁ ଧୀରେ ଧୀରେ ବିବାଦ ବଢ଼ିଲା। ପାଣ ଖ୍ରୀଷ୍ଟିଆନ୍‌ମାନେ ଗୋରୁ ମାରିଲେ। ଜମିରୁ 'ଧରଣୀପେନୁ' ଖୁଣ୍ଟ ବାହାର କରି ଫୋପାଡ଼ି ଦେଲେ। ତାପରେ ଶିବ ଓ ମଙ୍ଗଳାଙ୍କ ସହ ଯୀଶୁ ଓ ମ୍ୟାରୀଙ୍କ ଲଢ଼େଇ ଲାଗିଲା।

ସେଇ ପର୍ଯ୍ୟନ୍ତ କହି ତା ବାପା ନିରବ ହୋଇଯାଆନ୍ତି।

ସନ୍ତୋଷ ବୁଝିପାରନ୍ତି, 'ଏବେ ପରସ୍ପର ପ୍ରତି ଏତେ ଘୃଣା ଜମିଯାଇଛି ଯେ ତାହା ଆଉ କଦାପି ଦୂର ହେବ ନାହିଁ। ଖ୍ରୀଷ୍ଟିଆନ୍‌ମାନେ ପାଠ ପଢ଼ିଲେ, ଚାକିରି ପାଇଲେ, ହରିଜନଙ୍କୁ ହରିଜନ ରହିଲେ ପୁଣି ଖ୍ରୀଷ୍ଟିଆନ୍ ବି ହେଲେ। ହିନ୍ଦୁ ବାବା-ମା ମାନେ ଗେରୁଆ ପିନ୍ଧି, ଅରୁଆ ଖାଇ ଓ ମିସ୍‌ନାରୀମାନେ 'ହେନ୍, ପେନ୍, ଲେଡି ଓ ପ୍ୟାଡି' ଜରିଆରେ ତାଙ୍କ ଧର୍ମକୁ ନଷ୍ଟ କରୁଛନ୍ତି ବୋଲି କହି ସଂକୀର୍ତ୍ତନ କରୁଥିବାବେଳେ ଲକ୍ଷ ଲକ୍ଷ ଗରିବ ଲୋକ ନିଜ ନିଜ ଚାଳଘର ଉପରେ କାଠପଟା ତିଆରି 'କ୍ରସ୍' ଖୋଷି ଚାଲିଥିଲେ।

ସନ୍ତୋଷର ବାପା ଦଶବର୍ଷ ତଳୁ ଚାଲିଗଲେଣି। ବ୍ରହ୍ମପୁରରେ ସେ ଆଖି ବୁଜିଲେ। ମଲା ପୂର୍ବରୁ କହୁଥିଲେ, ଏବେ ଆଉ ବଣ ଜଙ୍ଗଲରେ ଶାନ୍ତି ନାହିଁ। ବାଘ ଭାଲୁ ସିନା ମରିଗଲେ; କିନ୍ତୁ ତାଙ୍କ ଆତ୍ମା ମଣିଷ ଭିତରେ ପଶିଗଲା। ସେମାନେ ରକ୍ତ ଖୋଜୁଛନ୍ତି। ତୁ ପାଠ ପଢ଼ିଛୁ। ସହରରେ ରହିବୁ। ଗାଁ କଥା ମନରୁ ପୋଛିପକା।

ସନ୍ତୋଷ ଚେଷ୍ଟା କରିଛନ୍ତି। କିନ୍ତୁ ସତରେ କଣ ମନରୁ ପୋଛି ପକେଇଛନ୍ତି ନିଜ ଗାଁକୁ ?

ଏସବୁ କଥା ଭାବିଲେ ମନ ଉଦାସ ହୋଇଉଠେ। କାହା ବିରୋଧରେ ଅଭିଯୋଗ କରିବେ ? ଆଦିବାସୀ କୁଳରେ ଜନ୍ମ ହୋଇଛନ୍ତି, ପଢ଼ିଛନ୍ତି ମିସ୍‌ନାରୀ ସ୍କୁଲରେ, ଭାରତୀୟ ବୋଲି ଭାବିବାକୁ ଗର୍ବ ଲାଗେ। ଗାଁରେ ଥିବାବେଳେ କୁଇ ଭାଷାରେ କଥା ହେଉଥିଲେ, ପାଠ ପଢ଼ାନ୍ତି ଇଂରାଜୀ ସାହିତ୍ୟ, ଏ ସହରର ଲୋକମାନଙ୍କ ସହ କଥା ହୁଅନ୍ତି ଓଡ଼ିଆରେ।

ସେ ଗୋଟେ ଦୀର୍ଘଶ୍ୱାସ ନେଲେ। ଭାବିଲେ ଧର୍ମ କି ଦେବତା କେହି ନ ଥିବାବେଳେ ମଣିଷ ନିଶ୍ଚୟ ଭଲରେ ଥିଲା। ସେଥିପାଇଁ ଧର୍ମ କଥା ପଡ଼ିଲେ ସେ ପ୍ରାୟ ନିରବ ରହନ୍ତି ନ ହେଲେ ପଦେଅଧେ କହି ସେ ପ୍ରସଙ୍ଗ ଏଡ଼େଇ ଯାଆନ୍ତି।

ଏଇ ସ୍କୁଲ ଶିକ୍ଷକତାରେ ପଚିଶ ବର୍ଷ ବିତିଗଲାଣି। ଛାତ୍ରଛାତ୍ରୀମାନେ ତାଙ୍କୁ ସମ୍ମାନ ଦିଅନ୍ତି। ସେଲି, ବାଇରନ୍, ବର୍ଣ୍ଣାଡ ଶ ଓ ସେକ୍ସପିଅର ପଢ଼େଇ ସେ ବହୁତ ଆତ୍ମସନ୍ତୋଷ ପାଆନ୍ତି। ସ୍କୁଲ ନ ଥିବାବେଳେ ଚିତ୍ର ଆଙ୍କନ୍ତି, ନ ହେଲେ ବଇଁଶୀ ବଜାନ୍ତି।

॥ ତିନି ॥

ବାପା ଅଫିସ୍ ଚାଲିଗଲା ପରେ ଜୟନ୍ତୀ ସାମ୍ନା ଗେଟ୍‌ରେ ତାଲା ଦେଇଥିଲା। ମେଲାଘର କବାଟ ଆଉଜେଇ ଦେଇ ଆସିଲା ବେଳକୁ ସାନଭଉଣୀ ଘୋଡ଼ି ହୋଇଥିବା ସାଲ୍‌ଟା ଫିଙ୍ଗିଦେଇ ନାଚୁଛି। ଟି.ଭି. ଚାଲିଛି।

ଜୟନ୍ତୀ କହିଲା, 'ପ୍ରଜାପତି ଧରିଲୁ ?'

: ଉଡ଼ିଗଲା । କାଲିକି ଧରିବି ।

: କାଲି ? ତୁ ବୋଧହୁଏ ଜାଣିନୁ, ଗୋଟେ ଗୋଟେ ପ୍ରଜାପତିଙ୍କ ଆୟୁଷ ମାତ୍ର ଗୋଟିଏ ଦିନ । ସକାଳେ ସୁନେଲି ଚିକିଚିକି ରଙ୍ଗ, ରାତିକୁ ନାହିଁ - ଜୟନ୍ତୀ କହିଲା ।

ଦମୟନ୍ତୀ ରିମୋଟ୍‌ର ସୁଇଚ୍‌ଗୁଡ଼ାକୁ ଟିପାଟିପି କରି ଚ୍ୟାନେଲ୍ ବଦଳଉଥିଲା ।

ଜୟନ୍ତୀ କହିଲା, 'ତୁ ଗାଧୋଇ ଆସି ଖାଇ ଦେ । ଥରେ ଟିଭି ପାଖରେ ବସିଲେ ତ ଆଉ ଉଠିବାକୁ ମନ କରିବୁ ନାହିଁ ।'

ଦମୟନ୍ତୀ ସେଇମିତି ସୋଫା ଉପରେ ବସି ଜବାବ ଫେରେଇଲା, 'ମୋତେ ପରା ଜ୍ୱର ହୋଇଛି ।'

ଦିହେଁ ହସିଉଠିଲେ ।

।। ଚାରି ।।

ରବିବାର ସକାଳ ।

ଗେଟ୍ ପାଖରେ ପଡ଼ିଥିବା ଖବରକାଗଜଟି ଆଣି ଦାଢ଼ି ଖିଅର ହେଉଥିବା ବାପାଙ୍କ ହାତକୁ ବଢ଼େଇ ଦମୟନ୍ତୀ କହିଲା, 'କାଗଜ ।'

ସନ୍ତୋଷ ପଚାରିଲେ, 'ତୋ ଜ୍ୱର ଛାଡ଼ିଲା ?'

ସେତିକିବେଳେ ଗୋଟେ ପୁଲିସ ଜିପ୍ ଆସି ସନ୍ତୋଷଙ୍କ ଘର ସାମ୍ନାରେ ରହିଲା । ସନ୍ତୋଷ ଭାବିଲେ, ପାଖ ପାନ ଦୋକାନରୁ କିଛି କିଣାକିଣି କରିବା ପାଇଁ ବୋଧହୁଏ ଡ୍ରାଇଭର ତା ଗାଡ଼ି ଠିଆ କରିଛି । ମାତ୍ର ଜିପ୍‌ରୁ ଜଣେ ସବ୍‌ଇନିସ୍‌ପେକ୍ଟର ଓ ଆଉ ଜଣେ କନେଷ୍ଟବଳ ଆସି ତାଙ୍କର ଘରର କବାଟ ଠକ୍ ଠକ୍ କଲେ ।

ପୁଲିସକୁ ଦେଖି ଦମୟନ୍ତୀ ଭିତରକୁ ପଳେଇଲା । ବଡ଼ ଭଉଣୀକୁ ଯାଇ କହିଲା, 'ପୁଲିସ ଆସିଛି ।'

ସବ୍‌ଇନିସ୍‌ପେକ୍ଟର ପଚାରିଲେ, 'ଏସ୍. କଅଁର ଏଇଠି ଅଛନ୍ତି ?'

ସନ୍ତୋଷ ତଉଲିଆରେ ମୁହଁ ପୋଛିପକେଇ ଦୁଆର ପାଖକୁ ଗଲେ । କହିଲେ: 'ମୋ ନାଁ ସନ୍ତୋଷ କଅଁର ।'

: ଥାନାକୁ ଚାଲନ୍ତୁ । - ପୁଲିସର ରୋକ୍‌ଠୋକ୍ ନିର୍ଦ୍ଦେଶ ।

ସନ୍ତୋଷ ଆଶ୍ଚର୍ଯ୍ୟ ହେଲେ । ତାଙ୍କୁ ଥାନାକୁ ଡକରା ଯାଉଛି କାହିଁକି ? ପୁଲିସ

ସାଙ୍ଗେ ତ ତାଙ୍କର କିଛି ସମ୍ପର୍କ ନାହିଁ! କେବେ କୌଣସି ମାମଲାରେ ସେ ସାକ୍ଷୀ କି ଜାମିନ ପଡ଼ି ନାହାନ୍ତି। ତାହାହେଲେ କଣ ସ୍କୁଲରେ କିଛି ଗଣ୍ଡଗୋଳ ହେଲା କି ? ସେ ପଚାରିଲେ, 'କିନ୍ତୁ କାହିଁକି ?'

: ସେସବୁ ଥାନାରେ। ତୁମ ନାମରେ ୱାରେଣ୍ଟ ଅଛି। ଆଉ ଶୁଣ, ତୁମ ମୋବାଇଲ୍ ଫୋନ୍‌ଟା ଆଣି ମୋତେ ଦିଅ।

ସନ୍ତୋଷ କଚାଡ଼ି ପଡ଼ିଲା ପରି ଅନୁଭବ କଲେ। ପିଲାଦିନୁ ପୁଲିସ ପ୍ରତି ତାଙ୍କର ଭୟ।

ସେତେବେଳକୁ ରାସ୍ତା ସେପଟ ଘର ବାରନ୍ଦାରୁ ମହପାତ୍ରବାବୁ, ତାଙ୍କ ସ୍ତ୍ରୀ ଓ ପୁଅ ମନୋଜ ସନ୍ତୋଷଙ୍କ ଘରକୁ ଚାହିଁ ଦେଖୁଥିଲେ। ତାଙ୍କର ଘରର ବାଁ ପଟେ ନାରାୟଣବାବୁଙ୍କ ଘର। ସିଏ ସକାଳବୁଲାରୁ ଫେରି ନ ଥିଲେ। ଡାହାଣପଟେ ସାମ୍ବାଦିକ ରମେଶବାବୁ ରହନ୍ତି। ସେ ସବୁଦିନ ରାତିଅଧରେ ଫେରନ୍ତି ଓ ଦିପହରକୁ ଉଠନ୍ତି। ଏବେ ବି ସେ ଶୋଇଥିବେ। ସନ୍ତୋଷ ବୁଲିପଡ଼ି ନିଜ ଦି ଝିଅଙ୍କୁ ଦେଖିଲେ। ଜୟନ୍ତୀ ମୁହଁରେ ଭୟ ଥିଲେ ବି ଦୃଢ଼ତା ଅଛି। ଦମୟନ୍ତୀ କିନ୍ତୁ ଭୟରେ ଥରୁଥାଏ।

ସନ୍ତୋଷ ପୁଲିସକୁ କହିଲେ, 'ମୁଁ ଟିକେ ହେଡ୍‌ମାଷ୍ଟରଙ୍କୁ ଗୋଟେ ଫୋନ୍ କରିଦିଏ।'

ଏସ୍.ଆଇ. କହିଲେ, 'ନା, ଆଗେ ଥାନାକୁ ଚାଲନ୍ତୁ।'

ନିଜ ପିଲାମାନଙ୍କୁ 'ସାଙ୍ଗେ ସାଙ୍ଗେ ଆସିବି' କହି ପୁଲିସ ସାଙ୍ଗରେ ଯାଇଥିବା ସନ୍ତୋଷ ଦିନ ଦୁଇଟା ଯାଏ ଫେରିଲେ ନାହିଁ। ସେପର୍ଯ୍ୟନ୍ତ ଜୟନ୍ତୀ ଓ ଦମୟନ୍ତୀ ଦୁଇଟି ମୂର୍ତ୍ତି ପରି ମେଲାଘରେ ବସିଥିଲେ। ପାଖ ପଡ଼ିଶାରୁ କେହି ହେଲେ ଆସି ତାଙ୍କୁ କିଛି ପଚାରି ନାହାନ୍ତି। ଘର ଆଗ ରାସ୍ତାରେ ସ୍ୱାଭାବିକ ଗାଡ଼ିମଟର ଶବ୍ଦ। କେହି କେହି ଟିକିଏ ଅଟକି ଅନେଇ ଦେଉଥାଆନ୍ତି ଓ ତାପରେ ଚାଲିଯାଉ ଥାଆନ୍ତି। ସକାଳୁ ଦି ଭଉଣୀ କିଛି ଖାଇ ନାହାନ୍ତି; କିନ୍ତୁ ସେମାନଙ୍କୁ ଭୋକ ଲାଗୁ ନ ଥାଏ। ଜୟନ୍ତୀ ମଝିରେ ଉଠିଯାଇ ତା ମାଆର ଫଟୋ ଆଗରେ ହାତଯୋଡ଼ି ବସିଯାଉଥାଏ। ତା ଆଖିରୁ ଲୁହଧାର ଗଡ଼ିଚାଲିଥାଏ।

ଏ ସମୟରେ କାହାକୁ ଡାକିବ ଜୟନ୍ତୀ ? ନାରାୟଣ ମଉସାଙ୍କ ସ୍ତ୍ରୀ ସକାଳେ ସବୁକଥା ଦେଖିଥିଲେ। କିନ୍ତୁ ତା ସତ୍ତ୍ୱେ ସେମାନଙ୍କ ପାଖକୁ ଟିକିଏ ଆସି ନାହାନ୍ତି କି ସେମାନଙ୍କୁ କିଛି ପଚାରି ନାହାନ୍ତି। ପ୍ରେସ୍ ଅଙ୍କଲଙ୍କୁ ଯାଇ ପଚାରିଲେ ହୁଏତ ସେ କିଛି କହନ୍ତେ।

ସେ ଦମୟନ୍ତୀକୁ କହିଲା, 'ତୁ ଟିଭି ଦେଖୁଥା, ମୁଁ ଟିକିଏ ପ୍ରେସ୍ ଅଙ୍କଲଙ୍କ ଘରୁ ଯାଇ ଆସେ।'

ଦମୟନ୍ତୀ କହିଲା, 'ହଉ, ଆମେ ଘରେ ଚାବିଦେଇ ଯିବା। ବାପାଙ୍କ ଫୋନ୍‌ଟା ଥିଲେ ଦୁର୍ଗା ମାଉସାଙ୍କୁ ପଚାରି ଥାଆନ୍ତେ।'

ସାମ୍ବାଦିକ ରମେଶ ସାହୁ 'ସତ୍ୟସମ୍ବାଦ'ର ସାମ୍ବାଦିକ। ସେ ଖବରକାଗଜଟି ଅନିୟମିତ ହେଲେ ସୁଦ୍ଧା ଏହି ଛୋଟ ସହରରେ ରମେଶଙ୍କର ଖୁବ୍ ପ୍ରତିପତ୍ତି। ତାଙ୍କ ପରି ଜଣେ ସାମ୍ବାଦିକ ଥାଉ ଥାଉ, ସନ୍ତୋଷ କଅଁର ପରି ଗୋଟେ ଆଦିବାସୀ ମାଷ୍ଟରକୁ କଲୋନିର ଲୋକମାନେ ଅତ୍ୟଧିକ ଗୁରୁତ୍ୱ ଦେଉଥିବାରୁ ସେ ବହୁଦିନୁ କ୍ଷୁବ୍ଧ। ମାତ୍ର ଏକଥା ସେ ପଦାରେ ପ୍ରକାଶ କରନ୍ତି ନାହିଁ। ଅନ୍ୟପକ୍ଷରେ କଲୋନିର ଲୋକମାନେ ଚର୍ଚ୍ଚା କରନ୍ତି, ପାଟପୁରର ଏକ ଅନାଥାଶ୍ରମ ସହ ରମେଶ ସାହୁ ସାମ୍ବାଦିକର ସମ୍ପର୍କ ଅଛି। ସେଇ ଅନାଥାଶ୍ରମ ବେଆଇନ ଭାବେ ବିଦେଶୀ ଲୋକଙ୍କୁ ପିଲା ବିକ୍ରୟ କରିଥାଏ।

ଦମୟନ୍ତୀ ଯାଇ କବାଟ ଖଟ୍‌ଖଟ୍ କଲା। ରମେଶ ସାହୁ କବାଟ ଖୋଲିଲେ ଓ ପଚାରିଲେ, 'ଏଠିକି କାହିଁକି ଆସିଛ ?'

: ବାପାଙ୍କୁ ପୁଲିସ ଧରିନେଇଛି।

: ନେବ ନାହିଁ ? ତୁମ ବାପା ନକ୍ସଲଙ୍କ ସହ ହାତ ମିଳେଇଛି। ପୁଲିସ ତ ନିଶ୍ଚୟ ନେବ।

ନକ୍ସଲ ? ଜୟନ୍ତୀ ଏ ଶବ୍ଦଟା କେତେଥର ଟିଭିରୁ ଶୁଣିଛି। ଖବରକାଗଜରେ ବି ପଢ଼ିଛି। ସେମାନେ ଖୁବ୍ ଭୟଙ୍କର ଲୋକ। ତାଙ୍କ ହାତରେ ବନ୍ଧୁକ, କମରରେ ଛୁରୀ ଓ ମଥାରେ ଲାଲ୍ ପଟି। ସେମାନେ ଲୋକମାନଙ୍କୁ କିଲିବିଲିଆ କରି ମାରିପକାନ୍ତି। କିନ୍ତୁ ତା ବାପା ତ ମଶାଟେ ମାରିବାକୁ ହାତ ଉଠାନ୍ତି ନାହିଁ। ସେ ନକ୍ସଲ ହେଲେ କେମିତି ? ସେ ଖୁବ୍ ଡରିଗଲା। ତା ଦେହ ଥରିବାକୁ ଲାଗିଲା। ହାତ ଝାଳେଇଗଲା। ସେ ଛେପଢୋକି ଆଉ କଣ ପଚାରିବାକୁ ଯାଉଥିଲା, 'ପ୍ରେସ୍ ଅଙ୍କଲ୍' ଜୋର୍ କରି କବାଟ ବନ୍ଦ କରିଦେଲେ।

ଏତେ ସମୟ ଧରି ଯେଉଁ ସାହସ ଟିକକୁ ଜୟନ୍ତୀ ନିଜ ଭିତରେ ସାଇତି ରଖିଥିଲା, ସେଇଟି କୁଆଡ଼େ ହଜିଗଲା। ସେ ସାନଭଉଣୀକୁ ପଚାରିଲା, 'ଆମେ ଏବେ କଣ କରିବା ଦମି ?'

ଦମୟନ୍ତୀ କହିଲା, 'ଚାଲ୍, ଦୁର୍ଗା ମଉସାଙ୍କ ଘରକୁ ଯିବା। ସେ ଭାରି ଭଲ ଲୋକ। ସେ ମୋତେ ଆଦର କରନ୍ତି।'

ଜୟନ୍ତୀ ଗୋଟେ ପ୍ୟାଣ୍ଟ୍ ଓ ଟି-ସାର୍ଟ ପିନ୍ଧିଥିଲା। ସାନ ଭଉଣୀ ଦମୟନ୍ତୀ ରାତିରେ ପିନ୍ଧିଥିବା ଲୋଚାକୋଚା ଫ୍ରକ୍ ପିନ୍ଧିଥିଲା। ଏବେ ଆଉ ପୋଷାକପତ୍ର ଆଡ଼କୁ ନଜର

ନାହିଁ। ଦୁର୍ଗାଚରଣବାବୁ ପଡ଼ିଆ ସେପଟ ଏଚ୍‌ଆଇଜି ବ୍ଲକ୍‌ରେ ରହନ୍ତି। ଏମାନେ ଏଲ୍‌ଆଇଜି ବ୍ଲକ୍‌ର। ବାଟରେ ଗଲାବେଳେ ଜୟନ୍ତୀ ନାନା କଥା ଭାବୁଥାଏ। ସେ ଶୁଣିଛି, ପୁଲିସ କାହାକୁ ଧରିନେଲେ ଓକିଲ ଦରକାର ପଡ଼ନ୍ତି। ଦୁର୍ଗାଚରଣ ମଉସାଙ୍କ ସାଙ୍ଗେ ତା ବାପାଙ୍କର ଭଲ ସମ୍ପର୍କ। ପ୍ରତି ସପ୍ତାହରେ ଥରେ ଦି ଥର ସିଏ ତାଙ୍କ ଘରକୁ ଯାଆନ୍ତି ନ ହେଲେ ବାପା ଯାନ୍ତି ଦୁର୍ଗାଚରଣଙ୍କ ଘରକୁ। ସିଏ ପୂଜା କମିଟିର ସେକ୍ରେଟାରୀ। ସେ ନିଶ୍ଚୟ ସେମାନଙ୍କୁ ସାହାଯ୍ୟ କରିବେ।

ଦି ଭଉଣୀ ଦୁର୍ଗାଚରଣଙ୍କ ଘରେ ପହଞ୍ଚି ଗେଟ୍ ଖୋଲିଲାବେଳକୁ କୁକୁରଟା ଭୋ ଭୋ ଶବ୍ଦ କରି ଧାଇଁ ଆସିଲା। ଦମୟନ୍ତୀ ବଡ଼ ଭଉଣୀର ପଛପଟେ ଲୁଚିଗଲା।

: କିଏ ? - ଦୁର୍ଗାଚରଣଙ୍କ ସ୍ତ୍ରୀ ଭିତରପଟୁ ଥାଇ ପଚାରୁଥିଲେ।

ଜୟନ୍ତୀର ପାଟି ଅଠା ଅଠା ହୋଇ ଯାଇଥିଲା ଓ ତାକୁ ଶୋଷ ଲାଗୁଥିଲା। ସେ କହିଲା, 'ଆମେ ସନ୍ତୋଷ କଅଁରଙ୍କ ଝିଅ, ମାଉସୀ।'

ମାଉସୀ କବାଟ ଖୋଲିଦେଲେ। ଡାକିଲେ, 'ଭିତରକୁ ଆସ।'

ଦୁର୍ଗାଚରଣ ବୋଧହୁଏ ମେଲାଘରେ ବସି ଟିଭି ଦେଖୁଥିଲେ। ଉଠିଆସି କହିଲେ, 'ଏ ଝିଅ। ତମେ ଯାଅ। ପଛରେ କଥାହେବା। ତୁମ ବାପା ହାର୍ଡକୋର୍ ନକ୍ସଲ ବୋଲି ମୁଁ ଜାଣିଥିଲେ ତା ସଙ୍ଗେ କେବେ ସମ୍ପର୍କ ରଖି ନ ଥାନ୍ତି। ତୁମେ ଦିହେଁ ଏଠୁ ଗଲ। ଟିଭିରେ ତୁମ ବାପାର ଫଟୋ ଏବେ ଦେଖଉଥିଲା। ଥାନା ଲୁଟି ଓ ପୁଲିସ ମର୍ଡର ଅପରାଧୀର ମୋବାଇଲ୍ ଫୋନ୍‌ରୁ ପୁଲିସ ତୁମ ବାପାର ନମ୍ବର ପାଇଯାଇଛି। ଏବେ ତୋ ବାପା ସାଙ୍ଗରେ ଯେଉଁ ଯେଉଁମାନଙ୍କର ସମ୍ପର୍କ ଅଛି ସେମାନଙ୍କୁ ପୁଲିସ ଖୋଜୁଛି।' ତାପରେ ସେ ଅନ୍ୟ ଆଡ଼କୁ ଅନେଇ ମନ୍ତବ୍ୟ ଦେଲେ, 'କି ବିପଦରେ ପଡ଼ିଲା ମଣିଷ !'

ଜୟନ୍ତୀ କହିଲା, 'ଆପଣ ତ ମୋ ବାପାଙ୍କୁ ଭଲ ଭାବେ ଜାଣନ୍ତି ମଉସା। ସିଏ କଣ ନକ୍ସଲ ? ଚାଲନ୍ତୁ, ଆମେ ଓକିଲ ନେଇ ଥାନାକୁ ଯିବା।'

ତା କଥା ସରିନାହିଁ, ଦୁର୍ଗାଚରଣବାବୁ କହିଲେ, 'ଥାନାକୁ ଯାଇ ଲାଭ କଣ ? ତମ ବାପାଙ୍କୁ ମୁଁ କେତେ ବା ଜାଣିଛି ? ଆଜିକାଲି ବେଳ ଯାହା, କିଏ କାହାକୁ କିମିତି ଜାଣିବ ? ପୁଲିସ ପାଖେ ପ୍ରମାଣ ନ ଥିଲେ ସିଏ କଣ ଆରେଷ୍ଟ କରିଥାନ୍ତା ?'

ଦୁର୍ଗାଚରଣଙ୍କ ମୁହଁ ଗୋଟେ ବିଲୁଆର ମୁହଁ ପରି ଦିଶୁଥିଲା।

ଜୟନ୍ତୀ ନିରାଶ ହେଲା। ପଚାରିଲା, 'ବାପାଙ୍କୁ ସେମାନେ କୋଉଠି ରଖିଥିବେ କହିପାରିବେ ? ଆମେ ଟିକେ ଯାଆନ୍ତୁ।'

: ପାଟପୁର ପୁଲିସ ତ ନେଇଥିଲା। ଏବେ ତାଙ୍କୁ ଏସ୍‌ପି ଅଫିସ୍‌କୁ ନେଇଯିବେଣି। ତୁମେ ଦିହେଁ ଏଠୁ ଗଲ।

ସେ ଅଧିକ ସମୟ କଥା ହେବାକୁ ଚାହୁଁ ନ ଥିଲେ। ଯେତିକି ସମୟ ଝିଅ ଦିହିଁଙ୍କ ସାଙ୍ଗେ କଥା ହେଉଥିଲେ ସେତିକି ସମୟ ସେ କନକନ ହୋଇ ଏଣେତେଣେ ଚାହୁଁଥିଲେ। ଜୟନ୍ତୀ ଫେରିଆସିଲା। ପଛରୁ ମଉସାଙ୍କ ସ୍ତ୍ରୀ କହୁଥିଲେ, 'କେତେଥର କହିଛି, ଏ ଆଦିବାସୀ ଲୋକଗୁଡ଼ାଙ୍କୁ ବିଶ୍ୱାସ କର ନାହିଁ। ମୋ କଥା ଶୁଣିଲେ ସିନା! ସବୁଦିନ ତା ସାଙ୍ଗେ ଲଟର ପଟର। ଏବେ ହଇରାଣ ହେବ।'

ରାସ୍ତା ଉପରେ ଟାଣ ଖରା। ଆଗରେ ଚଉଛକି। ଜୟନ୍ତୀ କୁଆଡ଼େ ଯିବ ବୁଝିପାରୁ ନ ଥିଲା। ସେ ଗୋଟେ ଟେଲିଫୋନ୍ ବୁଥ୍‌କୁ ଯାଇ ବାପା ନମ୍ବରରେ ଫୋନ୍ କଲା। ବାପା କିନ୍ତୁ ଫୋନ୍ ଧରିଲେ ନାହିଁ। ରେକର୍ଡେଡ୍ ଭଏସ୍ ଶୁଣାଗଲା - ଏହି ଟେଲିଫୋନ୍ ସ୍ୱିଚ୍ ଅଫ୍ ଅଛି। ସେ ତା ପକେଟ୍‌ରେ ହାତ ପୂରେଇଲା। ଗୋଟେ ପାଞ୍ଚଟଙ୍କିଆ କଏନ୍ ତା ହାତରେ ବାଜିଲା। ସେ ପାଖ ଦୋକାନରୁ ବିସ୍କୁଟ୍ ପ୍ୟାକେଟ୍‌ଟିଏ କିଣିଆଣି ଦମୟନ୍ତୀକୁ ଦେଲା। କହିଲା, 'ନେ, ଖା। ଆମେ ଘରକୁ ଯାଇ କିଛି ପଇସା ଆଣିବା। ତାପରେ ମୋ ସାଙ୍ଗ ଦିପାଲୀକୁ ଫୋନ କରିବି। ତୁ ବ୍ୟସ୍ତ ହଅନା। ଆମେ ଥାନାକୁ ଯିବା।'

ଦମୟନ୍ତୀ ମନା କଲା। କହିଲା, 'ଆଗେ ଘରକୁ ଯିବା ଚାଲ୍। ମୋତେ ଭୋକ ଲାଗୁ ନାହିଁ।'

ଜୟନ୍ତୀ ସାନ ଭଉଣୀକୁ ନିଜ ପାଖକୁ ଭିଡ଼ି ନେଲା। ତାର ଦୁଇ ଆଖିରେ ଲୁହ ଟଳମଳ ହେଉଥିଲା। କିନ୍ତୁ ସିଏ କାନ୍ଦିଲେ ସାନଭଉଣୀକୁ ବୁଝେଇବ କିଏ?

ଏଇ କଥା ବାପା କହନ୍ତି, ମା ବି କହୁଥିଲା। ସେ କହିଲା, 'ହେଉ ଘରକୁ ଚାଲ।'

ଦିହେଁ ଘରମୁହାଁ ଫେରୁଥିଲେ। ବେଳ ରତରତ। କିଛି ସମୟ ପରେ ଅନ୍ଧାର ହୋଇଯିବ। ତାଙ୍କ ଘର କେତେ ହାତ ଦୂର ଅଛି, ଜୟନ୍ତୀ ଦେଖିଲା ଶହେରୁ ଅଧିକ ଲୋକ ତାଙ୍କ ଘରର ଗେଟ୍ ସାମ୍ନାରେ ରୁଣ୍ଡ ହେଇଛନ୍ତି। ସେମାନେ ତା ବାପା ନାଆଁରେ ଗାଳିମନ୍ଦ କରୁଛନ୍ତି। କେତେଜଣ ଗେଟ୍‌କୁ ଭିଡୁଛନ୍ତି ଓ ଆଉ କେତେଜଣ ପାଚେରି ଡେଇଁ ଭିତରେ ପଶୁଛନ୍ତି। ସେମାନେ ଘର ଭିତରକୁ ଟେକା ପଥର ଫୋପାଡୁଛନ୍ତି। ତାଙ୍କ ସାଙ୍ଗରେ ସେ ପ୍ରେସ୍ ଅଙ୍କଲ ଓ ମନୋଜକୁ ମଧ୍ୟ ଦେଖିଲା। ଛକ ଗ୍ୟାରେଜ୍‌ର ଦିଇଟି ଟୋକା ତାଙ୍କ ଘରକୁ ଯାଇଥିବା ଟିଭି, ଫୋନ୍ ଓ ବିଜୁଳି ତାରଗୁଡ଼ିକୁ ଓଟାରି ଛିଣ୍ଡାଇବାକୁ ଚେଷ୍ଟା କରୁଥାନ୍ତି।

ସେ ଦମୟନ୍ତୀକୁ ଜାବୋଡ଼ି ଧରିଲା। ନିଜ ଆଖିକୁ ନିଜେ ବିଶ୍ୱାସ କରିପାରୁ ନ ଥିଲା ସେ।

ଲୋକମାନେ ଚିତ୍କାର କରୁଥିଲେ, 'ଘରଟାକୁ ପୋଡ଼ିଦେବା। ସଇତାନ୍‌ଟା ଏଇଠି ଥାଇ ଏସବୁ ନାଟ ଲଗେଇଥିଲା ? ଦେଖିଲେ ଜଣାପଡ଼େ ସାଧୁ ସନ୍ନ୍ୟାସୀ। ଶଳାଟା ଗୋଟେ ଛୁପାରୁସ୍ତମ୍।'

କିନ୍ତୁ ଆଉ କେତେଜଣ ଏ ପ୍ରସ୍ତାବକୁ ବିରୋଧ କରୁଥିଲେ। କଲୋନିର ଘରଗୁଡ଼ାକ ଲାଗିଲାଗି ରହିଛି। ଗୋଟାଏ ଘର ପୋଡ଼ିଗଲେ ଅନ୍ୟ ଘରଗୁଡ଼ାକ ପ୍ରତି ବିପଦ ଆସିବ; ବରଂ ଏହାର କବାଟ ଝରକା ଭାଙ୍ଗିଦେବା ଦରକାର। ଜିନିଷପତ୍ର ନଷ୍ଟ କରିଦେବା ଦରକାର। ତାହା ହେଲେ ସେ ବଦ୍‌ମାସକୁ ଠିକଣା ଜବାବ ମିଳିବ।

ସେତିକିବେଳେ କେହି ଜଣେ କହିଲା, 'ହେଇ, ସେ ଶଳାର ଝିଅ ଦିଇଟା ନା କଣ ? ସେଠି ଠିଆ ହୋଇଛନ୍ତି। ତାଙ୍କୁ ଧରିଆଣ।'

ଅନ୍ୟ ଜଣେ କହିଲା, 'ଝିଅ ? କେତେ ବଡ଼ ?'

: ବଡ଼ ଝିଅଟାକୁ ଏକୋଇଶ-ବାଇଶ ଓ ସାନଟାକୁ ତେର ଚଉଦ ହେବ କି କଣ ?

ଜୟନ୍ତୀ ସେମାନଙ୍କ କଥା ଶୁଣି ପଛକୁ ବୁଲିପଡ଼ିଲା। ତାକୁ କଲୋନିର ଲୋକମାନଙ୍କର କଥାବାର୍ତ୍ତା ଖୁବ୍ ଅଶ୍ଲୀଳ ଲାଗୁଥିଲା। ସେ ସାନର ହାତ ଭିଡ଼ିଧରି କହିଲା, 'ଦମି, ପଳେଇଆ। ଏମାନେ ଆଉ ମଣିଷ ହୋଇ ନାହାନ୍ତି।'

ଦି ଭଉଣୀ ସହରମୁହାଁ ଧାଇଁବାକୁ ଲାଗିଥିଲେ। ଜୟନ୍ତୀକୁ ଲାଗୁଥିଲା, ପଛରୁ ଯେମିତି କିଛି ଲୋକ ତାଙ୍କୁ ଗୋଡ଼ଉଛନ୍ତି। ଧର ଧର, ମାର ମାର କହି ତାଙ୍କ ପଛେ ପଛେ ଧାଇଁଛନ୍ତି। ତାଙ୍କ ହାତରେ ଧରାପଡ଼ିଗଲେ ସେମାନେ ମାରିପକେଇବେ।

ପଛକୁ ଫେରି ଚାହିଁବା ଲାଗି ସେମାନଙ୍କର ସାହସ ହେଉ ନ ଥିଲା। ଯେଉଁ କଲୋନିର ରାସ୍ତାଘାଟ, ଘର ଓ ତାର ଖେଳପଡ଼ିଆ ସେମାନଙ୍କୁ ସବୁଠାରୁ ଭଲ ଲାଗୁଥିଲା ଏବେ ସେଇ କଲୋନି ହଠାତ୍ ତାଙ୍କୁ ଅପରିଚିତ ଲାଗୁଥିଲା।

ଦମୟନ୍ତୀ ପଚାରିଲା, 'ସେମାନେ ଆମ ବଗିଚାଟାକୁ ବି କଣ ଉପାଡ଼ି ଦେବେ ?'

ଜୟନ୍ତୀ କହିଲା, 'ସେମାନଙ୍କ ନଜରରେ ଆମ ବାପା ଅପରାଧୀ। ସେଥିପାଇଁ କଲୋନି ଲୋକ ଆମକୁ ମାରି ଗୋଡ଼େଇଛନ୍ତି।'

ଦୁହେଁ ଗୋଟେ ଗଛମୂଳରେ ଟିକେ ଅଟକିଗଲେ।

ଜୟନ୍ତୀ ବାରମ୍ବାର ପଛକୁ ଘୂରି ଚାହୁଁଥିଲା। ପଛରେ ତାଙ୍କ କଲୋନି, କଲୋନି ମୁଣ୍ଡର ମହାଦେବ ମନ୍ଦିର, ସ୍କୁଲ୍ ପଡ଼ିଆ, ତା ଚାରିପଟେ ଇଉକାଲିପଟାସ୍ ଓ ଚାକୁଣ୍ଡା ଗଛ। ଗୋଟେ ଗଛ ଉପରେ କେତେଟା ବଗ ଚକ୍କର କାଟୁଥିଲେ।

॥ ପାଞ୍ଚ ॥

ମଙ୍ଗଳବାର। ସନ୍ଧ୍ୟା ସାତଟା ବୁଲେଟିନ୍‌ର ଦ୍ୱିତୀୟ ଖବରଟି ଥିଲା, ନକ୍ସଲ ସନ୍ଦେହରେ ଗିରଫ ସ୍କୁଲ ଶିକ୍ଷକ ଖଲାସ୍। କ୍ଷତିପୂରଣ ପାଇଁ ମାନବିକ ଅଧିକାର ସଂଗଠନର ଦାବି।

ଏ ଖବର ଓଡ଼ିଶାର ଚାରିଆଡ଼େ ପ୍ରସାରିତ ହେଲା। କଳିଙ୍ଗନଗର କଲୋନିରେ ବି। ନାରାୟଣବାବୁ, ଦୁର୍ଗାଚରଣ ଓ ସାମ୍ବାଦିକ ରମେଶ ସାହୁ ଏ ଖବର ଶୁଣିଲେ।

ବିପର୍ଯ୍ୟସ୍ତ ସନ୍ତୋଷ କଅଁରଙ୍କ ଘର ସାମ୍ନା ଚା ଦୋକାନରେ ପୁଣି ପରସ୍ତେ ଆଲୋଚନା ହେଲା।

: ଏ ପୁଲିସଗୁଡ଼ା ପଇସା ଦେଇ ପଢ଼ିଛନ୍ତି ନା କୁଣ୍ଢା ଦେଇ ?

: ମୁଁ ପରା ମୂଳରୁ କହୁଥିଲି, ଆମ ସନ୍ତୋଷବାବୁ ସେମିତି ହୋଇ ନ ଥିବେ।

: ସବୁ ଆଦିବାସୀ ଲୋକ କଣ ନକ୍ସଲ ?

: ବିଚରାର କି କ୍ଷତି ନ ହେଲା ? କଲୋନି ଲୋକ ତାର ସବୁ ଜିନିଷପତ୍ର ଭାଙ୍ଗିଦେଲେ।

: ତା ଝିଅ ଦିଇଟା ଗଲେ କୁଆଡ଼େ ? ଆହା, ମା ଛେଉଣ୍ଡ ପିଲା ଦିଇଟା କି ହଇରାଣ ହୋଇ ନ ଥିବେ।

: ଗୋଟେ କାମ କରିବା।

: କଣ ?

: ପାଖକୁ ଆସ। କହିବି।

ଏସବୁ ଆଲୋଚନାକୁ କାନଦେଇ ବୁଢ଼ାଲୋକଟିଏ ଶୁଣୁଥିଲା। ପାଖ ସିମେଣ୍ଟ ଦୋକାନର ଚଉକିଦାର। କହିଲା, ହ୍ୟାପ୍ ବହୁରୂପୀ ଦଳ।

॥ ଛଅ ॥

ସନ୍ତୋଷ କଅଁର ତାଙ୍କ ଘରର ଭଙ୍ଗା ସୋଫା ଉପରେ ଏକକଡ଼ିଆ ହୋଇ ବସିଥିଲେ।

ଦି ପଟେ ଦି ଝିଅ। ସମସ୍ତଙ୍କ ବେଶପୋଷାକ ବିପର୍ଯ୍ୟସ୍ତ ଘରର ଚେହେରା ପରି। ଟିଭି ସେଟ୍‌ର ମନିଟର ଭାଙ୍ଗି ଯାଇଥିଲା ଢେଲା ମାଡ଼ରେ। ଘରର କବାଟ ଝରକା ବସନ୍ତ ରୋଗୀର ମୁହଁ ପରି ଦିଶୁଥିଲା, ଲୁହାରଡ୍ କିମ୍ବା ମୁନିଆ ପଥରର ବାରମ୍ବାର ଆଘାତ ଯୋଗୁଁ।

ବାଡ଼ିପଟ ପରିବା ବଗିଚାରେ ଗୋଟାଏ ହେଲେ ଫୁଲ କି ପରିବା ଗଛ ଅକ୍ଷତ ନ ଥିଲା ।

ଯେଉଁ ବଗିଚାର ଫୁଲ ଉପରେ ତିନିଦିନ ତଳେ ପ୍ରଜାପତି ଉଡୁଥିଲା ନିଶ୍ଚିନ୍ତରେ, ତାହା ଗୋଟେ ଧ୍ୱସ୍ତ ପଡ଼ିଆ ପରି ଦିଶୁଥିଲା ।

ସନ୍ତୋଷ କେଉଁଠୁ ବିପର୍ଯ୍ୟସ୍ତ ଘରକରଣା ସଜାଡ଼ିବା ଆରମ୍ଭ କରିବେ ବୁଝିପାରୁ ନ ଥିଲେ । ଟେବୁଲ୍, ଚଉକି, ଟିଭି, ଫ୍ରିଜ୍ ସବୁକୁ ପୁଣି ହୁଏତ ସଜାଡ଼ି ପାରିବେ, କିନ୍ତୁ ତାଙ୍କ ଭିତରେ ଯାହାସବୁ ଭାଙ୍ଗିରୁଜି ଛାରଖାର ହୋଇଛି ତାହା କଣ ସେ ସଜାଡ଼ି ପାରିବେ ?

ସେ ଭାବୁଥିଲେ, ଓଡ଼ିଶା ଗସ୍ତରେ ଆସିଥିବା ଦିଲ୍ଲୀ ମାନବିକ ଅଧିକାର ସଂଗଠନର ଶ୍ରୀମତୀ ଜାକବ ଯଦି ଜେଲ୍ ପାଖ ଗଛମୂଳେ ବସିଥିବା ତାଙ୍କ ଝିଅ ଦିଇଟିଙ୍କର ଫଟୋ ଉଠେଇ ଏହି ଘଟଣାକୁ ଲୋକମାନଙ୍କ ନଜରକୁ ଆଣି ନ ଥାନ୍ତେ ତାହାହେଲେ ଏପର୍ଯ୍ୟନ୍ତ ସେ ଜେଲ୍‌ର ଚାରିକାନ୍ଥ ଭିତରେ ଥାଆନ୍ତେ !

ସନ୍ତୋଷ ସେଇ କଥାସବୁ ଭାବୁଥିଲେ ।

କେଉଁଟା ସନ୍ତ୍ରାସବାଦ, ସନ୍ଦେହ ଅଭିଯୋଗରେ ସାଧାରଣ ଲୋକକୁ ଜେଲ୍ ଭିତରେ ପୂରେଇ ତାର ସ୍ୱାଭିମାନଟିକୁ ସବୁଦିନ ପାଇଁ ମାରିଦେବା ନା ନିଜ ଅଧିକାର ପାଇଁ ଅସ୍ତ୍ର ଉଠେଇନେବା ? ଇଏ କି ପ୍ରକାର ସ୍ୱାଧୀନତା, ଯେଉଁଠି ନ ବୁଝି ନ ଶୁଝି ଯାହାକୁ ନାହିଁ ତାହାକୁ ଘୋଷାଡ଼ି ନେଉଥିବା କିଛି ୟୁନିଫର୍ମ ପିନ୍ଧା ଲୋକଙ୍କ ହାତରେ ସମର୍ପି ଦିଆଯାଇଛି ଅଖଣ୍ଡ କ୍ଷମତା ?

ଘର ଭିତରେ ଅସ୍ୱସ୍ତିକର ଅନ୍ଧାର ।

ଦେଶପ୍ରେମୀ କଲୋନିବାସୀ, ନକ୍ସଲ ସନ୍ତୋଷ କଅଁର ଘରୁ ଲାଇନ୍ କାଟିଦେଇ ତାକୁ ଶାସ୍ତି ଦେଇଛନ୍ତି !

ଫାଟକ ଗ୍ରୀଲ୍‌ଟାକୁ କିଏ ଖଡ଼ଖଡ଼ କରୁଥିଲା । ସେଇଟି ବି ବଙ୍କା ହୋଇଯାଇଛି । ସନ୍ତୋଷଙ୍କ ଦେହହାତ ଦରଜ ଲାଗୁଥିଲା । ପୁଲିସ ମାଡ଼ର ଦରଜ । ଏକଥା ସେ ପିଲାଦିହିଁଙ୍କୁ କହିନାହାନ୍ତି । ସେ ସେଇଠି ବସିରହି ଜୟନ୍ତୀକୁ କହିଲେ, ‘ଦେଖିଲୁ ମା, କିଏ ଡାକୁଛି ।’

ଜୟନ୍ତୀ ଆଖିରୁ ଲୁହ ପୋଛି ବାପା ପାଖରୁ ଉଠିଲା । ଗଲା ତିନିଦିନର ଘଟଣା ତାକୁ ଗୋଟେ ଭୟଙ୍କର କାହାଣୀ ପରି ମନେ ହେଉଥିଲା । ଦଉଡ଼ି ଦଉଡ଼ି ପାଦ ଥକି ପଡ଼ିଛି, ଦେହହାତ ସବୁ ବିନ୍ଧୁଛି, ଅଭିମାନ ଓ ଲଜ୍ଜାରେ ମନଟା କୁହୁଳୁଛି । ସେ କବାଟ ଖୋଲି ଅନେଇଲା । କେତେଜଣ ଲୋକ ତାଙ୍କ ଦୁଆରମୁହଁରେ ଛିଡ଼ା

ହୋଇଥିଲେ। ସବା ଆଗରେ ଥିବା ଲୋକଟା ହାତରେ ଗୋଟେ ଫୁଲମାଳ ଥିଲା। ଜୟନ୍ତୀକୁ ସେହି ଫୁଲମାଳଟା ଗୋଟେ ଦଉଡ଼ିର ଫାଶ ପରି ଦିଶିଲା। ସେ ଦରମେଲା କବାଟଟାକୁ ଜୋର୍ କରି ବନ୍ଦ କରିଦେଲା।

ସନ୍ତୋଷ ପଚାରିଲେ, 'କଣ ହେଲା ମା ? କବାଟ ବନ୍ଦ କରିଦେଲୁ କାହିଁକି ? କିଏ ଆସିଛନ୍ତି ?'

ଜୟନ୍ତୀ ବଡ଼ ପାଟିରେ କହିଲା, 'ଏମାନେ ମଣିଷ ନା ଆଉ କଣ ମୁଁ ଜାଣିପାରୁନି ବାପା।'

ସନ୍ତୋଷ ଭଙ୍ଗା ଝରକା ବାଟେ ରାସ୍ତାକୁ ଅନେଇଲେ। ଝିଅ ଭୁଲ୍ କଥା କହୁ ନ ଥିଲା।

ସେ ଦୀର୍ଘଶ୍ୱାସ ନେଲେ।

ଜୟନ୍ତୀ କହିଲା, 'ବାପା, ଆମେ ଏଠୁ ଚାଲିଯିବା। ଆଉ ଗୋଟିଏ ମୁହୂର୍ତ୍ତ ବି ଏଠି ରହିବା ନାହିଁ।'

ସନ୍ତୋଷ ଆଖିର ଲୁହକୁ ରୋକିପାରୁ ନ ଥିଲେ।

ତାଙ୍କୁ ସମ୍ବର୍ଦ୍ଧନା ଦେବାକୁ ଆସିଥିବା କଲୋନିର ଲୋକମାନେ କବାଟ ଠକ୍‌ଠକ୍ କରୁଥିଲେ। କିନ୍ତୁ ସନ୍ତୋଷଙ୍କର ସେଥିରେ ଆଗ୍ରହ ନ ଥିଲା। ତାଙ୍କୁ ଏ ପରିଚିତ ଲୋକଙ୍କ କରାଘାତ ଅପରିଚିତ ପୁଲିସ କର୍ମଚାରୀଙ୍କ ପାହାରଠାରୁ ଅଧିକ ନିର୍ଦ୍ଦୟ ମନେ ହେଉଥିଲା।

■

କୋରାପୁଟ

ପୂର୍ଣ୍ଣିମା କୋରାପୁଟରେ ପହଞ୍ଚିବା ଲାଗି ଅଥୟ ହୋଇଯାଉଥିଲା। ସେଥିପାଇଁ ବେଶ୍ ଦ୍ରୁତଗତିରେ ଚାଲୁଥିବା ହୀରାଖଣ୍ଡ ଏକ୍ସପ୍ରେସ୍ ଟ୍ରେନ୍‌ଟା ସୁଦ୍ଧା ତାକୁ ଗେଣ୍ଡା ପରି ଧୀରେ ଧୀରେ ଚାଲୁଥିବା ମନେ ହେଉଥିଲା। ପ୍ରଶାନ୍ତ କହିଥିଲେ, ‘‘ଯେତେ ନିଦ ଲାଗୁଥାଉ ପଛକେ, ତୁମେ ରାୟଗଡ଼ା ପାଖରୁ ନିଦରୁ ଉଠିପଡ଼ିବା ଦରକାର। କାରଣ ସେହିଠାରୁ କୋରାପୁଟ ପର୍ଯ୍ୟନ୍ତ ରାସ୍ତା ଦି କଡ଼ର ସୁନ୍ଦର ଦୃଶ୍ୟ ଦେଖିବାର ସୁଯୋଗ ତୁମେ ଆଦୌ ହରେଇବା ଉଚିତ ନୁହେଁ। ଦିପଟର ପାହାଡ଼, ଜଙ୍ଗଲ ଏବଂ ସୁନ୍ଦର ଆକାଶ ଦେଖିବା ସାଙ୍ଗକୁ ଗୁମ୍ଫା ଭିତରେ ରେଳରାସ୍ତା ଦେଇ ଯିବା ଚମତ୍କାର ଅନୁଭବ।’’

ରାୟଗଡ଼ା ଦୂର ଅଛି। ପୂର୍ଣ୍ଣିମା ଆଗରୁ ଉଠିପଡ଼ିଲାଣି। ସେ କମ୍ପାର୍ଟମେଣ୍ଟର ପରଦା ଆଡ଼େଇ ବାହାରକୁ ଚାହିଁଲା। ଅନ୍ଧାର ହଟି ନାହିଁ। ଯାତ୍ରୀମାନେ ନିଜ ନିଜ ବିଛଣାରେ ଶୋଇଛନ୍ତି। ତାକୁ କିନ୍ତୁ ନିଦ ଲାଗୁ ନ ଥିଲା।

କୋରାପୁଟ ଆସିବ ଆସିବ ବୋଲି କୋଉକାଲୁ ସେ ଭାବିଲାଣି। ସୁଯୋଗ ଜୁଟୁ ନ ଥିଲା। ଏବେ ପ୍ରଶାନ୍ତଙ୍କର ଏଠି ପୋଷ୍ଟିଂ ହୋଇ ନ ଥିଲେ ତାର ଆସିବା ଆହୁରି କେତେଦିନ ଗଡ଼ିଯାଇଥାନ୍ତା।

ପ୍ରଶାନ୍ତ ସହ ପୂର୍ଣ୍ଣିମାର ବାହାଘର ଠିକ୍ ହୋଇଯାଇଛି। ଆସନ୍ତା ଫେବ୍ରୁଆରିରେ ବାହାଘର ହେବ। ଦିହେଁ ପରସ୍ପରକୁ ଭଲପାଇ ବାହା ହେବାକୁ ରାଜି ହୋଇଛନ୍ତି। ଉଭୟଙ୍କ ପରିବାର ବି ରାଜି। ନିର୍ବନ୍ଧ ସରି ଯାଇଛି। ବାକୀ ଅଛି ବାହାଘର।

ପ୍ରଶାନ୍ତ ଓଡ଼ିଶା ପ୍ରାଶାସନିକ ସେବା ଅଫିସର। ତିନିବର୍ଷ ହେବ କୋରାପୁଟରେ ନିଯୁକ୍ତ ହୋଇଛନ୍ତି। ରହୁଛନ୍ତି କିନ୍ତୁ ଜୟପୁରରେ। ପୂର୍ଣ୍ଣିମା କୋରାପୁଟରୁ ଓହ୍ଲେଇ ଜୟପୁର ଯିବ। ପ୍ରଶାନ୍ତ ଗାଡ଼ି ଧରି ଆସିଥିବେ। କୌଣସି କାରଣରୁ ସେ ନ ଆସି ପାରିଲେ ଟ୍ୟାକ୍ସିଟେ ପଠେଇଥିବେ ବୋଲି କହିଛନ୍ତି।

ପ୍ରଶାନ୍ତ ଏତେ ତନ୍ନତନ୍ନ କରି ସବୁ କଥା ବୁଝାନ୍ତି ଯେ ପୂର୍ଣ୍ଣିମା ବ୍ୟସ୍ତ ହୋଇପଡ଼େ। ସେଥିପାଇଁ ସେ ଫୋନ୍‌ରେ କହିଥିଲା, 'ମୁଁ ଗୋଟେ ମ୍ୟାନେଜ୍‌ମେଣ୍ଟ ପୋଷ୍ଟଗ୍ରାଜୁଏଟ୍, ଛୋଟ ପିଲା ନୁହେଁ। ପୁଣି କୋରାପୁଟ କାଶ୍ମୀର ନୁହେଁ ଯେ ସେଠି ମୋତେ କିଏ ମାରି ପକେଇବ।'

ପ୍ରଶାନ୍ତ ଯେତେବେଳେ ଫୋନ୍ କରନ୍ତି କୋରାପୁଟ କଥା କହନ୍ତି। କହି କହି ତାକୁ ବ୍ୟସ୍ତ କରି ପକାନ୍ତି। କୋରାପୁଟରୁ ଜୟପୁର ଯିବା ରାସ୍ତାରେ ପଡ଼ିବ ନକ୍‌ଟି ଡଙ୍ଗର। ସେଇ ଡଙ୍ଗର ଉପରେ ମେଘ ବସିଲେ କୋରାପୁଟରେ ବର୍ଷା ହୁଏ। କୋରାପୁଟରୁ ବାଇଶ କିଲୋମିଟର ଜୟପୁର। ସେମିତି ସିଧା ନ ଯାଇ ବାଁ ପଟକୁ ଭାଙ୍ଗିଗଲେ, ବାଇଶ କିଲୋମିଟର ଦୂରରେ ପଡ଼େ ସୁନାବେଡ଼ା। ସୁନାବେଡ଼ାରୁ ବାଇଶ କିଲୋମିଟର ଆଗକୁ ଗଲେ ପଟ୍ଟାଙ୍ଗି।

: ସବୁ ବାଇଶ କିଲୋମିଟର ଦୂରରେ କାହିଁକି ? – ପୂର୍ଣ୍ଣିମା ପଚାରିଥିଲା।

: ହଁ, ତା ପଛରେ ବି ଗୋଟେ ଗପ ଅଛି – ପ୍ରଶାନ୍ତ କହିଲେ। "ଆଗେ ଜୟପୁର ରାଜା ହାତୀ ପିଠିରେ ବସି ବିଭିନ୍ନ ସ୍ଥାନକୁ ଯାଉଥିଲେ। ସକାଳୁ ବାହାରିଲେ ରାଜାଙ୍କ ହାତୀ ସଞ୍ଜ ସୁଦ୍ଧା ବାଇଶ କିଲୋମିଟର ବାଟ ଚାଲୁଥିଲା। ଯେଉଁଠି ସଞ୍ଜ ହୁଏ, ସେଇଠି ହାତୀ ଅଟକେ। ରାଜା ଡେରା ପକାନ୍ତି ସେଇଠି। ରାଜା ରହୁଥିବା ଯୋଗୁଁ ସେହି ଜାଗାରେ ଛୋଟ ଛୋଟ ବଜାର ଖୋଲିଥିଲା। ଆଜି ସେସବୁ ବଡ଼ି ସହର।"

ପୂର୍ଣ୍ଣିମା ରାୟଗଡ଼ାରୁ କୋରାପୁଟ ରାସ୍ତାର ସୌନ୍ଦର୍ଯ୍ୟ ଲକ୍ଷ୍ୟ କରୁଥିଲା। ପାହାଡ଼ ଉପରେ ମେଘମାଳା। ଚାରିପଟେ ଶ୍ୟାମଳ ସୁଷମା। ଏତେ ସୁନ୍ଦର କୋରାପୁଟ ! ସେ କାଶ୍ମୀରର ଚିତ୍ର ଦେଖିଥିଲା ସିନେମା ପରଦାରେ। କିନ୍ତୁ କୋରାପୁଟ କାଶ୍ମୀର ତୁଳନାରେ କିଛି କମ୍ ସୁନ୍ଦର ନୁହେଁ। ତାର ଇଚ୍ଛା ହେଉଥିଲା ସେ ଟ୍ରେନ୍‌ରୁ ଓହ୍ଲାଇପଡ଼ି ତାର କ୍ୟାମେରାରେ କୋରାପୁଟର ଅନିନ୍ଦ୍ୟ ରୂପ ସୁଷମାକୁ ଧରି ରଖନ୍ତା। ମାତ୍ର ସେ ସୁଯୋଗ ନାହିଁ। ପୁଣି କେଉଁ ଚିତ୍ରକୁ ବା ଧରି ରଖିବ ! ମୁହୁର୍ମୁହୁଃ ରଙ୍ଗ ବଦଳଉଛି କୋରାପୁଟର ଆକାଶ। ଗୋଟିଏ ଚିତ୍ରଠୁ ଆର ଚିତ୍ର ଆହୁରି ସୁନ୍ଦର। ଅସ୍ଥିର ଆକାଶର ସ୍ଥିର ଚିତ୍ର ଉଠେଇବା ଉଦ୍ୟମ ଅର୍ଥହୀନ। ଥାଉ, ତା ମନ ଭିତରେ ଖୁନ୍ଦି ହୋଇ ରହୁ ଏ ଅନିର୍ବଚନୀୟ ସୌନ୍ଦର୍ଯ୍ୟ। ବାହାରେ ଶ୍ରାବଣର ବର୍ଷା। ପାହାଡ଼ ଉପରେ ଝମ୍‌ଝମ୍ ହୋଇ ବର୍ଷା ବର୍ଷିଯାଉଛି। ମନେହେଉଛି ମୁକ୍ତକେଶା ନାରୀଟିଏ ନାଚୁଛି। କିମ୍ବା ନିଜେ ଶିବ କାପାଳିକ ବେଶରେ ଓହ୍ଲେଇ ଆସିଛନ୍ତି ତାଣ୍ଡବ ମୁଦ୍ରାରେ। ଗଛଲତା, ଧାନବିଲ, ପାଇନ୍, ଶାଳ, ଶାଗୁଆନ୍ ସବୁ ନାଚୁଛନ୍ତି ବର୍ଷାର ତାଳରେ।

ପାଖ ଯାତ୍ରୀମାନେ ଓହ୍ଲେଇବାକୁ ସଜ ହେଉଥିଲେ। ସେମାନେ ଦାମନଯୋଡ଼ିରେ ଓହ୍ଲେଇବେ। ଏଇଠି ନାଲ୍‌କୋର କାରଖାନା। ତାର ଅଧଘଣ୍ଟାଏ ପରେ ଆସିବ କୋରାପୁଟ ଷ୍ଟେସନ୍।

ପୂର୍ଣ୍ଣିମା ସିଟ୍‌ରୁ ଓହ୍ଲେଇ ତା ସୁଟ୍‌କେସ୍‌ର ଚେନ୍ ଖୋଲିଲା। ନିଜର ଲୁଗାପଟା ସଜାଡ଼ିନେଲା। ମୁଣ୍ଡ କୁଣ୍ଡେଇଲା ପାନିଆରେ। ବର୍ଷ ଥମିନାହିଁ। ସେ ଫୋଲ୍‌ଡିଂ ଛତାଟା ବାହାର କରି ହାତରେ ଧରିଲା। କୋରାପୁଟ ଷ୍ଟେସନ୍‌ଟି ଛୋଟ। ଉପନ୍ୟାସରେ ପଢ଼ିଥିବା ମଫସଲୀ ଷ୍ଟେସନ୍ ପରି। ସେ ଓହ୍ଲେଇପଡ଼ି ପ୍ରଶାନ୍ତକୁ ଖୋଜି ହେଲା।

: ଆପଣ ପୂର୍ଣ୍ଣିମା ମାଡାମ୍ ନା? - ଯୁବକ ଜଣେ ତାକୁ ପ୍ରଶ୍ନ କରୁଥିଲା। ପୂର୍ଣ୍ଣିମା ହସିଦେଲା। କହିଲା, ''ପ୍ରଶାନ୍ତ ଆସିପାରିଲେ ନାହିଁ ବୋଧହୁଏ।''

: ନା, ଟ୍ୟାକ୍ସି ପଠେଇଛନ୍ତି। ଆସନ୍ତୁ।

ପୂର୍ଣ୍ଣିମା ତାର ସୁଟ୍‌କେସ୍‌ଟି ବଢ଼େଇଦେଲା ଯୁବକର ହାତକୁ। ଷ୍ଟେସନ୍ ବାହାରେ ଗୋଟେ ଧଳା କାର୍ ଥିଲା। ସେ ଯାଇ ସେଥିରେ ବସିଲା। ଯୁବକଟି କହିଲା, 'ମୋ ନାଁ ନାଗେଶ୍ୱର ରାଓ। ଗାଡ଼ି ଭିତରେ ଡ୍ରାଇଭର ସେମାନଙ୍କୁ ଅପେକ୍ଷା କରୁଥିଲା। ପୂର୍ଣ୍ଣିମା ବସିବା ପରେ ନାଗେଶ୍ୱର ଡ୍ରାଇଭରକୁ କହିଲା, 'ଚାଲ'।

ବର୍ଷା ଲାଗି ରହିଥିଲା। କାର୍‌ର ୱାଇପର୍ କାଚ ଉପରେ ବର୍ଷାପାଣିକୁ ପୋଛିଦେଇ ସଫା କରୁଥିଲା। ସେମାନଙ୍କ ଗାଡ଼ି କୋରାପୁଟ ସହର ଛାଡ଼ି ଏବେ ଗୋଟେ ସରୁ ରାସ୍ତାରେ ଚାଲିଥିଲା।

ଅଧଘଣ୍ଟାଏ ଖଣ୍ଡେ ଗାଡ଼ି ଚାଲିଥିବ, ପୂର୍ଣ୍ଣିମାର ମୋବାଇଲ୍ ଫୋନ୍ ବାଜିଉଠିଲା। ପୂର୍ଣ୍ଣିମା ଦେଖିଲା, ମୋବାଇଲ୍ ସ୍କ୍ରିନ୍‌ରେ ପ୍ରଶାନ୍ତଙ୍କ ନମ୍ବର। ସେ ହସି ହସି କହିଲା- 'ସୁପ୍ରଭାତ। ମୁଁ ଗାଡ଼ିରେ ବସିଛି। ଟ୍ରେନ୍ ଠିକ୍ ସମୟରେ ପହଞ୍ଚିଥିଲା। ନାଗେଶ୍ୱରବାବୁ ବି ପ୍ଲାଟ୍‌ଫର୍ମରେ ପହଞ୍ଚି ଯାଇଥିଲେ। କିଛି ଅସୁବିଧା ହୋଇ ନାହିଁ।'

ତାପରେ ସେ ଯାହା ଶୁଣିଲା, ସେସବୁ ତା ପାଇଁ ଅପ୍ରତ୍ୟାଶିତ ଥିଲା। ସେପଟରୁ ପ୍ରଶାନ୍ତ ବ୍ୟସ୍ତ ସ୍ୱରରେ ପଚାରୁଥିଲେ, 'କେଉଁ ନାଗେଶ୍ୱର? ମୋ ଗାଡ଼ିଟା ବାଟରେ ଖରାପ ହୋଇଗଲା। ସେଥିପାଇଁ ଅଧଘଣ୍ଟା ଡେରି ହେଲା ମୋର। ମୁଁ ତୁମକୁ ଷ୍ଟେସନ୍‌ରେ ଅପେକ୍ଷା କରିଛି। ତୁମେ କେଉଁଠି ଅଛ?'

ପୂର୍ଣ୍ଣିମା ଆଉ କଣ କହିବାକୁ ଯାଉଥିଲା ନାଗେଶ୍ୱର କିନ୍ତୁ ପଛକୁ ବୁଲିପଡ଼ି ପୂର୍ଣ୍ଣିମା ହାତରୁ ମୋବାଇଲ୍ ସେଟ୍‌ଟା ଛଡ଼େଇ ନେଇ ସ୍ୱିଚ୍ ଅଫ୍ କରିଦେଲା। ଟାଣ ଗଳାରେ କହିଲା, 'କ୍ଷମା କରିବେ। ଆପଣଙ୍କୁ ଆଉ ମୋବାଇଲ୍ ବ୍ୟବହାର କରିବାକୁ ମୁଁ ଦେଇପାରିବି ନାହିଁ।'

ନାଗେଶ୍ୱରର ପରିବର୍ତ୍ତିତ ବ୍ୟବହାର ହଠାତ୍ ବୁଝିପାରିଲା ନାହିଁ ପୂର୍ଣ୍ଣିମା। ସେ ପଚାରିଲା, 'ଆପଣଙ୍କୁ ପ୍ରଶାନ୍ତ ପଠେଇଥିଲେ ?'

: ନା, ଆମେ ଆପଣଙ୍କୁ ହରଣଚାଳ କରିନେଇଛୁ।

: ହରଣଚାଳ ? ପୂର୍ଣ୍ଣିମା ଡରିଗଲା। ଥଙ୍ଗେଇ ଥଙ୍ଗେଇ କହିଲା, 'କିନ୍ତୁ ଆପଣ କହିଲେ...।'

: ଆମ ଲୋକ ପ୍ରଶାନ୍ତଙ୍କ ଗାଡ଼ିରେ ଅଛି। ତାକୁ କୁହାଯାଇଥିଲା, ସେ ମଝିରେ ଗାଡ଼ି ଖରାପ କରି ଅଧଘଣ୍ଟା ଡେରି କରିବ। ଦୟାକରି ମୋତେ ଆଉ କିଛି ପଚାରନ୍ତୁ ନାହିଁ। ଏଣିକି ଆପଣ ଯାହା ପଚାରିବେ, ସେସବୁ ସୀମାଞ୍ଚଳଙ୍କୁ ଯାଇ ପଚାରିବେ।

: ପୂର୍ଣ୍ଣିମା ପାଟିକଲା। କହିଲା, 'ଗାଡ଼ି ରଖନ୍ତୁ। ମୁଁ ଆପଣଙ୍କ ସାଙ୍ଗରେ ଯାଇ ପାରିବି ନାହିଁ। ଆପଣ ସେଭଳି କରିପାରିବେ ନାହିଁ।'

ନାଗେଶ୍ୱର ବୁଲିପଡ଼ି ଚାହିଁଲା। ତା ଆଖିଯୋଡ଼ିକ ଲାଲ୍ ଦିଶୁଥିଲା। ଚାପା ଗଳାରେ କହିଲା, ''ଆପଣ ପାଟି କଲେ ଆମେ ଆପଣଙ୍କୁ ଗୁଳି କରିଦେବୁ। ଚୁପ୍‌ଚାପ୍ ବସି ରହନ୍ତୁ। ନ ହେଲେ, ଏଣିକି ଯାହାସବୁ ଘଟିବ, ସେଥିଲାଗି ଆପଣ ହିଁ ଦାୟୀ ରହିବେ।''

ପୂର୍ଣ୍ଣିମା ବିକଳରେ କାନ୍ଦି ପକେଇଲା। ସକାଳୁ ସକାଳୁ ଏଭଳି ପରିସ୍ଥିତିର ସାମ୍ନା କରିବ ବୋଲି ସେ ଆଦୌ ଭାବି ନ ଥିଲା। କୋରାପୁଟରେ ନକ୍ସଲ ଆତଙ୍କ କଥା ସେ ପଢ଼ିଥିଲା। ମାତ୍ର ନିଜେ ତାହିଁରେ ଭୁକ୍ତଭୋଗୀ ହେବ ତାହା ଥିଲା ତାର କଳ୍ପନାର ବାହାରେ। ଏତେ ସମୟ ସେ କୋରାପୁଟର ସୌନ୍ଦର୍ଯ୍ୟ ଦେଖି ଦେଖି ଆସିଥିଲା। କିନ୍ତୁ ସେଇ ସୌନ୍ଦର୍ଯ୍ୟ ଭିତରେ ଲୁଚିଥିବା କଳାନାଗକୁ ଏବେ ସେ ଦେଖୁଥିଲା।

ଗାଡ଼ି ଆଗକୁ ଆଗକୁ ଗଡୁଥିଲା। କିଛି ଦୂର ଗଲା ପରେ ଗୋଟେ ମାଟିଗୋଡ଼ି ରାସ୍ତା ପଡ଼ିଲା। ସେଇଠୁ ତାଙ୍କ ଗାଡ଼ି ମୋଡ଼ ଭାଙ୍ଗି ଜଙ୍ଗଲ ଭିତରକୁ ପଶିଲା। ପୂର୍ଣ୍ଣିମାକୁ କୋରାପୁଟର ବାଟଘାଟ କିଛି ଜଣା ନ ଥିଲା। ସେ ଖାଲି ଚାରିପଟକୁ ଅନେଇ ଗଛଗୁଡ଼ାଙ୍କୁ ଦେଖୁଥିଲା। ଭାବୁଥିଲା, ତା ଜୀବନର ଆଜି ଶେଷ ଦିନ। ଏହି ତସ୍କରମାନେ ତାକୁ ନିଶ୍ଚୟ ମାରିଦେବେ।

ନାଗେଶ୍ୱର କହିଲା, 'ଆପଣ ଖୁବ୍ ସୁନ୍ଦରୀ। ତେଣୁ ଆପଣଙ୍କୁ ଚିହ୍ନିବାରେ ଅସୁବିଧା ହେଲା ନାହିଁ। ଆପଣଙ୍କ ଫଟୋଟି ଆମେ ଆଗରୁ ପ୍ରଶାନ୍ତଙ୍କ ପାଖରେ ଦେଖିଥିଲୁ।'

: କି ଅସଭ୍ୟ ଲୋକଟା ! ପୂର୍ଣ୍ଣିମା ମନକୁ ମନ କହିଲା। ଲୋକଟାର ଉଦ୍ଦେଶ୍ୟ ସେ ବୁଝିପାରୁ ନ ଥିଲା। କେବଳ ନିଷ୍ପ୍ରାଣ ମୂର୍ତ୍ତିଟେ ପରି ସେ ବସିଥିଲା।

ଜୀବନରେ ସେ ଅନେକ ଅପହରଣ ଖବର ପଢ଼ିଥିଲା। ଏହି ବିଷୟକୁ ନେଇ ନିର୍ମିତ ଦୁଇଟି ସିନେମା ମଧ୍ୟ ଦେଖିଥିଲା। ନିଜ ଘରର ନିରାପଦ ଛାତ ତଳେ ବସି ଅପହରଣର ଲୋମହର୍ଷକ ବିବରଣୀ ପଢ଼ିବା କି ସିନେମା ଦେଖିବା ଗୋଟେ କଥା, କିନ୍ତୁ ଏଇ ବଣ ପାହାଡ଼ ଘେରା ଦୁର୍ଗମ ଅଞ୍ଚଳରେ ଅନିଶ୍ଚିତ ଭବିଷ୍ୟତ ଓ ଭୟଙ୍କର ସହଯାତ୍ରୀଙ୍କ ମେଳରେ ସେଇ ଦୁଃଖକୁ ଅଙ୍ଗେ ନିଭେଇବା ଆଉ ଗୋଟେ କଥା। ତା ଛାତି ଭିତରେ ଗୋଟାଏ ପରେ ଗୋଟାଏ ଭୟ। ପ୍ରତି ମୁହୂର୍ତ୍ତରେ ବିପଦର ଆଶଙ୍କା। ଯେମିତି ମୁହଁ ଓ ଆଖି କରି ନାଗେଶ୍ୱର ତା ହାତକୁ ମୋବାଇଲ୍ ଫୋନ୍‌ଟି ଛଡ଼େଇ ନେଇଗଲା ତାକୁ ଦେଖି ପୂର୍ଣ୍ଣିମା ଡରିଯାଇଥିଲା। ହୁଏତ ଆଉ ଟିକକରେ ସେ ତାକୁ ଚପୁଡ଼ାଏ ପକେଇଥାନ୍ତା। ନିଜେ ନାଗେଶ୍ୱର ତ କହିଲା, ପୂର୍ଣ୍ଣିମା ଅବାଧ୍ୟ ହେଲେ ସେ ଗୁଳି ମାରିଦେବ।

ପୂର୍ଣ୍ଣିମାର ଦେହ ଭୟରେ ଥରୁଥିଲା। ତାର ଶୌଚାଳୟ ଯିବା ପ୍ରୟୋଜନ ପଡୁଥିଲା। କିନ୍ତୁ ସାଙ୍ଗରେ ଦୁଇଟି ପୁରୁଷ ଲୋକ ଏବଂ ଅଚିହ୍ନା ରାସ୍ତା। ସେମାନେ ହୁଏତ ତାକୁ ଏକାକୀ ଯିବାକୁ ଛାଡ଼ିବେ ନାହିଁ। ତଥାପି ପୂର୍ଣ୍ଣିମା ମନ ଟାଣ କରି କହିଲା, ‘‘ଟିକେ ଗାଡ଼ି ରଖନ୍ତୁ, ମୁଁ...।’’

ନାଗେଶ୍ୱର ଡ୍ରାଇଭରକୁ କହିଲା, ‘ଗାଡ଼ି ରଖ। ମାଡାମ୍ ପାସ୍ ଯିବେ।’

ଗାଡ଼ି ରହିଲା। କିନ୍ତୁ ସେଇଟା ଗୋଟେ ମୁକୁଳା ଜାଗା। ପାଖରେ କୌଣସି ବଡ଼ଗଛ ନ ଥିଲା। ଏମିତି ବାହାରେ ପରିସ୍ରା କରିବାକୁ ଯିବା ପୂର୍ଣ୍ଣିମା ପକ୍ଷେ ସମ୍ଭବ ନୁହେଁ।

ସେ ବିରକ୍ତରେ କହିଲା, ‘କଣ ଏଇଠି ?’

ନାଗେଶ୍ୱର କିଛି କହିଲା ନାହିଁ। କିଛି ଦୂରରେ ଯାଉଥିବା ସ୍ତ୍ରୀଲୋକଟିକୁ ଦେଖେଇଦେଲା। ଛେଳି ଚରଉଥିଲା ସ୍ତ୍ରୀଲୋକଟି। ତା ପଛେ ପଛେ ଗୋଟେ ସାନ ପିଲା।

ନାଗେଶ୍ୱର କହିଲା, ‘‘କ୍ଷତି କଣ? ଏ ଜିଲ୍ଲାର ସବୁ ସ୍ତ୍ରୀଲୋକ ଯେମିତି ରାସ୍ତା ଉପରେ, ବୁଦାମୂଳେ କି ହୁଡ଼ା ତଳେ ଯାଆନ୍ତି, ଆପଣ ସେମିତି ଯିବେ।’’

କି ଭୟଙ୍କର ଅଭଦ୍ର ଲୋକଟା ଏ ନାଗେଶ୍ୱର ! ପୂର୍ଣ୍ଣିମାର ଇଚ୍ଛା ହେଉଥିଲା, ତାକୁ କଷିକି ଚପୁଡ଼ାଟାଏ ଦିଅନ୍ତା। କିନ୍ତୁ ସମୟଟା ସେଥିପାଇଁ ଅନୁକୂଳ ନ ଥିଲା।

ନାଗେଶ୍ୱର କହିଲା, ‘‘ତାହାହେଲେ ଗାଡ଼ି ଭିତରେ ବସନ୍ତୁ। ଆମ ପାଖେ ସମୟ ନାହିଁ।’’ ପୂର୍ଣ୍ଣିମା ବାଧ୍ୟହୋଇ ଗାଡ଼ି ଭିତରେ ଯାଇ ବସିଲା। ତାକୁ ବଡ଼ ଅସ୍ୱସ୍ତି ଲାଗୁଥାଏ।

ନାଗେଶ୍ୱର କହୁଥାଏ, ''ଭୁବନେଶ୍ୱର ହାକିମାନେ କେମିତି ବା ଜାଣନ୍ତେ, କୋରାପୁଟ ରାସ୍ତାରେ ଯାଉଥିବା ଝିଅଟିକୁ ବି ପରିସ୍ରା ମାଡ଼ିପାରେ। ସେମାନେ ତାଙ୍କ ରାଜଧାନୀରେ କିନ୍ତୁ ସବୁ ବ୍ୟବସ୍ଥା କରିଛନ୍ତି। ରାଜଧାନୀଠୁଁ ଦଶ ମାଇଲ୍ ଡେଇଁଲେ, ଯୋଜନା ଶେଷ।''

ନାଗେଶ୍ୱର ଯୁକ୍ତିଯୁକ୍ତ କଥା କହୁଥିଲା, ମାତ୍ର ଏଇଟା କଣ ସେହି ଆଲୋଚନାର ସମୟ ?

ଦଶ ମିନିଟ୍ ଯାଇଥିବ, ଗୋଟେ ବଖୁରିକିଆ ଘର ପାଖେ ଅଟକିଲା ତାଙ୍କ ଗାଡ଼ି। ନାଗେଶ୍ୱର ଡାକିଲା, ''ମାଡାମ୍, ଏଇଠି ଯିବେ ଯଦି ଯାଆନ୍ତୁ। ଆପଣଙ୍କ ରୁଚି ମୁତାବକ ଜାଗା ନୁହେଁ, କିନ୍ତୁ ଆମ ପାଖେ ଆଉ କିଛି ବିକଳ୍ପ ନାହିଁ।''

ପୂର୍ଣ୍ଣିମା ଏକ ପ୍ରକାର ଧାଇଁ ଧାଇଁ ସେଇ ଘରର ପଛପଟକୁ ଗଲା। ତାର ମନେହେଲା, ତା ପଛରୁ ନାଗେଶ୍ୱର ଏବଂ ଡ୍ରାଇଭର ତାକୁ ଅନେଇ ହସୁଥିଲେ। ସେ ଲୋକ ଯୋଡ଼ିକଙ୍କର ଅଶ୍ଳୀଳ କାରବାର ଦେଖି ଆହୁରି ରାଗିଗଲା। ମନକୁ ମନ ଯେତେ କଠୋର ଗାଳି ସେ ଜାଣିଥିଲା ସବୁଯାକ ଦିହିଙ୍କ ଉଦ୍ଦେଶ୍ୟରେ କହିଗଲା- ଅଭଦ୍ର, ଇଡିୟଟ୍, ଘୁଷୁରି।

ସେ ପୋଷାକ ସଜାଡ଼ି ବାହାରି ଆସିଲା। ଏଇଠୁ ଗୋଟାଏ ସୁଡ଼ଙ୍ଗ ଥାଆନ୍ତା କି – ପୂର୍ଣ୍ଣିମା ଭାବିଲା। ସେ ଏମାନଙ୍କ କବଳରୁ ମୁକୁଳି ସୁଡ଼ଙ୍ଗ ରାସ୍ତାରେ ଚାଲିଯାଆନ୍ତା। କିନ୍ତୁ ରାସ୍ତା କି ସୁଡ଼ଙ୍ଗ ନାହିଁ। ଗୋଟେ ଢାଲୁଆ ପାହାଡ଼ ଉପରେ ଆଜବେଷ୍ଟସ୍ ଛାଉଣି ବଖୁରିକିଆ ଘରଟିଏ।

ନାଗେଶ୍ୱର ଏବଂ ଡ୍ରାଇଭର ଟ୍ୟାକ୍ସିଠାରୁ ଦୂରରେ ଠିଆହୋଇ, ଗୋଟେ ଶାଗୁଆନ୍ ଗଛ ଉପରେ ବସିଥିବା ଗୁଣ୍ଡୁଚି ମୂଷାକୁ ଚାହିଁଥିଲେ। ତାକୁ ହିଁ ଦେଖି ସେମାନେ ହସୁଥିଲେ।

ପୂର୍ଣ୍ଣିମାର ତା ବାପା ମାଆଙ୍କ କଥା ମନେ ପଡୁଥିଲା। ସାନଭାଇ ଲିଟୁ କଥା। ହୁଏତ ଏତେବେଳକୁ ପ୍ରଶାନ୍ତ ତାର ଅପହରଣ ଖବର ତା ଘରକୁ ଫୋନ୍ କରି କହି ସାରିବେଣି। ସନ୍ଧ୍ୟା ସୁଦ୍ଧା ସେ ହୋଇଯିବ ଟି.ଭି. ଓ ଖବରକାଗଜର ଆଉ ଗୋଟେ ଖବର।

ସେ ବିଷଣ୍ଣ ହୋଇପଡ଼ିଲା। ନାଗେଶ୍ୱର ଗୋଟେ ସେଓ ବାହାର କରି ପୂର୍ଣ୍ଣିମା ହାତକୁ ବଢ଼େଇଦେଲା। ତାପରେ ପରେ ଦିଇଟି ବଡ଼ ବଡ଼ ହଳଦିଆ ପଡ଼ି ଆସିଥିବା ପିଜୁଳି। ପୂର୍ଣ୍ଣିମାର ଇଚ୍ଛା ହେଉଥିଲା ସେଗୁଡ଼ାକ ଛାଟି ଫିଙ୍ଗି ଦିଅନ୍ତା। କିନ୍ତୁ ସେ ନାଗେଶ୍ୱରକୁ ଡରୁଥିଲା। ତା ହାତରୁ ଫଳଗୁଡ଼ାକ ଆଣି ସେ ସିଟ୍ ଉପରେ ରଖିଦେଲା।

ନାଗେଶ୍ୱର କିଛି କହିଲା ନାହିଁ। ନିଜେ ଗୋଟେ ପିଜୁଳି ଖାଇଲା ଏବଂ ଆଉ ଗୋଟେ ଡ୍ରାଇଭରକୁ ଦେଲା।

ଗାଡ଼ି ଆଗକୁ ଗଡୁଥିଲା।

କୁଆଡ଼େ ଯାଉଥିଲା ପୂର୍ଣ୍ଣିମା ତାହା ଜାଣି ପାରୁ ନ ଥିଲା।

ସେ ପଚାରିଲା, ''ଆମେ କେଉଁଠି ଅଛନ୍ତି ?''

ନାଗେଶ୍ୱର ଗମ୍ଭୀର ସ୍ୱରରେ ଉତ୍ତର ଦେଲା, ''ଓଡ଼ିଶାରେ।''

: କିନ୍ତୁ ଓଡ଼ିଶାର କେଉଁଠି ? – ପୂର୍ଣ୍ଣିମା ପୁଣି ପଚାରିଲା।

: ଆପଣ ବ୍ୟସ୍ତ ହୁଅନ୍ତୁ ନାହିଁ। ଆମେ ଯେଉଁଠି ପହଞ୍ଚିବା କଥା ସେଇଠି ପହଞ୍ଚି ସାରିଲୁଣି, ଆଉ ମାତ୍ର ଦଶ ମିନିଟ୍।

ଦଶ ମିନିଟ୍ ପରେ ସେମାନେ ପହଞ୍ଚିଗଲେ ରାସ୍ତାଠାରୁ ଦୂରଛଡ଼ା ଗୋଟେ ବସ୍ତିରେ। ଗୋଟେ ଘରେ ଜଣେ ଯୁବକ ଓ ଦି ଜଣ ଯୁବତୀ ଥିଲେ। ପୂର୍ଣ୍ଣିମା ଜାଣିଲା ସେମାନେ ନକ୍ସଲବାଦୀ। ନାଗେଶ୍ୱର ସେମାନଙ୍କର ମୁଖ୍ୟ। ନାଗେଶ୍ୱର କିନ୍ତୁ ଧାରଣା ଦେଲା, ତା ଉପରେ ସୀମାଞ୍ଚଳ ରାଓ ଅଛି। ସେ ତେଲୁଗୁ ଲୋକ।

ନାଗେଶ୍ୱର କହିଲା, ''ଆମେ ଆପଣଙ୍କୁ ଅପହରଣ କରିବାର ଦିଇଟି ମାତ୍ର କାରଣ ଅଛି। ପ୍ରଥମଟି ଆମର ଅର୍ଥ ଦରକାର। ଦ୍ୱିତୀୟଟି ଆପଣଙ୍କ ଅପହରଣ ଜରିଆରେ ଆମେ ଦୁର୍ନୀତିଗ୍ରସ୍ତ ବି.ଡି.ଓ. ପ୍ରଶାନ୍ତଙ୍କୁ ଶାସ୍ତି ଦେବାକୁ ଚାହୁଁ।''

ପୂର୍ଣ୍ଣିମା ଚିତ୍କାର କରି ଉଠିଲା। କହିଲା, ''ଖବରଦାର, ପ୍ରଶାନ୍ତଙ୍କ ସମ୍ବନ୍ଧରେ ଯଦି ଏମିତି କଥା ଆଉଥରେ କହନ୍ତି। ଆପଣମାନେ ଚୋର, ଡକାୟତ, ପରାଙ୍ଗପୁଷ୍ଟ। ମିଛ ଆଦର୍ଶ ନାଁରେ ଦସ୍ୟୁବୃତ୍ତିକୁ ଭଲ କାମର ଛାପା ଦେଉଛନ୍ତି। ସେଇଆ କରନ୍ତୁ। କିନ୍ତୁ ସେଇଥିପାଇଁ ଜଣେ ଭଲ ମଣିଷକୁ ବଦନାମ କରନ୍ତୁ ନାହିଁ। ଆପଣ ଜାଣନ୍ତି, ସେ ଗାନ୍ଧୀଙ୍କ ଉପରେ ଜେଏନ୍‌ୟୁରୁ ପିଏଚ୍.ଡି. କରିଛନ୍ତି।"

ନାଗେଶ୍ୱର ହସିଲା। ବଡ଼ ରହସ୍ୟପୂର୍ଣ୍ଣ ଥିଲା ତାର ସେ ହସ।

ପୂର୍ଣ୍ଣିମାର କଥା ଆଦୌ ନ ଶୁଣିଲା ପରି କହିଲା, "ଗାନ୍ଧୀ ? ଛାଡ଼ନ୍ତୁ। ଆପଣ ଚାହିଁଲେ ଏ ଘର ଭିତରେ ରହିପାରନ୍ତି। ଟଙ୍କା ଆସିଗଲେ ଆମେ ନେଇ ଆପଣଙ୍କୁ ରାସ୍ତା ପାଖରେ ଛାଡ଼ିଦେବୁ। ନ ହେଲେ ଗାଁ ଭିତରକୁ ଯାଇ ବୁଲାଚଲା କରିପାରନ୍ତି। କିନ୍ତୁ ସତର୍କ ରହିବେ, ଆମ ସଙ୍ଗେ ଖେଳିବେ ନାହିଁ। ଯେଉଁଠି ଆପଣ ସୀମା ବାହାରକୁ ଚାଲିଯିବେ ସେଇଠି ଆମେ ଆପଣଙ୍କୁ...।''

: କଣ ମାରିଦେବେ ? – ପୂର୍ଣ୍ଣିମା ପଚାରିଲା।

: ହଁ – ନାଗେଶ୍ୱରର ଶୀତଳ ଉତ୍ତର।

: ଆଉ ଯଦି ଟଙ୍କା ନ ଆସେ ? – ପୂର୍ଣ୍ଣିମା ପୁଣି ପଚାରିଲା ।

: ତାହାହେଲେ ବି ଆମେ ମାରିଦେବୁ । ପ୍ରତିଦିନ ଅନେକ ଲୋକ ମରୁଛନ୍ତି ।

ପୂର୍ଣ୍ଣିମା ଭୟରେ ଥରି ଉଠିଲା । ଏତେ ସହଜ ଏମାନଙ୍କ ପାଇଁ ମୃତ୍ୟୁ ? ଏତେ ସାଧାରଣ ? ତାର ମନ ବିକ୍ଷୋଭ ଉଠୁଥିଲା । କିନ୍ତୁ କଣ ସେ କରିପାରିବ ? ସେ ପଚାରିଲା, ''କେତେ ଟଙ୍କା ଆପଣଙ୍କର ଦାବି ?''

: ସେଇଟା ଆପଣଙ୍କୁ ମୁଁ କହିପାରିବି ନାହିଁ ।

ପୂର୍ଣ୍ଣିମା ଆଉ କଣ କହି ଆସୁଥିଲା, ମାତ୍ର ନାଗେଶ୍ୱର ଉଠି ପଡ଼ିଲା । ତାର ଦି ଜଣ ସହଯୋଗୀଙ୍କୁ ଡାକି ସେ କଣ କହିଲା ଏବଂ ତାପରେ ରାଇଫଲ୍‌ଟିକୁ କାନ୍ଧରେ ପକେଇ ଚାଲିଗଲା ।

ଏବେ ପୂର୍ଣ୍ଣିମା ଏବଂ ତା ସାଙ୍ଗରେ ଦି ଜଣ ଯୁବତୀ ।

ସେ ଦୁଇ ପାପୁଲିରେ ମୁହଁ ଢାଙ୍କି କିଛି ସମୟ ଭାବିଲା । ତାକୁ କାନ୍ଦ ମାଡୁଥିଲା । ଭୀଷଣ କଷ୍ଟ ବି । ଲାଗୁଥିଲା, ପ୍ରତି ମୁହୂର୍ତ୍ତରେ ସେ ଶୀତଳ ମୃତ୍ୟୁ ଆଡ଼କୁ ପାଦେ ପାଦେ ଆଗେଇ ଯାଉଛି । ଏହା କବଳରୁ ତାର ଆଉ ମୁକ୍ତି ନାହିଁ । ସେ ଜାଣିନି, ତାର ମୁକ୍ତି ପାଇଁ ଏମାନେ କେତେ ଟଙ୍କା ଦାବି କରିଛନ୍ତି । ଏ ଖବର ପାଇ ତା ବାପା ଓ ମାଆଙ୍କ ଅବସ୍ଥା କଣ ହୋଇଥିବ ସେ ତାହା ଅନୁମାନ କରିପାରୁଥିଲା । ବାପା ତାର ପାଗଳ ପରି ମୁଣ୍ଡ କଚାଡୁଥିବେ । ମାଆ ଗୋଟିଏ ଜାଗାରେ ଜଗନ୍ନାଥଙ୍କ ଫଟୋକୁ ଚାହିଁ ବସିଥିବ । ଘରେ ଚୁଲି ଜଳି ନ ଥିବ ସକାଳୁ ।

ଏମିତି ଚୁପ୍‌ଚାପ୍ ସେ ବସି ରହିପାରିବ ନାହିଁ । ଏହାଠୁ ଭଲ, ବସ୍ତି ଭିତରେ ଯାଇ ବୁଲିଆସିବା ।

ସେ ଉଠିପଡ଼ିଲା । ତା ସାଙ୍ଗରେ ତାକୁ ଜଗିଥିବା ଝିଅ ଦିଇଟି ବି ଉଠିପଡ଼ିଲେ ।

ଗାଁ ଭିତରଟା ଅପରିଷ୍କାର । ଗାଈ ଗୋବର ମିଶା ନଳାପାଣି ଉପରେ ମଲା କୁକୁଡ଼ା ପର ଓ ଅଣ୍ଡା ଖୋଳପା । ତାଆରି ଭିତରେ ତିନିଟା ଘୁଷୁରି ଲଟପଟ ହେଉଥାନ୍ତି । ଲୋକଟିଏ ଗୋଟେ ପଲିଥିନ୍ ଭିତରେ କିଛି କଞ୍ଚା ମାଂସ ନେଇ ସେ ଘର ଭିତରକୁ ପଶୁଥାଏ । ପୂର୍ଣ୍ଣିମାକୁ ବାନ୍ତି ଉଠେଇଲା । ସେ ଧାଇଁଯାଇ ଗୋଟେ ଗଛମୂଳେ 'ଅ ଅ' କରି ବାନ୍ତି କରିପକେଇଲା । ରାତିର ଖିଆତକ ସବୁ ବାହାରିଗଲା ପେଟରୁ ।

ଏବେ ତାର ମୁନ୍ଦାଏ ପାଣି ଲୋଡ଼ା ଥିଲା । ସେ ହାତ ହଲେଇ ଜଣେଇଲା- ପାଣି ଦିଅ । ଦି ଜଣଙ୍କ ଭିତରୁ ସାନ ଝିଅଟି ଧାଇଁ ଯାଇ ଗୋଟେ ଭଙ୍ଗା ମଗ୍‌ରେ ପାଣି ଆଣି ବଢ଼େଇ ଦେଉଥିଲା । ନାଗେଶ୍ୱର କେଉଁଠୁ ବାହାରି ଆସି ଛାଟିଦେଲା ସେ ମଗ୍‌କୁ । ବଦଳରେ ଗୋଟେ ମିନେରାଲ୍ ୱାଟରର ବୋତଲ ବଢ଼େଇ ଦେଲା ପୂର୍ଣ୍ଣିମା

ହାତକୁ। ଝିଅଟି ଉପରେ ସେ ପାଟିକଲା, ''ଜାଣିନୁ, ଏଠି ହଇଜା ଲାଗିଛି ? ଏଠିକା ପାଣି ତାଙ୍କୁ ଦେବୁ ନାହିଁ।''

ପୂର୍ଣ୍ଣିମା ଆଶ୍ଚର୍ଯ୍ୟ ଆଖିରେ ଅନେଇଲା ନାଗେଶ୍ୱର ମୁହଁକୁ। ମୁଗୁନି ପଥରରେ ତିଆରି ଟାଣମୂର୍ତ୍ତି ପରି ତାର ଚେହେରାରେ ଚେନାଏ ବିରକ୍ତି। ତା ସତ୍ତ୍ୱେ ତାକୁ ଲାଗିଲା, ଯୁବକଟିର ଏ ପଥର ଚେହେରା ଭିତରେ ଝରଣାଟିଏ ଛପି ରହିଛି।

ସେ ତାକୁ କଣ କହିବାକୁ ଯାଉଥିଲା, ମାତ୍ର ପାଖଘରୁ ଗୋଟେ ମିଳିତ କାନ୍ଦଣା ତାକୁ ତା କଥାତକ କହିବାକୁ ଦେଲା ନାହିଁ। ଚାରି ପାଞ୍ଚଜଣ ସ୍ତ୍ରୀଲୋକ ରାହାଧରି କାନ୍ଦୁଥିଲେ। ସେ କାନ୍ଦଣାର ଶବ୍ଦରେ ଅସନାପାଣିର ଘୁଷୁରିଗୁଡ଼ିକ ଚମକି ପଡ଼ିଲେ। କୁକୁଡ଼ା ଚିଆଁଗୁଡ଼ାକ ତରତର ପାଦ ପକେଇ ଅଦୃଶ୍ୟ ହୋଇଗଲେ।

ନାଗେଶ୍ୱର କହିଲା, ''ତୁମେମାନେ ଫେରିଯାଅ। କଣ ହେଲା ମୁଁ ଦେଖେ।''

ପୂର୍ଣ୍ଣିମା ଫେରିଆସିଲା।

ତା ସାଙ୍ଗରେ ଥିବା ଦି ଝିଅ ସେମାନଙ୍କ ଭିତରେ ନିଜ ନିଜ ଭାଷାରେ କଥାବାର୍ତ୍ତା ହେଉଥିଲେ। ପୂର୍ଣ୍ଣିମା ସେମାନଙ୍କ କଥା ବୁଝି ପାରୁ ନ ଥିଲା। କେବଳ ଅନୁମାନ କରୁଥିଲା ଯେ କିଛି ଗୋଟାଏ ବିପଦ ଆସି ପଡ଼ିଛି। ସେ ଖୁସି ହୋଇଗଲା। ହୁଏତ ପୁଲିସ ଆସି ଗିରଫ କରିନେଇଛି ଏମାନଙ୍କ ଭିତରୁ କାହାକୁ। କିମ୍ବା ପୁଲିସ ହାଜତ ଭିତରେ ଥିବା କାହାର ମରିଯିବା ଖବର ଆସି ପହଞ୍ଚିଛି ଏଠି। ସେ ଦ୍ୱିତୀୟ ଥର ଖୁସି ହେଲା- ମରନ୍ତୁ ଏ ପଶୁଗୁଡ଼ାକ। ମରିଯାଆନ୍ତୁ।

ଝିଅ ଦୁଇଟାକୁ ସେ ପଚାରିଲା, ''କଣ ହେଲା ? ଏ କନ୍ଦାକଟା କାହିଁକି ?''

ସାନ ଝିଅଟି ପ୍ରଗଲ୍‌ଭା। କହିଲା, ''କାଲି ରାତିରେ କୁସୁନିଆର ଦି ଝିଅଙ୍କୁ ବାଡ଼ି ପଡ଼ିଥିଲା। ହଗ ମୂତ ଆଉ ବାନ୍ତି ଯେ ଛାଡ଼ିବାର ନାହିଁ। ଆମର ଏଠି ଗାଡ଼ି ମଟର ନାହିଁ। ତା ବାପ ଆଉ ଦାଦା ଗୋଟେ ଝୁଲା କରି ଦି ଝିଅଙ୍କୁ ନେଇଗଲେ ଡାକ୍ତରଖାନା...।''

: କଣ ? କେଉଁଠିକି ନେଇଗଲେ ?

ଏହା ଭିତରେ ବଡ଼ ଝିଅଟି ସାନ ଝିଅର ହାତକୁ ଚିମୁଟି ଦେଇଥିଲା। କୌଣସି ଜାଗା ନାଁ ନ କହିବା ଲାଗି ତାକୁ କୁହାଯାଇଛି। ଆଉ ଟିକକରେ ସେ କହି ଦେଇଥାଆନ୍ତା ନ କହିବା କଥା।

: ଚାଲ ଚାଲ। ତମକୁ କଣ ମିଳିବ ସେଥିରୁ – ସାନ ଝିଅ ନିଜର ଦୁର୍ବଳତା ଲୁଚେଇବା ପାଇଁ ପୂର୍ଣ୍ଣିମା ଉପରେ ବିରକ୍ତ ହେଲା।

ଏଥର ବଡ଼ଟି କହିଲା, ''ସେମାନଙ୍କ ବାପ-ଦାଦା ଛୁଆ ଦୁଇଟାକୁ ନେଇ

ଡାକ୍ତରଖାନା ଯାଇଚନ୍ତି, ଫେରି ନାହାନ୍ତି। ଇଆଡ଼େ ଛୁଆଙ୍କ ମା ବାଡ଼ିରେ ମରିଗଲା। ଦିଇଟା ଗଛ ଇଂଜେକ୍‌ସନ୍ ନେଇଥିଲେ କଣ ହେଇଥାନ୍ତା। କିନ୍ତୁ ଏଠିକି କିଏ ଆଣି ସେକଥା ଦେବ ?''

ପୂର୍ଣ୍ଣିମା ବିଷଣ୍ଣ ହୋଇଗଲା। ଛୁଆ ଦିଇଟା ଡାକ୍ତରଖାନାରେ, ଅଥଚ ଏପଟେ ମାଆ ମରିଗଲାଣି। ସିଏ ଖବରକାଗଜରୁ ଏପଟ ଅଞ୍ଚଳର ଦୁଃଖ କାହାଣୀ କେତେଥର ପଢ଼ିଥିଲା। ମାତ୍ର ବାରମ୍ବାର ହଇଜା, ପିଲାବିକ୍ରି ଓ ଆମ୍ବଟାକୁଆ ଜାଉ କଥା ପଢ଼ି ପଢ଼ି ବିରକ୍ତ ହୋଇ ଯାଇଥିଲା। ସେସବୁ ମଳିଛିଆ, ଅପରିଷ୍କାର କଥାଗୁଡ଼ାକ ସବୁବେଳେ ପଢ଼ିବାକୁ କଣ ଭଲ ଲାଗେ ? ମୁଡ୍ ଖରାପ ହେଇଯାଏ। ତାର ସାଙ୍ଗ ସାଧନା କଳାହାଣ୍ଡିର ଦାରିଦ୍ର୍ୟ ଉପରେ ଗବେଷଣା କରୁଛି। ସେଇ ଆସି ଉପରେ ପଡ଼ି ଏ ଅଞ୍ଚଳ କଥା କହେ। ସେଦିନ ଆମ୍ବଟାକୁଆରୁ କେମିତି ଜାଉ ହୁଏ ସେକଥା ବୁଝଉଥିଲା। ଆମ୍ବ ଟାକୁଆରୁ କୋଇଲି ବାହାର କରି ତାକୁ ଛେଚି ପାଣିରେ ବତୁରାଇ ଦିଆଯାଏ। ସେଇ ବତୁରା କୋଇଲିକୁ ଶୁଖେଇ ଚୂନା କଲା ପରେ ସେଇ ଚୂନାରୁ ଜାଉ କରାହୁଏ। କେହି କେହି ପିଠା କରନ୍ତି ସେଥିରୁ। ସାଧନାର ବିବରଣୀ ଶୁଣି ପୂର୍ଣ୍ଣିମାର ବାନ୍ତି ଉଠେଇଥିଲା। ସେ କହିଲା, ''ଆଉ କିଛି ଭଲକଥା କହୁନୁ। ଯେମିତି କରମା ଫୁଲ, ଅଳସି କ୍ଷେତ, ଧାଙ୍ଗଡ଼ାଧାଙ୍ଗଡ଼ୀଙ୍କ ନାଚ କି ମହୁଲବର୍ଷା। ଏଇ ଅସନା କଥାଗୁଡ଼ା କାହିଁକି କହୁଛୁ ?''

: ମୋତେ କଣ ଭଲ ଲାଗୁଛି ? ସେଇ ପରା ମୋ ଥିସିସ୍‌ର ବିଷୟ।

ଏବେ ସାଧାନାର କଥା ସବୁ ତାର ମନେ ପଡୁଥିଲା।

ଜଣେ କିଏ ଦିଇଟା କୁକୁଡ଼ାଙ୍କ ଗୋଡ଼ ଓହଳେଇ ମୁଣ୍ଡିଆ ଆଡ଼କୁ ଯାଉଥିଲା। ମଦ ନିଶାରେ କି କଣ ତା ପାଦ ଠିକଣା ଜାଗାରେ ପଡୁ ନ ଥିଲା। ଲୋକଟା ଘୁଷୁରି ପରି ଗନ୍ଧଉଥିଲା।

ପୂର୍ଣ୍ଣିମା ଘୁଞ୍ଚି ଆସିଲା। ସାନ ଝିଅଟି କହିଲା, 'ଇଏ ଗାଙ୍ଗମା ଠାକୁରାଣୀ ପାଖେ ବଳି ଦେବ। ବାଡ଼ି ବୁଢ଼ୀ ଗାଁ ଛାଡ଼ି ଯିବ। ସବୁଦିନେ ତ ବାଡ଼ି ବୁଢ଼ୀ ବଳି ଖାଉଛି।''

ଦୂରରୁ ସବୁଜ ଶ୍ୟାମଳ, ଛାୟାଘନ ଓ ମଧୁର ଦିଶୁଥିବା କୋରାପୁଟ ଭିତରର ଚେହେରା ପୂର୍ଣ୍ଣିମାକୁ ଡରେଇ ଦେଉଥିଲା। ଆଖି ପାଉଥିବା କୌଣସି ଜାଗାରେ ପକ୍କା ଘରଟିଏ ନାହିଁ। ତିନି ପଟେ ପାହାଡ଼ ଓ ଏଇ ଗୋଟିଏ ପଟେ ବଙ୍କାତେଢ଼ା କଚ୍ଚାରାସ୍ତା। ଏହା ଭିତରେ ପଚପାଣି, ପଙ୍କରେ ଲୋଟୁଥିବା ଘୁଷୁରି, ନାଳିମାଟି ମିଶା ଚୁଆ ପାଣି ଓ ହଇଜାର ସଂକ୍ରାମକ ଜୀବାଣୁ। ଏଠି ଅଧିକ ସମୟ ରହିଲେ ସିଏ ରୋଗୀ ପାଲଟିଯିବ।

ପ୍ରସଙ୍ଗ ବଦଳେଇବା ଲାଗି ପୂର୍ଣ୍ଣିମା ବଡ଼ ଝିଅଟିକୁ ପଚାରିଲା, ''ତୁ ପାଠ

ପଢ଼ିଛୁ ?'' ବଡ଼ଟି କିଛି କହିବାକୁ ଯାଉଥିଲା, କିନ୍ତୁ କହିବାକୁ ନ ଦେଇ ସାନ କହିଲା, ''ପାଠ ପଢୁଥିଲା। ତା ବୁଆ କହିଲା, ଇସ୍କୁଲ୍ ମାଷ୍ଟର ଯାକୁ ଧରି ପଳେଇବ। ପାଠ ବନ୍ଦ କରିଦେଲା।''

ବଡ଼ ଝିଅଟି ହସିଦେଲା। ପୂର୍ଣ୍ଣିମାକୁ ବି ହସ ମାଡୁଥିଲା। କିନ୍ତୁ ସେ ହସିପାରିଲା ନାହିଁ। ତା ମୁଣ୍ଡ ଭିତରେ ଗୋଟିଏ ଚିନ୍ତା ଖେଳୁଥିଲା। ଆଦର୍ଶବାଦୀ ପ୍ରଶାନ୍ତ ଏମିତି ଅନୈତିକ ଚାପକୁ ସ୍ୱୀକାର କରିବେ ନାହିଁ। କୌଣସି ଚାପ ଆଗରେ ମୁଣ୍ଡ ନୁଆଁଇବା ଲୋକ ସେ ନୁହନ୍ତି। ପୁଣି ତା ମୁଣ୍ଡ ବଦଳରେ ଯଦି ଏମାନେ ଅଧିକ ଟଙ୍କା ଦାବି କରି ଥାଆନ୍ତି, ତାହାହେଲେ ସେ କୋଉଠୁ ଆଣିବେ ? ହୁଏତ ତା ବାପା-ମା ତା ଲାଗି ଘର ବିକ୍ରି କରି କିଛି ଟଙ୍କା ଯୋଗାଡ଼ କରିପାରିବେ। ମାତ୍ର ସେତେ ସମୟ କଣ ଅପେକ୍ଷା କରିବେ ଏ ଦୁର୍ଦ୍ଦାନ୍ତ ଲୋକଗୁଡ଼ାକ ?

ଅପରାହ୍ଣ ବିତି ସନ୍ଧ୍ୟା ହେଉଥିଲା। ଘରଟା ଭିତରେ ଗୋଟାଏ ଲଣ୍ଠନ। ଚାରିପଟେ ମଶା।

ପୂର୍ଣ୍ଣିମା ଅସାଡ଼ ହୋଇ ଗୋଟିଏ କୋଣରେ ଶୋଇଥିଲା। ମୁଣ୍ଡତଳେ ତାର ବ୍ୟାଗ୍। ତା ଭିତରୁ ବଞ୍ଚିବାର ଆଶା ମରି ମରି ଆସୁଥିଲା।

ଲଣ୍ଠନର ଶିଖା ବି ସ୍ତିମିତ ହେଉଥିଲା। ପୂର୍ଣ୍ଣିମା ଲଣ୍ଠନର କଳ ମୋଡ଼ି ଫିତାଟା ଟେକିଦେଲା। ମାତ୍ର କିରାସିନି ସରିଆସୁଥିଲା ଲଣ୍ଠନରୁ। ଆଉ କିଛି ସମୟ ପରେ ଲଣ୍ଠନଟା ଲିଭିଯିବ।

କିଛି ଓଜନିଆ ଶବ୍ଦରେ ସେ ଚମକି ପଡ଼ିଲା। ତାପରେ କବାଟଟା ବାଡ଼େଇବାର ଶବ୍ଦ। ସେ ଉଠିପଡ଼ି ବସିଲା। ଦୁଇ ହାତରେ ନିଜକୁ ଘୋଡ଼େଇ ରଖିଲା। ସେ ମରିବାକୁ ଚାହେଁ ନାହିଁ, ବଞ୍ଚିବାକୁ ଚାହେଁ। ବଞ୍ଚିବାକୁ ଚାହେଁ।

ଘର ଭିତରକୁ ଦି ଜଣ ଯୁବକ ପଶିଆସିଲେ, ତାଙ୍କ ପଛେ ପଛେ ବଡ଼ ଝିଅଟି। ଜଣେ ନାଗେଶ୍ୱର। ଅନ୍ଧାରରେ ତା ମୁହଁ ଦେଖିପାରୁ ନ ଥିଲେ ବି ତାର ଉପସ୍ଥିତି ତାକୁ ଟିକେ ସାହସ ଦେଇଥିଲା। ସକାଳର ପାଣିଦେବା ଘଟଣା ପରଠାରୁ ନାଗେଶ୍ୱର ପ୍ରତି ତାର ଭୟ ଟିକିଏ ଊଣା ହୋଇଯାଇଥିଲା।

: ଏଠୁ ଚାଲିଯିବାକୁ ହେବ। ନାଗେଶ୍ୱର କହିଲା।

: କୁଆଡ଼େ ? – ପୂର୍ଣ୍ଣିମା ଅସହାୟ ସ୍ୱରରେ ପଚାରିଲା।

: ଜାଣିନି। ଉଠନ୍ତୁ। ଆଉ ଡେରି କରନ୍ତୁ ନାହିଁ।

ଭୋକ ଓ ଶୋଷରେ ପୂର୍ଣ୍ଣିମାର ଗୋଡ଼ ଚଳୁ ନ ଥିଲା। ସେ କହିଲା ମୁଁ ଚାଲିପାରିବି ନାହିଁ।

: ଠିକ୍ ଅଛି । ମୁଁ ଆପଣଙ୍କୁ ଟେକି ଟେକି ନେଇଯିବି । କିଛି ଆପତ୍ତି ?

ଅପମାନରେ ପୂର୍ଣ୍ଣିମାର ଦେହ ଜଳିଗଲା । 'ଅଭଦ୍ର, ଇଡିୟଟ୍' - ମନକୁ ମନ କହିଲା । ନାଗେଶ୍ୱର ଓ ତାର ବନ୍ଧୁ ଅନ୍ଧାରରେ ଚାଲିବାକୁ ଆରମ୍ଭ କଲେଣି । ସେ ସେମାନଙ୍କୁ ଅନୁସରଣ କଲା ।

ପ୍ରାୟ ଘଣ୍ଟାଏରୁ ଅଧିକ ହେବଣି ସେମାନଙ୍କ ଚାଲିବା । ଧୀରେ ଧୀରେ ଚାଲୁଥିଲା ପୂର୍ଣ୍ଣିମା । କୁଆଡ଼େ ଯାଉଥିଲା ସେକଥା ସେ ଜାଣି ପାରୁ ନ ଥିଲା ।

କିଛି ଦୂର ଗଲା ପରେ ପଡ଼ିଲା ଗୋଟେ ସରୁ ନଈ । ସେ ନଈଘାଟରେ ସେମାନଙ୍କୁ ଅପେକ୍ଷା କରିଥିଲା ଡଙ୍ଗାଟିଏ । ସେମାନଙ୍କୁ ନଈ ପାରି କରିଦେଲା ଘାଟିଆ । ପୂର୍ଣ୍ଣିମା ପୁଣି ଚାଲିଲା ସେମାନଙ୍କୁ ଅନୁସରଣ କରି । ଏଥର ଗୋଟେ ରାସ୍ତା ଦିଶିଲା ଦୂରରୁ । ଖଣ୍ଡିଏ ଟ୍ରକ୍ ସେ ରାସ୍ତାର ଅବସ୍ଥିତି ସୂଚେଇ ଦେଉଥିଲା ।

ନାଗେଶ୍ୱର କହିଲା, ''ଏଇଠୁ କିଛି ଦୂର ଗଲା ପରେ ପିଚୁ ରାସ୍ତା ପାଇବେ । ସେଇଠି ଆପଣ ଅପେକ୍ଷା କରିବେ । ବିଡିଓଙ୍କ ଜିପ୍ ଆସି ଆପଣଙ୍କୁ ନେଇଯିବ ।''

ପୂର୍ଣ୍ଣିମା ନିଜ କାନକୁ ବିଶ୍ୱାସ କରିପାରିଲା ନାହିଁ । ଆନନ୍ଦରେ ତା ପାଦଯୋଡ଼ିକ ଚଞ୍ଚଳ ହୋଇ ପଡୁଥିଲା । ସାରାଦିନର କ୍ଳାନ୍ତି, ଅପମାନ, ଭୋକ ଓ ଶୋଷ କିଛି ମନେ ପଡୁ ନ ଥିଲା । ସେ ତଥାପି ସନ୍ଦେହ କରୁଥିଲା । ଏମାନେ ଏମିତି କହି ତାକୁ କିଛି ବାଟ ଚଲେଇବା ପରେ ପଛରୁ ଗୁଳି ମାରିଦେବେ ନାହିଁ ତ ! ସେ ସେମିତି ପରିସ୍ଥିତିକୁ ଏଡ଼ାଇବା ପାଇଁ କହିଲା, 'ସତ କହୁଛ ତୁମେ ?'

: ହଁ, ବିଡିଓ ଆମ ସର୍ତ୍ତ ଟଙ୍କା ପଠେଇ ଦେଇଛନ୍ତି ।

ପୂର୍ଣ୍ଣିମା ଦୀର୍ଘଶ୍ୱାସ ନେଲା । ତାକୁ କୋରାପୁଟ ପବନ ଏବେ ଶୀତଳ ଲାଗୁଥିଲା । ସେ ଆଗକୁ ପାଦ ବଢ଼ାଇଲା ।

: ଶୁଣନ୍ତୁ - ନାଗେଶ୍ୱର ଡାକିଲା ଓ ଗୋଟେ ଛୋଟ ଟର୍ଚ୍ଚ ପୂର୍ଣ୍ଣିମା ହାତକୁ ବଢ଼େଇ କହିଲା, ''ରାସ୍ତାରେ ପହଞ୍ଚି ଡାହାଣ ଦିଗକୁ ଏଇ ଟର୍ଚ୍ଚ ଆଲୁଅ ଦେଖାଇବେ । ଜିପ୍‌ଟା ଆସି ଆପଣଙ୍କୁ ନେଇଯିବ ।''

ପୂର୍ଣ୍ଣିମା ଟର୍ଚ୍ଚ ଆଲୁଅ ନାଗେଶ୍ୱର ମୁହଁକୁ ପକେଇଲା । କାହିଁକି କେଜାଣି ଲୋକଟିର ମୁହଁକୁ ସେ ଆଉଥରେ ଦେଖିବାକୁ ଚାହୁଁଥିଲା । ମାତ୍ର ନାଗେଶ୍ୱର ତା ଆଡୁ ମୁହଁ ବୁଲେଇ ନେଲା ଏବଂ ପଛକୁ ଚାଲିବାକୁ ଲାଗିଲା । ତା ପଛେ ପଛେ ଆର ଲୋକଟି ଓ ସେ ଝିଅ ।

ସେ ଜାଗାଠାରୁ ଅଧଘଣ୍ଟାଏ ଦୂରତାରେ ଥିଲା ପିଚୁ ରାସ୍ତା । ପୂର୍ଣ୍ଣିମା ରାସ୍ତା ପାଖରେ ପହଞ୍ଚି କିଛି ସମୟ ବସିପଡ଼ିଲା । ତାର ଦୁଇ ପାଦ ଫୁଲିଯାଇ ଚପଲ ଭିତରୁ

ବାହାରି ଯାଉଥିଲା। ସେ ସେଇଠି ବସିରହି ଟର୍ଚ୍ଚ ଆଲୁଅ ଦେଖାଇଲା ଡାହାଣ ଦିଗକୁ।

ଜିପ୍‌ଟିଏ ଆସିଗଲା। ପୂର୍ଣ୍ଣିମାର ଭୟ ଛାଡ଼ି ନ ଥିଲା। ଏ ଜିପ୍‌ଟା ପ୍ରଶାନ୍ତଙ୍କର ନା ନାଗେଶ୍ୱରର? ମାତ୍ର ଜିପ୍ ଆଲୁଅରେ ପ୍ରଶାନ୍ତଙ୍କୁ ଓହ୍ଲାଇବା ଦେଖି ତାର ଭୟ ଛାଡ଼ିଗଲା। ସେ ଧାଇଁଯାଇ ପ୍ରଶାନ୍ତକୁ କୁଣ୍ଢେଇ ଧରି ଭୋ ଭୋ ହୋଇ କାନ୍ଦିଲା।

: ତୁନି ହୁଅ, ତୁନି ହୁଅ। ସେମାନେ ତୁମର କିଛି କରି ନ ଥାନ୍ତେ। - ନିର୍ଭୟରେ କହିଲେ ପ୍ରଶାନ୍ତ।

: ମୋତେ ମାରିଦେଇ ଥାଆନ୍ତେ - କାନ୍ଦି କାନ୍ଦି କହିଲା ପୂର୍ଣ୍ଣିମା।

: ବାଷ୍ଟାର୍ଡ ଗୁଡ଼ାକ ପାଞ୍ଚଲକ୍ଷ ନେଲେ। ମାରିଥାନ୍ତେ କାହିଁକି ?

: ପାଞ୍ଚଲକ୍ଷ ? କୋଉଠୁ ଆଣିଲ ଏତେ ଟଙ୍କା ? ବିସ୍ମିତ ପୂର୍ଣ୍ଣିମା କାନ୍ଦ ଭୁଲି ପଚାରିଲା। ପ୍ରଶାନ୍ତ କିଛି କହିଲେ ନାହିଁ।

: କୁହନା, ଏତେଗୁଡ଼ାଏ ଟଙ୍କା କୋଉଠୁ ଯୋଗାଡ଼ କଲ ? ଏଥିରେ ତ ତୁମେ ତଳିତଳାନ୍ତ ହୋଇଯିବ। - ପୂର୍ଣ୍ଣିମା ଅଝଟ କଲା ପରି ପଚାରୁଥିଲା।

: କିଛି ହେବ ନାହିଁ। ତାଙ୍କରି ଟଙ୍କା ତାଙ୍କରି ପାଖକୁ ଗଲା। ଟ୍ରାଇବାଲ୍ ଜିଲ୍ଲାର ଜଣେ ଜଣେ ବିଡିଓ ଆମେ। ଦଶକୋଟି ଟଙ୍କାର ମୁଣ୍ଡ। ତୁମେ ଏତେ ଛାନିଆ ହେଉଛ କାହିଁକି ?

ଜିପ୍ ଘଡ଼ଘଡ଼ ଶବ୍ଦ କରି ଆଗକୁ ଗଡୁଥିଲା। ମାତ୍ର ପୂର୍ଣ୍ଣିମା ଖୁସି ହୋଇପାରୁ ନ ଥିଲା। ତା ଭିତରେ ଗୋଟେ ହୃଷ୍ଟପୁଷ୍ଟ ଫଳନ୍ତି ଗଛ ଯେମିତି ବିନା ଝଡ଼ ତୋଫାନରେ ମଡ଼ ମଡ଼ କରି ଭାଙ୍ଗିଯାଉଥିଲା। ତାର ଏବେ ମନେ ପଡୁଥିଲା ନାଗେଶ୍ୱରର ମୁହଁ, ତାର ଠୋ ଠୋ କଥା, ତାର ପରିହାସ। ନାଗେଶ୍ୱର ତାହାହେଲେ ପ୍ରଶାନ୍ତଙ୍କ ବିଷୟରେ ଯାହା ଯାହା କହୁଥିଲା, ସେସବୁ ଠିକ୍ ଥିଲା!

ସେ ନିରବରେ ବସି ରହିଥିଲା।

ପ୍ରଶାନ୍ତ ପଚାରୁଥିଲେ, 'କଣ ହେଲା ? ଗୁମ୍ ମାରି ବସିଛ କାହିଁକି ?'

ପୂର୍ଣ୍ଣିମା କିଛି କହିଲା ନାହିଁ। ଭାବୁଥିଲା, ନାଗେଶ୍ୱର ତାକୁ ମୁକ୍ତି ଦେଇ ନ ଥିଲେ ଭଲ ହୋଇଥାନ୍ତା। ପ୍ରଶାନ୍ତଙ୍କର ଏ ଚେହେରା ତାକୁ ଦେଖିବା ପାଇଁ ପଡ଼ି ନ ଥାନ୍ତା।

ବାରୁଦ

ଫରେଷ୍ଟ ପାର୍କ ଛକରେ ପଚାଶରୁ ଅଧିକ ସରିକି ଲୋକେ ଜମା ହୋଇଥିଲେ। ପର୍ଶୁରାମ ତା ସାଇକେଲ୍‌ରୁ ଓହ୍ଲେଇ ପଡ଼ିଲା। ପୁରୁଣା ସାଇକେଲ୍‌ଟାର ଷ୍ଟାଣ୍ଡ କଳଙ୍କି ଖାଇ କୋଉଦିନୁ ଭାଙ୍ଗିଗଲାଣି। ବ୍ରେକ୍ ବି ହୁଗୁଳା ହେଲାଣି। ତାକୁ ଠିଆ କରାଇବା ପାଇଁ ପାଚିରି କି ଗଛଟେର ଲୋଡ଼ା ପଡ଼େ। ପର୍ଶୁରାମ ତରତରରେ ରାସ୍ତାକଡ଼ ଗଛ ଦେହରେ ସାଇକେଲ୍‌ଟାକୁ ଡିରା ଦେଇ ଭିଡ଼ ଭିତରେ ପଶିଗଲା। ପାଖାପାଖି ଷାଠିଏ ବର୍ଷ ବୟସ ହେବ, ମଫସଲୀ ଲୋକଟିଏ ଅଚେତ ହୋଇ ପଡ଼ିଛି। ତା ମୁହଁସାରା ରକ୍ତ ବଳବଳ। ରକ୍ତ ଦାଗଗୁଡ଼ାକ ପିନ୍ଧା ଜାମା ଦେହରେ ବି ଲାଗିଛି। ବଞ୍ଚିଛି କି ମରିଛି ଜଣାପଡୁ ନାହିଁ।

ସହର ଲୋକେ ସିଆଣା! ମଣିଷ ଜନ୍ମ ପାଇଥିବାରୁ ବିବେକ ଜିନିଷଟି କିଛି କିଛି ରହିଛି, କିନ୍ତୁ ତାକୁ ସିଆଣାମାନେ ଖୋଳପା ଭିତରେ ଢାଙ୍କି ଦେଇଥାଆନ୍ତି। ତେଣୁ ଅଚେତ ଲୋକଟିକୁ ନେଇ ନାନା ପ୍ରକାର ଟୀକା ଟିପ୍ପଣୀ ଚାଲିଥିଲା। ସେ କିଏ, ଏଠି କେମିତି ପଡ଼ିଲା, କିଏ ବାଡ଼େଇ ଦେଇଗଲା ନା ନିଜେ ପଡ଼ିଗଲା ପରି ବହୁକଥା ଆଲୋଚନା ହେଉଥାଏ କେବଳ ଲୋକଟିକୁ ଡାକ୍ତରଖାନା ନେବା ପ୍ରସଙ୍ଗ ଛାଡ଼ି। ପର୍ଶୁରାମ ପାଟିକଲା, "ହୋ, ଖରାଟାରେ ଏଠି ତାକୁ ପକେଇ ରଖି କଣ କରୁଛ? ଆଗେ ଡାକ୍ତରଖାନା ନେଇଯିବା। ନ ହେଲେ ଏଇଠି ପଡ଼ି ପଡ଼ି ଲୋକ ଜଣକ ମରିଯିବ।"

ଡାକ୍ତରଖାନା କଥା ଶୁଣି ଭିଡ଼ ପତଳା ହୋଇଗଲା। ପର୍ଶୁରାମ ପାଖ ଚା ଦୋକାନରୁ ଗୋଟେ ମଗ୍‌ରେ ପାଣି ଆଣି ଲୋକଟି ମୁହଁରେ ଦି ଚାରିଥର ଛାଟିଦେଲା। ଲୋକଟି ଟିକିଏ ଆଖି ଖୋଲି ପୁଣି ବନ୍ଦ କରିଦେଲା। ପର୍ଶୁରାମ ପଛକୁ ବୁଲି ଦେଖିଲା, ଖଣ୍ଡିଏ ରିକ୍ସା ଛିଡ଼ା ହୋଇଛି। ସେ ରିକ୍ସାବାଲାକୁ ଡାକି କହିଲା, "ଆ, ଲୋକଟିକୁ ଡାକ୍ତରଖାନା ନେଇଯିବା।"

ଲୋକଟିର ଅଣ୍ଟା ପାଖରେ ଗୋଟିଏ କନା ବ୍ୟାଗ୍ ପଡ଼ିଥିଲା । ପର୍ଶୁରାମ କହିଲା, "ଦେଖ, ସେଥିରେ ପଇସାପତ୍ର କି କାଗଜପତ୍ର ଥିବ ।" ଦିହେଁ ଟେକାଟେକି କରି ଲୋକଟିକୁ ରିକ୍ସାରେ ବସେଇଲେ । ପର୍ଶୁରାମ ରିକ୍ସାରେ ବସି ଲୋକଟିକୁ ଧରିଲା ତା କୋଳରେ ।

ଡାକ୍ତର କହିଲେ, "କ୍ଷତଟା ଗଭୀର, ଷ୍ଟିଚ୍ ପଡ଼ିବ । ଏଇ ପ୍ରେସ୍କ୍ରିପ୍ସନ୍ ଅନୁସାରେ ଔଷଧ ଆଣନ୍ତୁ । ମୁଁ ଡାକ୍ତର ଷଡ଼ଙ୍ଗୀଙ୍କୁ ଖବର ଦିଏ ।"

ଔଷଧ ତାଲିକା ଦେଖି ପର୍ଶୁରାମ ପକେଟ୍ ଅଣ୍ଡାଳିଲା । ଦିଇଶ ଟଙ୍କା ଅଛି । ଲୋକଟିର କପାଳର ଉପରକୁ ଦି ଆଙ୍ଗୁଳି ଲମ୍ବର କ୍ଷତ ହୋଇଯାଇଥିଲା । ଡାକ୍ତର ପଚାରିଲେ, "କେମିତି ହେଲା ଏସବୁ ? କିଏ ବାଡ଼େଇଦେଲା ନା ନିଜେ ପଡ଼ିଗଲା ?"

ସଞ୍ଜ ସାତଟା ବେଳକୁ ଲୋକଟି ସାଷ୍ଟମ ହେଲା । ପ୍ରଥମେ ତାର କନା ଝୁଲାଟିକୁ ସେ ଖୋଜିହେଲା । ପର୍ଶୁରାମ ପଚାରି ବୁଝିଲା, ଲୋକଟିର ନାଁ ବୈରାଗୀ ରାଉତ । ଭଦ୍ରକ ଜିଲ୍ଲା ନନ୍ଦପୁର ପଞ୍ଚାୟତରେ ଘର । ମନ୍ତ୍ରୀ ସୁରଞ୍ଜନ ମହାନ୍ତିଙ୍କ ଘରକୁ ଆସି ଫେରିବା ବାଟରେ ପଡ଼ିଯାଇଥିଲା । ରାସ୍ତାକଡ଼ର ଡିମା ପଥର ଦେହରେ ଛେଚି ହୋଇ ଏଇ ଅବସ୍ଥା । ଆଉ କିଛି ନ ପଚାରିବା ଲାଗି ଲୋକଟି ନେହୁରା ହେଉଥିଲା । ନିଜର କନା ଝୁଲାଟିକୁ ଛାତିରେ ଚପିଧରି ସେ ଖାଲି କାନ୍ଦୁଥିଲା ।

ପର୍ଶୁରାମ କଣ କରିବ ଭାବୁଥିଲା । ସେ ବିବେକାନନ୍ଦ ଲାଇବ୍ରେରୀକୁ ଯାଉଥିଲାବେଳେ ଏଇ ଘଟଣା ଦେଖିଲା । ସେଇଠି ତା ସାଇକେଲ୍ ଛାଡ଼ିଦେଇ ସେ ଆସିଥିଲା । ଏବେ ସାଇକେଲ୍‌ଟା ଥିବ କି ନାହିଁ କିଏ ଜାଣେ ? ତାପରେ ଏହି ଲୋକଟିର କଥା । ତାର ମନେ ହେଉଥିଲା ଲୋକଟି କିଛି ଲୁଚଉଥିଲା । ମୁଣ୍ଡର ଜଖମ ବ୍ୟାଣ୍ଡେଜ୍ ହୋଇଗଲାଣି । ଏହାପରେ ଲୋକଟି ଘରକୁ ଯିବା ଲାଗି ବ୍ୟସ୍ତ ହେବା କଥା । ଘରେ ତାର ସ୍ତ୍ରୀ ଓ ପିଲାପିଲି ଅପେକ୍ଷା କରୁଥିବେ । ମାତ୍ର ସେ ଘରକୁ ଯିବା ପାଇଁ ଚାହୁଁ ନାହିଁ ।

ଡାକ୍ତର ଡିସ୍‌ଚାର୍ଜ ସ୍ଲିପ୍ ଲେଖି ଦେଲେଣି । ଏହାପରେ ରୋଗୀ ଆଉ ଡାକ୍ତରଖାନାରେ ରହିପାରିବ ନାହିଁ ।

ପର୍ଶୁରାମ ବ୍ୟସ୍ତ ହୋଇପଡ଼ିଲା । ଭାବିଲା, ଏଇଥିପାଇଁ ଲୋକମାନେ ପର କଥାରେ ମୁଣ୍ଡ ପୂରାନ୍ତି ନାହିଁ । କହିଲା, "ଆସ ମଉସା, ଯିବା ।"

ବୈରାଗୀ ରାଉତ ପଚାରିଲା, "କୁଆଡ଼େ ?"

: ଆମ ବସାକୁ । ରାତିଟାରେ ଆଉ କୁଆଡ଼େ ଯିବ ! କାଲି ସକାଳୁ ତୁମେ ତୁମ ନିଜ ବାଟରେ ଯିବ ।

ଦିହେଁ ହସ୍‌ପିଟାଲ୍ ଫାଟକ ଡେଇଁ ବାହାରକୁ ଆସିଲେ। ଏଇଠୁ ଯାଇ ପର୍ଶୁରାମ ଆଗେ ତାର ସାଇକେଲ୍‌ଟି ସଂଗ୍ରହ କରିବ ଓ ତାପରେ ଦୁହେଁ ବସାକୁ ଯିବେ।

ଗଣିତ ବହିର ପୃଷ୍ଠା ପରି ଜଟିଳ ଦିଶୁଥିଲା ବୈରାଗୀ ରାଉତର ମୁହଁ। ଏଠିକି ଆସିବା ପରଠାରୁ ସେ କେବଳ କାନ୍ଦୁଥିଲା ଏବଂ ମଝିରେ ମଝିରେ ନିଜ ଗାଲକୁ ଚଟକଣା ମାରୁଥିଲା। ନିଜ ହାତର ଆଘାତରେ ତା ବ୍ୟାଣ୍ଡେଜ୍ ବନ୍ଧା ମୁଣ୍ଡର କ୍ଷତଟା ଟିଣିଟିଣି କରି ଉଠୁଥିଲା। ସେ ବିକଳରେ ଚିତ୍କାର କରୁଥିଲା। ପୁଣି କିଛି ସମୟ ଚୁପ୍‌ଚାପ୍ ବସୁଥିଲା ଓ ତାପରେ ସେଇ ପ୍ରକାର ବ୍ୟବହାର ଦେଖଉଥିଲା।

ଏବେ ବି ତା ଧୋତିରେ କେତେଟା ଗୁଗୁଚିଆ ଶିଙ୍ଘ ଲାଗି ରହିଥିଲା। ମନ୍ତ୍ରୀ ସୁରଞ୍ଜନ ମହାନ୍ତିଙ୍କ ଫାଟକ ଆଗରେ ପଡ଼ିଗଲା ବେଳେ ଏଗୁଡ଼ା ଲାଗିଥିଲା। ବୈରାଗୀ ରାଉତ ସେଗୁଡ଼ିକୁ ଖୁଣ୍ଟିଖାଣ୍ଟି ବାହାର କଲା ଏବଂ ପୁଣି କାନ୍ଦିଲା।

ବହୁ କଷ୍ଟରେ ପର୍ଶୁରାମ ବୈରାଗୀର ସମସ୍ୟାଟି ଜାଣିବାକୁ ପାଇଲା। ଖଣ୍ଡି ଖଣ୍ଡି କରି ଯୋଡ଼ିବା ପରେ ସେ ବୈରାଗୀର ଦୁଃଖ ବୁଝିବାକୁ ଚେଷ୍ଟା କଲା।

ବୈରାଗୀ ରାଉତର ଘର ଭଦ୍ରକ ଜିଲ୍ଲା ନନ୍ଦପୁର ପଞ୍ଚାୟତ। ପଚିଶ ବର୍ଷ ହେଲା ସେ ମନ୍ତ୍ରୀ ସୁରଞ୍ଜନଙ୍କର ରାଜନୈତିକ କର୍ମୀ। ନିଜ ନିର୍ବାଚନ ମଣ୍ଡଳୀରେ ମନ୍ତ୍ରୀଙ୍କର ସବୁ ପ୍ରକାର କାମ କରେ, ତା ଉତ୍ତାରୁ ଏଠି ରାଜଧାନୀକୁ ଆସି ମନ୍ତ୍ରୀଙ୍କର ଗୋପନୀୟ କାମରେ ସାହାଯ୍ୟ କରେ। ମନ୍ତ୍ରୀଙ୍କର ଯାଗଯଜ୍ଞ, ଅନ୍ୟ ଶିବିର ଭେଦ ସନ୍ଧାନ, ରାତିଅଧିଆ ବୈଠକୀ ଆୟୋଜନ ଏବଂ ମାଡ଼ଗୋଳ କାମରେ ବି ଥାଏ ବୈରାଗୀ ରାଉତ। ଗାଁରେ ତାକୁ ସମସ୍ତେ ମନ୍ତ୍ରୀଙ୍କ ଲୋକ ବୋଲି ଜାଣନ୍ତି। ପଚିଶ ବର୍ଷର ପରିଶ୍ରମ ବଦଳରେ ସିଏ ତା ପୁଅକୁ ଗୋଟିଏ ଇଂଜିନିୟରିଂ କଲେଜରେ ପଢ଼ିବା ନିମନ୍ତେ ସାହାଯ୍ୟ ମାଗିଥିଲା। ମନ୍ତ୍ରୀ ସୁରଞ୍ଜନ ତାକୁ ସମସ୍ତ ପ୍ରକାର ଆଶା ଦେଇ ଶେଷକୁ ଫେରେଇ ଦେଲେ। ସେ ଏମିତି କରିବେ ବୋଲି ବୈରାଗୀ ଜାଣିଥିଲେ ଅନ୍ୟ କାହାର ହାତ, ଗୋଡ଼ ଧରି କିଛି କରିଥାଆନ୍ତା। ମାତ୍ର କାଲି ନାଁ ଲେଖେଇବା ଶେଷ ତାରିଖ। ତା ପୁଅ ଏକଥା ଶୁଣିଲେ ନଈକୁ ଡେଇଁପଡ଼ିବ କି ରେଳଧାରଣା ଉପରେ ମୁଣ୍ଡ ପାତିଦେବ।

ଦଶଫୁଟ୍ ଓସାର ବାରଫୁଟ୍ ଲମ୍ବର ଗୋଟେ ଆଜବେଷ୍ଟସ୍ ଘର। ଭିତରପଟ ପଲସ୍ତରା ହେଇଛି, ରଙ୍ଗ ଦିଆଯାଇ ନାହିଁ। ବାହାରପଟ ଆଦୌ ପଲସ୍ତରା ହୋଇ ନାହିଁ। ଘରଟା ଗୋଟେ ଆଉଟ୍‌ହାଉସ୍। ସାମ୍ନା କୋଠାଘର ତିଆରି ଆଗରୁ ସିମେଣ୍ଟ ରହିବା ପାଇଁ ତିଆରି ହୋଇଥିଲା। ପର୍ଶୁରାମ ତିନି ଶହ ଟଙ୍କା ଭଡ଼ାଦେଇ ଏଇଠି ରହିଛି। ସେମାନେ ଦି ଜଣ ଏ ଘରେ ରହନ୍ତି।

ବୈରାଗୀ ପଚାରିଲା, ''ରାତି ଏଗାରଟା ହେଲାଣି। ତୁମର ଆଉ ସାଙ୍ଗଟି ତ କାହିଁ ଆସିଲା ନାହିଁ? ବର୍ଷାଦିନ, ନିଛାଟିଆ ହୋଇପଡ଼ିଲାଣି ଏରିଆଟା। କୁଆଡ଼େ ଗଲା ସେ ?''

: ମୁଁ ଏଇଠି ଶୋଇ ତୁମ କଥା ଶୁଣୁଛି - କମ୍ବଳ ତଳୁ ଉତ୍ତର ଆସିଲା।

ବୈରାଗୀ ଚମକି ପଡ଼ିଲା। କହିଲା, "ତମେ ବାପ କେତେବେଳେ ଆସିଲ ?"

: ତୁମେ କାନ୍ଦୁଥିବାବେଳେ - ଶ୍ରୀରାମ ଉତ୍ତର ଦେଲା ଓ ବୈରାଗୀ ସାମ୍ନାରେ ପଡ଼ିଥିବା ଗୋଟେ ଟିଣକୁ ଓଲଟେଇ ବସିପଡ଼ିଲା।

ଉପରେ ଷାଠିଏ ୱାଟ୍‌ର ବଲ୍‌ବଟିଏ ଜଳୁଛି। ତାଆରି ନାଲିଚିଆ ଆଲୁଅରେ ବୈରାଗୀ ରାଉତ ଶ୍ରୀରାମକୁ ଦେଖିଲା। ତାର ମୁହଁଟି ତାକୁ ଚିହ୍ନା ଚିହ୍ନା ମନେ ହେଉଥିଲା। ସେ ଭାବିହେଲା, କୋଉଠି ଦେଖିଛି ଟୋକାଟିକୁ। ସେଇ ଗୋରା ମୁହଁ, ଅଯତ୍ନ ଦାଢ଼ି। ମୁଣ୍ଡରେ ସିନ୍ଦୂର କଲି। କୋଉଠି ଦେଖିଛି ସେ ?

: କଣ ଭାବୁଛ ମଉସା ? - ଶ୍ରୀରାମ ପଚାରିଲା।

: ନାଇଁ ବାପା। ତମକୁ କୋଉଠି ଦେଖିଲା ଦେଖିଲା ପରି ମନେ ହେଉଛି।

: ଦେଖିଥିବ। ମୋର କିନ୍ତୁ ମନେ ପଡୁ ନାହିଁ - ଶ୍ରୀରାମ ଏତକ କହି ଅନ୍ୟ ଆଡ଼କୁ ଅନେଇଲା।

ପର୍ଶୁରାମ କହିଲା, ''ଏବେ ଶୋଇପଡ଼। ରାତି ବହୁତ ହେଲାଣି।''

ବୈରାଗୀକୁ ନିଦ ମାଡୁ ନ ଥିଲା। ଘରକୁ ଯାଇ ସେ କଣ କହିବ ସେକଥା ଚିନ୍ତା କରି ତା ଆଖିରୁ ନିଦ ହଜିଯାଉଥିଲା। ସ୍ତ୍ରୀର ମୁହଁ ତା ଆଖି ଆଗରେ ନାଚି ଯାଉଥିଲା। ବିଚାରୀ ଦଶମୀ, ଏକାଦଶୀରୁ ନେଇ ପୂନେଇଁ, ସଂକ୍ରାନ୍ତି ପର୍ଯ୍ୟନ୍ତ ସବୁବେଳେ ନିର୍ଜଳା ଉପାସ ରହି ପୁଅର ମଙ୍ଗଳ ମନାସୁଥିଲା। ଗାଁ ଠାକୁରାଣୀଙ୍କ ପାଖରୁ ଆରମ୍ଭ କରି ଜଗନ୍ନାଥଙ୍କ ପର୍ଯ୍ୟନ୍ତ, ତାରିଣୀଙ୍କଠାରୁ ନେଇ ସମଲେଇଙ୍କ ପର୍ଯ୍ୟନ୍ତ ସମସ୍ତଙ୍କୁ ଭୋଗ ଯାଚୁଥିଲା। ତାର ଧାରଣା ଥିଲା, ଦେବତାମାନେ ତା ପୁଅକୁ ସାହାଯ୍ୟ କରିବେ। କିନ୍ତୁ ରକ୍ତମାଂସ ମଣିଷ ସୁରଞ୍ଜନ ଯେତେବେଳେ ମୁହଁ ମୋଡ଼ିଦେଲେ, କାଠ-ପଥରର ଠାକୁର ବା କାହିଁକି ତା ଦୁଃଖ ଶୁଣନ୍ତେ !

ତା ଦୁଇ ଆଖିରେ ଲୁହ ଜକେଇ ଆସୁଥିଲା। କଣ ହେବ ତା ପିଲାର ଭବିଷ୍ୟତ ? ସେ ନିଜେ ଛୋଟିଆ ଚାଷୀଟିଏ। ଦି ମାଣ ଜମିର ଭଲ ଫସଲ ଫଳିଲେ ବି ବର୍ଷକୁ ଖୋରାକି ନିଅଣ୍ଟ, ତା ଉପରେ ଲୁଗାପଟା, ବାହା ବେଭାର ଖର୍ଚ୍ଚ। ବେଳ ଅବେଳେ ଟଙ୍କା ହଜାରେ ଦରକାର ପଡ଼ିଲେ ମହାଜନ ପାଖକୁ ଯା। ରୋଗ ବଇରାଗ ହେଲେ ଜିନିଷପତ୍ର ବନ୍ଧାଛନ୍ଦା ପକା। ତା ଜୀବନ ଏମିତି ପାଣି କାଦୁଅରେ ପଚପଚ ହୋଇ

ସରିଯିବ। କିନ୍ତୁ ପୁଅଟି କଣ କରିବ ? ସବୁଠି ଖାଁ ଖାଁ, ନାହିଁ ନାହିଁ। ସାଧାରଣ ବି.ଏ., ଏମ୍.ଏ. ପଢ଼ି ପିଲାଏ ବେକାର ବୁଲୁଛନ୍ତି। ତାଙ୍କ ସାଙ୍ଗରେ ଇଏ ଆଉ ଜଣେ ହେବ। ଏଇ ଆଶା କରି ପୁଅକୁ ଇଂଜିନିୟରିଂ ପଢ଼େଇବ ବୋଲି ଆଶା ରଖିଥିଲା। ଏବେ ବୁଝୁଛି, ଏମିତି ଆଶା କରିବା ତାର ବଡ଼ ଭୁଲ୍ ହୋଇଛି।

ତା ପରି ଗରିବ ଲୋକର ପିଲାମାନେ କୁଆଡ଼େ ଯିବେ ? ଜମିବାଡ଼ି ନାହିଁ। ଜମିବାଡ଼ି ଥିଲେ ପାଖରେ ପାଣି ନାହିଁ କି ସାଧନ ନାହିଁ। ବଢ଼ି ମରୁଡ଼ି ଅଦଉତି କବଳରୁ ମୁକ୍ତି ବି ନାହିଁ ଏ ରାଜ୍ୟର। ଏତେ ଏତେ କୋଟି ଟଙ୍କାର ଯୋଜନା, କାହିଁ ତା ଗାଁର ଭାଗ୍ୟ ତ ବଦଲୁ ନାହିଁ! ନା ରାସ୍ତା ଅଛି ନା ବିଜୁଳି, ନା କଳକାରଖାନା ଅଛି ନା ଡାକଘର। ଅଥଚ ମନ୍ତ୍ରୀ ସୁରଞ୍ଜନ ଓଡ଼ିଶାରୁ ଅଧେ ଦଖଲ କରି ସାରିଲେଣି। ତାଙ୍କରି ପୁଅ କଳକାରଖାନା କରିବେ, ଗାଡ଼ି ମଟରର ଏଜେନ୍‌ସୀ ନେବେ, ଭାଇ ଖଣି ଲିଜ୍, ପୁତୁରା ଚିଙ୍ଗୁଡ଼ି ରପ୍ତାନି, ଭଣଜା ମଦ ଏଜେନ୍‌ସୀ ଓ ଜ୍ୱାଇଁମାନେ ରିଏଲ୍ ଇଷ୍ଟେଟ୍ ବ୍ୟବସାୟ କରିବେ।

ଶ୍ରୀରାମ କହିଲା, "ରାତି ବାରଟା ବାଜିଲାଣି। ମୁଁ ଟିକିଏ ବାହାରୁ ଆସୁଛି।"

ରାତି ବାରଟାରେ ବାହାର ଲୋକ ଘରକୁ ଫେରନ୍ତି। ଘର ଲୋକେ କଣ ବାହାରକୁ ଯାଆନ୍ତି ! – ବୈରାଗୀ ଆଶ୍ଚର୍ଯ୍ୟ ହେଲା।

ଶ୍ରୀରାମ କହିଲା, "ତୁମର ସେ ମନ୍ତ୍ରୀ ଏତେ ଯାଗ-ଯଜ୍ଞ କରେ କାହିଁକି ? କଣ ତାର ଉଦ୍ଦେଶ୍ୟ ? କଣ ମୁଖ୍ୟମନ୍ତ୍ରୀ ହେବାକୁ ଚାହୁଁଛି ?"

: ହଁ। – ସଂକ୍ଷେପରେ କହିଲା ବୈରାଗୀ।

: ତୁମ ପାଖରେ ତ ତାର ସବୁ ଖବର ଅଛି। ତୁମେ ସେଗୁଡ଼ା ବାହାରେ କହିଦେଲେ, ମନ୍ତ୍ରୀର ବଦନାମ ହେବ ବୋଲି କଣ ସିଏ ଜାଣି ନାହିଁ ?

: କିନ୍ତୁ ମୁଁ କାହାକୁ କହିବି କାହିଁକି ? ପାଟି ଫିଟେଇଲେ...

: କିଛି ହେବ ନାହିଁ। ଯିଏ ନିଜର ମଙ୍ଗଳ ପାଇଁ ପ୍ରତିଦିନ ନୂଆ ନୂଆ ଠାକୁରଙ୍କୁ ପୂଜା କରୁଛି, ବାବା ମାତାଙ୍କୁ ଭୋଗ ଚଢ଼ଉଛି ସିଏ ଗୋଟାଏ ଭୀରୁ ଲୋକ। ସେ କାହାର କିଛି କରିପାରିବ ନାହିଁ। ଏକଥା ଆଉ କିଏ ଜାଣନ୍ତୁ ନ ଜାଣନ୍ତୁ ତାଙ୍କର ପାଖଲୋକ ହିସାବରେ ତୁମେ ଜାଣିଥିବ।

ମନ୍ତ୍ରୀ ସୁରଞ୍ଜନଙ୍କ ଘର ଆଗରେ ବନ୍ଧୁକଧାରୀ ପହରା। ଫାଟକ ସେପଟେ ଡାହାଳ କୁକୁର। ଘର ଭିତରେ ଭଳିକି ଭଳି ଠାକୁର। ଚାରି ଦୁଆର କିଳି ତା ଭିତରେ ରହନ୍ତି ସୁରଞ୍ଜନ, ତାଙ୍କର ପୁଣି ଭୟ କଣ ?

ଶ୍ରୀରାମ କହିଲା, "ତୁମ କଥାର ଜବାବ ମୁଁ ପରେ ଦେବି। ମୋର ଡେରି

ହୋଇଯାଉଛି, ମୁଁ ଆସେ ! ହଁ, କେଉଁ କଲେଜରେ ତୁମ ପୁଅ ପଢ଼ିବାକୁ ଋହୁଁଥିଲା ? ତାର କିଛି ଫୋନ୍‌ଫାନ୍ ନମ୍ବର ଅଛି ?

: ଫୋନ୍। ହଁ, ଅଛି। ପୁଅ ଚିଠିରେ ଅଛି। - ବୈରାଗୀ କହିଲା। ଏତେବେଳେ ତାର ମନେପଡ଼ିଲା ଯେ ଦିନେ ଖରାବେଳେ ସେ ସୁରଞ୍ଜନଙ୍କ ଘରୁ ବସ୍‌ଷ୍ଟାଣ୍ଡ୍‌କୁ ଯିବା ବାଟରେ ଏଇ ଶ୍ରୀରାମକୁ ସେ ରାସ୍ତା ଉପରେ ଭେଟିଥିଲା। ସେ ସେକଥା କହିଲା ନାହିଁ। ଫୋନ୍ ନମ୍ବରଟି କେବଳ ବଢେଇଲା।

: ତମେ କେତେ ଯୋଗାଡ଼ କରିଛ ?

: ଲକ୍ଷେଟଙ୍କା ଯୋଗାଡ଼ କରିଥିଲି। ସେଥିରୁ ହଜାରେ ଖର୍ଚ୍ଚ...।

: ହଉ, ହଉ। ତୁମେ ଦିହେଁ ଶୋଇପଡ଼, ମୁଁ ଆସେ। - ଶ୍ରୀରାମ କହିଲା ଓ କବାଟ ଖୋଲି ଅନ୍ଧାର ଭିତରେ ମିଶିଗଲା।

ବୈରାଗୀ କିଛି ବୁଝିପାରୁ ନ ଥାଏ। ପର୍ଶୁରାମ କହିଲା, "ମଉସା ଶୋଇପଡ଼, ଅନେକ ରାତି ହେଲାଣି।"

ବୈରାଗୀ ଖଟିଆ ଉପରେ ଚିତ୍ ହୋଇ ଶୋଇପଡ଼ିଲା। ଟିକିଏ ହେଲେ ନିଦ ଆସୁ ନ ଥାଏ। ସେ ତା ବାପାର ଦି ପୁଅ ଭିତରୁ ସାନ ଥିଲା, ବଡ଼ ଋଲିଗଲେଣି। ଗାଁରେ ଋରିମାଣ ଜମି, ପୋଖରୀ ଆଉ ବାଡ଼ି। ସେତିକିରେ ସେମାନଙ୍କର ସଂସାର ଖୁସିରେ ଚଳୁଥିଲା। ଏତେ ବନ୍ୟା, ମରୁଡ଼ି ପଡୁ ନ ଥିଲା ପିଲାଦିନେ। ବାଡ଼ରେ ପନିପରିବା ଫଳୁଥିଲା, ପୋଖରୀରେ ମୀନ ମିରିକାଳି। ତେଲଲୁଣ ସଉଦା ମହଙ୍ଗା ନ ଥିଲା। ଧୀରେ ଧୀରେ ସବୁ ବଦଳିଗଲା। ଗାଁ ପାଖରେ ଆଜି ଗୋରୁ ଚରିବା ପାଇଁ ଅନାବାଦି ପଡ଼ିଆ ଖଣ୍ଡେ ନାହିଁ। ରାଜନୈତିକ ଦଳାଦଳିରେ ଗାଁ ଦିଅଁ ପୂଜା ହେଉ ନାହାନ୍ତି କି ପୋଖରୀ ଉଝଳା ହୋଇପାରୁ ନାହିଁ। ଔଷଧ ଟିକିଏ ମିଳିବା ଲାଗି ନନ୍ଦପୁର ଆସିବା ପାଇଁ ପଡୁଛି, କିନ୍ତୁ ଗାଁ ସ୍କୁଲ ପଛପଟେ ମଦ, ଗଞ୍ଜେଇ ଯାହାକୁ ଯେତେ। କାହିଁକି ଆଉ କେମିତି ଏସବୁ ହେଇଗଲା, ସେ ଜାଣିପାରେ ନାହିଁ। ଗାଁସାରା ହଳ ହଳ ବେକାର ଟୋକାଏ ଦିନରାତି ବୁଲୁଛନ୍ତି। ତାଙ୍କରି ମେଳରେ ବୁଲିଲେ ତା ପୁଅ ଗୋବିନ୍ଦର କି ବା ଭବିଷ୍ୟତ ରହିବ !

ସେ ବେଶି ପାଠ ପଢ଼ି ନ ଥିଲା। ସେଥିପାଇଁ କଲିକତା ଯାଇ ନାଟ ଦଳରେ କାମ କରିଥିଲା। ତାପରେ ଫେରିଆସି କିଛି କରିବା ପାଇଁ ଭାବୁଥିବାବେଳେ ମନ୍ତ୍ରୀ ସୁରଞ୍ଜନ ଖବର ଦେଲେ। ସେଇଦିନୁ ତାଙ୍କରି ଭରସାରେ ସେ ରହିଗଲା। ଆଉ କୁଆଡ଼େ ଯାଇ ନାହିଁ।

ମନ୍ତ୍ରୀ ସୁରଞ୍ଜନଙ୍କର ସେଇ ଏକା କର୍ମୀ ନୁହେଁ, ଆହୁରି ଅନେକ ଅଛନ୍ତି। କିନ୍ତୁ

କାହାରି ଭାଗ୍ୟ ତା ପରି ନୁହେଁ। ସାତ ପଛରେ ଆସିଥିବା ଭରତ ପ୍ରଧାନ କଥା ଦେଖି ତ ସେ ତାଜୁବ ହୁଏ।

ଭରତ ପ୍ରଧାନ କଥାରେ କଥାରେ ସମସ୍ତଙ୍କୁ କିଣିନିଏ। ମିଛ ଛତୁ ଚାଷ, ଶାଗ ଚାଷ କି ମାଛ ଚାଷ କରିବ କହି ମନ୍ତ୍ରୀଆଣୀଙ୍କଠାରୁ ହଜାର ହଜାର ଟଙ୍କା ନେଇଯାଏ। କିଛି ଦିନ ବଜାରରୁ ତଟକା ଶାଗ ଓ ମାଛ କିଣିଆଣି, ନିଜ ବାଡ଼ିରୁ ଆଣିବାର ଢମ କରେ। ପଛକୁ, କେତେବେଳେ ପୋକ ତ କେତେବେଳେ ଗୋରୁଗାଈ ପଶି ନଷ୍ଟ କରିଦେଲେ କହି ସେଥିରୁ ଖଲାସ ପାଇଯାଏ। ସହାନୁଭୂତି ପାଏ, ତା ସାଙ୍ଗରେ ପୁଣି ମୂଳଧନ। ଅନ୍ୟ କେତେଜଣ ମନ୍ତ୍ରୀଙ୍କ ଦପ୍ତରକୁ ଆସୁଥିବା ଗୁହାରିଆଙ୍କଠାରୁ ପଚାଶ ଶହେ ଝଡ଼େଇ ବେଶ୍ ରୋଜଗାର କରନ୍ତି। ମାତ୍ର କାହାକୁ ଭୁଡେଇବା ଲାଗି ବୈରାଗୀର ସାହସ ହୁଏ ନାହିଁ। ଗୁହାରିଆ ଲୋକଗୁଡ଼ାଙ୍କୁ ଦେଖିଲେ ତାର ଦୟା ଆସେ। ତେଲଚିକିଟା ଚେହେରା, ମଳିଛିଆ ଲୁଗାପଟା, ଲୁହ ଭର୍ତ୍ତି ଆଖି, ଛାତି ଭିତରେ ଅସରନ୍ତି ଦୁଃଖ ଧରି ବୁଲୁଥିବା ମଣିଷମାନଙ୍କୁ ମିଛ କହିବା ପାଇଁ କାହାର ବା ଜିଭ ଲେଉଟିବ! ସେ ବରଂ ଅକାଳେ ସକାଳେ କାହାକୁ ପାଞ୍ଚ, ଦଶ ଟଙ୍କା ଦିଏ, ଚା କପେ ପିଇବାକୁ ଡାକେ।

ବୈରାଗୀର ଆଖିରେ ନିଦ ଆସୁ ନ ଥିଲା। ସେ କଣ କରିବ ? ଖାଲି ହାତରେ ଗାଁକୁ ଫେରିଯାଇ ସେ କଣ ପୁଅ ଆଉ ତା ମାଆକୁ ମୁହଁ ଦେଖେଇ ପାରିବ ? କିନ୍ତୁ ସିଏ ବା ଆଉ କଣ କରିପାରିଥାନ୍ତା ? ଏତେ ବିକଳ ହେଲା, ଗୋଡ଼ତଳେ ପଡ଼ିବା ପରି ନେହୁରା ହେଲା। ତା ସତ୍ତ୍ୱେ ମନ୍ତ୍ରୀ ଶୁଣିଲେ ନାହିଁ।

ପର୍ଶୁରାମ ନିଦ ମଳମଳ ସ୍ୱରରେ ଡାକିଲା, "ନିଦ ହେଉନି କି ମଉସା! ଶୋଇପଡ଼। ନ ହେଲେ ଦେହ ଦରଜ ଯିବ ନାହିଁ।"

: ହଁ ଶୋଉଛି। – ବୈରାଗୀ କହିଲା ଓ କଡ଼ ଲେଉଟେଇଲା।

ବାହାରେ ପୋକଜୋକ ଓ ବେଙ୍ଗ ରଡ଼ି ଶୁଭୁଛି। ସେ ଟିଣକବାଟ ଖୋଲି ବାହାରକୁ ଗଲା। ଠିଆହୋଇ ଆକାଶକୁ ଅନେଇଲା। ମେଘଢଙ୍କା ଆକାଶରେ ଗୋଟିଏ ଗୋଟିଏ ତାରା ଦିଶୁଛନ୍ତି। ଚାରିଆଡ଼ ଶୂନ୍‌ଶାନ୍।

ସେ ଫେରିଆସିଲା।

କେତେବେଳେ ନିଦରେ ତା ଆଖି ଲାଗିଯାଇଛି ବୈରାଗୀ ଜାଣେ ନାହିଁ। ତାକୁ ପର୍ଶୁରାମ ହଲେଇ ଉଠେଇଦେଲା। ବୈରାଗୀ ଦେଖିଲା, ସକାଳର ଖରା ଅଗଣାରେ ବିଛେଇ ପଡ଼ିଛି। ସିଏ ଆଗେ ତା କନାବୁଜୁଳାକୁ ଖୋଜିହେଲା। ହଁ, ଠିକଣା ଜାଗାରେ ସବୁ ଅଛି।

ପର୍ଶୁରାମ କହିଲା, "ତୁମେ ପୋଛାପୋଛି ହୋଇ ପ୍ରସ୍ତୁତ ହୋଇଯାଅ। ବିକାଶ ଇଂଜିନିୟରିଂ କଲେଜର ପରା ଆଜି ଶେଷ ତାରିଖ।"

: ହଁ। - ଦୀର୍ଘଶ୍ୱାସ ଛାଡ଼ି କହିଲା ବୈରାଗୀ। ''ସେଥିରୁ ଆଉ କଣ ମିଳିବ, ମୁଁ ତ ଟଙ୍କା ଯୋଗାଡ଼ କରିପାରିଲି ନାହିଁ।"

: ଟଙ୍କା ଯୋଗାଡ଼ କରିବା ଦରକାର ନାହିଁ। ତୁମେ ଯାଅ। ତୁମର ଆଡ୍‌ମିସନ୍ ହୋଇଯିବ। - ପର୍ଶୁରାମ କହିଲା।

ଶୂନ୍ୟରୁ ଖସିପଡ଼ିବା ପରି ଅନୁଭବ କଲା ବୈରାଗୀ। ଆଡ୍‌ମିସନ୍ ହୋଇଯିବ ? କେମିତି ? କିଏ ତା ପାଇଁ ଟଙ୍କା ଦେବ ? ମାଗଣାରେ ତ ସେମାନେ ଆଡ୍‌ମିସନ୍ କରିବେ ନାହିଁ। ସରକାରୀ ହିସାବରେ ସିନା ବର୍ଷକୁ ମାତ୍ର ପଇଁଚାଳିଶ ହଜାର ଟଙ୍କା, ମାତ୍ର ସମସ୍ତେ ତ ଟେବୁଲ୍ ତଳେ ଲକ୍ଷ ଲକ୍ଷ ଟଙ୍କା କିଳାପୋଡେଇ ନେଉଛନ୍ତି। ସେ କୁଆଡୁ ଆଣି ଏତେ ଟଙ୍କା ଦେବ ?

: ତୁମେ ଆଗେ ଗାଧୋଇପଡ଼। - ପର୍ଶୁରାମ କହିଲା ଓ ନିଜେ ଭାତ, ଡାଲମା ରାନ୍ଧିବାର ଆୟୋଜନ କଲା। କିରାସିନି ଷ୍ଟୋଭ୍‌ଟା ଘର କୋଣରେ ସଁ ସଁ ଶବ୍ଦ କରି ଜଳୁଥିଲା।

ଠିକ୍ ନଅଟା ବେଳକୁ ଆସିଲା ଶ୍ରୀରାମ। କହିଲା, "ମଉସା, ତୁମେ ନିଶ୍ଚିନ୍ତ ହୋଇଯାଅ। ତୁମର କାମ ହୋଇଯିବ।"

ବୈରାଗୀ ରାଉତ ଶ୍ରୀରାମକୁ ଉପରୁ ତଳ ଯାଏ ଚାହିଁଲା। କେତେ ଶାନ୍ତ ଭଙ୍ଗୀରେ ଶ୍ରୀରାମ କଥା କହୁଥିଲା। କିନ୍ତୁ କିଏ ଏ ପିଲା ? ଯେଉଁ କାମଟି ମନ୍ତ୍ରୀ ସୁରଞ୍ଜନଙ୍କ ଦ୍ୱାରା ହୋଇପାରିଲା ନାହିଁ, ସେଇ ଅସାଧ୍ୟ କାମକୁ କିପରି ସାଧ୍ୟ କଲା ଏଇ ପିଲାଟି ?

ସେ ପଚାରିଲା, "ବାପା, ତୁମେ ଦି ଜଣ କାଲିଠୁ ଆଜି ପର୍ଯ୍ୟନ୍ତ ମୋର କେତେ ସେବା ଯତ୍ନ ନେଇଛ। ଅଥଚ ତମମାନଙ୍କ ସାଙ୍ଗରେ ଜୀବନରେ କେବେ ଥରେ ଦେଖା ହୋଇ ନାହିଁ। ତମ ପାଇଁ ପଦେ କିଛି କହି ନାହିଁ କି ପାଣି ଗିଲାସଟେ ଦେଇ ନାହିଁ। ପୁରାଣ ଶାସ୍ତ୍ରରେ ଦେବଦୂତ ପରି ତୁମେ କେତେ କଣ ନ କରିଛ ? ତମ ପରିଚୟ ଟିକେ ଦିଅନ୍ତ ନାହିଁ।"

: ପରିଚୟ ? ପରିଚୟ କଣ ମଉସା ! - ପର୍ଶୁରାମ କହିଲା।

: ମୋ ବାପା ଆପଣଙ୍କ ପରି ଜଣେ ରାଜନୈତିକ କର୍ମୀ ଥିଲେ। ସେ ସମର୍ଥନ କରୁଥିବା ସରପଞ୍ଚ ପ୍ରାର୍ଥୀ ହାରିଗଲେ, ଗାଁ ଲୋକ ଆମ ଘରେ ନିଆଁ ଲଗେଇଦେଲେ। ଆମେ ସର୍ବସ୍ୱାନ୍ତ ହେଇଗଲୁ। ଭଉଣୀର ବାହାଘର ଭାଙ୍ଗିଗଲା। ବୋଉ ପାଗଳୀ ହୋଇଗଲା ଏବଂ ବାପା...। ଶ୍ରୀରାମ ଭାବପ୍ରବଣ ହୋଇପଡ଼ିଥିଲା।

ବୈରାଗୀ ନିଜ ଦୁଃଖ ଭୁଲିଯାଇଥିଲା । ବାପାଙ୍କର କଣ ହେଲା ? – ସେ ପଚାରିଲା ।

: ବାପା ଏଇ ସୁରଞ୍ଜନଙ୍କ ପରି ତାଙ୍କ ଜିଲ୍ଲାର ମନ୍ତ୍ରୀଙ୍କ ପାଖକୁ ଆସିଲେ । ମନ୍ତ୍ରୀଙ୍କ ସାଙ୍ଗରେ ଦେଖାକରି ଘରକୁ ଫେରିବା ବାଟରେ ଗାଡ଼ି ମଡ଼େଇ ମାରିଦେଲେ ଆମ ଅଞ୍ଚଳର କିଛି ଲୋକ । ବାପା ମରିଗଲେ ।

ବୈରାଗୀ ରାଉତ ନଥିକରି ତଳେ ବସିପଡ଼ିଲା । ସକାଳୁ ଏମିତି ଗୋଟେ ଛାତି ଥରେଇ ଦେଲା ପରି କଥା ଶୁଣିବ ବୋଲି ସେ କଦାପି କଳ୍ପନା କରି ନ ଥିଲା । ଏ ପ୍ରକାର ଘଟଣାମାନଙ୍କ ବିଷୟରେ ଯେ ସେ ନ ଜାଣିଥିଲା ନୁହେଁ; ବରଂ ଏତେକାଳ ପର୍ଯ୍ୟନ୍ତ ଏହିଭଳି ଘଟଣାର ଆର ପାର୍ଶ୍ୱରେ ଥିଲା ସିଏ । ମନ୍ତ୍ରୀଙ୍କ ପାଇଁ ଗୁଣ୍ଡା ଯୋଗାଡ଼ କରି ଗାଡ଼ିରେ ନେବା, ଲାଠି ଧରି ପହରା ଦେବା, ପ୍ରତିପକ୍ଷଙ୍କୁ ବାଡ଼େଇ ବାଡ଼େଇ ପିଟିବା, ସେମାନଙ୍କୁ ଗାଁରୁ ତଡ଼ିଦେବା – ଏସବୁ ଘଟଣାରେ ଆର ପାଖରେ ସେ ରହିଆସିଛି ଏତେଦିନ । ଯୋଗକୁ ସୁରଞ୍ଜନ ଅଧିକ ଦିନ କ୍ଷମତାରେ ରହି ଆସିଛନ୍ତି । ତେଣୁ ବୈରାଗୀର କୌଣସି ସମସ୍ୟା ହୋଇ ନାହିଁ । କିନ୍ତୁ ସେମାନେ ଘଟଉଥିବା କାଣ୍ଡକାରଖାନାର ପ୍ରଭାବ ଯେ ଶ୍ରୀରାମ ପରି ପିଲାର ପରିବାରକୁ ଏମିତି ସର୍ବସ୍ୱାନ୍ତ କରିଦେଉଥିବ ସେକଥା ସେ କେବେ ଭାବି ନ ଥିଲା ।

ଶ୍ରୀରାମ କହିଲା, "ମୁଁ ଆଉ ପଢ଼ିପାରିଲି ନାହିଁ । ତୁମ ପୁଅ ପରି ମୋର ବି ପାଠ ପଢ଼ିବାର ବହୁତ ଆଗ୍ରହ ଥିଲା । ଗୀତ ଗାଇବାର ନିଶା ଥିଲା । କିନ୍ତୁ ସବୁ ସରିଗଲା । ଏହିପରି ଧଳା କୁର୍ତ୍ତା ଧଳା ଧୋତି ପିନ୍ଧୁଥିବା ଲୋକଙ୍କର ଆଖି ପଡ଼ିଲା ଆମ ଘର ଉପରେ । ସବୁ ଜଳିପୋଡ଼ି ପାଉଁଶ ହୋଇଗଲା ।"

ଶ୍ରୀରାମ ଟିକିଏ ନିରବ ରହିଲା । ତାପରେ କହିଲା, "ଯାଅ, ମଉସା । ତମ ପୁଅର ଆଡ୍‌ମିସନ୍ ହୋଇଯିବ ।"

: କିନ୍ତୁ ତୁମେ କିଏ ? ତୁମ କଥା ସେମାନେ କଣ ମାନିବେ ?

: ପର୍ଶୁରାମ ଯିବ ତୁମ ସାଙ୍ଗରେ । କିଛି ଅସୁବିଧା ହେଲେ ମୋତେ ଖବର ଦେବ । ଆଉ, ମୋ ପରିଚୟ ପଚାର ନାହିଁ । ମୁଁ ଗୋଟାଏ ଗୁଣ୍ଡା । ବାସ୍ ।

: ଗୁଣ୍ଡା ?

ବୈରାଗୀ ଡରିଗଲା । ଗୁଣ୍ଡାକୁ ସମସ୍ତେ ଡରନ୍ତି । କଲେଜବାଲା ଡରିକି ହଁ କରିଥିବେ । କିନ୍ତୁ ପଛକୁ ପୁଲିସରେ ଖବର ଦେଇଥିବେ । ଆଜି ଯଦି ପୁଅର ଆଡ୍‌ମିସନ୍ ହେଇଯାଏ, ତାହାହେଲେ ବି ସେ ବିପଦମୁକ୍ତ ହେବ ନାହିଁ । ପଛକୁ ପୁଲିସ ପୁଅ ପିଛା ଲାଗିବ । ହୁଏତ ଶ୍ରୀରାମର ବାପା ପରି ଅବସ୍ଥା ହେବ ତା ନିଜର । ସେ କହିଲା, "ନାଇଁ ବାବୁ, ସେ ରାସ୍ତାରେ ମୁଁ ଯିବି ନାହିଁ । ମୁଁ ପଛକେ ଗାଁକୁ ଫେରିଯିବି ।"

: ତୁମେ ଡର ନାହିଁ ମଉସା। ମୁଁ କାହାକୁ କିଛି ଧମକ ଦେଇ ନାହିଁ। ମୁଁ କେବଳ ସୁରଞ୍ଜନଙ୍କୁ ଯାହା କହିବାର କହିଛି। କହିଛି କଣ, ବ୍ଲାକ୍‌ମେଲ୍ କରିଛି। ସିଏ କଲେଜବାଲାଙ୍କୁ କହିଦେଇଛନ୍ତି। ତେଣୁ ତୁମେ ବ୍ୟସ୍ତ ହେଉଛ କାହିଁକି ?

: ସୁରଞ୍ଜନବାବୁଙ୍କୁ ଆପଣ କହିଛନ୍ତି ?

: ହଁ! ମୁଁ କେବଳ ଏତିକି କହିଛି ଯେ ବୈରାଗୀ ରାଉତ ଆପଣଙ୍କ ପ୍ରତିଦ୍ୱନ୍ଦ୍ୱୀ ରୁଦ୍ରନାରାୟଣ ପାତ୍ରଠାରୁ ସାହାଯ୍ୟ ଲୋଡୁଛି। ତା ବଦଳରେ ସେ ଆପଣଙ୍କର ଗୋପନ ଯାଗଯଜ୍ଞର ସବୁ ବିବରଣୀ ରୁଦ୍ରନାରାୟଣର ଖବରକାଗଜକୁ କହିବ।

ବୈରାଗୀ ନିରବ ଥିଲା। ଏପରି କଥା କେବେ ତା ମୁଣ୍ଡକୁ ଆସି ନ ଥିଲା। ହୁଏତ ଏ କାମ ସେ କରିପାରି ନ ଥାନ୍ତା।

: ମଉସା, ପର୍ଶୁରାମ ଯେତେବେଳେ ଅସ୍ତ୍ର ତ୍ୟାଗ କରନ୍ତି, ରାମଙ୍କୁ ତାହା ଧରିବାକୁ ପଡ଼େ। ତୁମେ ମୋତେ ଗୁଣ୍ଡା କୁହ, ବଦ୍‌ମାସ୍ କୁହ, ସେଥିରେ ମୋର ଯାଏଆସେ ନାହିଁ। ମୋ ନିଜ ଇଚ୍ଛାରେ ମୁଁ ଏ ଜୀବନ ଜିଉଁଛି, ନିଜ ଇଚ୍ଛାରେ ମରିବି। କିନ୍ତୁ ମରିବା ଆଗରୁ ଏ ଦି ଗୋଡ଼ିଆ ଛାରପୋକ ମାନଙ୍କଠାରୁ କିଛି ରକ୍ତ ବାହାର କରି ନେଇଥିବି।

ବୈରାଗୀର ବିଳମ୍ବ ହେଉଥିଲା। ପର୍ଶୁରାମ ତା ସାଇକେଲ୍ କାଢ଼ିଲାଣି। ଡାକିଲା, "ଆସ ମଉସା। ଡେରି ହୋଇଯାଉଛି।"

ବୈରାଗୀ କହିଲା, "ଚଲ ବାପା।"

ସାଇକେଲ୍ ଆଗକୁ ଗଡୁଥିଲା। ବୈରାଗୀ କିନ୍ତୁ ଚହିଁଥିଲା ପଛକୁ, ଯେଉଁଠି ଶ୍ରୀରାମ ଛିଡ଼ା ହୋଇଥିଲା। ପିଲାଟି ବୈରାଗୀକୁ ପୁରାଣର ଶ୍ରୀରାମଙ୍କ ପରି ଦିଶୁଥିଲା।

■

କ୍ଷେତ

ସୁଧାକରର ଆଉ ସନ୍ଦେହ ନ ଥିଲା ଯେ ତା ପରିବାରରେ ଏସବୁ ଯାହା ଘଟୁଛି ସେସବୁ ପଦ୍ମନାଭ ବାଆଜିର କ୍ରୋଧର ପରିଣାମ। ଦି ବର୍ଷ ଭିତରେ ଲାଗଲାଗ ପୁଣି ଦିଇଟି ଝିଅ ଜନ୍ମହେବା, ସେଥିରୁ ଗୋଟାକ ରୋଗୀଣା ହେବା, ଆଖପାଖ ସମସ୍ତଙ୍କ କ୍ଷେତରେ ଭଲ ଫସଲ ହେବା ସତ୍ତ୍ୱେ ତାଆରି କ୍ଷେତର ଧାନ ଅଗାଡ଼ି ହୋଇଯିବା ଏବଂ ଶେଷକୁ ହୃଷ୍ଟପୁଷ୍ଟ କାଳୀ ଗାଇଟା ହଠାତ୍ ବାଧିକିରେ ପଡ଼ି ମରିଯିବା ଭଳି ଘଟଣା କେବଳ ପଦ୍ମନାଭ ବାଆଜିର ଅଭିଶାପ ଯୋଗୁଁ ହିଁ ଘଟୁଛି। ତାହା ନ ହେଲେ ଏଭଳି ଦୁର୍ଘଟଣା ଏ ଗାଁର ଅନ୍ୟ କାହା ଘରେ ଘଟୁ ନ ଥିଲାବେଳେ ତା ଘରେ ଘଟୁଛି କାହିଁକି ?

ତା ସ୍ତ୍ରୀ କେତକୀ ଘର କୋଣରେ ପଡ଼ି କୁନ୍ଥୁଉଥିଲା ଓ ସୁଁ ସୁଁ ହେଉଥିଲା। ତା କୁନ୍ଥାଣ ଶୁଣି ସୁଧାକରର ଦେହ ହାତ ଜଳିଗଲା। ତାକୁ ଲାଗିଲା ଇଏ ମାଇକିନାଟା ବି ଭଅଁରାବାଙ୍କର ତା କ୍ଷେତ ଖଣ୍ଡିକ ପରି ଅମଙ୍ଗଳିଆ, ଯିଏ ଧାନ ବଦଳରେ ଅଗାଡ଼ି ଦେଉଛି। ସିଏ ଭାବିଲା, କେତକୀକୁ ଘୋଷାଡ଼ି ଘୋଷାଡ଼ି ନେଇ ଘର ବାହାରେ କଚାଡ଼ି ଦେବ। ସେଥିରେ ଦିଇଟା ଯାକ ବିପଦ ଟଳିଯିବ। କେତକୀ ଆଉ ଗୋଟାକୁ ଗୋଟା ଝିଅ ଜନ୍ମ କରିବ ନାହିଁ କି ଏବେ ତା ପେଟରେ ଥିବା ଝିଅର ମୁହଁ ଦେଖିବାକୁ ପଡ଼ିବ ନାହିଁ। କିନ୍ତୁ ଦୁଆରବନ୍ଧ ପାଖରେ ତା ବଡ଼ଝିଅ କମଳା ଛିଡ଼ା ହୋଇ ବଡ଼ ବଡ଼ ଆଖିରେ ତାକୁ ଅନେଇଥିଲା। ତା ଆଖିରୁ ଜଣାପଡୁଥିଲା, ସିଏ ଯେମିତି ତା ବାପ ପେଟର କଥାତକ ପଢ଼ି ପାରୁଥିଲା। ସୁଧାକର ଦରଜଳା ବିଡ଼ିଟାକୁ ମାଟି ଚଟାଣରେ ଦଳି ଲିଭେଇ ଦେଲା ଓ ଥୁ କିନା ଛେପ ନଣ୍ଡାଏ ଫିଙ୍ଗି ବାହାରକୁ ଉଠି ପଳେଇଗଲା।

ସୁଧାକର ପଳେଇଲା ପରେ କମଳା ତା ମା ପାଖକୁ ଗଲା। ମାଆର ପେଟ ଖୁବ୍ ଫୁଲିଯାଇଥିଲା। ସେ ତାକୁ ଆଉଁଶି ଦେଲା ଓ ତା ଦି ଗାଲରେ ଗଡ଼ିଆସୁଥିବା ଲୁହ ପୋଛିଦେଲା। କେତକୀ ତା ସ୍ୱାମୀର ଅତ୍ୟାଚାର ଚୁପ୍‌ଚାପ୍ ସହିନେଉଥିଲା ସିନା, ଝିଅର ସ୍ନେହକୁ ନିରବରେ ଗ୍ରହଣ କରିପାରିଲା ନାହିଁ। ତା ଲୁହ ତାର ବୋଲ ମାନୁ ନ ଥିଲେ। ସେ ଝିଅର ହାତକୁ ତା ପେଟ ଉପରେ ଚାପି ଧରି କାନ୍ଦି ଚାଲିଥିଲା। ସାନ ସାନ ଝିଅ ଦିଇଟା ଏ ଦୃଶ୍ୟ ଦେଖି ବଡ଼ ପାଟିରେ ରଡ଼ି କରୁଥିଲେ। କେତକୀ ମାଆକୁ ଛାଡ଼ି ଦି ଭଉଣୀଙ୍କୁ ତୁନି କରାଇଲା।

ଏମିତି କିଛି ସମୟ ବିତିଗଲା।

କେତକୀ କହିଲା, ''ତୁ ଯା, ରତିମାଉସୀ ଘରୁ ଚାଉଳ ମାଣେ ଆଣି ଫୁଟେଇ ଦେବୁ। ତୋ ବାପା ଭୋକ ସହିପାରେ ନାହିଁ। ଯେ ଚୁଇଁ, ଚୁଇଁଙ୍କୁ ବି ଭୋକ ଲାଗିବଣି। ମୋ କଥା ତ ଦେଖୁଛୁ। ମାଉସୀକୁ ଟିକେ କହିବୁ, କାମ ସରିଲେ ମୋତେ ଆସି ଦେଖିଯିବ।''

କମଳାକୁ ନଅ ପୂରି ଦଶ ଚାଲିଛି। ନିଜେ ଦୁର୍ବଳିଆ ଝିଅ। ଦିଇଟା ବର୍ଷ ସ୍କୁଲକୁ ଯାଇଥିଲା, ଗାଈ ଜଗିବା କାମ ପାଇଁ ବାପ ସୁଧାକର ଯାଇ ତାକୁ ଉଠେଇ ଆଣିଲା। ନିଜେ ସେଇଦିନୁ କମଳା ଆଉ ସ୍କୁଲକୁ ଯାଇ ନାହିଁ। କିଛିଦିନ ଅଭ୍ୟାସବଶତଃ ସକାଳ ନଅଟା ପାଖାପାଖି ପିଲାଏ ଗାଁ ଦାଣ୍ଡଦେଇ ସ୍କୁଲକୁ ଯିବାବେଳେ କମଳା ବି ମୁଣ୍ଡ କୁଣ୍ଡେଇ, ବହିଖାତା ଧରି ଘର ଆଗ ରାସ୍ତାରେ ଛିଡ଼ା ହେଉଥିଲା। ଧୀରେ ଧୀରେ ସେ ଅଭ୍ୟାସ ଭାଙ୍ଗିଗଲା। ତାପରେ କମଳାର ସାଙ୍ଗମାନେ ସ୍କୁଲ୍ ଗଲାବେଳେ ସେ ଘାସ କାଟେ, ଜାଳ ଗୋଟାଏ, ସାନ ଦି ଭଉଣୀଙ୍କୁ ସମ୍ଭାଳେ। କାମ ଭିଡ଼ ଭିତରେ ବେଳ ପାଇଲେ ସ୍କୁଲ ପ୍ରାର୍ଥନାରୁ ପଦୁଟେ ମନକୁ ମନ ବୋଲେ- ଆହେ ଦୟାମୟ ବିଶ୍ୱବିହାରୀ।

କେତକୀର କଷ୍ଟ ବଢୁଥିଲା। ସେ ଦାନ୍ତଚାପି କଷ୍ଟତକ ହଜମ କରିବାକୁ ଚେଷ୍ଟା କରୁଥିଲା ଓ ଆରଡ଼ି ଆଖଣ୍ଡଳମଣିଙ୍କୁ ଡାକୁଥିଲା। ନିଜର ପେଟକୁ ନିଜେ ଆଉଁଶି କହୁଥିଲା, ଏଥରକ ପୁଅଟେ ହୁଅନ୍ତୁନି ଧନ! ତୋ ମାଆ ଏ ଅପମାନରୁ କାଳେ ବଞ୍ଚିଯାଆନ୍ତା। କିନ୍ତୁ ସବୁଥର ପରି ଏଥରକ ବି ତାର ନିଜ ଉପରେ ଭରସା ରହୁ ନ ଥିଲା। ପଦ୍ମନାଭ ବାଆଜିର କଥା ମିଛ ହୁଏ ନାହିଁ। ସିଏ ଅଭିଶାପ ଦେଇଛି ସୁଧାକରର ସ୍ତ୍ରୀ ବର୍ଷକୁ ବର୍ଷ ଖାଲି ରୋଗୀଣା ଝିଅ ଜନ୍ମ କରିବ। ତା ବରାଦ ମୁତାବକ ଠାକୁରାଣୀଙ୍କ ସନ୍ତୋଷ ଲାଗି ପାଞ୍ଚ କିଲୋ ରୁପା ନ ଦେଲା ଯାଏଁ ଏ ଚକ୍ରରୁ ମୁକ୍ତି ନାହିଁ।

ପାଞ୍ଚକିଲୋ ରୁପା ଆଉ ସୁଧାକର! ସଦାଦିନେ ତାକୁ ପାଞ୍ଚଣରେ ପିଟୁଥିବା,

ଗାଳିଦେଉଥିବା ଓ ତା ବାପା ଭାଇଙ୍କୁ ଅକଥ୍ୟ ଭାଷାରେ ଶୋଧୁଥିବା ସୁଧାକର ଉପରେ ବି କେତକୀର ଦୟା ହେଲା। କୋଉଠୁ ଆଣିବ ସେ ପାଞ୍ଚ କିଲୋ ରୁପା? ପାଞ୍ଚ କିଲୋ ରୁପା ଯୋଗାଡ଼ କଣ କମ୍ କଥା ହେଲାଣି?

ସୁଧାକର ଇନ୍ଦୁପୁର ଗାଁର ଛୋଟିଆ ଚଷୀଟିଏ। ଜମି ଦି ମାଣ ତାର ସର୍ବସ୍ୱ। ଘର ପଛ ବାଡ଼ିରେ ବାଇଗଣ, ଭେଣ୍ଡି, ଛନ୍ଦି କିଛି ଫଳେ, ନିଜ ଘର ତରକାରି ଖର୍ଚ୍ଚକୁ ନିଅଣ୍ଟ। ଗାଈଟିଏ ଥିଲା, ମରିଗଲା। କମଳାକୁ ପାଞ୍ଚବର୍ଷ ହେଇଥିବା ବେଳେ କେତକୀ ଓ ସୁଧାକର ସାମନ୍ତରାପୁର ଠାକୁରାଣୀ ଦେଖିବାକୁ ଯାଇଥିଲେ। ସେଇଠିକୁ ଆସିଥିଲେ ଏ ଖଣ୍ଡମଣ୍ଡଳରେ ଖ୍ୟାତ ପଦ୍ମନାଭ ବାଆଜି। ସିଏ ହାତ ଦେଖି ମଣିଷର ଅତୀତ, ବର୍ତ୍ତମାନ ଓ ଭବିଷ୍ୟତ ତ୍ରିକାଳ କଥା କହିଦେଉଥିଲେ। ତାଙ୍କ ଆଗରେ ବସିଥାଏ ଆଉ ଗୋଟେ ମଙ୍ଗଳାଯାତ୍ରା। ବଡ଼ କଷ୍ଟରେ ସୁଧାକର ଓ କେତକୀ ଭିଡ଼କାଟି ବାଆଜିଙ୍କୁ ନିଜର ହାତ ଦେଖାଇଥିଲେ। ପଦ୍ମନାଭ ବାଆଜି ନିଜର ଦିବ୍ୟଜ୍ଞାନ ବଳରେ ସେମାନଙ୍କର ପୂର୍ବଜନ୍ମ କଥା ଜାଣି କହିଥିଲେ- ଗଲା ଜନ୍ମରେ ସୁଧାକର ଓ କେତକୀ ନାଗମାତାର ଡିମ୍ବତକ ନଷ୍ଟ କରିଦେଇଥିଲେ। ସେମାନଙ୍କ ମୁଣ୍ଡ ଉପରେ ନାଗୁଣୀର ଅଭିଶାପ, ତହିଁରୁ ମୁକୁଳିବାର ଉପାୟ ନାହିଁ। ଯଦି ସେମାନେ ପାଞ୍ଚକିଲୋ ରୁପାର ଶିବମୂର୍ତ୍ତି ଗଢ଼ିକି ଦେବେ, ତାହାହେଲେ ଏ ଅଭିଶାପରୁ ମୁକ୍ତି ମିଳିପାରେ। ନ ହେଲେ ଜନ୍ମ ପରେ ଜନ୍ମ, ଶହେ ଜନ୍ମ ପର୍ଯ୍ୟନ୍ତ ଅଭିଶାପ ଦିହିଙ୍କ ମୁଣ୍ଡ ଉପରେ ଥିବ।

ହଳିଆ ସୁଧାକର ସବୁଦିନେ କ୍ଷଣକୋପୀ। ସିଏ ପଦ୍ମନାଭ ବାଆଜିଙ୍କ କଥା ଶୁଣି ଚିଡ଼ିଉଠି କହିଥିଲା, "ହଉ, ଆମେ ନାଗୁଣୀ ଅଭିଶାପ ନେଇ ରହୁ। ଆପଣଙ୍କୁ ବାବା ନମସ୍କାର।" ଏତିକି କଥା ହେଲେ ସେ ଧୀର ଗଳାରେ କହିଥାଆନ୍ତା, ତାହାହେଲେ ବାଆଜି କ୍ଷମା କରିଦେଇ ଥାଆନ୍ତେ। କିନ୍ତୁ କଥାଟା ସେ ବଡ଼ ପାଟିରେ ସମସ୍ତେ ଶୁଣିଲା ପରି କହିବାରୁ ବାଆଜି ରାଗିଗଲେ ଏବଂ ତାପରେ ଅଭିଶାପ ଦେଲେ, 'ତୋ ସ୍ତ୍ରୀ ଅଗାଡ଼ି ଓ ରୋଗୀଣା ଝିଅ ଜନ୍ମ କରିବ, ଯା।' କେତକୀ ପୁଣି ଆଖିରୁ ଲୁହ ପୋଛିଲା। ବାପ-ଭାଇ ମୂଳିଆ। ସେମାନଙ୍କ ଆଡୁ କିଛି ସାହାଯ୍ୟର ଆଶା ନାହିଁ। ଯାହା କରିବ ସୁଧାକର। ଆଗରୁ ଚଷ କରୁଥିଲା। ଶୀତଦିନ ପରେ କଲିକତା ଯାଉଥିଲା ଦାଦନଖଟି। ଏଇ ପାଞ୍ଚବର୍ଷ ହେଲା କେମିତି ସେ ବଦଳି ଯାଇଛି। ନିଶାପାଣି ବଢ଼ିଯାଇଛି ତାର। ଆଗରୁ ଯାହା ଗାଳିମନ୍ଦ କରୁଥିଲା ସିନା, କେତକୀ ଉପରକୁ ହାତ ଉଠଉ ନ ଥିଲା। ଏବେ କଥା କଥାରେ ହାତ ଉଠଉଛି। ତା ମାଡ଼ ଖାଇ ଖାଇ କେତକୀର ପିଠି, ହାତ, ଗୋଡ଼ ଓ ମୁହଁ କଇଁଥା ପାଲଟି ଗଲାଣି। ପିନ୍ଧାକାନିରେ ଯେତେ ଲୁଚେଇଲେ ସେସବୁ ଲୁଚେ ନାହିଁ।

ପଦ୍ମନାଭ ବାଆଜି ପାଖରୁ ନିରାଶରେ ଫେରିବା ପରେ ସୁଧାକର ତାକୁ ପହଲି ଗୁଣିଆ ପାଖକୁ ବି ନେଇଥିଲା। ପହଲି ଗୁଣିଆ ତାକୁ ହଳଦି ପାଣିରେ ଗାଧୋଇ, ନୂଆଲୁଗା ପିନ୍ଧି ତା ପାଖକୁ ଯିବାକୁ କହିଥିଲା। ଶୀତରାତିଟାରେ କେତକୀ ଗାଧୋଇ ପାଧୋଇ ପୂଜାପାଠରେ ବସିଥିବା ବେଳେ ତା ଦେହରେ ଜ୍ୱର ହୋଇଯାଇଥିଲା। ପହଲି ଗୁଣିଆ ପୂଜାପାଠ ସାରି କହିଥିଲା, ଆସନ୍ତା ଗର୍ଭରେ ତାର ଅବଶ୍ୟ ପୁତ୍ରସନ୍ତାନ ଜାତ ହେବ। ସୁଧାକର ଓ କେତକୀ ସାଷ୍ଟାଙ୍ଗ ପ୍ରଣିପାତ କରି, ଦିଇଶହ ଏକାବନ ଟଙ୍କା ଦକ୍ଷିଣା ଦେଇ ଫେରି ଆସିଥିଲେ। କିନ୍ତୁ ତାପରେ ଜନ୍ମ ହୋଇଥିଲା ଚୁଇଁ, ଝିଅଟା ପୁଣି ରୋଗୀଣା। ସୁଧାକର ଗୋଟେ ଶାବଳ ଧରି ପହିଲି ଗୁଣିଆ ପାଖକୁ ଧାଇଁ ଯାଇଥିଲା। କିନ୍ତୁ ଗୁଣିଆ ସେତେବେଳକୁ ତାଙ୍କ ଗାଁ ଛାଡ଼ି ଆଉ କେଉଁଠିକି ଚାଲିଯାଇଥିଲା। ସେଠୁ ନିରାଶ ହୋଇ ସୁଧାକର ଫେରିଥିଲା।

ଗାଁ ଗୋଟାକର ଲୋକ ବାରକଥା କହନ୍ତି। କେତକୀ ଓ ସୁଧାକର ପୁତ୍ ନର୍କରୁ ଉଦ୍ଧାର ପାଇବେ ନାହିଁ। ମଲାପରେ ତାଙ୍କର ଅଶାନ୍ତ ଆତ୍ମା ସେମିତି ଯୁଗ ଯୁଗ ଧରି ଆକାଶରେ ଘୂରୁଥିବ। ଭୋକିଲା ଶୋଷିଲା ତାଙ୍କର ଆତ୍ମା ପାଇଁ ପିଣ୍ଡ ବାଢ଼ିବାକୁ କେହି ନାହିଁ। ତାର ପୁଅ ନାହିଁ। ଏ ଝିଅଗୁଡ଼ାକ ବାହାହୋଇ ପରଘରକୁ ଯିବେ। ବାହା ନ ହେଲେ ବି ବାପ ପାଇଁ ପିଣ୍ଡ ବାଢ଼ିବାର ଅଧିକାର ସେମାନଙ୍କର ନାହିଁ। ଏସବୁ କଥା ଚିନ୍ତା କି ସୁଧାକରର ମୁଣ୍ଡ ଗରମ ହୋଇଯାଏ। ଭବିଷ୍ୟତରେ ସେଇସବୁ ଆତଙ୍କଜନକ ଚିତ୍ର ତାକୁ ଆହୁରି ଭୟଭୀତ କରନ୍ତି। ସେ ଘରକୁ ଆସି କେତକୀର ଚୁଟି ଧରି ଭିଡ଼େ, ତାକୁ ଘୋଷାରି ନେଇ ପିଟେ ଓ ଦିହ ହାତ ଦରଜ ହେଇଗଲେ ଗାଁମୁଣ୍ଡ ଭାଟିରୁ ଦି ଗିଲାସ ଦେଶୀ ମଦ, ନ ହେଲେ ଗଞ୍ଜେଇ ଚିଲମେ ଭିଡ଼ି ଶୋଇଯାଏ।

ତାପରେ କେତକୀର ଅସରନ୍ତି ରାତି।

ଜଖମ ଦେହକୁ କଷ୍ଟେମଷ୍ଟେ ଘୋଷାରି ଲୁଣବିଣ୍ଡା ଓ କିରାସିନି ସେକଦେଇ ସେ ଜାଳକାଠ ଯୋଗାଡ଼ କରେ। ଯାହା ପାଏ ଗଣ୍ଡାଏ ଫୁଟାଏ ଓ ସୁଧାକରକୁ ତା କୁମ୍ଭକର୍ଣ୍ଣ ନିଦରୁ ଉଠାଇ ଖାଇବାକୁ ଦିଏ। ତାପରେ ସାନ ଯୋଡ଼ାକ ଓ ବଡ଼ ଝିଅ କମଳାକୁ ଖୁଆଏ। ଶେଷରେ ଯାହା ରହେ ଖୁଣ୍ଟିନାଣ୍ଟି ନିଜେ ଖାଏ। ନ ହେଲେ ପାଣି ଗିଲାସେ ପିଇ ପିଲାଙ୍କ ପାଖରେ ଗଡ଼ିପଡ଼େ।

ତା ଆଖିରେ ନିଦ ନ ଥାଏ କି ସ୍ୱପ୍ନ ନ ଥାଏ।

ସେ ତା ପିଲା ତିନିଟିଙ୍କ ମୁହଁକୁ ଅନାଏ, ସେମାନଙ୍କୁ ଆଉଁଶେ, ତାଙ୍କ ନରମ ଗାଲରେ ମୁହଁ ରଖି କାନ୍ଦେ। ତାଙ୍କର ଚିରାଫଟା ଜାମା, ନୁଖୁରା ମୁଣ୍ଡ ଓ ପାଉଁଶିଆ ଦେହହାତକୁ ଗେଲ ଆଦରର ତେଲ ସାବୁନରେ ଧୋଇପୋଛି ସଫା କରିଦିଏ। ସେଇଠୁ

ଜୁଳୁଜୁଳୁ କରି ଚାହେଁ ସୁଧାକର ମୁହଁକୁ। ସୁଧାକର ଫାଁ ଗାଳି ଶୋଇଥାଏ, ଘୁଙ୍ଗୁଡ଼ି ମାରୁଥାଏ ଜୋର୍ ଜୋର୍। ତା ଆଡ଼େ ଅନେଇଲେ ଭୟରେ ସେ ଶୀତେଇ ଉଠେ। ତା ନିଦ ଭାଙ୍ଗିବାକୁ କେତକୀର ସାହସ ହୁଏ ନାହିଁ। ହୁଏତ ଉଠିପଡ଼ି ପୁଣି ସେ ତାକୁ ପିଟିବ। ପୁଣି ତାକୁ ଘୋଷାରି ହଲାପଟା କରିବ।

ଲାଜ ଆଉ ଅସମାର୍ଥ୍ୟର ବେଡ଼ି ତାକୁ ଗାଁ ଦାଣ୍ଡରେ ଚାଲିବାର ଅବସର ଦିଏ ନାହିଁ। ତାକୁ ଲାଗେ ଏ ଦାସସାହିର ସମସ୍ତେ ଯେମିତି କେବଳ ତାଆରି ବିଷୟରେ କଥାବାର୍ତ୍ତା ହେଉଛନ୍ତି। ପୋଖରୀ ତୁଠ, ଠାକୁରାଣୀ ଘର, ଇସ୍କୁଲ ଓ ନଈକୂଳ - ସବୁଠି ଯେମିତି ତାଆରି ବିଷୟରେ ଚର୍ଚ୍ଚା। ସେ କାହାକୁ ଯାଇ ମୁହଁ ଦେଖେଇବ ?

ଏ ଗାଁଟି ଭିତରେ ଗୋଟିଏ ଲୋକ, ରତିମାଉସୀ। ସେଇ ଶୁଣେ କେତକୀର କଥା। ତାକୁ ସାନ୍ତ୍ୱନା ଦିଏ। କହେ, ଭଗବାନ ଉପରେ ଭରସା ରଖ। ସେଇ ତୋର ଦୁଃଖ ଶୁଣିବେ।

ଥରେ ରତିମାଉସୀ କହୁଥିଲେ, ପୁଅ ହେବା କି ଝିଅ ହେବାରେ ମାଆର କିଛି କରିବାର ନ ଥାଏ। ତାହା ନିର୍ଭର କରେ ବାପା ଉପରେ। କିନ୍ତୁ ଏ ଗାଁର ଲୋକମାନେ ସେକଥା ନ ବୁଝି ଖାଲି ମାଆକୁ ଦୋଷ ଦିଅନ୍ତି।

କେତକୀ ଏକଥା ଶୁଣିଥିଲା, କିନ୍ତୁ ନିଜେ ବିଶ୍ୱାସ କରି ନ ଥିଲା। ରତିମାଉସୀର କଥା ସବୁ ଏମିତି ଓଲଟପାଲଟ। ସିଏ ଅଦ୍ଭୁତ ଅବାଗିଆ ସ୍ତ୍ରୀ ଲୋକ। ଯେମିତି ଜିଦ୍‌ଖୋର, ସେମିତି ସାହସୀ। ବାହା ଯୋଗ୍ୟା ହେବା ପରେ ତାଙ୍କର ବି ବାହାଘର ହୋଇଥିଲା। ମାତ୍ର ଶାଶୂଘରେ ଯାଇ ସେ ଦେଖିଲେ, ଯାହାଙ୍କୁ ସେ ବାହା ହୋଇଛନ୍ତି ସିଏ ତାଙ୍କ ଆଗରୁ ଅଫିମ, ଗଞ୍ଜେଇକୁ ବାହା ହୋଇ ସାରିଛନ୍ତି। ରତିମାଉସୀ ଅଷ୍ଟମଙ୍ଗଳା ଯାଏ ଶାଶୂଘରେ ରହିଲେ, ତାପରେ ରାତିରେ ଲୁଚି ଲୁଚି ଏଇ ବାପଘର ଗାଁକୁ ଚାଲିଆସିଲେ। ସେଇ ଯେ ଆସିଲେ ଆଉ ଫେରିବାର ନାଁ ଧରିଲେନି।

କେତକୀ ରତିମାଉସୀଙ୍କ ଜୀବନ କଥା ଚିନ୍ତା କରି ଆଶ୍ଚର୍ଯ୍ୟ ହୁଏ। କେତେ ସାହସ ଗୋଟେ ସ୍ତ୍ରୀ ଲୋକର ! ସିଏ ତ ସୁଧାକରର ଘର ଛାଡ଼ି ମରିବା ପାଇଁ ଯିବାକୁ ବି ସାହସ କୁଳାଇ ପାରେ ନାହିଁ। କେମିତି ଯିବ ?

ଥରେ ଥରେ ନଈପାଣିରେ ବୁଡ଼ି ମରିଯିବାକୁ କେତକୀର ମନ କହେ। ଭଅଁରାବାଙ୍କ ପାଖରେ ନଈସୁଅ ଟାଣ। ମୁହୂର୍ତ୍ତକ ଭିତରେ ତାକୁ ପାଣିସୁଅ ଭସେଇ ନେଇଯିବ ମରଣପୁରକୁ। ମାତ୍ର ଝିଅ ତିନିଟିଙ୍କ ମୁହଁ ମନେପଡ଼ି ତାକୁ ଦୁର୍ବଳ କରିଦିଏ, ତା ସାଙ୍ଗକୁ ପିଲାଦିନର କଥା ମନେପଡ଼େ। ସେଦିନ ସେ ନୂଆବୋହୂ ହୋଇ ଏ ଗାଁକୁ ଆସିଥିଲା। ନୂଆ ନୂଆ ସ୍ୱପ୍ନର ଚିତ୍ର ଆଙ୍କିଥିଲା ଅନ୍ଧାରି ଘରର କାନ୍ଥରେ।

ସେସବୁ ମନେପଡ଼ି ତାକୁ ଦୁର୍ବଳ କରିଦିଏ। ସେ ପୁଣି ତାର ନିଉଛୁଣା ସଂସାରକୁ ଫେରିଆସେ।

ସେତେବେଳେ ତାର ପଡ଼ିଶା ଘର ବଳରାମ ରାଉତ କଥା ମନେପଡ଼େ। ସଂପର୍କରେ ଦିଅର। ତା ସ୍ତ୍ରୀ ଦମୟନ୍ତୀ ଆଗରୁ ତା ପାଖକୁ ଆସି ଘଡ଼ି ଘଡ଼ି ବସୁଥିଲା। କିଛି ବର୍ଷ ହେବ ସିଏ ଆଉ କେତକୀର ଦୁଆରବନ୍ଧ ମାଡ଼େ ନାହିଁ। ଦମୟନ୍ତୀ ବାହା ହୋଇ ଆସିବାର ବର୍ଷକ ପରେ ଯୋଡ଼ାଏ ଯାଆଁଳା ପୁଅ ଜନ୍ମ କଲା। ତା ଆଗରୁ ଏ ଗାଁରେ କାହାର ଯାଆଁଳା ଛୁଆ ଜନ୍ମ ହେଇ ନ ଥିଲେ। ଦମୟନ୍ତୀ ଓ ବଳରାମ ଗାଁ ଗୋଟାକର ଆକର୍ଷଣ ହୋଇପଡ଼ିଲେ। ସେଦିନ ସୁଧାକର କେତକୀକୁ ପିଟି ପିଟି ଲହୁଲୁହାଣ କରି ଦେଇଥିଲା। ସେଇ ଅବସ୍ଥାରେ ବି କନ୍ଥା ଘୋଡ଼ିହୋଇ ସେ ବଳରାମ ଅଗଣାକୁ ଯାଇଥିଲା, କାଳେ ଲବକୁଶ ଯୋଡ଼ିକୁ ଥରଟେ ଦେଖିପାରିବ।

ଏ ଘଟଣାର ଠିକ୍ ବର୍ଷକ ପରେ ପୁଣି ସେଇ ଚମତ୍କାର। ଆଉଥରେ ଦମୟନ୍ତୀ ଜନ୍ମ କଲା ଯୋଡ଼ିଏ ପୁଅ। ଏ ଖବର ତାଙ୍କ ଗାଁ ଟପି ନରଣପୁର, ଲକ୍ଷ୍ମୀପୁର ଓ ନୂଆଗଡ଼ ପର୍ଯ୍ୟନ୍ତ ଚର୍ଚ୍ଚା ହୋଇଗଲା। ସମସ୍ତେ ବଳରାମର ଭାଗ୍ୟକୁ ପ୍ରଶଂସା କଲେ। ତା ସାଙ୍ଗକୁ ଦମୟନ୍ତୀର ସୌଭାଗ୍ୟ। ବଳରାମର ଆନନ୍ଦ ଦେଖେ କିଏ ? ସ୍ୱାମୀ-ସ୍ତ୍ରୀ ଦି ଜଣ ଏ ଗାଁର ରାମ-ସୀତା ପାଲଟି ଯାଇଥିଲେ। ବଳରାମ କହୁଥିଲା, ଏସବୁ ପଦ୍ମନାଭ ବାଆଜିଙ୍କ ଆଶୀର୍ବାଦ। ତାଙ୍କରି କଲ୍ୟାଣ ଯୋଗୁଁ କ୍ଷେତର ଧାନ ଫଳୁଚି, ଦି ବର୍ଷରେ ଚାରି ଚାରିଟି ପୁଅଙ୍କ ବାପା ବି ହୋଇଛି।

କେତକୀ ଏସବୁ କିଛି ଶୁଣି ନ ଥିଲା। ସେ ଖାଲି ତା ନୁଆଁଣିଆ ଘରର ଝରକା ଫାଙ୍କରୁ ବଳରାମର ଚଉଡ଼ା ଛାତି ଓ ବଳିଲା ବଳିଲା ବାହାକୁ ଚାହିଁ ଦେଖିଥିଲା। ଥରେ ନୁହେଁ, ଅନେକ ଥର ତାକୁ ସେମିତି ଚାହିଁ ଦେଖିବା ପରେ ଥରେ ବଳରାମର ନଜର ପଡ଼ିଥିଲା କେତକୀ ଉପରେ। ଦାଣ୍ଡ ମଝିରୁ ଡାକ ପକେଇଥିଲା, "କଣ ଭାଉଜ, ପୁଅ ଦରକାର ଯଦି ମୋତେ ଡାକିବ।"

ଧଡ଼୍କିନା ଝରକାର କବାଟଟା ବନ୍ଦ କରିଦେଇଥିଲା କେତକୀ। ତା ଛାତିରୁ ପରସ୍ତେ ଝାଳ ବୋହିଯାଇଥିଲା। ସତେ କି ବଳରାମ ତାକୁ ନିରୋଳାରେ କୁଣ୍ଢେଇ ପକେଇଛି ତା ଟାଣ ଟାଣ ବାହୁ ଦିଇଟାରେ। ହସିଲା ହସିଲା ପରି କହିଯାଇଥିଲେ ବି ତାର କଥାଗୁଡ଼ାକ ଭେଦିଯାଉଛି ତା ମଞ୍ଜି ଭିତରେ। ଦମୟନ୍ତୀର ସୌଭାଗ୍ୟ ପ୍ରତି ଈର୍ଷା ଜନ୍ମିଥିଲା ତା ମନରେ। ସେଇଠି କୋଡ଼ିଏ ହାତ ଦୂରରେ ଗୋଟିଏ ମାଆ କୋଳରେ ଚାରି ଚାରିଟି ପୁଅ। ଏଠି ହଜାରେ ଜପତପ, ଠାକୁର ଠାକୁରାଣୀ, ବାଆଜି-ଗୁଣିଆ ସତ୍ତ୍ୱେ ଗୋଟିଏ ବୋଲି ପୁଅ ନାହିଁ। ଇଏ ବିଧାତାର କି ନ୍ୟାୟ ? କି ବିଚାର ?

ପୁଣି ମନ ଭିତରେ ଜିଦ୍ ବଢ଼ିଥିଲା। ସିଏ ବି ପୁଅ ଜନ୍ମ କରିପାରିବ। ସିଏ ହାରି ନାହିଁ, ସିଏ ମରି ନାହିଁ। ସିଏ ଅଗାଡ଼ି କ୍ଷେତ ନୁହେଁ। ଅନ୍ୟ କାହାଠାରୁ ନ୍ୟୂନ ନୁହେଁ, ହୀନ ନୁହେଁ। ସିଏ ସୁଧାକରର କୁଳରକ୍ଷା କରିବ। ତା ପିତୃପିତାମହଙ୍କୁ ଅମୋକ୍ଷରୁ ମୋକ୍ଷ ଦେବ। ସେମାନେ ପିଣ୍ଡ ପାଇଁ ଡହଳ ବିକଳ ହେବେ ନାହିଁ। ସେମାନେ ମୋକ୍ଷ ପାଇବେ।

ବଡ଼ଝିଅ କମଳା ରତିମାଉସୀ ଘରୁ ଚାଉଳ ନେଇ ଫେରୁଥିଲା। କେତକୀ କଷ୍ଟେମଷ୍ଟେ ଉଠିଲା ଓ ଚୁଲିପାଖକୁ ଯାଉ ଯାଉ ପଚାରିଲା, "ତୋ ବାପାକୁ ଦେଖିଲୁ କି ?"

: ନା – କମଳା ମନା କଲା।

: କୁଆଡ଼େ ଗଲେ ସଞ୍ଜ ପହରଟାରେ ?

: ମୁଁ କିମିତି ଜାଣିବି ? ସେଇ ଭାଟିକି ଯାଇଥିବ। ଭୋକ ଲାଗିଲେ ଆସିବ। – ଫୋପାଡ଼ିଲା ପରି କହିଲା କମଳା।

ପେଟର କଷ୍ଟ ବଢୁଛି। କେତକୀକୁ ଲାଗୁଛି, ରାତିଟା ପାଇଁ ଅପେକ୍ଷା କରିବ ନାହିଁ ପେଟର ଛୁଆ। କିନ୍ତୁ ସୁଧାକର ଗଲା କୁଆଡ଼େ ? ସେ ଚାଉଳମାଣଟା ଧରିବାକୁ ଯାଉଥିଲା, 'ବୋଉଲୋ' ବୋଲି ଚିତ୍କାର କରି ପଡ଼ିଗଲା। ମାଆର ଏ ଅବସ୍ଥା ଦେଖି କମଳା ଡରିଗଲା। ସାନ ଭଉଣୀ ଦି ଜଣ ବି ଚିତ୍କାର କରି ଉଠିଲେ। କମଳା କଣ କରିବ, କଣ ନ କରିବ କିଛି ବୁଝିପାରୁ ନ ଥିଲା। ମାଆର ଏ କଣ ହେଲା ? ମରିଯିବ କି ତା ମା ? ସିଏ, 'ବାପାଲୋ' 'ବାପାଲୋ' ପାଟିକରି ଘରୁ ବାହାରିଗଲା। ମାତ୍ର ତା ବାପା କେଉଁଠି ଦିଶୁ ନ ଥିଲା। ଅନ୍ଧାର ଭିତରେ କମଳା ଖାଲି ଚିତ୍କାର କରି ଧାଉଁଥିଲା।

: କଣ ହେଲା କମଳା, କଣ ହେଲା ? – ରତିମାଉସୀ ନିଜ ଘରର କବାଟ ଆଉଜେଇ ଲଣ୍ଠନଟେ ଧରି ଆସୁଥିଲେ।

: ମା... ?

: ମାଆର କଣ ହେଲା ?

ମୋ ମା...। କମଳା ଆଉ ପାଟିର କଥା ଶେଷ କରିପାରିଲା ନାହିଁ। ରତିମାଉସୀ ଅନୁମାନ କଲେ, ଯେଉଁ ବିପଦ କଥାଟି ଏତେଦିନ ଧରି ସେ ଆଶଙ୍କା କରି ଆସୁଥିଲେ ସେଇଟା ଘଟିଯାଇଛି। ବିଚାରୀ କେତକୀ ନିଶ୍ଚୟ ମରିଯାଇଛି। ସେ କମଳାକୁ କୋଳରେ ଆଉଜେଇ କହିଲେ, ''ବ୍ୟସ୍ତ ହଅନା, ଚାଲ। ବ୍ୟସ୍ତ ହଅନା।"

କେତକୀ ଘରର ଚଟାଣ ଉପରେ ଚାଉଳ ମାଣକ ବିଛେଇ ହୋଇ ପଡ଼ିଥିଲା। ଚୁଲିର ଜାଳ ସରିଯାଇଥିଲା ଓ ଖାଲି ପାଣି ଡେକ୍‌ଚିଟା ଟକ୍‌ଟକ୍ ହୋଇ ଫୁଟୁଥିଲା।

ସାନ ସାନ ଝିଅ ଦିଇଟା ନିରୀହ କୁକୁଡ଼ାଚିଆଁ ପରି ଘର କୋଣରେ ଲେସିହେଲା ପରି ବସି ରାହାଧରି କାନ୍ଦୁଥିଲେ। ସୁଧାକରର ଦେଖା ନ ଥିଲା।

ରତିମାଉସୀ ଧାଇଁଯାଇ କେତକୀର ମୁଣ୍ଡକୁ ନିଜ ଦି ହାତରେ ଟେକିଧରିଲେ। ନା, କେତକୀ ମରି ନାହିଁ। ନିଃଶ୍ୱାସ ଚାଲୁଛି। ସେ ଦୀର୍ଘଶ୍ୱାସ ନେଲେ। କମଳାକୁ କହିଲେ, 'ଯା, ବାପାକୁ ଡାକିଆଣ। ତୋ ମାଆ ବଞ୍ଚିଛି। ପିଲାଟେ ଜନ୍ମ ହେବ। ତାକୁ ସାଙ୍ଗେ ସାଙ୍ଗେ ନରଣପୁର ଡାକ୍ତରଖାନାକୁ ନେଇଯିବ। ପେଟ ପିଲାଟା ଓଲଟି ପଡ଼ିଛି କି କଣ ?'

କମଳା ପୁଣି ସେଇ ଅନ୍ଧାର ରାସ୍ତାରେ ଦଉଡ଼ିଲା, ବାପାକୁ ଖୋଜି ଖୋଜି।

ରତିମାଉସୀ ଡାକିଲେ, 'କେତକୀ! ଧୈର୍ଯ୍ୟ ଧର। କିଛି ହେବ ନାହିଁ।'

କେତକୀ କୁନ୍ଥଉ କୁନ୍ଥଉ କହିଲା, "ଦେଖିବ ମାଉସୀ, ଏଥର ମୁଁ ପୁଅ ଜନ୍ମ କରିବି ପୁଅ, ପୁଅ, ପୁ...ଅ।"

ରତିମାଉସୀ କାନ୍ଦି ପକେଇଲେ। କିଛି କହିପାରିଲେ ନାହିଁ ସେ।

କିନ୍ତୁ ସୁଧାକର କାଇଁ? ଡାକ୍ତରଖାନା ନ ନେଲେ ମାଆ କି ଛୁଆ କେହି ବଞ୍ଚିବେ ନାହିଁ। ଇଏ ତାଙ୍କ ସାଧ୍ୟର ବାହାରେ।

ମାତ୍ର ସୁଧାକର ଦିଶୁ ନ ଥିଲା।

କେତକୀ ପୁଣି ଚିତ୍କାର କଲା। ପୃଥିବୀ ଥରେଇ ଦେଲା ପରି ଚିତ୍କାର। ଯେଉଁ ଚିତ୍କାର ଶୁଣିଲେ ପଥରର ଛାତି ଫାଟିଯିବ ଏବଂ ତାପରେ, ସେ ଅନ୍ଧାର, ସେ କାତର ବିସ୍ମୟ ଏବଂ ରତିମାଉସୀଙ୍କୁ ସ୍ତବ୍ଧ କରି ଗୋଟାଏ 'କୁଆଁ କୁଆଁ' ଶବ୍ଦ। ରତିମାଉସୀ ଛିଣ୍ଡା କନାଟାକୁ ପରଦା ପରି ଟାଙ୍ଗିଦେଲେ, କେତକୀର ରକ୍ତ ଜୁଡୁବୁଡୁ ଜଙ୍ଘମେଲା ଅସାଡ଼ ଦେହ ଆଗରେ।

ଗରମ ପାଣି ଡେକ୍‌ଚିଟା ଚୁଲିରୁ ଉଠେଇ ନେଲେ। ସେ ନାହି କାଟିଦେଲେ ଛୁଆର। କେତକୀ ସତ କହିଥିଲା, ଏଥର ଝିଅ ନୁହେଁ ଜନ୍ମ ହୋଇଥିଲା ପୁଅ, କେତକୀର ପୁଅ।

ସୁଧାକର ପହଞ୍ଚି ସାରିଥିଲା। ଚିତ୍କାର କରୁଥିଲା, 'ସେ ଅଲକ୍ଷଣୀର ପୁଣି ଗୋଟାଏ ଝିଅ ହେଇଥିବ। ହାରାମଜାଦୀ, ନ ମରି ଯେତେ ହନ୍ତସନ୍ତ କରୁଛି କେବଳ। ମରୁ ନାହିଁ କାହିଁକି ?' ତା ପାଦ ଠିକ୍ ଠିକ୍ ପଡୁ ନ ଥିଲା।

ରତିମାଉସୀ କେତକୀକୁ ଡାକିଲେ, "କେତକୀ, ଏ କେତକୀ ଉଠ୍। ଦେଖ୍, ତୋର ପୁଅ ହେଇଛି। ଦେଖ୍, ତୋ ପୁଅକୁ ଦେଖ୍।" ପିଲାଟାକୁ ମା ପାଖରେ ଶୁଆଇ କେତକୀର ହାତ ଛୁଆଁଇ ଦେଲେ ସେ। କିନ୍ତୁ କେତକୀର ଜବାବ ନ ଥିଲା। ତା ଦାନ୍ତ

ଜାବ ପଡ଼ିଯାଇଥିଲା ଓ ନିଃଶ୍ୱାସ ବନ୍ଦ ହୋଇସାରିଥିଲା । ରତିମାଉସୀ ଚିତ୍କାର କରି ଉଠିଲେ, "କେତକୀ, କେତକୀ ।"

ସାହିପଡ଼ିଶାର ସ୍ତ୍ରୀ ଲୋକମାନେ ପହଞ୍ଚି ସାରିଥିଲେ । ସେମାନେ ଜାଣିସାରିଥିଲେ କେତକୀ ମରିଯାଇଥିଲା । ଏବେ ସେ ଗୋଟେ ମୁର୍ଦାର । ତାର ବାଁ ହାତଟା ପଡ଼ିଥିଲା ନୂଆ ପୁଅର ଛାତି ଉପରେ । ସୁଧାକର ଧାଇଁଯାଇ କେତକୀର ହାତକୁ ତା ପୁଅ ଛାତିରୁ ଅଲଗା କରିଦେଲା ଓ ପୁଅକୁ ଦି ହାତରେ ଉଠେଇ ନେଇ ଦି ଘେରା ନାଚିଗଲା, "ମୋର ପୁଅ ହେଇଛି, ମୋର ପୁଅ ହେଇଛି ।"

ସାମ୍ନାରେ ରକ୍ତ ସାଲୁବାଲୁ କେତକୀର ମୁର୍ଦାର ପଡ଼ିଥିଲା ଫସଲକଟା ଶୂନ୍ୟ କ୍ଷେତ ପରି । ତା ଆଡ଼େ ଭଲକରି ଥରୁଟେ ଅନେଇବା ଲାଗି ସୁଦ୍ଧା ସୁଧାକରର ସମୟ ନ ଥିଲା ।

■

ଗଣନା

ଶଶକ ଜାତି ପୁରୁଷକୁ ପଦ୍ମିନୀ ନାରୀ।

ଶଶଧର ପ୍ରହରାଜ ଏକଥା ଜାଣିଥିଲେ। ସେଥିପାଇଁ ଝିଅ ଲାଗି ଜ୍ୱାଇଁ ବାଛିବା ବେଳେ ଜ୍ୱାଇଁ ଶଶକ ଜାତିର ପୁରୁଷ କି ନୁହଁ ତାହା ଦେଖିଥିଲେ। କିନ୍ତୁ ଯେଉଁଟା ଦେଖି ନ ଥିଲେ ସେଇଟି ଝିଅ ମାଳବିକା ଜାତକର ପଞ୍ଚମ ସ୍ଥାନ। ସେଇଥିପାଇଁ ଆଜି ସେ ପତ୍ନୀଙ୍କ ପାଖରୁ ମୁହଁ ଲୁଚେଇ ରଖୁଥିଲେ।

ଗ୍ରହାଚାର୍ଯ୍ୟ ଶଶଧରଙ୍କୁ ପାଟପୁର ଅଞ୍ଚଳର ସମସ୍ତେ ସମ୍ମାନ ଦିଅନ୍ତି। କାରଣ ତାଙ୍କର ଗଣନା ନିର୍ଭୁଲ। ଏଇ ଅଞ୍ଚଳର ଯେତେ ଯେଉଁଠି ଜାତକ ମେଳ, ଗୃହକର୍ମ ଆରମ୍ଭ, ଜଳାଶୟ ପ୍ରତିଷ୍ଠା କିମ୍ବା ଦେବବିଗ୍ରହ ସ୍ଥାପନା କାର୍ଯ୍ୟ ଆରମ୍ଭ ହୁଏ ସବୁ ଶଶଧର ପ୍ରହରାଜଙ୍କ ଗଣନା ମୁତାବକ। ଲୋକଙ୍କର ଦୃଢ଼ ବିଶ୍ୱାସ ଶଶଧର ଗଣନା କରି ମାହେନ୍ଦ୍ର, ଅମୃତ କି ମଙ୍ଗଳବେଳା ନିର୍ଣ୍ଣୟ କରିଥିଲେ ଆଗକୁ ଆଉ କୌଣସି ସମସ୍ୟା ନାହିଁ। ସେ ଅଙ୍କ କଷି ନିର୍ଭୁଲ ଗଣନା କରିଥିବେ।

ଶଶଧର ପ୍ରହରାଜ ବିଖ୍ୟାତ ଗଣକ। ଆଗେ ଖଡ଼ି ଗୋଟାଳିରେ ଘର କାଟି ଗ୍ରହ ବିଚାର କରୁଥିଲେ। ଏବେ ତାହା କାଗଜ ପେନ୍‌ସିଲ୍‌ରେ କରୁଛନ୍ତି। ନିବିଷ୍ଟ ଚିତ୍ତରେ ସେ ଗ୍ରହଚଳଣ ବିଚାର କଲାବେଳେ ଚିତ୍ରର ଚିତ୍ରଗୁପ୍ତ ପରି ଦିଶନ୍ତି। ଫରକ ଏତିକି, ପ୍ରହରାଜଙ୍କ ନାକ ଉପରକୁ ଚଷମାଟିଏ ଓହଳି ପଡ଼ିଥାଏ, ଯାହା ଚିତ୍ରର ଚିତ୍ରଗୁପ୍ତଙ୍କ ପାଖରେ ଦିଶେ ନାହିଁ। ପିଲାଦିନୁ ସେ ଏହି ଜ୍ୟୋତିଷୀ ବିଦ୍ୟାର ସମସ୍ତ ଦିଗ ଶିକ୍ଷା କରିଛନ୍ତି। ବେଦ, ବେଦାନ୍ତ ଓ ଉପନିଷଦରେ ସେ ବିଚକ୍ଷଣ। ପ୍ରହରାଜ ଚଉଡ଼ା ଧଡ଼ିର ଧୋତି ପିନ୍ଧନ୍ତି। ଦେହରେ ଧଳା ପଞ୍ଜାବି। ବାମ କାନ୍ଧରେ ଖଣ୍ଡେ ଘିଅରଙ୍ଗର କୁମ୍ଭପକା ସମ୍ବଲପୁରୀ ଉତ୍ତରୀୟ। ବେକରେ ରୁଦ୍ରାକ୍ଷମାଳ, ମଥାରେ ଚନ୍ଦନ ଟୋପା ଓ ତା ଉପରେ ଚନ୍ଦ୍ର ଉପରେ ଚନ୍ଦ୍ରରେଖା ପରି। ପ୍ରହରାଜଙ୍କର ଲମ୍ବା, ଗୋରା

ଚେହେରା। ତାଙ୍କ କାନ୍ଧବ୍ୟାଗ୍ ଝୁଲେଇ ଓ ଧଳାକନା ଢଙ୍କା ଛତା ମୁଣ୍ଡେଇ ଗାଁ ରାସ୍ତାରେ ଚାଲୁଥିବାବେଳେ ସେ ଧଳା ବଗଟିଏ ପରି ଦିଶନ୍ତି।

ଏହି ଧଳା ଛତାଟି ପ୍ରହରାଜଙ୍କର ଗୋଟେ ବିଶେଷ ଚିହ୍ନଟ। ସମ୍ଭବତଃ ଛତାର କନାଟି ଦୁର୍ବଳ ହୋଇଥିବାରୁ କିମ୍ବା ଅନ୍ୟ କିଛି କାରଣରୁ ସେ ଛତା ଉପରେ ଆଉ ଗୋଟେ ଧଳାକନା ସିଲେଇ କରିଦେଇଛନ୍ତି। ରାତି ପାହିଲେ ଦଶବାର ଜଣ ଆସି ଘରମୁହଁରେ ପହଞ୍ଚନ୍ତି। କାହାର ଘରକାମ ଆରମ୍ଭ ହେବ, କିଏ କୂଅ ଖୋଳିବ, କାହାର ପୁଅଝିଅ ବାହାଘର, ଆଉ କାହାର ପିଲାଛୁଆ ନ ହେଉଥିବା ସମସ୍ୟା। ପ୍ରହରାଜ ତାଳପତ୍ର ପୋଥି, ଭୃଗୁ ସଂହିତା, ପର୍ଶୁରାମ ସଂହିତା, ସିଦ୍ଧାନ୍ତ ଦର୍ପଣସାର, ବାସ୍ତୁଶାସ୍ତ୍ର, କୋହିନୂର, ବିରଜା ପାଞ୍ଜି ଏବଂ ଜାତକପତ୍ର ଗଣନା କରି ଲୋକମାନଙ୍କୁ ତିଥି, ବାର ଓ ସମାଧାନ ବତାନ୍ତି। ସେମାନେ ବିଦା ହେଲା ପରେ ପ୍ରହରାଜେ ଜଳଖିଆ ଖାଇ ବିଶିଷ୍ଟ ଯଜମାନଙ୍କ ଘରକୁ ଯାଇଥାଆନ୍ତି। ସେମାନଙ୍କ ଭିତରେ ବ୍ୟବସାୟୀ, ବଡ଼ଚାଷୀ, ରାଜନୈତିକ ନେତା ଏବଂ ପଦସ୍ଥ ଅଧିକାରୀ ଥାଆନ୍ତି। ସେମାନେ ପ୍ରହରାଜଙ୍କୁ ଖୁବ୍ ଭଲ ଦକ୍ଷିଣା ଦିଅନ୍ତି। ପ୍ରହରାଜ କାହାକୁ ମୁହଁ ଖୋଲି କିଛି ମାଗନ୍ତି ନାହିଁ। ବାହାରେ ରହୁଥିବାବେଳେ, ହାଟ ବଜାରରେ ନିଜ ପ୍ରଶଂସକମାନଙ୍କ ମେଳରେ ଜ୍ୟୋତିଷୀଶାସ୍ତ୍ର ଚର୍ଚ୍ଚା କରୁଥିବା ସମୟରେ ଶଶଧର ଖୁବ୍ ଖୁସି ଥାଆନ୍ତି। ତାଙ୍କର ସମସ୍ୟା ଆରମ୍ଭ ହୁଏ ନିଜ ଘରକୁ ଫେରିଲେ। ମୁହଁ ଉପରେ ନିଜର ସାମର୍ଥ୍ୟ ଓ ଲୋକପ୍ରିୟତା ଯୋଗୁଁ ଯେଉଁ ଆନନ୍ଦର ପତଳା ଆସ୍ତରଣଟିଏ ଥାଏ, ତାହା ଝାଳ ଯୋଗୁଁ ପାଉଡରର ପ୍ରଲେପ ଧୋଇଯିବା ପରି ଧୋଇ ଯାଏ। ସିଏ ନିଜ ସ୍ତ୍ରୀଙ୍କ ମୁହଁକୁ ଅନେଇ ପାରନ୍ତି ନାହିଁ। ଚୁପ୍‌ଚାପ୍, ଚଗଲା ପିଲାଟିଏ ଅଭିଭାବକର ଭୟରେ ମୁହଁପୋତି ବସିବା ପରି ଚଉକି ଉପରେ ବସନ୍ତି। ସେଇଠି ବସି ସ୍ତ୍ରୀର ମୁହଁକୁ କଣେଇ କଣେଇ ଚାହାଁନ୍ତି। ଆଜି ବି ସ୍ତ୍ରୀଙ୍କ ମୁହଁ ଦୁଃଖୀ ଦୁଃଖୀ ଦିଶୁଥାଏ। ପ୍ରହରାଜ କିଛି କହିବା ପାଇଁ ସାହସ କରିପାରନ୍ତି ନାହିଁ। ଯନ୍ତ୍ରଟିଏ ପରି ଯାହା ବାଢ଼ି ଦିଆଗଲା ତାହା ଖାଇଦେଇ ସେ ବିଛଣା ଉପରେ ଲୋଟିଯାନ୍ତି।

ଆଜି ସଞ୍ଜଠାରୁ କାଲିର ସକାଳ ପର୍ଯ୍ୟନ୍ତ ବାରଘଣ୍ଟା ସମୟ ଖୁବ୍ ଅସ୍ୱସ୍ତିରେ ବିତେ।

ଆଖିକୁ ନିଦ ଆସେ ନାହିଁ। ବିଛଣାରେ ବାରମ୍ବାର କଡ଼ ଲେଉଟାନ୍ତି। ଜାଣିପାରନ୍ତି, ପତ୍ନୀ ମଧ୍ୟ ଶୋଇପାରୁ ନାହାନ୍ତି। ତାଙ୍କ ପରି ସିଏ ମଧ୍ୟ ଛଟପଟ ହେଉଛନ୍ତି। ରାତି ପାହିବାକୁ ଅପେକ୍ଷା କରୁଛନ୍ତି ଆଖି ବୁଜି ବୁଜି।

ଝିଅର ତୃତୀୟ ଗର୍ଭ ଆଗ ଦିଇଟି ଗର୍ଭ ପରି ନଷ୍ଟ ହୋଇଯିବା ଘଟଣା

ପରଠାରୁ ବାପ-ମାଆ ଦୁହେଁ ବିଚଳିତ ହୋଇପଡ଼ିଛନ୍ତି। ପ୍ରହରାଜ ନିଜ ଝିଅ ମାଳବିକାକୁ ଖୁବ୍ ଭଲପାଆନ୍ତି। ମାଳବିକା ଖୁବ୍ ଗୁଣବତୀ। ସେ ପୁଣି ତାଙ୍କର ଏକମାତ୍ର ସନ୍ତାନ। ତାଙ୍କର ଅବସୋସ, ଏହିଭଳି ଅଘଟଣ ଘଟି ଚାଲିଲେ ଭବିଷ୍ୟତରେ ତାଙ୍କ ବଂଶରେ ଦୀପଟିଏ ଜାଳିବା ଲାଗି କେହି ରହିବେ ନାହିଁ। ପ୍ରହରାଜ ପରିବାରର ଗଛ ଏଇଠି ସରିଯିବ, ମରିଯିବ। ତାଙ୍କ ସ୍ତ୍ରୀ ସମସ୍ୟାଟିକୁ ଅନ୍ୟ ଦିଗରୁ ବିଚାର କରନ୍ତି। ତାଙ୍କ ପାଇଁ ଭବିଷ୍ୟତ ଅପେକ୍ଷା ବର୍ତ୍ତମାନ ବେଶି ଗୁରୁତ୍ୱପୂର୍ଣ୍ଣ। ସିଏ ମା। ଗର୍ଭଧାରଣର କଷ୍ଟ ସେ ବୁଝିଛନ୍ତି। ନିଜ ପେଟରୁ ଜନ୍ମ ହେଇଥିବା ଝିଅଟି ତିନି ତିନିଥର ସେଇ କଷ୍ଟ ଭୋଗିଲାଣି; ମାତ୍ର କଷ୍ଟ ଶେଷରେ ସୁଖ ଟିକକ ଦେଖିବା ତା ଭାଗ୍ୟରେ ଜୁଟି ନାହିଁ, ବରଂ ଓଲଟା ହେଇଛି। ମଲା ଛୁଆର ମୁହଁ ଦେଖି କାନ୍ଥରେ ମୁଣ୍ଡ ବାଡ଼େଇବା ସାର ହୋଇଛି।

ଏସବୁ କଥା ଚିନ୍ତା କଲାବେଳେ ମାଳବୋଉ ପାଗଳୀ ପରି ହୋଇଯାଆନ୍ତି। ମନେ ମନେ ଚିନ୍ତା କରନ୍ତି, ଦିନ ଦିନ ଧରି ଝିଅ ତାଙ୍କର ଗର୍ଭ ଯନ୍ତ୍ରଣା ଭୋଗୁଛି। ଅସହ୍ୟ କଷ୍ଟକୁ ଦାନ୍ତ ଚାପି ସହୁଛି। ସକାଳୁ ସଞ୍ଜ ଯାଏ ଜଗିରଖି, ପାଦ ଚିପି ଚିପି ଘର କାମ ତୁଲଉଛି, କାଳେ ତାର କୌଣସି ଅସାବଧାନତା ଯୋଗୁଁ ପିଲାଟାର କ୍ଷତି ହେବ। ଶାଶୂଘର ଲୋକଙ୍କଠାରୁ ନାନା ପ୍ରକାର ଟୀକା ଟିପ୍ପଣୀ ଶୁଣୁଛି। କାହାକୁ କିଛି ଉତ୍ତର ଦେଇପାରୁ ନାହିଁ ବିଚାରୀ। ଖାଲି ଗୋଟିଏ ଆଶା, ଗୋଟିଏ ଆକାଙ୍କ୍ଷା - ଏଇଥର ଈଶ୍ୱର ତା ପିଲାକୁ ଆୟୁଷ ଦିଅନ୍ତୁ। ସିଏ ତାକୁ ଏ କଷ୍ଟ ଓ ଅପମାନରୁ ରକ୍ଷା କରନ୍ତୁ। ମାତ୍ର ଝିଅର ସେ ଆଶା ସଫଳ ହେଉ ନାହିଁ। ତିନି ତିନି ଥର ଗର୍ଭ ନଷ୍ଟ ହେଲାଣି, ତା ଭିତରୁ ଥରେ ମଲାପିଲା ଜନ୍ମ ହୋଇଛି।

ମାଳବିକା ରୂପରେ ସୁନ୍ଦର, ସ୍ୱଭାବରେ ଆହୁରି ଭଲ। ପ୍ରହରାଜେ ତାର ଗୁଣ ବିଚାର କରି କହିଥିଲେ, ସେ ପଦ୍ମିନୀ ନାରୀ। ଏଭଳି ନାରୀକୁ ଜଗତର ଶ୍ରେଷ୍ଠ ନାରୀ କୁହାଯାଏ। ଏମାନଙ୍କର ଆଖି ଯୋଡ଼ିକ ପଦ୍ମପତ୍ର ପରି ଆୟତ ଓ ସୁନ୍ଦର, ନାସାରନ୍ଧ୍ର କ୍ଷୁଦ୍ର, ଦେହ କ୍ଷୀଣ, ବାକ୍ୟ କୋମଳ, କେଶ ଦୀର୍ଘ, ଅଙ୍ଗପ୍ରତ୍ୟଙ୍ଗ ମନୋହର ଓ ଉଚ୍ଚ ବକ୍ଷ। ଏମାନଙ୍କର ମନ ସବୁବେଳେ ପରର ହିତ କରିବା ଲାଗି ଆଗ୍ରହୀ ଥାଏ। ପଦ୍ମିନୀ ନାରୀର ଦେହରୁ ପଦ୍ମପୁଷ୍ପରୁ ନିର୍ଗତ ସୁବାସ ପରି ସର୍ବଦା ସୁଗନ୍ଧ ବାହାରୁଥାଏ। ମାଳ ଯୁଆଡ଼େ ଯିବ, ସିଆଡ଼େ ତାର ସୁବାସ ଚରିଯିବ।

ସେଦିନ ନିଜ ଝିଅର ଏସବୁ ଗୁଣ ଶୁଣି ମାଳବୋଉ ଖୁବ୍ ଖୁସି ହେଉଥିଲେ। ତାଙ୍କ ପାଦଯୋଡ଼ିକ ତଳେ ଲାଗୁ ନ ଥିଲା। ସାହିପଡ଼ିଶାର ସମସ୍ତଙ୍କଠାରୁ ମାଳବିକାର ସ୍ୱଭାବ ନେଇ ସେ ପ୍ରଶଂସା ହିଁ ଶୁଣୁଥିଲେ। ସେଥିପାଇଁ ସେ ପୁଅ ନ ଥିବାର ଦୁଃଖ

ଅକ୍ଳେଶରେ ଭୁଲି ଯାଇଥିଲେ। କିନ୍ତୁ ସେଇ ଝିଅ ଲାଗି ଦିନେ ତାଙ୍କୁ ଏଭଳି ମନସ୍ତାପରେ ଦିନ କାଟିବାକୁ ପଡ଼ିବ, ଏକଥା ସେ କୌଣସି ଦିନ କଳ୍ପନା କରି ନ ଥିଲେ।

ମାଳବୋଉ ନିଜକୁ ମାଳବିକା ଜାଗାରେ ରଖି ବିଚାର କରନ୍ତି। ତା ପାଇଁ ତାଙ୍କର ମାଆମନ ହାହାକାର କରି ଉଠେ। କେମିତି ସେ ଏତେ କଷ୍ଟ, ଅପମାନ ଓ ଦୁଃଖକୁ ସହି ପଡ଼ିରହିଛି ?

ଝିଅ ତାଙ୍କର ଚାଲିଗଲାବେଳେ ରାଜହଂସୀ ପରି ଦିଶେ। ଯିଏ ଯାହା କହିଗଲେ ବି ପାଣି ପରି ଶୀତଳ ଥାଏ ମାଳବିକା। ଅଳ୍ପ ଦିଇଟା କଣ ଖାଇଦେଲେ ତାର କାମ ସରେ, କେବେ ତାଙ୍କୁ ହଇରାଣ କରି ନାହିଁ। ବାପା କହନ୍ତି, ‘ଏପରି ଝିଅ ଯାହା ଘରେ ଜନ୍ମ ହୋଇଥାଏ ସ୍ୱର୍ଗ, ପୁଣି ଯାହା ଘରକୁ ବୋହୂ ହୋଇଯାଏ ସିଏ ବି ସ୍ୱର୍ଗ ପାଲଟି ଯାଏ। କିନ୍ତୁ ମାଳବିକାର ବାପଘର ଓ ଶାଶୂଘର ଉଭୟ ଘରେ ଆଜି ଦୁଃଖ, ଅଶାନ୍ତି, ଅସନ୍ତୋଷ।

ଜଗତରେ କେତେ କେତେ ଘଟଣା ଘଟିଯାଉଛି। କେତେ କଳକାରଖାନା ଗଢ଼ି ଉଠୁଛି। ମଣିଷ ଈଶ୍ୱରଙ୍କୁ ସୁଦ୍ଧା ଜୟ କରିସାରିଲାଣି ବୋଲି ପଣ୍ଡିତମାନେ କହୁଛନ୍ତି। ଝିଅପିଲାମାନେ ଏଭରେଷ୍ଟ ଚଢ଼ିଲେଣି, ଚନ୍ଦ୍ରମଣ୍ଡଳକୁ ଗଲେଣି। ପାଟପୁର ପରି ଅପାଣ୍ଡବା ଗାଁରେ ବିଜୁଳି ଜଳିଲାଣି। ନାଳିଗୋଡ଼ି ରାସ୍ତା ପକ୍କା ହେଲାଣି। ଝିଅମାନେ ସାଇକେଲ୍ ଚଢ଼ି ସ୍କୁଲ୍ ଗଲେଣି। ଗାଁଟି ଅଧା ତ ହାଟ ପରି ଦିଶିଲାଣି। ମାତ୍ରଏସବୁ ଦୃଶ୍ୟ, ପରିବର୍ତ୍ତନ କି ଖବର ତାଙ୍କୁ ଆନମନା କରିପାରୁ ନାହିଁ। ସବୁବେଳେ ସେ ଘୂରିଫେରି ନିଜର ଦୁର୍ଭାଗ୍ୟ ପାଖକୁ ଫେରି ଆସୁଛନ୍ତି। ନିଜ ଘରର ଏଇ ଟିକକ ଅଭାବ, ଅକୁଳାଣପଣ ତାଙ୍କର ସମୁଦାୟ ଚିନ୍ତାକୁ ଚବିଶ ଘଣ୍ଟା ଗ୍ରାସ କରି ରଖୁଛି। ସମୟେ ସମୟେ ସେ ଭାବୁଛନ୍ତି, କାହିଁକି ମାଳର ପିଲାପିଲି ହେବା ଘଟଣାକୁ ନେଇ ସେ ଏତେ ଘାଣ୍ଟିଚକଟି ହେଉଛନ୍ତି ! ଯଦି ଦଇବ ବିଧାତା ତା କପାଳରେ ପିଲାଟିଏ ଦେଇ ନ ଥିବେ, ତାହାହେଲେ ସେ କାନ୍ଦିକୁନ୍ଦି ଯେତେ ବାଡ଼େଇ କଚାଡ଼ି ହେଲେ ବି କିଛି ଉପକାର ହେବ ନାହିଁ।

ମଣିଷ କେତେ ସମର୍ଥ, ପୁଣି କେତେ ଅସମର୍ଥ।

ଦୂର ଅପରିଚିତ କେଉଁ ମଣିଷର କିଛି ଅଦ୍ଭୁତ କାମକୁ ନେଇ ସାରା ମଣିଷ ଜାତି ଯଶ ଓ ଖ୍ୟାତି ପାଏ। କିନ୍ତୁ ଆପଣାର ବ୍ୟକ୍ତିଗତ ଦୁର୍ବଳତା, ଅଭାବ, ଅପ୍ରାପ୍ତି ଓ ଅବସୋସକୁ ଅତିକ୍ରମ କରିବାକୁ ଭାବିଲାବେଳେ ସାରା ମଣିଷ ସମାଜର କୀର୍ତ୍ତି ତା ପାଇଁ ନିଅଣ୍ଟ ପଡ଼େ।

ପ୍ରହରାଜ ଯେମିତି କଣେଇ କଣେଇ ପତ୍ନୀଙ୍କୁ ଚାହାଁନ୍ତି, ମାଳବୋଉ ମଧ୍ୟ

ସେମିତି କଣେଇ କଣେଇ ନିଜ ସ୍ୱାମୀଙ୍କୁ ଅନାନ୍ତି। ଦେଖନ୍ତି, କେମିତି ଦିନକୁ ଦିନ ସଳଖ ସୁନ୍ଦର ମଣିଷଟି ଚିନ୍ତାରେ ବଙ୍କେଇ ଗଲାଣି। ଶିରାଗୁଡ଼ାକ ଫୁଟି ଦିଶୁଛନ୍ତି ହାତ, ପାଦରେ। ମୁହଁରେ ଆଗ ଭଳି ସେ ଜ୍ୟୋତି ନାହିଁ। ଖାଇବା ପିଇବାରେ ଆଗ୍ରହ ନାହିଁ। ସମୟେ ସମୟେ ମିଛରେ 'ଭୋକ ନାହିଁ' କହି ଶୋଇ ପଡୁଛନ୍ତି।

ତେରସ୍ତା ବର୍ଷ ଚଇତ୍ର ମାସରେ, ମାଳବିକାର ତୃତୀୟ ଥର ଗର୍ଭସଞ୍ଚାର ଖବର ପାଇ ପ୍ରହରାଜ ଏବଂ ତାଙ୍କ ସ୍ତ୍ରୀ ଖୁବ୍ ଖୁସି ହୋଇଥିଲେ। ପ୍ରଥମ ଗର୍ଭ ଲେଉଟିଯିବାବେଳେ, ମାଳବୋଉ ଦୁଃଖ କରିଥିଲେ। ମାତ୍ର କିଛିଦିନ ପରେ 'ପ୍ରଥମ ବାଜି ଭୀମ ହାରେ' ବୋଲି ନିଜର ସମ୍ଭାବ୍ୟ ନାତି କି ନାତୁଣୀ ତରଫରୁ ଯୁକ୍ତି ବାଢ଼ି ଦ୍ୱିତୀୟଟି ପାଇଁ ମନରେ ଆଶା ବାନ୍ଧିଥିଲେ। ମାତ୍ର ଦ୍ୱିତୀୟଟି ଜନ୍ମ ହେଲା, ମଲା ଛୁଆ। ମାଳବୋଉ ଓ ପ୍ରହରାଜେ ଯଥେଷ୍ଟ ଭାଙ୍ଗିପଡ଼ିଲେ। ମାସକ ପର୍ଯ୍ୟନ୍ତ ପରସ୍ପରର ମୁହଁକୁ ଅନେଇ ପାରିଲେ ନାହିଁ। କିନ୍ତୁ ତା ପରେ ମାଳବୋଉ ଯୁକ୍ତି କଲେ, "ସେ ଲଢୁଛି। ଲଢ଼ି ଲଢ଼ି ଆସୁଛି। ପ୍ରଥମ ଥର ଗର୍ଭ ଭିତରେ ହାରିଯାଇଥିଲା। ଦ୍ୱିତୀୟ ଥର ମାଆର ଗର୍ଭ ଭିତରୁ ମୁକୁଳି ଆସିଥିଲା ବିଚରା, କିନ୍ତୁ ବଞ୍ଚି ପାରିଲା ନାହିଁ। ଦେଖିବ ଏଥର ସେ ହସିଖେଳି, ହାତଗୋଡ଼ ଛାଟି ମୋ କୋଳକୁ ଡେଇଁ ପଡ଼ିବ।"

ପ୍ରହରାଜେ ନିଜ ପତ୍ନୀଙ୍କ ସେଇ ଚେହେରାଟିକୁ କଦାପି ଭୁଲିପାରନ୍ତି ନାହିଁ। ଆଖିରୁ ଲୁହଧାର ଗଡୁଥିବ, ବାରମ୍ବାର ଲୁହ ପୋଛି ପୋଛି ଗାଲ ଦି ପଟ ନାଲି ପଡ଼ିଯାଇଥିବ। ଅଥଚ ଓଠରେ ଥିବ ପ୍ରଚୁର ଆଶା ଆଉ ବିଶ୍ୱାସର ଆତ୍ମସାନ୍ତ୍ୱନା। ମଣିଷକୁ କି ଉପାଦାନରେ ଗଢ଼ିଥାନ୍ତି ଈଶ୍ୱର ! କେମିତି ପଛକୁ ପଛ ତା ମନ ଭିତରେ ସବୁ ପରିସ୍ଥିତି ଓ ସମୟ ଉପଯୋଗୀ ଯୁକ୍ତିମାନ ଖଞ୍ଜି ଦେଇଥାଆନ୍ତି ସେ ! କିନ୍ତୁ ତୃତୀୟଟି ମଧ୍ୟ ମାଳବିକାର ଗର୍ଭ ଭିତରୁ ଲେଉଟିଗଲା। ଏଥର ମାଳବୋଉ କୌଣସି ଯୁକ୍ତି ପାଇଲେ ନାହିଁ। ତାଙ୍କର ସବୁ ସାହସ, ଆଶା ଓ କଳ୍ପନା ଗୋଟେ ମୂଳଛିଣ୍ଡା କଖାରୁ ଲଟାର ପତ୍ର, ଫୁଲ ଓ କଷି ପରି ମଉଳି ଶୁଖି ଝଡ଼ି ପଡ଼ିଥିଲା।

ସେଦିନ ରାତିରେ ମାଳବୋଉ, କାଠଗଡ଼ ପରି ନିଶ୍ଚଳ ପ୍ରହରାଜଙ୍କୁ ହଲେଇ ପଚାରିଥିଲେ, "ଜ୍ୱାଇଁଙ୍କର କିଛି ସମସ୍ୟା ନାହିଁ ତ ? କଟକ ଯାଇ ବଡ଼ ଡାକ୍ତରଙ୍କୁ ଦେଖାଇବା ଲାଗି କହୁନା କାହିଁକି ? ମୋ ଝିଅର ଅବସ୍ଥା ଟିକେ ଚିନ୍ତା କର। ଯାହାର ଗର୍ଭ ତିନି ଥର ଏଭଳି ଅବସ୍ଥା ଭୋଗିଲାଣି, ସେ ଆଉ ଥରେ ଛୁଆ ଧରିପାରିବ ତ ?"

ଶଶଧର ପ୍ରହରାଜେ କହିଥିଲେ, "ଜ୍ୱାଇଁ ଶଶକ ଜାତିର ପୁରୁଷ। ପଦ୍ମିନୀ, ଚିତ୍ରିଣୀ, ଶଙ୍ଖିନୀ ଓ ହସ୍ତିନୀଙ୍କ ମଧ୍ୟରେ ପଦ୍ମିନୀ ଯେପରି ଶ୍ରେଷ୍ଠ, ଶଶକ, ମୃଗ, ବୃଷ ଓ ଅଶ୍ୱ ଏପରି ଚାରି ଜାତିର ପୁରୁଷଙ୍କ ମଧ୍ୟରେ ଶଶକ ଶ୍ରେଷ୍ଠ। ତୁମେ ତାଙ୍କର ସ୍ୱଭାବ

ଦେଖୁଛ। ପୁଣି ଏପରି ପ୍ରଶ୍ନ ପଚାରୁଛ କିପରି? ତାଛଡ଼ା ଶ୍ୱଶୁର ହୋଇ ମୁଁ ଏପରି ପ୍ରସ୍ତାବ ଦେବା ଠିକ୍ ନୁହେଁ। ତୁମେ ବରଂ ଝିଅକୁ କୁହ, ସେ ଜ୍ୱାଇଁଙ୍କୁ କହୁ।"

ଖଟ ଉପରୁ ଥାଇ ପ୍ରହରାଜ ଡାକ ପକେଇଲେ, "ମାଳବୋଉ, ମୋ ଗଳା କାହିଁକି ଶୁଖିଯାଉଛି। ପାଣି ଗିଲାସେ ଦିଅ।"

ମାଳବୋଉ ହାତରୁ କରଚୁଲିଟା ତଳେ ପକେଇ ଦେଇ ଧାଇଁ ଆସିଲେ। ସାତ ଦିନ ହୋଇଗଲାଣି, ପ୍ରହରାଜଙ୍କୁ ଜ୍ୱର ଛାଡୁ ନାହିଁ କି କଫ ଛିଡୁ ନାହିଁ। କାଶି କାଶି ନୟାନ୍ତ ହୋଇଯାଉଛନ୍ତି। ସେଥିପାଇଁ ମାଳବୋଉ ତେଜପତ୍ର, ଅଦା, ମିଶ୍ରି ଓ ଗୋଲମରିଚ ପକେଇ ଅଧଡେକ୍‌ଚିଏ ପାଚନ ପାଣି ତିଆରି କରି ରଖିଛନ୍ତି। ସେଇଥିରୁ ଗିଲାସେ ଗିଲାସେ ସ୍ୱାମୀଙ୍କୁ ଦେଉଛନ୍ତି। ଏସବୁ ପିଇଲେ କଫ ଛିଣ୍ଡିବ।

ପ୍ରହରାଜେ ପଚାରିଲେ, "କିଏ ଆସିଥିଲେ?"

ମାଳବୋଉ ଉତ୍ତର ଦେଲେ, "ସେ ଯଜମାନଙ୍କ କଥା ଛାଡ଼। ଆଗେ ନିଜ ଦେହ ଖବର ବୁଝ। ସକାଳୁ ସଂଜଯାଏ ଏଣେତେଣେ ବୁଲିଲେ ଦେହ ଖରାପ ହେବନି ତ କଣ ହେବ? କାହିଁକି ଏତେ ବୁଲୁଛ? ଆମର କଣ ଖାଇବା ପିନ୍ଧିବାର ଅଭାବ ହେଇଛି? ନିଜ ଦେହକୁ ଜଗ। ଆମର ଆଉ କିଏ ଅଛି ଯେ...!"

ଏ ପଦଟା ମାଳବୋଉ ସାରିପାରିଲେ ନାହିଁ। ନିଜକୁ ନିଜେ ଅଟକିଗଲେ। ବହୁବାର ସ୍ୱାମୀଙ୍କୁ ସେ ଏହି ଉଲୁଗୁଣା ଦେଇଛନ୍ତି। ନୀଳକଣ୍ଠ ପରି ସେସବୁ ଆକ୍ଷେପକୁ ଗିଳିପକେଇ ପ୍ରହରାଜେ ନିରବ ରହିଛନ୍ତି। ଏବେଳେ ସେ ଆଉ ସ୍ୱାମୀଙ୍କୁ କଷ୍ଟ ଦେବାକୁ ଚାହାନ୍ତି ନାହିଁ। ନିଜ କଥା ପାଇଁ ନିଜେ ଟିକେ ସାଙ୍କୁଡ଼ି ଗଲେ।

ପ୍ରହରାଜ କିଛି କହିବା ପାଇଁ ଚାହୁଁଥିଲେ, ମାତ୍ର କାଶ ଉଠିବାରୁ ନିରବ ହୋଇଗଲେ। ମାଳବୋଉ ସ୍ୱାମୀଙ୍କ ଛାତିକୁ ଆଉଁଶିଦେଲେ। କହିଲେ, "ଏବେ କିଛି କୁହ ନାହିଁ। କାଶ ଭଲ ହୋଇଯାଉ।"

ପ୍ରହରାଜ ତକିଆ ତଳେ ଥିବା ଛୋଟ ତଉଲିଆରେ କଳରୁ ନିଗିଡ଼ି ଆସୁଥିବା ଛେପଖଙ୍କାର ପୋଛିଦେଲେ। ବଡ଼ ବଡ଼ ପ୍ରଶ୍ୱାସ ନେଇ କହିଲେ, "ପଚସ୍ତରି ହେଇଗଲା। ଆଉ କେବେ କହିବି?"

ମାଳବୋଉ ସ୍ୱାମୀଙ୍କ ଅଣ୍ଟା ଧରି ତାଙ୍କୁ କଡ଼ବାଗିଆ ଶୁଆଇଦେଲେ। ସବୁବେଳେ ଚିତ୍ ହୋଇ ଶୋଇ ଶୋଇ, ଅଣ୍ଟା ପିଠି ଦରଜ ହୋଇଯିବଣି।

ମାଳକୁ କୁହ, 'ପୋଷ୍ୟପୁତ୍ରଟିଏ ନେବ।' – ପ୍ରହରାଜେ ଗୁଣୁଗୁଣେଇଲା ଭଳି କହିଲେ।

ମାଳବୋଉ ଚମକି ପଡ଼ିଲେ। ଏମିତି କଥା ଇଏ କାହିଁକି କହୁଛନ୍ତି? କିଛି ନ

ଭାବିଚିନ୍ତି କୌଣସି କଥା କହିବା ଲୋକ ଇଏ ନୁହନ୍ତି। କଣ ଚତୁର୍ଥ ଗର୍ଭ ବି ଲେଉଟି ଯିବ ନା କଣ ?

ମାଳବୋଉ ଟିକିଏ ଉଚ୍ଚ ପାଟିରେ କହିଲେ, 'କଣ କହିଲ ? ଆଉଥରେ କୁହ।'

ଶଶଧର ପ୍ରହରାଜ କଥା ବୁଲେଇଲେ। ପଚାରିଲେ, 'ଝିଅ ଘରକୁ ଏଥର କଣ ସଜ ପଠେଇଥିଲ ?'

: ସାତ ମାସର ? ନା, ନଅମାସର ? କେଉଁ ସଜ କଥା ପଚାରୁଛନ୍ତି ପ୍ରହରାଜେ ? - ମାଳବୋଉ ବୁଝି ପାରୁ ନ ଥିଲେ।

ଶଶଧର ପ୍ରହରାଜ ଦୀର୍ଘଶ୍ୱାସ ନେଲେ। ପ୍ରଥମ ଥର ଝିଅ ଘରକୁ ସାଦଭାର ପଠେଇବାବେଳେ ସିଏ ଓ ମାଳବୋଉ ଗୋଟି ଗୋଟି କରି ଜିନିଷର ଚିଠା ତିଆରି କରିଥିଲେ। ଆଠ ନଅବର୍ଷ ହେଲାଣି, ଏବେ ବି ସେ ଚିଠା କଥା ମନେ ଅଛି। ସାତ ମାସରେ ପୁରି, କାକରା, ଦହିବରା, ଓଦାବୁଟଭଜା, ଲୁଣି ନିମ୍କି, ରସଗୋଲା, ଗୋଲାପଜାମୁ, ଛେନାଗଜା ପରି କେତେ ଜିନିଷ ପଠେଇଥିଲେ। ମାଳବିକାଙ୍କୁ ପୋଡ଼ପିଠା ଭଲ ଲାଗେ। ଗୋଟେ ପୋଡ଼ପିଠା ପଠେଇବା କଥା ମନେ ପକେଇଦେବାରୁ ମାଳବୋଉ ସେଦିନ କେମିତି ବାଘୁଣୀ ପରି ତାଙ୍କ ଉପରକୁ ମାଡ଼ି ଆସିଥିଲେ। ଜେରା କରିଥିଲେ, 'ଏତେ ଶାସ୍ତ୍ର ପୁରାଣ ପଢ଼ିଚ, ଏକପାଖିଆ ପିଠା ଝିଅର ସାଦଭାରରେ ପଠାନ୍ତି ନାହିଁ ବୋଲି କଣ ଜାଣିନ ? ଚିତୋଉ ପୋଡ଼ପିଠାଗୁଡ଼ାକ ଏକପାଖିଆ ପିଠା। ଏସବୁ ମା ଖାଇଲେ କୋଳ ଛୁଆ ବାହୁଡ଼ିଯାଏ।"

ସେଦିନ ମାଳବୋଉଙ୍କର ସେ ରୁଦ୍ର ଚେହେରା ଦେଖି ସ୍ୱାମୀ ପ୍ରହରାଜ ଡରିଥିଲେ କମ୍, ଖୁସି ହୋଇଥିଲେ ବେଶି। ଦଶହରା ମେଢ଼ର ଦୁର୍ଗାମୂର୍ତ୍ତି ପରି ମାଳବୋଉ ଝଟକୁଥିଲେ। ସିଏ କହିଥିଲେ, "ଜାଣିଛି, ଜାଣିଛି। ବେଳେବେଳେ ବାତ୍ସଲ୍ୟମମତା ପଣ୍ଡିତିଆ ଜ୍ଞାନକୁ ଘୋଡ଼େଇ ପକାଏ।"

ସାତମାସରେ ଥରେ ଓ ନଅମାସରେ ଆଉ ଥରେ ବାପଘରୁ ସାଦଭାର ଯିବା ବିଧି। ସେଥିରେ ଯାଇଥିବା ଭଲ ଭଲ ଖାଇବା ଜିନିଷ କେବଳ ଝିଅ ଖାଏ ନାହିଁ। ଝିଅ ଘରର ସାହିପଡ଼ିଶା ଓ ବନ୍ଧୁବାନ୍ଧବଙ୍କ ଘରେ ବଣ୍ଟାଯାଏ। ସେହି ମିଠା ଓ ପିଠା ପଠାଗଲେ ସେମାନେ ଜାଣନ୍ତି, ବୋହୂଟି ଗର୍ଭବତୀ ହୋଇଛି। ତାପରେ ସେମାନେ ଭଲ ଭଲ ଜିନିଷ ରାନ୍ଧି ସନ୍ତାନସମ୍ଭବା ମାଆର ଖାଇବା ପାଇଁ ପଠାନ୍ତି। ସେ ଭାରଥୋରର ଗତି ଧୀର ହେଇଆସିଲା ବେଳକୁ ନଅମାସର ଭାର ପୁଣି ଯାଏ ବାପଘରୁ। ଆଉ ପରସ୍ତେ ଦିଆନିଆ ଚାଲେ। ମାଆ ମୁଣ୍ଡରେ ଆଶୀର୍ବାଦ ବରଷେ, ତା ଗର୍ଭର ଛୁଆ ପାଇଁ କଲ୍ୟାଣ।

ପ୍ରହରାଜେ ପୁଣି ଚିତ୍ ହୋଇ ଶୋଇପଡ଼ିଲେ।

ଦ୍ୱିତୀୟ ଗର୍ଭ ବେଳକୁ ସେ ଘିଅ, କଞ୍ଚାକଦଳୀ, ବାଡ଼ି ବିଲାତି ଓ ଅମୃତଭଣ୍ଡା ସବୁ ଯୋଗାଡ଼ କରି ରଖିଥିଲେ। ପିଲା ଜନ୍ମ ପରେ ପରେ ମାଆ ପାଇଁ ଏସବୁ ଖୁବ୍ ପ୍ରୟୋଜନ। ସିଏ ଏପଟୁ ଭାରୁଆ ଡାକି ଜିନିଷପତ୍ର ସଜ କରୁଛନ୍ତି, ସେପଟୁ ଖବର ଆସିଲା, ମାଳବିକାର ଛୁଆଟା ମଲାଛୁଆ।"

କଣ ଗୋଟାଏ ଝଣ୍ କରି ଶବ୍ଦ ହେଲା।

ଶଶଧର ପ୍ରହରାଜ ଆଖି ଖୋଲି ଚାହିଁଲେ। ତାଙ୍କ ଆଡ଼କୁ ପିଠିକରି ମାଳବୋଉ ଆଲମାରି ଭିତରୁ କଣ ଖୋଜୁଛନ୍ତି। ସେଇ ଜିନିଷ ଭିତରୁ କିଛି ଗୋଟାଏ ଖସି ପଡ଼ିଥିଲା। ତାକୁ ଖୋଜି ହେଉଥିଲେ ସେ। ଶଶଧର ଆଖି ବୁଜିଦେଲେ। ସାହସ ସଞ୍ଚୟ କରି କହିଲେ, "ମୋ କଥାର ଉତ୍ତର ଦେଲ ନାହିଁ।"

: କହିଲି ପରା, ମୋତେ ଶୁଭିଲା ନାହିଁ। ଆଉଥରେ କୁହ। ମାଳବୋଉ ତଳୁ ଉଠୁ ଉଠୁ ଜବାବ ଦେଲେ। ତାଙ୍କର ଅଣ୍ଟାବାତ। ନୋଇଁ ପଡ଼ିଲେ, ଉଠିବାକୁ କଷ୍ଟ ହୁଏ।

ଶଶଧର ପ୍ରହରାଜ ପୁଣି କାଶିଲେ। କାଶି କାଶି ନୟାନ୍ତ ହୋଇଗଲେ। ମିନିଟିଏ ପର୍ଯ୍ୟନ୍ତ ସେ କାଶ। କାଶିସାରିବା ବେଳକୁ ଲାଲ୍ ଲାଲ୍ ଆଖି ଲୁହ ଜୁଡୁସୁଡୁ। ସେ ଧଇଁସଇଁ ହୋଇପଡୁଥିଲେ।

ମାଳବୋଉଙ୍କୁ ଡର ଲାଗିଲା। ଇଏ ଲୋକ କେବେ ଏତେ ଦିନ ବିଛଣାରେ ପଡ଼ନ୍ତି ନାହିଁ। ଶୃଙ୍ଖଳା ମାନି ଚଳିବା ମଣିଷ। ସୂର୍ଯ୍ୟ, ଚନ୍ଦ୍ରଙ୍କ ଆତଯାତ ପରି ଏହାଙ୍କର ବ୍ୟବହାର। ସାତଦିନ ହେଲା ଖଟିଆରେ ପଡ଼ିଲେଣି। ପ୍ରଥମ ଦି ଦିନ କବିରାଜୀ ଔଷଧ ଖାଉଥିଲେ, ଏବେ ଡାକ୍ତରୀ ଔଷଧ ଖାଉଛନ୍ତି। ମାତ୍ର କାଶ ଭଲ ହେଉ ନାହିଁ, ଜ୍ୱର ବି ଓହ୍ଲଉ ନାହିଁ। ଶ୍ୱଶୁରଙ୍କର ଏମିତି ହୋଇଥିଲା। ସେ ମନ ସ୍ଥିର କଲେ, ଗାଡ଼ିଟେ ଡକେଇ ପ୍ରହରାଜଙ୍କୁ ଡାକ୍ତରଖାନା ନେଇଯିବେ।"

ଶଶଧର ପତ୍ନୀଙ୍କର ମନକଥା ଜାଣିବା ଭଳି କହିଲେ, "ତୁମେ ମୋ ପାଇଁ ବିଲକୁଲ ବ୍ୟସ୍ତ ହୁଅ ନାହିଁ ମାଳବୋଉ। ଆସ, ମୋ ପାଖରେ ଟିକିଏ ବସ।"

ମାଳବୋଉ କାଠ ଟୁଲ୍‌ଟିଏ ଘୋଷାରି ନେଇ ସ୍ୱାମୀଙ୍କ ପାଖରେ ବସିଲେ। ତାଙ୍କ ମୁଣ୍ଡବାଳ, କପାଳ ଓ ଛାତି ଆଉଁଶି ଦେଲେ। ଚାଦରଟା ଅଣ୍ଟା ତଳକୁ ଖସି ଆସିଥିଲା। ତାକୁ ଭିଡ଼ିନେଇ ଗଳା ପର୍ଯ୍ୟନ୍ତ ଢାଙ୍କିଦେଲେ।

ସାହସ ଗୋଟେଇ ଶଶଧର କହିଲେ, "ମାଳକୁ କୁହ, ପୋଷ୍ୟ ପୁତ୍ରଟିଏ ନେବ। ମୋର ବା ଆଉ କେତେଦିନ? ଆଖି ବୁଜିବା ଆଗରୁ ନାତିଟାକୁ ଟିକେ ଦେଖିଯିବି।"

ମାଳବୋଉ ଉଠିପଡ଼ିଲେ। କହିଲେ, "ଏମିତି କଥା କାହିଁକି କହୁଛ ? ମାଳର ପରା ଆଜି କାଲି ଭିତରେ ପିଲା ହେବ। ଡାକ୍ତର ତାରିଖ ଦେଇଛନ୍ତି। ଜ୍ୱାଇଁ କହିଛନ୍ତି, ଏଥର ସେ କଟକ ଯାଇ ଡାକ୍ତରଙ୍କୁ ଦେଖେଇ ଆସିଥିଲେ, ପିଲାଟାର ଅବସ୍ଥା ଭଲ ଅଛି।"

ପ୍ରହରାଜେ କଣ ବିଳିବିଳେଇଲେ।

ମାଳବୋଉ ଜାଣିଲେ, ସ୍ୱାମୀ କିଛି କହିବାକୁ ଚାହୁଁଛନ୍ତି। ସେ ତାଙ୍କ ଅଣ୍ଟାତଳେ ହାତରଖି ଟିକିଏ ଉପରକୁ ଉଠେଇଦେଲେ। ପଲଙ୍କର ମୁଣ୍ଡକୁ ଆଉଜି ବସିଲେ ପ୍ରହରାଜ। ମାଳବୋଉ ଦିଇଟା ତକିଆକୁ ଉଚ୍ଚାକରି ତାଙ୍କ ଅଣ୍ଟାତଳେ ସଜାଡ଼ି ଦେଲେ। ଉଠିଯାଇ ଆଉ ଗିଲାସେ ପାଚନପାଣି ଆଣି ପିଇବାକୁ ଦେଲେ। ନିଜ ପଣତକାନିରେ ସ୍ୱାମୀଙ୍କର ମୁହଁକୁ ପୋଛିଦେଲେ।

ପ୍ରହରାଜେ କହିଲେ, "ତମ ପାଣି ଢେର୍ ପିଇଲିଣି। କାଶ ଔଷଧରୁ ଦି ଚାମୁଚ ଦିଅ।"

: ଏ ଔଷଧ ଗୁଡ଼ାକ ଖାଇ ଖାଲି ଶୋଇ ରହୁଛ। ମନରେ କଣ ଅଛି କହିଦିଅ। ଏମିତି ମଝିରେ ଝୁଲେଇ ରଖ ନାହିଁ। - ମାଳବୋଉ କହିଲେ।

: କନ୍ୟାର କୋଷ୍ଠୀ ପଞ୍ଚମ ସ୍ଥାନ ସନ୍ତାନ ବିଚାର ସ୍ଥାନ। ସେଠି ଧ୍ୱଂସସୂଚକ କଟାମୁଣ୍ଡ ରାହୁ ସହିତ, କ୍ରୂର ଗ୍ରହ ମଙ୍ଗଳ ଏକାଧାଡ଼ିରେ ରହିଲେ ଅସୁବିଧା ହୁଏ। ପୁଣି ଏହାକୁ ପାପଗ୍ରହ ଶନିଙ୍କର ତୃତୀୟ ଦୃଷ୍ଟି ରହିଛି। ରୋଗ ଅଧିପତି ସୂର୍ଯ୍ୟ ଏକାଦଶ ସ୍ଥାନରେ ରହି ଏହି ଭାବକୁ ସିଧା ଦୃଷ୍ଟିରେ ଅନେଇଛନ୍ତି। ପଞ୍ଚମ ଅଧିପତି ଚନ୍ଦ୍ର ନୀଚ୍ଚ ସ୍ଥାନରେ। ପାପଗ୍ରହ ଶନିର ସିଧା ଦୃଷ୍ଟି ଓ ରାହୁର ନବମ ଦୃଷ୍ଟି ରହିଲେ କନ୍ୟାର ବାରମ୍ବାର ଗର୍ଭପାତ ଆଶଙ୍କା। - ବଡ଼ କଷ୍ଟରେ ଏତକ କହିସାରି ନିଃଶ୍ୱାସ ନେଲେ ପ୍ରହରାଜ।

କଟା କଦଳୀଗଛ ପରି ମାଳବୋଉ ତଳେ ପଡ଼ିଗଲେ। ତାଙ୍କ ମୁଣ୍ଡଟା ଶଶଧରଙ୍କ ପଲଙ୍କ ଦେହରେ ପିଟି ହୋଇଗଲା।

ଶଶଧର ଡାକ ପକେଇଲେ, "ଦାମ, ସେବତୀ। ମା ପଡ଼ିଗଲେ ରେ। ଆସି ଉଠାଅ।"

ଦାମ ବାଡ଼ିରେ ଓ ସେବତୀ ରୋଷେଇଘରେ କାମ କରୁଥିଲା। ଦିହେଁ ଧାଇଁ ଆସିଲେ। ନିଜେ ଶଶଧର ବି ପଲଙ୍କ ଉପରୁ ଉଠି ମାଳବୋଉଙ୍କୁ ଉଠେଇବାକୁ ଚେଷ୍ଟା କଲେ। କିନ୍ତୁ ସେ ଅନୁଭବ କଲେ, ତାଙ୍କର ମୁଣ୍ଡଟା ଘୂରେଇ ଦେଉଛି। ସେ କାନ୍ଥରେ ଢେରାଦେଇ ପଲଙ୍କ ଉପରକୁ ଗଲେ। ଭାବିଲେ, ଏତେ ବର୍ଷ ଧରି ଏଗୁଡ଼ାକ

ମାଳବୋଉଙ୍କୁ କହି ନ ଥିଲେ, ଆଉ କିଛି ବର୍ଷ ନିଜ ଭିତରେ ଛପେଇ ରଖିଥିଲେ ବୋଧହୁଏ ଭଲ ହୋଇଥାଆନ୍ତା। କିନ୍ତୁ ପ୍ରହରାଜ ନିଜର ଗ୍ଲାନିବୋଧରୁ ମୁକ୍ତି ଖୋଜୁଥିଲେ। ସେଥିପାଇଁ ଏ କଥା ଲୁଚେଇ ରଖିବା ତାଙ୍କର ସାଧ୍ୟାତୀତ ଥିଲା।

ମାଳବୋଉ ଠିକଣା ସମୟରେ ହାତଭରା ଦେଇ ମୁଣ୍ଡଟାକୁ ବଞ୍ଚେଇ ଦେଇଥିଲେ। ହାତଟା କଟି ହୋଇଗଲେ ବି ମୁଣ୍ଡରେ ଆଘାତ ଲାଗି ନ ଥିଲା। ମୁହଁରେ ପାଣି ଛଟାଯିବା ପରେ ସେ ହୋସ୍ ଫେରି ପାଇଲେ। ଦେହର ଆଘାତ ଅପେକ୍ଷା ମନର ଆଘାତ ତାଙ୍କୁ ଅଧିକ ନିସ୍ତେଜ କରିଦେଇଥିଲା।

ସେ ଦାମ ଓ ସେବତୀଙ୍କୁ କହିଲେ, 'ତୁମେ ଯାଅ। ନିଜ ନିଜ କାମ କର। ମୁଁ ନିଜେ ହାତରେ ପଞ୍ଚଗୁଣା ଲଗେଇଦେବି।'

ଦାମ ବାଡ଼ିକି ଓ ସେବତୀ ରୋଷେଇଘରକୁ ଫେରିଗଲେ। ମାଳବୋଉ ଚାହିଁଲେ, ଗୋଟେ ନିର୍ଦ୍ଦୟ ଗ୍ରହ ପରି ତାଙ୍କ ସ୍ୱାମୀ ପଲଙ୍କ ଉପରେ ପଡ଼ିରହି ଡବଡବ ଆଖିରେ ଛାତକୁ ଅନେଇଛନ୍ତି। ସେ ଲୁହ ସମ୍ଭରଣ କରି ପଚାରିଲେ, "ଯଦି ସବୁ କଥା ଜାଣିଥିଲ, ତାହାହେଲେ ମୋ ଝୁଅଟାକୁ କାହିଁକି ବାହା କରେଇଲ? କାହିଁକି ସେ ଥରକୁ ଥର ଏତେ କଷ୍ଟ ଭୋଗୁଛି? ଏତେ ଅପମାନ ଭୋଗୁଛି! ତୁମକୁ କଣ ପିଲାଖେଳ ଲାଗୁଛି ମାଳବାପା! କି ନିଷ୍ଠୁର, କଂସେଇ ତୁମେ?"

ପ୍ରହରାଜେ କଡ଼ ଲେଉଟେଇ ଅଧାମେଲା ଝରକାର କବାଟଟାକୁ ଡାହାଣ ହାତରେ ଠେଲିଦେଲେ। ଆଜି ବଉଳ ଅମାବାସ୍ୟା।

ମାଳବୋଉ, ଆସାମୀକୁ ଓକିଲ ଜେରା କଲା ପରି ଜେରା କରୁଥିଲେ, "ମୋ କଥା କଣ ଶୁଭୁ ନାହିଁ? ସବୁକଥା ଜାଣିଥିଲ, ମୋତେ କହି ନ ଥିଲ କାହିଁକି? ଚାଳିଶ ବର୍ଷର ଘରକରଣାର ଏଇ ମୂଲ୍ୟ? ମୋ ସାଙ୍ଗରେ ବି ଛଳନା? କାହିଁକି ଝିଅକୁ ବାହା କରଉଥିଲ? କାହିଁକି ତା ପରିବାରକୁ ଏଡ଼େ ହଟହଟା ହବାକୁ ପଡୁଛି? କାହିଁକି ବିନା ଦୋଷରେ ଜ୍ୱାଇଁ ଅଣ୍ଟୁକୁଡ଼ା ଦୋଷ ମୁଣ୍ଡେଇ ବୁଲୁଛନ୍ତି?"

ମାଳବୋଉଙ୍କ ପ୍ରଶ୍ନର ଶେଷ ନ ଥିଲା। ଆଖିରୁ ଧାର ଧାର ଲୁହ ଓ ଛାତି ଭିତରୁ ମାଳ ମାଳ ପ୍ରଶ୍ନ, ନଈବଢ଼ିର ସୁଅ ପରି ବୋହି ଆସୁଥିଲା। ଏତେ ବର୍ଷ ଧରି ମନ ଭିତରେ ଯେଉଁ ଆଶା ଟିକକ ପଣତକାନିର ବନ୍ଧା ଚାବିନେନ୍ଥା ପରି ସାଇତି ରଖିଥିଲେ, ସେଇଟା ଯେମିତି ତାଙ୍କ ପାଖରୁ ସବୁଦିନ ଲାଗି ହଜି ଯାଉଥିଲା।

ସିଏ ଏଥର ବଡ଼ ଜୋରରେ ପ୍ରହରାଜଙ୍କୁ ହଲେଇ ଦେଲେ। ପ୍ରହରାଜେ ଗୁଣୁଗୁଣେଇଲା ପରି କହିଲେ, "କୋଉ ବାପ କଣ ତା ଝିଅକୁ ଅଭିଆଡ଼ୀ କରି ଘରେ ବସେଇ ପାରିଥାନ୍ତା ମାଳବୋଉ? ପୁଣି ମୁଁ ତ ବ୍ରହ୍ମା ନୁହେଁ ଯେ ମୋ ମୁହଁର କଥା କି

ଖଡ଼ିର ଗଣନା ବେଦ ପରି ଅକାଟ୍ୟ। ଜୀବନସାରା ମୁଁ ଅନେକ ନିର୍ଭୁଲ ଗଣନା କରିଛି ସତ, କିନ୍ତୁ ମାଳର କୋଷ୍ଠୀ ଗଣନା କୋଉଦିନ ଭୁଲ ପ୍ରମାଣ ହେବ, ସେଇ ଆଶା ଟିକକ ରଖି ମୁଁ ବଞ୍ଚିଥିଲି।"

: ତାହାହେଲେ ପୋଷ୍ୟପୁଅ କଥା କାହିଁକି ଉଠଉଛ ? କାହିଁକି ?

ମାଳବୋଉ ଦୁର୍ବଳ, ରୋଗିଣା ସ୍ୱାମୀଙ୍କ ସହ କଳି କରୁଥିଲେ।

ଚୋରି ଧରାପଡ଼ିଥିବା ସାନ ପିଲାଟିଏ ମୁହଁ ଲୁଚେଇବା ପରି ପ୍ରହରାଜ ମାଳବୋଉଙ୍କ ଆଗରୁ କାନ୍ଥ ଆଡ଼କୁ ନିଜ ମୁହଁ ଫେରେଇନେଲେ। ମାଳବୋଉଙ୍କ ଆଖି ଆଗରେ ପୃଥିବୀଟା ଅନ୍ଧାର ହୋଇଆସୁଥିଲା। ଏବେ ଶଶଧର ପ୍ରହରାଜ ତାଙ୍କ ସ୍ୱାମୀ ନୁହେଁ କି ମାଳର ବାପା ନୁହେଁ ଗୋଟେ ନୃଶଂସ ଗ୍ରହ ପରି ମନେ ହେଉଥିଲେ। ଶନି, ରାହୁ, କେତୁଙ୍କ ସହ ନିଜ ସ୍ୱାମୀଙ୍କୁ ମିଶେଇ ସମସ୍ତଙ୍କୁ ତାଙ୍କର ଅଭିଶାପ ଦେବାକୁ ଇଚ୍ଛା ହେଉଥିଲା। ସେ ଜାଣିଛନ୍ତି ସ୍ୱାମୀଙ୍କର ଗଣନା ଭୁଲ୍ ହୁଏ ନାହିଁ।

ପ୍ରହରାଜେ ପତ୍ନୀଙ୍କୁ ପିଠି କରି ଶୋଇଥିଲେ, ପୃଥିବୀକୁ ପିଠିକରି ଶୋଇଥିବା ମଣିଷଟିଏ ପରି।

ଦୁଆର ମୁହଁରୁ ଦାମ ଚିତ୍କାର କରୁଥିଲା।

: ପୁଣି କଣ ଅଘଟଣ ଘଟିଲା ? ଆଉ କଣ ଶୁଣିବାକୁ ବାକି ରହିଲା ? – ଦରଜ ହାତଟାକୁ ଟେକି ଟେକି ମାଳବୋଉ ଦୁଆର ଆଡ଼କୁ ଯାଉ ଯାଉ ପଚାରିଲେ, "କଣ ହେଲା ?"

: କୋଳିଆଡ଼ିଆରୁ ଖବର ଆଣି ଏ ବାବୁ ଆସିଛନ୍ତି। ମାଳ ଅପାଙ୍କର ପୁଅ ହେଇଛି।

: ସତରେ ? ମାଳବୋଉ ନିଜ କାନକୁ ବିଶ୍ୱାସ କରିପାରୁ ନ ଥିଲେ।

କୋଳିଆଡ଼ିଆରୁ ଆସିଥିବା ଝିଅଘର ଲୋକ କହୁଥିଲା, 'ପୁଅର ନାକ, କପାଳ, ଓଠ ସବୁ ଗ୍ରହାଚାର୍ଯ୍ୟଙ୍କ ପରି ହୋଇଛି।'

ମାଳବୋଉ ଭିତର ଖଞ୍ଜାକୁ ଖବର ଦେବାଲାଗି ଧାଇଁଲେ। ଆଜି ଗ୍ରହମାନେ ହାରିଛନ୍ତି, ଜୀବନ ଜିତିଛି।

ପଦ୍ମତୋଳା

ବଂଶୀଧର ଗୋଟେ ଅଢ଼େଇକିଆରିଆ ତମ୍ପସାପ ପରି ଫଁ ଫଁ ହେଉଥିଲା। ନିଜର ଗାଁମୁଣ୍ଡ ଘର ଅଗଣାରୁ ମେଲଣ ମଣ୍ଡପ ଓ ମେଲଣ ମଣ୍ଡପରୁ ଘର ଅଗଣା, ସେଇ ଶହେହାତ ଦୂର ନାଳିମାଟି ସଡ଼କରେ ପଚିଶ ଥର ସରିକି ସେ ପାଇଚରା କରି ସାରିଥିଲା। ଏମିତି ଯା-ଆସ କରିବା ଭିତରେ ବହଳ ନେଳି ଦିଆଯାଇଥିବା ତାର ଧଳାଜାମା ଖଣ୍ଡକର ଛାତି, କାଖ ଓ ପେଟ ଝାଳରେ ଓଦାହୋଇ ଶିଉଳି ଲାଗିଥିବା କାନ୍ଥ ପରି ବିଚିତ୍ର ଦିଶୁଥିଲା। ତା କପାଳର ସିନ୍ଦୂରକଳିକୁ ବୁନ୍ଦା ବୁନ୍ଦା ଝାଳ ଧୋଇଦେଇଥିଲା। ବଂଶୀଧର କାନ୍ଧ ଗାମୁଛାରେ ସିନ୍ଦୂର ମିଶା ଝାଳତକ ପୋଛିଆଣି ପୁଣି ତାକୁ ବାଁ କାନ୍ଧରେ ପକେଇ ଦେଲା। ତାର ଗୋରା ମୁହଁଟା ସିନ୍ଦୂରବୋଳା ଖଡ଼ିପଥର ମୂର୍ତ୍ତିଟେ ପରି ଲାଲ୍ ଦିଶୁଥିଲା।

ବଂଶୀଧର ବିଧାୟକ ନେତ୍ରମୋହନ ଦାସଙ୍କର ବିଶ୍ୱସ୍ତ କର୍ମୀ। ବୟସ ବାଉନ କି ତେପନ। ମାତ୍ର ଦୁର୍ବଳ ସ୍ୱାସ୍ଥ୍ୟ ଯୋଗୁଁ ସେ ପଞ୍ଚାବନ, ସତାବନ ବୟସର ପାକଳ ମଣିଷ ପରି ଦିଶେ। ମୁଣ୍ଡର ଚଉଠେ ବଳ ପାଚି ଆସିଲାଣି। ତହିଁରୁ ଆଗକୁ ଝୁଙ୍କି ଆସିଥିବା ବାଳଗୁଡ଼ାକ ଧଳା। ସବୁଦିନ ଦାଢ଼ି କଟାଯାଏ ନାହିଁ। ଦୁଇ ଗାଲରେ କଳାଧଳା ରୁଢ଼ ଭର୍ତ୍ତି। ପୋଷାକ କହିଲେ ଗୋଟେ କଳା ପ୍ୟାଣ୍ଟ୍ ଓ ତା ଉପରେ ଖଣ୍ଡେ ଲମ୍ୱା ଧଳା ସାର୍ଟ। ଆଖିରେ ଚାଳିଶିଆ ଚଷମା। ଏ ପୋଷାକରେ ବଂଶୀଧର ବିଚିତ୍ର ଦିଶେ। ମାତ୍ର ତାର ଏଇ ଚେହେରା ପାଟପୁର ଅଞ୍ଚଳରେ ପୁରୁଣା କଚେରି ଘର ପରି ଏତେ ପରିଚିତ ଯେ କେହି କେବେ ସେନେଇ ମନ୍ତବ୍ୟ ଦିଅନ୍ତି ନାହିଁ। ପାଟପୁର ମେଲଣ ମଣ୍ଡପ ପାଖରେ ଗୋଟେ ପୁରୁଣା ବରଗଛ। ତା ଚାରିପାଖେ ସିମେଣ୍ଟ ଚଉତରା। କିଛି ଅଂଶ ଭାଙ୍ଗିଗଲାଣି ଓ ସେଇ ଭଙ୍ଗା ଇଟା ସନ୍ଧିରୁ ଆଣ୍ଠୁଏ ଉଚ୍ଚା ଅଶ୍ୱତ୍ଥ ଗଛଟେ ମୁଣ୍ଡ ଟେକିଲାଣି। ଏବେ ଦ୍ୱିପହରଖିଆ ସମୟ ଗଡ଼ିଯାଇଛି। ଶ୍ରୀଧର ସାହୁ ଓ ରାମଚନ୍ଦ୍ର

ମହାନ୍ତି ବରଗଛ ଛାଇରେ ବସି ଥରେ ଗାଁ ସଡ଼କକୁ ତ ଥରେ ବଂଶୀଧରକୁ ଅନଉଥାଆନ୍ତି। ଚଉତରା ପଛପଟ ପଡ଼ିଆରେ ଗାଁ ପିଲାଏ ବାଗୁଡ଼ି ଖେଳୁଛନ୍ତି। ଏଇଠୁ କିଛି ଦୂର ବାଁ ପଟକୁ ଗଲେ ନଈମୁହାଁ ନାଲିସଡ଼କ ଓ ଡାହାଣମୁହାଁ ବଜାର ରାସ୍ତା। ସେଇ ରାସ୍ତା ଭଦ୍ରକ ରାସ୍ତା ସାଙ୍ଗେ ମିଶିଛି। ଢେର୍ ସମୟ ଧରି ନିରବ ରହିଥିବା ଶ୍ରୀଧର ସାହୁ କହିଲା, "ତୋର ଆରସନ ଘରପୋଡ଼ି କଥା ମନେ ଅଛିନା ରେ ବଂଶୀଧର ?"

ବଂଶୀଧର ସେକଥା ଭୁଲି ନ ଥିଲା। ଭୁଲିବା ସମ୍ଭବ ନୁହେଁ। ତେବେ ଶ୍ରୀଧର ସାହୁ ତାହା ମନେପକେଇଲାରୁ ଆଉଥରେ ଫଁ ଫଁ ହେଲା। ରାଗରେ ପାଚି ଲାଲ ହୋଇଗଲା। ପାଇଚ୍ଚରା ବନ୍ଦ କରି ସେ ଲଥ୍ କିନା ଚଉତରା ଉପରେ ବସିପଡ଼ି କହିଲା, "ଆଜି ସବୁ କଥା ଫଏସଲା ହେଇଯିବ ଦାଦି, ସବୁ କଥା।"

ଗତବର୍ଷ ଚଇତ୍ର ମାସରେ ପାଟପୁର ଗାଁ ଦିଇଟା ସାହିରେ ନିଆଁ ଲାଗିଥିଲା। ଧାଡ଼ି ଧାଡ଼ି ଚ୍ଚଳଘର। ଗୋଟିଏ ଜାଗାରୁ ନିଆଁଲାଗି ଦଶ ମିନିଟ୍ ଭିତରେ ଦାସ ସାହି ଓ ବେହେରା ସାହି ଦିଇଟି ସାହି ସଂପୂର୍ଣ୍ଣ ପାଉଁଶ ହେଇଗଲା। ଦିନବେଳା ନିଆଁ ଲାଗିବାରୁ ମଣିଷ କେହି ମଲେନି ସିନା, ଘରଦ୍ୱାର ପୋଡ଼ିଗଲା। ତା ଭିତରେ ଧାନ, ଚ୍ଚଉଳ, ମୁଗ, ବିରି, କନ୍ଥା କମ୍ବଳ, ସିନ୍ଦୁକ, ପିଢ଼ା, ବହିଖାତା, କୁଲାପାଛିଆ ସବୁ ପୋଡ଼ିଗଲା। ଆଲୁମିନିୟମ ବାସନକୁସନ ଗୁଡ଼ାକ ବି ପୋଡ଼ି ନଷ୍ଟ ହେଇଗଲା। ଏ ଦୁଇ ସାହିର ଶହେଟି ପରିବାର ଗରିବ ଚ୍ଚଷୀ। ଘଣ୍ଟାକ ଭିତରେ ଭିକାରି ହୋଇଗଲେ। ପନ୍ଦରଦିନ କାଳ ମହାଦେବ ପଡ଼ିଆରେ ପଲା କରି ସେମାନେ ପଡ଼ିରହିଲେ। ସେ ଦିନଗୁଡ଼ାକ ଲୋକଙ୍କର କେମିତି କଟିଛି ସେକଥା ବଂଶୀଧର ଭଲ ଭାବେ ଜାଣେ। ତା ନିଜର ଆଜବେଷ୍ଟସ୍ ଛପର ଘର ବଞ୍ଚି ଯାଇଥିଲେ କି ବାଡ଼ିପଟ ଘର ପୋଡ଼ିଯାଇଥିଲା। ସେଇ ସମୟରେ ନେତ୍ରମୋହନଙ୍କ ନିର୍ଦ୍ଦୟ ବ୍ୟବହାର ତାକୁ ଭିତରେ ଭିତରେ ଜାଳିପୋଡ଼ି ଅଙ୍ଗାର କରିଦେଇଥିଲା। ମାଟିଖୋଳା କେଳା ଲୋକଙ୍କ ପରି ଶହେଟି ପରିବାର ପଡ଼ିଆରେ ପଡ଼ିଥାଆନ୍ତି। ଆମ୍ବଗଛ ଛାଇ ତାଙ୍କର ଆଶ୍ରୟ। ଖାଇବା ପିଇବା ପାଇଁ ପୋଖରୀ ପାଣି ଓ ଆରସାହି ଲୋକଙ୍କ ଦୟାରେ ମିଳୁଥିବା ଚୁଡ଼ା ଗୁଡ଼ ନ ହେଲେ ପାଣିଆ ଖିଚୁଡ଼ି। ସାନ ସାନ ପିଲାଏ ସେଥିରୁ ପୋଷେ ପୋଷେ ଖାଉଥାଆନ୍ତି ସିନା ବୟସ୍କ ମଣିଷମାନେ କେବଳ ଭାଗ୍ୟକୁ ଅଭିଶାପ ଦେଇ ବେଳ କାଟୁଥାଆନ୍ତି। ସ୍ତ୍ରୀ ଲୋକମାନଙ୍କର ମୁଖ୍ୟ କାମ, ରାହା ଧରି କାନ୍ଦିବା। ସେ ଦୃଶ୍ୟ ଏବେ ବି ବଂଶୀଧର ଆଖି ଆଗରେ ନାଚିଯାଉଛି।

ମଣିଷର ଭାଗ୍ୟ ବି କିଭଳି ! ଜୀବନସାରା, ଘରଚଟିଆ ଚଢ଼େଇ ପରି ବାରଆଡ଼ୁ

ରୁଣ୍ଡେଇ ମୁଣ୍ଡେଇ ଗୋଟେଇଥିବା ଛୋଟମୋଟ ଜିନିଷପାତି, ଯାହା ସାଙ୍ଗରେ ତାର କେତେ ଆଗ୍ରହ, କେତେ ସ୍ନେହ ଲେସି ହେଇକି ଥାଏ, ସେସବୁ ଗୋଟିଏ ମୁହୂର୍ତ୍ତରେ ଜଳିପୋଡ଼ି ପାଉଁଶ ହେଇଯାଏ। କିଛି ରହେ ନାହିଁ। ବଂଶୀଧର ଆଖି ଆଗରେ ସେଦିନ ସବୁ ନାଚି ଉଠିଲା। ଚଇତ୍ର ପବନରେ ପୋଡ଼ା ପାଉଁଶଗୁଡ଼ାକ ଉଡ଼ି ମଣିଷର ପାରିଲାପଣିଆକୁ ପରିହାସ କରୁଥାଏ। ସେ ଉତ୍ତର ଦେଲା, "ସବୁ ମନେ ଅଛି ଦାଦି, ଆଜି ତାଙ୍କର ଦିନେକୁ ମୋର ଦିନେ। ଯଦି ସେପଟୁ ଫେରିଯିବେ ତ ଭଲକଥା, ନ ହେଲେ ଏ ଗାଁକୁ ଆସିଲେ ମୁଁ ଏଇ ଠେଙ୍ଗାରେ ମୁଣ୍ଡ ଫଟେଇଦେବି।'' ବଂଶୀଧର ଚଉତରାକୁ ଡେରିଥିବା ଠେଙ୍ଗାଟାକୁ ଆଉଥରେ ଦେଖେଇଦେଲା। ଦୁର୍ବଳର ମଜଭୁତ ଅବଲମ୍ବନ !

ରାମଚନ୍ଦ୍ର ମହାନ୍ତି ପଚସ୍ତରି ବର୍ଷର ପାକଳ ମଣିଷ। ଏ ଗାଁରେ ତାଙ୍କର ପ୍ରଥମ ତେଜରାତି ଦୋକାନ। ଏବେ ବଡ଼ପୁଅ ତାକୁ ବଢ଼େଇ ବଡ଼ଦୋକାନ କରିଦେଲାଣି। ରାମଚନ୍ଦ୍ର କେବଳ ଶାସ୍ତ୍ରଚର୍ଚ୍ଚା ନ ହେଲେ ତାସ୍‌ପାଲି ଖେଳରେ ସମୟ ବିତାନ୍ତି। ବଂଶୀଧର କଥା ଶୁଣି ସେ ଚମକି ପଡ଼ିଲେ। କହିଲେ, 'ହାଁ, ହାଁ, ସେ ଭୁଲ୍ କରିବୁନି ବଂଶୀଧର। କେତେବେଳେ କେଉଁ କଥା ! ନ ହେଲେ ଏ ଗାଁର ସମସ୍ତେ ଷାଠିଏ ମସିହା ଦଶା ଭୋଗିବେ।"

ବଂଶୀଧରର ଜନ୍ମ ଷାଠିଏ ମସିହାରେ। ବାପାଙ୍କଠାରୁ ଶୁଣିଥିଲା, ସେବର୍ଷ ଗାଁର ଦୁଇ ସାହି ଭିତରେ ବାରମାଣିଆ ଚକର ଧାନକଟାକୁ ନେଇ ବିବାଦ ମୁଣ୍ଡଟେକିଥିଲା। କୋର୍ଟକଚେରି ଓ ତାପରେ ହାତାହାତି। ଗଣ୍ଡଗୋଳ ଦିନ ତେଣ୍ଟାମାଡ଼ରେ ବେହେରାସାହିର ମକର ବେହେରା ମରିଥିଲା। ମକର ବେହେରା ହୃଷ୍ଟପୁଷ୍ଟ ଯୁବକ ଥିଲା, ମାତ୍ର ତାର ଅସତର୍କ ମୁହୂର୍ତ୍ତରେ କେହି ଜଣେ ମୁନିଆ ତେଣ୍ଟାଟି ପଛପଟୁ ଭୁସି ଦେଇଥିଲା। ସେଇ ଘଟଣା ପରେ ଗାଁ ଗୋଟାକଯାକ ବନ୍ଧା ହୋଇଯାଇଥିଲେ। କିଛି ପଳାତକ ସାଜି କଲିକତା ପଳେଇଥିଲେ, ବଞ୍ଚିଗଲେ। ସେ ଘଟଣା ଘଟିବାର ଅଠଚାଳିଶ ବର୍ଷ ହେଲାଣି, ମାତ୍ର ଆଜି ବି ଲୋକେ ସେ କଥାର ଉଦାହରଣ ଦିଅନ୍ତି।

ଶ୍ରୀଧର ସାହୁ ବଂଶୀଧରର ଭାବାନ୍ତର ଲକ୍ଷ୍ୟ କରୁଥିଲେ ବୋଧହୁଏ। ପାଣିକୁ ନିଆଁ କରିଦେବା ଲୋକ ସେ। ସେ କହିଲେ, "ତୁମେ ଠିକ୍ କହୁଛ ଯେ ଭାଇନା, ମାତ୍ର ସୁଲକ୍ଷଣାର ଡେଲିଭରି ବେଳ କଥା ମନେ ପକେଇଲ ! ନେତ୍ରମୋହନବାବୁ ପରା ସେତେବେଳେ ସ୍ୱାସ୍ଥ୍ୟମନ୍ତ୍ରୀ ଥିଲେ। ସେଦିନ ପୁଣି ସେ ଭଦ୍ରକ ଗସ୍ତରେ ଆସିଥିଲେ। ଆମ ରଘୁନାଥ ଯାଇ ତାଙ୍କ ଲୋକକୁ ଡାକବଙ୍ଗଳାରେ ଦେଖା କରିଥିଲା।

କିନ୍ତୁ କଣ ହେଲା ? ଗାଁର ବୋହୂଟେ କଟକ ଯାଇ ନ ପାରି ମରିଗଲା। ତୁମେ କହିବ, ଯାହାର ଯେତିକି ଆୟୁଷ, ସେ ସେତିକିରେ ଯିବ। ତେବେ ବି ନେତ୍ରମୋହନ ବାବୁଙ୍କ ଦୁର୍ବ୍ୟବହାର ବରଦାସ୍ତ କରିବା ସମ୍ଭବ ନୁହେଁ।''

ରାମଚନ୍ଦ୍ର ନିରବ ହୋଇଗଲେ। ଶ୍ରୀଧର ଠିକ୍ କଥା କହୁଥିଲେ। ସୁଲକ୍ଷଣା ତାଙ୍କରି ସାନ ଭାଇ ମହେନ୍ଦ୍ରର ବଡ଼ବୋହୂ। ରଘୁନାଥର ସ୍ତ୍ରୀ। ପ୍ରଥମ ପିଲା ଜନ୍ମ ହୋଇଥାଆନ୍ତା। ତା ଅବସ୍ଥା ଖରାପ ହେବାରୁ ତାକୁ ଭଦ୍ରକ ନିଆଯାଇଥିଲା। କିନ୍ତୁ ଏମାନେ ପହଞ୍ଚିଲାବେଳକୁ ଭଦ୍ରକରେ ଆନେସ୍ଥେସିଆ ଡାକ୍ତର ନ ଥିଲେ। ତେଣୁ ଡାକ୍ତର କହିଲେ, କଟକ ନେଇଯାଅ। କିନ୍ତୁ ବୋହୂକୁ ଗାଁପାଖ ହାଟପୁର ଡାକ୍ତରଖାନାକୁ ନେଇଥିବା ରଘୁନାଥ କି ପଡ଼ିଶାଘର ପିଲା ଯୋଡ଼ିକ କେହି କଟକ ଯିବାଲାଗି ପ୍ରସ୍ତୁତ ହୋଇ ଯାଇ ନ ଥିଲେ। ଗାଁକୁ ଫେରି ସେମାନେ ପଇସା ନେଇ ଗଲାବେଳକୁ ବହୁତ ଡେରି ହୋଇଗଲା। ସୁଲକ୍ଷଣା ମରିଗଲା। ତା ଆଗରୁ ରଘୁନାଥ ଯାଇ ଭଦ୍ରକ ଡାକବଙ୍ଗଳାରେ ନେତ୍ରମୋହନ ବାବୁଙ୍କୁ ଭେଟିବାଲାଗି ବହୁତ କଷ୍ଟ କରିଥିଲା। କିନ୍ତୁ ଶେଷ ପର୍ଯ୍ୟନ୍ତ ସେ ତାଙ୍କ ପିଏକୁ ଭେଟି ପାରିଲା ସିନା, ନେତ୍ରମୋହନ ବାବୁଙ୍କୁ ଭେଟି ପାରିଲା ନାହିଁ। ଫେରିଆସିଲା। ତାଆରି ଆଖି ସାମ୍ନାରେ, ତା ସ୍ତ୍ରୀ ବିକଳରେ ଛଟପଟ ହୋଇ ଆଖି ବୁଜିଦେଲା।

ବଂଶୀଧର ଅସ୍ଥିର ହୋଇପଡୁଥିଲା। ତାର ମନେପଡୁଥିଲା, ସେଦିନ ଗାଁ ମଶାଣିରୁ ଫେରି ମହେନ୍ଦ୍ର କେମିତି ତାକୁ ଜାବୋଡ଼ି ଧରି ସାନପିଲାଙ୍କ ପରି କଇଁକଇଁ ହୋଇ କାନ୍ଦିଥିଲା। ତାକୁ ରାଣ ନିୟମ ଦେଇ କହିଥିଲା, "ଆଉ ଥରେ ସେଇ ଅମଣିଷଟାକୁ ଭୋଟ୍ ଦେବା ପାଇଁ କେବେ କହିବୁ ନାହିଁ।"

ମହେନ୍ଦ୍ର ମହାନ୍ତି ବଂଶୀଧରର ସାନଭାଇ ପରି। ତାର ସେ ଦୁର୍ଦ୍ଦଶା ଦେଖି ବଂଶୀଧରର ମନ ନେତ୍ରମୋହନଙ୍କ ଉପରୁ 'ଛି' ହୋଇଯାଇଥିଲା। ସେତିକିବେଳେ ଯଦି ତା ସାମ୍ନାରେ ନେତ୍ରମୋହନ ଭେଟ ହୋଇଯାଇ ଥାଆନ୍ତେ ତାହାହେଲେ ସେ ତାଙ୍କୁ ବି ଗଡ଼ କରି କାଟି ଦେଇଥାଆନ୍ତା।

ସେଇ ନେତ୍ରମୋହନ ଆଜି ଚାରିବର୍ଷ ପରେ ପ୍ରଥମଥର ପାଟପୁର ଆସୁଛନ୍ତି। ବିଧାନସଭାର କାର୍ଯ୍ୟକାଳ ଆହୁରି ବର୍ଷେ ଥିଲା। ସେଇଟି ଏବେ ଭାଙ୍ଗି ନ ଥିଲେ, ନେତ୍ରମୋହନ ଆଉରି ବର୍ଷକ ପରେ ଆସିଥାଆନ୍ତେ। ଖବର ଦେଇଛନ୍ତି ମହାଦେବ ମନ୍ଦିରରେ ଦର୍ଶନ କରି ଏହି ଗାଁରୁ ନିର୍ବାଚନ ପ୍ରଚାର ଆରମ୍ଭ କରିବେ। ଏ ଗ୍ରାମଟି ତାଙ୍କ ପାଇଁ ଅତ୍ୟନ୍ତ ଶୁଭ। ତୃତୀୟ ଥର ପାଇଁ ସେ ଚନ୍ଦନପୁର ନିର୍ବାଚନ ମଣ୍ଡଳୀରୁ ଭୋଟ୍ ଲଢ଼ିବେ। ଜିତିଲେ ହ୍ୟାଟ୍ରିକ୍ ହେବ। ପୁଣି ନିର୍ବାଚନ ମଣ୍ଡଳୀରେ ଚନ୍ଦନପୁରକୁ

ଛାଡ଼ିଦେଲେ ପାଟପୁର ହିଁ ସବୁଠାରୁ ବଡ଼ ଗାଁ । ଏ ଗାଁର ହରିଜନ, ଚଷୀ, ବ୍ରାହ୍ମଣ ସାହି ଓ ଗୁଡ଼ିଆ ସାହି ମିଶେଇ ସାଢ଼େ ଚରିହଜାର ଭୋଟ୍ । ବଂଶୀଧର ତାଙ୍କର ଗାଁ-ପ୍ରତିନିଧି ଲୋକଙ୍କ ଆଲୋଚନାରେ ମନ୍ତ୍ରୀଙ୍କର ବିଶ୍ୱସ୍ତ ଲୋକ ।

ବଂଶୀଧର ବି ଗତବର୍ଷ ପର୍ଯ୍ୟନ୍ତ ନିଜକୁ ଭାବୁଥିଲା ଯେ ସେ ନେତ୍ରମୋହନଙ୍କ ବିଶ୍ୱସ୍ତ ଲୋକ । ତାର ନେତ୍ରମୋହନଙ୍କ ସହ ପ୍ରଥମ ପରିଚୟ ବେଳର କଥା ବାରମ୍ବାର ମନେପଡ଼େ । ଆଠବର୍ଷ ତଳେ ପାଟପୁର ହାଇସ୍କୁଲର ବାର୍ଷିକ ଉତ୍ସବକୁ ନେତ୍ରମୋହନ ଆସିଥିଲେ । ସେତେବେଳକୁ ସେ ମନ୍ତ୍ରୀ ହୋଇ ନ ଥିଲେ । ତାଙ୍କ ଦଳ ବିରୋଧୀ ଦଳ ଆସନରେ ଥିଲା । ସେଇ ସଭାରେ ଚନ୍ଦ୍ରଶେଖର ଯୁବ ସଂସଦର ସଂପାଦକ ବଂଶୀଧର ବିଧାୟକ ନେତ୍ରମୋହନଙ୍କ ଉଦ୍ଦେଶ୍ୟରେ ନିଜେ ଲେଖିଥିବା ଗୋଟିଏ ମାନପତ୍ର ପାଠ କରିଥିଲା । ସଭା ସରିବା ପରେ ବିଧାୟକ ତାକୁ ପାଖକୁ ଡାକି ତାର ପରିଚୟ ମାଗିଥିଲେ । କିଛି ସମୟ କଥାବାର୍ତ୍ତା ଶେଷରେ, ଭୁବନେଶ୍ୱର ଗଲେ ତାଙ୍କୁ ଭେଟିବା ପାଇଁ ଆନ୍ତରିକତାର ସହ ପରାମର୍ଶ ଦେଇଥିଲେ । ସେତେବେଳେ ବଂଶୀଧର ବାଲେଶ୍ୱର ପ୍ଲାଷ୍ଟିକ୍ କଂପାନିର ଆକାଉଣ୍ଟାଣ୍ଟ ଚକିରି ଛାଡ଼ିଦେଇ ଆସି ଘରେ ବସିଥାଏ । ଜମିବାଡ଼ି ଖୁବ୍ ବେଶି ନ ହେଲେ ବି ହାତଚଷ କଲେ ସମସ୍ୟା ରହନ୍ତା ନାହିଁ । ମାତ୍ର କାହିଁକି ସେ ଚଷ କରିପାରେ ନାହିଁ ସେ ଆଉ ଗୋଟେ ଇତିହାସ । ତା ଜେଜେବାପା ବୈଷ୍ଣବ ଧର୍ମ ଗ୍ରହଣ କରିଥିବାରୁ ସେ ହଳ କରୁ ନ ଥିଲେ । ସେତେବେଳେ ମୂଲିଆ ମଜୁରି ସୁବିଧାଜନକ ଥିଲା । ଗାଁରେ ଚରିମାସିଆ, ଆଠମାସିଆ ଏପରିକି ବାରମାସିଆ ମଜୁରିଆ ବ୍ୟବସ୍ଥା ବି ଚଲୁଥିଲା । ଏବେ ସେ ବ୍ୟବସ୍ଥା ନାହିଁ । ଯେଉଁମାନେ ଦିନେ ତା ଜେଜେଙ୍କ ଅମଳରେ ତାଙ୍କ ଘରେ ରହି ଚଷକାମ କରୁଥିଲେ ସେମାନେ ଆଜି ସ୍ୱଚ୍ଛଳ । ତାଙ୍କ ଜମିରେ ଟ୍ରାକ୍ଟର ବୁଲୁଛି । ମାତ୍ର ବଂଶୀଧର ଦରିଦ୍ର । କେବଳ ଗୋଟେ ମିଛି ଢମକୁ ନେଇ ତା ବାପା ଆଉ କିଛି କର୍ମ କରିପାରିଲେ ନାହିଁ । ସେଇ କାରଣରୁ ସେ ତାଙ୍କ ଅମଳର ନେତା ଭାବଗ୍ରାହୀ ପରିଡ଼ାଙ୍କର କର୍ମୀ ହୋଇ ଜୀବନଟା ବିତେଇଦେଲେ । ଭାବଗ୍ରାହୀ ପରିଡ଼ା ଆଦର୍ଶବାଦୀ ନେତା ଥିଲେ । ମାତ୍ର ସଂଯୋଗ ଏଭଳି, ଯେଉଁ ଭାବଗ୍ରାହୀ ପରିଡ଼ାଙ୍କ ପାଖେ ତା ବାପା କାମ କରୁଥିଲେ, ତାଙ୍କରି ବିରୋଧୀ ଦଳର ନେତା ନେତ୍ରମୋହନଙ୍କ ପ୍ରତିନିଧି ହୋଇଗଲା ପୁଅ ବଂଶୀଧର ।

ଏହି ପରିବର୍ତ୍ତନ ସହ ତାଳ ମିଳେଇବା ବଂଶୀଧର ପକ୍ଷେ ସହଜ ହୋଇ ନ ଥିଲା । ମାତ୍ର ନେତ୍ରମୋହନ ବୁଝେଇ ଦେଇଥିଲେ । ତାଙ୍କ ସହ ଆଲୋଚନାରୁ ବଂଶୀଧର ବୁଝିଥିଲା, ମଣିଷର ମତ ଗୋଟେ ସ୍ଥିର ଜିନିଷ ନୁହେଁ । ପରିସ୍ଥିତି ଚକ୍ରରେ ତାହା ବଦଳିବା ଆବଶ୍ୟକ । ସେଦିନ ନେତ୍ରମୋହନଙ୍କ ସହ ତାର ଦେଢ଼ଘଣ୍ଟାରୁ ଅଧିକ ସମୟ କଥାବାର୍ତ୍ତା

ହୋଇଥିଲା । ନେତ୍ରମୋହନଙ୍କ ବିଦ୍ୟା, ବୁଦ୍ଧି, ଚତୁରତା ଏବଂ ଆତିଥେୟତା ଦେଖି ବଂଶୀଧର ଆଶ୍ଚର୍ଯ୍ୟ ହୋଇଥିଲା । ସାଧାରଣ ପଛୁଆ ପରିବାରରୁ ଆସିଥିବା ନେତ୍ରମୋହନଙ୍କ ବୟସ ତାଠାରୁ ମାତ୍ର ଆଠବର୍ଷ ବଡ଼ । ମାତ୍ର ତାଙ୍କର ଜ୍ଞାନ ଗରିମା କେତେ ଅଧିକ ! ସେ ଆନନ୍ଦରେ ଗଦ୍‌ଗଦ୍ ହୋଇ କହିପକେଇଥିଲା, "ମୁଁ ଆପଣଙ୍କ ପାଇଁ ଜୀବନ ଦେଇ କାମ କରିବାକୁ ପ୍ରସ୍ତୁତ । ସଂପୂର୍ଣ୍ଣ ନିର୍ବାଚନ ମଣ୍ଡଳୀ କଥା ତ ମୋ ଦ୍ୱାରା ସମ୍ଭବ ନୁହେଁ, ପାଟପୁର ପାଇଁ ଆପଣ ନିଶ୍ଚିନ୍ତ ରୁହନ୍ତୁ ।"

ସେଦିନ ନେତ୍ରମୋହନ ତାକୁ ଭଦ୍ରକ ପର୍ଯ୍ୟନ୍ତ ନିଜ ଜିପ୍‌ରେ ପଠେଇଥିଲେ । ତାପରେ ପ୍ରତି ତିନି ମାସରେ ଥରେ ବଂଶୀଧର ଯାଇ ତାଙ୍କୁ ଭୁବନେଶ୍ୱର ହେଉ କି ଭଦ୍ରକ ହେଉ, ସେ ଯେଉଁଠି ରହୁଥିଲେ, ସେଇଠି ଭେଟୁଥିଲା । ଗତ ନିର୍ବାଚନରେ ନେତ୍ରମୋହନ ଏ ଜିଲ୍ଲାରୁ ସବୁଠାରୁ ଅଧିକ ଭୋଟ୍ ବ୍ୟବଧାନରେ ଜିତିଲେ । ସେଥିରେ ବଂଶୀଧରର କି ଆନନ୍ଦ ! ପାଟପୁରରୁ ହାଟପୁର ଚାରି ମାଇଲ୍ ରାସ୍ତାରେ ସେ ଗୋଟେ ସାଇକେଲ୍ ପ୍ରସେସନ୍ ବାହାର କରିଥିଲା । ବିଧାୟକ ନେତ୍ରମୋହନ ସ୍ୱାସ୍ଥ୍ୟ ରାଷ୍ଟ୍ରମନ୍ତ୍ରୀ ହେଲେ । ହାଟପୁର ଡାକ୍ତରଖାନାର ଶଯ୍ୟା ସଂଖ୍ୟା ବଢ଼ିବ ବୋଲି ଘୋଷଣା କଲେ । ଜଣେ ବିଶ୍ୱସ୍ତ କର୍ମୀ ଭାବରେ ବଂଶୀଧର ଖୁବ୍ ଖୁସି ହେଲା । ମାତ୍ର ସେଇଠି ସରିଗଲା ପାଟପୁର ସହ ନେତ୍ରମୋହନଙ୍କ ସମ୍ପର୍କ । ଗଲା ଚାରିବର୍ଷ ଭିତରେ ଆଉ ଥରୁଟିଏ ଏଠି ତାଙ୍କର ପାଦ ପଡ଼ି ନାହିଁ । ଅନେକ ଥର ବଂଶୀଧର ଯାଇ ତାଙ୍କୁ ଦେଖା କରି ଏଠିକା ପରିସ୍ଥିତି ଜଣେଇଛି । ମାତ୍ର କିଛି ଫଳ ଫଳି ନାହିଁ । ଦି ବର୍ଷ ହେଲା ତାଙ୍କ ସହ ଦେଖାସାକ୍ଷାତ ବି ନାହିଁ । ଭଦ୍ରକ ଆସିଲେ ଖବର ଟିକେ ମିଳୁ ନାହିଁ । ମନ୍ତ୍ରୀ ତ ଦୂରର କଥା, ତାଙ୍କର ବ୍ଲକ୍ ପ୍ରତିନିଧି ଖଗେଶ୍ୱର ସାହୁ ସହ ମଧ୍ୟ ଏ ଗାଁ ଲୋକଙ୍କର ଭେଟ ମିଳୁ ନାହିଁ । ଏସବୁ ସତ୍ତ୍ୱେ ବଂଶୀଧର ପୁରୁଣା ମାୟା କାଟିପାରି ନ ଥିଲା । ମାତ୍ର ଗତବର୍ଷ ଘରପୋଡ଼ି ଘଟଣା ପରେ ସେତକ ତୁଟିଗଲା ତିନିଦିନ କାଳ ଭୁବନେଶ୍ୱରରେ ଯା ତା ଘରେ ପଡ଼ିରହି ସେ ମନ୍ତ୍ରୀଙ୍କ ଦେଖା ପାଇବ ବୋଲି ଅପେକ୍ଷା କରିଥିଲା । ମାତ୍ର ଦେଖା ପାଇଲା ନାହିଁ । ଖଗେଶ୍ୱର କହିଲେ, "ବିଧାନସଭା ଚାଲିଛି । ସରକାର ସଙ୍କଟରେ । ମୁଖ୍ୟମନ୍ତ୍ରୀ ତାଙ୍କର ବିଧାୟକମାନଙ୍କୁ ନେଇ ନନ୍ଦନକାନନରେ ରଖିଛନ୍ତି । ମନ୍ତ୍ରୀଙ୍କ ସହ ଦେଖା ମିଳିବା ସମ୍ଭବ ନୁହେଁ । ସେ ଫେରିଲେ ସବୁକଥା କହି ତାଙ୍କର ପାଟପୁର ଗସ୍ତ ଠିକଣା କରିବ ।" ସେଦିନ ବିରକ୍ତ ବଂଶୀଧର ବଡ଼ ପାଟିରେ କହିଦେଇଥିଲା, "ମୁଖ୍ୟମନ୍ତ୍ରୀଙ୍କୁ କୁହନ୍ତୁ, ନନ୍ଦନକାନନର ବାଘଭାଲୁଙ୍କୁ ଆଣି ବିଧାନସଭା ଓ ସେକ୍ରେଟାରିଏଟ୍‌ରେ ରଖନ୍ତୁ । ସେମାନେ ଆମ ନେତାଙ୍କ ଠାରୁ ଢେର୍ ଭଲ ।"

ଦ୍ୱିପହର ଛାଇ କେତେବେଳୁ ଲେଉଟି ଗଲାଣି । ଫାଲ୍‌ଗୁନ ମାସର ପବନ

ଟିକେ ଟିକେ ବୋହୁଛି। ପିଲାମାନେ ବାଗୁଡ଼ି ଖେଳ ସାରି ଏବେ ଡାଳମାଙ୍କୁଡ଼ି ଖେଳରେ ଲାଗି ଯାଇଛନ୍ତି। ବଂଶୀଧର ଭାବିଲା, ନେତ୍ରମୋହନ ବୋଧେ ଆଜି ପାଟପୁର ଆସିବେ ନାହିଁ। ହାଟପୁର ବଜାରରୁ ରାମପୁର, ସୁଆଁ ଓ ତାଳପଦର ହୋଇ ରାଜଧାନୀ ଫେରିଯିବେ କି କଣ ? ସେ ଚଉତରା ଉପରେ ବସିପଡ଼ି ମନକୁ ମନ କହିଲା, "ତୁମର ଭଲ ଦଶା। ନ ହେଲେ ସତରେ ଆଜି ମୁଁ ତମ ମୁଣ୍ଡ ଫଟେଇ ଦେଇଥାଆନ୍ତି। ତେଣିକି ସାରାଜୀବନ ପଛେ ଭଦ୍ରକ କି ଚଉଦ୍ୱାର ଯେଉଁ ଜେଲ୍‌ରେ ଘଣା ପେଲିବା କଥା ଘଣା ପେଲିଥାଆନ୍ତି। ମଣିଷ ସାଙ୍ଗରେ ଏତେ ଛଳନା କରି ତୁମେ ରାଜନୀତି କରିବ ? ତୁମ ପାଖେ ଟିକିଏ ଦୟା ନାହିଁ? ଧର୍ମ ନାହିଁ ?"

ଶ୍ରୀଧର ସାହୁ ତାଙ୍କ ଖଳା ଆଡ଼େ ମୁହାଁଉଥିଲେ। ଅଟକିଯାଇ ବଂଶୀଧରକୁ ଡାକ ପକେଇଲେ, "ମନ୍ତ୍ରୀଙ୍କ ଗାଡ଼ି ଆସୁଛି କିରେ ବଂଶୀଧର ? ନୂଆ ପୋଖରୀ ସେପଟେ ଧୂଳି ଉଡୁଛି ତ !"

ବଂଶୀଧର ଠିଆ ହୋଇପଡ଼ିଲା। ଚଉତରା ତଳେ ଥୋଇଥିବା ମୂଳି ବାଉଁଶ ଠେଙ୍ଗାଟାକୁ ଜୋର୍ କରି ହାତମୁଠରେ ଧରିଲା। ସେ ଆଜି ଆଗ ପଛ କିଛି ଚିନ୍ତା କରିବ ନାହିଁ। ସିଧା ଯାଇ ନେତ୍ରମୋହନଙ୍କ ମୁଣ୍ଡ ଉପରେ ଦେବ ଶକ୍ତ ପାହାରେ। ତାପରେ ପୁଲିସ ତାକୁ ନେଇଯାଉ, ଚିନ୍ତା ନାହିଁ।

ଆଗ ପଛ ହୋଇ ତିନିଟି ଗାଡ଼ି ଆସୁଥିଲା। ମଝିରେ ଦାମିକା ଭ୍ୟାନ୍। ତା ଆଗରେ ଗୋଟେ ଜିପ୍ ଓ ପଛରେ ଗୋଟେ ଆମ୍ବାସଡର। ନେତ୍ରମୋହନ କେଉଁ ଗାଡ଼ିରେ ବସିଛନ୍ତି - ବଂଶୀଧର ଭାବିହେଲା। ଅନୁମାନ କଲା, ମଝି ଭ୍ୟାନ୍‌ରେ ନେତ୍ରମୋହନ ବସିଥିବେ।

ଟିକକ ଆଗରୁ ଡାଳମାଙ୍କୁଡ଼ି ଖେଳ ଖେଳୁଥିବା ପିଲାଙ୍କ ଦଖଲରେ ଥିବା ପରି ଜଣାପଡୁଥିବା ପଡ଼ିଆଟାରେ ଏବେ ଅଧାଗାଁ ଆସି ଏକାଠି ହୋଇଯାଇଥିଲା। ସେମାନଙ୍କ ନଜର ବଂଶୀଧର ଉପରେ ଥିଲା। ଆଗରୁ ଯେତେଥର ନେତ୍ରମୋହନ ଆସିଛନ୍ତି ସବୁଥର ବଂଶୀଧର ଘର ଆଗ ବଉଳଗଛ ମୂଳେ ଯାଇ ବସନ୍ତି। ବଂଶୀଧର ତାଙ୍କୁ ଗଛରୁ ତୋଳି ରଖିଥିବା ପଇଡ଼ି ପାରି ପିଆଏ ଓ ଛେନାମୁଡୁକି ଖୁଆଏ। ଏସବୁ ନେତ୍ରମୋହନଙ୍କର ଖୁବ୍ ପ୍ରିୟ। ତା ସାଙ୍ଗକୁ ଦି ତିନିଟି କଦଳୀ। ମାତ୍ର ବଂଶୀଧର କୌଣସି ବ୍ୟବସ୍ଥା କରି ନାହିଁ। ଶ୍ରୀଧର ସାହୁ ଭାଷାରେ 'ରାମ ଆଜି ପର୍ଶୁରାମ।'

ଗାଡ଼ି ତିନିଟି ଆଗପଛ ହୋଇ ଆସି ଚଉତରାଠାରୁ ଟିକିଏ ଦୂରରେ ରହିଗଲେ। ପଛ ଆମ୍ବାସଡରରୁ ତିନି ହରିଜଣ ଯୁବକ ଓହ୍ଲେଇ ଆସିଲେ। ତାଙ୍କ ବାଟ ଓଗାଳି ବଂଶୀଧର ଠିଆହେଲା। ଅର୍ଥ ଏଇଠୁ ରାସ୍ତା ବନ୍ଦ। ଆପଣମାନେ ଫେରିଯାଆନ୍ତୁ।

ଲୋକମାନେ ଅନଉ ଥାଆନ୍ତି, "ମନ୍ତ୍ରୀ ନେତ୍ରମୋହନ କାହାନ୍ତି ? ସିଏ କଣ ହାଟପୁର ବଜାରରେ ରହିଗଲେ କି ?"

ନା, ନେତ୍ରମୋହନ ଆସିଥିଲେ। ମଝି ଭ୍ୟାନ୍‌ରୁ ନେତ୍ରମୋହନ ବାହାରିଲେ। ଗୋଡ଼ ଭାଙ୍ଗିଥିବା ଲୋକ ଯେମିତିକା ଡାକ୍ତରୀ ଆଶାବାଡ଼ି ଧରିଥାଆନ୍ତି ସେଇମିତିକା ବାଡ଼ିଟେ ଧରି, ଗୋଟେ ଗୋଟେ ପାଦପକେଇ ସେ ଆସିଲେ ଓ ରାମଚନ୍ଦ୍ରଙ୍କୁ ଦେଖିପକେଇ କହିଲେ, 'ପ୍ରଣାମ ରାମଚନ୍ଦ୍ରବାବୁ। ସ୍ୱାସ୍ଥ୍ୟ କିପରି ଅଛି ?'

ପାଟପୁରର ଲୋକମାନେ ଛୋଟାଲୋକ ଦେଖିଛନ୍ତି। ଗୋଡ଼ ଜଖମ ଲୋକଙ୍କୁ ବି ଦେଖିଛନ୍ତି। ମାତ୍ର ଏମିତିକା ଗୋଟେ ସୁନ୍ଦର ଓ ନୂଆ ପ୍ରକାର ଆଶାବାଡ଼ି ଦେଖି ନାହାନ୍ତି। ସେମାନେ ସେଇଆଡ଼େ ଅନେଇଥିଲେ। ବୃଦ୍ଧ ରାମଚନ୍ଦ୍ରଙ୍କ ମୁହଁରେ ଫିକାହସ। ଏତେ ଲୋକଙ୍କ ମେଳରୁ ମନ୍ତ୍ରୀ ନେତ୍ରମୋହନ ତାଙ୍କୁ ସାଙ୍ଗେ ସାଙ୍ଗେ ଚିହ୍ନି ପ୍ରଣାମ କରିଥିବାରୁ ସେ ମନେ ମନେ ଖୁସି ଅନୁଭବ କରୁଥିଲେ। ପିଲାମାନେ ମନ୍ତ୍ରୀଙ୍କ ଫିନ୍‌ଫିନ୍ ଧଳା ପୋଷାକ, ଚିକିମିକିଆ ଚଷମା ଓ ସୁନ୍ଦର ଗାଡ଼ିଟିକୁ ଦେଖୁଥିଲେ। ଏପରି ଗାଡ଼ିଟେ ସେମାନେ ଆଗରୁ ଦେଖି ନ ଥିଲେ। କେହି କେହି କହୁଥିଲେ, ସ୍ୱାସ୍ଥ୍ୟମନ୍ତ୍ରୀଙ୍କ ଗୋଡ଼ ଖରାପ ଯୋଗୁଁ ସେ ସ୍ୱତନ୍ତ୍ର ଆମ୍ବୁଲାନ୍‌ସ ଭ୍ୟାନ୍‌ରେ ଆସିଛନ୍ତି।

ବଂଶୀଧର ହଠାତ୍ ଅବଶ ହୋଇପଡ଼ିଲା ପରି ଅନୁଭବ କରୁଥିଲା। ପ୍ରତିଯୋଗିତା ଆରମ୍ଭ ହେବାର ବହୁ ଆଗରୁ ଦଉଡ଼ି ଦଉଡ଼ି ହାଲିଆ ହୋଇପଡ଼ିବା ଯୋଗୁଁ ନା ମନ ଭିତରର ଅନ୍ତର୍ଦ୍ୱନ୍ଦ୍ୱ ଯୋଗୁଁ ତାହା ସେ ଜାଣି ପାରୁ ନ ଥିଲା।

ନେତ୍ରମୋହନ ପାଦର ଯନ୍ତ୍ରଣାକୁ ଦାନ୍ତଚିପି ବରଦାସ୍ତ କରୁ କରୁ ବଂଶୀଧର ପାଖକୁ ଆଗେଇଗଲେ। ବଂଶୀଧର କିଛି କହିବା ଆଗରୁ ନିଜେ କହିଲେ, "ବଂଶୀଧର, ତୁମେ ମୋତେ ଏ ଠେଙ୍ଗାରେ ଆଉ ଗୋଡ଼କୁ ପାହାରେ ଦେଲ, ମୁଁ ସଂପୂର୍ଣ୍ଣ ଅଚଳ ହୋଇଯାଏ।"

ବଂଶୀଧର ନିଶ୍ଚଳ ହୋଇ ଠିଆ ହୋଇଥିଲା।

ଏଥର ନେତ୍ରମୋହନ ବହୁ କଷ୍ଟରେ ନୋଇଁପଡ଼ି ନିଜ ବାମ ପାଦରୁ ଚପଲଟି ବାହାର କଲେ। ସେଇଟିକୁ ବଂଶୀଧରର ହାତରେ ଧରେଇଲେ ଓ ନିଜ ଚପଲଙ୍କୁ ନିଜ ଗାଲ ପାଖକୁ ଭିଡ଼ିନେଇ ବଡ଼ପାଟିରେ ନିର୍ଦ୍ଦେଶ ଦେଲେ, "ମାର୍, ମାର୍ ବଂଶୀଧର। ଏଇ ଚପଲରେ ମୋତେ ମାର୍। ତୋ ପ୍ରତି ମୁଁ ଯେଉଁ ଅନ୍ୟାୟ କରିଛି, ଏ ଗାଁ ପ୍ରତି ଯେଉଁ ଅନ୍ୟାୟ ମୁଁ କରିଛି, ଏଇଟା ତାର ଠିକଣା ପ୍ରାୟଶ୍ଚିତ୍ତ ହେବ।"

ଲୋକଙ୍କ ଭିତରେ ଚପା ଗୁଞ୍ଜରଣ। କେଡ଼େବଡ଼ କଥା ହେଲା ! ବଂଶୀଧରଠାରୁ ଚପଲ ମାଡ଼ ଖାଇଲେ ମନ୍ତ୍ରୀ ନେତ୍ରମୋହନ ! ମନ୍ତ୍ରୀ ସେସବୁ ଶୁଣୁ ନ ଥାନ୍ତି। ସେ କେବଳ ନିଜକୁ ନିଜେ ଗାଳି ଦେଉଥାଆନ୍ତି।

ରାମଚନ୍ଦ୍ର ମହାନ୍ତି ଆଗେଇ ଆସି ମନ୍ତ୍ରୀଙ୍କୁ ଧରିଲେ। ତାଙ୍କୁ ନେଇ ଚଉତରା ଉପରେ ବସେଇଦେଲେ। ଚପଲଟାକୁ ହାତରୁ ଛଡ଼େଇ ତାଙ୍କ ଗୋଡ଼ ପାଖରେ ରଖିଦେଲେ। ମନ୍ତ୍ରୀ ଅସହାୟ ଅନୁଭବ କଲା ପରି ବଂଶୀଧରର ହାତ ଧରି ତାକୁ ନିଜ ପାଖରେ ବସେଇଲେ। ସେ କିନ୍ତୁ ବସିଲା ନାହିଁ। ନେତ୍ରମୋହନ ପକେଟ୍‌ରୁ ରୁମାଲ କାଢ଼ିଲେ ଓ ନିଜ ଗାଲର ଅଦୃଶ୍ୟ ଚପଲଧୂଳି ଝାଡ଼ିଦେଇ କହିଲେ, "ମୋତେ ସେ ଲୋକଟା ଚାରିବର୍ଷ କାଳ ଅନ୍ଧାରରେ ରଖିଛି ବୋଲି ମୁଁ କିପରି ଜାଣନ୍ତି ? ମୁଁ ବରାବର ପଚାରିଛି, ପାଟପୁର ଖବର କଣ ? ସେ ଗାଁ ମୋର ରାଜନୀତିର ଏନ୍ତୁଡ଼ି। ମୋତେ କୁହାଗଲା, ପାଟପୁରରେ ଚାରିଶହ ପନ୍ଦର ଜଣଙ୍କୁ ବିପିଏଲ୍ କାର୍ଡ ଦିଆଯାଇଛି, ଘରପୋଡ଼ି ସତୁରି ପରିବାରରୁ ତେଷଠି ଜଣଙ୍କୁ ସାହାଯ୍ୟ ଓ ସାତଜଣଙ୍କୁ ଇନ୍ଦିରା ଆବାସ ଘର ମିଳିଛି। ଏଠି ଆସି ଦେଖିଲାବେଳକୁ ସବୁ ମିଛ। ଧୋକାବାଜ୍, ବେଇମାନ, ନମକହାରାମ୍।"

ବଂଶୀଧର ବୁଝିପାରୁଥିଲା, ମନ୍ତ୍ରୀ ଏସବୁ ତାଙ୍କର ପ୍ରତିନିଧି ଖଗେଶ୍ୱର ଉଦ୍ଦେଶ୍ୟରେ କହୁଥିଲେ। ମାତ୍ର ସେ ପ୍ରଭାବିତ ହେଲା ନାହିଁ। ନିଜର ବହୁଦିନର କ୍ରୋଧ ପ୍ରକାଶ ପାଇଁ ସେ ପାଟି ଖୋଲିବାକୁ ଯାଉଥିଲା, ନେତ୍ରମୋହନ ତା ପାଟି ବନ୍ଦ କରି କହିଲେ, "ତୁମେ ଯାହା ଯାହା କହିବ ମୁଁ ସବୁ ଜାଣୁଛି। ସେଥିପାଇଁ ମୁଁ ଖଗେଶ୍ୱରକୁ ବାହାର କରିଦେଇଛି।" ତାପରେ ଟିକିଏ ରହି କହିଲେ, "ମନ୍ତ୍ରୀ ହେଲା ପରେ ସାରା ରାଜ୍ୟର କଥା ବୁଝିବାକୁ ପଡ଼ିଲା। କିନ୍ତୁ ତା ଭିତରେ ମୋ ନିଜର ପାଟପୁର ଏମିତି ଅଣହେଲା ହେଇଯିବ, ମୁଁ କିମିତି ଜାଣିଥାନ୍ତି ? ତୁମେ ବି ଅଭିମାନରେ ରହିଗଲ।"

ଏତିକିବେଳେ ମହାନ୍ତି ଘର ବୁଢ଼ୀ ଭିଡ଼ ଆଗକୁ ଆସି କହିଲା, "ସିଏ କଣ କହିବ ବା ? ତମେ ଆପଣ କଣ ଏ ଗାଁ ଘରପୋଡ଼ି ଖବର ଶୁଣି ନ ଥିବ ?"

ନେତ୍ରମୋହନ ସେକଥା ନ ଶୁଣିଲା ପରି ବଂଶୀଧରକୁ କହିଲେ, "ସକାଳୁ ବାହାରି ଆସିଛି। ପ୍ରବଳ ଭୋକ। ଚାଲ, ତୁମରି ଅଗଣାରେ ପଖାଳ ଶାଗ ଟିକେ ଖାଇ ଆଲୋଚନା କରିବା। ଆଜି ଯେତେ ରାତି ହେଉ, ମୁଁ ସମସ୍ତଙ୍କ କଥା ଶୁଣିକି ଯିବି। ତୁମେ ଏଣିକି ଯାହା କହିବ ମୁଁ ସେଇଆ କରିବି। ତାପରେ ହସି ହସି, ଯୋଉ ବୁଢ଼ୀଟି ତାଙ୍କୁ ଟିକିଏ ଆଗରୁ ଘରପୋଡ଼ି କଥା ଉଠେଇ ପ୍ରଶ୍ନ କରୁଥିଲା, ତାକୁ କହିଲେ, "ମାଉସୀ, ତମ ଘରେ ଶାଗ ଅଛି ନା ?"

ବୁଢ଼ୀ ନିଃସ୍ପୃହ ଗଳାରେ କହିଲେ, "ସଂଜବେଳେ କଣ କିଏ ଶାଗ ଖାଏ ?"

ନେତ୍ରମୋହନ ମିଠା ହସ ହସି କହିଲେ, "ଜମା ଚାରିଟା ବାଜିଛି, ସଂଜ

ହେଲା କେମିତି ? ଖରାଦିନ ପଖାଳ ଦିହକୁ ଭଲ। ତୁମେ ଯଦି ଶାଗ ଟିକିଏ ନ ଦେବାକୁ ଚାହୁଁଛ, ସିଏ ଭିନ୍ନେ କଥା।"

ବୁଢ଼ୀ ପାଣିଚିଆ ହସ ହସିଲା।

ଆଉ କେହି କିଛି କହିବା ଆଗରୁ ନେତ୍ରମୋହନ ଉଠିବାକୁ ଚେଷ୍ଟା କଲେ। ରାମଚନ୍ଦ୍ର କହିଲେ, "ଆପଣ କିନ୍ତୁ ଆମ ପ୍ରତି ଘୋର ଅନ୍ୟାୟ କରିଛନ୍ତି।"

ନେତ୍ରମୋହନ ଯନ୍ତ୍ରଣାରେ 'ଉଃ' ବୋଲି କହିଲେ। ରାମଚନ୍ଦ୍ର ନିଜ କଥାର ଉତ୍ତର ପାଇଲେ ନାହିଁ। ଛୋଟା ଲୋକଟିକୁ ଏ ବେଳେ ଆଉ କଣ ସେ କହିବେ ?

ନେତ୍ରମୋହନ ବଂଶୀଧରକୁ ହାତଠାରି ପାଖକୁ ଡାକିଲେ। ସେ ଆସିବା ପର୍ଯ୍ୟନ୍ତ ଡାହାଣ ହାତଟି ଶୂନ୍ୟରେ ଝୁଲି ରହିଥାଏ। ବଂଶୀଧର ପାଖକୁ ଆସିବାରୁ ତା କାନ୍ଧରେ ଭରା ଦେଇ ମନ୍ତ୍ରୀ ଉଠିଲେ। ତାଙ୍କ ପଞ୍ଜାବିର ଅତର ବାସ୍ନା ଓ ବଂଶୀଧର ଜାମାର ଝାଳୁଆଗନ୍ଧ ଏକାଠି ମିଶିଗଲା। ଏବେ ସେମାନେ ଗାଁ ଭିତରକୁ ଯାଉଥିଲେ। ପଛରେ ଗୋଟେ ଶୋଭାଯାତ୍ରା।

ସାନପିଲାଏ ଚଉତରା ମୂଳେ ପଡ଼ିଥିବା ଠେଙ୍ଗାଟିକୁ ଦେଖେଇ କହୁଥିଲେ, କାହା ବାଡ଼ିଟା ରହିଲା।

ବଂଶୀଧର ତାହା ଶୁଣି ପାରିଲା ନାହିଁ।

।। ଦୁଇ ।।

ପାଟପୁର ଗାଁରେ ଦୀର୍ଘ ଚାରିଘଣ୍ଟା କାଳ ରହି ମନ୍ତ୍ରୀ ନେତ୍ରମୋହନ ଭଦ୍ରକ ଡାକବଙ୍ଗଳାକୁ ଫେରିବା ବେଳକୁ ଖଗେଶ୍ୱର ଚାରିଟା ବୋତଲ ବିୟର ପିଇ ଶେଷ କରି ସାରିଥିଲା। ଏୟାରକଣ୍ଡିସନ୍‌ଡ ଥଣ୍ଡା ରୁମ୍ ସତ୍ତ୍ୱେ ତା ଦେହରୁ ଝାଳ ବୋହୁଥିଲା। ନେତ୍ରମୋହନ ଗାଡ଼ିରୁ ଓହ୍ଲେଇ ସିଧା ଭିତର ଘରକୁ ପଶିଗଲେ। ଡାକବଙ୍ଗଳା ପିଅନ ଥଣ୍ଡା ଲେମ୍ବୁପାଣି ଆଣି ଥୋଇଦେଲା। ଆଶାବାଡ଼ିଟାକୁ ଦୂରକୁ ଫିଙ୍ଗିଦେଇ ସେ ଟିକିଏ ଗମ୍ଭୀର ମୁଦ୍ରାରେ ବସିଲେ। ତାପରେ ପିଅନକୁ କହିଲେ, 'ସେ ସିଡିଏମ୍‌ଓ ଆଉ ଡାକ୍ତରମାନଙ୍କୁ କୁହ, ରାତି ଏଗାରଟାକୁ ଆସିବେ। ଖଗେଶ୍ୱରକୁ ଭିତରକୁ ପଠାଅ।'

ଖଗେଶ୍ୱର ଭିତରକୁ ଆସିଲା।

ଡାକବଙ୍ଗଳାର ଏକ ନମ୍ବର ସୁଟ୍‌ର ଚିକ୍‌ଚିକ୍ ସୋଫା ଓ ଚଉକି। ଭିତର କୋଠରିରେ ଧୋବଫରଫର ବିଛଣା।

ଖଗେଶ୍ୱର କହିଲା, "ଆପଣଙ୍କ ଗୋଡ଼ ପରା ଜଖମ ଥିଲା ?"

ନେତ୍ରମୋହନ ହସିଲେ।

ଖଗେଶ୍ୱର ଉତ୍ତର ପାଇଗଲା।

ନେତ୍ରମୋହନ କହିଲେ, "ତୁମକୁ ମୁଁ ବହିଷ୍କାର କଲି।"

ଖଗେଶ୍ୱର ଚମକିପଡ଼ିଲା। କହିଲା, ''ମୋର ଭୁଲ୍ କଣ? ମୁଁ ତ ଆପଣଙ୍କ କଥା ଅକ୍ଷରେ ଅକ୍ଷରେ ମାନୁଛି। ଆପଣ ମନାକଲାରୁ ଆପଣଙ୍କ ସାଙ୍ଗରେ ପାଟପୁର ନ ଯାଇ ଏଇଠି ଅପେକ୍ଷା କରିଛି।"

: ନା ଖଗେଶ୍ୱର। ତମର କିଛି ଭୁଲ୍ ନାହିଁ। ମାତ୍ର ପାଟପୁର ଲୋକଙ୍କୁ ଥଣ୍ଡା କରିବାକୁ ତମକୁ କିଛି ମାସ ମୋଠାରୁ ଦୂରରେ ରହିବାକୁ ପଡ଼ିବ।

: ଇଲେକ୍ସନ୍ ମୁଣ୍ଡ ଉପରେ। ଏରିଆ କାମ ହେବ କେମିତି? ଆପଣ କଣ କାହାକୁ ଚିହ୍ନନ୍ତି? ଚାରିବର୍ଷ ପରେ ଆପଣଙ୍କ ପାଦ ଏଠି ପଡୁଛି? - ଖଗେଶ୍ୱରର ସ୍ୱର ତୀକ୍ଷ୍ଣ।

: ତୁମେ ଠିକ୍ କହୁଛ। କିନ୍ତୁ ସବୁଦିନେ ସକାଳୁ ସଂଜଯାଏ ଏରିଆ ବୁଲିଲେ ମୁଁ ଦେବାଳିଆ ହୋଇଯିବି। ମୁଁ ଖବରକାଗଜକୁ ବିବୃତି ଦେବି ତୁମକୁ ବହିଷ୍କାର କରିସାରିଛି। ଆସନ୍ତା ଶୁକ୍ରବାର ମୋର ବାରିପଦା ପ୍ରୋଗ୍ରାମ୍। ସେଇଠି ତୁମକୁ କେହି ଚିହ୍ନିବେ ନାହିଁ। ତୁମେ ସେଠୁ ଆସିଲେ ସବୁ କଥାବାର୍ତ୍ତା।

ଖଗେଶ୍ୱର ନିଜ କାନକୁ ବିଶ୍ୱାସ କରିପାରୁ ନ ଥିଲା। ସିଏ ଏଇ ଏରିଆ ପାଇଁ ନେତ୍ରମୋହନଙ୍କ ଆଖି ଆଉ କାନ। ତାକୁ ଛାଡ଼ି ନେତ୍ରମୋହନ ଚଳିବେ କିପରି? କିଏ ତାଙ୍କୁ ସାହାଯ୍ୟ କରିବ? ସେ ତା ପ୍ରଶ୍ନର ଉତ୍ତର ପାଉ ନ ଥିଲା।

ନେତ୍ରମୋହନ କହିଲେ, 'ଶୁଣ, ବଂଶୀଧର ଏଣିକି ତୁମ ଜାଗାରେ ଏରିଆ କଥା ବୁଝିବ। ଏଇ ଚାରିମାସ କାଳ ବଂଶୀଧର ଯାହା କହିବ ସେଇଆ ହେବ। ତା ନିଷ୍ପତ୍ତି ମୁତାବକ ବୁଥ୍ କମିଟି ଗଢ଼ାଯିବ ଓ କର୍ମୀ ସମ୍ମିଳନୀ ଡକାଯିବ। ସିଏ ସବୁକଥା ଭଲ ଭାବେ ବୁଝି ପାରିବ। ତାର ଯୋଗ୍ୟତା ମୁଁ ଜାଣେ। ସେ କଥାମାନି ଚଳିବା ମଣିଷ।'

ଖଗେଶ୍ୱରର ନାକପୁଡ଼ା ଫୁଲି ଉଠୁଥିଲା। ସେ ମୁହଁ ବଙ୍କେଇ କହିଲା, "ବଂଶୀଧର? ସିଏ ପରା ଏବେ ଚରମ ଅସନ୍ତୁଷ୍ଟ। ଆପଣଙ୍କ ନାଁ ଶୁଣିଲେ ମାର୍ ନ ମାର ହେଉଛି।"

ନେତ୍ରମୋହନ ସୋଫାରୁ ଉଠି ଠିଆହେଲେ। ଖଗେଶ୍ୱର ପାଖକୁ ଆସିଲେ। ଖଗେଶ୍ୱରର ପିଠି ଥାପୁଡ଼େଇ କହିଲେ, 'ଅସନ୍ତୁଷ୍ଟ ଥିଲା। ବର୍ତ୍ତମାନ ସନ୍ତୁଷ୍ଟ। ତୁମେ ବ୍ୟସ୍ତ ହୁଅ ନାହିଁ। ତୁମେ ଚାରିବର୍ଷ ଭିତରେ ଯେତିକି ବଦନାମ ନ ହେଇଛ ଏଇ

ଚାରିମାସ ଭିତରେ ବଂଶୀଧର ସେତିକି ବଦନାମ ହୋଇଯିବ। ନିର୍ବାଚନଟା ସରିଯାଉ। ତାପରେ ମୁଁ ଅଛି, ତୁମେ ଅଛ।'

ଖଗେଶ୍ୱର ତଥାପି ବୁଝୁ ନ ଥିଲା।

ନେତ୍ରମୋହନ କହିଲେ, 'କାଲି ଖବରକାଗଜରେ ତୁମ ବହିଷ୍କାର କଥା ବାହାରି ପଡ଼ିବ। ଦି ଚାରିଦିନ ଛାଡ଼ି ତୁମେ ମୋ ବିରୋଧରେ ଗୋଟେ ବୈଠକ ଡାକି ଯାହା କହିବାର କହିବ। ତା ଦ୍ୱାରା ତୁମର ଲାଭ ହେବ, ଆଉ ମୋର ବି।'

ଖଗେଶ୍ୱର ମୁହଁ ତଳକୁ ପୋତି ଛିଡ଼ା ହୋଇଥିଲା।

ନେତ୍ରମୋହନ କହିଲେ, "ତୁମର ପୀରହାଟ ପେଟ୍ରୋଲ୍ ପମ୍ପ କଥା ପ୍ରାୟ ପକ୍କା। ନିର୍ବାଚନ ଫଳାଫଳ ବାହାରିବାର ମାସକ ଭିତରେ ସେଇଟିର ଉଦ୍‌ଘାଟନ ହେବ। ତା ସତ୍ତ୍ୱେ ଯଦି ତୁମେ ଅସନ୍ତୁଷ୍ଟ, ବିରୋଧୀ ପରିଡ଼ା ପାଖକୁ ଯାଅ।" - ଏତକ କହିବାବେଳକୁ ମନ୍ତ୍ରୀଙ୍କ ମୁହଁରେ କୃତ୍ରିମ କ୍ରୋଧ।

ଖଗେଶ୍ୱର ନେତ୍ରମୋହନଙ୍କ ମୁହଁକୁ ବିଶ୍ୱାସ ଓ ଅବିଶ୍ୱାସ ମିଶା ଚାହାଣିରେ ଅନେଇଲା। ତାକୁ ସବୁକଥା ରହସ୍ୟମୟ ଲାଗୁଥିଲା।

ନେତ୍ରମୋହନ କଲିଂବେଲ୍ ଟିପିଲେ। ଖଗେଶ୍ୱର କୋଠରିରୁ ବାହାରିଗଲା। ସେ ଯିବାର ଦଶ ମିନିଟ୍ ପରେ ନେତ୍ରମୋହନ ପିଅନକୁ ଡାକି କହିଲେ, "ଶୁଣ, ଦଶଟାବେଳକୁ ମୋ ପ୍ରତିନିଧି ବଂଶୀଧର ବାବୁ ଆସିବେ। ତାଙ୍କ ସହ ଏରିଆର ଆଉ ଚାରି ପାଞ୍ଚଜଣ ଆସିପାରନ୍ତି। ସେମାନଙ୍କ ପାଇଁ ଟିକେ ଭଲକରି ରୋଷେଇବାସ କର।"

■

ସମ୍ବର୍ଦ୍ଧନା

: ଆଁ, କଣ କହିଲେ ? ବନମାଳୀ ମହାକୁଡ଼ ପଚାରିଲେ।

: ଦେଶ ସ୍ୱାଧୀନ ହେବାର ଷାଠିଏ ବର୍ଷ ପୂରିଲା। ସେଇଯୋଗୁଁ ଆମ ଗାଁରେ ସଭା ହେବ। ସେଇଠି ଆପଣଙ୍କୁ ସମ୍ବର୍ଦ୍ଧନା ଦିଆଯିବ। ଖବରଟା ଦେବାଲାଗି ଆମେ ଆସିଛୁ। ଆପଣ ତ କେବେ ଗାଁରୁ ଆସିଲେ କାହାକୁ ଜଣାଇଲେ ନାହିଁ। ଏ ଘରଟା ଖୋଜିବାକୁ କମ୍ ସମୟ ଲାଗିଲାଣି ? - ଅଙ୍ଗାରଗାଡ଼ରୁ ଆସିଥିବା ଯୁବକ ଦି ଜଣ ବର୍ଷାଛିଟା ପଡ଼ି ଓଦା ହୋଇଯାଇଥିବା ନିଜ ଜାମାପଟାର ଦାୟିତ୍ୱ ବୁଝୁ ବୁଝୁ କହିଲେ।

ବନମାଳୀ ମହାକୁଡ଼ଙ୍କୁ ଛୟାଶୀ ଚାଲିଲାଣି। ଆଖିକୁ ଭଲ ଦିଶୁନାହିଁ କି କାନକୁ ଭଲ ଶୁଭୁନାହିଁ। ଆଗ ପରି ସବୁ କଥା ମନେ ରହୁନାହିଁ। କିନ୍ତୁ ବୟାଳିଶ ମସିହା ସେପ୍ଟେମ୍ବର ଅଠେଇଶ ତାରିଖର ଗୁଳିକାଣ୍ଡ ଘଟଣା କହିଲେ ସେ ପ୍ରଗଲ୍‌ଭ ହୋଇଯାଆନ୍ତି। ତାପରେ ଶୁଣିବାବାଲାର ଧୈର୍ଯ୍ୟ ଥାଉ ନ ଥାଉ ବନମାଳୀ ନିଜ କଥା କହିଚାଲନ୍ତି। ଅଟକନ୍ତି ନାହିଁ।

ବନମାଳୀ ମହାକୁଡ଼ଙ୍କ ଘର ଭଦ୍ରକ ଜିଲ୍ଲା ବାସୁଦେବପୁର ନିର୍ବାଚନ ମଣ୍ଡଳୀର ଅଙ୍ଗାରଗାଡ଼ ଗାଁରେ। ସବୁବେଳେ ଗାଁରେ ରହୁଥିଲେ। ଏଇ ଦେଢ଼ବର୍ଷ ହେଲା ଆସି ପୁଅ ପାଖରେ କଟକରେ ରହୁଛନ୍ତି। ଗାଁରେ ବରାବର ଦେହ ଖରାପ ହେବାରୁ, ବୋହୂର ବାରଣ ସତ୍ତ୍ୱେ ପୁଅ ଯାଇ ତାଙ୍କୁ ସାଙ୍ଗରେ ନେଇ ଆସିଛି। ପୁଅର ସାନ ଚାକିରି। ଦି ବଖୁରିଆ ଘର ଭିତରେ ତାର ସଂସାର। ବନମାଳୀ ମେଲାଘରର ଗୋଟିଏ କୋଣକୁ ଖଟିଆଟିଏ ପକେଇ ସେଇଠି ଶୁଆବସା କରନ୍ତି। ସେଇଟି ତାଙ୍କର ପୃଥିବୀ - ତାଙ୍କ ବହିଖାତା, ଚଷମା, ଛତା ଓ ଲୁଗାପଟା ସବୁ ସେଇଠି।

ଗାଁରୁ ଆସିଥିବା ଯୁବକ ଦି ଜଣ ଫେରିବା ପାଇଁ ବ୍ୟସ୍ତ ହେଉଥିଲେ। ବନମାଳୀ କିନ୍ତୁ ଏତେ ଶୀଘ୍ର ସେମାନଙ୍କୁ ବିଦାୟ ଦେବା ଲାଗି ଚାହୁଁ ନ ଥିଲେ। ସେ ସମ୍ବର୍ଦ୍ଧନା

ସଭାର ସମ୍ପୂର୍ଣ୍ଣ ବିବରଣୀଟି ଶୁଣିବା ଲାଗି ଚାହୁଁଥିଲେ। ତାଛଡ଼ା ଆଜିକାଲି ସେ କାହା ସାଙ୍ଗେ ଦି ପଦ କଥା ହେବା ଅବକାଶ ପାଆନ୍ତି ନାହିଁ। ପୁଅ ପାଖେ ତାଙ୍କର କଥା ଶୁଣିବା ଲାଗି ସମୟ ନ ଥାଏ, ବୋହୂର ସେପାଇଁ ଆଗ୍ରହ ନ ଥାଏ। ନାତି କଲେଜରେ ପଢୁଛି, ପାଠ ସମୟତକ ଛାଡ଼ିଦେଲେ ସେ କ୍ରିକେଟ୍ ଖେଳ ସାଙ୍ଗରେ ଥାଏ। ବନମାଳୀ ଅନ୍ଧାରିଆ ମେଲା ଘରଟାର ଗୋଟିଏ କୋଣରେ ବସି ଅପେକ୍ଷା କରନ୍ତି, କେହି ଜଣେ ଆସିଲେ ସେ ତା ସାଙ୍ଗେ ଦି ଚାରିପଦ ଦୁଃଖସୁଖ ହୁଅନ୍ତେ। ମାତ୍ର ସେମିତି ଲୋକ କେହି ଆସନ୍ତି ନାହିଁ। ସମୟେ ସମୟେ ପରିବା ବିକାଳି, ଡାକ ପିଅନ କି ଚାନ୍ଦା ମାଗୁଥିବା ସାହିପିଲାଏ ଆସନ୍ତି। ମାତ୍ର ସେମାନେ ତାଙ୍କର କାମ ସାରି ଫେରିଯାଆନ୍ତି। ବନମାଳୀଙ୍କ କଥା ସେମାନଙ୍କୁ ଶୁଭେ ନାହିଁ।

: ଯୁବକ ଦି ଜଣଙ୍କ ଭିତରୁ ଜଣେ କହିଲେ, "ଆପଣ ଚଉଦ ତାରିଖରେ ଯାଇ ଗାଁରେ ପହଞ୍ଚିଯିବେ। ସଭା ପନ୍ଦର ତାରିଖ ସନ୍ଧ୍ୟାବେଳେ। ମନ୍ତ୍ରୀ ଆସିବେ। ଆପଣଙ୍କୁ ମାନପତ୍ର, ଅଙ୍ଗବସ୍ତ୍ର ଓ ପୁରସ୍କାର ଦିଆଯିବ। ଏହା ଆପଣଙ୍କ ପାଇଁ ଗୋଟେ ବିରଳ ସୁଯୋଗ। ବୁଝିଲେ?"

: ହଁ, ହଁ ବୁଝିଲି। କିନ୍ତୁ ମୋର ପଦେ କଥା ଅଛି। - ବନମାଳୀ କହିଲେ।

: କହୁ ନାହାନ୍ତି। କଣ କହିବାର ଅଛି କୁହନ୍ତୁ। - ଡେଙ୍ଗା ଓ ଦୁର୍ବଳିଆ ଯୁବକ ଜଣକ ବନମାଳୀଙ୍କୁ ଉତ୍ସାହ ଦେଲା ପରି ଉତ୍ତର ଦେଲା।

: ମୁଁ ସେଦିନ ବୟାଳିଶ ସେପ୍ଟେମ୍ବରର ଇରମ ଅନୁଭୂତି ଟିକେ ବର୍ଣ୍ଣନା କରିବି।

: ନିଶ୍ଚୟ, ନିଶ୍ଚୟ। ସେକଥା କହିବା ପାଇଁ ଭୁଲିଯାଇଥିଲି। ତା ପାଇଁ ଆମେ ସ୍ୱତନ୍ତ୍ର ଭାବେ ଅଧଘଣ୍ଟା ସମୟ ରଖିଛୁ ପରା! - କହି ଯୁବକଟି ମୁହଁ ବୁଲେଇ ନେଲା। ଦି ଜଣ ପରସ୍ପରକୁ ଚାହିଁ ହସିଲେ।

: ଉତ୍ସାହିତ ବନମାଳୀ ପଚାରିଲେ, "ଆଚ୍ଛା, କପେ କପେ ଚା ପିଇ ନ ଥାନ୍ତ! ଏତେ ଦୂରରୁ ଆସିଛ। - ପ୍ରଶ୍ନଟି ପଚାରିଦେଇ ଭିତର ଆଡ଼କୁ ଅନେଇଲେ ବନମାଳୀ। ଭିତରେ ବୋହୂ ଅଛି। ମାତ୍ର କଣ ଭାବିଲେ କେଜାଣି ପୁଣି ନିରବ ରହିଗଲେ। ଭିତରପଟୁ କୌଣସି ଜବାବ ତାଙ୍କୁ ମିଳି ନ ଥିଲା।

ବନମାଳୀଙ୍କର ଅସହାୟତା ବୁଝିବା ଯୁବକ ଦି ଜଣଙ୍କ ପକ୍ଷେ କଷ୍ଟକର ନ ଥିଲା। ସେମାନେ ତାଙ୍କ ଆଡୁ କହିଲେ, "ଥାଉ, ଏବେ ଆମେ ଚା ପିଇଥିଲୁ। ଆଉ ଦରକାର ନାହିଁ। ଆମେ ଏବେ ଆସୁଛୁ।"

ବନମାଳୀ କିଛି କହିଲେ ନାହିଁ। ଯୁବକ ଦି ଜଣ ଚାଲିଗଲେ। ବନମାଳୀଙ୍କୁ ଲାଗିଲା, ଗଲାବେଳେ ସେମାନେ ତାଙ୍କୁ ଆଉ କଣ କହୁଥିଲେ ବୋଧହୁଏ।

ସେ ଚୁପ୍‌ଚାପ୍ ଆଖି ବୁଜିଦେଇ ତାଙ୍କର ତେଲଚିକିଟା ତକିଆ ଉପରେ ଲୋଟିପଡ଼ିଲେ। ଆଖି ସାମ୍ନାରେ ପଅଁଷଠି ବର୍ଷ ତଳର ସେଇ ଦୃଶ୍ୟ ସବୁ ନାଚି ଯାଉଥିଲା। କେତେଥର ଚାହିଁଲେଣି କାହା ଆଗେ ସେକଥାଗୁଡ଼ା କହନ୍ତେ; କିନ୍ତୁ କାହାରି ପାଖେ ସମୟ ନାହିଁ। ନିଜ ଗାଁରେ ଯେଉଁ କଥା, ସହର ବଜାରରେ ମଧ୍ୟ ସେଇ କଥା।

ବନମାଳୀ ପ୍ରତିବର୍ଷ ଗାନ୍ଧିଜୟନ୍ତୀ ଦିନ ହାଣ୍ଡିଏ ଖିରି ରାନ୍ଧି ତାଙ୍କ ଗାଁର ପିଲାମାନଙ୍କୁ ଖୁଆନ୍ତି। ଏଇ ଗୋଟିଏ ତାଙ୍କର ବଡ଼ ଖର୍ଚ୍ଚ। ନ ହେଲେ ତାଙ୍କର ଆଉ କିଛି ଅଭ୍ୟାସ ନାହିଁ। ପିଲାଏ ଖିରି ଖାଇସାରି ଚାଲିଯାଆନ୍ତି। ବନମାଳୀ ତାଙ୍କୁ କହନ୍ତି, "ଶୁଣ, ତୁମମାନଙ୍କୁ ମୋର ଗୋଟେ କଥା କହିବାର ଅଛି।" ମାତ୍ର ତାଙ୍କ କଥା ଶୁଣିବାକୁ କେହି ଅପେକ୍ଷା କରନ୍ତି ନାହିଁ। ଆଜିକାଲି ସିଏ ଆଉ ବିରକ୍ତ ହୁଅନ୍ତି ନାହିଁ, ବରଂ ପିଲାମାନଙ୍କୁ ଶୁଣେଇ ଶୁଣେଇ କହନ୍ତି, "ହଉରେ ବାବୁ, ଯାଅ। ଜଣେ ଲୋକ ଦେଶ ପାଇଁ ଲଢ଼େଇ କରିଥିଲା ବୋଲି ଆଜି ତମେ ଅରଣା ମଇଁଷି ପରି ଏମିତି ସ୍ୱାଧୀନ ବୁଲୁଛ। ନ ହେଲେ ତ ନିଜ କ୍ଷେତର ଧାନ, ପୋଖରୀର ମାଛ କି ଗଛର ଫୁଲଫଳ ଉପରେ ମଣିଷର ଅଧିକାର ନ ଥାନ୍ତା!"

ମିଛ କହନ୍ତି ନାହିଁ ବନମାଳୀ। ସେଇ ଥିଲା ବୟାଳିଶ ବେଳର ଶାସନ। ପୋଖରୀରୁ ମାଛ ଧରାହେଲେ ସବା ବଡ଼ ମାଛଟା ଯାଏ ଜମିଦାରଙ୍କ ଘରକୁ, ତାଠାରୁ ସାନ ଗୁମାସ୍ତା ନିଅନ୍ତି, ତାଠୁ ସାନଟି ପିଆଦାର। ତାପରେ ଯାହା ରହିଲା ତାହା ପୋଖରୀ ମାଲିକର। ଫଳ କଥାରେ ବି ସେଇଆ। ଜମିଦାରମାନେ ଇଂରେଜ ଶାସକଙ୍କୁ ଟିକସ ଦେଉଥିଲେ। ବଦଳରେ ନିଜ ଢଙ୍ଗରେ ଶାସନର ଅଧିକାର ପାଇଥିଲେ। ସେମାନେ ଯେତେ ଯାହା ଜୁଲୁମ କଲେ ବି ତାଙ୍କ ବିରୋଧରେ କେହି କିଛି କହିପାରୁ ନ ଥିଲେ।

ସେଇ ଯୁଗରେ, ବୟାଳିଶ ମସିହା ସେପ୍ଟେମ୍ବର ଅଠେଇଶ ତାରିଖ, ଇରମ ଗୁଳିକାଣ୍ଡ ଦେଖିଥିଲେ ବନମାଳୀ ମହାକୁଡ଼। ଦି ଦିନ ଆଗରୁ ସେ ମାମୁଘର ଗାଁ ବୁଲି ଯାଇଥିଲେ। କିନ୍ତୁ ସେଇ ଦି ଦିନ ଭିତରେ ଏମିତି ଘଟଣା ଘଟିବ ବୋଲି ସେ କାହିଁକି ଭାବିଥାଆନ୍ତେ ?

କେତେଥର ଚେଷ୍ଟା କରିଛନ୍ତି, କାହା ଆଗେ ସେଦିନର ସେଇ ଘଟଣାଗୁଡ଼ିକ କହିବେ। କେମିତି ଆସିଥିଲେ ଫଉଜ, କେମିତି ମେଲଣ ପଡ଼ିଆ ସେଦିନ ପାଲଟିଥିଲା ଗୋଟେ ରକ୍ତର ପୋଖରୀ – କିନ୍ତୁ କେହି ଶୁଣନ୍ତି ନାହିଁ।

ବନମାଳୀ ତେଣୁ ନିଜେ ନିଜକୁ ବୁଝାନ୍ତି। ନିଜେ ପାଲଟନ୍ତି ଫଉଜ, ନିଜେ ପାଲଟନ୍ତି ସ୍ୱାଧୀନତା କର୍ମୀ। ସେଦିନର ଦୃଶ୍ୟକୁ ଏକକ ଅଭିନୟ ମାଧ୍ୟମରେ ନିଜେ

ନିଜକୁ ଦେଖାନ୍ତି ଓ ଶୁଣାନ୍ତି। ତାଙ୍କ ଦେହରେ ରକ୍ତପ୍ରବାହ ଚଞ୍ଚଳ ହୁଏ, ଶିରାପ୍ରଶିରା ଫୁଲିଉଠେ। ଦୁର୍ବଳିଆ ଦେହ ତେଜି ଉଠେ। ମନେପଡ଼େ ପଅଁଷଠି ବର୍ଷ ତଳର ସେ ଦୃଶ୍ୟ। କାନରେ ଶୁଭିଯାଏ ଗମେଇ ନଈର କୁଳୁକୁଳୁ ଶବ୍ଦ। ତାପରେ ସେ ଶବ୍ଦକୁ ବୁଡ଼େଇ ଶଙ୍ଖ ଶବ୍ଦ ଏବଂ ଶେଷକୁ ଗୁଡୁମ୍, ଗୁଡୁମ୍ ଗୁଳିର ଆୱାଜ। ସଞ୍ଜ ଚଢ଼େଇ ଚିରଚିରେଇ ଉଡ଼ି ପଳାନ୍ତି। ଘର ଭିତରୁ ଶୁଭେ ସାନ ପିଲାଙ୍କ କାନ୍ଦଣା ଏବଂ ବଡ଼ ମଣିଷଙ୍କ ଆର୍ତ୍ତ ଚିତ୍କାର। ତାପରେ ଖାଲି ଲାଲ୍ ଲାଲ୍ ରକ୍ତ, ଛେଲା ଛେଲା ରକ୍ତ। ଟିକିଏ ଆଗରୁ ହସୁଥିବା, ଡେଉଁଥିବା, ସ୍ଲୋଗାନ୍‌ରେ ଗାଁ କମ୍ପଉଥିବା ମଣିଷଗୁଡ଼ାକ ମୁର୍ଦ୍ଦାର ପାଲଟି ଯାଆନ୍ତି।

ସଞ୍ଜ ଆକାଶର ତାରାଗୁଡ଼ାକ ସେଦିନ ଖାଲି ଅସହାୟ ହୋଇ ଏସବୁ ଦେଖିଥିଲେ ଯାହା।

ସେଦିନୁ କେତେ ବର୍ଷ ବିତିଗଲାଣି।

ମାତ୍ର ବନମାଳୀ ଆଉ ପୂର୍ବର ମାନସିକତା ଫେରି ପାଇ ନାହାନ୍ତି। ଯାଇ ପାରି ନାହାନ୍ତି ମାମୁଘର ଇରମ। ତାର ଥୋଡ଼ବର୍ତ୍ତି ଧାନ ବିଲ, ମାଛପହଁରା ପୋଖରୀ ପାଣି, ବନି ହେନ୍ତାଳ ବଣ, ନଈତୁଠରେ କାଶତଣ୍ଡୀ, ବଙ୍କାଟେଢ଼ା ନାଳିଗୋଡ଼ି ରାସ୍ତା ଯେତେଥର ମନେପଡ଼ିଛି ସେତେଥର ଛାତି ପଞ୍ଜରା ସେପଟର ରକ୍ତ ତାତି ଉଠିଛି। ଗୋଟାଏ ପୁଲିସକୁ ସେଦିନ ସେ ମାରି ଦେଇ ପାରି ନ ଥାନ୍ତେ ? ତା ଛାତି କଣାକରି ଦେଇ ନ ଥାନ୍ତେ ନରସିଂହ ହିରଣ୍ୟକଶିପୁର ଛାତି ବିଦାରିଲା ପରି ?

ବନମାଳୀଙ୍କ କଥା ଶୁଣି ଲୋକେ ହସନ୍ତି। କିଛି କହନ୍ତି ବୁଢ଼ାଟି ପାଗଳ ହୋଇଗଲାଣି। କୋଉ କାଳର କଥାକୁ ଗଣ୍ଠି କରି ଜୀବନ ନଷ୍ଟ କଲା। ସରପଞ୍ଚ କି କଣ୍ଟ୍ରୋଲ ଡିଲରଟେ ହୋଇଥାଆନ୍ତା ହେଲେ ! ବୁଢ଼ାକାଳେ ପୁଅବୋହୂଙ୍କ ଖୁଣ୍ଟା ସହୁଛି।

ସେମାନେ ଶୁଣନ୍ତି ନାହିଁ ବନମାଳୀଙ୍କ କଥା। ନିଜ ସ୍ତ୍ରୀ ବି କୋଉ ଶୁଣିଥିଲେ ?

ଥରେ ଏକଥା ସେ କହିଥିଲେ ନିଜ ପତ୍ନୀଙ୍କୁ। ବନମାଳୀ ଭାବିଥିଲେ, ପତ୍ନୀ ନିଶ୍ଚୟ ମନଦେଇ ଏସବୁ ଶୁଣିବେ। ଗୌରାଙ୍ଗ ମହାନ୍ତି, କମଳା ପ୍ରସାଦ କର ଏବଂ ଅନିରୁଦ୍ଧ ମହାନ୍ତିଙ୍କ ବୀରତ୍ୱର କଥା ଶୁଣି ଉତ୍ସାହିତ ହେବେ। ମାତ୍ର ତାଙ୍କ କଥା ଅଧା ଥିଲା, ପତ୍ନୀ ନିଘୋଡ଼ ନିଦରେ ଶୋଇଯାଇଥିଲେ। ସେଦିନ ପତ୍ନୀଙ୍କ ଉପରେ ଖୁବ୍ ବିରକ୍ତ ହୋଇଥିଲେ ବନମାଳୀ। ଥାଉ, ଆଜି ସେ କଥା ଉଠେଇ ଲାଭ ନାହିଁ। ଗଲା ଲୋକ ଉପରେ ମାନ କଣ, ଅଭିମାନ କଣ ?

ଆଜି ଦଶ ତାରିଖ। ଆଉ ଚାରିଦିନ ରହିଲା ମଝିରେ। ପୁଅ ଆସିଲେ, ଗାଁକୁ

ଯିବା କଥା କହିବେ ବନମାଳୀ। ଏତେଦିନ ପରେ ଅଞ୍ଚଳବାସୀଙ୍କର ତାଙ୍କ କଥା ମନେ ପଡ଼ିଲା। ହେଉ, ଯାହା ଈଶ୍ୱରଙ୍କ ଇଚ୍ଛା!

ବନମାଳୀ ଆଖି ବୁଜିଦେଇ ନିଜ ଚିନ୍ତାରେ ବୁଡ଼ିଗଲେ। ଦେଶ ସ୍ୱାଧୀନ ହେଲାବେଳକୁ ତାଙ୍କୁ ହୋଇଥିଲା ଛବିଶ ବର୍ଷ। ସକାଳୁ ସନ୍ଧ୍ୟା ଯାଏ କେତେ ଯେ କାମ! ଲାଗୁଥିଲା ସାରା ଦେଶଟାର କାମ ଯେମିତି ତାଙ୍କର ଦାୟିତ୍ୱ! ଦେଶ ସ୍ୱାଧୀନ ହୋଇଗଲା। ବ୍ରିଟିଶ ସରକାର ଦେଶ ଛାଡ଼ି ପଳେଇଲା। ତା ପରେ ସବୁଯାକ କାମ ପଡ଼ିଲା ଦେଶଲୋକଙ୍କ ହାତରେ। କିନ୍ତୁ ପରିସ୍ଥିତି ତ ବଦଳିଲା ନାହିଁ - ଭାବନ୍ତି ବନମାଳୀ।

କେତେଦିନ ତଳର ଘଟଣା ହେଲାଣି। ଗାଁର କିଛି ସମସ୍ୟା ନେଇ ସେ ଭଦ୍ରକ ଜିଲ୍ଲାପାଳଙ୍କୁ ଭେଟିବା ଲାଗି ଯାଇଥିଲେ। କିନ୍ତୁ ଜିଲ୍ଲାପାଳଙ୍କ ସହ ଭେଟ ହେଲା ନାହିଁ। ତାଙ୍କ ଦପ୍ତରର ଜଣେ ଚିଡ଼ିଚିଡ଼ା ଯୁବକ କହିଲେ, 'ଗାଁର ସବୁ କଥାରେ ଆପଣ ମୁଣ୍ଡ ପୂରଉଛନ୍ତି କାହିଁକି? ୱାର୍ଡମେମ୍ବର ଓ ସରପଞ୍ଚ ସେ କଥା ବୁଝିବେ। ସେମାନେ ଲୋକଙ୍କର ନିର୍ବାଚିତ ପ୍ରତିନିଧି। ତାଛଡ଼ା ବିଭିନ୍ନ ସମସ୍ୟା ବୁଝିବା ଲାଗି ବିଭିନ୍ନ ବିଭାଗ ଅଛନ୍ତି। ଆରଡି, ସିଭିଲ୍ ସପ୍ଲାଇଜ୍ ଓ ହେଲଥ ଡିପାର୍ଟମେଣ୍ଟ ସେକଥା ବୁଝିବେ।'

ବନମାଳୀ ଥକ୍କା ହୋଇ ବସି ଯାଇଥିଲେ। କହିଥିଲେ, 'ଯେତେବେଳେ ଏ ଦେଶକୁ ବ୍ରିଟିଶ ଶାସନ କରୁଥିଲା, ସେତେବେଳେ ସୁଦ୍ଧା ଏମିତି ସେମାନେ କହୁ ନ ଥିଲେ। ଅଥଚ ଆପଣ କହୁଛନ୍ତି।'

ଲୋକଟି ଟିକିଏ ନରମିଗଲା ପରି ଲାଗିଥିଲା। ଭାବିଥିଲା, ଏ ବୁଢ଼ାଟି ଗୋଟେ ସ୍ୱାଧୀନତା ସଂଗ୍ରାମୀ ହୋଇଥିବ। ଆଜିକାଲି ଟିଭି, ଖବରକାଗଜ ଏମାନଙ୍କ ଅଭିଯୋଗ ପ୍ରଚାର କରିବା ଲାଗି ଜଗି ବସିଛନ୍ତି। ତେଣୁ ସ୍ୱର କଅଁଳେଇ କହିଥିଲା, 'ଦେଖନ୍ତୁ, ଦେଶ ସ୍ୱାଧୀନ ହେବା ପରେ ସରକାର ସବୁ କଥା ବୁଝୁଛନ୍ତି। ଆପଣ ଆଉ ପରିଶ୍ରମ କରିବା କଣ ଦରକାର କହୁ ନାହାନ୍ତି?'

: ତାହାହେଲେ ମୁଁ କରିବି କଣ?

ଏ ପ୍ରଶ୍ନର ଉତ୍ତର ଲୋକଟି ପାଖରେ ନ ଥିଲା। ବନମାଳୀ ନିଜେ ଲେଖିଥିବା ଦରଖାସ୍ତ ଖଣ୍ଡକ ନିଜ ପକେଟ୍‌ରେ ରଖିଦେଲେ। ଭାବିଲେ, ପରାଧୀନ ଭାରତରେ ସବୁଠାରୁ ଦରକାରୀ ସ୍ୱାଧୀନତା କର୍ମୀମାନେ ସ୍ୱାଧୀନ ଦେଶରେ ସବୁଠାରୁ ଅଦରକାରୀ ହୋଇଗଲେ ପରା! ଆଉ କିଛି ନ କହି ସେ ଫେରି ଆସିଥିଲେ।

କିନ୍ତୁ ଗାଁର ଚିତ୍ର ବଦଳିଲା ନାହିଁ। ନା ରାସ୍ତାରେ ମାଟି ପଡ଼ିଲା, ନା ସ୍କୁଲକୁ

ଶିକ୍ଷକ ଆସିଲେ। ଥରେ ଦି ଥର ୱାର୍ଡମେମ୍ବରଙ୍କୁ କହି ବନମାଳୀ ତୁନି ପଡ଼ିଲେ। ୱାର୍ଡମେମ୍ବରଟି ତାଙ୍କ ପୁଅ ବୟସର ପିଲା। ସିଏ ଯଦି କଲେକ୍ଟର ଅଫିସର ସେ ବାବୁଟି ପରି ତାଙ୍କୁ ଏଣୁତେଣୁ କହେ, ତାହାହେଲେ ବଡ଼ ଲାଜର କଥା ହେବ।

ନିଜ ଘର ଭିତରେ ଥାଇ ସେ ଖବରକାଗଜ ପୃଷ୍ଠାରୁ ଦେଶର ବଦଳୁଥିବା ଚିତ୍ର ଦେଖନ୍ତି। ଖବରକାଗଜରୁ ସେସବୁ ବିଷୟରେ ପଢ଼ି ବିରକ୍ତ ହୁଅନ୍ତି। ଜଣେ ଜଣେ ମନ୍ତ୍ରୀ, ଅଫିସର କୋଟି କୋଟି ଟଙ୍କା ନେଇ ବିଦେଶରେ ଜମା ରଖୁଛନ୍ତି ପଢ଼ି ବେଶି ବିରକ୍ତ ହୁଅନ୍ତି ବନମାଳୀ। ଭାବନ୍ତି, ଇଂରେଜ ଶାସନରେ ବିଦେଶୀ ତ ଏଇଆ କରୁଥିଲେ। ଏ ଦେଶରୁ ସୁନା, ହୀରା ନେଇ ଯାଉଥିଲେ ନିଜ ଦେଶକୁ। ଯଦି ଭାରତର ନିଜ ଲୋକେ ସେଇଆ କରନ୍ତି, ତାହାହେଲେ ଏ ଦେଶର ସମ୍ପତ୍ତି ଜଗିବା କାହାର ଦାୟିତ୍ୱ! କାହିଁକି ତାହାହେଲେ ଗାନ୍ଧୀ ଆନ୍ଦୋଳନ କରିଥିଲେ!

କିନ୍ତୁ କଲେକ୍ଟରିଏଟ୍‌ର ସେ ବାବୁ ଜଣକ କହିଛି, ସବୁ କାମ କରିବା ଲାଗି ସରକାରଙ୍କର ଅଲଗା ଅଲଗା ବିଭାଗ ଅଛି, ଅଲଗା ଲୋକ ଅଛନ୍ତି। ସେଥିରେ ଅନ୍ୟ କାହାର ମୁଣ୍ଡ ପୂରେଇବା ଦରକାର ନାହିଁ।

ବନମାଳୀଙ୍କୁ ନିଦ ଲାଗି ଯାଇଥିଲା।

ନିଦରେ ଶୋଇ ଶୋଇ ସେ ବୟାଳିଶ ମସିହାର ସେଇ ଦୃଶ୍ୟ ସ୍ୱପ୍ନରେ ଦେଖୁଥିଲେ।

॥ ଦୁଇ ॥

ଅଙ୍ଗାରଗାଡ଼ ଗାଁ ପାଇଁ ଆଜି ଗୋଟେ ବିଶେଷ ଦିନ। ଏ ଗାଁକୁ ଆଜି ମନ୍ତ୍ରୀ ଆସୁଛନ୍ତି। ଗାଁର ସ୍ୱାଧୀନତା ସଂଗ୍ରାମୀ ବନମାଳୀ ମହାକୁଡ଼ଙ୍କୁ ମନ୍ତ୍ରୀ ସମ୍ବର୍ଦ୍ଧନା ଜଣେଇବେ। ତାପରେ କଟକରୁ ଆସିଥିବା ମେଲୋଡି ପାର୍ଟି ତାଙ୍କର ଗୀତନାଚ ପ୍ରଦର୍ଶନ କରିବେ।

ଗାଁର ସବୁଆଡ଼େ ଚର୍ଚ୍ଚା। ବୟସରେ ସାନ ସାନ ପିଲାଙ୍କ ମନରେ କୌତୂହଳ – ସେଇ ଚେମେଡ଼ିଆ, କାଳିଆ ଲୋକଟା କଣ ସତରେ ସ୍ୱାଧୀନତା ଲାଗି ଲଢ଼େଇ କରିଥିଲା! ତାହାହେଲେ ଏତେ ଦିନ ହେଲା ସରକାର ତାକୁ ଭୁଲିଯାଇଥିଲେ କେମିତି ? ସ୍ୱାଧୀନତା ପାଇଁ ଲଢ଼ିଥିବା ବୁଢ଼ାମାନେ କଣ ଏମିତି ଦୁଃଖରେ ରହନ୍ତି ?

ଅଙ୍ଗାରଗାଡ଼ ପ୍ରାଥମିକ ସ୍କୁଲର ପ୍ରଧାନଶିକ୍ଷକ ନରୋତ୍ତମ ମିଶ୍ର। ସେ ଜଣେ ଜାଣିବା ଶୁଣିବା ଲୋକ। ସେ ବୁଝଉଥିଲେ, ତିନି ପ୍ରକାର ସଂଗ୍ରାମୀ ଅଛନ୍ତି। କେନ୍ଦ୍ର

ଭତ୍ତା ପାଉଥିବା ସଂଗ୍ରାମୀ, ରାଜ୍ୟ ଭତ୍ତା ପାଉଥିବା ସଂଗ୍ରାମୀ ଓ ଶେଷକୁ ଛଅ ମାସରୁ କମ୍ ଦିନ ଜେଲ୍ ଯାଇଥିବା ସଂଗ୍ରାମୀ। ଏମାନେ ମାସକୁ ହଜାରେ ଟଙ୍କା ଖଣ୍ଡେ ଭତ୍ତା ପାଆନ୍ତି। ତେବେ କେନ୍ଦ୍ର ଭତ୍ତା ପାଉଥିବା ସ୍ୱାଧୀନତା ସଂଗ୍ରାମୀମାନେ ଆର୍ଥିକ ଦୃଷ୍ଟିରୁ ଟିକିଏ ଲାଭବାନ୍।

ସାନ ସାନ ପିଲାଏ ଏ କଥାରେ ଆଗ୍ରହ ଦେଖାଇଲେ ନାହିଁ। ଜଣେ କହିଲା, "ମୁଁ ଟେଲିଭିଜନ୍‌ରେ ଦେଖିଛି, ଗାନ୍ଧୀଟୋପି ପିନ୍ଧା ବୁଢ଼ାଗୁଡ଼ିଏ ମାଙ୍କଡ଼ ପରି ଦିଶନ୍ତି। ହେଁ, ହେଁ। ସେମାନେ ଭାରି ଦୁଃଖୀ।"

ନରୋତ୍ତମ ମିଶ୍ର ସ୍ୱାଧୀନତା ସଂଗ୍ରାମୀଙ୍କର ଭକ୍ତ ନୁହନ୍ତି। ମାତ୍ର ପିଲାଟିର ଏ ପ୍ରକାର ମନ୍ତବ୍ୟ ତାଙ୍କୁ କେମିତି ଟିକିଏ ଖରାପ ଲାଗିଲା। ସେ କହିଲେ, 'ମୁଁ ଯାଏ, ମୋ ଉପରେ ଅତିଥିଙ୍କ ପରିଚୟ ଦେବା ଦାୟିତ୍ୱଟି ଦିଆଯାଇଛି।'

ଗାଁର ସବୁଆଡ଼େ ବ୍ୟସ୍ତତା ଜଣା ପଡ଼ିଯାଉଥିଲା। ସ୍କୁଲ ପଡ଼ିଆରେ ସଭା ହେବ। କାଳେ ବର୍ଷା ହେବ ବୋଲି ସଭା ଜାଗାଟାରେ ତାର୍ପଲିନ୍ ପାଲ ଛାଉଣି କରାଯାଇଛି। ସ୍କୁଲ ଚାରିପଟେ ବ୍ଲିଚିଂ ପାଉଡର ପଡ଼ିଛି। ବିଜୁଳି ଚାଲିଗଲେ, ବିକଳ୍ପ ଆଲୁଅ ବ୍ୟବସ୍ଥା ଭାବେ ପେଟ୍ରୋମାକ୍ସ ଲାଇଟ୍‌ର ବ୍ୟବସ୍ଥା କରାଯାଇଛି।

ମନ୍ତ୍ରୀଙ୍କ ସମ୍ବର୍ଦ୍ଧନା ଲାଗି ସରପଞ୍ଚ, ୱାର୍ଡମେମ୍ବର ଏବଂ ଯୁବକସଂଘର ସଭ୍ୟମାନେ ଅନେକ ପରିଶ୍ରମ କରୁଛନ୍ତି। ତାଙ୍କ ବସିବା ଲାଗି ସ୍କୁଲର ପ୍ରଧାନଶିକ୍ଷକଙ୍କ କୋଠରିକୁ ସଜେଇ ଦିଆଯାଇଛି। ମନ୍ତ୍ରୀ ଜଣକ ଯୁବକ, ତାଙ୍କ ବୟସ ପଇଁତାଳିଶ କି ଛୟାଳିଶ ହେବ। ତାଙ୍କ ଜଳଖିଆ ଲାଗି ଦୁଧଛେନା, କାଜୁ, ଅଙ୍ଗୁର, ସେଓ, ଦେଶୀ କଦଳୀ ଓ ପଇଡ଼ ପାଣି ବ୍ୟବସ୍ଥା କରାଯାଇଛି। ଅଙ୍ଗାରଗାଡ଼ ଅଞ୍ଚଳରେ ଛେନାମୁଡୁକି ପ୍ରସିଦ୍ଧ। ସେଥିରୁ ପାଞ୍ଚ କିଲୋର ଏକ ପ୍ୟାକେଟ୍ ମନ୍ତ୍ରୀଙ୍କ ଘରକୁ ପଠେଇବା ଲାଗି ସ୍ୱତନ୍ତ୍ର ବ୍ୟବସ୍ଥା କରାଯାଇଛି। ମନ୍ତ୍ରୀଙ୍କ ହାତରେ ସଂସ୍କୃତି ବିଭାଗ ସାଙ୍ଗକୁ ବିଜୁଳି ବିଭାଗ। ଖୁବ୍ କ୍ଷମତାଶାଳୀ ମନ୍ତ୍ରୀ ସେ।

ସଭା ଜାଗାଟିକୁ ସୁନ୍ଦର ଭାବେ ସଜାଯାଇଛି। ନାଲି, ନେଳି, ବାଇଗଣୀ ଓ ହଳଦିଆ ରଙ୍ଗ କାଗଜର ପତାକା ଝୁଲୁଛି ଚାରିଆଡ଼େ। ମାଇକ୍‌ରେ ବାଜୁଛି ଭିକାରୀ ବଳ ଓ ଅକ୍ଷୟ ମହାନ୍ତିଙ୍କ ଗୀତ। ମଝିରେ ମଝିରେ ହିମେଶ ରେଶମିୟାଁ ଓ କୈଳାଶା ପଶି ଆସୁଛନ୍ତି। ସେ ଗୀତ ବାଜିବା କ୍ଷଣି ଗାଁ ଟୋକାଙ୍କ ପାଦ ଚଞ୍ଚଳ ହୋଇ ପଡୁଛି। ସେମାନେ ବସିବା ଜାଗାରୁ ଉଠିପଡ଼ି ଦି ଘେରା ନାଚି ଯାଉଛନ୍ତି।

ଅଗଷ୍ଟ ପନ୍ଦର ଉପଲକ୍ଷେ ଗୋଟେ ବକ୍ତୃତା ପ୍ରତିଯୋଗିତା ହୋଇଥିଲା। ଚାରିଜଣ ପିଲା ଭାଗ ନେଇଥିଲେ। ତାଙ୍କ ଭିତରୁ ତିନିଜଣ ପ୍ରଥମ, ଦ୍ୱିତୀୟ ଓ ତୃତୀୟ

ହେବା କଥା । ହେଡ୍‌ମାଷ୍ଟ୍ରେ କହିଲେ, କାହିଁକି ଆଉ ପିଲାଟା ମନଦୁଃଖ କରିବ ? ଶେଷ ଦି ଜଣଙ୍କୁ ଯୁଗ୍ମ ତୃତୀୟ ପୁରସ୍କାର ଦେଇ ଦିଅନ୍ତୁ । ଆଜିକାଲି କିଏ ଆଉ ଏ ବିଷୟରେ ଆଗ୍ରହ ଦେଖାଉଛନ୍ତି କି ? ଫଳରେ ଚାରିଜଣଯାକ ପୁରସ୍କାର ଜିଣିଛନ୍ତି । ସଞ୍ଜବେଳକୁ ପୁରସ୍କାର ପାଇବେ ।

ଦିପହର ବେଳକୁ ଅସରାଏ ମେଘ ବର୍ଷିଗଲା । ଆୟୋଜକମାନେ ମହାଦେବଙ୍କ ପାଖରେ ନେଇ ନଡ଼ିଆଟିଏ ବସେଇ ଦେଇ ଆସିଲେ । ଭଲରେ ଭଲରେ ସଭାଟି ସରିଯାଉ । ସଭାବେଳକୁ ବର୍ଷା ହେଲେ ସବୁ ଭଣ୍ଡୁର ହୋଇଯିବ ।

ଉପରବେଳା ତିନିଟା ବେଳକୁ ଯୁବକସଂଘ ସେକ୍ରେଟେରୀ ରଘୁନନ୍ଦନ ଆଚାର୍ଯ୍ୟ ଆସି ସଭାପତି ମିହିରକୁ ଖବର ଦେଲା, 'ସବୁ ହେଲା ଯେ, ଏପର୍ଯ୍ୟନ୍ତ ବନମାଳୀ ମହାକୁଡ଼ ଆସି ପହଞ୍ଚିଲେ ନାହିଁ ?'

: ଆଁ, ବନମାଳୀ ମହାକୁଡ଼ ଆସି ନାହିଁ ? ସଭାପତି ମିହିର ଆଶ୍ଚର୍ଯ୍ୟ ହେଲା ।

: ଏବେ ତ ତାଙ୍କ ସାହି ଆଡ଼େ ଯାଇଥିଲି । ତାଙ୍କ ପୁତୁରା କହିଲା, ବଡ଼ବାପା ଆସିବା କଥା । କିନ୍ତୁ ଏପର୍ଯ୍ୟନ୍ତ ଆସି ନାହାନ୍ତି ।

: ଆରେ, ଗଲୁ ବୁଝିଆସିବୁ । 'ଆଖଣ୍ଡଳମଣି' ବସ୍ ଆସିଲାଣି ନା ନାହିଁ । ସେ ବସ୍ ଯଦି ଆସି ନ ଥିବ ତାହାହେଲେ ବୁଢ଼ା ସେଇଥିରେ ଆସୁଥିବ । କି ଦାୟିତ୍ୱହୀନ ଲୋକଟା ସେ ?

: ସେଇକଥା । କଣ କରିବା ?

: ଟିକିଏ କଟକ ଫୋନ୍ କଲୁ ନାହିଁ ? – ରଘୁନନ୍ଦନ ପଚାରିଲା ।

: ତା ପୁଅ ଘରେ କୋଉ ଫୋନ୍ ଅଛି ? ସିଏ ତ ପଅରଦିନ ଫୋନ୍ କରି କହିଥିଲା, ବାପକୁ ନେଇ ଆସିବ ।

: କିଛି କୁଆଡ଼େ ଅସୁବିଧା ହେଲା ନାହିଁ ତ ? – ରଘୁନନ୍ଦନ ବ୍ୟସ୍ତ ହୋଇ ପଡୁଥିଲା ।

: ଅସୁବିଧା ମାନେ ?

: ବୁଢ଼ାଟା କାଳେ ଖସି ପଡ଼ିଥିବ ? ଛୟାଶୀ ହେଲାଣି ନା ?

: ହଁ । କିନ୍ତୁ ସେମିତି କିଛି ହୋଇଥିଲେ ଖବରଟା ଆସିଥାନ୍ତା ।

ତୁମେ ବ୍ୟସ୍ତ ହୁଅ ନାହିଁ ମିହିର ଭାଇ । ମୁଁ ଯାଇ ବଜାର ଛକରୁ ବୁଝିଆସେ, 'ଆଖଣ୍ଡଳମଣି' ବସ୍ ଆସିଲାଣି କି ନାହିଁ । ଆମ ହାତରେ ଆଉରି ତିନିଘଣ୍ଟା ସମୟ ଅଛି । – ରଘୁନନ୍ଦନ ମୋଟର ସାଇକେଲ୍ ବୁଲାଉ ବୁଲାଉ କହିଲା ।

ପଛରୁ ଡାକିଲା ମିହିର । ଶୁଣ୍, ସେ ଲେଡି ଆର୍ଟିଷ୍ଟମାନଙ୍କ ଖବର ଭଲ କରି ବୁଝିବୁ । ନ ହେଲେ ସେମାନେ ଫିଡ଼ିକି ଯିବେ ।

: ମୁଁ ସବୁ ବୁଝୁଛି। ପଲେଇ ମଉସାଙ୍କ ଘରେ ସେମାନଙ୍କ ରହିବା ବ୍ୟବସ୍ଥା ହୋଇଛି।

ମିହିର ଚିନ୍ତିତ ଦିଶିଲା। ଯୁବକସଂଘର ସଭାପତି ସେ। କୌଣସି କାରଣରୁ ଯଦି ବନମାଳୀ ମହାକୁଡ଼ ନ ଆସି ପାରନ୍ତି ତାହାହେଲେ ଟୋକା ମନ୍ତ୍ରୀ ବିଗିଡ଼ିଯିବେ। ସଭାଟି ସଫଳ ହେବ ନାହିଁ। ଏଣେ ବୁଢ଼ା ଘରେ ଫୋନ୍‌ଟେ ନାହିଁ। ଖବର ବୁଝିବେ କେମିତି ? ହ୍ୟାତ୍, ଇଏ କି ଫ୍ରିଡମ୍ ଫାଇଟର୍ !

ମାତ୍ର ରଘୁନନ୍ଦନ ଆସି ଖବର ଦେଲା, ବସ୍‌ଟାର ଟାୟାର ପଙ୍କଚର୍ ହୋଇଯାଇଥିବା ଯୋଗୁଁ ଅଧବାଟରେ ପଡ଼ିଥିଲା। ସେଥିପାଇଁ ଆସିବା ଡେରି ହେଲା। ବୁଢ଼ା ଆସିଛି। କିନ୍ତୁ ବୁଢ଼ାକୁ ଭାରି ଜ୍ୱର।

ଏଥିରେ କିଛି ପ୍ରତିକ୍ରିୟା ଦେଖାଇଲା ନାହିଁ ମିହିର। ବୁଢ଼ା ଯେ ଆସିଯାଇଛି ସେଇ ଭଲ। ତେଣିକି ଜ୍ୱର ହୋଇଥାଉ କି ଯକ୍ଷ୍ମା ହୋଇଥାଉ। ସେ ଅନ୍ୟ ଯୋଗାଡ଼ଯନ୍ତ୍ରରେ ବ୍ୟସ୍ତ ରହିଲା।

ବନମାଳୀ ମହାକୁଡ଼ଙ୍କ ଦେହରେ ଖଇ ଫୁଟୁଥିଲା। ପୁଅ ନାରାୟଣ କହିଲା, ଏମିତି ପାଗରେ ଯାଇ ଷ୍ଟେଜ୍ ଉପରେ ବସିଲେ ସନ୍ନିପାତ ଧରିଯିବ।

ବନମାଳୀ ହସିଦେଲେ। ତାଙ୍କର ପାକୁଆ ପାଟିକୁ ହସଟା ବେଶ୍ ମାନୁଥିଲା। କହିଲେ, 'ଏଇ ଜ୍ୱରକୁ ଡରୁଛୁ। ମୋର କିଛି ହେବ ନାହିଁ।'

କିନ୍ତୁ ଜ୍ୱର କମୁ ନ ଥିଲା। ବେଳକୁ ବେଳ ବଢୁଥିଲା। ବନମାଳୀ ମହାକୁଡ଼ଙ୍କର ମୁଣ୍ଡଟା ଟିଣ୍‌ଟିଣ୍ ବିନ୍ଧୁଥିଲା। ପାଞ୍ଚଟା ବେଳକୁ ସେ ଏମିତି ଥରିବାକୁ ଲାଗିଲେ ଯେ ଦିଇଟା କନ୍ଥା ଓ କମ୍ବଳ ତାଙ୍କୁ ସମ୍ଭାଳି ପାରିଲା ନାହିଁ।

ରଘୁନନ୍ଦନ ଆସି ବୁଢ଼ାଙ୍କୁ ଦେଖି ଯାଇଥିଲା। ଗୋଟେ ଛୋଟ ପୁଡ଼ିଆ ଧରେଇଦେଲା ନାରାୟଣକୁ। କହିଲା, ଇଏ ଆୟୁର୍ବେଦ ଔଷଧ। ଯାକୁ ଖ ଇଦେଲେ ବୁଢ଼ା ସାଙ୍ଗେ ସାଙ୍ଗେ ଚେଙ୍ଗା ହୋଇ ଉଠିବେ।

ନାରାୟଣ ବୁଢ଼ାଙ୍କ ପାଟିରେ ସେତକ ଖୁଆଇଦେଲା। କହିଲା, ଟିକିଏ ଶୋଇପଡ଼। ସଭା ଆରମ୍ଭ ହେଲେ ତୁମକୁ ଡାକିନେବି।

ବନମାଳୀ ଜ୍ୱରରେ କମ୍ପୁଥିଲେ। କିନ୍ତୁ ମନ ଭିତରେ ବୟାଳିଶ ମସିହାର କଥା ନାଚୁଥିଲା।

ସଭା ଜାଗାରୁ ମାଇକ୍‌ରେ ଗୀତ ଶୁଭୁଥିଲା। ଗୀତ ବନ୍ଦ ହେଲା ପରେ ପ୍ରଚାର ଆରମ୍ଭ ହେଲା। 'ଭାଇ ଓ ଭଉଣୀମାନେ, ସଭା ଆରମ୍ଭ ହେବ। ଆପଣମାନେ ଆସି ନିଜ ନିଜ ଜାଗାରେ ବସିଯାଆନ୍ତୁ।'

ବନମାଳୀ ସଫା ଖଦଡ଼ ଧୋତିଟାଏ ପିନ୍ଧିଲେ। ତା ସାଙ୍ଗକୁ ଖଦଡ଼ ଜାମା। ଗୋଟେ ପୁରୁଣା ଫତେଇ, ଯୋଉଟାକି ବହୁକାଳୁ ଇସ୍ତ୍ରୀ ହୋଇ ନ ଥିବା ଯୋଗୁଁ ଲୋଚାକୋଚା ଦିଶୁଥିଲା, ତାକୁ ପିନ୍ଧିଲେ ଜାମା ଉପରେ। ଚଦରଟି ଘୋଡ଼ିହୋଇ ସଭାକୁ ବାହାରିଲେ।

ସଭା ଚାରିପଟେ ଗାଁ ଗୋଟାକର ଲୋକ। ଟିକିଏ ଦୂରଛଡ଼ା ହୋଇ କିଛି ସ୍ତ୍ରୀ ଲୋକ ବସିଛନ୍ତି। ସଭା ଆଗରେ ସାନ ସାନ ପିଲା। ଚକଚକ ଆଲୁଅରେ ସ୍କୁଲ ପଡ଼ିଆ ଉଜ୍ଜ୍ୱଳି ଉଠୁଛି।

ମନ୍ତ୍ରୀ ଭାଷଣ ଦେଲେ। ବନମାଳୀ ମହାକୁଡ଼ଙ୍କର ପ୍ରଶଂସା କଲେ ଉଦାର ଚିତ୍ତରେ। ବନମାଳୀ ଜ୍ୱରରେ କମ୍ପୁଥିଲେ ବି କାନଡେରି ମନ୍ତ୍ରୀଙ୍କର ଭାଷଣ ଶୁଣୁଥିଲେ।

ଏହାପରେ ବନମାଳୀଙ୍କ ପାଳି। ସେ ଠିଆ ହେବାକୁ ଚେଷ୍ଟା କଲେ। କିନ୍ତୁ ଖୁବ୍ କଷ୍ଟ ହେଉଥିଲା। ତୋଟି ଶୁଖିଗଲା ପରି ଲାଗୁଥିଲା। ରଘୁନନ୍ଦନ ତାଙ୍କ ଆଡ଼କୁ ଗୋଟେ ପାଣି ବୋତଲ ବଢ଼େଇଦେଲା। ବନମାଳୀ ତହିଁରୁ ଦି ଢୋକ ପାଣି ପିଇ ଠିଆ ହେଲେ।

କହିଲେ, 'ଶଙ୍ଖଟିଏ ବାଜି ଉଠିଲା। ମୁଁ ଚମକି ପଡ଼ିଲି। ତାପରେ ଆଉ ଗୋଟିଏ ଶଙ୍ଖ, ପଛକୁ ଆଉ ଗୋଟାଏ। ଏମିତି ଅନେକ ଶଙ୍ଖ ବାଜି ଉଠିଲା।'

ସଭାର ଲୋକମାନେ କିଛି ବୁଝିପାରୁ ନ ଥିଲେ। କେଉଁ ଶଙ୍ଖ କଥା କହୁଛି ଏ ବୁଢ଼ା ? କାହିଁ, କୋଉଠି ତ ଶଙ୍ଖ ବାଜିବାର ଶବ୍ଦ ସେମାନେ ଶୁଣିପାରୁ ନାହାନ୍ତି।

ବନମାଳୀ ଚଦରଟାକୁ କାନ୍ଧରୁ ଖସେଇ ଦେଲେ।

ସାମ୍ନାକୁ ଡାହାଣ ଗୋଡ଼ ଉଠେଇ ଲାତ ମାରିଲେ। କହିଲେ, "ଏମିତି ଲାତ ମାରିଲା ସେ ଫଉଜଟା। ହରି ବେହେରା ତଳେ ପଡ଼ିଗଲା। ତାକୁ ମାଟି ଉପରୁ ଉଠେଇ ଲୋକଟା ପଚାରିଲା, 'ହଇବେ ସୁଅର୍‌କା ବଚ୍ଚା, ଶଙ୍ଖ କାହିଁକି ଫୁଙ୍କିଲୁ ?'

"ହରିର ଆଣ୍ଠୁ ଖଣ୍ଡିଆ ହୋଇଯାଇଥିଲା। ଦେହ ହାତରୁ ଧୂଳି ଝାଡୁ ଝାଡୁ ଜବାବ ଦେଲା, 'ସଞ୍ଜବେଳେ ଶଙ୍ଖ ଫୁଙ୍କିବା ଆମର ବିଧି।'

"ଫଉଜଟା ଛାଡ଼ିଦେଲା ହରିକୁ। ମୁଁ ଟିକିଏ ଦୂରରେ ଥିଲି। ଅନେଇଲାରୁ ପଚିଶ ତିରିଶ ପୁଲିସ ବନ୍ଧୁକ ଧରି ଏମିତି ଲେଫ୍ଟ-ରାଇଟ୍ ଲେଫ୍ଟ-ରାଇଟ୍ କରି ଚାଲିଛନ୍ତି ଗାଁ ଆଡ଼େ।

"ମୁଁ ପହଞ୍ଚି ସାରିଥାଏ ଜମିଦାର ରାଧାକାନ୍ତ ପାଢ଼ୀଙ୍କ ଘର ପାଖରେ। ସେମାନେ ବି ସେଇଠି ପହଞ୍ଚିଲେ। ତାପରେ ପାଟିକଲା ଡିଏସ୍‌ପି, ଆମ ବିଛଣାପତ୍ର ଯିଏ ଛଡ଼େଇଛନ୍ତି, ତାଙ୍କୁ ଆଜି ଏଇଠି ଶୁଆଇ ଦେଇଯିବୁ।

"ମୁଁ ଏ ଖବର ଦେବାଲାଗି ମେଳଣ ପଡ଼ିଆକୁ ଧାଇଁଲି। ପଛରୁ ଗୁଳି ଶବ୍ଦ। ଢୋ - ଢୋ - ଢୋ - ଢୋ।" ବନମାଳୀ ବାଁ ହାତକୁ ବନ୍ଧୁକ ପରି ଧରିଥାନ୍ତି ଓ ପାକୁଆ ପାଟିରେ କହୁଥାଆନ୍ତି ଢୋ - ଢୋ - ଢୋ - ଢୋ।

ସଭା ଆଗରେ ବସିଥିବା ପିଲାମାନଙ୍କୁ ବନମାଳୀଙ୍କର ଏ ମୁଦ୍ରା ବିଚିତ୍ର ଦିଶୁଥାଏ। ସେମାନେ ହସି ହସି ଗଡ଼ି ଯାଉଥାଆନ୍ତି।

ବନମାଳୀ ଏଥର ତଳେ ଶୋଇଗଲେ। ଚିତ୍କାର କଲେ, ''ମରିଗଲି, ମରିଗଲି। ପାଣି, ପାଣି...।"

ପୁଣି ସେ ଉଠି ପଡ଼ିଲେ। ଦେହରେ ଚାରିଜଣ ଯୁବକଙ୍କ ବଳ ଯେମିତି। ତାପରେ କହିଲେ, 'ପୁଲିସ ବନ୍ଧୁକରୁ ଗୁଳି ସରିଗଲା। ଗାଁ ଲୋକେ ପାଟି କରି ଧାଇଁ ଆସିଲେ। ଚିତ୍କାର କଲେ, ଧର, ଧର, କାହାକୁ ଛାଡ଼ ନାହିଁ।'

କିନ୍ତୁ ଗୁଳି ସରି ନ ଥିଲା। ନୃଶଂସ ଗୁଡ଼ାକ! ପୁଣି ଢୋ - ଢୋ ନାଛିଦେଲେ ସେମାନେ ସତୁରି କି ଅଶୀ ଗୁଳି। କଟା କଦଳୀଗଛ ପରି ଲୋକଗୁଡ଼ାକ ମରିଗଲେ। ସେମାନଙ୍କ ତତଲା ରକ୍ତରେ ମେଳଣ ପଡ଼ିଆ ପୋଖରୀ ପାଲଟିଗଲା।

ସନ୍ତ୍ରୀଟାଏ ବନ୍ଧୁକ ଉଞ୍ଚେଇ ମାଡ଼ିଆସିଲା ମୋ ଆଡ଼କୁ। ମୁଁ ହତଭାଗାଟାଏ। ମୋଅରି ପାଖରେ ତା ବନ୍ଧୁକରୁ ଗୁଳି ସରିଗଲା। ମୋତେ ବନ୍ଧୁକ ମୁଣ୍ଡରେ ପାହାରେ ଦେଲା ଏମିତି...।

ବନମାଳୀ ପୁଣି ପଡ଼ିଗଲେ। ଉତ୍ତେଜନାରେ ଥରୁ ଥରୁ ଖସିପଡ଼ିଲେ ମଞ୍ଚା ତଳକୁ।

ଲୋକମାନେ ପାଟିକଲେ। ଧର, ଧର - ବୁଢ଼ା ପଡ଼ିଗଲେ।

ବନମାଳୀ ଯନ୍ତ୍ରଣାରେ ଆଃ, ଉଃ କହୁଥିଲେ। ତା ସାଙ୍ଗରେ ତାଙ୍କର ସରି ନ ଥିବା କଥା। "ମୁଁ ଧାଇଁଯାଇ ଜଣକୁ କୁଣ୍ଢେଇ ଧରିଲି। ଲୋକଟା ଅନ୍ଧାରରେ କହିଲା, 'ମୁଁ ଚାଲିଲି ବାବୁ, ଏ ଦେଶ ତୁମକୁ ଲାଗିଲା।' ତାପରେ ସେ ମୋ କୋଳରେ ଆଖି ବୁଜିଦେଲା।"

ବନମାଳୀ ଆଉ କହିପାରିଲେ ନାହିଁ। ଭୋ, ଭୋ ହୋଇ କାନ୍ଦି ଉଠିଲେ ସାନ ପିଲାଟେ ପରି। ବଡ଼ ପାଟିରେ କହିଲେ, "ଦେଶ ତୁମକୁ ଲାଗିଲା। ଦେଶ ତୁମକୁ ଲାଗିଲା।"

ଲୋକମାନେ ତାଳି ଦେଉଥିଲେ। ବନମାଳୀ ସବୁଯାକ ବଳ ଖଟେଇ ଚିତ୍କାର କଲେ, 'ବନ୍ଦ କର। ତାଳି ବନ୍ଦ କର। ଜଣେ ନୁହେଁ କି ଦି ଜଣ ନୁହେଁ, ଅଣତିରିଶ ଜଣ ମରିଗଲେ ଗୋଟିଏ ସଞ୍ଜରେ। ଦେଢ଼ଶହ ଖଣ୍ଡିଆଖାବରା ହୋଇ ସାରା ଜୀବନ ପଙ୍ଗୁ ପାଲଟିଲେ। ତମେମାନେ ତାଳି ମାରୁଛ?'

ସମସ୍ତେ ନିରବ। ଚୁପ୍‌ଚାପ୍ ସଭାସ୍ଥଳ। ପତରଟେ ପଡ଼ିଲେ ଅବା କୁଲାଟିଏ ପଡ଼ିବା ପରି ଶବ୍ଦ ହେବ।

ବନମାଳୀଙ୍କୁ ଭୀଷଣ କଷ୍ଟ ହେଉଥିଲା। କିନ୍ତୁ ଛାତି ଭିତରଟା ହାଲୁକା ଲାଗୁଥିଲା ଖୁବ୍। ଅନେକ ବର୍ଷ ଧରି ଛାତି ତଳେ ଚପେଇ ରଖିଥିବା କଥାଗୁଡ଼ାକ ଆଜି ସେ ସମସ୍ତଙ୍କୁ କହିପାରିଥିଲେ। ନିଜ ଚଉକି ଉପରେ ବସି ସେ ଆଉଜି ପଡ଼ିଲେ।

ତାପରେ ମନ୍ତ୍ରୀଙ୍କ ଭାଷଣ।

ସବାଶେଷରେ ସମ୍ବର୍ଦ୍ଧନା।

ରଘୁନନ୍ଦନ ମାନପତ୍ର ପଢୁଥିଲେ। ସ୍ୱାଧୀନତା ସଂଗ୍ରାମୀ ବନମାଳୀ ମହାକୁଡ଼ଙ୍କୁ ଆମ ଗାଁର ଯୋଗ୍ୟ ଭାରତ ସନ୍ତାନ ଭାବେ ସମ୍ବର୍ଦ୍ଧିତ କରାଯାଉଛି।

ମନ୍ତ୍ରୀ ମାନପତ୍ର ଧରି ଛିଡ଼ା ହୋଇଛନ୍ତି।

ମାତ୍ର ବନମାଳୀ ବୁଢ଼ା ଚଉକିରୁ ଉଠୁନାହାନ୍ତି।

ସଭାପତି ମିହିର କହିଲା, ''ବୁଢ଼ା ସଞ୍ଜବେଳେ ଟେଳାଟେ ଅଫିମ ପକେଇଥିଲା। ଘୁମେଇ ପଡ଼ିଲାଣି କି କଣ? ଆପଣ ଯାଇ ତା ହାତରେ ମାନପତ୍ର ଧରେଇ ଦିଅନ୍ତୁ।”

ମନ୍ତ୍ରୀ ଟିକିଏ ଇତସ୍ତତଃ ହେଲେ ଓ ତାପରେ ସେଇଆ କଲେ। ଭଦ୍ରକ ଡାକବଙ୍ଗଳାରେ ଡିନର୍ ଡେରି ହେଉଛି। ମିହିରକୁ କହିଲେ, “ଆଜି ବଢ଼ିଆ ଏଣ୍ଟରଟେନ୍‌ମେଣ୍ଟ ହୋଇଗଲା। ବଡ଼ ଇଣ୍ଟରେଷ୍ଟିଂ ଓଲ୍‌ଡମ୍ୟାନ୍।” ତାପରେ ସେ ତା ହାତରୁ ଚଦରଟା ନେଇ ବୁଢ଼ାଙ୍କ ଗଳାରେ ପକେଇଦେଲେ। ଲୋକମାନେ ତାଳି ମାରିଲେ।

ଏବେ ସଭା ସରିଲା। ସମସ୍ତେ ମଞ୍ଚରୁ ଓହ୍ଲେଇଗଲେ କେବଳ ବନମାଳୀଙ୍କୁ ଛାଡ଼ି। ଏହାପରେ ମନୋରଞ୍ଜନ କାର୍ଯ୍ୟକ୍ରମ। ନାରାୟଣ ଆସି ବନମାଳୀଙ୍କୁ ଡାକିଲା, ‘ବାପା ଉଠ, ଘରକୁ ଯିବା।’

ବନମାଳୀ ଉଁ କି ଚୁଁ କିଛି କହିଲେ ନାହିଁ।

ଏଥର ସେ ବଡ଼ ପାଟିରେ ଡାକିଲା, “ଉଠ, ସମସ୍ତେ ଗଲେଣି” ଓ ଟିକିଏ ହଲେଇ ଦେଲା।

ବୁଢ଼ା ଚଉକିର ଗୋଟିଏ ପଟକୁ ଟଳିପଡ଼ିଲେ।

ନାରାୟଣ ଚିତ୍କାର କଲା, “ଧାଇଁ ଆସ। ବାପାଙ୍କର କଣ ହୋଇଗଲା।”

ସେତେବେଳକୁ ମନ୍ତ୍ରୀଙ୍କ ଗାଡ଼ି ନାଲି ଆଲୁଅ ଜଳେଇ ଓ ପୁଲିସ ଗାଡ଼ି ସାଇରନ୍ ବଜେଇ ଅନେକ ଦୂରକୁ ଚାଲି ଯାଇଥିଲେ। ସଭାପତି ମିହିର ଆସି କହିଲା, “ନାରଣ

ଭାଇ, ବୁଢ଼ାଙ୍କୁ ନେଇ ଘରକୁ ଚାଲ। ମୁଁ ପଛେ ପଛେ ଯାଉଛି। ମଞ୍ଚ ଖାଲି ହେଲେ ଆମର ମେଲୋଡି ଆରମ୍ଭ ହେବ।"

ନାରାୟଣ ତା ମୁହଁକୁ ବିକଳରେ ଅନେଇଲା; ମାତ୍ର ମିହିର ମୁହଁରେ କୌଣସି ଭାବାନ୍ତର ନ ଥିଲା।

ମାଇକ୍‌ରେ ପ୍ରଚାର ହେଉଥିଲା, "ବର୍ତ୍ତମାନ କଟକର ମଡର୍ଣ୍ଣ ମେଲୋଡି ପରିବେଷଣ କରିବ ରେକର୍ଡ ଡ୍ୟାନ୍‌ସ। ଆପଣମାନେ ନିରବରେ ବସିପଡ଼ନ୍ତୁ।"

ନାରାୟଣ ସେଇ ଚଉକି ସମେତ ବୁଢ଼ାଙ୍କୁ ଟେକି ଟେକି ନେଇଯିବା ଲାଗି କାହାକୁ ଜଣକୁ ଖୋଜୁଥିଲା। ରଘୁନନ୍ଦନ ଆସି ବିରକ୍ତିର ସହ ଚଉକି ହଟେଇବାକୁ ହାତ ବଢ଼େଇଲା। ତରବରରେ ମଞ୍ଚ ପଛପଟେ ଚଉକିଟା ଥୋଇଦେଇ କହିଲା, "ତାଙ୍କ କାମ ସରିଲା, ତାଙ୍କୁ ନେଇଯାଅ। ଆମର ମେଲୋଡି ପର ଡେରି ହୋଇଯାଉଛି।"

ଗାଁ ଗୋଟାକର ସମସ୍ତେ ନାଚଗୀତ ଦେଖିବା ପାଇଁ ବ୍ୟସ୍ତ ଥିଲେ। ସେଇ ବ୍ୟସ୍ତତା ଓ କୋଳାହଳ ଭିତରେ ନାରାୟଣଙ୍କ ଚିତ୍କାର, ମେଳା ଭିତରେ ଛେଉଣ୍ଡ ଛୁଆର ଚିତ୍କାର ପରି କୁଆଡ଼େ ହଜି ଯାଉଥିଲା।

ସଦ୍‌ଗତି

: ତୋତେ କହିବାକୁ ଖରାପ ଲାଗୁଛି ନବ, କିନ୍ତୁ ତୋ ବାପ ଯେଉଁ କର୍ମସବୁ କରିଛି ସେଥିରେ କଣ ସହଜ ମରଣ ହେବ ? ସେ ତୁମକୁ ଆହୁରି ଭୋଗେଇବ। ଗୋଟେ କାମ କର, ପାରିବୁ ଯଦି ପୁରାଣପଣ୍ଡାଙ୍କୁ ପଚାରି ଗୋଟେ ଭାଗବତ ଗାଇବାବାଲା ଠିକ୍ କର। ଭାଗବତ ଶୁଣି ଶୁଣି ଯଦି ବୁଢ଼ାର କିଛି ପାପ ଦୂର ହୋଇଯାଏ ତ ତୁମମାନଙ୍କ ପାଇଁ ମଙ୍ଗଳ। ମଲାଲୋକ ସେବାଠୁଁ ରୋଗିଣା ଲୋକ ସେବା ବେଶୀ କଷ୍ଟ ପରା ! – ଘନଶ୍ୟାମ ରାଉତ କହିଲେ।

ନବଘନର ନିଜ ବାପା ବିଷୟରେ କିଛି ଶୁଣିବାଲାଗି ଆଗ୍ରହ ନ ଥିଲା। ହେତୁ ହେବା ଦିନୁ କୌଣସି ଦିନ ସିଏ ତା ବାପାକୁ ଭଲପାଇବା କଥା କାହିଁ ତାର ଆଦୌ ମନେ ପଡୁ ନ ଥିଲା। ସ୍କୁଲ୍ ଯିବା ଦିନରୁ ପ୍ରତିଟି କଥାରେ ତା ମତ ସହ ତା ବାପାର ମତ ଥିଲା ଅଲଗା। ଟଙ୍କା ପଇସା ସାହାଯ୍ୟ କରିବା କଥା ନ ହେଉ, ପଛରେ ଖାଲି ଠିଆ ହୋଇଥିଲେ ନବଘନ ଆଜି କୃଷ୍ଣ ସାମଲ ପରି କଣ୍ଟ୍ରୋଲ ଡିଲର କି ଶ୍ରୀଧର ମହାନ୍ତି ପରି ଠିକାଦାରଟିଏ ହୋଇପାରି ଥାଆନ୍ତା। ମାତ୍ର ସବୁ କଥାରେ ଯଦି ନିଜର ବାପ ରାସ୍ତା ଆଗୁଳିବ, ତାହାହେଲେ ଜଣେ ମଣିଷ ଆଗେଇବ କିପରି ? ମାତ୍ର ତା ବାପା ପାଇଁ ଏସବୁ ଅର୍ଥହୀନ। ସବୁବେଳେ ଗୋଟିଏ କଥା, ନୀତି-ଆଦର୍ଶରୁ ଏପଟ ସେପଟ ହେବା ନାହିଁ। ଛେନାଗୁଡ଼ ନୀତି, ଆଦର୍ଶ !

ସେ ଦରଜଳା ବିଡ଼ିଟାକୁ ଭୂଇଁରେ ପକେଇ ତା ଉପରେ ଚପଲମିଶା ପାଦ ଚକଟି ଦେଲା। ଘନଶ୍ୟାମ ରାଉତ ଖାଲି ୱାର୍ଡମେମ୍ବର ନୁହନ୍ତି, ସଂପର୍କରେ ତାର ଦାଦା। ସିଏ ସବୁବେଳେ ତାର ଭଲ ଚାହିଁ ଆସିଛନ୍ତି। ତା ପାଇଁ ଦରକାର ବେଳେ ତା ବାପା ମୁହଁରେ ବି ଜବାବ ଦେଇଛନ୍ତି।

ଘନଶ୍ୟାମ କହିଲେ, "ଏଇ ଦିନ କେତୁଟାରେ ତୁ ଝଡ଼ିଗଲୁଣି। ଖିଆପିଆ ତ ଠିକ୍ ଭାବେ ହୋଇପାରୁ ନ ଥିବ। ନୂଆବୋଉ ସେ ଦରମଲା ଲୋକଟା କଥା ଛାଡ଼ି ତୋ କଥା ଟିକେ ବୁଝନ୍ତେ ନାହିଁ! ତୁ ଗୋଟାଏ ବି ଅଦ୍ଭୁତ ଓଲାଟାଏ! ଆମ ଘର ଆଡ଼େ ଆସି ଗଣ୍ଡେ ଖାଇଦେଇଗଲେ କଣ ମହାଭାରତ ଅଶୁଦ୍ଧ ହୋଇଯାଆନ୍ତା? ତୁ ଯେମିତିକା ପିଲା, ସେ ଗୁହମୂତ ଘରଟାରେ ତୋ ପାଟିକୁ ଭାତ ଯାଉ ନ ଥିବ। ବାପ ପ୍ରତି ଯାହା କର୍ତ୍ତବ୍ୟ କର, କିନ୍ତୁ ନିଜ ପାଇଁ ତ ପୁଣି କର୍ତ୍ତବ୍ୟ ଅଛି। କଣ କହୁଛୁ?" - ଘନଶ୍ୟାମ ପଚାରିଲେ।

: ହଁ ଦାଦା, ତୁମେ ଠିକ୍ କହୁଛ। ବୁଢ଼ାଟା ଯାଉ ନାହିଁ କି ରହୁ ନାହିଁ। କେତେ ହଲାପଟା କରୁଛି କେଜାଣି? - ନବଘନ ଉତ୍ତର ଫେରାଇଲା।

: କଣ କହିବି, ତୁ ତ ଯେତେହେଲେ ପୁଅ। ବାପ ବିରୋଧରେ ପୁଅକୁ କହିବାକୁ କାହାକୁ ବା ଭଲ ଲାଗେ? ଝାଲି ମନେ ରଖିଥା, ଢେର୍ ପାପ କରିଛି ସିଏ। ସହଜେ ତା ପ୍ରାଣ ଛାଡ଼ିବ ନାହିଁ। ଗୋଟେ ବାଳଭୋଜି ଆୟୋଜନ କର। ଗାଁର ସାନ ସାନ ପିଲାଙ୍କୁ ବକତେ ଭଲକିନା ଖାଇବାକୁ ଦେବୁ। ସେମାନେ ଖାଇସାରିଲେ ତାଙ୍କରି ଅଇଁଠା ପତରରୁ ଟିକିଏ ନେଇ ବୁଢ଼ା ମୁହଁରେ ଦେବୁ। ସେଇ ବାଳକମାନେ ହେଲେ ଭଗବାନ। ତାଙ୍କରି ଭୋଗ ପାଇଲେ ହୁଏତ ବୁଢ଼ାର କିଛି ପାପ ଦୂର ହୋଇପାରେ। ଭଗବାନ ପୁରୋହିତ ପାଖରୁ ବୁଝି ମୁଁ ତୋତେ ଏକଥା କହୁଛି। - ଘନଶ୍ୟାମ ପରାମର୍ଶ ଦେଲେ।

: ଭୋଜି? ଗାଁ ସାରା ପିଲାଙ୍କୁ ଖାଇବାକୁ ଦେଲେ ତ ଟଙ୍କା ଦଶହଜାର ଲାଗିଯିବ। ଏତେଟଙ୍କା ମୁଁ କୋଉଠୁ ଆଣିବି? - ଅସହାୟ ଶୁଭିଲା ନବଘନର ସ୍ୱର।

: କାହିଁକି, ମୁଁ କଣ ମରିଗଲିଣି? ମୋ ନିର୍ବାଚନ ବେଳେ ତୁ କେତେ ପରିଶ୍ରମ ନ କରିଛୁ? ସେକଥା କଣ ମୁଁ ଭୁଲିପାରିବି? ଅବଶ୍ୟ ମୋ ନିଜ ପାଖରେ ଟଙ୍କା ପଇସା ନାହିଁ। କିନ୍ତୁ ମୁଁ କାଶୀ ମହାଜନକୁ କହିବି। ଦରକାର ହେଲେ ପଛେ ତମ ସେପାରି ଜମି ଦି ପା ବନ୍ଧା ଦେଇଦେବା। ତୋ ଭଳି ଲୋକ କଣ ଯାଇ ସେପଟେ କୋଉଦିନ ଚାଷ କରିବ? ଯେଉଁମାନେ ତୋତେ ଜମି ବିକିବାକୁ ମନା କରୁଛନ୍ତି ତାଙ୍କୁ ତୁ ଚିହ୍ନିପାରୁ ନାହୁଁ। ତୋତେ ଭୁଲେଇ ଭାଲେଇ ଏ ଜମି ଜବରଦଖଲ କରିବେ। ପ୍ରଥମେ ବର୍ଷେ ଦି ବର୍ଷ ବସ୍ତେ ଦି ବସ୍ତା କଣ ଧାନଚାଉଳ ଦେଇ ଶେଷକୁ ସେ ଜମି ହଡ଼ପ କରିନେବେ। ତାହାଠୁଁ ଭଲ, ତୁ ନିଜେ ଜରସମନ କରି ହକ ପଇସା ଗଣିନେବୁ। ଏପାରି ଜମି ଦି ମାଣ ଅଛି। ମା ପୁଅ ଦିହିଙ୍କ ପାଇଁ କଣ ଢେର୍ ନୁହେଁ?

ନବଘନ କିଛି ସମୟ ଭାବିଲା। ଘନଶ୍ୟାମଙ୍କ ପ୍ରସ୍ତାବ ମନ୍ଦ ନୁହେଁ। ଜମି ବିକ୍ରି

ଟଙ୍କାରୁ ଯାହା ଭୋଜିରେ ଖର୍ଚ୍ଚ ହେବାର ହେବ, ଦି ତିନି ହଜାର ବଳିଲେ ସିଏ କଟକ ଯାଇ ଫୂର୍ତ୍ତି କରିପାରିବ। ଏଇ ଗାଁଟା ଭିତରେ ସବୁଦିନ ଘାଣ୍ଟିଚକଟି ହୋଇ ତା ମନ ବିଷେଇ ଗଲାଣି। ସିଏ କେଉଁ ସେପାରି ଯାଇ ହଳିଆଙ୍କ ଭଳି ଜମି ଚଷ କରିପାରିବ? ତାଛଡ଼ା ବାଳଭୋଗ ଦ୍ୱାରା ବୁଢ଼ାର ପାପ କ୍ଷୟ ହେବ! ବୁଢ଼ା ଶୀଘ୍ର ଚାଲିଯିବ।

ଏ କଥାବାର୍ତ୍ତା ବୁଧବାର ଦିନ ହୋଇଥିଲା। ଆଜି ଶୁକ୍ରବାର ଖରାବେଳେ ବାଳଭୋଜନ ଆୟୋଜନ ହେଲା। ପାଟପୁର ଗାଁ ଗୋଟାକଯାକର ପିଲାଏ ଭୋଜି ଖାଇଲେ। ଅରୁଆଭାତ, ଡାଲମା, ଓଉଖଟା, ତସମେଇ (ଖିରି)। କେହି କେହି ରସଗୋଲା ବ୍ୟବସ୍ଥା କାହିଁକି ହେଲା ନାହିଁ ବୋଲି ଅଭିଯୋଗ କରୁଥିଲେ। ଘନଶ୍ୟାମ ପାଟି କଲେ, "ଖିରିରେ ଯେତିକି ଖର୍ଚ୍ଚ, ତା ଅଧାରେ ରସଗୋଲା ହୋଇ ଯାଇଥାଆନ୍ତା। କିନ୍ତୁ ଘଟପୁର ହାଟରେ ଖାଲି ଖଇ ଆଉ ବ୍ଲଟିଂପେପର ମିଶା ରସଗୋଲା। ସେଥିରେ ଛୁଆଙ୍କ ସ୍ୱାସ୍ଥ୍ୟ ହାନି ହୋଇଥାଆନ୍ତା ନା ନାହିଁ?"

ନବଘନ ଗୋଟିଏ ଖଲିପତ୍ରରେ, ପିଲାମାନଙ୍କ ଅଇଁଠାରୁ ଟିକିଏ ଟିକିଏ ନେଇ ତା ବାପା ପାଟିରେ ଦେଲା। ବାପାର ପାଟି ଖୋଲୁ ନ ଥିଲା। ସିଏ ଓ ତା ମା ମିଶି ବୁଢ଼ାର ଦି କଳ ଭିଡ଼ିଧରି ଛୋଟ ଗୁଣ୍ଡାଟିଏ ଥୋଇଲେ। ପାଣି ପିଆଇ ମୁହଁ ପୋଛିଦେଲେ। ଘନଶ୍ୟାମ ସତ କହୁଥିଲେ, ଶନିବାର ଦିନ ସଞ୍ଜବେଳକୁ ନବଘନର ବାପ ଆଖି ବୁଜିଲା, ପନ୍ଦରଦିନର ଗଞ୍ଜଣା ଶେଷ ହେଲା।

ନବଘନର ବାପା ମଲା ପରେ ତା ବୋଉର କାନ୍ଦଣା ଆଉ ବନ୍ଦ ହେଲା ନାହିଁ। ଅନେକ ଦିନ ହେଲା ସ୍ୱାମୀର ସେବା ଶୁଶ୍ରୂଷା ବୁଢ଼ୀର ମୁଖ୍ୟ କାମ ହୋଇ ଯାଇଥିଲା। ଏବେ ସେତକ ବି ସରିଗଲା। ସେ ବାହୁନି ବାହୁନି ପୁଅକୁ ଭିଡ଼ିଧରି କହିଲା, ଯେତେହେଲେ ସେ ତୋ ବାପା। ସ୍ୱର୍ଗଦ୍ୱାରରେ ପୋଡ଼ା ହେବେ ବୋଲି ଭାରି ମନ ଥିଲା। ସେତକ କାମ ତୁ କରିଦେ ବାପ! ତୋର ଭାରି କଲ୍ୟାଣ ହେବ। ତୋ ବାପର ବି ସଦ୍‌ଗତି ହେବ।

ନବଘନକୁ ଏସବୁ ବାହୁନା ଭଲ ଲାଗେ ନାହିଁ। ସେ ଯୁକ୍ତିକଲା, ମଲା ମଣିଷର ଇଚ୍ଛା ଅନିଚ୍ଛା କଣ? ପୋଡ଼ାଗଲେ, ପୋତାଗଲେ କି ପାଣିରେ ଭସେଇ ଦିଆଗଲେ ଏକା କଥା। ପୁଣି ଗାଁ ମଶାଣିରେ ପୋଡ଼ାଯିବା ଯାହା, ସ୍ୱର୍ଗଦ୍ୱାରରେ ପୋଡ଼ାହେବା ସେଇଆ। ସେପାରି ଜମିବିକା ଟଙ୍କା ତ ବାଳଭୋଜନରେ ଯାଇଛି। ସ୍ୱର୍ଗଦ୍ୱାର ନେବି କେମିତି? ତା ମା ହାତ ମୁଣ୍ଡରୁ ଓହ୍ଲେଇଥିବା ଦି ପଟ ଚୁଡ଼ି ଓ ସରୁ ଚେନ୍‌ଟିଏ ନବଘନ ହାତରେ ଦେଲା। ଅନ୍ଧାର ସିନ୍ଦୁକ ଭିତରୁ କିଛି ଟଙ୍କା ବାହାର କରି ସେଥିରେ ଯୋଡ଼ିଲା।

କହିଲା, "ଏତକ ନେ, ଅକୁଳାଣ ହେଲେ ଘନଠୁଁ ନେଇଥିବୁ। କାମ ସରିଲେ ଆମେ ତାଙ୍କୁ ଦେଇଦେବା।"

: ହଉ, ଦେ ଆଗ ମୁଁ ଯାଏ। ଏ ସଞ୍ଜ ଅନ୍ଧାରଟାରେ ଗାଡ଼ିଟେ ଯୋଗାଡ଼ କରିବା କଣ କମ୍ କଷ୍ଟ - ନବଘନ ତା ମା ହାତରୁ ସୁନା ଓ ଟଙ୍କାତକ ନେଇ ଗାଡ଼ି ଯୋଗାଡ଼ ପାଇଁ ବାହାରିଗଲା। ତାର ପୁରୀ ଯିବା ପାଇଁ ଟୋପାଏ ହେଲେ ଇଚ୍ଛା ନ ଥିଲା। ଜିଇଲା ହେଉ କି ମଲା ହେଉ ବାପ ପାଖେ ଛଅ ସାତଘଣ୍ଟା କାଳ ବସି ଗୋଟିଏ ଗାଡ଼ିରେ ଯିବାଲାଗି ତାର ଆଦୌ ଆଗ୍ରହ ନ ଥିଲା। ଘନଶ୍ୟାମ କହିଲେ, "ତୁ ଠିକ୍ କହିଛୁ, ଅଯଥାରେ କାହିଁକି ସ୍ୱର୍ଗଦ୍ୱାର ଯାଏ ନେବୁ? ତାଛଡ଼ା ମଲାବେଳେ ବି ତୋ ବାପା ତୋତେ କମ୍ ଖର୍ଚ୍ଚାନ୍ତ ବ୍ୟବସ୍ଥା କରି ଯାଇଛି କି?''

ନବଘନ ବୁଝିପାରିଲା ନାହିଁ। ତା ବାପା ଅବଶ୍ୟ ସରଳ ଲୋକ ନ ଥିଲା। ମହା ଏକଜିଦିଆ। କିଛି ଗୋଟେ ଅଘଟଣ କରି ନିଶ୍ଚୟ ଯାଇଥିବ। ମଲା ଆଗରୁ ଆଉ କାହା ନାଆଁରେ ଏ ଘରବାଡ଼ି ଲେଖେଇ ଦେଇ ଯାଇଛି କି? ଅସମ୍ଭବ ନୁହେଁ। ସବୁବେଳେ ତ ସେଇ ଧମକ ଦେଉଥିଲା। କଥା କଥାକେ କହୁଥିଲା, ସ୍କୁଲ କି ମହାଦେବ ମନ୍ଦିର ନାଁରେ ଘରବାଡ଼ି ଲେଖେଇ ଦେଇଯିବ ପଛକେ ହତଭାଗା ନବଘନକୁ ଦେବ ନାହିଁ। ବାପ ଗୋସାପର ସଂପତ୍ତିକୁ ନବଘନର ନିଶାପାଣିରେ ଉଡ଼ିବା ଲାଗି ସେ କଦାପି ସୁଯୋଗ ଦେବ ନାହିଁ।

: ନବଘନ ହସିଲା। ବୁଢ଼ାର କେତେ ଦମ୍ଭ! ଏବେ ତ ଏ ଘରଡିହ ଓ ଜମି ସବୁ ତାର। ସେ ନିଶାପାଣିରେ ଉଡ଼େଇବ କି ପଲିଟିକ୍ସରେ ଖର୍ଚ୍ଚ କରିବ, ସେ ନିଷ୍ପତ୍ତି ତାର। ମନର ଆନନ୍ଦକୁ ମନ ଭିତରେ ଛପେଇ ରଖି ଘନଶ୍ୟାମଙ୍କୁ ପଚାରିଲା, "କଣ କରି ଯାଇଛି ବାପା ମଲାବେଳେ?"

: ପୁଷ୍କର ଦୋଷ ଲାଗିଛି ତୋ ବାପାକୁ। ପୂରା ଦି ପାଦ। ଶନି, ରବି କି ମଙ୍ଗଳରେ ମଲେ ଏ ଦୋଷ ଲାଗେ। ଏ ବାର ନ ହୋଇଥିଲେ ବି ତିଥି ଯଦି ଦ୍ୱିତୀୟା, ସପ୍ତମୀ କି ଦ୍ୱାଦଶୀ ହେଲା ତାହାହେଲେ ମଧ୍ୟ ପୁଷ୍କର ଦୋଷ ଲାଗିଥାଏ। ଏ ଦୋଷ ଲାଗିଥିବା ପ୍ରେତକୁ ଯେତିକି ବିପଦ, ତା ପରିବାରକୁ ଦି ଗୁଣା ଅଧିକ ବିପଦ। ତୋ ବାପ ଶନିବାରରେ ଗଲା, ତେଣୁ ପୁଷ୍କର ଲାଗିଲା। ମୁଁ ଜାଣିଛି ପରା, ସେ ଯାଉ ଯାଉ ତୋତେ ହଇରାଣ କରିଯିବ। ଏବେ ତୁ ପିଲାଲୋକ କଣ କରିବୁ, କର!

ନବଘନ ଏ ପୁଷ୍କର ଫୁଷ୍କର କିଛି ଜାଣେ ନାହିଁ। ଘନଶ୍ୟାମ ଭଳି ଲୋକ ଏ ବିଦ୍ୟା କିପରି ଜାଣିଲେ ସେକଥା ବି ସେ ବୁଝି ପାରୁ ନ ଥିଲା। ସେ ପଚାରିଲା, "କଣ କରିବି କୁହ?"

: ମୁଁ ଗାଡ଼ିଟେ ଯୋଗାଡ଼ କରୁଛି। ମଡ଼ା ନେଇଯିବା। ପୁଷ୍କର କାମ ତ ଦଶାହ ପରେ ବୁଝିବା। କାହା ଯୋଗୁଁ କଣ କାମ ଅଟକିଲାଣି?

ଘନଶ୍ୟାମ ଗାଡ଼ିଟେ ଯୋଗାଡ଼ କରିଦେଲେ। ସେ ଗାଡ଼ିବାଲା ମଲା ମଣିଷ ଧରି ଯିବା ପାଇଁ କୁନ୍ଥୁକୁନ୍ଥୁ ହେଉଥିଲା। ଘନଶ୍ୟାମ କହିଲେ, "ତୋ ଭଡ଼ା ବାଆଦେ ଆଉ ଦିଇଶହ ଟଙ୍କା ଅଧିକ ନେବୁ।" ତାପରେ ସେ ଗାଡ଼ିବାଲା ମଙ୍ଗିଲା। ଘନଶ୍ୟାମ କହିଲେ, "ଆଉ କାହାର ଯିବା ଦରକାର ନାହିଁ। ମୁଁ ନବଘନ ସାଙ୍ଗରେ ଯିବି। ସ୍ୱର୍ଗଦ୍ୱାରରେ ସବୁ ବ୍ୟବସ୍ଥା ଅଛି। ଆସିଲାବେଳକୁ ଆମେ ବସ୍‌ରେ ଫେରିଆସିବୁ। ଟଙ୍କା ବଞ୍ଚିବ।"

ନବଘନ ସେଥିରେ ରାଜିହେଲା। ତାଙ୍କ ଗାଁ ପାଟପୁରରୁ ପୁରୀ ଯିବା ବାଟରେ ପଡ଼ିଲା ଜେମାଦେଈପୁର ମଶାଣି। ଗାଡ଼ି ଭିତରୁ ଘନଶ୍ୟାମ ଅନେଇ କଣ ଦେଖିଲେ ଓ ନବଘନକୁ କହିଲେ, "ଆମେ ତ ଗୋଟେ କଥା ଭୁଲିଗଲେ!"

ନବଘନ ଚମକିଲା ପରି ପଚାରିଲା, "କଣ?"

ତୋ ବାପାର ଡେଥ୍ ସାର୍ଟିଫିକେଟ୍ ଆଣିଲେ ନାହିଁ। ଶୁଣିଛି, ଡେଥ୍ ସାର୍ଟିଫିକେଟ୍ ନ ଆଣିଲେ ସ୍ୱର୍ଗଦ୍ୱାରବାଲା ମଡ଼ା ପୋଡ଼ିବାକୁ ଦେବେ ନାହିଁ।

: ତୁମେ ତ ଆମ ଗାଁ ୱାର୍ଡମେମ୍ବର। ତମ କଥା ଶୁଣିବେ ନାହିଁ କାହିଁକି? - ନବଘନ ଯୁକ୍ତି କଲା।

: ସତ। କିନ୍ତୁ ମୋ ପାଖରେ ଷ୍ଟାମ୍ପ୍ ନାହିଁ। ହାତଲେଖା କାଗଜ ସେଠି କିଏ ନେବ? ଷ୍ଟାମ୍ପ୍ ତ ଅସଲ।

: ତାହାହେଲେ କଣ କରିବା? - ଅସହାୟ ଦିଶିଲା ନବଘନ।

: ସବୁ ତୋ ବାପର ଦୋଷ। ଏତେ ପାପ କଲା ଲୋକ କିମିତି ସ୍ୱର୍ଗଦ୍ୱାର ଯିବ କହୁନୁ? ଆମେ ଯେତେ ଚେଷ୍ଟା କଲେ ବି ପାରିବା ନାହିଁ। ଦେଖୁନୁ, ଏତେବଡ଼ କଥାଟା ଗାଁରେ ମନେ ପଡ଼ିଲା ନାହିଁ! ନ ହେଲେ ପଞ୍ଚାୟତ ଅଫିସ୍‌ରୁ ଷ୍ଟାମ୍ପ୍‌ଟା ବାଡ଼େଇ କାଗଜ ଖଣ୍ଡେ ଧରି ଆସିଥାଆନ୍ତି।

ସେ ଡ୍ରାଇଭରକୁ କହିଲେ, "ଗାଡ଼ି ରଖ।"

ନବଘନକୁ ଦେଖେଇ ପ୍ରସ୍ତାବ ଦେଲେ, "ଦେଖ୍, ଜେମାଦେଈପୁର ମଶାଣିର ନାଁ ଡାକ। ହେଇ, ଗୋଟାଏ ଜୁଇ ଜଳୁଛି। ମୁଁ ଭାବୁଛି, ଏଇଠି ବୁଢ଼ାର ମଡ଼ା ପୋଡ଼ିଦେବା। କିଏ ଜାଣିବ? ଏଠି ତ ରାଧାମାଧବ ଜମିଦାରଙ୍କ ମଡ଼ା ପୋଡା ଯାଇଥିଲା। ସିଏ ଏ ଅଞ୍ଚଳର ସବୁଠାରୁ ବଡ଼ଲୋକ ଥିଲେ।"

ନବଘନ ଟିକେ ଥଙ୍ଗମଙ୍ଗ ହେଲା। ଆଉ କାହା କଥା ସେ ଚିନ୍ତା କରୁ ନ ଥିଲା।

କେବଳ ତା ମା କଥା ଚିନ୍ତା କରୁଥିଲା। ତାର ସରଳ ମାଆ ଆଖିରେ କି ଯବକାଚ ଥାଏ କେଜାଣି ନବଘନ ପେଟ ଭିତର କଥା ବି ସେ ଚଟ୍‌କରି ଜାଣିପକାଏ। ଏଡ଼େବଡ଼ କଥାଟେ କଣ ସେ ଲୁଚେଇ ରଖିପାରିବ? ସେ କୁନ୍ଥୁକୁନ୍ଥୁ ହେଲା।

ଘନଶ୍ୟାମ ତାକୁ ବୁଝେଇଲେ। ସ୍ୱର୍ଗଦ୍ୱାରରେ ବିନା ଡେଥ୍ ସାର୍ଟିଫିକେଟ୍‌ରେ କେହି ମଡ଼ା ପୋଡ଼ିବେ ନାହିଁ। ସେଠୁ ଫେରି ଆସିବା ଅର୍ଥ ଡବଲ ଗାଡ଼ି ଖର୍ଚ୍ଚ ଓ ହଲାପଟା। ତାହାଠୁଁ ଭଲ ଏଇଠି ପୋଡ଼ିଦେବା। ପଛକୁ ଅସ୍ଥି ନେଇ ତୁ ପ୍ରୟାଗରେ ବିସର୍ଜନ କରିଦେବୁ। ଗୟାରେ ଶ୍ରାଦ୍ଧ କରି ପୁରୀରେ ଗାଧୋଇ ପଡ଼ିଲେ ବୁଢ଼ାର ଆତ୍ମାକୁ ସଦ୍‌ଗତି ମିଳିଯିବ।

ନବଘନର ଅନ୍ୟ ଉପାୟ ନ ଥିଲା।

ଡ୍ରାଇଭର ପ୍ରଥମେ ଅମଙ୍ଗ ହେଉଥିଲା। ତାର ବି ଇଚ୍ଛା ଥିଲା ପୁରୀ ଯିବାଲାଗି। ମାତ୍ର ସେ ତାର ଟଙ୍କା ନେଇ ଚାଲିଗଲା। ଘନଶ୍ୟାମ କହିଲେ, "ତୁ ଇଆଡ଼େ ଇଆଡ଼େ ପଳା। ଏକଥା କାହାକୁ କହିବୁ ନାହିଁ। ପୁରୀ ଯାଇଥିଲେ ଯାହା ପାଇଥାଆନ୍ତୁ, ନ ଯାଇ ବି ସେତିକି ପାଇଲୁ।"

ଜେମାଦେଈପୁର ମଶାଣି ପାଖ ନୂଆନଈରେ ଗାଧୋଇ ନବଘନ ଘନଶ୍ୟାମଙ୍କ ସାଙ୍ଗରେ ବାପାର ଅସ୍ଥି ଧରି ବସ୍‌ରେ ଫେରିଲା। ଘରେ ଆସି ମାଆକୁ କହିଦେଲା, "ସ୍ୱର୍ଗଦ୍ୱାରରେ ସବୁକାମ ସୁରୁଖୁରୁରେ ସରିଗଲା।"

ଘନଶ୍ୟାମ ଗାଁରେ ଆସି ଭୋଜିଭାତ ବାବଦରେ ଆଲୋଚନା କଲେ। ନବଘନର ବାପ ଏତେ ପାପ କରିଛି ଯେ ମାର୍ଜାର ମାର୍ଗରେ ଯିବ। ନବ ପିଲାଲୋକ, ପୁଣି ଓଲାଟା। ସବୁ କାମ ତେଣୁ ତାଙ୍କୁ ହିଁ ବୁଝିବାକୁ ପଡୁଛି ବୋଲି ଘନଶ୍ୟାମ ବାରମ୍ବାର କହୁଥିଲେ।

ଭଗବାନ ପୁରୋହିତଙ୍କର ଘନଶ୍ୟାମଙ୍କ ଘରକୁ ସବୁଦିନେ ଯିବା ଆସିବା। ସେ ଯୋଡ଼ିଲେ, "ପୁଷ୍କର ହୋମ କାଠିକର ପାଠ। ମଇଁଷି ଘିଅ, ମନ୍ଦାରଫୁଲ, କଦଳୀଭଣ୍ଡା, ଲୁହା - କଣ୍ଟା। ତା ପାଇଁ ଢେର୍ ଆୟୋଜନ। ଆଗେ ଦଶାହ, ଏକାଦଶାହ ସରୁ, ତାପରେ ସେ ପୁଷ୍କର ହୋମର ଚିଠା ଦେବେ।

ନିଜ ଘରକୁ ଫେରି ପିତା ଖାଇଲା ନବଘନ। ତା ପରଦିନଠାରୁ ସୂର୍ଯ୍ୟାସ୍ତ ପୂର୍ବରୁ ଗାଁ ତିନିଛକ ପାଖ ପଡ଼ିଆରେ ବାପା ଲାଗି ହଳଦି ମସଲା ପଡ଼ି ନ ଥିବା ଖାଇବା ବାଢ଼ିଦେବା ହେଲା ତାର କାମ। ଦଶଦିନ କାଳ ଦେହରେ ତେଲ କି ସାବୁନ ଲଗେଇବ ନାହିଁ। ଦାଢ଼ି ଖିଅର ହେବ ନାହିଁ, ଚପଲ ପିନ୍ଧିବ ନାହିଁ କି ରଙ୍ଗିନ୍ ପୋଷାକ ପିନ୍ଧିବ ନାହିଁ। ନିଜେ ଖାଇବା ଆଗରୁ ବାପର ପ୍ରେତକୁ ନେଇ ସେଥିରୁ କିଛି ବାଢ଼ିଦେଇ

ଆସିବ। ନବଘନ ସଞ୍ଜ ହେବା ଆଗରୁ ଯାଇ କଦଳୀପତ୍ର ଉପରେ ଭାତଡାଲି ଗୋଳା ଦି ମୁଠା ଭାତ ବାଢ଼ି, ଦୀପଟେ ଲଗେଇ ପାଣି ଚଳେ ଢାଳିଦିଏ ଘରିପଟେ। ଖଣ୍ଡେ ଖିଲିପାନ ଥୋଇଦେଇ ଘରକୁ ଫେରିଆସେ। ସେ ଘରକୁ ଫେରିବା ପରେ ମା-ପୁଅ ଦିହେଁ ଭାତ ଖାଆନ୍ତି।

ତୃତୀୟ ଦିନ ସକାଳୁ ଘନଶ୍ୟାମ ଆସିଲେ। ନବଘନକୁ ପାଖକୁ ଡାକି କହିଲେ, "ତୁ ତ ହାଉଡ଼ାଟାଏ, କଣ ବା ବୁଝିବୁ? ପୁଷ୍କର ଯଜ୍ଞରେ ଢେର୍ ଖର୍ଚ୍ଚ। ତା ସାଙ୍ଗକୁ ତୋ ବାପ ତ ନିଶ୍ଚୟ ମାର୍ଜାର ମାର୍ଗରେ ଯିବ। ସେ ପାଇଁ ଅଲଗା ବ୍ୟବସ୍ଥା। ସବୁଆଡୁ ଚିନ୍ତା କରି ଦେଖିଲିଣି, ଇଏ ମୋ ପକ୍ଷେ ଜୁଟାଇବା ଅସମ୍ଭବ। ତୁ କିଛି ଉପାୟ କର। ପନ୍ଦର ଷୋହଳ ହଜାର ଟଙ୍କାରୁ କମ୍ ଖର୍ଚ୍ଚରେ ଏସବୁ ତୁଟିବ ନାହିଁ।"

ନବଘନ କିଛି କହିଲା ନାହିଁ। ସେଦିନ ବାପକୁ ଖାଇବା ବାଢ଼ିଦେଇ ଚଟ୍ କରି ସେ ଆସିପାରିଲା ନାହିଁ। ସେଇ ଘାସପଡ଼ିଆ ଉପରେ ଚକା ପକେଇ ଘଡ଼ିଏ ବସିଗଲା। ସଳିତା ଖଣ୍ଡକ ଜଳି ଜଳି ଲିଭିଗଲା। ମାତ୍ର ନବଘନ ଉଠିଲା ନାହିଁ। ତା ମୁଣ୍ଡ ଭିତରେ ନୂଆ ପ୍ରକାର ଚିନ୍ତା ଖେଳୁଥିଲା। ବାପାକୁ ସ୍ୱର୍ଗଦ୍ୱାର ନ ନେଇ ଜେମାଦେଈପୁର ମଶାଣିରେ ପୋଡ଼ିଦେଇ ଆସିବା କଥାଟି ତା ମୁଣ୍ଡକୁ ଓଜନିଆ କରି ପକଉଥିଲା। ଏ କଥାଟି ତାକୁ ତା ମା ଦି ଥର ପଚ୍ଚରି ସାରିଲାଣି। ସେ କଣ କହିବ! ମଲା ଲୋକ ନାଁରେ ମିଛ କହିବା କଣ ଠିକ୍ ହେବ? ତାକୁ କଥାଟା ମାଡ଼ି ପଡୁଥିଲା। ବାପାର ମୁହଁଟି ବରବାର ତା ଆଖି ଆଗରେ ନାଚି ଯାଉଥିଲା। ତା ବାପ ଗରିବ ଥିଲା, ଚଷା ଥିଲା, କିନ୍ତୁ ଜୀବନରେ ଥରୁଟେ ହେଲେ ମିଛ କହିବାର ନବଘନ ଶୁଣି ନ ଥିଲା।

ତା ପରଦିନ ସକାଳେ ନବଘନ ପାଖକୁ ପୁଳାଏ କାଗଜ ନେଇ ଆସିଲେ ଘନଶ୍ୟାମ। ମୁହଁଟି ବିରସ। କହିଲେ, "ସବୁ ଚେଷ୍ଟା କରି ବିଫଳ ହେଲିଣି। ଏ ସମୟରେ ନୂଆବୋଉକୁ କହି କିଛି ଲାଭ ନାହିଁ। ତୋତେ ହିଁ ସବୁକାମ କରିବାକୁ ହେବ। ଏପାରି ଜମି ଦି ମାଣ ତ ବିକିପାରିବା ନାହିଁ। ଖାଲି କିଛିଦିନ ଲାଗି ବନ୍ଧକ ରଖି କାମ ଚଳେଇ ନେବା। ତାପରେ କାର୍ତ୍ତିକ ମାସ ଶେଷକୁ ମୁକୁଳେଇ ଆଣିବା। ଧାନ ବି ଆମର ରହିବ, ଜମି ବି ଆମର ଫେରି ଆସିବ। କେହି ଜାଣିପାରିବେ ନାହିଁ।''

ନବଘନ କହିଲା, "ଏସବୁ କାହିଁକି?"

ଘନଶ୍ୟାମ ଟିକିଏ ଚିଡ଼ିଯାଇ କହିଲେ, "ତୋଅରି ବାପ ଯେ ମାର୍ଜାର ମାର୍ଗରେ ଯିବ, ସେଇଥିପାଇଁ। ତାହା ନ ହୋଇ ଯଦି ହାତୀ କି କୁର୍ମ ମାର୍ଗରେ ଯାଉଥାଆନ୍ତା ତାହାହେଲେ ଏତେ ପୂଜାପାଠ ଦରକାର ପଡ଼ନ୍ତା ନାହିଁ।" ଏତକ କହି ଘନଶ୍ୟାମ ପୁଣି ନରମିଗଲେ। କହିଲେ, "ହେଉ, ବନ୍ଧକ ବି ପକେଇବା ନାହିଁ। ତୁ କବଲା

ଆଉ ପଟା ଆଣିଦେ। ସେତକ ଜମା ଦେଇ ଟଙ୍କା ଆଣିଥିବା। କାମ ସରିବା ପରେ ମୁକୁଳେଇ ଆଣିବା।"

ନବଘନ କିଛି ନ କହି ଫେରି ଆସିଲା। ତାକୁ ଘନଶ୍ୟାମଙ୍କର କଥାଗୁଡ଼ାକ କାହିଁକି ଅଡୁଆ ଶୁଭୁଥିଲା। ତା ବାପା କଣ ସତରେ ଏତେ ପାପୀ ଥିଲା? କି ପାପ କରିଥିଲା ତା ବାପା? ସେ ଘନଶ୍ୟାମ ପରି କଣ୍ଟ୍ରୋଲ ଜିନିଷ ହେରଫେର୍ କରି ନ ଥିଲା କି ଠିକାଦାରୀ କରି ସରକରୀ ଟଙ୍କା ବାଟମାରଣା କରି ନ ଥିଲା। ବାପା ତାର ସାଦାସିଧା ଲୋକ ଥିଲା। ଖଟୁଥିଲା, ଖାଉଥିଲା। ସେଥିରେ କି ପାପ କରିଥିଲା ସେ? କୋଉଦିନେ କାହାଠୁ କିଛି ଠକିବା ତ ସେ ଦେଖି ନ ଥିଲା। ଖାଲି ଯା ଦିନରାତି ଗଜର ଗଜର ହେଉଥିଲା ତା ଉପରେ, ମା ଉପରେ।

ସେଦିନ ବାପା ପାଇଁ ଖାଇବା ବାଢ଼ିଦେଲା ବେଳେ ସେ ଆଉ ଘଡ଼ିଏ ବସିଲା। ନବଘନ ଜାଣିଥିଲା, ସିଏ ଫେରିକି ଯିବା ଯାଏ ଘରେ ତା ମା ଭାତ ଖାଇବ ନାହିଁ। ତଥାପି ସେ ବସି ରହିଲା। ତାକୁ ଲାଗିଲା ତା ବାପା ଯେମିତି ଆସି ତା ପଛପଟେ ଛିଡ଼ା ହୋଇଛି। ତାକୁ ଆଉଁଶି ଦେଉଛି। କହୁଛି, "ମଲା ପରେ ଆଉ କୋଉଠି କିଛି ନ ଥାଏରେ ବାପା, କାହିଁକି ସେ ମାୟାରେ ପଡୁଛୁ? ତୁ ସ୍ୱର୍ଗଦ୍ୱାରକୁ ନ ନେଇ ଜେମାଦେଈପୁରରେ ମୋତେ ପୋଡ଼ିଦେଇ ଆସିଲୁ, ଭଲ କଲୁ। କାହିଁକି ଅଯଥାରେ ଏତେ କଷ୍ଟ ସହିଥାଆନ୍ତୁ।"

ନବଘନ ଚମକି ପଡ଼ିଲା। ବୁଲିପଡ଼ି ପଛକୁ ଚାହିଁଲା। ପଛପଟେ ଗୋଟେ ନିମ୍ବଗଛ। ସେଇ ଗଛ ଡାଳରୁ ଚଢ଼େଇଟିଏ ଖସ୍ ଖସ୍ ଶବ୍ଦ କରି ଉଡ଼ିଗଲା। ତା ବାପା କଣ ଚଢ଼େଇ ହୋଇ ନୂଆ ଜନ୍ମ ପାଇଲାଣି କି? ଘନଶ୍ୟାମ କହୁଛନ୍ତି, ତା ବାପା କିନ୍ତୁ ବିଲେଇ ମାର୍ଗରେ ଯିବ। ସେ କିଛି ଚିନ୍ତା କରିପାରିଲା ନାହିଁ। ଭାବିଲା, କାଲି ସକାଳେ ଭଗବାନ ପଣ୍ଡିତକୁ ଯାଇ ସେ ଏକଥା ନିଜେ ପଚାରି ଆସିବ।

ଭଗବାନ ପଣ୍ଡିତ କହିଲେ, ''ଦଶଦିନ ସକାଳେ ତୁ ଠକର୍ମ ସାରି ତୁ ଯେତେବେଳେ ନିଆଁହାଣ୍ଡି ନେଇ ପୋଖରୀରେ ପକେଇବୁ ସେତେବେଳେ ତୋତେ ତୋ ବାପାର ନୂଆ ଜନ୍ମ ଦୃଶ୍ୟ ହେବ। ହାଣ୍ଡିଟେ ଭିତରେ ନିଆଁ ଜଳୁଥିବ। ତୁ ଖଣ୍ଡେ ଦରଜଳା କାଠିରେ ତୋ ବାପର ନାଁ ଓଲଟା ଅକ୍ଷରରେ ଲେଖିବୁ। ତାପରେ ସେ ହାଣ୍ଡିକୁ ପାହାରେ ଦେଇ ଭାଙ୍ଗିବୁ ଓ ପାଣିରେ ବୁଡ଼ିବୁ। ସେତିକିବେଳେ ତୋତେ ଦେଖାଦେବ, ତୋ ବାପ କିମିତି ବିରାଡ଼ି ରୂପ ପାଇଲା।''

: ଯଦି ସେତେବେଳେ ମୁଁ ଦେଖି ନ ପାରେ, ତାହାହେଲେ ପୁଣି କେମିତି ଜାଣିବି? ଆଉ କିଛି ଉପାୟ ନାହିଁ?

: କିଏ କହିଲା ଉପାୟ ନାହିଁ? ଅଛି। ଦଶଦିନ ସକାଳେ ନ ଜାଣି ପାରିଲେ ରାତିରେ ଜାଣି ପାରିବୁ। ରାତିରେ ଦଶହାଣ୍ଡି ନେଇ ତୁ ଯିବୁ। ସବୁଦିନେ ଯୋଉଠି ତୋ ବାପାର ପ୍ରେତକୁ ଖାଇବାକୁ ଦେଉଛୁ, ସେଇଠି ସେ ହାଣ୍ଡି ରଖିଦେଇ ଆସିବୁ। ଯିବା ଆଗରୁ ତମ ଘର କୋଣରେ ଗୋଟେ ଥାଳିରେ ବାଲି ରଖି ତା ଉପରେ ଦୀପଟେ ଜାଳିକି ଯିବୁ। ସେଇ ଦୀପ ରାତିସାରା ଜଳିବ। ସକାଳକୁ ଦେଖିବୁ, ବାଲି ଉପରେ ପଡ଼ିଥିବ ମାର୍ଜାରର ପାଦ ଚିହ୍ନ। ସଫା ସଫା ତୁ ଦେଖିପାରିବୁ। ପୁଣ୍ୟବାନ ଲୋକ ହାତୀ, କଇଁଛ କି ପଦ୍ମମାର୍ଗରେ ଯାଆନ୍ତି। କିନ୍ତୁ ତୋ ବାପା ତ ମାର୍ଜାର ହେବ।

ନବଘନ ମୁଣ୍ଡ ଟୁଙ୍ଗାରି ଫେରି ଆସିଲା। ତାର ମନେ ପଡ଼ିଲା- ପିଲାଦିନେ ତାକୁ ବିରାଡ଼ି ଚିତ୍ର ଆଦୌ ଆଙ୍କି ଆସୁ ନ ଥିଲା। ତା ବାପାକୁ ବି ଆସୁ ନ ଥିଲା ସେ ଚିତ୍ର। ତା ହାତଧରି କେବଳ ଗୋଲ ମୁହଁଟିଏ ଆଙ୍କି ଦେଉଥିଲା ତା ବାପା। ସିଏ ସେଇ ଗୋଲ୍ ତଳକୁ ପାଞ୍ଚଟି ଗାର ଟାଣି ଦେଉଥିଲା, ଚାରିଟା ବିରାଡ଼ିର ଗୋଡ଼, ଆଉଟା ତାର ଲାଞ୍ଜ। ବିରାଡ଼ି ଚିତ୍ର ଆଙ୍କିପାରୁ ନ ଥିବା ମଣିଷଟା ଶେଷକୁ ସେଇ ଜନ୍ମ ପାଇବ?

ପରଦିନ ସେ ଜାଣି ଜାଣି ବାପା ପାଇଁ ଖାଇବାତକ ଶୀଘ୍ର ନେଇକି ଗଲା। ପତର ଉପରେ ଖାଇବାତକ ଅଜାଡ଼ି ଦେଇ ଢେର୍ ସମୟ ବସିରହିଲା। କାହିଁକି କେଜାଣି, ସେଇଠି ବସି ରହିବା ବେଳେ ତାକୁ ଲାଗୁଥିଲା ତା ବାପା ତା ପାଖେ ପାଖେ ଅଛି। ତା ପିଲାଦିନର ସବୁଯାକ କଥା ତାର ମନେ ପଡୁଥିଲା। ବାପା କାନ୍ଧରେ ଲାଉ ହୋଇ ଯାଉଥିଲା ନୂଆଗାଁ ମେଳଣ। ସେଇଠୁ ସାପ ବେଲୁନ୍ ଧରି ଫେରୁଥିଲା ସେ। ବାପା କେବେ ତା ନିଜ ପାଇଁ କିଛି କିଣୁ ନ ଥିଲା। ଏପରିକି ମା ପାଇଁ ବି ନୁହେଁ। ସବୁବେଳେ କହୁଥିଲା, ନବ ବଡ଼ ହେଲେ ଆମ ପାଇଁ କେତେ କଣ କିଣିକି ଆଣିବ!

ନବଘନକୁ କାନ୍ଦ ମାଡୁଥିଲା। ବାପ ତାର ଚାଷୀ ଲୋକ ବୋଲି ତା ମନରେ ନ୍ୟୁନ ଭାବ ଥିଲା। ସେଥିରୁ ସେ ମୁକୁଳି ପାରୁ ନ ଥିଲା। ସ୍କୁଲ ଯିବା ନାଁରେ ସେ ଏଠି ସେଠି ଡାଳମାଙ୍କୁଡ଼ି ଖେଳୁଥିଲା ଓ ସବୁ ପରୀକ୍ଷାରେ କପି କରି ଧରା ପଡୁଥିଲା। କଷ୍ଟେମଷ୍ଟେ ନବ ମାଟ୍ରିକ୍‌ଟା ଥାର୍ଡ ଡିଭିଜନ୍‌ରେ ପାସ୍ କରିଗଲେ ବି ତା ଆଗକୁ ପାଠପଢ଼ା ସମ୍ଭବ ହେଲା ନାହିଁ। ତାପରେ ଆସିଲା ଘନଶ୍ୟାମ ଦାଦା ସାଙ୍ଗେ ସଂପର୍କ। ସିଏ ଘନଶ୍ୟାମ ଦାଦାଙ୍କ ରାଜନୀତି କାମ ବୁଝିଲା। କୁକୁଡ଼ା ଭୋଜି ସାଙ୍ଗରେ କୋଳିଆଡ଼ିଆ ଭାଟିର ଅବକାରୀ ମାଲ୍ ଚାଖିଲା। ବିଡ଼ି, ଗଞ୍ଜେଇ ଓ ଅଫିମ ଖାଇ ଓଠ କଳା କଲା। ଜରଦା ପାନ ଖାଇ ଦାନ୍ତ ନାଲି କଲା। ତା ବାପା-ମା ଏକଥା ଜାଣିଲେ ବି ସେ ଡରିଲା ନାହିଁ। ବାପା ମୁହଁରେ ଜବାବ ଦେଲା। ଦିନେ ରାଗିଯାଇ ତା ବାପାକୁ ଠେଲିଦେଲା ପିଣ୍ଡା ତଳକୁ। ସେଇଦିନୁ ତା ବାପା ତାକୁ କିଛି କହିଲା ନାହିଁ।

କିଏ ଜଣେ ତା ନାଁ ଧରି ଡାକୁଥିଲା। ନବଘନ ବୁଲିପଡ଼ି ସେଆଡ଼କୁ ଚାହିଁଲା। ତାଙ୍କ ଗାଁ ସ୍କୁଲର ମାଷ୍ଟରାଣୀ ଦମୟନ୍ତୀ ଦିଦି। ସେ ଏଇ ଗାଁର ଝିଅ। ଚବିଶ ବର୍ଷ ବୟସରେ ବିଧବା ହେଲା ପରେ ଗାଁ କମିଟି ତାଙ୍କୁ ସ୍କୁଲରେ ଚାକିରି ଦେଇଛି। ସେ କହୁଥିଲେ, "ତୋ ମା ଅନିଷା କରିଛି, ତୁ ଏଠି ବସିକି ବାପାକୁ କଣ କହୁଛୁ? ମଲାଲୋକ କଣ କାହା କଥା ଶୁଣେ?"

ଦମୟନ୍ତୀ ଦିଦି ନବଘନର ବାପା କଥା ନା ନିଜର ପରଲୋକଗତ ବର କଥା କହୁଥିଲେ? ନବଘନ ଟିକିଏ ଭାବିଲା। ନିଜେ ପଡ଼ିଆରୁ ଉଠି ଘାସ ଝାଡ଼ିଦେଲା ଓ ଘରମୁହାଁ ଚାଲିଲା।

ସେଦିନ ସଞ୍ଜବେଳେ ପୁଣି ଆସିଲେ ଘନଶ୍ୟାମ। କହିଲେ, "ଆଉ ଚାରିଟା ଦିନ ରହିଲା। ପଛକୁ ମୋତେ ଦୋଷ ଦେବୁ ନାହିଁ।"

ନବଘନ କହିଲା, "ଆଗେ ଦଶଦିନ କାମ ସରୁ। ବାପା ମାର୍ଜାର ହେଲା କି ମାଙ୍କଡ଼ ହେଲା ନ ଜାଣି ଆଗରୁ କାହିଁକି ଛାନିଆ ହେବା?"

ଘନଶ୍ୟାମ ବିଗିଡ଼ି ଗଲେ। କହିଲେ, "ଆରେ, ତୁ ତ ବିଚିତ୍ର ଲୋକ! ଶୁଣ୍, ଆଉ ଗୋଟାଏ କଥା କହି ନାହିଁ। ତୋ ବାପର ମଡ଼ା ନେଇ ଯାଇଥିବା ସେ ମଦୁଆ ଡ୍ରାଇଭରଟା ପକ୍କା ବଦ୍‌ମାସ୍। ଫେରିଆସି କାହା ପାଖେ କହିଦେଇଛି ନା କଣ? ଏକଥା ଫୁଟିଆରା ହେଇଗଲେ ତୋଅରି ଅପଯଶ। ତେଣୁ ତୁ ଆଗପଛ ଚିନ୍ତା ନ କରି ମୋ ବୋଲ ମାନ୍। କବଲାତକ ନେଇଆ। ଆମେ ଭଲକରି ଭୋଜିଟେ କରିବା ଓ ପୁଷ୍କର ହୋମ କରିଦେବା।"

: କିନ୍ତୁ ସ୍ୱର୍ଗଦ୍ୱାର କଥା? କଣ କରିବା? - ନବଘନ ପଚାରିଲା।

: ପଇସା ଦେଲେ ସବୁ ହେବ। ସ୍ୱର୍ଗଦ୍ୱାରରୁ ଖଣ୍ଡେ ହାତଲେଖା କାଗଜ ମୁଁ ନେଇ ଆସିବି - ସେଥିରେ ତୋ ବାପାର ମୁର୍ଦାର ପୋଡ଼ା ହେବା କଥା ଲେଖିଦେଲେ କାମ ଶେଷ।

ନବଘନ ଆଶ୍ଚର୍ଯ୍ୟ ହେଲା। ଏମିତି କାଗଜ ଖଣ୍ଡେ କଣ ଘନଶ୍ୟାମ ଦାଦା ସେଦିନ ଯୋଗାଡ଼ କରିପାରି ନ ଥାନ୍ତେ? ତାକୁ ପ୍ରଥମଥର ପାଇଁ ଲାଗିଲା, ତା ବାପା ପ୍ରତି ଘନଶ୍ୟାମ ଦାଦାର ଅହନ୍ତା ଅଛି, କିନ୍ତୁ କାହିଁକି? କାହିଁକି ତା ବାପାର ମଡ଼ାକୁ ସ୍ୱର୍ଗଦ୍ୱାରରେ ପୋଡ଼ିବାଲାଗି ଦେଲେ ନାହିଁ ଘନଶ୍ୟାମ ଦାଦା?

ସେ କହିଲା, "ମା ଶୋଇପଡ଼ିବା ପରେ କାଗଜଗୁଡ଼ା ଆଣି ତମକୁ ଦେବି। କିନ୍ତୁ ହୁସିଆର୍। ମୁଁ ଜମି ବିକିବି ନାହିଁ। ସେତକ ଚାଲିଗଲେ ଆମର ଆଉ ରହିବ କଣ?"

: ହଁ, ହଁ ରହିବ କଣ? ତାପରେ ତ ଗାଁରେ ତୁ ଉଦ୍‌ବାସ୍ତୁ ହେଇଯିବୁ। ଖାଇବା

ପିନ୍ଧିବାକୁ ତମ ମା-ପୁଅଙ୍କୁ କିଏ ଦେବ? ହେଁ, ହେଁ। କିରେ ମୁଁ ପରା ଅଛି। ତୁ ଏତେ ଛାନିଆ ହେଉଛୁ କାହିଁକି?

ପରଦିନ ପୁଣି ସେଇକଥା। ନବଘନକୁ ଲାଗିଲା ତା ବାପା ଆସି ତା ପଛପଟେ ଛିଡ଼ାହେଲା। ସେଇ ପୁରୁଣା କଥାସବୁ କହିଲା। "ଘନଶ୍ୟାମର ଆଖି ଆମ ଜମି ଉପରେ। ତୁ ତା କଥା ମାନିବୁ ନାହିଁ ବାପା। ତୁ ନିର୍ବୁଦ୍ଧିଆ ପିଲା ଲୋକ। ଜମା ସେଥିରେ ପଶିବୁ ନାହିଁ। ମୁଁ କାହିଁକି ପ୍ରେତ ହୋଇ ତୋତେ ଡରେଇବି? ଜିଇଥିବା ବେଳେ ତୋ ଦେହରେ ହାତ ଦେଇ ନାହିଁ, ମଲା ପରେ ତୋର କ୍ଷତି କରିବି କାହିଁକି?"

ସେଦିନ ବି ଦମୟନ୍ତୀ ଦିଦି ଦେଖାହେଲେ। କେଡ଼େ ସୁନ୍ଦରୀ ଦମୟନ୍ତୀ ଦିଦି! ତାଆରି ବୟସର ହେବେ। ତାକୁ ଦେଖି ନବଘନ ପଚାରିଲା, "ପ୍ରେତ କଣ ଡରାଏ? ସ୍ୱପ୍ନରେ ଦେଖା ଦିଏ?"

ଦମୟନ୍ତୀ ଦିଦି କହିଲେ, "କାହିଁ, ଛଅବର୍ଷ ହେଲା ଦିନରାତି ଅନଉଛି, ଥରୁଟେ ହେଲେ ସେ ଆସନ୍ତେ! ଡରେଇବା ପାଇଁ ନୁହେଁ କି ହସେଇବା ପାଇଁ ନୁହେଁ। ପ୍ରେତ ଆସେ ନାହିଁ।"

: କିନ୍ତୁ ଘନଶ୍ୟାମ ଦାଦା କହୁଛନ୍ତି...। - ନବଘନ ପଚାରିଲା।

: ସେ ଲୋକଟାର ନାଁ ମୋ ଆଗରେ କହନା। ଏଇଟା ଦି ହଜାର ସାତ ମସିହା। ମଣିଷ ଯାଇ ଛଅମାସ ରହିକି ଫେରିଲାଣି ମହାଶୂନ୍ୟରେ। କାହିଁକି ସେକଥା ଶୁଣୁଛୁ? - ଦମୟନ୍ତୀ ସଫା ସଫା କହି ଚାଲିଗଲେ।

ନବଘନ ତିନିଛକିରେ ଛିଡ଼ା ହୋଇଥିଲା। ଏପଟେ ଘନଶ୍ୟାମ, ସେପଟେ ଦମୟନ୍ତୀ। ଆଉ ଗୋଟେ ପଟେ ସିଏ। ତାକୁ ଭରସା କରି ଠିଆ ହେଇଛି ତାର ବୁଢ଼ୀମା। ସାମ୍ନାରେ ବାପ ପାଇଁ ବଢ଼ା ହୋଇଥିବା ହଳଦି ଲଙ୍କା ପଡ଼ି ନ ଥିବା ଭାତ ଡାଲମା। ଗୋଟେ ବୁଲାକୁକୁର ଆସି ସେତକ ଖାଇବାର ଉପକ୍ରମ କରୁଥିଲା, ନବଘନ ପାଟିକଲା, "ପଳା, ପଳା।"

ରାତିରେ ଆସିଲେ ଘନଶ୍ୟାମ ଦାଦା। ତା ହାତକୁ ଦିଇଟି ଲମ୍ବା ଚିଠା ବଢ଼େଇ କହିଲେ, ''ଏସବୁ ଯୋଗାଡ଼ କରିବାକୁ ହେବ। ଏଗାର ଦିନ ଉପରବେଳା ବ୍ରାହ୍ମଣଭୋଜନ। ତାପରେ ଅଷ୍ଟପ୍ରହରୀ ଆଜି, ତୁ କିଛି କର୍। ନ ହେଲେ ତୋ କଥା ତୁ ବୁଝିବୁ, ମୋ କଥା ମୁଁ ବୁଝିବି। ଏଥିରେ ମୁଁ ପଶିବି ନାହିଁ। ତୁ ମୋ କଥା ଶୁଣୁନୁ, ମୁଁ ଏକାକୀ କଣ କରିବି?''

ନବଘନ କହିଲା, "ମୋତେ ଗୋଟାଏ ଦିନ ସମୟ ଦିଅ। ମୁଁ ତମର ସବୁକଥା ଶୁଣୁଛି, ଶୁଣୁଥିବି।"

ଦଶଦିନ ସକାଳୁ ପ୍ରେତକର୍ମ ଆରମ୍ଭ ହେଲା। ପୋଖରୀ ହୁଡ଼ାର ଦକ୍ଷିଣ ପଶ୍ଚିମ କୋଣରେ ଗୋଟେ ମାଟି ହାଣ୍ଡିରେ ରାନ୍ଧିଲା ଭାତ। ବାରମ୍ବାର ଗାଧୋଇବାକୁ ପଡ଼ିଲା ନବଘନକୁ। ଶେଷକୁ ଭିତରେ ରଡ଼ନିଆଁ ଜଳୁଥିବା ହାଣ୍ଡିଟାକୁ ନେଇ ସେ ପୋଖରୀ ଭିତରକୁ ପଶିଲା। ଓଲଟ ଅକ୍ଷରରେ ଲେଖିଲା ରଘୁନାଥ – ତା ବାପାର ନାଁ ଓ ତାକୁ ଜୋର୍‌ରେ ପାହାରେ ଦେଇ ବୁଡ଼ ମାରିଲା। ପାଣି ଭିତରେ ତାକୁ ଦମୟନ୍ତୀ ଦିଦିର ମୁହଁ ଦିଶୁଥିଲା।

ସେ ଉଠିପଡ଼ି ଚିତ୍କାର କଲା, "କଇଁଛ, କଇଁଛ। ହେଇ ମୋ ବାପା କଇଁଛ ହେଇ ଆକାଶକୁ ପଳେଇଲା।"

ତା ଚିତ୍କାରରେ ପୋଖରୀର ପାଣି ଆଉ ଥରେ ଚହଲିଗଲା। କୂଳରେ ଠିଆ ହୋଇଥିବା ଘନଶ୍ୟାମ ଚମକି ପଡ଼ିଲେ। ଭଗବାନ ପୁରୋହିତ ଡବଡବ ଆଖିରେ ଚାହିଁ ରହିଥିଲେ ନବଘନକୁ। ଏକଥା କେମିତି ସମ୍ଭବ ହେଲା ? ରଘୁନାଥ ପାଇଲା କୂର୍ମ ଜନମ ?

: ସତ କହୁଛି ପୁରୋହିତେ। ମୋ ବାପା କଇଁଛ ପାଲଟିଗଲା। ତମେ ଦେଖିବ, ବାଲିଥାଳି ଉପରେ ବି ପଡ଼ିବ କଇଁଛ ପାଦଚିହ୍ନ।

ଘନଶ୍ୟାମ ବିଗିଡ଼ିଗଲେ। ଏଲା ଅଫିମିଆଟା ମିଛ କହୁଛି। ଏଡ଼େ ପାପୀ କିମିତି ପାଇବ କୂର୍ମ ରୂପ ?

କିନ୍ତୁ ନବଘନ ସତ କହୁଥିବ ବୋଲି ଗାଁ ଲୋକେ କହିଲେ। କାରଣ ପରଦିନ ସକାଳକୁ ଦେଖିଲାବେଳକୁ ଘରେ ଥୁଆହୋଇଥିବା ବାଲିଥାଳି ଉପରେ ବସିଥିବା ଦୀପ ଲଭିଯାଇଛି, ତା ଉପରେ ସ୍ପଷ୍ଟ ଦିଶୁଛି ଗୋଟେ କଇଁଛର ଚିହ୍ନ!

ଘନଶ୍ୟାମ ନବଘନର ବାହାକୁ ଭିଡ଼ିନେଲେ। କହିଲେ, "ହେଲା ଯେ ପୁଷ୍କର ଦୋଷ ତ ଲାଗିଛି। ତା ପାଇଁ ବ୍ୟବସ୍ଥା କଣ ?"

ନବଘନ କହିଲା, "ସଞ୍ଜ ହେଉ। ମୁଁ ତା ବ୍ୟବସ୍ଥା କରିବି। ତମେ ଖାଲି ଭୋଜିଭାତର ଜିନିଷ ଆଣି ଦେଇ ଯାଅ।" ଘନଶ୍ୟାମ ସନ୍ଦେହୀ ଆଖିରେ ଅନେଇ ଫେରିଗଲେ। ନବଘନ ସିଧା ସେଇଠୁ ମା ପାଖକୁ ଆସି ତା ଗୋଡ଼ତଳେ ପଡ଼ିଗଲା। ଅନେକ ସମୟ କାନ୍ଦିଲା। ତାପରେ ସଫା ସଫା କହିଦେଲା ଜେମାଦେଈପୁର ମଶାଣିରେ ବାପାକୁ ପୋଡ଼ିବା କଥା। ଦଶଦିନ ହେଲା ଘନଶ୍ୟାମ ଆଉ ଭଗବାନ ପୁରୋହିତ କେମିତି ତାକୁ ତା ବାପା ମାର୍ଜାର ଜନ୍ମ ନେବ କହି ବ୍ୟତିବ୍ୟସ୍ତ କରିଦେଉଥିଲେ ସେ କଥା ବି କହି ପକେଇଲା।

ତା ମା ଖୁଣ୍ଟରେ ମୁଣ୍ଡ ବାଡ଼େଇ କାନ୍ଦିଲା। ନବଘନ ଏମିତି କାମ କରିଥିବ

ବୋଲି ସେ କେବେ ଭାବି ନ ଥିଲା। ପୁଅ ହୋଇ ଏକଥା କଲୁ ଶେଷରେ ନବ? - କହି ସେ ବାହୁନିବାରେ ଲାଗିଲା।

ନବଘନ କହିଲା, "ଅନା ବୋଉ, ଏଇନେ କାନ୍ଦିବା ବେଳ ନୁହେଁ। କଣ କରିବା କହ?"

ତା ମା ପଣତକାନିରେ ଆଖିର ଲୁହ ପୋଛି ପୁଅକୁ ଅନେଇଲା। ଅନେକ ଦିନ ପରେ ସେ ଯେମିତି ନବଘନକୁ ଦି ଆଖି ପୂରେଇ ଦେଖୁଥିଲା। ଆଉଁଶିଦେଲା ତା ପୁଅକୁ। କହିଲା, "ଚାଲ୍ ମୋ ସାଙ୍ଗରେ। ବାପଛେଉଣ୍ଡ ପୁଅ ଦେଖି ସେ ଟାଉଟର କଣ ଭାବୁଛି କି? ଏ ଗାଁରେ କଣ ଆଉ କେହି ପୁରୁଷ ନାହାନ୍ତି? ଚାଲ୍।"

ଏହାର କିଛି ସମୟ ପରେ ମା-ପୁଅ ଦିହେଁ ନୀଳାମ୍ବର ମହାପାତ୍ରଙ୍କ ଅଗଣାରେ ଠିଆ ହୋଇଥିଲେ। ନୀଳାମ୍ବର ମହାପାତ୍ର ଗଲା ନିର୍ବାଚନରେ ସାତଟି ଭୋଟ୍‌ରେ ହାରିଯାଇଥିଲେ ଘନଶ୍ୟାମଙ୍କ ପାଖରୁ। ସେ ନବଘନର ବାପାର ନିଘନ ବନ୍ଧୁ। ବାପାଙ୍କୁ ଆଦର କରୁ ନ ଥିବାରୁ ନବଘନ କୌଣସି ଦିନ ନୀଳାମ୍ବରଙ୍କୁ ମଧ୍ୟ ଲୋଡ଼ୁ ନ ଥିଲା।

: କହୁନୁ, ମଉସାକୁ ସବୁକଥା କହ। - ନବଘନର ମା କହିଲା।

ନବଘନ ଠିକେ ଠିକେ ସବୁକଥା କହିଗଲା। କହିଲା ବି ଜେମାଦେଈପୁର ମଶାଣିରେ ନେଇ ବାପାର ଶବକୁ ପୋଡ଼ି ଆସିବା କଥା।

ନୀଳାମ୍ବର ପଚାରିଲେ, "କିନ୍ତୁ ଏଇ ଯେ କୂର୍ମଜନ୍ମ କଥା। ସେଇଟା କଣ ସତ?"

ନବଘନ ମୁହୂର୍ତ୍ତେ ନିରବ ରହିଲା। ତାର ଦମୟନ୍ତୀ ଦିଦି କଥା ମନେ ପଡ଼ିଲା। ଏସବୁ ମିଛ। ମଲା ମଣିଷ ପୁଣି ଆଉ କି ରୂପ କାହିଁକି ପାଇବ? କିନ୍ତୁ ସେ କହିଲା, "ସତ ମଉସା। ତ୍ରିବାର ସତ୍ୟ।"

: ତୁ ଧନ୍ୟରେ, ତୋ ବାପା ଧନ୍ୟ। ମୁଁ ତ ଭାବୁଥିଲି ଏସବୁ ଆମ ବ୍ରାହ୍ମଣ, ପୁରୋହିତଙ୍କ ମିଛ ଫିସାଦି। ହଉ ତୁ ଯା, ଯାହା କରିବାର କଥା ମୁଁ କରିବି। ସେ ପରଜମି ଡାହାଣା ଘନଶ୍ୟାମ କଥା ମୁଁ ବୁଝିବି। ତୋର ଜମିବାଡ଼ି ବନ୍ଧାଛନ୍ଦା ପକେଇବା ଦରକାର ନାହିଁ। ତୋ ବାପାର ମୋ ଉପରେ ବହୁତ ଉଧାର ରହିଛି।

ନବଘନ ଫେରି ଆସିଲା। ବାଟରେ ମାଆକୋଳରେ ମୁହଁ ଗୁଞ୍ଜି କାନ୍ଦିଲା ସେ। ତା ମାଆ ପୁଅକୁ ଆଉଁଶି ଦେଇ କହିଲା, 'ମୁଁ ଜାଣିନି, ତୋ ବାପ କୂର୍ମ କି ହାତୀ ହେଇ ସଦ୍‌ଗତି ପାଇଲା; କିନ୍ତୁ ତୋ ଆଖି ଲୁହ ଯଦି ସତ, ତୋ ବାପ ନିଶ୍ଚୟ ଆଜି ସଦ୍‌ଗତି ପାଇଥିବ। ତୁନି ହ, ପାଗଳା। ତୁନି ହ।'

ନବଘନ ଆଖିଲୁହ ମନା ମାନୁ ନ ଥିଲା।

■

କଥା ଦେଇଛି

ଅମରେଶ ଅପଲକ ନୟନରେ ଚାହିଁଥିଲା।

ଗଙ୍ଗଶିଉଳି ଗଛ ତଳେ ଅଜାଡ଼ି ପଡ଼ିଥିଲା ଗତରାତିର ରାଶି ରାଶି ମଉଳା ଫୁଲ। ବିଦାୟ ନେଇ ଯାଇଥିବା ଭଲ ଲୋକର ସୁନାମ ପରି ଝଡ଼ିଯାଇଥିବା ଫୁଲର ସୁଗନ୍ଧ ବଗିଚାକୁ ମହକେଇ ଦେଉଥିଲା। ଲନ୍‌ର ଘାସରେ ଟୋପା ଟୋପା କାକରବୁନ୍ଦା ଗାଧୋଇ ଆସିଥିବା କିଶୋରୀ କେଶର ପାଣିଟୋପା ପରି ଚକମକ କରୁଥିଲା। ସକାଳ ଲାଗୁଥିଲା ପିଲାଦିନର ବନ୍ଧୁ ପରି ଅନ୍ତରଙ୍ଗ।

ଅସ୍ଥିର ଛୋଟ ଚଢ଼େଇଟିଏ ଚମ୍ପାଗଛଟାର ଚାରିପଟେ ଖଣ୍ଡିଉଡ଼ା ଦେଉଥିଲା। ମୁହୂର୍ତ୍ତେ ସୁଦ୍ଧା କେଉଁଠି ସ୍ଥିର ହୋଇ ବସି ପାରୁ ନ ଥିଲା। ଉଦ୍‌ବେଗ ଆଉ ଉତ୍ତେଜନା ମଣିଷକୁ ଅସ୍ଥିର କରିଦିଏ, ଛୋଟ ଚଢ଼େଇଟିର ବି କଣ ସେ ପ୍ରକାର କିଛି ସମସ୍ୟା ହୋଇଛି କି - ଅମରେଶ ଭାବୁଥିଲା।

ମଧୁମିତାର ଆସିବା ସମୟ ହୋଇଗଲାଣି। ଆଜି ଯେମିତି ହେଉ ସେ ମଧୁମିତାଠାରୁ ସମ୍ମତିଟିଏ ସଂଗ୍ରହ କରିବ। ପରସ୍ପର ଯଦି ଅନୁଭବ କଲେଣି ଯେ ସେମାନେ ଅଲଗା ଅଲଗା ରହିପାରିବେ ନାହିଁ, ତାହାହେଲେ ଆଉ ଏଭଳି ଲୁଚକାଳି ଖେଳି ଲାଭ କଣ? ତେବେ ମଧୁମିତାକୁ କଥାଟି ପଚାରିବା ପ୍ରସଙ୍ଗ ଆସିବାକ୍ଷଣି ସେ ଗତଥର ଗୁଡ଼ିକ ଭଳି ଭିତରେ ଭିତରେ ଦୁର୍ବଳ ହୋଇ ଯାଉଥିଲା। କଷ୍ଟକର ମନେ ହେଉଥିଲା ତାର ସମସ୍ୟାଟି।

ଶହ ଶହ ସିନେମା, ଗପ-ଉପନ୍ୟାସ ଓ ଅପେରା-ନାଟକରେ ଏହି ଏକାରକମର ପ୍ରଶ୍ନ, ଜଣେ ପୁରୁଷ ଆଉ ଜଣେ ନାରୀକୁ ପଚାରୁଥିବାର ଅମରେଶ ଦେଖିଛି, ପଢ଼ିଛି। କିନ୍ତୁ ତା ସତ୍ତ୍ୱେ ସେ ଭାବୁଛି, ସିଏ ହିଁ ଏ ସଂସାରର ପ୍ରଥମ ପୁରୁଷ, ଯିଏ ଗୋଟେ ନାରୀକୁ ଏହି ପ୍ରଶ୍ନ ପଚାରିବାକୁ ଯାଉଛି ଏବଂ ଭୟ ପାଇଯାଉଛି।

ମଧୁମିତା ସହ ଦୁଇବର୍ଷ ତଳର ତାର ପ୍ରଥମ ଦେଖାଚାହାଁର କଥା ମନେ ପଡୁଥିଲା। ଅମରେଶ ସେ ବର୍ଷ କ୍ରିଷ୍ଣମୂର୍ତ୍ତି ଫାଉଣ୍ଡେସନ୍‌ର ଗୋଟେ ସଭାରେ ବକ୍ତୃତା ଦେବା ଲାଗି ଯାଇଥିଲା। ପ୍ରାୟ ପନ୍ଦର ଦିନ ଧରି ପ୍ରସ୍ତୁତି କରିଥିବା ସତ୍ତ୍ୱେ ତାକୁ ତା ନିଜର ଭାଷଣଟି ସେତିକି ଉତ୍ସାହଜନକ ମନେ ହୋଇ ନ ଥିଲା। ମଞ୍ଚ ଉପରେ ବସିଥିବା କୌଣସି ବକ୍ତା ତାକୁ ସାମାନ୍ୟ ଧନ୍ୟବାଦଟିଏ ବା ଉତ୍ସାହର ଶବ୍ଦଟିଏ କହି ନ ଥିବା କାରଣରୁ ସେ ଆଉ ଟିକିଏ ସଙ୍କୁଚିତ ହୋଇଯାଇଥିଲା। ସଭା ସରିବା ପରେ ନିରବରେ ମଞ୍ଚ ଛାଡ଼ି ନିଜ ଗାଡ଼ି ପାଖକୁ ଯିବା ବାଟରେ ତାକୁ ଭେଟିଥିଲା ମଧୁମିତା ଏବଂ ଆଶ୍ଚର୍ଯ୍ୟ କରି କହିଥିଲା, "ଆପଣଙ୍କ କଥା ମୋତେ ବହୁତ ଭଲ ଲାଗିଲା। ଆଗରୁ ଆପଣଙ୍କର ତିନି ଚାରିଟି ଲେଖା ମୁଁ ବିଭିନ୍ନ ପତ୍ରପତ୍ରିକାରେ ପଢ଼ିଥିଲି। ଆଜି ଆପଣଙ୍କୁ ପାଖରୁ ଶୁଣି ବହୁତ ଖୁସି ହେଲି।"

ହସିଲାବେଳେ ଶ୍ୟାମଳୀ ମଧୁମିତାର ବାଁ ଗାଲରେ ଛୋଟ ଭଉଁରିଟିଏ ସୃଷ୍ଟି ହୋଇ ତାକୁ ଖୁବ୍ ସୁନ୍ଦରୀ କରିଦିଏ। ଅମରେଶର ଆଖି ମଧୁମିତାର ଭଉଁରି ଉପରେ ଲାଖି ଯାଇଥିଲା ସେଇ ପ୍ରଥମ ଦେଖାଚାହାଁ ବେଳେ।

ମଧୁମିତା ଯୋଡ଼ିଥିଲା, "କ୍ରିଷ୍ଣମୂର୍ତ୍ତି ଠିକ୍ କହିଥିଲେ। ବାହାରର ବନ୍ଧନରୁ ମୁକ୍ତି ପାଇବା ସହଜ, ମାତ୍ର ନିଜ ଭିତରର ଶିକୁଳିରୁ ମୁକ୍ତି ପାଇବା କଠିନ କାର୍ଯ୍ୟ। ଆପଣ ସେଇ କଥାଟିକୁ ଯେମିତି ବୁଝେଇଲେ, ତାହା ହିଁ ମୋତେ ବେଶି ଭଲ ଲାଗିଲା। ଆପଣ କଣ ଦର୍ଶନର ଛାତ୍ର ?"

: ନା, ମୁଁ ଇତିହାସର ଛାତ୍ର। - ଅମରେଶ ଉତ୍ତର ଦେଇଥିଲା।

ସେମାନଙ୍କ କଥାବାର୍ତ୍ତା ସେଇଠି ସରିଥିଲା। ସମ୍ପର୍କ ବି ସେଇଠି ସରିବା ଆଶା କରାଯାଉଥିଲା। ମଧୁମିତା ଅର୍ପିତାକୁ ସାଙ୍ଗରେ ନେଇ ଆସିଥିଲା। ଅର୍ପିତା ମିଶିଥିଲା ସାନ ପିଲାଙ୍କ ନାଚଗୀତ କାର୍ଯ୍ୟକ୍ରମରେ। ସେ ଖୁବ୍ ଭଲ ନାଚିଥିଲା। ମାତ୍ର ସେ ଘଟଣାର ତିନି ମାସ ପରେ ପୁଣିଥରେ ମଧୁମିତା ସହ ଦେଖାହେଲା କଟକ ରେଡ଼ିଓ ଷ୍ଟେସନ୍‌ରେ। ଅର୍ପିତାକୁ 'ଶିଶୁସଂସାର' କାର୍ଯ୍ୟକ୍ରମରେ ଯୋଗ ଦେବାଲାଗି ସାଙ୍ଗରେ ଧରି ଆସିଥିଲା ମଧୁମିତା।

ସେଇଦିନ ଅମରେଶ ପଚାରି ବୁଝିଥିଲା, ଅର୍ପିତା ମଧୁମିତାର ଝିଅ ନୁହେଁ ଝିଆରୀ। ତାର ବଡ଼ଭଉଣୀ ଘରେ ମଧୁମିତା ରହେ। ଭଉଣୀର ବ୍ୟାଙ୍କ ଚାକିରି ଏବଂ ମଧୁମିତା ଅଧ୍ୟାପିକା। ତାର ବେଶି ଛୁଟି ଥିବାରୁ ଅର୍ପିତାକୁ ବିଭିନ୍ନ ପ୍ରୋଗ୍ରାମ୍‌କୁ ନେଇଯିବା ଦାୟିତ୍ୱ ତାର। ତାକୁ ନାଚ, ଗୀତ ଓ ଭଲ ଭାଷଣ ଶୁଣିବାକୁ ଅର୍ଥପୂର୍ଣ୍ଣ ଲାଗେ।

ସେଦିନ ମଧୁମିତାର ବ୍ୟକ୍ତିତ୍ୱ ତାକୁ ଆହୁରି ଆକୃଷ୍ଟ କରିଥିଲା। ତେବେ ଅଧିକ

କିଛି କଥାବାର୍ତ୍ତାର ଅବକାଶ ସେଦିନ ଜୁଟି ନ ଥିଲା, ତାହା ଜୁଟିଲା ପ୍ରାୟ ବର୍ଷକ ପରେ।

ଅମରେଶ ଆଉଥରେ ଫାଟକ ଆଗ ରାସ୍ତାକୁ ଚାହିଁଲା। ନା, ମଧୁମିତା ଆସିନାହିଁ। ସେ ଉଠିଯାଇ ଆଉ କପେ କଳା-ଚା ତିଆରି କଲା ଓ ପିଇଲା। ସକାଳର ଖବରକାଗଜ ଖଣ୍ଡିକ ପଢ଼ିବ ବୋଲି ଉଠେଇଲା, କିନ୍ତୁ ପଢ଼ି ପାରିଲା ନାହିଁ। ଅସ୍ଥିର ଲାଗୁଥିଲା ତାକୁ। ସେ ଚମ୍ପାଗଛ ଡାଳକୁ ଚାହିଁଲା। ଟିକି ଚଢ଼େଇଟି ତଥାପି ଏ ଡାଳରୁ ସେ ଡାଳ ଉଡ଼ି ବୁଲୁଥିଲା। ସବୁଜ ଓ କଳା ରଙ୍ଗର ଡେଣା, ଲାଲ ଚଞ୍ଚୁ। ଚଢ଼େଇଟିର ନାଁ ଅମରେଶ ଜାଣି ନ ଥିଲା।

ମହାନଦୀ ପୋଲ ଉପରେ ଯାଉଥିବା ପୁରୀ-ହାଓ୍ଵଡ଼ା ଏକ୍ସପ୍ରେସ୍‌ର ଶବ୍ଦ ସକାଳର ନିରବତାକୁ ଚହଲେଇ ଦେଉଥିଲା। ଗତ ଡିସେମ୍ବର ଅପରାହ୍ଣର ସେ ଘଟଣା କଥା ଭାବୁଥିଲା ଅମରେଶ।

ସେଦିନ ସେ ନିଜେ ଗାଡ଼ି ଚଳେଇ ଅନୁଗୁଳରୁ ଫେରୁଥିଲା କଟକ। ଢେଙ୍କାନାଳ ପାର ହୋଇ ଆସିଥିଲା, ଗାଈଟିଏ ଚାଲିଆସିଲା ତା ଗାଡ଼ି ଆଗକୁ। ସେ ବ୍ରେକ୍ ଦେଲା। ତା ଗାଡ଼ିଟା ଡାହାଣକୁ ମୋଡ଼ିଯାଇ ବାଡ଼େଇ ହୋଇଗଲା ଗୋଟେ ଗଛ ଦେହରେ। ସିଏ ମରୁ ମରୁ ବଞ୍ଚିଗଲା। କିନ୍ତୁ ଗାଡ଼ିଟାର ସାମ୍ନା ଚେପା ହୋଇଗଲା ଓ ଇଂଜିନ୍ ଷ୍ଟାର୍ଟ ହେଲା ନାହିଁ। ଚୌଦ୍ଵାର ଥିଲା ଆହୁରି ଚାରି ପାଞ୍ଚ କିଲୋମିଟର ଦୂର। ସନ୍ଧ୍ୟା ନଇଁ ଆସୁଥିଲା। ଅମରେଶର ଗୋଡ଼ଟା ଏଭଳି ମକଚି ଯାଇଥିଲା ଯେ, କଷ୍ଟେମଷ୍ଟେ ଗାଡ଼ି ଭିତରୁ ବାହାରି ଆସିଥିଲେ ସୁଦ୍ଧା ସେ ଭଲ ଭାବେ ଛିଡ଼ା ହୋଇ ପାରୁ ନ ଥିଲା।

କଷ୍ଟେମଷ୍ଟେ ଆସି ରାସ୍ତାକଡ଼ରେ ପହଞ୍ଚି ସେ ଗାଡ଼ିଟିଏ ଅଟକେଇବାକୁ ଚାହୁଁଥିଲା। ସେ ଜାଣିଥିଲା ଯେ ଅନ୍ଧାର ହୋଇଗଲେ ତାକୁ କେହି ଦେଖିପାରିବେ ନାହିଁ। ପ୍ରତି ମିନିଟ୍‌ରେ ପାଞ୍ଚରୁ ସାତଟି ଗାଡ଼ି ଅତିକ୍ରମ କରି ଯାଉଥିଲା ଅମରେଶକୁ। ମାତ୍ର କୌଣସିଟି ଗାଡ଼ି ତା ଇସାରା ଦେଖି ଅଟକୁ ନ ଥିଲା। ସେଇଠି ଗୋଟେ ଗୋଟେ ମୁହୂର୍ତ୍ତ ତାକୁ ଗୋଟେ ଗୋଟେ ଘଣ୍ଟା ପରି ଲାଗୁଥିଲା। ମଣିଷମାନେ କେତେ ସମ୍ବେଦନାଶୂନ୍ୟ - ସେଇକଥା ସେ ଭାବୁଥିଲା।

ସେ ଆଉ ଟିକିଏ ରାସ୍ତା ଧାରକୁ ଲାଗି ଆସି ଗାଡ଼ି ଅଟକେଇବାକୁ ଚେଷ୍ଟା କରିଥିଲା। ବାଦାମୀ ରଙ୍ଗର ଗୋଟେ କାର୍ ତାକୁ ଅତିକ୍ରମ କରି କିଛି ବାଟ ଆଗେଇଗଲା ଓ ତାପରେ ପୁଣି ପଛକୁ ଫେରିଆସିଲା। ଅମରେଶ ଉତ୍ସାହିତ ଦିଶିଥିଲା। ଡ୍ରାଇଭରକୁ ଅନୁନୟ ହୋଇ କହିଥିଲା, "ମୋତେ ଟିକିଏ କଟକ କିମ୍ବା ଚୌଦ୍ଵାର ପର୍ଯ୍ୟନ୍ତ

ନେଇଯିବେ ?" ସେତିକିବେଳେ ପଛ ସିଟ୍‌ରୁ ଦେବଦୂତ ପରି ଓହ୍ଲେଇଥିଲା ମଧୁମିତା। ତା ପାଖକୁ ଧାଇଁ ଆସିଥିଲା ଓ ନୋଇଁପଡ଼ି ତାକୁ ଆଉଁଶି ଦେଉ ଦେଉ ପଚାରିଥିଲା, 'କେମିତି ଆକ୍ସିଡେଣ୍ଟ୍ ହେଲା ?'

ଅମରେଶର ତୋଟି ଶୁଖିଯାଉଥିଲା।

ମଧୁମିତା ପାଣି ଦେଇଥିଲା ପିଇବାକୁ। ସେଇ ଗାଡ଼ିରେ ଥିଲେ ତାର ଭଉଣୀ, ଭିଣୋଇ ଓ ଅର୍ପିତା। ସେମାନେ କପିଳାସ ଯାଇଥିଲେ। ମଧୁମିତା ସେମାନଙ୍କ ନିକଟରେ ଅମରେଶର ପରିଚୟ ଦେଇଥିଲା- ଇଏ ଆକାଶବାଣୀ କଟକର ପ୍ରୋଗ୍ରାମ୍ ଏକ୍‌ଜିକ୍ୟୁଟିଭ୍ ଅମରେଶ ଦାସ, ଭଲ ଭାଷଣ ଦିଅନ୍ତି।

ଅମରେଶ ସେଇଦିନ ମଧୁମିତା ଭିତରେ ଥିବା ଦେବୀଟିକୁ ଆବିଷ୍କାର କରିଥିଲା। ସବୁ ଭୌତିକ ବିକାଶ ଓ ଆର୍ଥିକ ସମୃଦ୍ଧି ଭିତରେ ନାରୀର ଯେଉଁ ଉଜ୍ଜ୍ୱଳ ଦେବୀ ମୂର୍ତ୍ତିଟି ପୁରୁଷକୁ କୃତଜ୍ଞ କରିଦିଏ ସେଇ ରୂପ। ସିନ୍ଦୂରବୋଳା ପାଷାଣ ପ୍ରତିମା ଭିତରେ ତାହାକୁ ଯୁଗ ଯୁଗ ଧରି ଖୋଜୁଥାଏ ମଣିଷ।

ପୁଣିଥରେ ଫାଟକ ଆଡ଼େ ଚାହିଁଲା ଅମରେଶ। ତଥାପି ମଧୁମିତା ଆସି ନାହିଁ। ଏମିତି ତ ହେବାର କଥା ନୁହେଁ। କୌଣସିଦିନ ତାର ଆସିବାରେ ବିଳମ୍ବ ହୁଏ ନାହିଁ। ସମୟେ ସମୟେ ଅମରେଶ ଦେଇଥିବା ସମୟରେ ଏପଟ ସେପଟ ହୁଏ ସିନା, ମଧୁମିତାର ସେ ପ୍ରକାର ଅବହେଳା ହୁଏ ନାହିଁ। ଅମରେଶ ଟିକିଏ ଚିନ୍ତିତ ହୋଇପଡ଼ିଲା।

ଏହି ଦି ବର୍ଷ ଭିତରେ ମଧୁମିତାର ଭିତର ବାହାର ସବୁ ପଢ଼ିସାରିଛି। ସେଇଥିପାଇଁ ମଧୁମିତା ବିଧବା ହୋଇଥିବା ସତ୍ତ୍ୱେ ତାକୁ ସେ ବାହାହେବାକୁ ମନେ ମନେ ପ୍ରସ୍ତୁତ ହୋଇଛି। ମଧୁମିତାକୁ ବର୍ତ୍ତମାନ ତିରିଶ ବର୍ଷ। ଏହି ବୟସରେ କେତେ ଝିଅ ବାହା ହୋଇ ନ ଥାନ୍ତି। ପୁଣି ସ୍ତ୍ରୀ ମରିଯାଉଥିବା ପୁଅଟିଏର ବାହାଘର ଉପରେ ଯଦି କୌଣସି କଟକଣା ନାହିଁ, ତାହାହେଲେ ବିଧବା ସ୍ତ୍ରୀଟିର ପୁନର୍ବିବାହ ଉପରେ ସେପରି କଟକଣା କାହିଁକି ରହିବ ? ଅମରେଶ ଏସବୁରେ ବିଶ୍ୱାସ କରେ ନାହିଁ। ସେଦିନ ମଧୁମିତା ପଚାରିଥିଲା, "ତୁମେ କାହିଁକି ପଇଁତିରିଶ ବର୍ଷ ପର୍ଯ୍ୟନ୍ତ ବସିରହିଛ ? କାହାକୁ ଅପେକ୍ଷା କରୁଥିଲ ?"

: ତୁମକୁ। - କହିଥିଲା ଅମରେଶ।

ମଧୁମିତା ଲାଜେଇ ଯାଇଥିଲା।

ଅମରେଶ ଭାବି ଆଶ୍ଚର୍ଯ୍ୟ ହୋଇଥିଲା- ଯୁଦ୍ଧ, ଆତଙ୍କବାଦ ଓ ନରସଂହାର ଭିତରେ ଦିଇଟି ଘଟଣା ଏବେ ବି ତାଙ୍କର କୋମଳତା ହରେଇ ନାହାନ୍ତି - ଫୁଲ ଫୁଟିବା ଓ ମନ ଫୁଟିବା।

ଅମରେଶ ଚାରି ପାଞ୍ଚ ଥରରେ ନିଜ କାହାଣୀକୁ ସାରିଥିଲା। ଭଲପାଇବା କାମରେ ସେ ଭୀରୁ ଓ ଲଜ୍ଜାଶୀଳ ଥିଲା। ବାସ୍ତବରେ କୌଣସି ଝିଅ ତାକୁ ପ୍ରକୃତରେ ଭଲପାଏ କି ପାଏ ନାହିଁ, ଏକଥା ଜାଣିବାଲାଗି ତାକୁ ବହୁତ ସମୟ ଲାଗି ଯାଉଥିଲା। କାହାରିକୁ ନିଜ ଆଡୁ କିଛି କହିବା ତା ଦ୍ୱାରା ପ୍ରାୟତଃ ସମ୍ଭବ ହେଉ ନ ଥିଲା। ତେବେ ରେଭେନ୍‌ସାରେ ଏମ୍.ଏ. କରିବାବେଳେ ନମିତା ତାକୁ ଭଲପାଇଥିଲା। ଦୁଃଖର କଥା, ଏ କଥାଟି ଅମରେଶ ଜାଣିବାକୁ ବହୁତ ସମୟ ନେଇଥିଲା।

: ତୁମକୁ କଣ କିଛି କହୁ ନ ଥିଲା ସେ ? - ମଧୁମିତା ପଚାରିଥିଲା।

: କହୁଥିଲା। ମୋ ଜନ୍ମଦିନରେ ଉପହାର ଆଣି ଦେଉଥିଲା। ଘଣ୍ଟା ଘଣ୍ଟା ଧରି ବସି ରହୁଥିଲା ପାଖରେ ଓ ମୋ ଆଖିକୁ ଚାହିଁ ରହୁଥିଲା। କିନ୍ତୁ ତାଛଡ଼ା ଆଉ ଅଧିକ କିଛି କହୁ ନ ଥିଲା। ଏତିକି ସଂପର୍କରେ ମୁଁ ଆଗତୁରା କିଛି ପଚାରିଦେବା ହୁଏତ ଠିକ୍ ହୋଇ ନ ଥାନ୍ତା। ତେବେ ଥରେ ମୁଁ ତା ମନର ଦୁର୍ବଳତା ଜାଣିପାରିଲି। ସେଇଦିନ ତାକୁ ମୁଁ ମୋ ମନର କଥା କହିଥାଆନ୍ତି; କିନ୍ତୁ ସେଦିନ ନମିତା ସହ ଦେଖା ହୋଇ ପାରିଲା ନାହିଁ। ନମିତା ଘରକୁ ଚାଲିଗଲା ତା ଭଉଣୀର ଆକ୍ସିଡେଣ୍ଟ୍ ଖବର ପାଇ। ତାପରେ ତାର ବାହାଘର ଶିଳ୍ପପତି ଭିଣୋଇଙ୍କ ସାଙ୍ଗେ ହୋଇଗଲା। ଏବେ ନମିତା ନୋଇଡାରେ। ତା ଭଉଣୀର ପିଲା ଯୋଡ଼ିଙ୍କୁ ପାଳୁଛି।

ମଧୁମିତା ଦୁଃଖୀ ଦୁଃଖୀ ଦିଶିଥିଲା।

ଅମରେଶ କହିଥିଲା, ନମିତା ପାଖରୁ ଚାଲିଗଲା ପରେ ହିଁ ମୁଁ ଅନୁଭବ କଲି ଯେ ସେ ମୋତେ କେତେ ଲୋଡୁଥିଲା, ଆଉ ମୁଁ ତାକୁ କେତେ ଲୋଡୁଥିଲି। କିନ୍ତୁ ମୁଁ ତ ଏକଥା ଥରୁଟେ ତାକୁ ମୁହଁ ଖୋଲି କହିପାରି ନ ଥିଲି। ତେଣୁ ତାକୁ ଦୋଷ ଦେବି କାହିଁକି ?

: ତାପରେ ? - ମଧୁମିତା ପଚାରିଥିଲା।

: ଆଉ ସେପରି କିଛି ହୋଇ ନାହିଁ। ଭାବିଲି, ଭାଗ୍ୟକୁ ଗ୍ରହଣ କରିନେବି। ସମସ୍ତେ ଯେ ବାହାହେବେ ଓ ଘରସଂସାର କରିବେ, ତାର ତ କିଛି ମାନେ ନାହିଁ। ବେଳେବେଳେ ଏକଲା ଜୀବନରେ ବି କୋଳାହଳ ପ୍ରଚୁର ଥାଏ।

ତେବେ ଏ କଥାବାର୍ତ୍ତା ପରେ ପରେ ଅମରେଶ ଅନୁଭବ କରିଥିଲା ଯେ, ମଧୁମିତା କେବେ ଦିନେ ନିରବରେ ଆସି ସେଇ ଜାଗାରେ ବସିଯାଇଛି, ଯେଉଁଠି ନମିତାର ବସିବାର ଥିଲା। ସେ ଆଶ୍ଚର୍ଯ୍ୟ ହେଉଥିଲା ଯେ, କିଛି ନ କହିଲେ ସୁଦ୍ଧା ମଧୁମିତା କିପରି ତାର ରୁଚି-ଅରୁଚି ଜାଣିପାରୁଥିଲା। ତାକୁ ଭଲ ଲାଗୁଥିବା ଫୁଲଠୁଁ ନେଇ ବହି, ପରଫ୍ୟୁମ୍ ଓ ମ୍ୟୁଜିକ୍ ସିଡି ସେ ତାକୁ ଆଣି ଦେଉଥିଲା। ସବୁଠୁ ଆଶ୍ଚର୍ଯ୍ୟ

ହେଲା, ଯେଉଁଦିନ ସେ ତାକୁ ଆଣି ଉପହାର ଦେଲା ଗୋଟେ ଆକାଶୀ ରଙ୍ଗର ସାର୍ଟ ଓ ନୀଳ ରଙ୍ଗର ପ୍ୟାଣ୍ଟ୍। ଏଇ ରଙ୍ଗଟା ତାକୁ ଭଲ ଲାଗେ ବୋଲି ମଧୁମିତା କିପରି ଜାଣିଲା ତାହା ଭାବି ଅମରେଶ ଆଶ୍ଚର୍ଯ୍ୟ ହୋଇଥିଲା।

ମଧୁମିତା କହିଲା ନାରୀର ଷଷ୍ଠେନ୍ଦ୍ରିୟ ବୋଲି ଗୋଟେ ଜିନିଷ ଥାଏ। ସେଇଥିରେ ସେ ସବୁକଥା ଜାଣିପାରେ।

ଫାଟକ ଖୋଲିବାର ଶବ୍ଦ ଶୁଭିଲା। ଅମରେଶ ଖବରକାଗଜ ପଢ଼ିବା ପାଇଁ ଉଠେଇଥିଲା, ରଖିଦେଲା। ମଧୁମିତା ଆସୁଥିଲା। ସେ ଖଣ୍ଡେ ହାଲୁକା ଗୋଲାପି ଶାଢ଼ି ପିନ୍ଧିଥିଲା। ହାତରେ ଛୋଟ କଳା ବ୍ୟାଗ୍। ସେ ଚିନ୍ତିତା ଦିଶୁଥିଲା।

ଅମରେଶ କହିଲା, ''ଏଇ ବାରନ୍ଦାରେ ବସିବା ନା ମେଲାଘରେ ?''

ମଧୁମିତା ଅବିବାହିତର ଘରକରଣା ଉପରେ ଥରେ ନଜର ବୁଲେଇ ଆଣି କହିଲା, "ସବୁଠି ସମାନ। ଏଇଠି ବସିବା।"

: ଏତେ ଡେରି କଲ ଯେ ! - ଅମରେଶ ପଚାରିଲା। ପ୍ରକୃତରେ ସେ ପଚାରିବାକୁ ଚାହୁଁଥିଲା, "ମୁଁ ତୁମକୁ ପଚାରି ପାରେ କି ତୁମେ ମୋ ସହ ସଂସାର ଗଢ଼ିବାକୁ ପ୍ରସ୍ତୁତ ନା ନୁହେଁ ?"

ମଧୁମିତା କହିଲା, "ଅର୍ପିତାକୁ କଳାବିକାଶ କେନ୍ଦ୍ରରେ ଛାଡ଼ି ଆସୁ ଆସୁ ଡେରି ହୋଇଗଲା।"

ଏଥର ସେଇ କୁନି ଚଢ଼େଇଟି ଅମରେଶ ହାତପାଆନ୍ତାରେ ଫୁର୍‌କିନା ଉଡ଼ି ବଗିଚାର ଶେଷମୁଣ୍ଡକୁ ପଳେଇଲା। ମଧୁମିତା ମନ୍ତବ୍ୟ ଦେଲା, "ଇସ୍, କି ସୁନ୍ଦର ଚଢ଼େଇ !"

ଅମରେଶ ଚାହିଁଥିଲା ମଧୁମିତାର ମୁହଁକୁ। ମଧୁମିତା ବେଶି ସାଜିସୁଜି ହୁଏ ନାହିଁ। କିନ୍ତୁ ତାର ସୁନ୍ଦର ମନଟି ତା ମୁହଁକୁ ସଜେଇଦିଏ। ସେ ମଧୁମିତାକୁ ପିଠି କରି ପଚାରିଲା, ''ମୁଁ ତୁମକୁ ଗୋଟେ ଗୁରୁତ୍ୱପର୍ଣ୍ଣ କଥା କହିବି ବୋଲି ଡାକିଛି।'' ତାପରେ ସେ ଉଠିଯାଇ ପ୍ୟାନ୍‌ର ସ୍ୱିଚ୍ ବଢ଼େଇଦେଲା।

: ମୁଁ ଜାଣେ। - ମଧୁମିତା କହିଲା।

ନିରସ୍ତ୍ର ହୋଇଗଲା ଅମରେଶ। ପ୍ରତିପକ୍ଷ ତାର ରଣକୌଶଳ ଜାଣିସାରିଥିବା ଜାଣିଲେ ସେନାପତିଟି ଯେମିତି ନିରସ୍ତ୍ର ହୋଇପଡ଼େ।

ତାପରେ ମଧୁମିତା କହିଲା, "ଟିକିଏ ବସ। ମୁଁ ତୁମ ପାଇଁ କଣ ଆଣିଛି ଆଗେ ଦେଖ।"

: କଣ ?

: ନିଜେ ଦେଖ।

ମଧୁମିତା ଗୋଟେ ଗ୍ରିଟିଂସ୍ କାର୍ଡ କାଢ଼ି ଅମରେଶକୁ ବଢ଼େଇଦେଲା। କାଲି ତମର ଜନ୍ମଦିନ, ସେଇଥିପାଇଁ।

: କାଲିକି ଦେବ। ଆଜି କାହିଁକି ? - କାର୍ଡଟିକୁ ଖୋଲୁ ଖୋଲୁ ଅମରେଶ ପଚାରିଲା।

ମଧୁମିତା ତାକୁ ବାରଣ କଲା। ଆଉ, ମୁଁ ଗଲାପରେ ଖୋଲିବ ଏବଂ କହିଲା, 'ଆମେ ବାହା ହୋଇଯିବା ଉଚିତ - ଏଇଆ କହିବାକୁ ଚାହୁଁଥିଲ ନା ତୁମେ ?'

ଅମରେଶର ମୁହଁ ଉଜ୍ଜ୍ୱଳ ଦିଶିଲା। ମଧୁମିତା କେତେ ସାହସୀ ଓ ସ୍ପଷ୍ଟବାଦୀ ! ପୁଅଟେ ହୋଇ ସେ ଯେଉଁକଥା ଏତେଦିନ ହେଲା କହିପାରୁ ନ ଥିଲା, ମଧୁମିତା ଝିଅଟେ ହୋଇ ସେକଥା କେତେ ସହଜରେ କହିଦେଇ ପାରିଲା ? ସେ ଖୁସି ହେଲା। ଅନେକ ବର୍ଷ ଯାଏ ଏକଲା ଏକଲା ବୁଲି ସେ ଟିକିଏ କ୍ଳାନ୍ତ ହୋଇ ପଡ଼ିଥିଲା - ସବୁଦିନ ଗୋଟିଏ ରଙ୍ଗର ଜାମା ପିନ୍ଧୁଥିବା ଯୁବକ ପରି। ତାକୁ ଅପେକ୍ଷା କରି କରି ତିନିବର୍ଷ ତଳୁ ସାନଭାଇ ବାହାହୋଇ ସାରିଛି। ନମିତା ଯିବା ପରେ ସେ ଭାବିଥିଲା, ଜୀବନସାରା ଅବିହାହିତ ରହିବ।

ମଧୁମିତା କହିଲା, "କାଲି ରାତିସାରା ମୁଁ ବହୁତ ଭାବିଛି। ସାହସ ଜୁଟେଇଛି ତୁମକୁ କହିବା ପାଇଁ। ତଥାପି ତୁମେ ଯଦି ଠିକ୍ ଭାବେ ମୋ କଥା ନ ବୁଝିପାରିବ ତାହାହେଲେ ତମକୁ ଦୋଷ ଦେବି ନାହିଁ।"

ଅମରେଶ ନିରବ ରହିଲା।

ମଧୁମିତା ତାର କାନ୍ଧର ବାଁପଟ ତଳକୁ ଶାଢ଼ିଟା ଟିକିଏ ଘୁଞ୍ଚେଇଦେଲା। ବେକ ତଳେ କଟା ଦାଗଟିଏ। ତାହା ଶାଢ଼ି ଆଢୁଆଳରେ ସବୁବେଳେ ରହିଥାଏ। କହିଲା, "ଏଇଟା ବିଜୟଙ୍କ ପ୍ରଥମ ଅବଦାନ। ପ୍ରଥମ ରାତିରେ ମୋ ଗଳାର ରକ୍ତ ଦେଖିବାକୁ ସେ ଚାହୁଁଥିଲେ। ନା, ମୋତେ ମାରିବା ତାଙ୍କର ଇଚ୍ଛା ନ ଥିଲା। ଖାଲି ସେ ରକ୍ତ ଦେଖିଥାଆନ୍ତେ !''

ଅମରେଶ ଦେହ ଭିତରେ ଗୋଟେ ବରଫର ଲହରି ଖେଳିଗଲା।

"ମୋ ବାହାଘରରେ ମୋର କିଛି ଭୂମିକା ନ ଥିଲା। ବାପା ବାହା ଦେଇଦେଲେ ଓ ଭୁଲିଗଲେ। ଭୁଲିଗଲେ ଯେ ଝିଅଟି ତାଙ୍କର ନୂଆ ସଂସାରରେ କେମିତି ଚଳୁଛି ସେକଥା ବୁଝିବା ତାଙ୍କର ଦାୟିତ୍ୱ। ଏଣେ ମୁଁ ପ୍ରଥମ ଦିନରୁ ବିଜୟଙ୍କ ନିର୍ଯାତନାକୁ ସାଥୀ କରିନେଲି। ସେପରି ନିର୍ଯାତନା ଗୋଟିଏ ମାସ ସହିବା କୌଣସି ଝିଅ ପକ୍ଷେ ସମ୍ଭବ ନୁହେଁ।"

: କିନ୍ତୁ କାହିଁକି ? ସେ କଣ ଆଡିକ୍ଟ ? – ଅମରେଶ ପଚାରିଲା ।

: ପ୍ରଥମେ ଆଡିକ୍ଟ ନ ଥିଲେ, ପରେ ହୋଇଗଲେ । କୌଣସି ବ୍ୟବସାୟରେ ସେ ସଫଳ ହୋଇପାରୁ ନ ଥିଲେ । ତେଣୁ ଭୟଙ୍କର ବିଷାଦ ଭିତରେ ରହୁଥିଲେ । ସେ ଗୋଟେ ପ୍ରକାର ମାନସିକ ରୋଗୀ । ତମେ ବିଶ୍ୱାସ କରିପାରିବ ନାହିଁ, ପ୍ରତିଦିନ ସେ ବିଛଣାକୁ ଆସିବା ଆଗରୁ ମୋତେ...

ମଧୁମିତା ନିରବ ରହିଲା ।

ଅମରେଶ ଜାଣିପାରୁଥିଲା, କିଛି କଥା କହିବାକୁ ମଧୁମିତାର ସଙ୍କୋଚ ହେଉଛି । ସେ କହିଲା, ‘‘ଥାଉ । ପରେ କହିବ ।’’

: ମୋତେ ସବୁଦିନ ସେ ଲଙ୍ଗଳା କରି ପରସ୍ତେ ପିଟୁଥିଲେ । ମୁଁ ଲହୁଲୁହାଣ ହେଲା ପରେ ସେ ମୋତେ ଧର୍ଷଣ କରୁଥିଲେ । ମୁଁ ମୋ ଆଘାତଗୁଡ଼ିକୁ ଆଉଁଶୁଥିବାବେଳେ ସେ ମୋ ଦେହରେ ନୂଆ ଆଘାତ ସୃଷ୍ଟି କରୁଥିଲେ । – ମଧୁମିତା ମୁହଁ ତଳକୁ କରି କହିଲା ।

ଅମରେଶ ଗୁମ୍‌ହୋଇ ବସିପଡ଼ିଲା । ତା ଦେହରେ ଟୋପାଏ ସୁଦ୍ଧା ରକ୍ତ ନ ଥିଲା ଯେମିତି । ଏଭଳି କଥା ସେ କେବଳ ଗପ-ଉପନ୍ୟାସରେ ପଢ଼ିଥିଲା । ମାତ୍ର ବାସ୍ତବରେ ଏବଂ ଚିହ୍ନାଜଣା ପରିଧିରେ ଏଭଳି କଥା ସେ କେଉଁଠାରୁ ଶୁଣି ନ ଥିଲା ।

ମଧୁମିତା କହିଲା, “ମୋ ଦେହର ରକ୍ତ ନ ଦେଖିଲେ ତାଙ୍କ ମନରେ ଉତ୍ତେଜନା ଆସୁ ନ ଥିଲା । ବିକଳ ଚିତ୍କାର ନ ଶୁଣିଲେ ତାଙ୍କର ପୁରୁଷପଣିଆ ଚେଇଁ ନ ଥିଲା । ଏସବୁ ପାଇଁ ମୋତେ ପ୍ରତିଦିନ ପରସ୍ତେ ଦି ପରସ୍ତ ନିର୍ଯାତନା ସହିବାକୁ ପଡୁଥିଲା । ବିଶ୍ୱାସ କର, ଏଇ କାରଣରୁ ପ୍ରଥମ ଦିନରୁ ମୁଁ ଲୋକଟାକୁ ଘୃଣା କରିବାକୁ ଆରମ୍ଭ କରିଥିଲି । ନାରୀ ପୁରୁଷଠାରୁ ତାର ସୁରକ୍ଷାର ବିଶ୍ୱାସ ଟିକକ ଲୋଡ଼ିଥାଏ । ଯେଉଁଠି ନିଜେ ସ୍ୱାମୀ ହିଁ ଏଭଳି ଅତ୍ୟାଚାରୀ, ସେଠି ଭରସା ଲାଗି ଆଉ ରହିଲା କଣ ?”

“ପ୍ରେମ କଣ ତୁମ ପାଖରୁ ପ୍ରଥମେ ବୁଝିଲି ଅମରେଶ । ଜଣକୁ ଅପେକ୍ଷା କରିବାରେ କି ଅପେକ୍ଷା କରାଇବାରେ ଏତେ ମିଠାପଣ ତମେ ହିଁ ମୋତେ ଶିଖେଇଲ । ନ ହେଲେ ମୋ ଜୀବନ ତ ଗୋଟେ ଠୁଙ୍ଗା କାଗଜଠାରୁ ବି ହୀନ ! ଖଣ୍ଡେ ସାଦା କାଗଜ ସେ ଜୀବନ ।’’

ଅମରେଶ ଲକ୍ଷ୍ୟ କଲା, ମଧୁମିତା ଆଖିରେ ଉକୁଟୁଛି ଲୁହ । ସେ ମଧୁମିତାର ଡାହାଣ ହାତପାପୁଲି ଉଠେଇ ଟିକିଏ ଆଉଁଶିଦେଲା । କହିଲା, ‘‘ପଛ କଥା ଭାବି କିଛି ଲାଭ ନାହିଁ । ଏବେ ତ ଆମେ ନୂଆ କାହାଣୀ ଲେଖିବା । ମୁଁ ତମ ସାଙ୍ଗରେ ଅଛି ।’’

: କିନ୍ତୁ ସେଇଟି ମୋ ଦ୍ୱାରା ସମ୍ଭବ ହେବ ନାହିଁ ଅମରେଶ। - ମଧୁମିତା ସିଧା ସିଧା ଅମରେଶର ଆଖିକୁ ଚାହିଁ ବାକ୍ୟଟି କହିଲା।

ଅମରେଶ ଚମକି ପଡ଼ିଲା। ସତେ କି ଗୋଟେ ଶିକାରୀ କେଉଁଠି ଗୁଳିଟାଏ ଫୁଟେଇଲା। ଝରକା ଡେଇଁ ସେ ମହାନଦୀ କୂଳକୁ ଚାହିଁଲା। ନିମ୍ବଗଛ ସେପଟେ ମହାନଦୀର ଚହଲା ଢେଉ। କୁନି କୁନି ଲହଡ଼ି ସବୁ କୂଳ ଆଡ଼କୁ ଧାଇଁ ଆସୁଥିଲେ ଘରଫେରନ୍ତା ସ୍କୁଲ ପିଲାଙ୍କ ପରି। ସକାଳ ଖରାରେ ଉଜ୍ଜ୍ୱଳ ଦିଶୁଥିଲା ରିଂ ରୋଡ୍।

ମଧୁମିତା କହିଲା, ''ଯେଉଁ ମଣିଷ ପ୍ରତିଦିନ ଅନ୍ୟର ରକ୍ତ ନ ଦେଖିଲେ ଖୁସି ହୁଏ ନାହିଁ, ସେଇ ନିଜର ରକ୍ତ ଥରୁଟେ ଦେଖି ମୂର୍ଚ୍ଛା ହୋଇଗଲା। ମଦ ନିଶା ଜୋର୍‌ରେ ମଟର ସାଇକେଲ୍ ଚଳେଇ ଆସୁ ଆସି ପିଟି ହୋଇଗଲେ ନିଜ ଘରର ଫାଟକ ଦେହରେ। ସେତେବେଳେ ଆମେ ଭୁବନେଶ୍ୱରର ଜାଗମରାରେ ରହୁଥିଲୁ। ଆମେମାନେ ରକ୍ତ ଜୁଡୁବୁଡୁ ବିଜୟଙ୍କୁ ଛଅ ନମ୍ବର ଡାକ୍ତରଖାନା ନେଇଗଲୁ। ତିନିଦିନ କାଳ ସେଇଠି ତାଙ୍କୁ ଜଗିରହିଲି ମୁଁ। ଶେଷରେ...।''

ଅମରେଶ ନିରବ ଥିଲା।

: ସେଦିନ ସଂଜବେଳେ ମୁଁ ମୋର ରାତି ଖାଇବା ଓ ତାଙ୍କ ପାଇଁ ଔଷଧ ନେଇ ଯିବାଲାଗି ଆସୁଥାଏ। ଦି ଦିନ ପରେ ତାଙ୍କର ଚେତା ଫେରିଥାଏ। ଦେଖିଲି, ସେ ମୋ ହାତକୁ ଭିଡ଼ି ଧରିଛନ୍ତି। ମୁଁ ଆଶ୍ଚର୍ଯ୍ୟ ହେଲି। କେବେ ଏମିତି ଆଗରୁ ମୋ ହାତ ଧରି ନ ଥିଲେ ସେ! ମୁଁ ବୁଲି ଚାହିଁଲି। ତାଙ୍କର ମୁହଁଟି ମୋତେ ଗୋଟେ ସାନପିଲାର ବିକଳ ମୁହଁ ଭଳି ଲାଗୁଥିଲା। ଧୀର ସ୍ୱରରେ ବଡ଼ କଷ୍ଟରେ ବିଜୟ କହିଲେ, "ତମେ ମୋତେ ଛାଡ଼ି କୁଆଡ଼େ ଯାଅ ନାହିଁ। ଏଇଠି ରୁହ।" ମୁଁ ତାଙ୍କ ହାତ ଉପରେ ହାତ ରଖି ଆଉଁଶିଦେଲି ଓ କହିଲି, "ମୁଁ ତମରି ପାଖରେ ଅଛି।"

ମଧୁମିତା କାନ୍ଦୁଥିଲା।

: ଚାରିବର୍ଷ କାଳ ପ୍ରତିଦିନ ପ୍ରତିରାତି ନିର୍ଯାତନା ଦେଇଥିବା ନିଷ୍ଠୁର ଲୋକଟିର ସେଇ ମୁହୂର୍ତ୍ତର ଚେହେରା ମୋତେ ବିବଶ କରିଦେଇଥିଲା। ମୁଁ ସେଇଠି ବସି ବସି କେତେବେଳେ ତାଙ୍କର ମା, ସ୍ତ୍ରୀ ଓ ପ୍ରେମିକା ପାଲଟିଗଲି ସେକଥା ଜାଣିପାରିଲି ନାହିଁ।

ଘର ଭିତରେ ବହଳ ନିରବତା। ତାକୁ ଭାଙ୍ଗିବା ଲାଗି ଅମରେଶର ସାହସ ହେଉ ନ ଥିଲା।

: ଏ ଘଟଣାର କିଛି ଘଣ୍ଟା ପରେ ସେଇ ରାତିରେ ଚାଲିଗଲେ ସେ। ଏବଂ ଗଲା ପରେ ବିଜୟଙ୍କୁ ଭଲପାଇବାକୁ ଆରମ୍ଭ କରିଥିଲି ମୁଁ। ମୋ ଦିନଗୁଡ଼ାକ ସେଇ

କଥାପଦକ ଗୁଣି ଗୁଣି ବିତିଯାଉଥିଲା। ତାପରେ ତୁମେ ଆସିଲ, ଚଇତାଳି ହୋଇ, ଫଗୁ ଉଡ଼େଇ। ତୁମ ଭାଷଣ ମୋତେ ଅନ୍ୟମନସ୍କ କରିଦେଲା। ସବୁବେଳେ ମୋ କାନ ପାଖରେ ଲାଗି ରହିଲା। ମାତ୍ର ମୋର ଏମିତି ବୋହିଯିବାର ନ ଥିଲା।

ଅମରେଶ ନିରବ ହୋଇ ଚାହିଁଥିଲା।

ମଧୁମିତା କହିଲା, "ହୁଏତ ବିଜୟ ବଞ୍ଚି ରହିଥିଲେ ମୁଁ ଆଉ ଛଅ ଆଠ ମାସରେ ତାଙ୍କୁ ଛାଡ଼ପତ୍ର ଦେଇଥାଆନ୍ତି। ରହି ପାରି ନ ଥାନ୍ତି ତାଙ୍କ ସାଙ୍ଗରେ କଦାପି। ଏକଥା ସତ ଯେ ଭାଗ୍ୟରେ ଥିଲେ ତୁମ ଭଳି ମଣିଷ କୌଣସି ନାରୀର ଜୀବନକୁ ଆସେ। କିନ୍ତୁ ମୁଁ କଣ କରିବି ? ଜିଇବା ଲୋକର କଥା ଭାଙ୍ଗିବା ଅଲଗା କଥା; ମାତ୍ର ମରିବା ଲୋକଟିକୁ ମୁଁ କଥା ଦେଇଛି।

ଅମରେଶ ଲଥ୍‌କରି ଚଉକି ଉପରେ ବସିପଡ଼ିଲା। ଅନ୍ୟମନସ୍କ ହୋଇ ପଡ଼ିଥିଲା ସେ। ତାଆରି ଭିତରେ ମଧୁମିତା ଦେଇଥିବା ଗ୍ରିଟିଂସ୍ କାର୍ଡଟି ଖୋଲି ଦେଖିଲା। ଗୋଟେ ଶକ୍ତିଶାଳୀ ମଣିଷ, ଯାହାର ପାଦ ଓ ହାତରେ ଛନ୍ଦା ହେଇଛି ଫୁଲର ଶିକୁଳି। ସେ ତାକୁ ଖୋଲି ପାରୁ ନାହିଁ।

ମଧୁମିତା ଆଗେଇ ଆସି ଅମରେଶର ମୁଣ୍ଡବାଳ ସାଉଁଳି ଦେଲା। କହିଲା, "ତୁମେ ତ କହୁଥିଲ, ବାହାରର ଶିକୁଳିରୁ ମୁକ୍ତି ପାଇବା ସହଜ, କିନ୍ତୁ ଭିତରର ଶିକୁଳିରୁ ମୁକ୍ତି ପାଇବା କେବଳ କଷ୍ଟ ନୁହେଁ, ଅସମ୍ଭବ। ନୁହେଁ କି ?"

ଅମରେଶ ବୁଝି ପାରୁ ନ ଥିଲା। ଗ୍ଲାନି ନା ଅପରାଧବୋଧ ନା ନିରୋଳା ଭଲପାଇବା ତାକୁ ଏଭଳି ନିଷ୍ପତ୍ତି ନେବାକୁ କହୁଥିଲା କିଏ ଜାଣେ ? ତା ମନ ଖୁବ୍ ଦୁଃଖ ହେଇଥିଲା। ଛାତି ଭିତରଟା ଖଣ୍ଡ ଖଣ୍ଡ ହୋଇ ଯାଉଥିଲା। ସେ ଦୀର୍ଘଶ୍ୱାସ ନେଲା। ମଧୁମିତା ତା ଆଗରେ ରକ୍ତମାଂସର ମଣିଷ ବଦଳରେ ଗୋଟେ ଦେବୀ ପାଲଟି ଯାଇଥିଲା। ତା ଦେହ ପୁରୁଷର କାମନା ଓ ପ୍ରାର୍ଥନାର ସିନ୍ଦୂରରେ ଲାଲ ଦିଶୁଥିଲା। କିନ୍ତୁ ଆଖିରେ ଲାଖି ରହିଥିଲା କରୁଣା କଟାକ୍ଷ। ସେ କିଛି ଉତ୍ତର ଦେଇପାରୁ ନ ଥିଲା।

ମଧୁମିତା ହାତ ଖସେଇ ଆଣିଲା ଅମରେଶ ଦେହରୁ। ନିଜ ଆଖି ପୋଛିଦେଲା ଏବଂ ଅମରେଶ ସମେତ ଗୋଲାପି ରଙ୍ଗର ଗୋଟେ ପୃଥିବୀକୁ ପିଠିକରି ବାହାରି ଯାଉଥିଲା।

ଅମରେଶ ତାକୁ ପଛରୁ ଡାକିଲା ନାହିଁ। ତାକୁ ଲାଗୁଥିଲା, ଏହା ଆଗରୁ ସେ ପ୍ରେମିକା ଦେଖିଥିଲା, ପ୍ରେମିକ ବି ଦେଖିଥିଲା; ମାତ୍ର ପ୍ରେମକୁ ଏମିତି ସାମ୍ନାସାମ୍ନି କେବେ ଦେଖି ନ ଥିଲା।

■

ଭସାମେଘ

ଲାପଟପ୍ ଥିବା ବ୍ୟାଗ୍‌ଟାକୁ ଟେବୁଲ୍ ଉପରେ ଥୋଇଦେଇ ଶୋଇବାଘରର ଝରକାଟାକୁ ଖୋଲିଦେଲା ମୋନାଲିସା। ଭାବିଥିଲା ଦକ୍ଷିଣ ପଟ ଝରକାଦେଇ ଦଲକାଏ ସଞ୍ଜ ପବନ ବୋହି ଆସିବ। କିନ୍ତୁ ତା ଜାଗାରେ ଆସିଲା ପଚା ଆଇଁଷିଣିଆ ଗନ୍ଧ। ମୋନାଲିସାର ମନେପଡ଼ିଲା, ଦି ଦିନ ତଳେ ସେପଟ ଗଳିର ବ୍ୟାଙ୍କ୍ ଅଫିସର ନରେନ୍ଦ୍ରବାବୁଙ୍କ ଘରେ ବାହାଘର ଭୋଜି ହୋଇଥିଲା। ଏ କଲୋନିରେ କେଉଁଠି ଟିକିଏ ଫାଙ୍କା ଜାଗା ନାହିଁ, ମୋନାଲିସା ଘରର ଡାହାଣପଟ ଏଇ ପଡ଼ିଆଟିକୁ ଛାଡ଼ି। ସମସ୍ତେ ଏବେ ଏଇ ଜାଗାଟିକୁ ଅଳିଆଗଦା ଭାବେ ବ୍ୟବହାର କରୁଛନ୍ତି। ନରେନ୍ଦ୍ରବାବୁଙ୍କ ବାହାଘର ଭୋଜିର ଅଇଁଠା ଅଳିଆ ବି ଏଇଠି ପଡ଼ିଛି। ମୋନାଲିସା ମନେ ମନେ ବିରକ୍ତ ହେଲା। ଏ ଲୋକମାନେ ଲକ୍ଷେ ଦେଢ଼ ଲକ୍ଷ ଟଙ୍କା ଖର୍ଚ୍ଚ କରି ଭୋଜି ଦେଉଛନ୍ତି, କିନ୍ତୁ ଟଙ୍କା କେଇଶହ ଖର୍ଚ୍ଚ କରି ଅଳିଆତକ ସଫା କରଉ ନାହାନ୍ତି। ମ୍ୟୁନିସିପାଲିଟି ସଫେଇ କର୍ମଚାରୀ ତ ତିଥିବାର ନ ଦେଖି ଆସୁଥିବା ଅତିଥି! ଏମିତି କେତେଦିନ ଏସବୁ ପଡ଼ିରହିବ କିଏ ଜାଣେ? ମୋନାଲିସା ନିରବ ପ୍ରତିବାଦରେ ଝରକା କବାଟ ପୁଣି ଆଉଜେଇ ଆଣିଲା।

ଘରପଛର ଏହି ଛୋଟ ପଡ଼ିଆଟି ପ୍ରକୃତରେ ପଡ଼ିଆ ନୁହେଁ, ଗୋଟିଏ ଘରବାଡ଼ି ପ୍ଲଟ୍। ପ୍ରାୟ ଆଠହଜାର ବର୍ଗଫୁଟର ଚାରିକୋଣିଆ ଜମିଟିଏ। ଭୁବନେଶ୍ୱର ଚନ୍ଦ୍ରଶେଖରପୁର ଅଞ୍ଚଳର ଜମି ଏବେ ସୁନା। ଏତିକି ଜମିର ମୂଲ୍ୟ ପଚାଶ ଲକ୍ଷ ଟଙ୍କାରୁ କମ୍ ହେବ ନାହିଁ। କିନ୍ତୁ ବିପତ୍ନୀକ ଘର ମାଲିକ ଅବସର ନେବା ପରେ ଆମେରିକା ପଳେଇଲେ। ତାଙ୍କର ଏକମାତ୍ର ପୁଅ ସେଇଠି। ତାର ଏଠିକି ଫେରିବାର ନାହିଁ। ତେଣୁ ଜମିଟା ଖାଲି ପଡ଼ିଛି। ଚାରି ବର୍ଷ ତଳେ, ମୋନାଲିସା ଓ ଅଭିଷେକ ଏଠିକି ଆସିବାବେଳେ, ଏଇ ଖାଲି ପଡ଼ିଥିବା ଜମିକୁ ନେଇ ନାନା ପ୍ରକାର ନିରର୍ଥକ

କଳ୍ପନା କରୁଥିଲେ। କେତେବେଳେ ସେମାନେ ଭାବିଥିଲେ ଯେ ଭବିଷ୍ୟତରେ ଏଠି ଗୋଟେ ଭବ୍ୟସୌଧ ହେବ, କିଛି ମାସ ପରେ ସୌଧର ଜାଗା ନେଲା ଫୁଲବଗିଚା ଓ ତାପରେ କେବଳ ଗୋଟେ ସୁନ୍ଦର ଲନ୍। କିନ୍ତୁ ବାସ୍ତବରେ ତାର ପରିଣତି ଯେ ତୁଚ୍ଛ ଅଳିଆଗଦା ହେବ ସେକଥା ମୋନାଲିସା କି ଅଭିଷେକ କାହାରି କଳ୍ପନାରେ ନ ଥିଲା।

ମଣିଷର ଭାଗ୍ୟ ପରି ଜମିର ଭାଗ୍ୟ।

କୋଉଠି ଅଳିଆଗଦା ଉପରେ ସୌଧ ଠିଆ ହୁଏ ତ କୋଉଠି ଖାନ୍ଦାନୀ ଫୁଲବଗିଚା ହୁଏ ଅଳିଆଗଦା। ସେମାନଙ୍କର ନିଜର ଏ ସହରରେ ଗୁଣ୍ଠେ ବୋଲି ଜମି ନାହିଁ, ଅଥଚ ଝରକା ସେପଟେ, ହାତପାଆନ୍ତାରେ ଅବ୍ୟବହୃତ ମୂଲ୍ୟବାନ ବଡ଼ ଜମିଖଣ୍ଡେ। ସେଇଟିକୁ ଚାହିଁ ସନ୍ତୁଳି ହେବା ଭିନ୍ନ ସେମାନଙ୍କର ଅନ୍ୟ କିଛି ଚାରା ନାହିଁ।

ଛାତ ଉପରେ ମୋନାଲିସାର ଶାଢ଼ି ଶୁଖୁଛି। ଶାଢ଼ି ଆଣିବା ପାଇଁ ସେ ଛାତକୁ ଗଲା। ତାର ପାଦ ଶବ୍ଦ ଶୁଣି ଆଗରୁ ଛାତ ଉପରେ ଥିବା ଶାଶୂ ଚମକିପଡ଼ିଲେ। କଲେଜ ଯାଉଥିବା ଓ ନୂଆ ଶାଢ଼ି ପିନ୍ଧୁଥିବା କିଶୋରୀଟିଏ ଶାଢ଼ିର କାନି ସଜାଡ଼ି ଅଣ୍ଟାରେ ଖୋଷିଦେଲା ପରି ତା ଶାଶୂ ଅଣ୍ଟାରେ କାନି ଖୋଷିଦେଲେ ଓ ମୋନାଲିସା ଆଖିରେ ଆଖି ନ ମିଳେଇ ତଳକୁ ଚାଲିଗଲେ। ମୋନାଲିସାକୁ ଲାଗିଲା ତା ଶାଶୂ ହସୁଥିଲେ। ତାଙ୍କର ଏମିତି ହସିବା ସେ ଆଗରୁ କେବେ ଦେଖି ନ ଥିଲା। ସେ ଶାଶୂ ଛିଡ଼ା ହୋଇଥିବା ଜାଗାକୁ ଯାଇ ଏପଟ ସେପଟ ଅନେଇଲା। ତାଙ୍କ ଘର ଓ ଚନ୍ଦ୍ରମା ଆପାର୍ଟମେଣ୍ଟ୍ ମଝିରେ ବାରଫୁଟିଆ ପିଚୁରାସ୍ତା। ଚନ୍ଦ୍ରମା ଆପାର୍ଟମେଣ୍ଟ୍ ପାଚିରି କଡ଼ରେ ଗୋଟେ କୃଷ୍ଣଚୂଡ଼ା ଗଛ। ତା ଦେହରେ ନାଲି ନାଲି ଫୁଲ। ବ୍ୟସ୍ତ ଜୀବନଚର୍ଯ୍ୟା ଭିତରେ କିଛି ଦିନ ହେବ ଗଛଟାକୁ ଏତେ ନିରେଖି ଦେଖି ନ ଥିଲା ମୋନାଲିସା। କିନ୍ତୁ ତା ଶାଶୂ ଏଇ କୃଷ୍ଣଚୂଡ଼ା ଗଛଟାକୁ ଦେଖି କଦାପି ହସି ନ ଥିବେ। ସେ ଆପାର୍ଟମେଣ୍ଟ୍‌ର ତୃତୀୟ ମହଲାର ସେଇ ବାଲ୍‌କୋନିକୁ ଚାହିଁଲା, ଯାହାର ଦରଜା ଖୋଲା ଥିଲା। ସାଢ଼େ ତିନି କି ଚାରି ବର୍ଷର ଛୋଟ ଝିଅଟିଏ ବାଲ୍‌କୋନି ବାଡ଼ାକୁ ଧରି ଛିଡ଼ା ହୋଇଥିଲା। ସେ ପିନ୍ଧିଥିଲା ଗୋଟେ ଗୋଲାପି ରଙ୍ଗର ଫ୍ରକ୍। ଏଇ ସାନ ଝିଅଟିକୁ ଚାହିଁ ହସୁଥିଲେ କି ତାର ଶାଶୂ? ମୋନାଲିସାର ଆଖିରେ ଗୁଇନ୍ଦାର ଅନୁସନ୍ଧିତ୍ସା। ସେ ଶାଢ଼ିଟା ତାର ଉପରୁ ତୋଳି ପଛକୁ ଫେରୁଥିଲା, ସେତିକିବେଳେ ଆପାର୍ଟମେଣ୍ଟ୍‌ର ସେହି ଦରଜାରୁ ଜିନ୍ ପ୍ୟାଣ୍ଟ ଓ ବ୍ୟାନିୟନ୍‌ପିନ୍ଧା ଜଣେ ପ୍ରୌଢ଼ ବାହାରି ଆସି ଛୋଟଝିଅଟିକୁ କୋଳରେ ଉଠେଇ ଭିତରକୁ ପଶିଗଲେ। ସେତିକି ସମୟ ଭିତରେ

ମୋନାଲିସା ଭଦ୍ରଲୋକଙ୍କୁ ଚିହ୍ନି ପାରିଲା। ଏଇ ମାସକ ଭିତରେ ସେ ଦି ଥର ଏହି ଭଦ୍ରଲୋକଙ୍କୁ ଛାତ ଉପରେ ବୁଲିବାର ଦେଖିଛି। ମୋନାଲିସା ମନେପକେଇଲା, କୌଣସି ନା କୌଣସି କାମ ବାହାନାରେ ସେତେବେଳେ ତା ଶାଶୂ ବି ଛାତ ଉପରେ ଥିଲେ।

ମୋନାଲିସାର ମୁଣ୍ଡ ଭିତରଟା ଗୋଳମାଳିଆ ହୋଇଗଲା। ନିଜ ମନର ସନ୍ଦେହକୁ ବିବେକ ଗ୍ରହଣ କରୁ ନ ଥିଲା। ଖୁବ୍ ରକ୍ଷଣଶୀଳା ଶାଶୂ ତାର। ବେଶପୋଷାକ, କଥାବାର୍ତ୍ତା ଓ ଠାଣିବଣୀରେ ଏତେ ସଂଯତ ଯେ ତାଙ୍କ ଆଗରେ ଛିଡ଼ାହେଲେ ମୋନାଲିସାକୁ ଲାଗେ ସିଏ ଶାଶୂ ଓ ଶାଶୂ ହେଉଛନ୍ତି ଘରର ନୂଆବୋହୂ। କିନ୍ତୁ ଶାଶୂଙ୍କର କାରଣହୀନ ହସ ତାର ସନ୍ଦେହଗଛ ମୂଳରେ ପାଣି ଢାଳି ଦେଇଥିଲା। ପଛପଟ ପଡ଼ିଆର ଆଇଁଷିଣିଆ ଗନ୍ଧଠାରୁ ଏହି ଅଭିଜ୍ଞତା ତାକୁ ଅଧିକ ସଙ୍କୁଚିତ କରିଦେଉଥିଲା। କି ପାପାଚାର! ଏ ଘରେ ଝିଅ ମିଠି ବି ରହୁଛି। ତା ଉପରେ ଏ ଘଟଣା କି ଖରାପ ପ୍ରଭାବ ନ ପକେଇବ!

ଅଭିଷେକ ଘରକୁ ଆସୁ ଆସୁ ରାତି ଆଠଟା।

ସ୍ୱାମୀ-ସ୍ତ୍ରୀ ଦିହେଁ କାମ କରନ୍ତି। ସକାଳ ନଅଟାରୁ ଦିହେଁ ବାହାରିଯାଆନ୍ତି। ଗଲାବେଳେ ଅଭିଷେକ ମୋନାଲିସାକୁ ସ୍କୁଟରରେ ନେଇ ତା ଅଫିସ୍ ପାଖରେ ଛାଡ଼ିଦିଏ। ଫେରିବାବେଳେ କିନ୍ତୁ ମୋନାଲିସା ଅଟୋରିକ୍ସାରେ ଚାଲିଆସେ। ଅଭିଷେକର ଜଞ୍ଜାଳ କାମ, ସବୁଦିନେ ଫେରିବାବେଳକୁ ରାତି ଆଠଟା। ଝିଅ ମିଠି ତା ସ୍କୁଲ୍ ବସ୍‌ରେ ଯା-ଆସ କରେ। ଶାଶୂ ସେ ଦାୟିତ୍ୱ ବୁଝନ୍ତି।

ଅଭିଷେକକୁ ଖାଇବାକୁ ଦେଇସାରି ମୋନାଲିସା କହିଲା, "ଗୋଟେ ଜରୁରି କଥା ଅଛି। ତୁମେ ଟିକେ ଛାତ ଉପରକୁ ଚାଲିଲ।"

ଅଭିଷେକ ଦୁଷ୍ଟ ହସଟିଏ ହସିଲା। ଅନେକ ଦିନ ହେଲା ସେ ଭୁଲିଯାଇଥିଲା ଯେ ସେମାନେ ରହୁଥିବା ଘରର ଗୋଟେ ଛାତ ଅଛି, ଯେଉଁଠି ଠିଆହୋଇ ଖୋଲାପବନ ସାଙ୍ଗରେ ମିଶିହୁଏ, ଅନାବନା କଥା ଭାବିହୁଏ ଏବଂ ନିଜର ପତ୍ନୀ ସହ କିଛି ଗୋପନ କଥାଭାଷା କରିହୁଏ।

ମୋନାଲିସାର ମୁହଁ ପଥର ପରି ଟାଣ ଓ କଠିନ। ଅଭିଷେକ ହସ ପୋଛି କହିଲା, "ତୁମେ ଚାଲ। ମୁଁ ଯାଉଛି।"

ରାତି ନଅଟା ହେଲାଣି। ଚଇତ୍ରର ପବନରେ ତଥାପି ଉଷ୍ମତା ଭରି ରହିଥାଏ, ଲେଉଟିଯାଇଥିବା ପ୍ରିୟ ଅତିଥିର ଉଷ୍ମ ସ୍ମୃତି ପରି। ଛାତ ଉପରୁ ସହରକୁ ଚାହିଁଲା ଅଭିଷେକ। ପୂର୍ବତଟ ରେଳବାଇର ମୁଖ୍ୟ କାର୍ଯ୍ୟାଳୟର କାମ ସରିଆସିଲାଣି। ସେପଟକୁ

ସ୍ୱସ୍ତି ପ୍ଲାଜା ଓ ଜୟଦେବ ବିହାର ଛକ ଫ୍ଲାଇଓଭର। ଜାତୀୟ ରାଜପଥର ଦି କଡ଼େ ଉଚ୍ଚା ଉଚ୍ଚା ଆଲୁଅ, ଦୀପାବଳିର ଦୀପ ପରି କିଏ ଯେପରି ସଜାଡ଼ି ଥୋଇଦେଇଛି। ଦିନର ସହରଠାରୁ ରାତିର ସହର କେତେ ଭିନ୍ନ !

ମୋନାଲିସା କହିଲା, "ସେପଟକୁ ଚାହଁ।"

ମ୍ୟୁନିସିପାଲିଟିର ବିଜୁଳି ବତିଟି ଥରେ ଜଳି ଥରେ ଲିଭିଯାଉଥାଏ। ଅଭିଷେକ ପଚାରିଲା, "କେଉଁ ପଟକୁ ?"

ମୋନାଲିସା ନିରବ ଥିଲା। କେଉଁଠୁ ତା କଥା ଆରମ୍ଭ କରିବ ସେ ସ୍ଥିର କରିପାରୁ ନ ଥିଲା। ତା ଭିତରଟା ଗୋଟେ ପ୍ରଚଣ୍ଡ କ୍ରୋଧ ଓ ଲଜ୍ଜାରେ ମନ୍ଥି ହୋଇଯାଉଥିଲା।

ଅଭିଷେକ କହିଲା, "ଆରେ, ଏ ଗଛଟାକୁ ଦେଖୁଛ ! ଗଲାବର୍ଷ ଝଡ଼ରେ ଏଇଟା ଅଧା ଉପୁଡ଼ି ଯାଇଥିଲା। ସେଇଟାରେ ପୁଣି ଫୁଲ ଫୁଟିଲାଣି। କି ଆଶ୍ଚର୍ଯ୍ୟ !''

ମୋନାଲିସା ସତେ କି କଥା ଆରମ୍ଭ କରିବାର ଖିଅ ପାଇଯାଇଥିଲା। ଚଟ୍‌କରି ଯୋଡ଼ିଲା, "କିନ୍ତୁ ତୁମ ବୋଉଙ୍କ କାରବାରଠାରୁ ବେଶି ଆଶ୍ଚର୍ଯ୍ୟକର ନୁହେଁ।"

ଅଭିଷେକ ନିରବ ହୋଇଗଲା। ତା ଆଖି ଫେରିଆସିଲା ଧାଡ଼ି ଧାଡ଼ି ବତିଖୁଣ୍ଟ, ପୂର୍ବତଟ ରେଳପଥର ମୁଖ୍ୟ ଦପ୍ତର, ସ୍ୱସ୍ତି ପ୍ଲାଜା ଏବଂ ରାସ୍ତାକଡ଼ର କୃଷ୍ଣଚୂଡ଼ା ଗଛ ଡାଳରୁ। ଏପରିକି ଥରେ ଜଳି ଥରେ ଲିଭିଯାଉଥିବା ବିଜୁଳିବତିଟା ବି ତାକୁ ଦିଶୁ ନ ଥିଲା। ଏବେ କେବଳ ଗରମ ପବନ ଓ ପଛପଟର ଆଇଁଷିଣିଆ ଗନ୍ଧ। ସେ ମୋନାଲିସାର ମୁହଁକୁ ଚାହିଁଲା। ଇଏ କି ଅଭିଯୋଗ ! ପୁଣି ବୋଉ ବିରୋଧରେ ! ତା ବୋଉ ତ ମଣିଷ ନୁହେଁ, ଯନ୍ତ୍ରଟିଏ। ସକାଳ ଚାରିଟାରେ ବିଛଣାରୁ ଉଠିବାଠାରୁ ରାତି ଏଗାରଟାରେ ଶୋଇବାଯାଏ ସବୁଥିରେ ତାର କଠୋର ଶୃଙ୍ଖଳା। କାନ୍ଥଘଣ୍ଟାର ପେଣ୍ଡୁଲମ୍ ପରି ତାର ସବୁ କାମ ନିୟନ୍ତ୍ରିତ। ଏ ଘରର ସବୁ କାମ ସେ ଏକାକୀ କରେ। କୌଣସି କଥାର କେବେ ପ୍ରତିବାଦ କରେ ନାହିଁ। ପ୍ରୟୋଜନ ନ ପଡ଼ିଲେ ସେ କାହାକୁ କିଛି କହେନାହିଁ। ତାର ରଙ୍ଗଢଙ୍ଗ ଏମିତି ଯେ ବାହାରର ଲୋକ ଜାଣିପାରିବ ନାହିଁ ଯେ ସେ ଏ ଘରେ ଶାଶୂ। ସେଇ ବୋଉ ପୁଣି କଣ ଏମିତି କରିଛି ?

ଅଭିଷେକ ଛାତ ଉପରେ ଠିଆ ହୋଇଥିଲା। ଘରପିନ୍ଧା ଚପଲଟା ଭିତରେ ବାରମ୍ବାର ପାଦ ଭର୍ତ୍ତି କରୁଥିଲା ଓ ଖସଉଥିଲା। କିଛି ସମୟ ପରେ ସେ ମୁଣ୍ଡଟେକି ଉପରକୁ ଚାହିଁଲା। ଆକାଶରେ ମଳିଛିଆ ଜହ୍ନ।

ସେ କହିଲା, "କଣ ହେଇଛି ? ସଫା ସଫା କହୁନ।"

ମୋନାଲିସା କହିଲା, "ତମେ ଅନ୍ୟ ଜାଗାରେ ଘରଟେ ଖୋଜ। ଆମେ ଏଠୁ ଚାଲିଯିବା। ଏ ଜାଗାଟା ଆଉ ନିରାପଦ ନୁହେଁ।"

: କାହିଁକି ?

: ମୁଁ କହିପାରିବି ନାହିଁ - ମୋନାଲିସା ତଳକୁ ମୁହଁ କଲା।

ଅଭିଷେକ କହିଲା, "ଯାହା ମନ ଭିତରେ ଅଛି କହିଦିଅ। ନ ହେଲେ ତୁମେ ତ ଶାନ୍ତି ପାଇବ ନାହିଁ, ମୁଁ ବି ଉଦ୍‌ବେଗରେ ରହିବି। ବୋଉ କଣ କଲା ? ସିଏ ତ ଗୀତା-ଭାଗବତକୁ ନେଇ ସବୁବେଳେ ବ୍ୟସ୍ତ ଥାଏ।"

ମୋନାଲିସା ତଥାପି ନିରବ ଥିଲା।

ଅଭିଷେକ ପାଦେ ଆଗେଇ ଯାଇ ମୋନାଲିସାକୁ କହୁଣିରେ ଟିକେ ଠେଲିଦେଲା। ସେଇ ଠେଲାରେ, ପିତା ବଟିକାଟିକୁ ଓଗାଳି ଦେଲା ପରି ମୋନାଲିସା କହିପକେଇଲା, "ତୁମ ବୋଉ ପ୍ରେମ କରୁଛନ୍ତି। ଛିଃ, ଚରିତ୍ର ବୋଲି ଗୋଟାଏ କିଛି ଜିନିଷ ଅଛି ନା ନାହିଁ! ଏ ବୟସରେ ପ୍ରେମ ?"

ହଠାତ୍ ଚଇତ୍ରର ପବନ ବୋହିବା ବନ୍ଦ ହୋଇଯାଇଥିଲା। ଚାରିପଟେ ଏବେ ଖାଲି ଉତ୍କଟ ଆଇଁଷିଣିଆ ଗନ୍ଧ। ଏତେ ସମୟ ଧରି ଦପଦପ ହେଉଥିବା ବିଜୁଳିବତିଟା ବି ଏତିକିବେଳେ ଲିଭିଗଲା। ନିବୁଜ ଅନ୍ଧାରରେ ମୋନାଲିସାର ନିଷ୍ଫଳ ଚେହେରା ଗୋଟେ ଆତତାୟୀର ଚେହେରା ପରି ଭୟଙ୍କର ଦିଶୁଥିଲା।

ମୋନାଲିସା କହିଲା, ''ମୋତେ ଭୁଲ୍ ବୁଝିବ ନାହିଁ ଅଭିଷେକ। ସବୁ କଥାର ଗୋଟେ ସମୟ ଥାଏ। ଏ ବୁଢ଼ୀ ବୟସରେ ବୋଉ ଏମିତି କରିବେ ବୋଲି ମୁଁ କଦାପି ଆଶା କରୁ ନ ଥିଲି। କେତେଦିନ ହେଲା ମୁଁ ଲକ୍ଷ୍ୟ କଲିଣି ଏସବୁ। ଆଜିକାଲି ବୋଉଙ୍କର ଘରକାମରେ ମନ ନାହିଁ। ଯେତେବେଳେ ଦେଖ ଆସି ଛାତ ଉପରେ।''

ଫାଶୀ ଆଦେଶ ପାଇଥିବା ଅସାମୀ ପରି ଅଭିଷେକ ମୁହଁ ଓହଳେଇ ଛିଡ଼ା ହୋଇଥିଲା। ମୋନାଲିସା ଜଣେ ପ୍ରତିକ୍ରିୟା-ନିରପେକ୍ଷ ବିଚାରପତି ପରି ତାରାୟର ବାକି ଅଂଶତକ ପଢ଼ିସାରି ତଳକୁ ଚାଲିଯାଇଥିଲା।

ଛାତ ଉପରେ ଏବେ କେବଳ ଅଭିଷେକ। ମୋନାଲିସାର ବିବରଣୀରୁ ସେ ଭଦ୍ରଲୋକଙ୍କ ପରିଚୟ ଜାଣି ପାରିଥିଲା। ଚନ୍ଦ୍ରମା ଆପାର୍ଟମେଣ୍ଟର ଶହେ ଚଉରାଳିଶ ନମ୍ବର ଫ୍ଲାଟ୍‌ରେ ସେ ରହନ୍ତି। ବିପତ୍ନୀକ ତାମିଲ ଭଦ୍ରଲୋକ ଇଞ୍ଜିନିୟର ଚାକିରିରୁ ଅବସର ନେଇଛନ୍ତି। ଗୋରା, ଡେଙ୍ଗା ଓ ପତଳା। ସେ ଭଦ୍ରଲୋକଙ୍କର ମୁଣ୍ଡବାଳ ଧଳା, କିନ୍ତୁ ଫ୍ରେଞ୍ଚକଟ୍ ଦାଢ଼ି କଳା ରଙ୍ଗର ସହଯୋଗରେ। ସବୁବେଳେ ଜିନ୍ ଓ

ବ୍ୟାନିୟନ୍ ପିନ୍ଧନ୍ତି। ଆଖି ଦୁଇଟି ଉଜ୍ଜ୍ୱଳ। ଏଠି ପ୍ରାୟ ବର୍ଷେ ହେବ ସେ ରହିଲେଣି। ମୋନାଲିସାର ଭାଷାରେ 'ଲୋକଟା ବାଜେ୍ୟ ଚରିତ୍ରର।'

ଅଭିଷେକ ଉତ୍ତେଜିତ ହୋଇପଡୁଥିଲା। ମନକୁ ଚିନ୍ତା ଆସୁଥିଲା, ଏଇ ମୁହୂର୍ତ୍ତରେ ଯାଇ ସେ ଭଦ୍ରଲୋକଙ୍କୁ ତାଙ୍କ ଘରୁ ଘୋଷାଡ଼ି ଆଣନ୍ତା ଓ ରାସ୍ତା ଉପରେ ଛିଡ଼ା କରାଇ ଏପରି ଅପରାଧର କୈଫିୟତ ମାଗନ୍ତା। ମୋନାଲିସାର ଅପମାନ ସେ ବରଦାସ୍ତ କରିପାରୁ ନ ଥିଲା।

ସେ ରାତିରେ ତାକୁ ଜମା ନିଦ ଲାଗିଲା ନାହିଁ। ବିଛଣାଟାରେ ପଡ଼ି ସେ ଖାଲି ଏପଟ ସେପଟ ହେଲା। ରହି ରହି ତା ବୋଉ ଓ ସେ ତାମିଲ ଭଦ୍ରଲୋକର ଚେହେରା, ପରିଚିତ ଦୁଇ ଆସାମୀଙ୍କ ଚେହେରା ପରି ତା ଆଖି ସାମ୍ନାରେ ନାଚୁଥିଲା।

॥ ଦୁଇ ॥

ମୋନାଲିସାର ପାଟି ଶୁଣି, ପାହାନ୍ତାରେ ଲାଗିଆସିଥିବା ଅଭିଷେକର ନିଦ ହଠାତ୍ ଭାଙ୍ଗିଗଲା। ସେ ଉଠିପଡ଼ି ପଚାରିଲା, ''କଣ ହେଲା ?''

ମୋନାଲିସା କହିଲା, "ବୋଉ ତାଙ୍କ ଶୋଇବାଘରେ ନାହାନ୍ତି।"

ଅଭିଷେକ ଆଶ୍ଚର୍ଯ୍ୟ ହେଲା। କୁଆଡ଼େ ଗଲା ବୋଉ ? ଗତକାଲି ସେମାନଙ୍କ ଛାତ ଉପର କଥାବାର୍ତ୍ତା ବୋଉ ଶୁଣିଦେଇଛି କି ? ସେଇଥିପାଇଁ ଲାଜରେ କୁଆଡ଼େ ପଳେଇ ଗଲା କି ? ବଡ଼ ବିଚିତ୍ର ପରିସ୍ଥିତି। ପ୍ୟାଣ୍ଟଟା ପିନ୍ଧୁ ପିନ୍ଧୁ ଅଭିଷେକ କହିଲା, "ତୁମେ ବ୍ୟସ୍ତ ହୁଅ ନାହିଁ। ମିଠିକୁ ପ୍ରସ୍ତୁତ କରାଅ। ମୁଁ ଦେଖେ, ହୁଏତ ଏଇ ଶିବ ମନ୍ଦିରକୁ ଯାଇଥିବ।"

ଅଭିଷେକର ଅନୁମାନ ଠିକ୍ ଥିଲା। ବୋଉ ଶିବ ମନ୍ଦିର ପାହାଚରେ ଗୋଟେ ଖୁଣ୍ଟକୁ ଆଉଜି ବସିଥିଲା। ପିନ୍ଧିଥିଲା ତାର ପ୍ରିୟ ସୁନା ଜରିଦିଆ ଧଳାଶାଢ଼ି। ସବୁଦିନେ ଏମିତି ରଙ୍ଗହୀନ ସଫେଦ ଶାଢ଼ି ପିନ୍ଧେ ତାର ବିଧବା ବୋଉ। ପିଲାଦିନୁ ସେ ଏଇ ପ୍ରକାର ଶାଢ଼ିରେ ତା ବୋଉକୁ ଦେଖି ଆସୁଛି। ପୃଥିବୀରେ କେତେ ରଙ୍ଗ, କେତେ ଢଙ୍ଗ; ମାତ୍ର ତା ବୋଉର ପୃଥିବୀର ରଙ୍ଗ କେବଳ ଧଳା। ପିଲାଦିନେ, ବିଧବାର ସମସ୍ୟା ବୁଝି ପାରୁ ନ ଥିବା ବୟସରେ ସେ ଅନ୍ୟ ମାଆମାନଙ୍କ ରଙ୍ଗିନ ଶାଢ଼ି ଦେଖିଲେ ଧାଇଁ ଆସି ତା ବୋଉକୁ ସେହି ରଙ୍ଗର ଲୁଗା ପିନ୍ଧିବା ଲାଗି ଅଳି କରୁଥିଲା। ମାତ୍ର ଧୀରେ ଧୀରେ ସେ ବୁଝିଗଲା।

ଅଭିଷେକ ଲକ୍ଷ୍ୟ କଲା, ତା ବୋଉ ମୁଣ୍ଡ ଉପରେ ଲମ୍ବା ଓଢ଼ଣା ଟାଣିଛି।

କଳାଧଳା ବାଳ ଦିଇଟା ଆଗକୁ ଉଡ଼ିଆସୁଛି ବାରମ୍ବାର। ସେ ପାଟି କରି ବୋଉକୁ ଡାକିବାଲାଗି ଯାଉଥିଲା, ଦେଖିଲା ଚଉଡ଼ା ସିମେଣ୍ଟ ଖୁଣ୍ଟ ସେପଟେ ଆଉ କିଏ ଜଣେ ବସିଛନ୍ତି। ତାଙ୍କ ମୁହଁ ଏପଟକୁ ଦିଶୁ ନାହିଁ।

ଅଭିଷେକ ଧୀର ପାଦରେ ପାହାଚ ଚଢ଼ିଗଲା ଓ ଲୁଚିକି ଛିଡ଼ା ହେଲା। ଖୁଣ୍ଟର ପଛପଟକୁ ଲମ୍ବି ଆସିଥିବା ବୋଉର ବାମହାତ ପାପୁଲିକୁ ନିଜ ହାତରେ ଧରିଥିଲେ ସେଇ ଇଞ୍ଜିନିୟର ପ୍ରୌଢ଼।

ମନ୍ଦିର ଗାତ୍ରର ଅଶ୍ଳୀଳ ମୂର୍ତ୍ତିଟେ ଦେଖିବା ପରି ଅଭିଷେକ ଉତ୍ତେଜିତ ହୋଇପଡ଼ିଲା।

ବୋଉ କହିଲା, "ବାହାଘର ବେଳକୁ ମୋତେ କୋଡ଼ିଏ ବର୍ଷ ହେଇଥିଲା, ଆଉ ତାଙ୍କୁ ଚାଳିଶ। ଆଶ୍ଚର୍ଯ୍ୟ ହୁଅନ୍ତୁ ନାହିଁ, ଆମେମାନେ କଟକ ସିଦ୍ଧବାବାଙ୍କ ଭକ୍ତ। ବାବା ଆମ ଦି ଜଣଙ୍କର ବାହାଘର କରେଇଥିଲେ। ମୋ ବାପା-ବୋଉ ଝିଅର ବାହାଘର ନିଷ୍ପତ୍ତି ବାବାଙ୍କ ଉପରେ ଛାଡ଼ି ଦେଇଥିଲେ।"

ଭଦ୍ରଲୋକ ଦକ୍ଷିଣଭାରତୀୟ ଉଚ୍ଚାରଣରେ ପଚାରୁଥିଲେ, "ତମେ ରାଜି ନ ଥିଲ ?"

: ମୋତେ ବାପାଙ୍କ ଅଫିସ୍‌ରେ କାମ କରୁଥିବା ପୁଅଟିଏ ଭଲପାଉଥିଲା। ଜାଣିଛ, ମୋତେ ସେ 'ଚଇତାଳି' ନାଁରେ ଡାକୁଥିଲା। ବାପା ଏକଥା ଜାଣିଗଲେ। ତାପରେ କଣ ହେଲା କେଜାଣି, ପନ୍ଦର ଦିନରେ ବାପା ବାଲେଶ୍ୱରରୁ ନିଜର ଟ୍ରାନ୍‌ସଫର କରେଇ କୋରାପୁଟ ଚାଲିଗଲେ। ସେଇଠି ମୋ ବାହାଘର ହେଲା। ବାଇଶ ବର୍ଷରେ ଅଭିଷେକର ଜନ୍ମ। ଆଉ ତାକୁ ତିନିବର୍ଷ ହୋଇଥିଲା, ତା ବାପା ଚାଲିଗଲେ।

: ତୁମେ ଏତେ ସୁନ୍ଦର। ପଚିଶ ବର୍ଷରେ ଝିଅମାନେ ତ ବାହା ହେଉଛନ୍ତି। ତୁମ ବାପା-ମା ତୁମକୁ କାହିଁକି ଆଉଥରେ ବାହା କଲେ ନାହିଁ ? ସେ ପୁଅଟି କୁଆଡ଼େ ଗଲା ?

: ଜାଣିନି। ଆଉ ତ କେବେ ବାଲେଶ୍ୱର ଯାଇନି ମୁଁ।

: ଏମିତି ଏକଲା ରହିଗଲ ?

: ମୁଁ ଏକଲା ହେଲି କେମିତି ? ମୋ ପୁଅ ପରା ମୋ ସାଙ୍ଗରେ ଥିଲା।

: ହୁଁ।

: ପିଲାଦିନେ ମୋ ପୁଅର ଦେହପା ଜମା ଭଲ ରହୁ ନ ଥିଲା। ସବୁବେଳେ ତାକୁ ଥଣ୍ଡା ଲାଗି ରହୁଥିଲା। ମୋ ଶାଶୂ କହୁଥିଲେ, ମୋ ଦୃଷ୍ଟି କୁଆଡ଼େ ପୁଅ ଉପରେ ପଡୁଛି। ମୋ ପୁଅକୁ ତ ଆପଣ ଦେଖିଛନ୍ତି। ସୁନ୍ଦର, ନୁହେଁ ?

: ଛାଡ଼ନ୍ତୁ ସେକଥା । ଜାଣିଛନ୍ତି, ମୁଁ ସିନା ପାରିଲି ନାହିଁ, କିନ୍ତୁ ମୋ ପୁଅ ଭଲ ପାଇ ବାହା ହେଇଛି । ତା ସ୍ତ୍ରୀ କୋଲ୍‌କାତାର ଝିଅ । ତା ବାପା ଆମ ଜାତିର ନୁହନ୍ତି । ଆମେ ଓଡ଼ିଆ ବ୍ରାହ୍ମଣ, ସେମାନେ ବଙ୍ଗାଳୀ ଶୂଦ୍ର । କିନ୍ତୁ ଅଭିକୁ ମୋ ବୋହୂ ଏତେ ଭଲପାଏ ଯେ ତାକୁ ଛାଡ଼ି ସେ ରହିପାରି ନ ଥାନ୍ତା । ମୋ ଦେଢ଼ଶୁର ଓ ତାଙ୍କ ଘରଲୋକେ ସମସ୍ତେ ମନା କରୁଥିଲେ । ମୁଁ ଅଭିକୁ କହିଲି, ତୁ ଏମିତି ଝିଅ ପାଇବୁ ନାହିଁ । କାହାକୁ କିଛି ବୁଝେଇବା ଦରକାର ନାହିଁ । ସିଧା ଯାଇ କୋଲ୍‌କାତାରେ ବାହାଘର ବ୍ୟବସ୍ଥା କର । କେହି ନ ଗଲେ ବି ମୁଁ ଯିବି ।

: ତାପରେ ?

: ମୋ ବୋହୂ ମୋତେ କିଛି କହେ ନାହିଁ କି କାମଟେ କରିବାକୁ ଦିଏ ନାହିଁ । ରୂପ, ଗୁଣ ସବୁଥିରେ ସୁନ୍ଦର ।

: ତୁମଠୁ ବି ?

: ହେ, ପିଲାଙ୍କ ପରି କଣ କହୁଛନ୍ତି ? ବୁଢ଼ୀ ବୟସରେ ଆଉ କି ସୁନ୍ଦର, ଅସୁନ୍ଦର । ମୋର ଗୋଟେ ଗୋଡ଼ ପରା ଗାତରେ ରହିଲାଣି ।

କିଛି ସମୟ ଦିହେଁ ନିରବ ହୋଇଗଲେ ।

ଅଭିଷେକ ଆଖି ବୁଜି ସେମାନଙ୍କ କଥା ଶୁଣିବାକୁ ଚାହୁଁଥିଲା ।

ତା ବୋଉର ବୟସ ପଞ୍ଚାବନ, ଆଉ ଭଦ୍ରଲୋକଙ୍କ ବୟସ ଷାଠିଏ ପାଖାପାଖି । କିନ୍ତୁ ଆଖିବୁଜି ଦେଇ ଶୁଣିଲେ ଲାଗୁଥିଲା ଯେମିତି ବାଇଶ-ଚବିଶ ବର୍ଷର ପୁଅଝିଅ ଯୋଡ଼ିଏ କଥା ହେଉଛନ୍ତି ।

: ତୁମ ହାତ ଓ କହୁଣିରେ ଏତେ ଗୁଡ଼ାଏ ଦାଗ କାହିଁକି ? - ଭଦ୍ରଲୋକ ପଚାରୁଥିଲେ ।

ବୋଉ ଲୁଗାକାନିରେ କହୁଣିକୁ ଓ କହୁଣିସାରା ଗରମ ତେଲ ପଡ଼ିଥିବା ଚିହ୍ନକୁ ଲୁଚେଇଦେଲା । ଲୁଚେଇଦେଲା ତାର ପାଣିଖିଆ ପାଦଯୋଡ଼ିକ । କହିଲା, 'ରୋଷେଇ କଲେ ଏମିତି ହୁଏ । ଆପଣ ପୁରୁଷପିଲା, ବୁଝି ପାରିବେ ନାହିଁ ।'

: ମୋତେ ବି ରୋଷେଇ ଆସେ । କେବେ ସୁବିଧା ହେଲେ ତମକୁ ଅଣ୍ଡାଆଳୁ ରାନ୍ଧି ଖୁଆଇବି ।

: ମୁଁ ଆଇଁଷ ଖାଏ ନାହିଁ ।

: ଅଣ୍ଡା କଣ ଆଇଁଷ ? କେବେଠୁ ଆଇଁଷ ଖାଅନି, ପିଲାଦିନୁ ?

: ନା, ଅଭିର ବାପା ଯିବାଦିନୁ । ଆମ ଘରେ ବିଧବାମାନେ ଆଇଁଷ ଖାଆନ୍ତି ନାହିଁ । ଅଥଚ ଜାଣିଛ, ବାହାଘର ଆଗରୁ ମୋର ମାଛ ନ ହେଲେ ଗୁଣ୍ଡା ଉଠୁ ନ ଥିଲା ।

: ଆଶ୍ଚର୍ଯ୍ୟ ! ତମର ଇଚ୍ଛା ହୁଏ ନାହିଁ ?

ବୋଉ କଥା ବଦଳେଇଲା । କହିଲା, 'ମୋ ପୁଅ ଗଲାବର୍ଷ କେରଳ ଯାଇଥିଲା । କହୁଥିଲା, ସେ ରାଇଜର ନୀଳକୁରୁଞ୍ଜି ଫୁଲ କୁଆଡ଼େ ବାରବର୍ଷରେ ଥରେ ଫୁଟେ ? ଏମିତି ଫୁଲ ସତରେ ଅଛି ? ଆପଣ ଦେଖିଛନ୍ତି ?'

ଭଦ୍ରଲୋକ ତା ବୋଉର ହାତକୁ ଟିକିଏ ଟାଣିଦେଲା ପରି ଅଭିଷେକର ମନେହେଲା । କି ପବନରେ ବୋଉର ଲୁଗା ଟିକିଏ ଉଡ଼ିଗଲା ?

ଭଦ୍ରଲୋକ ପଚାରୁଥିଲେ, "ତୁମେ କେରଳ ଗଲ ନାହିଁ ?"

: ସେମାନେ ସ୍ୱାମୀ-ସ୍ତ୍ରୀ ସାଙ୍ଗରେ ବୁଲିବେ, ହସିବେ, ଖେଳିବେ । ମୁଁ ବୁଢ଼ୀଟା ତାଙ୍କ ମଝିରେ କାହିଁକି କଣ୍ଟା ହେଇଥାନ୍ତି ? ଏମିତି ତ ମୋତେ ସେମାନେ ଜୀବନସାରା ପାଳୁଛନ୍ତି, ପୋଷୁଛନ୍ତି । ସହର ବଜାର ଜାଗାରେ ଗୋଟେ ମଣିଷର ଦାୟିତ୍ୱ କଣ କମ୍ !

: ତୁମେ ପରା ମା ?

: କୂଳ ଛାଡ଼ିଗଲେ କି କରେ ନାଆ, କୋଳ ଛାଡ଼ିଗଲେ କି କରେ ମାଆ ? - ବୋଉ ଦୀର୍ଘଶ୍ୱାସ ନେଇ କହିଲା ।

: ବୁଝିପାରିଲି ନାହିଁ ।

: ପୁଅ ବଡ଼ ହେଲାଣି । ମୁଁ ନ ଥିଲେ କଣ ତା ସଂସାର ଅଚଳ ରହନ୍ତା ?

ଭଦ୍ରଲୋକ କହିଲେ, "ସବୁ ଭାରତୀୟ ନାରୀ ସମାନ । ତୁମେମାନେ ଦେବୀ ହେବା ଲାଗି କାହିଁକି ଏତେ ଚେଷ୍ଟା କର ?

: ବୁଝିପାରିଲି ନାହିଁ - ବୋଉ କହିଲା ।

ଭଦ୍ରଲୋକ କଥା ବଦଳେଇଲେ । କହିଲେ, "ଚାଲ ଯିବା । ତୁମ ନାତୁଣୀ ସ୍କୁଲ ଯିବ । ମୋ ଝିଅ ବି ଖୋଜୁଥିବ ।"

: ସେ କଣ କରେ ? ଦି ଥର ଦେଖା ହେଲାଣି, ପଚାରି ପାରିନି ।

: ୟୁଟିଆଇ ବ୍ୟାଙ୍କ୍‌ରେ କାମ କରେ । ତା ବର ରହେ ବାଙ୍ଗାଲୋରରେ । ଏଠି ନାତୁଣୀ, ଝିଅ ଆଉ ମୁଁ ।

ସେମାନେ ଉଠୁଥିଲେ । କାଳେ ଅଭିଷେକ ଧରାପଡ଼ିଯିବ ସେଥିପାଇଁ ଚାପା ପାଦରେ ସେଠୁ ଆଗତୁରା ଚାଲି ଆହିଲା । ତଥାପି ତାକୁ ଲାଗୁଥିଲା, ବୋଉ କାଳେ ତାକୁ ଦେଖି ଦେଇଥିବ । ତାକୁ ଟିକେ ଦୋଷୀ ଦୋଷୀ ଲାଗୁଥିଲା ।

ଅଭିଷେକକୁ ଦେଖିବାକ୍ଷଣି ମୋନାଲିସା ପଚାରିଲା, "ବୋଉଙ୍କୁ ପାଇଲ ?"

ଅଣ୍ଟା ସ୍ୱରରେ ଅଭିଷେକ କହିଲା, "ହଁ, ପାଖ ମନ୍ଦିରକୁ ଯାଇଥିଲା । ଆସୁଛି ।"

ମୋନାଲିସା ମୁହଁ ମୋଡ଼ିଦେଲା ଓ ଖଣ୍ଡେ ଚଉଭାଙ୍ଗ କାଗଜ ତା ହାତକୁ ବଢ଼େଇ କହିଲା, "ମନ୍ଦିର ? ଆଉ କିଛି ନା ! ନିଅ, ଏଇଟା ପଢ଼ ।"

ଅଭିଷେକ ସେଇ କାଗଜଟାକୁ ଧରି ତା ଶୋଇବା ଘର ଭିତରକୁ ପଶିଗଲା । ସୁନ୍ଦର ଇଂରାଜୀରେ ଲେଖା ଥିଲା ଛୋଟିଆ ଚିଠି । ତଳେ ଦସ୍ତଖତ - ଭେଙ୍କଟରମଣ । ସେ ଭଦ୍ରଲୋକଙ୍କ ମୂଢ଼ତା ଦେଖି ଆଶ୍ଚର୍ଯ୍ୟ ହେଲା । ସେ ବୋଧହୁଏ ଜାଣନ୍ତି ନାହିଁ ଯେ ତା ବୋଉ ଇଂରାଜୀ ପଢ଼ି ନାହିଁ । ପୁଣି କଣ ଭାବି ହସ ପୋଛିଦେଲା ଓଠରୁ । ତାମିଲ ଭଦ୍ରଲୋକ ଖଣ୍ଡି ଓଡ଼ିଆ କହି ଜାଣୁଥିଲେ ବି ଲେଖି ଜାଣି ନ ଥିବେ । ସେ ଚିଠିଟା ପଢ଼ିଲା । ଲେଖା ଥିଲା- ପୃଥିବୀର କୌଣସି ବିଶ୍ୱସ୍ତ ପ୍ରେମଚିଠି କେବେ ସାଇତା ହୋଇ ରହି ନାହିଁ । ଚିରା ହୋଇଛି, ଜଳାଯାଇଛି ନ ହେଲେ ପାଣିରେ ଭସେଇ ଦିଆଯାଇଛି । ତୁମେ ବି ଚିରିଦେବ । ବିଶ୍ୱସ୍ତ ପ୍ରେମଚିଠିକୁ ସାଇତି ରଖିଛି କେବଳ ଆକାଶର ଶୂନ୍ୟତା । ତୁମେ ଆକାଶକୁ ଚାହିଁଲେ, ତାର ଆଲୁଅ ଓ ଅନ୍ଧାରରେ ମୋର ଅଲିଖିତ ଶବ୍ଦମାନଙ୍କୁ ପଢ଼ିପାରିବ । ମୋର କେବଳ ଗୋଟିଏ ଦୁଃଖ, ତୁମକୁ ଆଗରୁ ଭେଟିପାରିଲି ନାହିଁ । ଏବେ ତ ଆମେ ବାପା-ମା, ଜେଜେ-ଜେଜେମା ! ଆମେ ଆଉ ଆମେ ହୋଇ ନାହୁଁ ।

ଅଭିଷେକ ଦେହରେ ଗରମ ରକ୍ତର ପ୍ରବାହ । ସେ ଏଭଳି ଉତ୍ତେଜନାର କାରଣ ବୁଝି ପାରୁଥିଲା । ତେଣୁ ଚଞ୍ଚଳ ପାଦରେ ଗାଧୁଆପାଧୁଆ କାମ ସାରି ସେ ଅଫିସ୍ ବାହାରିଲା । ବାଟସାରା ତା ଆଖିସାମ୍ନାରେ ଗୋଟେ ପଚିଶ ବର୍ଷର ଯୁବତୀର ମୁହଁ ନାଚୁଥାଏ, ଯାହା ଦେହରେ ପ୍ରଚୁର ଯୌବନ, ପ୍ରଚୁର ସ୍ୱପ୍ନ, ପ୍ରଚୁର କ୍ଷୁଧା । କିନ୍ତୁ ସିଏ ଗୋଟିଏ ହାହାକାରମୟ ବାଲୁବନ୍ତ ଉପରେ ଠିଆ ହୋଇଛି । ତା ଚାରିପାଖରେ ବୈଶାଖର ଧୂ ଧୂ ଖରା, ମରୀଚିକା, ନାଗଫେଣିର କଣ୍ଟା ଓ ଶ୍ମଶାନର ଶୂନ୍ୟତା । ସେ ବାଲି ଉପରେ ବର୍ଷା ତ ଦୂରର କଥା, ବୁନ୍ଦାଏ ଶିଶିର ଟୋପାର ଶୀତଳ ସ୍ପର୍ଶ ସୁଦ୍ଧା ନାହିଁ । ଯୁବତୀଟି ସେମିତି ଅପେକ୍ଷା କରି କରି ବୁଢ଼ୀ ପାଲଟି ଯାଉଛି । ଏବଂ ତାପରେ ଚଳପ୍ରଚଳ ହେଉଥିବା ଗୋଟେ ମୂର୍ତ୍ତି ।

ମେ-ଫେୟାର ହୋଟେଲ୍ ପାଖ ଦୋକାନରୁ ଯାଇ ଯୋଡ଼ିଏ ନାଲି ଗୋଲାପ କିଣିଲା ଅଭିଷେକ । ଆଜି ସେ ବୋଉକୁ ଏ ଫୁଲ ଦିଇଟି ଉପହାର ଦେବ । ଦି ଦିନ ପରେ, ପନ୍ଦର ତାରିଖରେ ଚଇତ ପୂନେଇଁ । ବୋଉ କହେ ସେଇଦିନ ସେ ଜନ୍ମ ହୋଇଥିବା ଯୋଗୁଁ ତା ନାଁ ପୂର୍ଣ୍ଣିମା । କେବେ କୌଣସି ଦିନ ଅବଶ୍ୟ ତା ବୋଉର ଜନ୍ମଦିନ ତାଙ୍କ ଘରେ କେହି ପାଳି ନାହିଁ । କିନ୍ତୁ ସେ ଏଥର ପାଳିବ । ଭେଙ୍କଟରମଣ ଅଙ୍କଲଙ୍କୁ ଯାଇ ତା ବୋଉ ତରଫରୁ ନିମନ୍ତ୍ରଣ କରିଆସିବ ।

ମୋନାଲିସା ଫେରିବା ଆଗରୁ ନିଜେ ଘରକୁ ଫେରିବା ଲାଗି ଅଭିଷେକ ଦ୍ରୁତ ଗତିରେ ସ୍କୁଟର ଚଳଉଥିଲା। ତା ଘର ପାଖରେ ଚନ୍ଦ୍ରମା ଆପାର୍ଟମେଣ୍ଟଟା ହୋଇଥିଲେ ବି ଚାରିବର୍ଷ ଭିତରେ ତା ହତା ଭିତରକୁ କେବେ ସେ ପଶି ନ ଥିଲା। ଆପାର୍ଟମେଣ୍ଟ୍ ଆଗରେ ଗୋଟାଏ ଟ୍ରକ୍‌ରେ କିଛି ଜିନିଷପତ୍ର ଲଦା ହେଉଥିଲା। ସେ ସ୍କୁଟରଟା ରଖିଦେଇ ତୃତୀୟ ମହଲାକୁ ଧାଇଁଲା।

ଶହେ ଚଉରାଳିଶ ନମ୍ବର ଫ୍ଲାଟ୍‌ଟି ମେଲା ଥିଲା ଓ ତା ଭିତରୁ ସୋଫା, ଆଲମିରା ଓ ଅନ୍ୟ ଆସବାବପତ୍ର ବାହାର କରାଯାଉଥିଲା। ଅଭିଷେକ ପଚାରିଲା, "ଏଇଟା ଶ୍ରୀ ଭେଙ୍କଟରମଣଙ୍କ ଘର ?"

ଭଦ୍ରମହିଳା କହିଲେ, "ରାଜଲକ୍ଷ୍ମୀଙ୍କ ବାପାଙ୍କ କଥା କହୁଛନ୍ତି ?"

ଅଭିଷେକ କହିଲା, ''ଜାଣିନି, ଜିନ୍ ପ୍ୟାଣ୍ଟ୍, ଧଳା ବ୍ୟାନିୟନ, ଫ୍ରେଞ୍ଚକଟ୍ ଦାଢ଼ି...।''

: ହଁ। ସେ ରାଜଲକ୍ଷ୍ମୀଙ୍କ ବାପା।

: କୁଆଡ଼େ ଗଲେ ?

: ମାଡାମ୍‌ଙ୍କର ବାଙ୍ଗାଲୋର ବଦଳି ହୋଇଗଲା। ସେମାନେ ସମସ୍ତେ ସକାଳ ଫ୍ଲାଇଟ୍‌ରେ ଚାଲିଗଲେଣି। ଜିନିଷପତ୍ର ଟ୍ରାନ୍ସପୋର୍ଟ କମ୍ପାନି ନେଉଛନ୍ତି।

ଅଭିଷେକ ଭାଙ୍ଗିପଡ଼ିଲା। ଅନେକ ନିଦାଘ ଶେଷରେ ଆସୁଥିବା ବର୍ଷା ଅସରାକ ଯେମିତି ବାଟଭାଙ୍ଗି ଫେରିଯାଇଥିଲା।

ସେ ପଚାରିଲା, "କିଛି ଠିକଣା କି ଫୋନ୍ ନମ୍ବର ଦେଇ ଯାଇଛନ୍ତି ?"

: ନା, ଗଲାବେଳେ ବାପ-ଝିଅ ରାଗିଲା ଭଳି ଦିଶୁଥିଲେ। ଖୁବ୍ ତରବରରେ ଥିଲେ ସେମାନେ। କହିଛନ୍ତି, ସେଠି ଜଏନ୍ କଲା ପରେ ନୂଆ ଫୋନ୍ ଜଣାଇବେ। ତାପରେ ଭଦ୍ରମହିଳା ଅଭିଷେକକୁ ପଚାରିଲେ, "ଆପଣ କଣ ତାଙ୍କର ସମ୍ପର୍କୀୟ ?"

: ଉଁ! ନା, ହଁ। - ମୁଁ ଆସୁଛି। - ଅଭିଷେକ ପ୍ରଶ୍ନଟିକୁ ଆଡ଼େଇ ବୁଲି ପଡ଼ିଲା।

ବୋଉ ତା ଶୋଇବା ଘର ଝରକା ପାଖେ ଚୁପ୍‌ଚାପ ବସିଥିଲା। ଧଳାଶାଢ଼ିର ବେଢ଼ରଣରେ ସେ ଦିଶୁଥିଲା ଶାନ୍ତ ସମାହିତ ଗୋଟେ ମହମ ମୂର୍ତ୍ତି ପରି, ଯାହାର ଅସ୍ତିତ୍ୱ ଅଛି, ବିସ୍ମୃତି ନାହିଁ।

ଅଭିଷେକ କଣ କରିବ ବୁଝିପାରୁ ନ ଥିଲା। ଫୁଲ ଦୁଇଟି ତା ବୋଉକୁ ଦେଇ ତାକୁ ଅଭିନନ୍ଦନ ଜଣେଇବ ନା ସେଗୁଡ଼ିକୁ ପାଚିରି ସେପଟ ଆଇଁଷିଣିଆ ଅଳିଆଗଦାକୁ ଫିଙ୍ଗିଦେବ ସେ ସ୍ଥିର କରିପାରୁ ନଥିଲା।

ମୋନାଲିସା ଆସି ତା ପାଖରେ ଛିଡ଼ା ହୋଇଥିଲା। ଅଭିଷେକ ତାକୁ ଚାହିଁଲା

ଓ କହିଲା, "ତୁମେ ଆଉ ଚିନ୍ତା କର ନାହିଁ। ସେମାନେ ଏଠୁ ବଦଳି ହୋଇ ଚାଲିଗଲେଣି।"

ମୋନାଲିସା ଦୀର୍ଘଶ୍ୱାସଟିଏ ନେଲା। ହସି ହସି କହିଲା, "ଓଃ, ମଣିଷ ରକ୍ଷା ପାଇଗଲା। କି ଅସ୍ୱସ୍ତିକର ପରିସ୍ଥିତି ସୃଷ୍ଟି ହୋଇଥିଲା କହିଲ ?"

ପ୍ରଥମ ଥର ପାଇଁ ଅଭିଷେକକୁ ଲାଗିଲା ଯେ ଜଣକର କରୁଣ କାହାଣୀ ଆଉ ଜଣକର ଆନନ୍ଦର କାରଣ ହୋଇପାରେ। କିନ୍ତୁ ସେ କିଛି କହିଲା ନାହିଁ। ଫୁଲ ଦିଇଟି ଧରି କେବଳ ବାହାରକୁ ଚାହିଁଥିଲା। ଝରକା ସେପଟ ଆକାଶରେ ଶୁଖିଲା ମେଘ ଦି ଖଣ୍ଡ ଅସହାୟ ଭାବରେ ଭାସୁଥିଲେ। ତାର ଇଚ୍ଛା ହେଉଥିଲା ସେ ସେଇ ମେଘ ଦି ଖଣ୍ଡକୁ ଯୋଡ଼ି ଦିଇଟି ମଣିଷ କରି ଦିଅନ୍ତା ଓ ସେମାନଙ୍କ ହାତରେ ଗୋଟେ ଗୋଟେ ନାଲି ଗୋଲାପ ଧରେଇ ଦିଅନ୍ତା।

ମୋନାଲିସା ତାକୁ ହଲେଇଦେଇ କହୁଥିଲା, 'ଦେଖିଲ, ଏ କଲୋନି ପିଲାଙ୍କୁ ଆଉ ପାରିହେବ ନାହିଁ। କୃଷ୍ଣଚୂଡ଼ା ଗଛଟାର ଡାଳରୁ କେମିତି ସବୁଯାକ ଫୁଲ ଛିଣ୍ଡେଇ ନେଇଛନ୍ତି।'

BLACK EAGLE BOOKS

www.blackeaglebooks.org
info@blackeaglebooks.org

Black Eagle Books, an independent publisher, was founded as
a nonprofit organization in April, 2019. It is our mission to
connect and engage the Indian diaspora and the world at large
with the best of works of world literature published on a
collaborative platform, with special emphasis on
foregrounding Contemporary Classics and New Writing.